Saison d’Orages et de Silence

ROSEANNE A. BROWN

SAISON D'ORAGES ET DE SILENCE

Traduit de l'anglais (États-Unis)
par Thibaud Eliroff

DE SAXUS

Ceci est une œuvre de fiction.
Toute ressemblance avec des personnages, lieux, organisations
ou évènements existant ou ayant existé ne serait que purement fortuite.

Saison d'orages et de silence
par Roseanne A. Brown

A Psalm of storms and silence
by Roseanne A. Brown

Photographie de couverture : © Tawny Chatmon
Illustrations de couverture : © Shutterstock.com
Couverture française / Conception graphique : Volodymyr Feshchuk
Carte : © 2020 by Leo Hartas

Ouvrage publié sous la direction de Sam Souibgui
Coordination et suivi éditorial : Christian Martin

À mes sœurs, Rachel, Emma et Mariah.
Je tiendrais tête à n'importe quel démon pour vous.

Et à tous ceux qui se remettent d'une souffrance
dont ils ne peuvent pas parler :
le voyage n'est pas simple,
mais il vaut toujours la peine d'être accompli.

Note de l'autrice

Ce livre présente des situations d'automutilation, de violence fantasmée, de maltraitance émotionnelle et physique, de crises d'angoisse et de panique, de prédation sexuelle, et des idées suicidaires. Je me suis efforcée d'aborder ces sujets avec sensibilité, mais si vous pensez que ce type de contenu peut vous choquer, soyez conscients qu'il existe en ces pages.

N
O
E
S
OBOURE
PREMSUA
OSODAE
MONTS D'ESHRA
KISSI-MOKOU
FALANDA
TALAFRI
MER EDRAFU
MER de DAKENDI
WASSIRA
ZIRAN
KALONGO
SAVANE DES EAUX DU LEVANT
DAJUBA
LES TERRES ENNEIGÉES
SONANDE

Tiens, vous revoilà, impatients d'apprendre ce qui est arrivé à nos deux jeunes héros. La princesse et le réfugié. La zawenjie et l'ulraji – oui, je connais la suite de leur histoire. Nous y reviendrons en temps voulu, je vous le promets.

Mais avant cela, permettez-moi de vous ramener à une nuit qui n'a rien à voir avec eux, mais avec un autre garçon. Cette nuit où il entendit sa mère adoptive crier pour la toute première fois…

La première contraction saisit la sultane de Ziran au beau milieu d'une réunion du conseil. Les vizirs, absorbés par leurs débats sur l'attribution du grain en prévision de la saison des orages imminente, ne remarquèrent le malaise de la reine que lorsqu'elle fut pliée en deux au-dessus de la table, sa robe écarlate s'assombrissant là où le tissu absorbait les humeurs de l'enfantement.

La deuxième contraction survint dans la salle de naissance, où les sages-femmes du palais avaient installé la parturiente. Quand la troisième lui noua le ventre, les sept hautes prêtresses étaient arrivées à Ksar Alahari, les bras chargés d'herbes et d'huiles sacrées pour oindre le nouveau membre de la famille royale et lui accorder la bénédiction des dieux.

Les hurlements commencèrent à la quatrième.

« Avoir un bébé est censé faire ce bruit-là ? » demanda la fille aînée de la reine quand sa mère poussa un nouveau cri. Une enfant de 8 ans ne pouvant pas grand-chose dans ce genre de cas, on avait envoyé la princesse Hanane garder la porte, une tâche qu'elle prit tellement à cœur que le soldat affecté à la surveillance de la salle de naissance la laissa faire. Mais après plusieurs heures de travail, la dure réalité de l'accouchement avait tempéré son excitation à la perspective d'avoir un petit frère ou une petite sœur.

La princesse frissonna en entendant une succession de râles et de chuchotements frénétiques à travers la porte. « On dirait qu'elle est en train de mourir.

— Ça ne fait pas ce bruit-là, quand on meurt », répliqua le compagnon de la princesse. Farid, le pupille de la reine, qui suivait Hanane comme son ombre, était coutumier de ce genre d'affirmations funestes. Depuis son arrivée à Ksar Alahari près d'un an plus tôt, à la suite du massacre de ses parents diplomates par des bandits, il se comportait ainsi ; il s'exprimait d'une voix éteinte, presque dépourvue d'émotion, et affichait un regard sombre et troublé peu commun chez un enfant de 10 ans.

Il détacha celui-ci du visage inquiet de Hanane et le tourna vers le ciel au-delà du balcon. D'épais nuages noirs zébrés d'éclairs roulaient sur l'horizon, un phénomène inhabituel à cette époque de l'année. « Je le saurais. »

Hanane écarquilla les yeux lorsqu'un nouveau cri retentit. Au bout de plusieurs minutes insoutenables, la porte s'ouvrit enfin. Mais au lieu de la reine aux cheveux argent, tenant dans ses bras un bébé vagissant, c'est le roi qui apparut dans l'encadrement.

« Baba ! » Hanane se précipita vers son père, Farid sur ses talons – comme toujours. « C'est fini ? Mon petit frère est né ?

— Pas encore, soupira le roi en frottant ses paupières gonflées. Et nous ne connaissons pas le sexe du bébé. Tu vas peut-être avoir une sœur.

— Ce sera un garçon. Je le sais », déclara-t-elle.

Les bravades enfantines de sa fille firent rire le roi pour la première fois de la journée. Mais il s'interrompit bien vite quand les hurlements de la sultane reprirent. La lèvre inférieure de Hanane se mit à trembler, et son regard passa alternativement de son père à la porte de la salle de naissance.

« Tout... Tout va bien se passer, n'est-ce pas ? » demanda-t-elle. Les esprits de tous les bébés mort-nés semblaient suspendus entre eux deux. Si celui-ci les rejoignait, ce serait le quatrième qui ne survivrait pas à l'accouchement. Seul Farid connaissait les noms secrets que Hanane avait donnés à chacun d'eux, car c'était un sujet trop douloureux pour qu'elle le partage avec ses parents.

« Bien sûr que oui », répondit le roi, et il le pensait, car ce qui restait de son cœur refusait de considérer toute autre éventualité. Un puissant éclair fendit le ciel en deux, suivi par le grondement sourd du tonnerre qui fit comme un roulement de tambour. La panique devait régner au temple du Vent, où les acolytes étaient sans doute en train d'essayer de déchiffrer le message que Santrofie, fils du Vent et divinité patronnesse de tous les Vent-alignés, tentait de leur faire passer.

Le roi jeta un coup d'œil à l'orage, marmonna des paroles indistinctes et s'accroupit, ignorant les regards outrés des gardes à voir leur souverain se comporter comme un homme du commun. Il ouvrit les bras, et même s'ils commençaient à être un peu trop grands pour de telles démonstrations d'affection, Farid et Hanane se serrèrent contre lui avec reconnaissance.

« Votre mère a traversé de bien plus dures épreuves. Elle survivra à celle-ci, et vous aurez bientôt un nouveau compagnon de jeu.

— Et si tu ne peux pas jouer avec lui, intervint Farid, tu m'auras toujours, moi. »

Hanane sourit au garçon. « C'est vrai. Je t'aurai toujours. »

Le roi se sentit légèrement mal à l'aise en constatant l'effet de ces paroles sur son pupille, mais il se raisonna aussitôt. À son arrivée à Ksar Alahari, Farid tenait plus du fantôme que de l'être humain, si retiré en lui-même qu'on pouvait demeurer plusieurs heures dans la même pièce que lui sans qu'il s'en aperçoive. Que Hanane ait réussi à le faire sortir de sa carapace était une excellente nouvelle. Du reste, n'était-ce pas le souhait de tout parent de voir leurs enfants aussi proches que ces deux-là ?

Le roi s'apprêta à dire quelque chose, mais il fut interrompu par les appels fébriles des sages-femmes. Il bondit sur ses pieds et se rua dans la pièce. Tout ce que la princesse vit avant que la porte ne se referme dans un claquement fut une grande agitation, le visage de sa mère luisant de transpiration et plusieurs tas de linge taché de sang. Hanane se mit à trembler, et quand Farid se rapprocha d'elle pour la réconforter, elle le repoussa et joignit les mains. Comme elle était Soleil-alignée, elle pria sa divinité patronnesse, le lion Gyata, et lui demanda que le nouveau venu dans la fratrie – idéalement un frère – soit heureux, en bonne santé, et veuille toujours jouer avec elle, même quand elle ne serait pas d'humeur à partager ses jouets ou ses bonbons.

Les prêtresses lui avaient enseigné que les dieux récompensaient ceux qui doublaient leurs prières d'une offrande, aussi déclara-t-elle : « Je ferai tout ce que vous voulez, n'importe quoi, si vous lui permettez de vivre. »

Le dernier mot avait à peine quitté sa bouche qu'un grondement de tonnerre plus puissant que tout autre fit vibrer les murs d'albâtre autour d'eux. La princesse ouvrit les yeux et vit quelque chose d'incroyable : l'espace d'un instant, en moins de temps qu'il en faut à un papillon pour s'envoler ou à un mourant pour rendre son dernier soupir, les gouttes de pluie restèrent suspendues dans l'air comme autant de petites perles. Hanane cria à Farid de regarder, mais sitôt qu'il leva la tête, la gravité avait repris ses droits.

Des années plus tard, cette soirée se fondrait dans le brouillard des souvenirs d'enfance de la princesse. Mais à ce moment-là, elle sut avec une foi aussi inébranlable qu'une montagne, aussi vaste qu'un océan, qu'elle avait parlé aux dieux et que ceux-ci lui avaient répondu – car pas même une minute plus tard, un vagissement s'éleva entre les murs du palais, et toute pensée à propos des divinités ou d'une quelconque promesse quitta Hanane alors qu'elle se précipitait à la rencontre de sa sœur.

I

Malik

Au centre d'un étincelant palais d'albâtre et d'argent qui coiffait une colline au cœur d'un désert doré, il y avait un garçon. Et au centre de ce garçon, il y avait un arbre.

De tous les arbres du verger, celui-ci était le plus remarquable, avec ses feuilles qui s'élevaient vers le ciel et les citrons jaune vif qui pendaient à ses branches. Ni l'arbre ni le verger n'étaient réels, mais cela n'avait aucune importance pour Malik. Pendant des années, il avait cru que son esprit brisé et stérile n'abritait rien d'autre que les blessures de son enfance ; s'il était capable de créer quelque chose de si chaud et plein de vie, alors il y avait une chance qu'il ne soit pas aussi détérioré qu'on avait poussé Malik à le croire.

Oui, la citronneraie était parfaite. Ou l'aurait été sans le serpent.

« Idiot. Imbécile », rugit le Roi sans visage d'une voix dans laquelle on entendait des cieux tourmentés, un ressac furieux, une sombre magie et une obsession plus sombre encore, tandis qu'il se débattait entre les entraves qui le retenaient fermement au plus beau citronnier du verger. « Tu ne peux pas m'enfermer ici pour toujours. »

Malik accueillit avec un frisson l'insondable colère de l'obosom, qui se propagea le long du lien qu'ils partageaient. Longtemps auparavant, le Roi sans visage avait été révéré dans tout le désert de l'Odjubai sous le nom de Ɔwɔ, l'incarnation du fleuve Gonyama jadis puissant. Au faîte de son pouvoir, il avait été assez fort pour noyer des empires et redessiner des royaumes.

Et le voilà aujourd'hui coincé dans l'esprit d'un simple mortel, un garçon qui savait à peine ce qu'était la magie, encore moins comment l'utiliser. Par-dessus tout, c'était l'humiliation qui mettait l'obosom hors de lui.

Le Roi sans visage tira de nouveau sur ses liens, et la portion d'esprit qu'il occupait percuta durement la conscience de Malik. Ce dernier, comme déchiré de l'intérieur, tomba sur les mains et les genoux en retenant un cri. Ça n'était pas réel. Sitôt qu'il se réveillerait, ce cauchemar prendrait fin.

Mais le contrôle qu'exerçait Malik sur son esprit était au plus faible quand il dormait, raison pour laquelle le Roi sans visage avait choisi ce moment précis pour tenter une nouvelle évasion. Alors qu'une autre vague de souffrance le traversait, Malik songea à tout ce qu'il avait à perdre si l'obosom arrivait à ses fins. Celui qu'on nommait autrefois Idir, qui avait partagé la vie et la couche de Bahia, la reine fondatrice de la lignée des Alahari, avait contre Ziran une dette de sang que seule la destruction pourrait éponger. Si même une miette de son immense pouvoir échappait à la prison mentale du jeune homme, l'obosom annihilerait la cité et chacune des personnes que Malik aimait sans une hésitation.

Toute cette colère au nom d'une injustice commise mille ans avant qu'aucun d'eux n'ait vu le jour. Un tort pourtant infligé en réponse à la tyrannie des ancêtres de Malik, l'Ulraji Tel-Ra.

Malik ne regrettait pas d'avoir enfermé son ennemi dans son esprit – mais, la Grande Mère lui vienne en aide, que c'était douloureux.

« Tu oses te comparer aux ulrajis du passé ? » questionna Idir, et bien que Malik partage son esprit avec l'obosom depuis maintenant près de cinq jours, il tressaillait encore chaque fois qu'Idir lisait dans ses pensées. « Tes pouvoirs ne sont qu'un infime écho des leurs, et même eux, au plus fort de leur puissance, n'auraient pas été capables de me retenir longtemps. »

Un nouvel assaut du Roi sans visage fit pression contre le crâne de Malik, aussi cuisant qu'un fer chauffé à blanc. Cela aurait dû le réveiller, pourtant le jeune homme demeurait prisonnier de ce combat, sans pouvoir appeler à l'aide. Un témoin extérieur aurait-il vu son corps pris de convulsions en réponse à sa lutte intérieure, ou simplement son visage endormi ? Si Idir le tuait et prenait possession de son corps, quelqu'un s'en rendrait-il compte ?

« M'enfermer ici était astucieux, mais tu as sous-estimé une chose, cracha Idir. Si l'entièreté de mon être s'est révélée à toi, l'inverse est également vrai – je connais chacun des tours et détours de tes pensées, tous les coins sombres de ton esprit que, même toi, tu n'es pas prêt à affronter. » Bien que Malik ait lié le Roi sans visage sous sa forme humaine décharnée, l'obosom avait conservé les yeux serpentins de sa véritable enveloppe corporelle, et c'étaient maintenant ces yeux qui le toisaient, chargés d'une haine millénaire. « Voilà comment je sais que tu n'es pas assez fort pour m'enfermer ici éternellement. »

Des vrilles de panique familières creusèrent leur sillon dans les entrailles de Malik. Et si Idir avait raison ? Après tout, que valait sa compréhension limitée de la magie ulrajie face à un esprit jadis révéré comme un dieu ? Même avec son don pour tisser des histoires, qu'était-il d'autre qu'un mortel ridiculement et douloureusement petit ? Il n'y arriverait pas, il n'aurait jamais dû agir ainsi, il ne faisait que retarder l'inévitable, il était…

Non. *Non.*

S'il suivait cette spirale angoissante, il en viendrait à implorer la pitié d'Idir, comme un lâche. C'était ce que son ancien moi aurait fait.

Mais cet ancien moi était mort au moment où il s'était transpercé le cœur, au dernier jour de Solstasia. Et le nouveau Malik n'était peut-être pas un dieu, mais il était tout sauf impuissant.

« Je n'ai pas besoin d'être fort », dit Malik, et en dépit des cris de protestation de chacune des fibres de son corps, il se força à se remettre debout. Le vieux mantra d'ancrage de sa grand-mère satura son esprit, repoussant les assauts de la douleur et de l'incertitude.

Respire. Reste présent. Reste ici.

Malik leva la tête et opposa un regard de défi au Roi sans visage.

« Il me suffit d'être plus fort que toi. »

Si l'obosom avait été en colère jusque-là, cela n'eut rien de comparable avec le déferlement de rage que les paroles de Malik déclenchèrent. La citronneraie tout entière résonna de l'indignation du Roi sans visage. Lorsque le jeune homme essaya de s'accrocher à un tronc pour ne pas vaciller, ses mains se cloquèrent sous l'effet de la chaleur. Le sol sous ses pieds se transforma en cendres, et Malik se mit à tomber dans un coin sombre de son esprit d'où il ne pourrait s'échapper. Il freina de toutes ses forces contre le vide qui l'aspirait, mais il n'arrivait toujours pas à se réveiller.

Puis, quelque part au milieu de ce vortex de chaos brilla une lumière dorée – un unique filament de nkra, l'élément magique dont toute magie découlait. Sans aucun moyen de savoir où il menait, Malik s'y agrippa, car c'était la seule chose à laquelle se retenir. Le riche parfum de la terre après une averse printanière satura ses sens.

L'odeur de Karina.

La pensée avait à peine traversé l'esprit de Malik que sa chute l'entraînait de nouveau, loin de la citronneraie et du Roi sans visage, dans une partie de son esprit à l'écart de tout le reste.

La sensation prit fin. Malik ouvrit lentement les yeux dans un océan de… verdure.

Son environnement lui apparaissait flou, comme le sont souvent les choses dans les rêves, mais c'était bien une végétation luxuriante qui l'entourait, telle qu'il n'en existait aucune dans l'Odjubai. Les cris rauques des touracos et d'autres oiseaux, mêlés de rires d'enfants, vibraient dans l'air. Les quelques masures en briques d'argile que Malik apercevait arboraient les motifs géométriques concentriques d'une culture qu'il ne reconnut pas. Il n'était jamais venu ici, et pourtant, tout au fond de lui, Malik connaissait cet endroit.

La source des rires ne fit plus aucun doute quand deux fillettes le dépassèrent en courant, leurs visages brouillés comme par un coup de pinceau.

« Plus vite, Khenu ! Les anciens vont nous coller de corvée de bois si on est encore en retard ! cria la plus grande des deux, qui ne sembla pas remarquer la présence de Malik.

— J'arrive ! » répondit l'autre – Khenu, apparemment –, dont les mouvements légers et précipités rappelèrent à Malik sa sœur cadette, Nadia. Khenu avait couvert la moitié de la distance les séparant quand elle trébucha sur une racine du chemin et s'étala dans la terre. Elle éclata aussitôt en sanglots, et son aînée revint sur ses pas pour l'aider avec un soupir exagéré.

« Quel genre d'ulrajie pleure pour une si petite chute ? » se moqua-t-elle en redressant son amie. Malik écarquilla les yeux – cette petite fille était une ulrajie ? Cela devait donc être un souvenir d'une lointaine époque où une telle information pouvait s'échanger librement. Mais à qui appartenait ce souvenir… ? Au Roi sans visage ?

Il fit un pas en avant puis se figea, les narines de nouveau assaillies par l'odeur de la pluie. Une décharge d'énergie qui n'avait rien à voir avec sa magie le traversa alors qu'il jetait un coup d'œil par-dessus son épaule et découvrait Karina près de lui.

Elle ne quitta pas du regard les deux enfants qui arpentaient la jungle, laissant le temps à Malik d'assimiler sa présence. Avec ses yeux d'ambre brillants et alertes, son nuage de boucles argent caché sous un foulard vert qui lui ceignait la tête, elle ne semblait pas avoir souffert de sa tempétueuse et spectaculaire évasion de Ziran, quelques jours plus tôt. Elle attendit que les fillettes aient disparu pour tourner son visage vers lui. Bien qu'il ne s'agisse que d'un rêve, l'énergie dont vibrait Malik s'intensifia sous son regard scrutateur, qui s'attarda un peu trop longtemps sur ses lèvres, l'obligeant à se remémorer leur dernière rencontre.

Cinq jours s'étaient écoulés depuis qu'ils avaient échangé sur le toit du temple du Soleil ce baiser qui l'avait bouleversé.

Cinq jours s'étaient écoulés depuis qu'il avait tenté de la tuer pour sauver la vie de sa petite sœur.

Cinq jours s'étaient écoulés depuis que Karina avait quitté Ziran dans un déchaînement de vent et d'éclairs, et que sa sœur aînée, la princesse Hanane, était revenue d'entre les morts.

Cinq petits jours avaient suffi à complètement réécrire le monde qu'ils connaissaient. Il y avait tant de choses que Malik aurait voulu dire ; les explications et les excuses se bousculaient sur sa langue. Il fit un pas vers la princesse, puis un autre quand il constata qu'elle ne bougeait pas.

« Karina », commença-t-il, mais c'est tout ce qu'il parvint à dire avant que le poing de la princesse n'entre en collision avec sa mâchoire.

« Malik ? Malik ! »

Il ouvrit les yeux d'un coup, dans une explosion de douleur. On lui touchait l'épaule. Tout à coup, les instincts qu'il avait affûtés des années durant au contact de son père violent ressurgirent. Le tatouage spectral d'un noir d'encre qui tourbillonnait d'ordinaire autour de son biceps se précipita vers sa paume, où il forma une dague à lame d'obsidienne et à poignée dorée. De sa main libre, Malik attrapa son assaillant par l'avant de sa chemise et pressa le tranchant de son arme contre sa gorge. L'autre tenta de se dégager, en vain.

« Malik, c'est moi ! Pose la lame-esprit ! » s'écria une voix qu'il reconnut comme celle de sa grande sœur. Et tandis que Leila se tortillait sous sa poigne, il prit conscience de la présence d'une seconde lame, appuyée contre la chair tendre de son propre cou.

« Relâchez-la », ordonna la Sentinelle, et la seule chose qui fit plus de bruit que le battement affolé du cœur de Malik fut une plainte aiguë à ses oreilles, déclenchée par la proximité du guerrier. Il libéra Leila, et la Marque regagna aussitôt sa place initiale. Il se prit la tête entre les mains, respirant avec difficulté. Où était-il ? Que se passait-il ?

Respire. Reste présent. Reste ici.

Il ne se trouvait pas au cœur de son esprit à combattre Idir pour conserver le contrôle de son corps ni ne rêvait de Karina et du passé. Il n'était pas un enfant recroquevillé dans un coin, priant les dieux que son père ne découvre pas sa cachette, pas cette fois.

Il était à l'infirmerie de Ksar Alahari, où il logeait depuis la fin de Solstasia. Ses sœurs étaient en sécurité. Lui aussi, du moins si cette Sentinelle consentait à baisser son arme.

D'un regard, Leila perçut le tremblement de frayeur de son frère et aboya au guerrier : « Arrêtez ça, vous lui faites peur ! »

Dans leur ville natale d'Oboure, si un Eshran s'était adressé ainsi à un membre des forces d'élite ziranies, cela lui aurait valu un passage à tabac dans le meilleur des cas, sinon la mort. Mais Malik mesura une fois de plus combien ils s'étaient élevés dans la société en voyant la Sentinelle hocher la tête avant de regagner son poste dans le coin de la pièce. Leila fit claquer sa langue et marmonna quelques mots dans sa barbe, mais Malik remarqua que ses mains, figées dans une posture défensive, étaient toujours entre eux.

« Je suis vraiment, vraiment désolé, dit-il d'une voix étranglée.

— Ne t'excuse pas, c'est moi qui t'ai réveillé en sursaut. » Elle desserra les poings et croisa les bras sur sa poitrine. « Tout va bien. Je ne suis pas blessée. »

Mais elle aurait pu l'être. Telle était la raison de la présence de la Sentinelle ici – pas pour protéger Malik du monde, mais l'inverse. Il ne pouvait pas en vouloir à Farid et au conseil de prendre au sérieux le risque qu'Idir s'échappe ; ça ne signifiait pas pour autant qu'il appréciait d'être sous surveillance à chaque moment du jour.

« C'était le Roi sans visage ? Est-ce qu'il te tourmente ? » interrogea Leila. Les doigts de la Sentinelle se crispèrent autour du manche de sa lance, unique signe qu'elle suivait la conversation. Malik remarqua l'écharpe rouge et argent qui barrait le torse de l'homme ; témoignait-elle d'un statut particulier ?

« Un peu… Mais tout est sous contrôle, maintenant ! » ajouta-t-il en voyant la panique s'inviter dans le regard de sa sœur. Par acquit de conscience, il plongea en lui-même et éprouva la solidité de la barrière qui le séparait d'Idir. Elle tenait bon, et la douleur qu'il avait ressentie dans son rêve avait disparu.

À la différence de son frère, Leila n'était pas une ulrajie, aussi ne comprenait-elle pas tout à fait ce qui s'était produit quand Malik avait accueilli l'esprit dans son corps. Depuis la fin de Solstasia, il l'avait plusieurs fois surprise à le regarder comme si elle s'attendait à ce qu'un démon jaillisse de sous sa peau et les tue tous.

Ce qui, à la lumière des derniers événements, n'était pas si improbable que Malik l'aurait souhaité.

Mais il n'aurait plus à s'inquiéter très longtemps de cette éventualité, car il devait commencer le jour même son entraînement d'ulraji avec Farid. Sous la tutelle de l'ancien intendant du palais, il apprendrait à contrôler ses pouvoirs et à fortifier son esprit de telle manière que le Roi sans visage ne puisse s'en échapper.

Les yeux de Malik se posèrent sur Nadia, qui dormait paisiblement sur le lit voisin du sien, pas le moins du monde perturbée par la scène qui s'était jouée un instant plus tôt. Tant mieux – c'était la première fois qu'elle trouvait le sommeil depuis son retour du monde spirituel où elle avait été retenue en otage. Elle laissa échapper un soupir d'aise tandis qu'il remontait la couverture sous son menton.

Tout ce que Malik avait fait, tout ce qu'il avait sacrifié, ç'avait été pour ce soupir. Les tourments avec lesquels il allait devoir vivre n'étaient rien s'il pouvait l'entendre à nouveau.

« Il ne pourra plus nous faire de mal », promit Malik, et un frisson lui traversa l'esprit.

Crois ce que tu veux, petit ulraji, cracha Idir. *Mais même le mur le plus solide a ses faiblesses.*

Le besoin urgent de planter les ongles dans la chair de ses bras étreignit Malik, une vieille habitude qu'il avait acquise au fil des années où il n'avait nulle façon d'exprimer la magie qui brûlait en lui.

Au lieu de quoi, il fit claquer le bracelet en caoutchouc tressé qu'il arborait au poignet gauche, celui que son ami Tunde lui avait donné au cours de Solstasia.

Son esprit lui appartenait. Il était toujours le plus fort en ces lieux.

Son malaise devait être visible, car Leila lui prit la main et toucha l'hématome qui bleuissait au coin de sa mâchoire. « Où t'es-tu fait ça ? »

Excellente question. Malik ne savait pas trop comment expliquer l'étrange rêve où était apparue Karina sans mentionner le fait que, juste avant, le Roi sans visage avait presque réussi à s'échapper.

Il n'avait de toute façon aucun droit de rêver de Karina, plus depuis qu'il avait plongé une dague dans son cœur lors de leur dernière rencontre. Et quoiqu'il ne regrette pas ce qu'il avait fait, car la vie de Nadia en dépendait – du moins le croyait-il, alors –, la culpabilité l'affectait plus qu'il ne l'avait cru, si son esprit élaborait des rêves où la princesse disparue s'en prenait physiquement à lui.

Et la présence de Karina avait paru si réelle, comme s'il avait pu tendre le bras et la toucher. Y avait-il une chance que… Non, à quoi pensait-il ? Sa magie créait des illusions, mais aucune illusion n'était capable de donner réalité à un rêve.

« Je me suis mordu la lèvre durant mon cauchemar », dit-il. Ça devait être ça. Il s'était accidentellement blessé dans son sommeil, et son esprit fatigué avait interprété ça comme un coup de poing de Karina. Rien d'autre.

Plus Malik s'efforçait de percer à jour la signification de son rêve – Karina, la petite ulrajie, l'endroit étrangement familier où il s'était trouvé –, plus ses pensées s'embrouillaient. Bien qu'il sache qu'il devait se reposer avant l'arrivée de Farid, il resta assis là, la main dans celle de Leila, longtemps après qu'elle se fut endormie. La présence du Roi sans visage était plus supportable quand il était éveillé, et Malik se concentra sur la respiration de ses sœurs, sur l'odeur piquante des herbes que les guérisseurs avaient suspendues dans l'infirmerie pour tenir les enténébrés à distance, sur la sensation irritante de la Marque qui s'agitait dans son dos... Tout pour ne pas penser à quoi ressemblerait son premier jour d'entraînement.

C'est dans cette position que Farid le trouva en entrant dans l'infirmerie, juste après le lever du soleil.

« Je ne pensais pas vous voir debout si tôt », dit Malik à son nouveau mentor. L'homme était impeccablement mis, comme à son habitude, ses cheveux sombres peignés sur le côté avec soin, son caftan bleu ne laissant dépasser aucun fil. Il ne montrait aucun signe de fatigue, malgré la tourmente que tout Ziran et lui traversaient depuis la fin de Solstasia. Farid ne jeta même pas un regard à la Sentinelle en s'approchant du lit, et Malik se demanda ce que ça faisait de grandir sans éprouver une peur constante de ces guerriers.

« As-tu bien dormi ? demanda-t-il.

— Oui », mentit Malik. Leila se redressa vivement, son expression passant de la confusion ensommeillée à une vigilance renfrognée au moment où ses yeux se posèrent sur Farid.

« Quand allez-vous enfin cesser de le traiter comme un prisonnier ? » interrogea-t-elle, et le rouge monta aux joues de Malik. Il aimait sa sœur de tout son cœur, mais il aurait voulu qu'elle se montre moins dure avec celui qui avait fait preuve de tant de générosité à leur égard.

« Ce type a ramené une fille d'entre les morts et fomenté un coup d'État le même jour, avait-elle feulé quand Malik lui avait dit qu'il comptait devenir l'apprenti de Farid. Nous ne savons pas de quoi il est capable. »

Mais ils ne savaient pas non plus de quoi Malik était capable, raison précise pour laquelle il avait besoin de l'entraînement de Farid.

L'ulraji répondit au regard glacial de Leila par un sourire chaleureux. « Dès à présent. En fait, je vous ai fait préparer à tous les trois de nouveaux appartements, et je suis certain que vous les préférerez à l'infirmerie. Si tout se passe bien aujourd'hui, vous pourrez vous y installer dès ce soir. »

Malik n'en croyait pas ses oreilles. Des chambres permanentes au palais pour ses sœurs et lui. C'était plus qu'ils n'auraient jamais pu espérer. Mais… une seconde.

« Que voulez-vous dire par “si tout se passe bien aujourd'hui” ? » Malik se força à s'écarter de ses sœurs afin de paraître fort et confiant devant son nouveau professeur.

« Je te l'expliquerai en temps voulu. Viens avec moi… Toi seulement, pour l'instant. Tes sœurs nous rejoindront plus tard », dit Farid, et malgré le froncement de sourcils prononcé de Leila, Malik se dépêcha de suivre les ordres. Le manque de sommeil le rattrapa, mais il refoula la fatigue nerveuse et physique pour ne pas se laisser distancer par son instructeur. « Avant toute chose, tu dois aller te changer, car la princesse a demandé à te voir. »

2

Karina

De tous les traîtres et les bonimenteurs maudits par la Grande Mère, pourquoi fallait-il que Karina rêve de *lui* ?

« Tiens donc, la princesse est enfin réveillée », se moqua Dedele en voyant Karina débouler sur le pont de la barge du désert. Le soleil projetait tout juste à l'horizon ses vagues roses et bleutées, ce qui signifiait que Karina n'avait pas dormi si tard que ça, mais la vivacité avec laquelle ses compagnes de voyage évoluaient sur l'embarcation laissait penser qu'elles étaient levées depuis des heures. Dedele se trouvait sur le pont inférieur, où elle procédait à l'inventaire de leurs provisions. Après avoir resserré les nœuds qui maintenaient leurs calebasses, l'ancienne championne du Feu désigna du menton les bleus qui s'épanouissaient sur la main gauche de Karina.

« Pourquoi ai-je l'impression que vous vous êtes battue contre un gorille dans votre sommeil ?

— Cauchemar », grommela Karina. En soi, le fait n'avait rien d'inhabituel, car elle faisait des mauvais rêves depuis son évasion de Ziran. Sitôt qu'elle s'endormait, elle se retrouvait sur cette plateforme, les poumons saturés de fumée âcre, et regardait Farid – sa propre famille – se retourner contre elle et défier les Anciennes Lois pour faire revenir sa sœur d'entre les morts. Puis ses yeux croisaient ceux de la fausse Hanane, et Karina se réveillait au son de ses propres cris. Depuis leur départ, cinq jours plus tôt, elle n'avait dormi en tout et pour tout que quelques heures.

Mais le rêve de la nuit précédente avait été... différent des autres. Plus *réel*, comme un souvenir qu'elle n'avait pas conscience d'avoir oublié, même si elle n'avait pas reconnu ces deux fillettes ou ce village. Karina n'avait vu qu'un seul visage familier en ces lieux, et l'expression qu'il avait arborée, la façon dont il s'était approché d'elle lui faisaient regretter de ne pas l'avoir frappé plus fort.

« J'ai vu Malik », lâcha Karina, et elle se maudit silencieusement de l'avoir mentionné. Parler de lui revenait à reconnaître qu'elle se souciait de lui, ce qui n'était certainement pas le cas – pas après qu'il l'avait laissée pour morte. Même son nom sonnait faux sur sa langue, car il s'était appelé Adil durant Solstasia. Pour ce qu'elle en savait, Malik n'était peut-être même pas son vrai nom.

Cependant, ses camarades ne semblaient pas aussi préoccupés qu'elle par son rêve. Dedele se contenta de laisser échapper un sifflement et lui lança un bâton à mâcher. « Vous êtes sûre que c'est le genre de rêve dont on peut parler devant une enfant ? » demanda-t-elle en désignant du menton le troisième membre de leur petite compagnie.

Afua lui jeta un regard moqueur depuis le pont supérieur où elle était assise en tailleur, tandis qu'une lueur violette s'écoulait de ses paumes pour imprégner le bois usé de la barge.

« Je ne suis pas une enfant ! protesta-t-elle d'une voix qui disait le contraire. Je sais tout ce qu'il y a à savoir sur les baisers et ce genre de trucs !

— Ce n'était pas un rêve comme ça ! » aboya Karina. Et elle mordit dans son bâton avec plus de force que nécessaire afin de s'épargner d'autres explications.

D'ordinaire, elle supportait sans mal les moqueries bon enfant – d'ailleurs, c'était le plus souvent elle qui chambrait les autres –, mais d'ordinaire elle se réveillait dans un palais avec une armée de serviteurs à sa disposition, pas sur une bâche qui sentait comme la fille cachée d'un cadavre de porc et d'une flaque de vomi. D'ordinaire, elle n'était pas la fugitive la plus recherchée de tout Sonande, et n'avait pas à se retourner chaque seconde pour s'assurer qu'aucune des dizaines de menaces qui rôdaient dans le désert de l'Odjubai ne venait s'en prendre à elle.

Malik faisait partie de ceux qu'elle devait remercier d'avoir changé son ordinaire. Lui, Farid, et tous les autres traîtres à la couronne qui l'avaient chassée de sa ville – de chez *elle* – comme une chienne, la queue entre les jambes.

Karina effleura distraitement la fine cicatrice sur sa poitrine, au niveau de son cœur. Quoiqu'elle n'en ressente aucune douleur physique, une colère sourde la traversait chaque fois qu'elle repensait à ce que Malik avait fait. Il l'avait attirée sur le toit du temple du Soleil en créant l'illusion de sa sœur décédée et l'avait embrassée, pour la poignarder l'instant suivant.

Et Farid. Son gardien, son frère en toutes choses sinon par le sang, qui avait voulu sa mort pour un crime qu'elle ne se rappelait même pas avoir commis. Elle sentait encore la morsure des fers qu'il avait refermés autour de ses poignets et la chaleur insoutenable du brasier dans lequel il avait enfanté le monstre qu'il croyait être sa sœur. La poitrine de Karina se serra au souvenir du moment où tout ce qu'elle croyait savoir sur le monde avait basculé, ce moment où elle avait vu sa défunte sœur respirer de nouveau.

Tout à coup, une puissante rafale fit gîter la barge. Les trois filles furent jetées sur le pont.

« Karina ! vociféra Dedele alors qu'Afua s'agrippait au bois, sa magie tentant de reprendre le contrôle de l'embarcation.

— Pardon, c'était un accident ! » cria Karina en retour. Serrant les dents, elle plongea en elle-même à la recherche du fil de nkra qui la connectait à l'air et lui intima de se calmer. La bourrasque tourbillonna encore plusieurs fois autour d'elles avant de les relâcher. Dedele marmonna une prière de remerciement à sa divinité patronnesse, le léopard Ɔsebɔ, avant de tourner un regard courroucé vers Karina.

« Si vous n'arrivez pas à contrôler vos pouvoirs, vous allez attirer toutes les Sentinelles à cent cinquante kilomètres à la ronde, avertit-elle. Ce n'est pas encore la saison des tempêtes de sable. Tout phénomène météorologique anormal les mènera directement à vous. Vous ne devriez même pas utiliser votre magie avant que nous ne soyons arrivées en Arkwasi.

— Comme si je ne le savais pas », grommela Karina. Facile à dire pour Dedele ; ce n'était pas elle qui s'efforçait de dompter une tempête sous sa peau. Une mauvaise pensée, une émotion non maîtrisée, et Karina pouvait les geler jusqu'aux os ou les piéger accidentellement dans un terrible orage, comme elle l'avait fait avec son père et sa sœur bien des années plus tôt.

« Vous devriez essayer ces exercices de respiration que je vous ai enseignés, suggéra Afua d'une voix où pointait un soupçon de fatigue après une telle dépense de magie. Le socle de toute magie zawenjie est le contrôle des émotions, qui commence par la respiration. »

Des années de pratique de la musique avaient appris à Karina à gérer son souffle bien plus efficacement, mais elle n'était pas en position d'en débattre avec la jeune Vie-alignée, sans qui elles seraient mortes à l'heure actuelle. Karina gagna l'autre bout du bateau, assez loin pour que les deux autres ne se fassent pas balayer par une bourrasque si jamais elle perdait sa concentration, et s'assit en tailleur, les mains croisées devant elle. Afua commençait toujours ses méditations par une prière à sa divinité patronnesse, aussi Karina fit-elle de même.

« Gloire à Toi, Santrofie, fils du Vent, dieu des cieux et de tous ceux qui sont nés sous Ta protection. Merci pour l'air qui remplit mes poumons et pour le vent qui ramène les marins perdus au rivage. Puissé-je me déplacer dans le monde avec la vélocité d'un orage printanier, et puisse Ta sagesse me guider sur les chemins de la vie, de mon premier à mon dernier souffle. »

À ce point, Karina était censée se sentir submergée par la foi, dans une harmonie totale avec sa magie et le dieu qui la lui avait prétendument donnée, et comprendre enfin pourquoi certaines personnes croyaient assez aux divinités patronnesses pour leur dédier leur vie.

Mais cela n'arriva pas. Elle ouvrit les yeux sans rien éprouver d'autre que l'habituelle pointe de déception là où aurait dû se trouver sa connexion avec le divin.

Les dunes dorées de l'Odjubai défilaient devant elle telles les vagues d'une vaste mer – enfin, c'était du moins ainsi que Karina se la représentait. Comme tous les membres de la famille Alahari depuis Bahia, elle était restée cloîtrée derrière la Barrière magique qui protégeait Ziran, aussi n'avait-elle jamais vu la mer. La destruction de la Barrière était peut-être la seule bonne chose ayant résulté de son évasion fracassante de la ville. Depuis mille ans, aucun membre de sa lignée, pas même son illustre mère, ne s'était autant éloigné de Ziran que Karina.

Malheureusement, elle avait du mal à apprécier le goût de la liberté, quand celle-ci avait jusque-là consisté à fuir au péril de sa vie.

Karina traça du pouce devant elle l'étroite ligne où le ciel rencontrait la terre, toute velléité de méditation oubliée. Quelque part au-delà de cette ligne, Farid était-il en train d'envoyer davantage de soldats à sa poursuite, chargés de la ramener à Ziran, hurlante et gesticulante ? Ou avaient-ils reçu l'ordre de l'abattre à vue ? L'ancien intendant complotait-il avec le monstre qu'il avait créé à partir du corps de Hanane ?

Le vent se leva de nouveau tandis que Karina s'efforçait de réprimer le souvenir de la naissance de cette créature. Les morts étaient morts et enterrés, comme l'affirmaient les Anciennes Lois. La vraie Hanane avait péri dix ans plus tôt, quoi que Farid croie. Cette chose qui avait rampé hors des flammes n'était pas plus la sœur de Karina que Malik n'était son allié.

Il lui fallait une armée, assez nombreuse pour s'opposer aux forces de Farid. Et la seule autre nation de Sonande capable de concurrencer Ziran sur le plan militaire était l'Arkwasi. La seule chose qui rendait supportables ces journées harassantes et ces nuits infernales était la promesse qu'au terme de son voyage elle trouverait de l'aide auprès du chef suprême d'Osodae, la capitale arkwasienne, et du Conclave, la communauté secrète des zawenjis qui avait enseigné à Afua tout ce qu'elle savait.

Secondée par la puissance de la nation arkwasienne, elle se rapprocherait de son but : reprendre ce qui lui appartenait.

Mais il ne servait à rien de fantasmer sur son hypothétique armée si elle enterrait la barge du désert sous une tempête de sable d'ici là. Karina revint donc à ses exercices de méditation avec une motivation renouvelée. Néanmoins, à sa troisième vaine tentative, elle abandonna et observa les dunes défiler devant elle. Si loin au nord de Ziran, il n'y avait rien d'autre à voir que du sable, des rochers, de la poussière, encore du sable, un corps, du sable… une seconde.

Karina se frotta les yeux. La forme d'un corps humain allongé demeurait imprimée sur ses rétines, dépourvue du miroitement caractéristique des mirages.

« Dedele ! Afua ! appela-t-elle, son pouls s'accélérant. Je crois que j'ai vu quelqu'un ! »

En un instant, les deux autres furent près d'elle. Dedele décrocha sa longue-vue de sa ceinture et la porta à son œil. « Par les boutons de Ɔsebɔ, c'est un cadavre ? »

Karina lui arracha l'instrument des mains et lorgna au travers à son tour. Elles étaient trop loin pour en distinguer les détails, mais il était impossible de ne pas voir la façon dont l'infortuné convulsait sur le sable. « Il est toujours vivant ! On doit faire quelque chose ! »

Dedele reprit la longue-vue en fronçant les sourcils. « Ça pourrait être un piège. Un bandit qui ferait semblant d'être blessé pour attirer d'innocents voyageurs et les détrousser. »

Karina le savait, et pourtant... Le souvenir du corps de sa mère s'écroulant s'imposa à son esprit. « Il faut au moins vérifier. Afua, vite ! »

La zawenjie Vie-alignée changea docilement de cap. À la seconde où l'embarcation fut amarrée, Karina en descendit par le plat-bord et courut à la rencontre de ce qui se révéla être une très vieille dame, assez âgée pour être sa grand-mère. Des hématomes sombres émaillaient sa peau brune et ridée, et les larges traînées rouges dans le sable derrière elle attestaient qu'elle avait rampé sur plusieurs dizaines de mètres avant que ses forces ne l'abandonnent.

« Vous m'entendez, atti ? » demanda Karina, utilisant le mot familier pour « grand-mère » en zirani tandis que Afua portait une outre d'eau à ses lèvres. Après quelques moments d'une immobilité inquiétante, la femme se mit à boire avec avidité, jusqu'à ce qu'une toux lui fasse tout recracher.

« M… M… Ma fille, parvint à croasser l'ancêtre une fois sa toux maîtrisée. Je vous en prie, aidez-moi, ils ont pris ma fille !

— Qui a pris votre fille, atti ? Que vous est-il arrivé ? questionna Dedele.

— Ils sont venus hier soir, ils ont emmené tout le monde. Ceux qui se sont opposés à eux, ils les ont tués. J'ai fait semblant d'être morte, alors ils m'ont laissée. » Les mains qui agrippèrent la robe de Karina étaient si faibles qu'une mouche aurait pu leur faire lâcher prise. « Oh, ma fille ! Ma fille unique ! Ils l'ont prise ! Elle est partie ! »

La femme poussa un hurlement plaintif semblable à celui d'un animal blessé. Si Karina ne l'avait pas tenue fermement, elle se serait noyée dans son propre désespoir. Elle ne précisa pas l'identité de ses assaillants, mais c'était inutile ; les exactions commises par les trafiquants du désert étaient connues de tous. Cette femme devait sa survie soit à un coup de chance, soit à l'intervention des dieux, si l'on choisissait d'y croire.

Pendant que l'inconnue sanglotait entre les bras de Karina, la princesse leva les yeux vers ses deux compagnes et vit qu'elles partageaient son malaise. « Nous devons faire quelque chose.

— Faire quoi, exactement ? répliqua Dedele. Traquer les trafiquants et leur demander poliment de lui rendre sa fille ? Dans le meilleur des cas, on y laissera la vie. Et dans le pire, ils découvriront que vous êtes… » Dedele s'interrompit en jetant un coup d'œil méfiant à la vieille femme, mais celle-ci était trop accaparée par sa peine pour suivre leur conversation. Seul l'épais foulard émeraude noué autour des cheveux argent de Karina l'avait empêchée de la reconnaître au premier regard, mais ce déguisement n'abuserait pas grand monde.

L'argument était pertinent. Dedele et Afua avaient risqué leur vie pour sortir Karina de Ziran, et la risquaient de nouveau pour l'emmener en Arkwasi. Comment pouvait-elle mettre leur sacrifice en péril pour une femme dont elle ne connaissait même pas le nom ? Mieux aurait valu qu'elle ne lui porte pas secours, car elles lui avaient donné un espoir qu'elles s'apprêtaient à lui arracher.

Mais Karina était mue par autre chose que la simple compassion envers une étrangère. Ce que Malik lui avait dit dans la nécropole sous Ziran lui revint en mémoire.

« Et ces centaines de personnes qui perdent la vie tous les jours en traversant le désert, et tous ces Eshrans qui meurent dans les troubles qui sévissent dans les montagnes, vous vous en fichez aussi ? »

Ces paroles la remplirent de honte, tant aujourd'hui que le jour où il les avait prononcées. Car bien qu'il soit un traître, bien qu'il l'ait laissée pour morte, il avait raison. Elle ne s'était jamais souciée des réfugiés ou de ceux qui étaient tombés au combat, tout simplement parce qu'elle n'avait jamais eu *besoin* de le faire. Recluse dans sa tour d'albâtre, elle avait vécu dans l'ignorance, aussi loin des souffrances de ceux qui s'agitaient à ses pieds que de celles de personnages de contes.

Même à présent, elle était protégée des conséquences du coup d'État de Farid. Elle s'était enfuie à l'instant précis où son peuple avait eu le plus besoin d'elle. Malgré sa magie et son statut, elle avait été totalement impuissante face au monde qui s'écroulait autour d'elle.

Tout comme la nuit où elle avait perdu Baba et Hanane.

Tout comme la nuit où elle avait perdu sa mère.

Une nouvelle brise siffla à leurs oreilles. Quel genre de reine était-elle, si elle était incapable de sauver même une vieille femme ?

« Si les trafiquants ne reviennent pas la tuer, le froid de la nuit s'en chargera, dit-elle d'une voix radoucie, et même Dedele parut frappée par la vision de cette ancêtre pourrissant dans le sable. Si nous la déposons dans la ville la plus proche, elle aura peut-être une chance. »

Karina lança à Dedele le même regard que la Crécerelle opposait à un adversaire particulièrement obstiné.

Enfin, l'ancienne championne du Feu laissa échapper un soupir.

« Il y a un petit village appelé Tiru à environ une heure d'ici, dit-elle à contrecœur. Je doute que la nouvelle de votre évasion soit déjà parvenue jusque-là, donc ça ne devrait pas poser de problème. Mais après ça, plus aucun arrêt jusqu'en Arkwasi. »

Karina hocha la tête tout en aidant la vieille femme à se relever. La barge les mènerait bientôt à sa vengeance.

Mais d'abord, un tout petit détour.

3

Malik

« La princesse a demandé à te voir », avait dit Farid, comme s'il ne s'agissait que d'une visite de courtoisie. Comme s'il ne s'apprêtait pas à rencontrer ce qui, une semaine plus tôt, n'était encore qu'un tas d'ossements enveloppé dans un linceul blanc.

Ni Malik ni ses sœurs n'avaient été témoins de la résurrection, mais l'événement était sur toutes les lèvres depuis le soir fatidique. Les serviteurs en parlaient même alors qu'ils préparaient le jeune homme à son entrevue avec elle.

« J'ai entendu dire que Mwale Farid gardait la princesse enfermée dans la plus haute tour, dans laquelle on ne pénètre qu'avec la clé en cristal qu'il porte autour du cou, chuchota un des domestiques à son collègue tout en frottant la peau de Malik dans le hammam.

— Elle a des cornes sous les cheveux, et les oreilles pointues, comme celles des chèvres, jura celui qui entreprit de vêtir Malik d'un caftan noir brodé de fils d'or, en prenant soin d'éviter ses blessures en voie de guérison. Si tu la regardes trop longtemps dans les yeux, elle te prendra ton âme ! »

C'était le genre de racontars qui pullulaient dans les contes pour enfants, le soir à la veillée, et qui semblaient dicter la vie de Malik depuis son arrivée à Ziran. Mais étant donné que personne n'avait vu de ses yeux la princesse Hanane depuis la fin de Solstasia, les rumeurs avaient pris de telles proportions que les gens seraient déçus si elle n'avait pas des sabots fourchus ou quelque autre tare monstrueuse.

Malik parvenait à peine à mettre un pied devant l'autre en suivant Farid dans les entrailles du palais. En raison des menaces intérieures et extérieures qui pesaient sur la couronne, le lieu où résidait la princesse Hanane était tenu secret même des occupants de Ksar Alahari, aussi Malik progressait-il les yeux bandés, s'en remettant entièrement à l'ancien intendant.

Il perdit bien vite le compte des virages que leur chemin tortueux leur faisait prendre. La présence de la Sentinelle de l'infirmerie ne l'aidait pas vraiment à se calmer. L'écho des pas du guerrier lui rappelait le nombre de ses concitoyens morts sous les coups de ses semblables.

Comme si tu ne pouvais pas faire de même, si tu le souhaitais.

« Tais-toi, articula Malik entre ses dents, et la poigne de Farid se resserra sur son épaule.

— Quelque chose ne va pas ?

— Ce n'est… rien du tout ! » Se maudissant intérieurement d'avoir mordu à l'hameçon de l'obosom, Malik fit claquer son élastique en caoutchouc jusqu'à ce qu'une marque apparaisse à l'intérieur de son poignet. Que la Grande Mère lui vienne en aide, il n'avait même pas encore rencontré la princesse qu'il perdait déjà son sang-froid.

S'il voulait voir le bon côté des choses, les enténébrés, et par extension les spectres, n'étaient nulle part en vue. Il l'avait remarqué la première fois qu'il était entré dans le palais durant Solstasia – pour une raison inconnue, ces créatures n'avaient pas le droit de cité dans Ksar Alahari. Malik se promit de demander pourquoi à Farid une fois qu'ils en auraient terminé avec ce qu'ils avaient à faire.

À gauche, à droite, à droite encore, volée de marches, nouveau virage à gauche, et Farid lui ordonna enfin de s'arrêter. Une bile aigre remua dans l'estomac de Malik quand quelqu'un annonça : « Adil Asfour, le champion de la Vie de Solstasia, est arrivé, Votre Altesse. »

Farid lui retira son bandeau, et la lumière des torches envahit son champ de vision. Une arène souterraine taillée dans une pierre plus ancienne que celle ayant servi à l'édification du palais se déployait devant lui. Une collection d'épées, de lances, de boucliers et d'autres armes s'alignait sur un des murs, mais l'essentiel de l'espace était occupé par une fosse centrale, elle-même délimitée par des parois creusées de marques qu'aucune main humaine n'aurait pu produire. L'odeur âcre d'un feu récemment éteint imprégnait l'air.

Mais tout cela n'était rien à côté de la princesse Hanane. La sœur aînée de Karina se tenait assise sur une plateforme qui dominait la salle d'entraînement. Un sentiment de terreur absolue pétrifia Malik lorsqu'elle leva sur lui le regard d'un chef de guerre inspectant sa nouvelle conquête.

Les rumeurs avaient tout faux – il n'y avait ni chair grise putréfiée, ni serres, ni griffes à la place de ses mains. La princesse était absolument charmante, à peu près du même âge que Malik, et sa peau brillait comme de l'obsidienne. Elle partageait avec Karina l'inclinaison prononcée de ses yeux, la délicate courbure de sa mâchoire et l'éclat argenté de ses cheveux. Mais les similitudes s'arrêtaient là, et les dissemblances étaient plus notables encore – la minceur de Hanane n'avait pas grand-chose de commun avec les formes plantureuses de Karina. Une poignée de taches de rousseur constellaient l'arête de son nez, et une rivière de locks cascadait dans son dos, là où les boucles de Karina allaient librement autour de sa tête. Même le rouge pastel de sa robe souffrait de la comparaison avec les couleurs vives et les motifs que sa sœur cadette affectionnait.

Et elle était pieds nus. Quelque part, ce petit détail perturba Malik plus que tout le reste – une personne revenue d'entre les morts aurait dû arborer une marque quelconque de ce qu'elle avait traversé, mais tout ce qu'il voyait, c'était une fille qui portait sa royauté comme une seconde peau.

Le conseil était également présent, assis en arc de cercle de part et d'autre de la princesse Hanane, mais à la façon dont elle le regardait, Malik et elle auraient tout aussi bien pu être seuls au monde. D'un mouvement du doigt, elle lui ordonna de s'approcher.

« C'est donc toi qui as terrassé le Roi sans visage. » La voix de la princesse n'avait pas le grain rauque de celle de sa sœur, mais on y entendait la même intonation impérieuse qui mettait au défi quiconque d'oser la contredire. Malik se demanda si ces constantes comparaisons entre elles deux avaient agacé Karina, avant de se souvenir qu'il n'était pas censé s'en soucier.

Dans son esprit, le Roi sans visage remua inconfortablement.

Éloigne-toi de la liche. Tiens-t'en le plus loin possible.

Pour une fois, ils étaient d'accord, mais malgré sa nervosité, Malik n'était pas assez stupide pour tourner le dos à une princesse de sang royal.

« C'est bien moi, Votre Altesse, répondit-il.

— Farid dit le plus grand bien de toi. Tu dois en effet être puissant pour garder une telle créature sous contrôle. »

Malik préféra ne pas mentionner l'épisode de la nuit précédente. « Vos paroles m'honorent, Votre Altesse. »

Il fit de son mieux pour ne pas se tortiller sous le regard inquisiteur. « On me dit que tu crées des illusions ? »

Malik hocha la tête. « Je sais donner vie par les mots à tout ce que mon esprit est capable de concevoir.

— Fais-le pour moi. Maintenant. »

Il y réfléchit quelques secondes avant de se rappeler à quel point la défunte reine aimait les plantes – peut-être était-ce également le cas de sa fille.

Une chaleur vibrante coula dans les veines de Malik, pas si différente de la sensation que l'on éprouve en s'asseyant près d'un feu après plusieurs heures passées dans le froid. Il pourrait vivre un millier d'existences sans jamais s'en lasser – ce moment où ses mots transformaient les invisibles filaments de nkra tout autour de lui en magie pure.

« Quelle est votre couleur de fleur préférée ? Rouge ? Bleu ? Jaune avec un pistil rose ? » Les yeux de Hanane se mirent à briller à mesure que se matérialisait entre eux une fleur dont les pétales passaient de l'écarlate le plus profond au bleu céruléen, puis à un jaune solaire. L'excitation de se produire devant un public enhardit Malik, qui se sentit plus confiant. Plus maître de son art.

« Je ne me limite pas aux objets inanimés. Je peux recréer des créatures vivantes, comme...

— Un gorille ! » lui ordonna Hanane. Malik avait plutôt en tête quelque chose comme, disons, un chaton, mais il donna satisfaction à la princesse. Elle glapit de ravissement lorsque le primate passa derrière elle et lui renifla la nuque, mais son sourire mourut quand sa main traversa le crâne de l'animal. « On ne peut pas toucher tes illusions ? »

Le visage de Malik s'empourpra. « Pas encore. »

Farid, qui avait pris position à côté de la princesse, hocha la tête en direction de son nouveau protégé. « On dit que les tisseurs d'histoires du passé étaient capables de créer des illusions si complexes qu'ils pouvaient affamer quelqu'un pendant des semaines avant que le malheureux ne meure, persuadé d'avoir mangé un festin. Au cours de mes longues années d'étude des sciences mystiques, je n'ai jamais entendu parler de quiconque ayant conservé le contrôle de son corps après qu'un être surnaturel s'en est emparé. Tu ne maîtrises peut-être pas encore les illusions tangibles, mais je soupçonne que cette lacune vient de ce que tu n'as jamais eu de professeur à proprement parler, pas d'un manque de compétence. »

Les compliments étaient appréciables, mais rien de tout cela n'expliquait ce qu'ils faisaient là au milieu d'une arène de combat. Plus important encore, Malik ne parvenait pas à se débarrasser de l'effroi que lui inspirait la proximité d'une morte-vivante. La simple présence de la princesse Hanane revenait à nier que le feu brûlait ou à décider que le nord se retrouverait maintenant au sud. Il y avait là quelque chose de fondamentalement contre nature, qui dressait les poils sur la nuque de Malik.

Mais Farid ne semblait pas perturbé. Le regard bienveillant dont son mentor couvait la princesse persuada Malik qu'il n'avait rien à craindre d'elle.

« Tu te demandes certainement pourquoi je t'ai convoqué ici, dit-elle. Nous sommes aujourd'hui le premier Jour-Eau de la nouvelle ère de l'Eau. Selon la coutume, une cérémonie se tiendra dans le temple correspondant pour ceux qui sont alignés avec la divinité régnante. Le devoir d'aider la haute prêtresse à conduire la cérémonie incombe traditionnellement au vainqueur de Solstasia, mais comme Adetunde, le champion de l'Eau, est toujours porté disparu, le rôle te revient, en tant que vice-champion.

— Tunde a disparu ? » laissa échapper Malik. Qu'avait-il manqué d'autre durant ces cinq jours ?

La grande viziresse Jeneba prit la parole pour la première fois : « On ne l'a pas revu depuis le dernier jour de Solstasia. Il est possible qu'il ait quitté la ville avec Karina. »

Ces mots n'auraient pas dû frapper Malik aussi durement qu'ils le firent. Il avait toujours su que Tunde et Karina avaient eu une aventure avant son arrivée à Ziran. Tunde l'avait aimée, et elle avait dû éprouver quelque affection pour lui, puisqu'elle l'avait désigné vainqueur et lui avait de ce fait donné sa main. Pourtant, les imaginer s'enfuir tous les deux aiguillonna un recoin sombre de l'esprit de Malik qu'il ne savait pas posséder.

Des rides inquiètes se creusèrent entre les sourcils de Farid. « Il est également possible que ce pauvre Adetunde soit l'une des nombreuses victimes de la tempête que Karina a lancée sur la ville. Mais tant que nous ne l'aurons pas retrouvé, tu es le seul à pouvoir t'acquitter de ses devoirs, et nous devons nous assurer que tu es à la hauteur de cette tâche. »

Malik suivit le regard de Farid jusqu'au centre de la fosse, où la Sentinelle de l'infirmerie se tenait à présent épaule contre épaule avec deux de ses camarades. Il comprit ce qu'on attendait de lui. « C'est un test.

— Exact, répliqua la princesse Hanane. La cérémonie de Purification qui se tiendra aujourd'hui sera la première apparition publique de la cour depuis ma... depuis que je suis revenue. Quoique je n'y assiste pas personnellement, le peuple doit impérativement savoir que le palais contrôle la situation. Si le Roi sans visage devait jaillir hors de ton corps, cela ferait très mauvaise impression.

— Mais... et notre entraînement ? demanda Malik à Farid, en haïssant la note de panique qui s'était glissée dans sa voix. N'est-ce pas exactement ce que vous comptiez m'apprendre à éviter ?

— Le contrôle est la pierre angulaire de toute pratique magique, Malik, dit calmement l'ancien intendant. Le test d'aujourd'hui est une leçon en soi. Réussis-le, et ton instruction se poursuivra. Mais si tu échoues... »

La suite était claire : si Malik montrait le moindre signe de faiblesse, ils le tueraient. Toutes les difficultés qu'il avait surmontées ne signifieraient rien s'il ne parvenait pas à convaincre ces gens qu'il contrôlait parfaitement la magie en lui.

Ce qu'il avait échoué à faire même *avant* de partager son corps avec un esprit malveillant.

« Le Roi sans visage, intervint la grande viziresse, est l'une des plus importantes menaces qui aient jamais pesé sur Ziran, raison pour laquelle Bahia Alahari l'avait banni en premier lieu. Nous devons nous montrer dignes de sa volonté et préserver notre peuple de ce fléau. »

Un accès de colère noua les tripes de Malik. *Se montrer dignes de sa volonté ? Comment osent-ils parler de sa volonté alors qu'ils ne l'ont même pas connue ! Seul l'un de nous deux était un monstre, et ce n'était pas moi...*

Malik s'imagina claquer un couvercle sur l'obosom dans un endroit sombre et profond où il ne pourrait ni le voir ni l'entendre. La colère s'atténua, mais il la sentait toujours ramper sous sa peau. L'effroi dut se lire sur son visage, car Farid le rejoignit à grands pas et posa les mains sur ses épaules. « Je ne doute pas que tu aies peur, mais souviens-toi que tu as déjà vaincu le Roi sans visage. Je te sais assez fort pour recommencer. »

Si Malik n'avait aucune confiance en lui-même, il devait s'en remettre à celle de Farid. Malgré la terreur qui lui glaçait les entrailles, il hocha la tête.

Après lui avoir serré l'épaule une dernière fois pour l'encourager, Farid le guida dans la fosse avant de rejoindre le reste des spectateurs. Une fois qu'il fut en position, la princesse Hanane prit la parole : « Quand j'en donnerai l'ordre, tu subiras une série d'attaques de nos Sentinelles. Tu devras conserver la maîtrise tant de ta magie que du Roi sans visage. » Elle désigna le plafond d'un geste, où Malik remarqua pour la première fois la présence d'une demi-douzaine d'archers en haut des fenêtres qui dominaient l'arène. Chacun d'eux avait une flèche encochée et pointée vers son cœur. « Si tu montres le moindre signe de faiblesse, mes gardes ont pour consigne de t'abattre. Est-ce que tu comprends ? »

Le sol se gondola sous les pieds du jeune homme, car pour effrayants que soient les mots que prononçait la princesse, ceux qu'elle taisait l'étaient encore plus. Lui mort, on ne laisserait jamais la vie sauve à ses sœurs, compte tenu de ce qu'elles savaient. Leurs trois existences dépendaient de sa réussite.

« Je comprends », souffla-t-il, comme si les mots venaient d'un endroit très éloigné de son corps.

La princesse hocha la tête. « C'est à vous, commandant. »

À peine eut-elle fini de parler que la Sentinelle à l'écharpe rouge et argent chargea Malik. Il eut seulement le temps de prendre conscience que, tout ce temps, il s'était trouvé en présence du commandant du corps des Sentinelles de Ziran, quand le premier coup l'atteignit au flanc.

La douleur fusa dans son corps. Il parvint à esquiver les deux attaques suivantes, mais pas le coup de pied que la deuxième Sentinelle lui porta dans le dos. Il s'étala sur les marches en pierre au bord de la fosse et resta étendu là tandis que le monde tournait autour de lui et que sa magie s'échauffait à mesure que la douleur augmentait.

Sérieusement, Malik ? Quatre coups et te voilà déjà au tapis ?

L'Eshran laissa échapper un grognement sourd. Sa magie lui brûlait l'arrière de la gorge, prête à tisser des illusions qui mettraient les Sentinelles face aux horreurs dont il avait souffert durant sa vie entière.

Mais la laisser s'exprimer reviendrait à prononcer une sentence de mort pour ses sœurs et lui. Malik replia sa magie sur elle-même jusqu'à réduire le tsunami à un filet d'eau. Il devait la contenir, au moins jusqu'à la fin de l'épreuve.

Il venait de se relever quand le commandant aboya quelque chose aux deux autres Sentinelles. Ses subordonnés reculèrent, et le commandant leva les yeux sur Malik, la main tendue devant lui, paume vers le haut. De vives étincelles orange y prirent forme et s'agrégèrent bientôt en une boule de feu tourbillonnante qui fila droit vers la tête de Malik. Le jeune homme parvint tout juste à esquiver les flammes, tandis que la compréhension de ce qu'il venait de voir peinait à se frayer un chemin jusqu'à son cerveau.

Les Sentinelles pouvaient manipuler le nkra, tout comme lui ou Karina. Les guerriers d'élite de Ziran avaient de la *magie*.

Mais il n'eut pas le temps de s'appesantir sur ces révélations alors que des colonnes de feu apparaissaient un peu partout dans la fosse, ne lui laissant d'autre choix que de fuir à toutes jambes s'il ne voulait pas brûler vivant. Il parvint à zigzaguer entre les murs de feu, avant de s'écraser contre quelque chose de dur – une saillie rocheuse s'élevant de ce qui n'était encore qu'une surface plane quelques secondes plus tôt.

Alors que le commandant faisait pleuvoir le feu, la deuxième Sentinelle ravageait le sol sous les pieds de Malik, l'empêchant de trouver le moindre appui stable. Il sautait de fissure en crevasse, se dérobant tant bien que mal aux colonnes de feu, sans relâcher la pression sur les liens dans sa tête. Il parvenait à peine à tenir le compte des dangers qui l'entouraient quand un jet d'eau le percuta de plein fouet. La troisième Sentinelle était entrée en action.

Pourquoi supportes-tu tout ça ? chuchota le Roi sans visage d'une voix parfaitement calme dans ce cauchemar ambiant. *Lâche-toi. Bats-toi.*

Les liens magiques qui retenaient l'obosom à l'intérieur de lui s'étirèrent presque jusqu'à leur point de rupture. Et il n'y avait ici ni citronneraie pour ancrer Malik ni filament de nkra auquel se raccrocher, juste un chaos sans fin de terre, d'eau et de feu. Le pouvoir d'y mettre un terme était à portée de sa main. Une seule illusion, et tout s'arrêterait.

La magie de Malik jaillit, et de son œil intérieur, il vit le Roi sans visage ouvrir une brèche dans ses défenses affaiblies, oui, ça y était, si proche, encore un effort…

« Non ! » cria Malik, qui, en désespoir de cause, se mordit le bras. Le goût métallique du sang explosa dans sa bouche, et avec la douleur lui vint une lucidité nouvelle, qui lui permit de reprendre instantanément le contrôle de son esprit. Malgré les hurlements de rage de l'obosom, son emprise sur les parois de sa prison tint bon. Les visages de ses sœurs s'imposèrent à son esprit.

Il pouvait le faire – pour elles, il y arriverait.

Le temps parut ralentir sa course dans un tourbillon de feu, d'eau et de terre. Au cœur du maelstrom, Malik garda sa magie tout au fond de lui-même. Aucune pensée ne lui traversait l'esprit, seulement la détermination à ne pas avoir le sang de ses sœurs sur les mains, peu importait la quantité que lui-même devrait en verser.

Puis, après ce qui lui sembla être une éternité mais qui n'avait pas pu excéder une heure, la princesse Hanane lança : « Assez. »

Les Sentinelles se mirent au garde-à-vous telles des marionnettes brusquement tirées par leurs fils. Leurs éléments disparurent, laissant derrière eux un champ de bataille boueux.

Malik tomba sur les mains et les genoux, et vérifia rapidement l'état des murs de la prison de l'obosom.

Ils avaient tenu. Il avait réussi l'épreuve.

Il tressaillit quand les Sentinelles le hissèrent sur la plateforme, où la princesse Hanane le considéra avec un respect nouveau.

« C'était tout à fait impressionnant. Tu as clairement… »

Toute couleur quitta le visage de la princesse. Elle bondit sur ses pieds et attrapa le bras blessé de Malik, sans remarquer la façon dont il reculait. « Ce bracelet, dit-elle d'une voix chargée d'une émotion qu'il ne reconnut pas. Où l'as-tu trouvé ?

— C'était celui de Tunde. Il me l'a donné durant Solstasia », répondit Malik.

Les yeux de la princesse se brouillèrent, et elle ramena sur sa poitrine la main qui n'était pas refermée comme un étau mortel autour du poignet de Malik. « Tunde… le champion disparu, oui. Tunde, il m'est… si familier. »

Un frisson traversa le corps de la princesse Hanane. Malik crut voir quelque chose bouger derrière ses yeux quand Farid posa la main sur son épaule et le tira en arrière vers lui.

« Vous n'avez pas à vous soucier d'Adetunde, Votre Altesse. Nous nous en occupons », dit-il, et la princesse se détendit. Il se tourna ensuite vers Malik. « Tu t'en es admirablement bien tiré. Je n'aurais pas pu choisir meilleur apprenti. Les Sentinelles vont te raccompagner à l'infirmerie pour que tu rejoignes tes sœurs, et de là vous serez conduits à vos nouveaux quartiers, où tu attendras que je vienne te chercher pour la cérémonie. »

Le ton de Farid n'avait rien de désagréable, mais quelque chose en Malik se hérissa du fait qu'on le congédie si vite après ce qui venait de se passer. Il avait prouvé qu'il était capable de maîtriser un puissant esprit dans des conditions pour le moins éprouvantes – une prouesse digne d'admiration.

Mais l'attention de son mentor était maintenant tournée vers la princesse, à qui il murmurait des mots apaisants à l'oreille. Malik ne put rien faire d'autre qu'emboîter le pas aux Sentinelles, qui le firent rapidement sortir de la salle. Il jeta un dernier regard à Farid, qui conduisait Hanane dans la direction opposée avec une bienveillance qui fendit le cœur de Malik.

Personne ne l'avait jamais regardé comme ça, comme si sa simple présence rendait le monde meilleur.

Il doutait que quiconque le fasse jamais.

4

Karina

Il y avait quelque chose de bizarre à Tiru. Karina le sentit à l'instant où sa silhouette endormie apparut à l'horizon, puis une nouvelle fois quand elles entrèrent dans le village.

C'était un peu trop soigné – les rues en terre battue un peu trop propres, les bâtiments de pierre un peu trop neufs pour ce qui aurait dû n'être qu'une petite bourgade commerçante du désert. Mais peut-être faisait-elle preuve de condescendance ; tout ce qui n'était pas Ksar Alahari n'était pas forcément laid pour autant. Néanmoins, il lui parut suspect qu'un village qui ne comptait guère plus qu'un caravansérail, un souk poussiéreux et une dizaine d'habitations puisse s'offrir un tel raffinement.

Mais ce mystère devrait attendre. Pour l'heure, il leur fallait trouver les soins dont Fatima avait besoin.

« Oh, que la Grande Mère vous bénisse, toutes les deux », ânonna la vieille femme, que Karina et Dedele aidaient à marcher. Grâce à la vitesse générée par la magie d'Afua, elles étaient arrivées au village avant la nouvelle de l'évasion de Karina. Les soldats qui la cherchaient n'avaient pas encore investi les rues, et d'ailleurs, plusieurs des bâtiments arboraient encore leurs décorations de Solstasia, ce qu'elle constata avec un pincement au cœur.

« C'est le moins qu'on puisse faire, atti », répliqua la jeune femme, en changeant de position pour que Fatima se repose davantage sur elle et qu'elles puissent avancer plus vite. Même avec ses cheveux strictement tressés sous son foulard et un tissu serré autour du symbole Vent-aligné au creux de sa paume gauche, Karina se sentait dangereusement exposée. En dehors de ses compagnes de voyage, c'étaient les premières personnes qu'elle croisait depuis le coup d'État, et elle se surprit à scruter chaque visage à la recherche du moindre signe de duplicité. Ce berger qui donnait du lait à son agneau était-il un ami ou un ennemi ? Ce marchand d'épices était-il loyal à Farid ou à elle-même ? Quel villageois lui viendrait en aide et quel autre la mènerait à la potence, si l'occasion lui en était donnée ?

Mais pour inconfortable que soit cette sensation, elle refusait de faire demi-tour avant qu'elles n'aient au moins trouvé un endroit où Fatima pourrait passer la nuit. Son peuple avait eu besoin d'elle, et Karina l'avait abandonné ; elle ne ferait pas subir le même sort à cette femme.

Quand elles atteignirent enfin le caravansérail, Dedele lui dit : « Restez ici pendant que je vais voir si je peux négocier une chambre. Et pour l'amour de la Grande Mère, ne parlez à personne. »

Dedele disparut entre les grandes portes de bois de l'auberge tandis que Karina attendait avec Fatima à l'ombre d'un palmier rachitique. Afua était restée près de la barge pour la surveiller. Sous le soleil qui avançait impitoyablement vers son zénith, Karina fit de son mieux pour éponger le front luisant de transpiration de l'ancêtre. Si elle avait une meilleure maîtrise de ses pouvoirs, peut-être aurait-elle été capable de faire baisser la température à un niveau acceptable, mais c'était un risque qu'elle ne pouvait pas se permettre de courir.

« Ce ne sera plus très long. Nous trouverons bientôt un endroit où vous pourrez vous détendre », promit-elle. Fatima releva faiblement la tête.

« Ton visage me rappelle… tant le sien…

— Qui donc, atti ?

— Mais il est parti, répondit-elle avec un gémissement. Et maintenant, ces monstres m'ont pris ma fille. Ça aurait dû être moi ! Oh, Kotoko, pourquoi elle et pas moi ? »

Fatima se remit à sangloter, et Karina la prit rapidement dans ses bras, davantage pour étouffer le son de ses plaintes que pour autre chose. Elle lui murmurait des paroles de réconfort quand une voix de basse s'éleva près d'elle :

« Je dis la vérité ! La tempête qui s'est levée le dernier jour de Solstasia a été causée par une sorcière ! »

Le sang de Karina se figea.

Elle inspira et expira longuement pour maîtriser les battements affolés de son cœur et balaya la rue du regard jusqu'à ce qu'elle repère celui qui avait prononcé ces paroles – un vieux fou à la barbe hirsute qui puait le vin de palme avant midi. Son élocution était laborieuse, et ses gestes désordonnés manquèrent de renverser plusieurs pièces du jeu déployé devant lui. « Qu'est-ce qui pourrait causer une tempête comme celle-ci à cette époque de l'année, sinon une sorcière ? »

Karina se mordit l'intérieur de la joue. Si l'on commençait déjà à suspecter que la tempête n'avait pas été d'origine naturelle, elle courait un plus grand danger qu'elle ne l'avait cru. Dedele avait raison – ç'avait été une erreur de venir à Tiru. Elle devait partir immédiatement, sans quoi une chasse aux sorcières mettrait un terme à ses projets de vengeance avant même qu'ils n'aient commencé.

Cependant, l'adversaire de l'ivrogne éclata d'un rire gras. C'était un homme trapu environ de l'âge de Farid, quoique les cicatrices dentelées qui émaillaient ses mains et son visage laissent supposer une vie très éloignée des salles somptueuses de la cour royale ziranie.

« S'il existe vraiment des sorcières capables de contrôler le ciel, alors ma grand-tante doit être la princesse Karina ! plaisanta-t-il. Tu as bu trop de vin de palme, pour croire à des fadaises pareilles.

— Moque-toi du monde invisible à tes risques et périls, Caracal, avertit le soiffard.

— Au contraire, j'ai le plus grand respect pour le monde invisible, car un monde où je n'aurais pas à voir ta sale trogne est forcément meilleur que celui-ci. » Il tapota le plateau de jeu d'un long doigt. « Bouge ton putain de pion. »

Karina se détendit instantanément. Ce vieil homme n'était clairement pas un agent envoyé par Farid s'il n'arrivait même pas à convaincre un seul mercenaire de la vérité. Il semblait ignorer que les praticiens de la magie s'appelaient des zawenjis et des ulrajis. Mais la nouvelle de ce qui s'était passé durant la cérémonie de Clôture finirait par arriver dans ce petit patelin du désert. Autrement dit, plus tôt elles auraient filé, mieux ça vaudrait.

Le sac à vin était meilleur joueur que palabreur, et en moins de deux mouvements, ses pièces cernaient complètement celles de Caracal. Ils jouaient aux Quatre Amis, un jeu de stratégie qui devait son nom à un conte populaire, dans lequel quatre êtres mythiques s'attiraient la colère de la Grande Mère. Karina chassa distraitement un insecte qui s'était posé sur son épaule et envisageait d'aller voir ce que faisait Dedele quand une personne percuta le boit-sans-soif de plein fouet.

« Oh, bon sang, pardon, vieux ! » s'écria-t-elle en se mettant à genoux pour aider le vieil homme à se remettre debout. Au milieu de toute cette agitation, personne ne vit Caracal discrètement dresser un doigt. En un clin d'œil, deux des pièces s'élevèrent au-dessus du plateau de jeu et échangèrent de place.

La partie se termina trois tours plus tard sur une victoire du mercenaire. L'autre marmonna sombrement dans sa barbe avant de lui remettre une pleine poignée de dairas, puis il partit sans demander son reste. Karina en resta bouche bée. Cet homme venait de… de…

« Karina ! »

La princesse se retourna vivement, la main sur la poignée de la petite dague que lui avait prêtée Dedele, mais ce n'était qu'Afua qui courait vers elle, le visage caché sous la capuche de sa djellaba.

« Je t'ai déjà dit de ne pas utiliser mon vrai nom…, souffla Karina, mais la fillette lui coupa la parole.

— Je viens de repérer une escouade de soldats ziranis en route pour Tiru. Ils seront là d'une minute à l'autre ! »

Imperturbable en temps normal, Afua tremblait de la tête aux pieds. Karina voyait presque les souvenirs de son incarcération à Ziran défiler dans l'esprit de la petite Arkwasienne. Un long chapelet de jurons vint aux lèvres de la princesse, mais elle les ravala et fit signe à Afua et à Fatima de la suivre à l'intérieur du caravansérail.

Elles se frayèrent un chemin à travers une cour remplie de marchands vendant toutes sortes d'articles de voyage venus des quatre coins de Sonande. Dedele se trouvait devant un de ces étals, en train de négocier le prix d'un sac de papayes. Karina fit de son mieux pour garder son calme tandis qu'elle se rapprochait de son amie.

« Afua a vu des soldats ziranis à l'extérieur de la ville. Il faut partir maintenant », siffla-t-elle entre ses dents serrées. Faisant preuve d'un sang-froid exemplaire, l'ancienne championne du

Feu finit de payer ses fruits sans montrer la moindre contrariété. Elle ne s'autorisa à laisser éclater sa colère qu'une fois loin de l'étal.

« Je vous *avais dit* que c'était une mauvaise idée...

— Je sais, je sais, tu avais raison et j'avais tort. Est-ce qu'on peut se concentrer sur nos options ? Morte, tu jubileras beaucoup moins.

— Que va devenir Fatima ? »

L'estomac de Karina se contracta en voyant la vieille femme trembler près d'elle. « Nous avons fait tout ce que nous avons pu, atti. Je suis désolée, mais nous devons partir. »

L'ancêtre eut un petit hochement de tête. Dégoûtée par sa propre lâcheté, Karina conduisit ses compagnes vers la sortie du caravansérail. Elles y étaient presque quand une explosion de rouge et d'argent se matérialisa à la porte.

Les couleurs de l'armée royale de Ziran.

Dedele entraîna rapidement le groupe derrière un étal inoccupé, d'où elles observèrent des dizaines de soldats investir la cour. Quelque chose clochait : Karina savait pertinemment qu'une telle concentration de soldats n'avait rien à faire près de Tiru. Farid les avait-il envoyés spécifiquement pour elle ?

Mais plus étrange encore que la présence des soldats, celle d'un groupe principalement composé de femmes et d'enfants parmi eux. Il y en avait de tous âges, et la grande majorité d'entre eux arborait des haillons. Fatima laissa échapper une exclamation étranglée.

« Ils sont là ! » dit-elle. Le blanc de ses yeux rendu brillant par la peur opposait un contraste saisissant avec sa peau mate. « Ce sont eux qui m'ont pris ma fille ! »

Dedele s'empressa de plaquer la main sur la bouche de la vieille femme pour l'empêcher de trahir leur position. Mais rien de tout cela n'avait de sens aux yeux de Karina. Sa mère n'aurait jamais autorisé l'armée ziranie à se livrer à un trafic humain. Dedele lui jeta un regard apitoyé.

« Ça arrive plus souvent que vous ne l'imaginez. C'est sûrement ainsi que Tiru a bâti sa fortune. Pour une petite bourgade à l'écart des routes commerçantes, la traite des femmes reste le meilleur moyen de s'enrichir, et il n'y a personne ici pour empêcher l'armée d'y participer. »

L'air se mit à crépiter à mesure que la colère de Karina se chargeait de magie. « On doit faire quelque chose !

— Ils sont cinq fois plus nombreux que nous ! Au mieux, ils nous tueront pour avoir mis le nez dans leurs affaires. Au pire, ils comprendront qui vous êtes et nous livreront à Farid. » Le dégoût de Dedele n'avait rien à envier à celui de Karina, mais elle ne bougea pas. « Si vous voulez sortir d'ici vivante, le mieux à faire est de prétendre n'avoir rien vu. »

Prétendre n'avoir rien vu ? Comment Karina le pouvait-elle, alors que ce genre d'exploitation était exactement ce que ses ancêtres avaient combattu, au prix de leurs vies.

Ne rien faire allait à l'encontre de tout ce en quoi Karina croyait. Mais… Dedele avait raison. Si elle mourait en affrontant ces soldats, il n'y aurait plus personne pour s'élever contre Farid. Il n'y aurait plus personne pour mettre un terme à ces agissements.

Pourtant, Bahia Alahari aurait fait quelque chose. La Crécerelle aurait fait quelque chose.

Mais Karina n'était ni son illustre ancêtre ni sa mère bien-aimée. Elle n'était qu'une princesse sans royaume, sans trône, impuissante à aider toute autre personne qu'elle-même. Poignardée par la culpabilité, elle réprima donc sa magie et fit la seule chose qu'elle pouvait faire : elle attendit.

5

Malik

« Je n'en reviens pas qu'ils t'aient fait un coup pareil ! s'exclama Leila d'une voix tranchante qui contrastait avec la douceur de ses gestes tandis qu'elle coiffait Nadia. Tu aurais pu mourir ! »

Malik aurait volontiers répondu, s'il n'était pas présentement en train de se faire poignarder. En l'occurrence, il s'efforçait de ne pas tressaillir pendant que la couturière finissait de planter ses épingles dans la tenue qu'il porterait lors de la cérémonie du Jour-Eau. Des couches d'un tissu bleu soyeux lui drapaient les épaules et le torse, accentuant la carrure qu'il s'ingéniait d'ordinaire à cacher, et il devait admettre que les dizaines de piqûres qu'il avait endurées étaient un maigre prix à payer pour avoir l'honneur de porter un tel vêtement, dont quelques centimètres auraient suffi à nourrir son village natal durant une année entière.

Et tout cela était à eux – les habits brodés de pierres précieuses, la vaste suite, les serviteurs postés un peu partout, prêts à satisfaire leurs moindres désirs avant même qu'ils ne les aient formulés. Malik pourrait passer le reste de sa vie dans le palais sans jamais s'accoutumer à ce mode de vie.

Quand la couturière eut mis la dernière touche à son ouvrage – un pendentif en or pendu à un chapelet de perles noué autour de sa taille –, elle recula d'un pas et croisa pudiquement les bras sur sa poitrine. « J'ai terminé, champion Adil. Si quelque chose ne vous plaît pas, dites-le-moi et je le reprendrai immédiatement. »

Malik ne s'habituerait jamais non plus à la déférence avec laquelle on s'adressait maintenant à lui. Personne ne baisserait les yeux devant lui si l'on savait qu'il n'était rien de plus qu'un miséreux d'Eshra. « C'est merveilleux. Merci beaucoup », répondit-il. À son expression, Leila semblait avoir beaucoup à dire, mais pas devant un tiers. « Voulez-vous nous excuser un instant ? »

La couturière cligna des yeux, confuse, et il fallut un moment à Malik pour se rappeler que la noblesse formulait des ordres, pas des requêtes, à ses serviteurs. Cependant, la femme exécuta rapidement le salut respectueux des Ziranis – trois doigts pressés sur les lèvres, puis sur le cœur – et sortit. Sitôt qu'ils furent seuls, Malik se laissa tomber sur le canapé qui faisait face à la coiffeuse où Leila tressait les cheveux de Nadia, en grimaçant quand les blessures dont il avait écopé le matin même se rappelèrent à son souvenir.

« Je ne crois pas avoir jamais été en danger de mort. S'ils avaient voulu me tuer, il aurait été beaucoup plus simple de me trancher la gorge quand j'étais inconscient, à l'infirmerie. »

Le froncement de sourcils de Nadia s'accentua quand le peigne orné de pierres précieuses rencontra un nœud particulièrement tenace. « Quel genre d'instructeur jette son élève dans l'antre du lion avant de lui avoir enseigné quoi que ce soit ? En plus, tu as dit que ses pouvoirs avaient permis à Farid de bloquer ta magie, une fois. S'ils ont si peur que tu en perdes le contrôle, pourquoi ne recommence-t-il pas jusqu'à ce que ton entraînement soit terminé ? »

Leila marquait un point – pour ce que Malik en savait, rien n'empêchait l'ancien intendant de lui couper son accès au nkra, comme il l'avait fait durant le Premier Défi, quand Malik avait essayé de tuer Karina sur les Doigts de la veuve. Cela lui aurait certainement épargné quelques hématomes.

« Ce que tu arrives à faire, Malik, c'est un don – non, pas seulement un don, un droit de naissance », lui avait dit Farid en le raccompagnant à ses appartements après le test. Malik souffrait tellement que l'ancien intendant avait presque dû le traîner jusque-là. « Le pouvoir des rois et des dieux, transmis par tes ancêtres. Sous mon patronage, tes capacités vont devenir exceptionnelles. »

Jamais aucun professeur n'avait parlé de Malik de cette manière, comme quelqu'un qui méritait la foi qu'on plaçait en lui. S'il devenait l'apprenti de cet homme, il devrait avoir confiance en lui, même quand les motivations de Farid ne lui apparaîtraient pas immédiatement.

« Le but de l'exercice était de savoir si j'arrivais à maîtriser le Roi sans visage tout seul. Si Farid l'avait fait pour moi, cela n'aurait rien prouvé. Et puis il ne peut pas gaspiller toute son énergie pour moi alors qu'il a tant d'autres responsabilités à assumer. »

Les yeux de Leila se posèrent sur l'épais bandage enroulé autour de la blessure que Malik s'était infligée durant l'épreuve. « J'aurais préféré qu'on te prévienne. Peut-être que tu n'aurais pas eu besoin de… faire ça. »

Malik était conscient des efforts que consentait sa sœur pour essayer de comprendre son point de vue. Le fait qu'ils puissent avoir une conversation normale sans qu'elle se mette à lui donner des ordres à tort et à travers était un autre des effets bénéfiques de Solstasia. Mais il ignorait comment lui expliquer sans attiser ses inquiétudes que, parfois, la douleur était la seule chose qui lui permettait de rester maître de lui.

« Ce qui est fait est fait. Tout ce qui compte, c'est que le conseil m'accorde sa confiance et que notre place à Ziran soit assurée. »

Leila sembla sur le point d'ajouter quelque chose, mais elle se ravisa en secouant la tête et demanda : « Dis-m'en plus sur la princesse. À quoi ressemblait-elle ? »

Malik repensa à la fille assise devant la fosse, et à la façon dont son visage de marbre s'était décomposé à la vue du bracelet de Tunde. « Elle était normale, reconnut-il. Impossible de deviner sa nature d'un simple regard. »

Leila frissonna. « Eh bien, prions Patuo que vos chemins ne se recroisent pas. On a déjà assez à faire avec les illusions et les esprits maléfiques, pas besoin d'ajouter les morts-vivants à la liste de nos problèmes. » Elle entortilla une dernière broche sertie d'un rubis dans la couronne de tresses élaborées et lança : « Et voilà ! Ça te plaît ? »

Nadia contempla son reflet en silence. Les deux autres échangèrent un regard inquiet. Leur sœur cadette n'était plus que l'ombre d'elle-même depuis qu'elle était revenue du monde des esprits. Elle n'en portait aucun stigmate physique, mais ce qu'elle y avait vu l'avait profondément transformée, et elle ne pouvait ou ne voulait pas en parler.

Malik se composa un visage rassurant et s'agenouilla près d'elle. « Tu sais à quoi me fait penser la couleur de ta robe ? À notre vieille poule, la Grosse Daisy. »

L'illusion de la Grosse Daisy prit vie devant eux et se mit à caqueter de-ci de-là, un spectacle qui aurait autrefois tiré des cris de ravissement à Nadia. Mais elle se contentait à présent de regarder danser la gallinacée sans que son visage exprime la moindre émotion.

« Je veux rentrer à la maison », dit-elle, et la fausse poule disparut. Malik l'attira contre sa poitrine, s'étonnant une fois de plus de sa petitesse. Leila se mit à genoux pour se joindre à leur étreinte. « Je veux Mama et Nana. »

Une grimace douloureuse déforma les traits de Leila. Elle ne pleurerait pas devant Nadia. Elle portait une robe d'un bleu céruléen assortie à celle de Nadia, en plus du foulard bleu nuit qui ne la quittait pas depuis Eshra. Elle aurait pu s'en acheter autant qu'elle voulait, et de plus beaux, pourtant elle n'allait nulle part sans lui. Malik comprenait son besoin de s'accrocher à la moindre bribe de leur vie d'avant, pour pénible qu'elle ait été.

Car malgré ses parures et ses pierres précieuses, Ziran ne serait jamais le foyer ou la famille qu'ils avaient perdu. Malik ne pouvait se permettre de s'attarder sur le passé, au risque de s'y noyer. Il était contraint d'avancer, et le seul chemin qui s'offrait à lui était sous la protection de Farid.

« Ça va s'arranger », promit-il, sans savoir s'il s'adressait à Nadia, à Leila ou à lui-même. Mais il en avait la certitude, il respecterait cette promesse.

Leur avenir serait meilleur que leur passé.

Nadia hocha faiblement la tête contre lui, les yeux toujours tournés vers quelque chose qu'elle seule voyait. Leila fut la première à s'écarter et, ce faisant, demanda : « Tu es sûr d'être prêt pour cette cérémonie ?

— Je crois. »

Après tout, ce n'était qu'un événement de rien du tout. Ça ne pouvait quand même pas être si terrible.

Ce fut terrible. Absolument horrible.

« C'est un grand honneur pour nous que vous vous joigniez à la cérémonie, champion Adil, dit la prêtresse de l'Eau en guidant Malik entre les murs couverts de coquillages du temple de son alignement. Je suis certaine que Susono et tous les dieux posent un regard bienveillant sur votre participation. »

Malik se contenta de hocher la tête, de peur de vomir s'il ouvrait la bouche. D'après ce que lui avait dit Farid, il s'était attendu à une cérémonie intime, à laquelle assisterait une cinquantaine de personnes. Mais ils étaient des centaines à arpenter le rez-de-chaussée du temple de l'Eau, et il en arrivait plus chaque seconde. Des centaines de paires d'yeux qui scruteraient le moindre mouvement de Malik et le jugeraient coupable de ne pas être Tunde.

La prêtresse de l'Eau expliqua précisément à Malik quel serait son rôle durant le rituel, mais elle aurait tout aussi bien pu s'adresser à un mur, vu ce qu'il en retint. Il sentit sa bouche se mouvoir pour dire platement qu'il ferait de son mieux pour inaugurer la nouvelle ère, puis il se retrouva seul, et les murs se refermèrent sur lui.

Je ne comprends pas comment fonctionne ton cerveau, dit Idir alors que des points noirs obscurcissaient la vision de Malik. *Rien qu'au cours de la semaine écoulée, tu as affronté des monstres et des dieux, et pourtant la simple idée de parler en public déclenche chez toi une pulsion de mort.*

Malik lui-même ignorait pourquoi son esprit prenait des choses qu'il savait ne pas être des menaces et les retournait jusqu'à ce que le monde entier lui semble être un champ de bataille. Il… Il devait sortir d'ici. Ç'avait été une erreur.

Farid l'avait averti de n'utiliser sa magie qu'en cas d'urgence, mais Malik tissa rapidement deux illusions – une fausse version de lui-même que la prêtresse de l'Eau trouverait en revenant, puis une couverture d'invisibilité dont il se drapa. Une fois la magie en place, il se glissa hors de la pièce, sans se faire repérer par les gardes. D'étranges insectes accrochés en grappe à l'une des rambardes furent les seuls témoins de son passage.

Les parfums du temple de l'Eau lui firent tourner la tête – un mélange puissant d'encens, de nénuphars et d'eau de mer qui lui donna l'impression d'être passé sous l'océan. Il avait besoin d'air frais, qu'il ne trouverait qu'à l'extérieur.

Mais il était impossible de sortir du bâtiment sans traverser la foule des adorateurs, et quoiqu'ils ne puissent le voir, leur proximité ajouta à l'anxiété qui lui nouait le ventre. La plupart d'entre eux étaient rassemblés autour de petites fontaines, où ils faisaient leurs ablutions avant d'aller prier. L'atmosphère était tendue. Derrière leurs mains levées, les participants se jetaient des regards furtifs et chuchotaient des commentaires sur l'état de Ziran dans le sillage de Solstasia.

« Il paraît qu'Adetunde s'est enfui avec la princesse Karina...

— Le champion de la Vie est ici ce soir. Comment a-t-il pu survivre après s'être plongé une lame dans le cœur ? C'est un sorcier, lui aussi ?

— Croyez-moi, Farid Sibari s'intéresse plus à la fille qu'à diriger la cité. »

Chacun de ces murmures faisait à Malik l'effet d'une piqûre. Il aurait aimé que Farid soit là pour l'aider à naviguer dans cette toile d'araignée qu'était la cour. Mais son mentor était resté au palais avec Hanane, convaincu qu'il valait mieux ne pas se montrer pour le moment.

Malik arriva bientôt dans une immense salle remplie de miroirs d'eau. Il s'accroupit près de l'un d'eux, la tête entre les genoux, et essaya de se rappeler comment respirer. Le temple de l'Eau ne jouissait pas des mêmes protections que Ksar Alahari contre les enténébrés, aussi se retrouva-t-il entouré de spectres qui le dévisageaient de leurs yeux ivoire.

« Laissez-moi tranquille, grogna-t-il. S'il vous plaît, rien qu'aujourd'hui, fichez-moi la paix. »

Les spectres l'ignorèrent, comme toujours, et se rapprochèrent de lui. Malik compta jusqu'à cent, recommença à rebours, puis le fit une nouvelle fois dans le bon ordre. Il laissa son esprit s'emplir de bons souvenirs – les jours passés à mener ses troupeaux de moutons à travers champs, les soirées à aider Nana en cuisine. Celle où il avait dansé avec Karina, et comment, l'espace d'une chanson, ils avaient cru être du même côté.

La panique se dissipa peu à peu, laissant derrière elle une douleur sourde sous son crâne. Malik soupira.

Cette fille te regarde depuis un moment.

La voix d'Idir sortit brusquement Malik de son introspection. Une fille du même âge que lui l'observait depuis l'entrée de la salle des miroirs. Elle jeta un coup d'œil par-dessus son épaule, et ce qu'elle vit la décida à couvrir rapidement la distance qui la séparait de Malik.

« Pardonnez-moi de m'imposer, dit-elle, essoufflée, mais voudriez-vous faire semblant d'être éperdument sous mon charme ? »

Surpris, Malik hocha la tête. Une femme plus âgée apparut sur le seuil, et la fille se renfrogna. « Dieux du Ciel, la voilà ! Vite, riez comme si j'avais dit quelque chose d'hilarant. »

Il s'exécuta. Quand la nouvelle arrivante regarda dans leur direction, la fille posa la main sur l'avant-bras de Malik et se pencha suffisamment vers lui pour lui laisser voir les reflets rouges de ses tresses nouées en un chignon structuré.

« Maintenant, faites comme si notre conversation était passionnante. Elle n'osera pas nous interrompre. » La fille sentait le cuir et l'encre, un parfum réconfortant qui rappelait à Malik les quelques livres que sa famille avait eu les moyens d'acquérir. « Si ma mère me voit occupée avec un beau jeune homme, elle me laissera tranquille jusqu'à ce soir. »

Le rouge monta aux joues de Malik ; personne ne l'avait jamais qualifié de « beau ». La mère posa sur eux un regard approbateur et quitta rapidement la salle. Sitôt qu'elle fut partie, la fille s'écarta.

« Durant ce genre d'événements, ma mère se comporte comme un requin dans une piscine pleine de sang. Si je ne lui avais pas échappé, elle m'aurait littéralement jeté dans les bras du premier célibataire croisant son chemin.

— Content d'avoir pu vous aider.

— Je vous en suis très reconnaissante. Si vous ne l'aviez pas fait... Est-ce que c'est l'Œil d'Akhmen ? »

Elle lui prit la main et scruta les lignes encrées formant la Marque, qu'il avait oublié de cacher sous sa manche. « Et là, le sceptre de Torbek ! Je n'avais jamais vu de représentation si fidèle des glyphes kennouans. Où vous êtes-vous fait faire ce tatouage ? »

Une expression horrifiée traversa le visage de la fille lorsqu'elle prit conscience de la confusion de Malik, et elle lui lâcha aussitôt la main. « Pardon, pardon... Ce n'est pas tous les jours que je rencontre quelqu'un étudiant l'histoire kennouane. Si peu de gens aujourd'hui s'intéressent à l'ancien monde. »

Malik n'aurait pas qualifié ses rapports à Kennoua d'« intérêt », mais il n'allait certainement pas lui expliquer son lien à l'Ulraji Tel-Ra. « Inutile de vous excuser, mais je ne crois pas avoir saisi votre nom...

— Oh, excusez mon impolitesse ! Je m'appelle Yaema Anim. J'étudie à l'université l'histoire et les cultures anciennes de Sonande. Et vous êtes ? »

La fausse identité de Malik lui sembla peser une tonne sur ses épaules. « Adil Asfour. Je suis là pour représenter le palais à la place du champion de l'Eau. »

Les yeux de Yaema parurent sur le point de lui sortir de la tête. « Vous... Vous êtes celui qui a failli remporter Solstasia. V... Vous... C'est vous.

— Oui. » Il se demanda si c'était ce que Karina avait toujours éprouvé, quand les gens s'adressaient à l'image qu'ils projetaient sur elle plutôt qu'à elle-même. « Mais je vous en prie, ne changez rien. Je n'ai rien de spécial. »

Malik sentit l'embarras de Yaema, qui s'était mise à se triturer les mains. « Vous êtes le champion de la Vie, et moi… Ces événements me rendent si nerveuse… Je voulais juste que ma mère me laisse tranquille, pour une fois. Mais si j'avais su qui vous étiez, je n'aurais jamais…

— Ne vous en faites pas, vraiment, la rassura Malik, qui ne reconnaissait que trop bien les signes de son anxiété. La présence de tant d'inconnus peut être…

— … écrasante », acheva Yaema, et il hocha la tête. La jeune Terre-alignée se fendit d'un sourire radieux qui lui creusa la joue gauche d'une petite fossette. « Néanmoins, je vous dois un service. Si un jour vous en avez marre des chichis et des chausse-trapes de la cour, n'hésitez pas à passer me voir à l'université.

— Avec grand plaisir. »

Dit celui qui prétendait ne pas savoir flirter.

Malik tressaillit. « Je ne…

— Vous ne quoi ?

— Je… » Malik prit soudain conscience de la proximité de la fille. Il ne flirtait pas avec elle, il se montrait juste aimable, mais… oh, bon sang, est-ce qu'*elle* flirtait avec lui ? Si tel était le cas, il avait complètement gâché ce moment en parlant tout seul, comme un fou, et, oh non, elle le regardait toujours, que pouvait-il dire…

« Je suis désolé, je crois entendre la prêtresse de l'Eau m'appeler », s'excusa-t-il, et il fila à une vitesse qui aurait rendu un léopard jaloux. Une fois de retour dans la salle d'attente, il reprit la place de son illusion et se morigéna intérieurement. Le Roi sans visage ne fit aucun commentaire, mais il n'en eut pas besoin : son amusement à voir Malik fuir en courant la présence d'une jolie fille était évident.

Le jeune homme n'eut cependant guère le temps de s'attarder sur son embarras, car moins d'une minute plus tard, la prêtresse de l'Eau passa la tête par la porte entrebâillée et l'appela.

L'heure était venue.

La cérémonie se déroula à l'arrière du temple, où une statue de Susono l'Hippopotame se dressait au milieu d'un petit bassin où des herbes sacrées et des huiles se mêlaient à l'eau. Malik prit place à côté de la prêtresse de l'Eau tandis qu'elle s'adressait à la foule.

« Mes sœurs et frères, nous sommes rassemblés aujourd'hui au terme du Solstasia le plus mouvementé que notre royaume ait connu. Mais même dans la tourmente, la grâce des dieux demeure. Nous n'existons que par leur miséricorde. C'est pour moi un immense honneur de vous guider sur les chemins de la nouvelle ère présidée par notre divinité patronnesse, Susono. »

Malik sentit sa poitrine se comprimer au son des acclamations qui s'élevèrent de la foule.

Ça te fait mal parce que ces applaudissements sont adressés à Tunde. Mais, en vérité, c'est toi qui as remporté Solstasia. Ça te fait mal parce que c'est toi qu'ils devraient acclamer, pas lui.

Malik serra les dents et raffermit le mur qui le séparait de l'esprit. Ce n'était pas ça. Il n'était certainement pas superficiel au point d'être jaloux de son ami disparu.

Heureusement, son rôle dans la cérémonie de Purification était simple. Un par un, les Eau-alignés de Ziran s'approcheraient du bassin, où Malik les oindrait d'huile sacrée avant que la prêtresse de l'Eau ne les immerge avec une prière. Il étala soigneusement la mixture sur les joues et le front du premier homme qui se présenta à lui, puis s'écarta pour laisser la prêtresse conduire le rituel.

« Nous sommes nés de l'eau et à l'eau nous retournerons – les saints comme les pécheurs, les prophètes comme les fous. » Le plafond voûté de la salle renvoyait au centuple les échos de sa voix. « Laisse-la t'étreindre, laisse-la te régénérer, jusqu'à ce qu'elle et toi ne fassiez plus qu'un. »

Quand l'homme émergea enfin et prit une grande inspiration, son regard était habité par la divinité. Les acclamations et le beuglement de cornes de bambou résonnèrent dans le temple, tandis que s'avançait la personne suivante, impatiente de fusionner à son tour avec le sacré.

Les onctions et les purifications s'enchaînèrent ensuite à un rythme confortable. C'était ce qui manquait le plus à Malik, depuis la découverte de ses pouvoirs – la foi inconditionnelle en quelque chose qui le dépassait, un tout si grand que le simple fait d'en être une infime fraction faisait de lui quelqu'un d'important. Il comprenait pourquoi les ulrajis avaient méprisé les dieux ziranis, mais comment des entités à l'origine de tant de joie pouvaient-elles être complètement mauvaises ?

Le dernier des fidèles se présenta enfin devant lui. Les yeux de Malik se posèrent sur la familière sacoche rouge et noire qui pendait à l'épaule maigre du garçon.

Sa sacoche, et elle appartenait à présent au gamin qui la lui avait volée la veille de Solstasia.

À la façon dont il se mit à trembler de peur, l'enfant l'avait reconnu sans l'ombre d'un doute. Malik sentit la colère s'emparer de lui – sans ce voleur, Nadia n'aurait jamais été kidnappée par le Roi sans visage. Et tant de gens seraient encore en vie.

Mais sans lui, Malik n'aurait jamais fait la connaissance de Tunde et ne serait pas devenu l'apprenti de Farid. Il n'aurait jamais retrouvé sa magie. Si beaucoup de choses mauvaises avaient découlé de ce larcin, il y en avait aussi eu de bonnes, raison pour laquelle Malik adressa un sourire chaleureux à l'enfant qui s'approchait du bassin en traînant des pieds.

« Comment t'appelles-tu ? » lui demanda-t-il.

Le garçon tordit la lanière de la sacoche entre ses mains, comme Malik lui-même l'avait fait de si nombreuses fois. « H... Hassan.

— Eh bien, Hassan, voudrais-tu que je te dise un secret ? fit Malik en se penchant vers lui avec un air conspirateur. Cette sacoche te va beaucoup mieux qu'à moi. »

L'autre laissa échapper un rire surpris, et toute tension quitta son corps. Alors qu'il appliquait l'huile sur les joues et le front de Hassan, Malik pria silencieusement les dieux de lui accorder une vie longue et prospère. La prêtresse de l'Eau lui fit signe de s'avancer, mais Hassan regimba.

« Tu as peur ? » s'enquit Malik, et le garçon hocha la tête. Malik se tourna vers la prêtresse de l'Eau. « J'aimerais l'immerger moi-même, si vous n'y voyez pas d'inconvénient. »

Cela allait certainement à l'encontre des traditions, mais la femme acquiesça. Malik fit descendre doucement Hassan dans l'eau, une main sous sa tête, comme il l'aurait fait avec un petit enfant. Il vit son reflet dans les grands yeux bruns du garçon, sentit chacun de ses muscles se contracter tandis que l'eau engloutissait son corps menu.

« Tout va bien. Il ne va rien t'arriver, je te le garantis, lui promit-il alors que la prêtresse entonnait la prière pour la dernière fois.

— ... Laisse-la t'étreindre, laisse-la te régénérer, jusqu'à ce qu'elle et toi ne fassiez plus qu'un. »

Au dernier mot, le corps de Hassan fut pris de convulsions. Malik l'extirpa rapidement de l'eau et le déposa sur le sol carrelé. La gorge du garçon laissa échapper un gargouillement, mais rien d'autre n'en sortit malgré les tapes que Malik lui assénait dans le dos. Il continua à se tortiller et à crier, jusqu'à ce qu'une voix qui n'était pas la sienne s'élève de son corps.

« *Il ne peut y avoir de résurrection sans renouveau, ulraji.* » Ce n'était plus la voix d'un enfant, mais quelque chose d'insondable, dont les mots tonnaient avec la force de toutes les vagues du monde se brisant au même instant. « *Notre mère s'est mise en colère pour la dernière fois. Là où régnait autrefois la miséricorde, vous n'aurez que peste et fléaux. Là où régnait autrefois la bonté, vous n'aurez que tempêtes et monstres. Tel est le prix de la résurrection sans renouveau. Un souverain qui ressuscite, un souverain qui renouvelle. Alors seulement sa colère sera apaisée.* »

« Susono ! » s'écria la prêtresse de l'Eau, mais Malik avait du mal à s'émerveiller de la manifestation d'une déesse alors que Hassan mourait sous leurs yeux. Sa magie affleurait, bouillonnante, mais aucune illusion ne serait assez forte pour combattre le phénomène, quel qu'il soit. Les yeux du garçon se révulsèrent tandis qu'il répétait les paroles divines.

« *Un souverain qui ressuscite, un souverain qui renouvelle. Un souverain qui ressuscite, un souverain qui renouvelle. Un souverain qui ressuscite, un souverain qui renouvelle.* »

Malik tomba à genoux, complètement impuissant à empêcher l'enfant de se noyer entre ses bras.

6

Karina

Karina n'était pas certaine de pouvoir supporter ce spectacle une seconde de plus.

Cent cinquante dairas pour le grand-père de quelqu'un. Trois cents pour la fille de quelqu'un. Quatre cent cinquante pièces pour ces deux adolescentes, huit cents pour le lot. Les soldats énuméraient leurs marchandises avec une efficacité écœurante au bénéfice des clients du caravansérail, et les transactions se déroulaient dans une effervescence digne d'un marché aux bestiaux. Karina implora silencieusement que quelqu'un intervienne, mais bien sûr personne ne le fit, car les seules personnes jouissant d'assez de pouvoir pour y mettre un terme étaient celles à qui profitait ce commerce.

Mais les soldats ne resteraient pas. Une fois leurs sinistres affaires conclues, ils partiraient, et Karina et son entourage feraient de même. C'en serait bientôt terminé, se répétait-elle pour faire taire la honte que lui inspirait sa propre impuissance.

Oh, Grande Mère, faites que ça cesse.

Un des soldats aboya à la prisonnière suivante de s'avancer. Il se produisit alors un grand tumulte, suivi d'un cri aigu.

Le visage de Fatima blanchit, et aucune d'elles ne fut assez prompte à étouffer le hurlement qui lui déchira la gorge.

« Mon bébé ! Pitié, pas elle ! »

Dedele couvrit rapidement la bouche de la mère éplorée, mais trop tard. Deux paires de lourdes bottes s'approchèrent de leur cachette. Karina n'eut que quelques secondes pour jurer sous cape, avant de bondir sur ses pieds, le visage éclairé du plus avenant des sourires.

« Il y a un problème, par ici ? » demanda le plus grand des deux soldats, dont la lance étincelait dans les rayons du soleil. Karina réprima l'envie de lui cracher au visage.

« J'apprécie votre sollicitude, bon soldat, mais ma famille et moi allons parfaitement bien. C'est ma grand-mère que vous venez d'entendre. Elle a une faible constitution, mais avec un peu de repos et un bon repas, elle se remettra vite. »

Le plus gradé des deux plissa les yeux, qui passaient alternativement de Karina à Fatima, remarquant sans nul doute qu'elles ne se ressemblaient pas le moins du monde. « Vous êtes d'où ?

— D'un petit village non loin de Kissi-Mokou. Nous sommes de retour après Solstasia, et nous sommes arrêtées ici pour nous ravitailler. »

Une perle de sueur roula le long de l'échine de Karina. L'effort consistant à étouffer sa magie loin à l'intérieur d'elle-même lui causait une douleur cuisante derrière les tempes. Elle n'en continua pas moins de sourire, même quand les larmes menacèrent de lui brûler les yeux. Elle sentit Afua trembler à côté d'elle, incapable de maîtriser sa peur des soldats et les souvenirs de sa captivité.

L'homme murmura quelque chose à son subordonné, trop bas pour que Karina entende quoi. Ses mains se crispèrent sur la hampe de sa lance.

« Vous quatre, venez avec nous », ordonna-t-il, et Karina fit la première chose qui lui passa par la tête – elle attrapa le sac de papayes et le lui jeta au visage. Il recula en titubant avec un cri de colère, tandis que du sang et des fruits volaient en tous sens.

« Courez ! » vociféra Karina.

Ses compagnes s'éparpillèrent, laissant Karina aux prises avec le second soldat. La surprise jouait en sa faveur, mais l'homme était plus grand et plus fort qu'elle. Il ramena sans peine ses bras au-dessus de sa tête et la fit décoller du sol. Karina lui donna des coups de pied pour tenter de se libérer de sa poigne. Ses pouvoirs lui pilonnaient le crâne.

« Une simple arrestation serait un sort bien trop clément pour celle-ci, tu ne crois pas ? ricana le soldat au nez cassé entre les rigoles de sang qui lui maculaient le visage. Tu vas regretter d'avoir levé la main sur moi, jeune fille. »

Le poing de l'homme s'enfonça dans son ventre. La douleur irradia dans tout son corps, et le semblant de contrôle qu'elle exerçait encore vola en éclats. Un cri guttural s'échappa de ses lèvres, dont s'empara une bourrasque soudaine qui se mit à tournoyer autour d'eux jusqu'à former un cyclone furieux. L'homme écarquilla les yeux.

« Sorcière ! » rugit-il, et une autre vague de puissance de Karina les souleva tous deux dans les airs. Le corps du soldat se contorsionna dans le maelstrom, puis son visage se relâcha brusquement, et une voix plus grave que la sienne sortit de sa bouche.

« Notre mère s'est mise en colère pour la dernière fois. Là où régnait autrefois la miséricorde, vous n'aurez que peste et fléaux. Là où régnait autrefois la bonté, vous n'aurez que tempêtes et monstres. Tel est le prix de la résurrection sans renouveau. »

Karina sentit son cœur battre à ses tympans – la dernière fois qu'elle avait entendu cette voix, elle était venue d'Afua, quand elle avait interrogé les dieux à propos du Rite de Résurrection.

C'était la voix de Santrofie, le fils du Vent. La divinité patronnesse de Karina.

Mais comment ? Pourquoi ?

La voix divine repartit aussi vite qu'elle était apparue, et avec elle le cyclone. Karina et son agresseur tombèrent lourdement sur le sol. Il se produisit un craquement sonore quand le cou du soldat se brisa à un angle curieux. Karina essaya de se relever, mais ses jambes tremblantes ne lui obéirent pas.

Pour une raison inconnue, Santrofie avait pris le contrôle de ce soldat pour lui faire passer un message, à elle, et à présent l'homme était mort.

Et elle le serait bientôt elle aussi si elle ne sortait pas d'ici.

Karina parvint enfin à se redresser et perçut une tension dans l'air, comme une note dissonante s'élevant au-dessus d'une mélodie par ailleurs parfaite. Un épais nuage noir passa devant le soleil, jetant son ombre sur tout Tiru.

Non, pas un nuage – aucun nuage ne cliquetait ni ne sifflait de la sorte. Partout les gens s'arrêtaient pour contempler le ciel, certains le bras tendu, trop abasourdis pour avoir peur.

Jusqu'à ce que l'essaim descende et que l'enfer se déchaîne.

Les sauterelles fondirent sur le village avec la férocité d'un lion se jetant sur sa proie – non pas un ou deux insectes comme il en avait voleté toute la journée, mais une nuée de centaines de milliers d'individus, si dense que le jour devint la nuit. Il n'y avait nulle part où se cacher. Elles poussaient des cris perçants étrangement humains en mordant la chair et les vêtements sans distinction.

La menace de Santrofie mise à exécution.

« Dedele ! Afua ! » cria Karina. Elle plongea au sol, en s'efforçant de protéger sa bouche des insectes. Les soldats ziranis s'étaient dispersés, leurs armes inutiles contre ces ennemis aussi petits qu'implacables. Les villageois, sans armures derrière lesquelles se retrancher, étaient en plus mauvaise posture encore. Karina les vit avec horreur tomber les uns après les autres sous une couverture de ces créatures.

Tant pis pour les soldats. Tant pis même pour Fatima. La seule chose qui comptait à présent était de retourner à la barge et de mettre le plus de distance possible entre elle et cet enfer. Galvanisée par l'adrénaline, Karina bondit sur ses pieds et s'empara promptement de l'épée d'un soldat à terre. D'une main, elle plaquait le haut de sa robe contre sa bouche, et de l'autre, elle faisait tournoyer l'arme devant elle dans l'espoir de se frayer un chemin hors du caravansérail.

Elle avait presque réussi quand elle vit que, malgré le chaos, quelques-uns des soldats essayaient de remettre leurs prisonnières de force dans leur fourgon, choisissant leur investissement au détriment de leurs propres vies. Fatima avait rejoint sa fille et hurlait tandis qu'une des brutes s'efforçait de les séparer.

Karina jeta un regard vers la porte ouverte du caravansérail, vers la liberté et la vengeance qui l'attendaient en Arkwasi.

Puis elle fit volte-face et chargea les soldats.

« Laissez-les ! »

Sans réfléchir, elle lança sa main libre en avant, et sa magie jaillit. Une bourrasque jeta deux hommes contre un des murs de pierre de l'auberge. Le dernier soldat debout esquiva facilement le moulinet de Karina, mais il ne put éviter la poignée de sable qu'elle lui lança au visage. Il fit quelques pas chancelants en arrière avec un cri perçant, et elle tira profit de sa confusion pour lui planter son épée dans le ventre. Son corps s'effondra avec un bruit sourd et humide, et Karina porta ses mains tremblantes à sa bouche.

Elle avait déjà tué, mais jamais intentionnellement. Ç'avait été si… facile.

Mais l'heure n'était pas à l'introspection, car la fureur de l'essaim ne faisait que croître. Karina courut vers les réfugiées paniquées.

« Vous êtes libres ! » cria-t-elle. Elle ne pensa pas au sang qui lui tachait les mains ni aux viscères incrustés sous ses ongles. Elle ne le pouvait pas. « Partez ! »

Les captives se recroquevillèrent le plus loin possible d'elle, saisies d'effroi. Karina ravala un cri de frustration ; elle avait pris un risque immense pour donner à ces femmes une chance de s'échapper, et elles ne la saisissaient même pas.

Mais alors un craquement aussi puissant que le tonnerre se fit entendre. Le cyclone que Karina avait créé avait pris de l'ampleur, emportant les sauterelles dans son sillage, avant d'arracher un palmier. L'arbre s'envola vers le souk, où des gens couraient toujours dans toutes les directions pour tenter d'échapper à l'essaim.

« Non ! » cria Karina, et elle projeta une nouvelle bourrasque pour dévier la course du palmier, qui alla s'écraser contre un mur avec un bruit retentissant. Le cyclone, cependant, ne faiblissait pas.

« Partez loin d'ici ! » lança-t-elle aux réfugiées, et seulement alors il lui vint à l'esprit qu'elle ne comprenait peut-être pas le zirani.

La fille de Fatima – en réalité une femme d'âge mûr, pas du tout un bébé – se tenait devant sa mère, comme pour la protéger. Elle avait quelque chose de familier sur lequel Karina n'arrivait pas à mettre le doigt. Une compréhension muette passa entre elles, puis la fille de Fatima hocha la tête avant de crier des ordres au reste du groupe dans ce qui lui sembla être du darajat. Les réfugiées coururent se mettre à l'abri, laissant Karina se débrouiller seule avec la combinaison dévastatrice de ses pouvoirs et de la colère des dieux.

Elle tenta une nouvelle fois de calmer les vents, mais plus elle tirait sur les filaments de nkra, plus la tempête grossissait. Serrant les dents, elle décida de changer de tactique. Peut-être que si elle appelait un second cyclone qui allait à l'encontre de celui-ci, les deux forces s'annuleraient.

Les cris perçants des sauterelles s'intensifiaient à mesure que Karina façonnait son nouveau cyclone. Mais au lieu de n'être constitué que de vent, celui-ci laissait voir des éclairs parmi sa masse tourbillonnante. La peur la pétrifia sur place quand l'un d'eux frappa l'étal où elle et ses compagnes s'étaient réfugiées quelques minutes plus tôt.

Les flammes dévorèrent le bois en quelques secondes. La peau de Karina se couvrit d'une sueur glacée, tandis que, pour la deuxième fois de sa vie, elle observait un feu qu'elle avait déclenché échapper à tout contrôle.

La jeune femme s'efforça de canaliser son énergie afin d'apaiser le chaos qu'elle avait déchaîné, mais si elle pouvait imposer sa volonté au ciel, elle n'avait aucune prise sur le feu. Sans autre choix que de courir, elle plongea aveuglément dans la cohue de sauterelles, de flammes et de fumée, courut à en perdre haleine en direction de la barge du désert. Des bruits de terreur résonnaient tout autour d'elle, et elle espéra que Dedele et Afua n'avaient pas été prises dans ce désastre, qu'elle n'avait fait qu'aggraver.

Mais enfin, devant elle… le salut. La silhouette de la barge se profila dans le brouillard, et Karina parvint à distinguer Afua et Dedele qui lui faisaient désespérément signe depuis le pont. Une étincelle d'espoir s'alluma dans sa poitrine.

Dans un dernier effort, Karina fonça vers l'embarcation, ses bras décrivant de grands moulinets pour chasser les flammes et les sauterelles. Ses doigts se refermèrent enfin sur l'échelle qui lui permettrait de se hisser à bord... quand une main puissante la tira violemment en arrière. Elle essaya d'invoquer le vent pour repousser son assaillant, mais il refusa de lui obéir, comme si on avait arraché les fils de nkra de sa main.

Son ravisseur lui renversa la tête en arrière, et Karina fut contrainte de regarder Caracal, le mercenaire du caravansérail. Le baiser glacé de sa lame lui meurtrissait la gorge.

« Tiens, tiens. On dirait bien que je me suis dégotté une zawenjie. »

7

Malik

Par la suite, l'arrivée des sauterelles fut décrite à Malik comme un cauchemar – en l'espace d'un instant, l'azur du ciel avait été remplacé par un nuage cataclysmique dont il n'y avait nulle échappatoire. Les insectes s'en étaient pris aux riches comme aux pauvres, en poussant des cris perçants si humains que bientôt les rues de Ziran se remplirent de gémissements.

Heureusement, Malik était déjà rentré au palais quand l'assaut avait débuté, et Ksar Alahari était si bien fortifié que ceux qui se trouvaient entre ses murs n'avaient pas à craindre les créatures. Mais on connaissait bien les sauterelles à Eshra. Il avait vécu suffisamment de famines provoquées par leurs invasions pour savoir que la terreur ne faisait que commencer. La noblesse, cachée derrière ses murs de pierre et ses fenêtres condamnées, s'en sortirait bien, mais les gens du commun – ceux qui n'avaient d'autre choix que d'affronter les insectes, car il y avait toujours des champs à labourer et des bouches à nourrir – souffriraient.

Cependant, pour terrifiantes que soient les sauterelles, ça n'était rien à côté de l'horreur de la mort de Hassan.

Malik se repassait sans fin les derniers moments de la cérémonie en esprit, cherchant désespérément ce qu'il aurait pu faire pour sauver ce pauvre enfant. Susono aurait-il quand même utilisé Hassan si ç'avait été la prêtresse de l'Eau qui l'avait tenu ? Le garçon serait-il encore en vie si Tunde avait été à la place de Malik ?

Tant de si, et aucun qui puisse changer la réalité : Hassan était mort, et c'était la faute de Malik, car c'était à lui que Susono avait adressé son message. Ce garçon avait été si petit, à peine plus âgé que Nadia, et la dernière image de sa trop courte vie serait le visage effrayé de Malik. Qu'il ait échoué à lui procurer le moindre réconfort dans ses ultimes instants ravageait le cœur de Malik, bien plus que ne pourrait le faire un essaim de sauterelles. Son esprit piégé là-bas revivait le moment où Hassan avait expiré son dernier souffle, quand il entendit quelqu'un prononcer son nom d'une voix forte.

Malik sursauta. Le visage de Farid se précisa dans son champ de vision. « Tu vas bien ? J'essaie de te parler depuis un moment », dit son mentor. Il n'y avait cependant pas assez de mots dans toutes les langues du monde pour exprimer à quel point Malik se sentait mal.

« Désolé, je… je n'arrête pas de penser à lui. À Hassan. » L'incessant vacarme des sauterelles contre les volets ne l'aidait pas non plus à se calmer. « J'aurais dû faire quelque chose…

— Tu n'aurais rien pu faire. » Farid se passa la main dans les cheveux. Il avait les traits tirés. « Peux-tu me répéter exactement ce que le garçon a dit avant de mourir ? »

Un frisson parcourut la colonne vertébrale de Malik lorsque le visage terrifié de Hassan se matérialisa dans son esprit, mais il récita consciencieusement le message de Susono une fois encore :

« *Notre mère s'est mise en colère pour la dernière fois. Là où régnait autrefois la miséricorde, vous n'aurez que peste et fléaux. Là où régnait autrefois la bonté, vous n'aurez que tempêtes et monstres. Tel est le prix de la résurrection sans renouveau. Un souverain qui ressuscite, un souverain qui renouvelle. Alors seulement sa colère sera apaisée.* »

Farid se mit à faire les cent pas dans l'espace exigu. Ils se trouvaient pour l'heure dans le bureau personnel de l'ancien intendant, qui était bien plus en désordre que Malik ne s'y était attendu de la part de l'homme qui avait veillé à la bonne tenue de Ksar Alahari pendant des années. Des parchemins et des rouleaux occupaient toute surface plane ; Malik s'appuyait contre une pile de livres en équilibre précaire, elle-même calée par une statue de chacal.

« Ce que je ne comprends pas, c'est pourquoi Susono t'a parlé des sauterelles. Son champ de compétence s'étend à l'eau, pas aux insectes. Pourquoi te délivrerait-elle un avertissement à propos de quelque chose dont elle n'est pas à l'origine ?

— Elle a répété les mots *résurrection* et *renouveau* à plusieurs reprises. Est-ce que ça pourrait faire référence à la résurrection de la princesse Hanane ? »

Malik ne faisait que réfléchir à voix haute, mais à la façon dont le visage de Farid se contracta, il comprit qu'il avait parlé à tort et à travers.

« Hanane n'a rien à voir avec ça, rétorqua sèchement son mentor. Sa mère et sa sœur étaient toutes deux des zawenjies, mais la princesse n'a jamais montré aucune affinité avec la magie. Et même si elle avait été capable d'invoquer les sauterelles, Hanane a beaucoup trop bon cœur pour faire du mal à quiconque. »

Malik se sentit redevenir enfant, quand il essayait de mettre le doigt sur ce qu'il avait pu dire pour déclencher la colère de son père. « Vous avez raison, je suis désolé, c'était une idée stupide », se corrigea-t-il hâtivement.

Farid fronça un peu plus les sourcils en feuilletant un des livres sur son bureau. « Hanane, quelle absurdité… Mais si ce n'est pas elle, alors qui ? Kotoko, peut-être ? Aucun de mes ouvrages ne parle d'une chose pareille, je ne comprends pas… Rhaaa ! »

Avec un cri de frustration, Farid jeta le livre, qui alla s'écraser contre le mur à quelques centimètres de la tête de Malik. L'ulraji Lune-aligné haleta lourdement, mais sa colère se mua bientôt en regrets.

« Oh, Malik, toutes mes excuses, je ne voulais pas te faire peur. Range cette dague, tout va bien. »

Malik baissa les yeux. Il avait sans le vouloir invoqué la lame-esprit et la brandissait devant lui dans une posture défensive. Penaud, il lui ordonna de reprendre sa forme de tatouage. Il devait se calmer. Farid n'était pas son père. Sa colère n'était pas une menace en soi.

« Je suis désolé, je… Pardon. »

Farid s'agenouilla près de lui et prit une de ses mains dans les siennes. Malik dut se maîtriser pour ne pas tressaillir. « Respire, Malik. Tout va bien. »

Les morts de Hassan et de Driss se superposèrent dans l'esprit de Malik, au point que c'était maintenant l'enfant qui passait par-dessus la rambarde du Jardin azur et le champion du Soleil qui se noyait dans ses bras.

Par deux fois il avait tué.

« Malik, regarde-moi. »

Il s'exécuta. À travers ses larmes, Malik ne vit que de la compassion dans les yeux de Farid.

« Tu as traversé beaucoup d'épreuves aujourd'hui. C'est normal d'être paniqué. Mais ce n'est pas ta faute. Le blâme revient entièrement à ces créatures qui osent se qualifier de dieux – Susono, la Grande Mère et toute leur clique. Ce sont eux qui ont choisi d'assassiner un garçon innocent pour les besoins du jeu tordu auquel ils se livrent. Je ne sais pas ce qu'ils ont en tête, mais nous allons le découvrir, petit frère. »

Malik avait déjà été appelé ainsi par Leila, évidemment, mais cette familiarité prenait ici un tout autre sens. Ils étaient liés comme seules deux personnes comprenant les merveilles et les horreurs de la magie pouvaient l'être.

« Essayons d'être logiques. "Un souverain qui ressuscite, un souverain qui renouvelle." Si la première proposition fait référence au Rite de Résurrection, la seconde doit concerner un autre rituel – un Rite du Renouveau. »

Farid se mit à fourrager parmi la montagne de parchemins sur son bureau, soulevant un nuage de poussière dans sa hâte. « Rite du Renouveau, Rite du Renouveau… Je n'ai jamais entendu parler de ça. Peut-être que si Karina n'avait pas jeté *Le Livre des défunts* au fond d'une gorge, nous aurions pu y trouver l'information. » Farid se retourna vers Malik. « Est-ce que tu te rappelles d'autres phénomènes étranges qui se seraient produits aujourd'hui ? »

Malik fut sur le point de répondre par la négative, quand il se souvint de son rêve. Il le résuma aussi rapidement que possible, mais passa sous silence la présence de Karina. Les choses étaient déjà assez confuses sans qu'il mentionne son attachement idiot à la princesse.

Quand il eut terminé, les yeux de Farid brillaient d'excitation.

« Pourquoi n'en as-tu pas parlé plus tôt ? Cela ne peut signifier qu'une chose – tu as eu un aperçu des souvenirs du Roi sans visage. » Malik voyait presque les rouages tourner dans le cerveau de son mentor alors que celui-ci examinait cette nouvelle bribe d'information. « Le Roi sans visage existe depuis l'aube des temps ; si une créature vivante sait ce qu'est le Rite du Renouveau, c'est lui. Crois-tu pouvoir explorer ses souvenirs à nouveau ? »

Idir était resté silencieux depuis le début de la conversation, mais en entendant la suggestion de Farid, l'obosom regimba. *Si tu touches à mes souvenirs, n'espère pas vivre une seconde de plus,* avertit-il, et un spasme douloureux traversa le corps de Malik.

« Mais je croyais que le conseil ne voulait pas me voir utiliser les pouvoirs du Roi sans visage ? » N'était-ce pas pour cette raison que les Sentinelles l'avaient battu comme plâtre le matin même, pour prouver qu'il ne ferait pas exactement ce que Farid était en train de lui demander ?

« C'était avant qu'une nuée d'insectes ne fonde sur la ville et qu'un dieu ne tue un enfant dans tes bras. Les circonstances ont changé, Malik. Ce n'est pas une solution idéale, mais s'il existe une chance pour que la réponse à tous nos problèmes soit tapie au fond de ton esprit, nous devons la saisir. »

L'argument ne manquait pas de poids, mais Malik demeurait mal à l'aise. Son mentor s'agenouilla une nouvelle fois près de lui. « Tu sais que je ne te demanderais pas une chose pareille si nous avions le choix, petit frère. Si c'est au-dessus de tes forces, je comprendrai. Mais souviens-toi des risques que nous courons si tu ne fais pas au moins une tentative. »

Farid avait raison. Malik ignorait s'il pouvait accéder aux souvenirs du Roi sans visage sans affaiblir les murs de sa prison, mais il avait le devoir d'essayer, à tout le moins.

La blessure qu'il s'était infligée durant son épreuve le lança lorsqu'il hocha la tête. « Je vais tenter le coup. »

Farid rayonna. « Oh, merci, Malik. Et ne t'inquiète pas, je serai à tes côtés du début à la fin… »

Quelqu'un frappa à la porte avant de faire irruption dans le bureau.

« Il faut que je te parle, Farid », exigea la princesse Hanane. Sa tenue royale du matin avait laissé place à une fine chemise de nuit doublée d'un épais châle orange et bleu.

Sa présence sembla changer quelque chose en Farid, et même sa voix parut des années plus jeune quand il déclara : « Je croyais t'avoir dit de rester dans tes appartements.

— Je n'ai rien à faire dans mes appartements, je devrais être là dehors ! s'exclama-t-elle. Mon peuple souffre, et je me cache comme une lâche…

— Tu rassembles des informations et tu attends ton heure pour agir, comme il sied à une reine. Ta mère n'a jamais rien fait avant de savoir tout ce qu'il y avait à savoir sur son adversaire. »

La princesse se mit à trembler. L'air se chargea d'un goût aigre, et Malik eut l'impression qu'on lui égratignait les os. « Non, tu ne comprends pas… Me retrouver de nouveau ici, c'est… Je ne peux plus rester là, je ne peux pas *être* ici. »

La princesse avait perdu la vie dans un incendie qui avait ravagé le palais dix ans plus tôt. Malik n'imaginait pas ce que ça devait être d'arpenter les lieux mêmes où elle était morte. Pas étonnant qu'elle ait l'air si bouleversée.

Farid posa les mains sur les épaules de Hanane et appuya son front contre le sien. « Tu me fais confiance ? » souffla-t-il.

Le nuage noir qui avait obscurci les yeux de la princesse se dissipa. Elle prit une profonde inspiration tremblante. « Plus qu'à n'importe qui d'autre en ce monde.

— Alors tu sais que tout ce que j'ai jamais fait, et tout ce que je ferai jamais, est dans ton intérêt. Il y a des forces en jeu dont nous ne comprenons pas les buts. Pour l'instant, le mieux que tu puisses faire pour aider ton peuple, c'est de rester en sécurité jusqu'à ce que nous sachions ce qui se passe. » Farid mit les mains en coupe autour des joues de Hanane. « Je serai toujours de ton côté. Beaucoup de choses ont changé en dix ans, mais ça, ça ne changera jamais. »

Malik ignorait pourquoi il avait la poitrine si contractée, ou d'où lui venait l'idée qu'il n'aurait pas dû voir cet échange. Mais quand Farid se tourna de nouveau vers lui, il était clair que leur entretien était terminé. S'efforçant de ne pas attirer l'attention, il se glissa hors du bureau et passa le reste du trajet jusqu'à ses quartiers à essayer de se débarrasser de la sensation des yeux morts-vivants de la princesse Hanane sur lui.

8

Karina

Quand Karina avait 4 ans et Hanane 12, la Crécerelle les avait fait asseoir dans son jardin privé par une belle journée d'été et leur avait expliqué ce qu'elles devaient faire si jamais on les enlevait.

« Vous rencontrerez des gens qui souhaiteront vous faire du mal pour ce que vous êtes et ce que vous représentez, leur avait dit leur mère. Peu importent leurs menaces, peu importe qu'ils les mettent à exécution. Il y a bien plus en jeu que votre vie. Nous tenons entre nos mains le destin de chacun des habitants de Ziran, et cela signifie que nous sommes prêtes à mourir plutôt que de divulguer quelque information que ce soit pouvant les mettre en danger. »

Karina n'avait aucune idée de ce qu'était la torture à cette époque, mais Hanane en mesurait déjà toutes les implications. « As-tu déjà été capturée ? » avait-elle demandé dans un murmure.

La sultane avait baissé les yeux sur la fine cicatrice qui courait le long de son avant-bras. « Une fois seulement.

— Que s'est-il passé ? »

La reine avait relevé la tête, et pour la première fois, Karina n'avait pas vu la mère qui l'avait élevée, mais la fameuse Crécerelle de Ziran, la guerrière qui avait payé son règne au prix fort, celui des batailles, du sang et des pertes.

« Je le leur ai fait regretter. »

Tel était le souvenir qui tournait en boucle dans l'esprit de Karina quand son ravisseur lui mit de force un bâillon dans la bouche, un sac sur la tête et des menottes d'ivoire aux poignets. C'étaient ces dernières qui lui firent le plus peur, car à la seconde où elles touchèrent sa peau, sa magie mourut en elle. Tous les efforts qu'elle déploya pour la rappeler à elle se révélèrent vains.

Karina avait suivi une formation exhaustive contre la torture durant les années qui avaient suivi cette conversation. Quoi que ces gens lui disent ou lui fassent, elle ne leur révélerait rien. Et quand elle recouvrerait la liberté, elle ferait regretter à ce Caracal d'avoir un jour posé la main sur elle.

Au terme d'un court trajet, le mercenaire la fit s'agenouiller. Elle s'exécuta et sentit une deuxième personne nouer une épaisse corde autour de sa taille et de ce qui semblait être un poteau en bois. D'horrifiantes images de diverses techniques d'interrogatoire traversèrent l'esprit de Karina lorsqu'on lui retira le sac et que la lumière l'aveugla.

Elle se trouvait dans une pièce chichement meublée de deux paillasses, deux tabourets et d'une table, à laquelle elle était attachée. Caracal se balançait sur l'un des tabourets, à un angle tel que c'était un miracle qu'il n'ait pas encore basculé. D'une main, il jouait habilement avec une courte dague.

« Bonsoir, Votre Majesté. Sacrée tempête que vous avez causée là », dit-il d'un ton doucereux, et Karina fut saisie de panique.

Cet homme savait qui elle était.

Elle faillit se mettre à crier à l'aide, mais la voix de sa mère fut plus forte que la terreur : *Ne panique pas. Analyse ton environnement. N'agis pas sans un plan.*

Karina ravala sa peur et évalua sa situation. Caracal connaissait son identité, ce qui ne jouait pas en sa faveur. Mais Afua et Dedele n'étaient pas là, ce qui signifiait qu'elles se trouvaient probablement en sécurité. Et si le mercenaire avait voulu la tuer, il l'aurait déjà fait. Tant qu'elle était en vie, il lui restait une chance.

Elle essaya une fois encore d'invoquer sa magie – rien. Karina se redressa autant que ses liens le lui permettaient et cracha. « Laissez-moi partir.

— Seul un idiot avec de la laine de mouton dans la tête vous libérerait après votre petite démonstration. »

Une voix s'éleva derrière elle : « J'ai vu une chèvre tournoyer dans votre cyclone. Impossible de regarder ailleurs. »

Cellui qui avait parlé n'était autre que l'adolescent·e agile qui avait trébuché sur l'adversaire de Caracal durant la partie de Quatre Amis. Iel portait à la joue droite une cicatrice oblique, soulignée par deux autres plus petites en arc de cercle, qui l'identifiaient comme dulyo, l'un des genres divins exaltés parmi les peuples de la Savane des Eaux du Levant. Assis·e en tailleur à même le sol, iel se nouait grossièrement les cheveux, les gains du jour soigneusement disposés par terre devant ellui. En les voyant tous les deux ensemble, Karina sentit les pièces du puzzle s'emboîter.

« La partie de Quatre Amis… Vous avez triché ! Vous étiez de mèche pour arnaquer ce pauvre homme !

— *Tricher* est un bien vilain mot, fit observer Caracal d'une voix traînante. Je préfère me dire qu'Ife a usé de ses charmes pour me procurer un avantage discret. »

L'adolescent·e lui fit un signe de la main. « C'est moi, Ife. »

À première vue, Karina avait affaire à deux voleurs de bas étage plutôt qu'à des maîtres tortionnaires. En s'y prenant bien, elle pourrait peut-être regagner la route de l'Arkwasi saine et sauve.

« Vous semblez savoir qui je suis, je ne vous ferai donc pas l'insulte de le nier, déclara Karina d'une voix douce que des années de pratique de la cour lui avaient enseignée. Je m'appelle Karina Zeinab Alahari, et je suis enchantée de faire votre connaissance. »

S'il y avait une chose que Karina n'ignorait pas des voleurs, c'était qu'ils feraient n'importe quoi pour de l'argent. Peut-être pourrait-elle acheter tant sa liberté que leur silence. Après tout, comment pourraient-ils savoir qu'elle n'avait pour le moment pas plus accès aux richesses familiales que le premier orphelin venu ?

« Si votre plan consiste à m'échanger contre une rançon au palais, poursuivit-elle, je suis au regret de vous informer que les gardes vous tailleront en pièces quand ils auront appris ce que vous avez fait. Cependant, si vous me laissez partir saine et sauve, je vous garantis que vous serez généreusement dédommagés. La somme de cinq cents dairas suffirait certainement à changer votre vie, n'est-ce pas ? »

Caracal retroussa les lèvres. « Vos cinq cents pauvres dairas ne pèsent pas bien lourd face aux milliers que le palais a promis pour votre capture. Je ne sais pas ce que vous avez fait pour énerver le conseil, mais la récompense qu'il offre pour vous récupérer nous permettrait, à Ife et à moi, de vivre confortablement un bon millier de vies. »

Évidemment. À la place de Farid, Karina aurait fait la même chose. Pourtant, imaginer l'homme qui l'avait élevée réduire sa valeur à une série de chiffres et de zéros lui fit plus mal qu'elle ne l'aurait cru.

« Comment le savez-vous ? demanda-t-elle, car si elle s'arrêtait de parler, elle se mettrait à pleurer, et elle préférait encore se rendre elle-même à Farid plutôt qu'en arriver là. La nouvelle n'a pas pu encore parvenir à Tiru.

— Nous vous avons vue invoquer cette tempête, au dernier jour de Solstasia, et je sais me déplacer rapidement quand c'est nécessaire. Lorsque ça a recommencé ici, il n'a pas été difficile de faire le lien. » Caracal tenait maintenant son couteau en équilibre sur le bout de son doigt. « Je vous aurais déjà livrée aux soldats en bas, si je ne craignais pas qu'ils gardent la récompense pour eux. Non, demain matin, nous vous ramenons droit à Ksar Alahari, princesse. »

L'espoir fila entre les doigts de Karina comme un jaune d'œuf de sa coquille brisée. Si le mensonge ne la sortait pas d'ici, il ne lui restait qu'une seule option : la vérité.

« Le conseil est un ramassis de traîtres qui ont assassiné leur propre reine afin de conserver le pouvoir entre leurs seules mains », commença-t-elle. Après l'avoir réprimée pendant des jours, exprimer sa colère lui fit le plus grand bien. « C'est pour ça qu'ils me traquent : ils ne veulent pas voir leur souveraine légitime se mêler de leurs affaires. Mais des alliés m'attendent en Arkwasi, et ils m'aideront à reprendre mon trône. Si vous me permettez de les rejoindre, vous serez récompensés de fort belle manière une fois que j'aurais récupéré ce qui m'appartient.

— Mais que faites-vous de la princesse Hanane ? s'enquit Ife. Le trône revient à la fille aînée, pas à la cadette. C'est elle la souveraine légitime, pas vous. »

Ife avait dit ces mots sans malice, néanmoins Karina les reçut comme une gifle. Iel avait raison – selon les lois ziranies, Hanane était bel et bien devant Karina dans l'ordre de succession. Cela n'avait fait aucun doute, avant…

Avant sa mort. Avant que Karina ne l'ait brûlée vive dans l'enfer qu'elle avait provoqué. Elle avait vu son corps calciné. Elle refusait catégoriquement de considérer la… *chose* que Farid avait invoquée comme sa sœur.

« Les morts sont morts et enterrés, dit Karina à voix basse. Ce monstre que mon intendant a créé n'a pas plus de droits sur le trône que vous. La famille royale d'Arkwasi est l'alliée de la mienne depuis des générations, et je sais qu'elle se joindra à ma cause. Vous aussi le pouvez. Si vous m'aidez à regagner ce qui m'appartient de droit, vous recevrez une chose qui a plus de valeur que tout l'or du monde – la dette d'une reine. »

Pendant un long moment, on n'entendit que le tapotement des sauterelles contre les minces portes. Le bruit avait faibli depuis l'assaut initial, mais Karina ne doutait pas que les créatures reviendraient par vagues tant que la colère divine ne serait pas apaisée.

Sans crier gare, Caracal jeta sa dague en direction de Karina. Elle tressaillit quand l'arme se planta devant elle, la pointe fichée de plusieurs centimètres dans le sol.

« Si vous pensez vraiment que les Arkwasiens vont vous confier une armée au moment où vous poserez le pied sur leurs terres, alors vous êtes idiote. Qu'est-ce qui vous fait croire qu'ils n'ont pas déjà fait alliance avec vos ennemis ? Vous avez plus de chances de trouver la cité perdue des zawenjis que d'y recruter une armée. »

Karina regarda alternativement Caracal et la dague, qui vibrait toujours. Ses pensées revinrent aux pièces du jeu, au fait qu'elles avaient bougé sans que personne les touche. « Comment connaissez-vous ce mot… *zawenji* ? » interrogea-t-elle d'une voix blanche. Soudain, elle comprit comment l'homme avait pu la maîtriser si facilement, et pourquoi il n'avait pas été surpris par ses pouvoirs.

« Vous connaissez le mot *zawenji* car vous en êtes un vous-même, poursuivit-elle, le souffle court. Vous êtes Vent-aligné, comme moi. Mais tous les zawenjis de Ziran deviennent des Sentinelles… Vous étiez l'une d'elles, n'est-ce pas ? »

L'expression douloureuse qui traversa le visage de Caracal répondit à la question de Karina. Malgré la situation, elle ne pouvait s'empêcher de ressentir de la curiosité à l'égard du mercenaire. Elle n'avait jamais rencontré d'autre zawenji qu'Afua et la commandante Hamidou… Même si, techniquement, sa mère aussi en était une, mais Karina ne l'avait su qu'après sa mort.

Et avec la curiosité vint un soupçon de compassion. Les Sentinelles n'existaient que parce que sa famille raflait les enfants zawenjis de Ziran depuis des générations et les conditionnait par la magie à suivre les ordres de leurs maîtres, même les plus cruels. Elle avait vu de ses yeux la commandante Hamidou lutter contre son conditionnement, et à cet instant, la vieille soldate et sa sagesse lui manquèrent terriblement.

Cependant, sa compassion n'alla pas jusqu'à renoncer à l'avantage que lui procurait cette nouvelle information.

« Les Sentinelles qui ont fait désertion sont punies de mort. » Et cette fois, sa voix n'était pas faite du miel des arnaqueurs, mais de l'acier des reines. « Ramenez-moi à Ziran, et je vous dénoncerai. Vous mourrez dans l'heure. Tout cela n'aura servi à rien. Mais si vous choisissiez de garder mon secret… vous pourriez m'enseigner la magie zawenjie du vent, et ce qui est arrivé aujourd'hui ne se reproduira jamais. »

Karina s'était attendue à un refus, voire à de la colère. Mais pas à ce que Caracal explose d'un rire hystérique.

« Moi ! Vous apprendre à utiliser vos pouvoirs ! aboya-t-il entre deux éclats de rire. Tu m'imagines en prof, Ife ? Tu me vois tenir la main d'un sale gosse, comme une nurse ? Dis-lui à quel point cette idée est ridicule !

— Caracal n'a ni l'empathie, ni la patience, ni le tempérament… Bref, il n'a aucune des qualités requises pour faire un bon professeur, expliqua Ife.

— Brutal, mais précis. » Caracal écrasa une larme au coin de son œil. « Croyez-moi, princesse, vous ne voudriez même pas que je vous apprenne à vous torcher le cul, alors l'usage de la magie… »

Chassant cette image peu reluisante de son esprit, Karina rétorqua : « Alors tuez-moi tout de suite, parce que je mourrai si je retourne à Ziran. Et vous aussi, une fois qu'ils sauront que vous êtes un déserteur. »

Karina refusa de détourner les yeux du regard assassin de Caracal. Elle ne doutait pas que cet homme puisse la briser en deux aussi facilement qu'une brindille – et qu'il éprouverait encore moins de remords à le faire. Mais elle était également certaine que son instinct de survie supplantait sa cupidité.

Ife observait la bataille silencieuse qui faisait rage entre Caracal et Karina, les sourcils froncés par la confusion. « Qu'est-ce qui se passe ? Il se passe un truc ? J'ai l'impression qu'il se passe un truc. »

Caracal fut le premier à détourner le regard. « Par les verrues galeuses et purulentes de la Hyène… Le seul truc qui se passe, c'est que toi et moi allons nous coucher. On verra demain matin ce qu'on fait de notre invitée. » Il maugréa dans sa barbe en plongeant la main dans la poche de son vêtement. « Toutes ces conneries de zawenji commencent à me courir sur le haricot. Je serais bien plus heureux si mes pouvoirs avaient mis les voiles pour de bon. »

Le mercenaire sortit une pipe et entreprit de la bourrer d'une substance aux couleurs vives. Puis il l'alluma et tira une bouffée qui emplit la pièce d'une entêtante odeur fruitée. Ife termina sa coiffure et se couvrit la tête d'un foulard en vue de la nuit. Comprenant que la conversation était terminée pour aujourd'hui, Karina s'installa le plus confortablement possible compte tenu de ses entraves et écouta en silence le bourdonnement des sauterelles à l'extérieur. Il fallait espérer qu'Afua et Dedele soient à l'abri, où qu'elles se trouvent.

Et il fallait espérer que Farid et toute autre personne ayant contribué à démolir sa vie aient été dévorés vivants.

Penser à l'essaim ramena Karina au message qui lui avait été adressé quelques secondes avant que l'enfer ne s'abatte sur Tiru.

Là où régnait autrefois la miséricorde, vous n'aurez que peste et fléaux. Tel est le prix de la résurrection sans renouveau. Santrofie l'avait prévenue de l'arrivée des sauterelles, mais pourquoi ? Et que signifiait la seconde partie ?

Karina se laissa aller en arrière et ferma les yeux avec un soupir frustré. Elle avait eu assez de dieux et d'énigmes pour une vie entière. Mieux valait qu'elle se concentre en premier lieu sur son évasion, elle découvrirait plus tard ce que sa divinité patronnesse voulait qu'elle sache.

Une nuit de plus. Elle avait survécu jusque-là. Elle survivrait bien une nuit de plus.

Une autre règle à respecter en cas d'enlèvement était de ne jamais dormir devant vos ravisseurs. C'était le meilleur moyen de finir avec une lame entre les côtes ou pire.

Mais Karina était si fatiguée, et tant de choses étaient arrivées depuis qu'elle avait trouvé Fatima le matin même, que ce fut un miracle qu'elle reste éveillée si longtemps.

Quelque part entre minuit et l'aube, les légères bouffées de fumée de Caracal et les ronflements étonnamment sonores d'Ife se confondirent, et Karina tomba dans le plus imprudent et le plus profond des sommeils.

Au début, il n'y eut rien. Puis des arbres.

Elle se trouvait dans une sorte de verger, sous des branches de citronniers qui oscillaient faiblement. Elle mit un moment à prendre conscience qu'elle rêvait – aucun signe de ses ravisseurs ni de ses liens. Et pourtant, cela semblait si réel qu'elle eut l'impression de pouvoir cueillir un des fruits et sentir son jus acide sur sa langue.

Deux voix brisèrent le silence. La première, grave, moqueuse, tranchante, lui rappela le crocodile feignant de se prélasser dans l'eau alors qu'il attendait en réalité le bon moment pour frapper.

« Tu peux continuer ainsi aussi longtemps que tu le veux, mon garçon, mais tu dois bien te rendre compte que tu vas te fatiguer avant moi. »

La seconde voix était beaucoup moins forte, mais son timbre résonnait sous la peau de Karina.

« C'est peut-être vrai, mais même si je me fatigue, tu seras toujours enfermé ici. »

Malik.

Elle se cacha rapidement derrière un arbre, tiraillée entre la curiosité de savoir ce qui se passait et la colère à l'idée de rêver de lui deux fois d'affilée. Cette fois, au moins, il n'y avait pas d'étranges fillettes.

La curiosité l'emporta, et elle jeta un coup d'œil à la scène depuis le couvert des branches. Malik se tenait dans une clairière, au centre de laquelle se dressait le plus grand arbre qu'elle ait jamais vu. Un énorme serpent noir, presque aussi épais que le tronc, s'y trouvait attaché. Karina sentit son estomac se nouer ; ce devait être le Roi sans visage.

« Je te l'ai dit plusieurs fois, mais je vais le répéter : je n'ai aucune information sur le Rite du Renouveau à te donner », dit la créature, et Karina eut du mal à croire que cette masse sinueuse avait un jour été le mari de Bahia Alahari. De toutes les choses qu'elle avait apprises à la fin de Solstasia, celle-ci était la plus difficile à avaler. Elle ne s'était jamais sentie moins qu'humaine, mais si cette chose était son ancêtre, qu'est-ce que ça faisait d'elle ?

« C'est toi qui, le premier, as parlé du Rite de Résurrection à Farid, répliqua Malik. Je sais que tu connais le Rite du Renouveau. Dis-moi ce que tu sais. »

La dernière fois que Karina avait vu Malik en chair et en os, il s'était planté un couteau dans le cœur après avoir offert son corps à la créature avec laquelle il était en train de débattre. Quand il lui était apparu en rêve, la nuit précédente, elle l'avait frappé si vite qu'elle n'avait pas vraiment eu le temps de le regarder.

Mais à présent, elle pouvait l'observer à loisir. Sa ride du lion, la teinte dorée de sa peau… Il paraissait différent du garçon qui l'avait autant réconfortée que trahie, comme si quelqu'un avait gommé ses excès pour révéler son essence. Malgré ses mains tremblantes, il tenait tête au Roi sans visage avec un courage qui remuait quelque chose à l'intérieur de Karina.

Et après ? Ce n'était qu'un rêve. Son esprit convoquait ce qu'elle avait envie de voir, rien de plus.

Le Roi sans visage toisa Malik avec un sourire qui découvrit rangée après rangée de dents acérées comme des rasoirs.

« Menace-moi tant que tu le voudras, il n'existe aucun enfer plus terrible que celui auquel j'ai déjà survécu. Mais je t'en prie, essaie. Et grâce à toi, petit ulraji, je n'ai nulle part ailleurs où aller. »

9

Malik

Après avoir quitté l'atelier de Farid, Malik avait passé plusieurs heures dans cet état trouble entre méditation et sommeil, à essayer d'entrer dans la citronneraie. Il était sur le point d'abandonner quand il avait ouvert les yeux sur le jaune et le vert de son jardin secret, et le monstre noir qui l'y lorgnait.

Il aurait dû prendre cela comme le signe que les choses allaient très mal se passer, car si le Roi sans visage était capable de passer de sa forme humaine à son aspect serpentin, cela signifiait qu'il recouvrait peu à peu ses forces. Le contrôle qu'exerçait Malik sur son esprit lui semblait aussi mince qu'une feuille de parchemin, mais il avait toujours accès aux émotions de l'obosom. Pas à ses pensées, et encore moins à ses pouvoirs, mais ce lien lui donnait l'absolue conviction que le Roi sans visage mentait quand il lui disait ne rien savoir du Rite du Renouveau.

Cependant, Idir savait avec la même certitude que Malik n'avait aucun moyen de lui soutirer cette information sans mettre en péril ses entraves mentales. Ils étaient donc dans une impasse, aucun d'eux ne voulant bouger le premier.

Malik aurait souhaité ne se confronter au Roi sans visage qu'en dernier recours, mais Farid lui avait confié cette tâche – sa toute première en tant qu'apprenti ulraji. Il ne pouvait pas décevoir son mentor, encore moins en sachant que le Rite du Renouveau pourrait bien être leur seule chance d'éviter un nouveau désastre comme celui des sauterelles.

« Que voudrais-tu en échange de ces informations ? demanda Malik.

— Tu me proposes sérieusement un nouveau marché ? Après le désastre du précédent ? » Idir poussa un grognement. « Très bien, il y a une chose que je désire : la liberté. Laisse-moi sortir de cette pitoyable prison, que je n'aie plus jamais à côtoyer tes pensées ineptes, et je te dirai tout ce que tu veux savoir sur le Rite du Renouveau.

— Si je te laisse partir, promets-tu de ne plus jamais faire de mal à aucun mortel ?

— Je ne suis pas certain que tu veuilles connaître le prix de cette requête.

— Alors non. »

Le Roi sans visage haussa les épaules – autant qu'un serpent attaché à un arbre puisse le faire. « Alors tu verras toutes les personnes que tu as un jour aimées mourir d'atroce façon, en sachant que tu aurais pu l'éviter. »

Malik prit une profonde inspiration et se rappela que les conversations avec les enténébrés prenaient toujours cette tournure dans les légendes. C'était dans leur nature de n'être d'aucune aide et de tordre les arguments de leur interlocuteur de telle manière que celui-ci ressortait plus confus de leur conversation qu'il n'y était entré. Les yeux d'Idir se perdaient constamment dans les arbres derrière Malik, mais celui-ci n'était pas assez stupide pour lui tourner le dos. C'était encore une de ses diversions.

« Pendant que tu es là, j'ai quelques requêtes visant à rendre ce corps plus habitable pour nous deux, déclara Idir. En premier lieu, tu devrais dormir plus. Je déteste me sentir épuisé à longueur de temps. Et pourquoi est-ce que tu transpires tant ? Je ne crois pas que ce soit très sain de…

— Je ne veux pas te prendre ces informations par la force, mais je le ferai si tu ne m'en laisses pas le choix », le prévint Malik, et, l'espace d'un instant, il lui sembla que le Roi sans visage allait tenter de lui sauter à la gorge, entrave ou pas. Mais soudain, son visage afficha un calme inquiétant.

« Tu fais tout ça pour impressionner cet idiot obséquieux que tu appelles un mentor, n'est-ce pas ? Dis-moi, l'attachement que tu lui portes est-il authentique ou bien recherches-tu désespérément une affection que ton père ne t'a jamais donnée ? »

Le doute commençait à prendre racine en Malik, mais Idir n'en avait pas fini. « Ou peut-être est-ce la culpabilité qui te motive ? Est-ce que tu te soucies réellement de ce qui se passe à Ziran, ou bien fais-tu tout cela pour soulager ta conscience du meurtre de Driss ? »

Le corps sans vie du champion du Soleil apparut devant ses yeux. « C'était un accident, affirma-t-il, mais les mots sonnaient creux même à ses oreilles.

— Tu ne l'as peut-être pas poussé, mais tu ne l'as pas non plus sauvé quand tu en avais la possibilité, alors est-ce vraiment un accident ? »

Les souvenirs de la mort de Driss, si nets un instant plus tôt, vacillaient à présent. Ce jour-là, dans l'escalier du Jardin azur, il avait tendu la main au champion du Soleil, mais celui-ci avait refusé de la prendre. Malik n'aurait rien pu faire de plus pour le sauver… n'est-ce pas ?

Des feuilles se mirent à tomber des citronniers alors que son emprise sur les entraves de l'obosom se desserrait. Il n'avait pas tué Driss intentionnellement. Il le savait. Il fallait que ça soit vrai, parce qu'autrement… Non.

Le rictus du Roi sans visage s'élargit, et Malik comprit que la créature le manipulait. Des profondeurs de sa colère et de sa peur émergea la seule arme dont il disposait pour contrer l'esprit.

« Tu m'accuses d'être motivé par la culpabilité, mais la tienne est plus grande que la mienne ne le sera jamais. Ce n'est pas moi qui ai échoué à venger mon fils en mille ans. »

Alors même que les mots quittaient sa bouche, une petite voix lui criait d'arrêter – monstre ou pas, aucun parent ne méritait qu'on lui jette la mort de son enfant au visage.

Mais il n'en *pouvait* plus d'être malmené comme un jouet. Malik voulait que l'obosom ressente le désespoir que lui-même éprouvait jour après jour.

Il poussa son avantage. « Crois-tu que ton fils te regarde, où que son âme se trouve ? Est-ce qu'il voit ce que tu es devenu ? Quelle tristesse… Non seulement son père n'a pas été capable de le protéger quand il était en vie, mais il l'a aussi abandonné dans la mort. »

Le Roi sans visage poussa un rugissement qui ébranla toute la citronneraie. Malik profita de ce que la rage annihilait chez lui toute pensée pour reprendre le contrôle de ses liens. Lorsque les souvenirs de l'obosom éclatèrent à la surface de sa conscience, le jeune homme, sans réfléchir à ce qui venait de se passer ni à ce qu'il s'apprêtait à faire, les attrapa et tira.

Ruisseau torrent rivière ruisseau torrent rivière ruisseau torrent rivière crue décrue tous les jours poissons algues récif rivage ruisseau torrent rivière ruisseau torrent rivière crue décrue ruisseau torrent rivière encore et encore et encore et encore remous marée montante marée descendante sans variation sans interruption sans fin.

Il était une unique goutte de pluie tombant sur le mont Mirazzat. Il était un ruisseau clair s'écoulant entre les murs d'un canyon. Il était la Gonyama rugissante lancée dans un cycle sans fin de remous, de crues, de rivages, et ses pensées n'étaient pas des pensées car les pensées étaient réservées aux créatures rudimentaires comme les humains, quel besoin avait-il de penser alors qu'il avait l'éternité pour enfler et se briser comme la marée, pur mouvement, pure puissance faite vie, il était sans limites, il était infini, il était…

Non. *Non.* Lui, Malik, n'était rien de tout cela, car ces choses étaient les souvenirs d'un être si intimement lié à son fleuve qu'ils ne faisaient qu'un. Malik était toujours lui-même, mais il ignorait combien de temps encore cette affirmation serait vraie alors que la frontière entre son esprit et celui du Roi sans visage s'érodait.

Ruisseau torrent rivière ruisseau torrent rivière remous marées aube crépuscule aube crépuscule aube crépuscule… Non, Malik devait sortir de là… Ruisseau torrent rivière remous marée montante marée descendante poissons bateaux filets récifs ruisseau torrent rivière… Et dans le brouillard, des images émergeaient pour se dissiper aussi vite que des bulles éclatant dans des eaux peu profondes.

Une prison sans fin sous un ciel brisé, fendu. Un jeune homme aux yeux sombres et au chagrin plus sombre encore.

« Dis-moi comment ressusciter les morts », demanda Farid, et la bulle éclata.

Un palais, à présent – non, pas juste un palais. Les colonnes d'argent de Ksar Alahari, mais à une autre époque, sous une autre reine. Un enfant arraché au monde par la main de sa mère, un cri arraché à la gorge de Malik… non pas la sienne, celle d'Idir qui voit périr son fils unique. Une guerre achevée, un héritage assuré, une haine millénaire scellée.

Nouvelle bulle, nouveau souvenir. Une reine entourée de hauts murs de pierre devant une immense statue couverte de créatures blanches aux ailes battantes. L'air vibrant d'un pouvoir divin. Le rêve se modifia encore, et le voilà assis au fond de sa rivière, caressé par les algues mouvantes, le regard tourné vers le monde des humains, aspirant désespérément à ce qui ne serait jamais. Un visage penché avec curiosité sur son domaine – la même reine que plus tôt, mais plus jeune, moins brisée, moins marquée.

Que souhaites-tu ? demanda Malik, non pas dans la langue des mots, mais dans celle de l'écume et des tourbillons, la langue de la magie. Les yeux de Bahia se plissant de joie, son cœur à lui se gonflant de désir et de confusion, car que pouvait-il désirer, lui qui était déjà infini ? *Souhaites-tu voir tomber Kennoua ?*

Je ne souhaite pas voir tomber Kennoua, chanta-t-elle en retour, et que n'aurait-il pas donné pour s'étendre près d'elle sous le soleil du désert, pour sentir la caresse de sa joue contre sa peau ? *Je veux voir Kennoua brûler.*

Mais Malik connaissait déjà la romance tragique entre Idir et Bahia Alahari. Y avait-il un moyen de diriger ce flot de souvenirs vers le Rite du Renouveau ?

Cependant, aucun esprit n'aimait qu'on s'y introduise, et celui d'Idir avait maintenant senti la présence inopportune de Malik. Il eut l'impression qu'un millier d'aiguilles lui piquaient la peau, et celle, plus terrifiante encore, d'habiter son propre corps sans pouvoir le commander. Son esprit combattit celui de l'obosom, tentant vainement de se raccrocher à quoi que ce soit qui lui permette d'en reprendre le contrôle.

Il pensa à ses sœurs, et son emprise se raffermit. Il songea à Farid, à la joie qu'il éprouvait au contact de quelqu'un qui croyait vraiment en lui, mais ça ne suffisait toujours pas. Son esprit tournait à vide sur un million de pensées embrouillées qui ne menaient nulle part.

Jusqu'à ce qu'il s'arrête sur Karina.

Ses souvenirs d'elle étaient une ancre dorée dans la tourmente, à laquelle Malik s'accrocha pour ne pas être balayé. La douceur apaisante de sa voix lorsqu'elle lui avait porté secours durant la rafle. Son corps empourpré contre le sien, une première fois quand ils avaient dansé le zafuo, puis dans la nécropole et enfin sur le toit du temple du Soleil. Le moment où il avait essayé de la tuer et senti leurs magies se connecter à un niveau intime, profond.

Il n'avait pas beaucoup de souvenirs de Karina, mais leur intensité et la conscience que ce qu'ils avaient partagé demeurait inachevé permirent à Malik de reprendre pleinement le contrôle de la situation. Ce faisant, il la vit avec clarté, comme si elle était là et résistait avec lui à l'assaut d'Idir. À son corps défendant, il tendit la main vers elle, et elle la saisit. Alors, un nouveau souvenir s'imposa à leur esprit.

Pour accomplir le Rite de Résurrection, de quatre choses vous aurez besoin…

Ils étaient la Gonyama, et le fleuve observait un groupe de silhouettes encapuchonnées debout autour d'un cadavre. Leurs visages étaient inconnus de Malik, mais il reconnut les tatouages sombres qui glissaient le long de leur peau – l'Ulraji Tel-Ra. Karina se raidit.

… premièrement, les pétales d'une lune-de-sang fraîchement cueillie…

Une psalmodie grave s'éleva tandis que les ulrajis arrosaient le feu d'une substance d'un rouge sombre, comme l'avait fait Farid au dernier soir de Solstasia.

… le cœur d'un roi, encore chaud…

La mélopée enfla quand l'un des ulrajis jeta dans les flammes un cœur humain luisant qui n'avait pas cessé de battre.

… le corps du défunt…

Ensemble, ils hissèrent le corps et le livrèrent à son tour au brasier.

… la maîtrise de votre nkra.

Les flammes bondirent, d'un blanc aveuglant, puis il en sortit une silhouette massive sous les acclamations des participants. Le souvenir changea de nouveau, et ils virent une cité assiégée. Des essaims de sauterelles mordaient la chair, des séismes ravageaient la terre. La puanteur de la peste saturait l'atmosphère, si puissante que Malik eut l'impression de s'y noyer par-delà les siècles. Un rugissement assourdissant se fit entendre au loin, le cri d'une créature telle que Malik n'en avait jamais entendu.

Quatre éléments pour ressusciter. Quatre éléments pour renouveler.

Les ulrajis passèrent devant eux à toute allure, traînant derrière eux une captive.

… le sceptre pour édifier l'autel touché par les dieux…

Leur chef brandit un sceptre vert au bout duquel était sculptée une tête de chacal, et il s'en servit pour tracer une série de symboles dans la terre. De ces symboles s'éleva une structure cristalline qui brillait malgré le ciel rouge et noir.

… un air à moitié oublié joué sur une flûte perdue dans les brumes du temps…

Un des ulrajis porta à ses lèvres une flûte ornementée et incrustée d'or, et une mélodie obsédante leur parvint. Une bile acide remonta dans la gorge de Malik, mais il n'y avait rien qu'il puisse faire pour empêcher les ulrajis de tirer leur captive jusqu'au bord d'un vaste lac.

… un psaume incanté près de l'eau qui connecte ce monde au suivant…

La bête invisible poussa un nouveau rugissement qui rendit inaudible la prière des ulrajis. L'eau du lac clapotait dans une variété de couleurs qui n'appartenaient pas à ce monde.

… et l'âme d'une reine, pour les lier tous.

Ils ôtèrent le sac de la tête de leur captive, révélant une vieille femme au visage marqué de longs tatouages et au front ceint d'une élégante tiare parée de pierres précieuses. Avant qu'elle ne puisse crier à l'aide, les ulrajis la jetèrent dans l'eau, où son corps s'enfonça aussi silencieusement qu'une pierre. Les secousses, la peste et la tempête empirèrent, la créature poussa un nouveau cri en chargeant vers le lac…

Et s'arrêta.

La destruction prit fin, le monde connut de nouveau la paix, le monstre s'évanouit dans les airs. Les ulrajis se réjouirent d'avoir évité l'annihilation de peu. Mais Malik, lui, n'éprouvait nulle joie, car le poids de ce dont ils venaient d'être témoins et le sens de l'avertissement de Susoko l'écrasèrent.

Pour accomplir le Rite du Renouveau, ils allaient devoir sacrifier une reine.

Dans le cas contraire, le monde qu'ils connaissaient serait balayé à tout jamais.

10

Karina

Ce n'était qu'un rêve. Karina le *savait*. Mais après les sauterelles, après sa magie prise de folie, après son enlèvement, voir l'Ulraji Tel-Ra – ceux-là mêmes qui avaient réduit ses ancêtres en esclavage – sacrifier une personne innocente fut la goutte d'eau qui fit déborder le vase. Un cri lui échappa, et quoiqu'il paraisse tout aussi effrayé qu'elle, Malik s'agenouilla près d'elle et posa la main sur son dos. Seul ce geste l'empêcha de s'écrouler dans la poussière.

« Ne me touche pas ! » hurla-t-elle en s'écartant de sa main, et elle criait toujours quand elle s'éveilla en sursaut dans le caravansérail. Ses ravisseurs la considérèrent d'un regard embrumé de sommeil. On n'entendait rien d'autre que les halètements effrénés de Karina et un faible tapotement sur les volets.

« Qu'est-ce qui vous arrive ? s'enquit Caracal.

— Rien, c'est juste… un cauchemar. J'ai fait un cauchemar », parvint-elle à articuler. L'homme marmonna quelque chose à propos d'une princesse qui avait gâché son maudit sommeil avant de se retourner sur sa paillasse. Ife se rendormit ellui aussi, laissant Karina seule avec ses pensées.

La dernière chose dont elle se souvenait, c'était la résistance qu'elle avait opposée à l'assoupissement, ici, dans le caravansérail. Sans transition, elle avait rêvé d'une dispute entre Malik et le Roi sans visage, laquelle s'était transformée en une sorte de… vision ? Une vision de l'antique Kennoua, du Rite du Renouveau et…

… de la fin du monde.

Cela semblait stupide de penser dans des termes aussi catégoriques, mais il n'y avait aucune autre façon de décrire la désolation totale qu'elle avait vue.

Karina avait maintenant plusieurs certitudes. Premièrement, le Rite de Résurrection n'avait été que la moitié d'un tout indissociable du Rite du Renouveau.

Deuxièmement, après que l'Ulraji Tel-Ra avait accompli le Rite de Résurrection, Sonande avait connu fléau après fléau, à commencer par une invasion de sauterelles comme celles qui les avaient attaqués ce matin-là.

Troisièmement, alors que le Rite de Résurrection avait requis le cœur battant d'un roi, le Rite du Renouveau nécessitait l'âme d'une reine.

Et dernièrement, elle était la seule reine de Sonande à mille kilomètres à la ronde.

Une terreur froide et lourde comprima la poitrine de Karina, qui se sentit comme une enfant à la recherche des bras de ses parents après un mauvais rêve. Mais il n'y avait ni parents ni sœur. Juste elle et la conviction glaçante que sa mort pourrait bien être leur seule chance de salut.

Le commentaire d'Ife lui revint en mémoire. *Mais que faites-vous de la princesse Hanane ? C'est elle, la souveraine légitime, pas vous.*

Karina détestait devoir l'admettre, mais on pouvait considérer comme légitimes les prétentions au trône du monstre ressuscité. Si Karina transmettait le titre de sultane à la liche, peut-être pourrait-elle être sacrifiée à sa place… Sauf qu'il y avait Farid. Il assassinerait tous les habitants de Sonande avant de laisser quiconque poser un doigt sur la tête de la liche. Les Eshrans n'avaient pas de monarque, et la reine mère d'Arkwasi, l'Arkwasi-hema, était bien trop protégée au cœur de la jungle pour qu'on aille la chercher.

Autrement dit, la seule reine disponible pour le Rite du Renouveau était Karina elle-même.

Elle sentit dans sa nuque les premiers signes d'une migraine naissante, qui lui embrouillait les pensées. Une voix cruelle dans sa tête, assez semblable à celle de sa mère, murmura : *Tunde a donné sa vie pour le premier rituel. Ce n'est que justice que tu donnes la tienne pour le second.*

La voix enfla, tirant des larmes à Karina. Il devait exister un moyen de sauver Sonande sans qu'elle ait à se sacrifier. Si seulement l'incessant tapotement voulait bien cesser, peut-être serait-elle capable de mettre de l'ordre dans ses pensées.

Tap. Tap. Tap.

D'abord, Karina crut qu'il s'agissait uniquement des sauterelles, mais le bruit était maintenant bien trop fort pour ça. Elle aperçut un mouvement fugace entre les planches en bois que Caracal avait clouées aux fenêtres pour empêcher les insectes d'entrer, avant d'entendre un cri en contrebas.

« L'étable ! Quelqu'un a laissé les animaux s'échapper de l'étable ! »

Les cris perçants des animaux se mêlèrent aux exclamations confuses des clients de l'auberge s'éveillant en sursaut. Karina n'eut aucun mal à imaginer le chaos qui régnait dans la cour où des dizaines de chevaux, de chameaux ou autres ruaient furieusement en quête de liberté.

L'entraînement de Sentinelle de Caracal dut se manifester, car il fut debout en quelques secondes, avec la précision d'un guerrier et pas le moindre signe de fatigue. Il jura copieusement, ordonna à Ife de garder un œil sur Karina et courut s'enquérir du sort de leurs animaux. Karina et Ife échangèrent un regard.

« Je suppose que vous n'avez pas de bonnes blagues à raconter, dit-iel, et avant que Karina puisse répondre, quelqu'un s'introduisit dans la pièce dans un fracas de volets brisés et posa une dague contre la gorge d'Ife.

— Si tu cries, je t'ouvre la gorge », l'avertit Dedele.

Ife haussa l'épaule qui n'était pas immobilisée par Dedele. « Honnêtement, je pensais que vous viendriez plus tôt. Les princesses ne restent pas longtemps captives.

— Karina ! On est là ! » Afua se hissa par la fenêtre avec beaucoup moins de grâce que l'ancienne championne du Feu et courut rejoindre Karina. Une chaleur se répandit dans le corps de celle-ci quand la magie de la fillette dénoua la corde qui l'attachait à la table. Karina bondit sur ses pieds, les jambes chancelantes d'être restées pliées si longtemps dans la même position. Ife observait ce nouveau développement avec excitation.

« Si vous voulez m'attacher, n'oubliez pas mes jambes, suggéra-t-iel. Oh, et vous devriez aussi me bander les yeux, pour que je ne puisse dire à personne par où vous êtes sorties. » Sous le regard médusé d'Afua et de Dedele, iel haussa de nouveau les épaules. « C'est un élément de base dans toute bonne histoire : à un moment, quelqu'un vous attache et vous laisse pour mort•e. Je ne sais pas si cette situation se présentera de nouveau, alors autant tirer profit de cette opportunité tant que je le peux. »

Les trois comparses lae prirent au mot. Une fois qu'elles se furent assurées qu'Ife était bien attaché•e, Karina revêtit le manteau que ses amies lui avaient apporté, et elles s'enfuirent du bâtiment en courant.

La cour de l'auberge était en proie au désordre le plus total, car non seulement Afua et Dedele avaient-elles libéré tous les animaux, mais elles avaient également détruit l'essentiel des marchandises. À présent, les commerçants s'invectivaient les uns les autres, les soldats prenaient à partie leurs camarades, et un âne particulièrement excité galopait dans le clair de lune. Ajouté aux dégâts infligés plus tôt, Tiru était dans un tel chaos que personne ne remarqua le trio quitter le village en direction de la barge.

« Ça fait trois fois que je vous sauve les miches, princesse ! aboya Dedele alors qu'elles enjambaient le bastingage.

— Heureusement que ce sont de belles miches, alors ! » cria Karina en retour.

Elles s'installèrent rapidement à leur poste habituel, et Dedele commença à hisser la voile. « Cap sur Osodae ? »

Karina était encore sous le choc de tout ce qu'elle avait appris. Bien à contrecœur, elle devait reconnaître que Caracal avait peut-être raison de penser que les Arkwasiens ne l'aideraient pas. Même en admettant que Farid n'ait pas déjà pris contact avec eux, qui pouvait dire si, une fois au courant de l'existence du Rite du Renouveau, ils ne choisiraient pas de la sacrifier elle afin de protéger leur reine mère ? Si elle se trouvait à leur place, Karina n'était pas certaine qu'elle prendrait le parti d'une étrangère au détriment de ses propres intérêts.

« Non, pas Osodae, dit-elle.

— Je croyais que le plan consistait à vous amener là-bas pour que vous y rencontriez l'Arkwasi-hene et ces zawenjis qu'Afua connaît, protesta-t-elle. Si nous n'allons pas à Osodae, où allons-nous ?

— Donne-moi une seconde ! » Karina s'accroupit sur le pont du bateau et mit sa tête douloureuse entre ses genoux.

Se rendre en Arkwasi leur ferait courir un risque trop grand, et il était hors de question qu'elle retourne à Ziran. Les Eshrans ne pourraient pas l'aider, et sa famille n'avait jamais entretenu avec les différentes tribus de la Savane des Eaux du Levant que des relations précaires au mieux. Dans ce nid de vipères qu'était Sonande, Karina jouait le rôle du malheureux lièvre qui tentait désespérément d'y naviguer sans se faire mordre.

Et à cela s'ajoutaient les fléaux, tous plus destructeurs les uns que les autres, qui aboutiraient à la destruction totale du continent. Même si elle parvenait à trouver des alliés pour renverser Farid, que vaudrait sa victoire face à la fin du monde ?

Il devait exister une solution à ces deux problèmes – comment se venger de Farid tout en apaisant les dieux sans y laisser la vie. Karina se repassa son rêve dans la tête jusqu'à ce que lui revienne l'image de Bahia Alahari dans une grotte entourée des sept divinités patronnesses.

Elle releva vivement la tête et lança à Afua : « Tu as déjà entendu parler de la cité perdue des zawenjis ?

— Oui, répondit la fillette en se mordant la lèvre. Mes professeurs l'appelaient Doro Lekke – le Sanctuaire. C'était selon eux le cœur de la magie zawenjie, dans l'ancien monde. Mais la ville a été totalement détruite durant la guerre du Pharaon.

— Où se trouve-t-elle ?

— Personne ne le sait. Les gens de Doro Lekke l'ont enchantée de telle manière qu'elle se déplace régulièrement. Le secret des allées et venues de la cité et la clé pour y accéder ont été confiés à un gardien immortel. »

Dedele regarda alternativement Afua et Karina comme si elles avaient toutes deux perdu la tête. « Des cités enchantées ? Des gardiens immortels ? Vous croyez vraiment qu'on a le temps pour ça ? Il faut partir ! »

Karina se retint de leur expliquer de quoi il retournait. Entre de mauvaises mains, la vérité sur le Rite du Renouveau signerait son arrêt de mort. Mais à qui pourrait-elle faire confiance, sinon à ces deux-là, qui avaient tout sacrifié pour la secourir ?

Elle ne serait jamais allée si loin sans elles, et elle aurait besoin de leur aide si elle voulait que son embryon de plan ait une chance de voir le jour.

La gorge nouée, Karina leur résuma rapidement sa vision, la destruction du monde, le Rite du Renouveau et le prix à payer pour l'accomplir.

« Vous vous souvenez de la légende dans laquelle les dieux octroient à Bahia Alahari le pouvoir de renverser le pharaon une bonne fois pour toutes ? Cela se produisait à Doro Lekke. Si nous trouvons la cité, nous pourrons nous emparer de ces pouvoirs et vaincre Farid avant qu'il ne puisse accomplir le Rite du Renouveau. »

Quand elle eut terminé, les deux autres la dévisagèrent avec une expression indéchiffrable. « Alors, si personne n'accomplit le Rite du Renouveau avant le dernier présage, la Grande Mère va détruire Sonande ? fit Afua d'une toute petite voix qui, pour une fois, appartenait à l'enfant qu'elle était réellement. T... tout le monde va mourir ?

— C'est pour ça que nous devons changer de cap, insista Karina. Je connais Farid, et je ne doute pas une seule seconde que, lorsqu'il aura eu vent du rituel, il redoublera d'efforts pour me capturer. Mais si nous trouvons le Sanctuaire et les pouvoirs qui s'y cachent, nous pouvons l'arrêter. Et nous arriverons peut-être à convaincre les dieux de mettre un terme à la destruction de Sonande. »

Il y avait une chance que Farid n'apprenne jamais l'existence du rituel, mais elle était maigre. Quant à Malik... Avait-ce vraiment été lui dans le rêve ? Karina ignorait qui il était, ou de quel côté il se battait. Elle ne savait même pas comment sa magie fonctionnait. Mais dans tous les cas, elle ne pouvait pas lui faire confiance.

Afua hocha lentement la tête, mais la grimace de Dedele ne fit que s'allonger. « Tuer Farid ne changera rien au fait qu'une reine doive être sacrifiée pour empêcher ces fléaux de ravager le continent. »

Le changement d'attitude presque imperceptible de l'ancienne championne du Feu ne passa pas inaperçu aux yeux de Karina, qui s'écarta involontairement d'elle. « Ce genre de magie présente toujours une faille. Une fois que nous aurons obtenu le pouvoir des dieux, nous pourrons l'exploiter, dit-elle.

— Le Rite de Résurrection était sans faille, contra Dedele, et l'estomac de Karina se révulsa au souvenir du corps profané de Tunde. Si le rituel requiert un sacrifice royal, je ne vois pas comment nous pourrions l'éviter. »

Dedele avait toujours fait preuve d'une certaine dureté, mais cette radicalité était entièrement nouvelle. Karina s'écarta encore d'un pas et buta contre le bastingage. Elle était acculée.

« Que veux-tu que je fasse exactement ? Rentrer à Ziran et me rendre à Farid ?

— Vous avez dit vous-même que l'essaim n'était que le premier fléau, que chacun des suivants serait pire que le précédent. Si ce qui est arrivé à Tiru se propage à tout Sonande, vous sauveriez des milliers de personnes en… » Dedele laissa sa phrase en suspens, et Karina se demanda combien de personnes allaient lui tourner le dos quand elle avait le plus besoin de leur aide.

« Dis-le », cracha Karina. L'air autour d'elles demeurait dangereusement immobile.

« Je sais que vous ne voulez pas vous sacrifier, poursuivit Dedele, dont les doigts se crispaient comme s'il lui démangeait de serrer quelque chose. Je ne souhaite pas que vous *ayez* à vous sacrifier. Mais s'il faut choisir entre une vie et des millions d'autres… La réponse est évidente, non ? »

Présenté ainsi, c'était effectivement l'évidence. Aucune vie ne valait plus que des millions d'autres. Mais il se trouvait que cette vie était la *sienne*... Karina était peut-être le monstre d'égoïsme que tout le monde décrivait après tout, car elle sut à cet instant précis, avec une certitude viscérale, qu'elle ne voulait pas mourir, même si sa mort signifiait la survie de tous les autres habitants de Sonande.

Cette prise de conscience dut être visible sur son visage car, un instant plus tard, Dedele redevint la combattante avec qui Karina avait croisé le fer lors du tournoi de wakama. Elle dégaina la dague accrochée à sa ceinture, la pointa vers la poitrine de la princesse et se fendit brusquement. Seul un coup de chance permit à Karina de plonger pour éviter que la lame se plante dans son épaule.

« Tu avais promis de me protéger ! » hurla-t-elle. Le vent se leva faiblement autour d'elles, agité par la détresse de Karina.

« C'était avant que je sache à quel point les dieux sont courroucés ! explosa Dedele, et l'angoisse dans sa voix lui fit presque aussi mal que la trahison. Je ne vais pas rester assise à contempler la fin du monde s'il suffit d'un sacrifice pour le sauver ! »

Karina avait réussi à passer une jambe par-dessus le bastingage avant que Dedele ne la tire violemment en arrière par le cou. Même si l'ancienne championne du Feu voulait seulement la maîtriser, elle ne retenait pas ses coups. Le regard d'Afua allait de l'une à l'autre alors qu'elles roulaient maintenant sur le pont, sans savoir quel parti elle devait prendre.

Malgré toute sa magie, Karina n'arrivait pas à la cheville de Dedele en matière de force physique, et des points noirs commencèrent à apparaître dans son champ de vision tandis qu'elle s'épuisait à frapper et à griffer son opposante plus massive. Par la Grande Mère, avait-elle été si loin, avait-elle tant perdu pour être simplement livrée à Farid par une des rares amies sur qui elle pensait pouvoir compter ?

Non. *Non.*

Avec un cri étranglé, Karina canalisa son pouvoir en Dedele et tira. L'air contenu dans les poumons de son adversaire s'échappa d'un coup, et ses yeux saillirent de leurs orbites. Elle relâcha Karina et se mit à haleter comme un poisson hors de l'eau, et à se griffer le cou comme si cela avait pu y faire entrer de l'oxygène. Lorsqu'elle s'écroula sur le pont dans une immobilité de mauvais augure, elle affichait l'expression d'une condamnée. Karina ne libéra le fil de pouvoir qu'à cet instant.

Elle était à peine consciente de son propre corps quand elle se releva, sonnée. Afua se précipita vers leur amie – même après ce qui venait de se passer, Karina ne pouvait penser à elle autrement – et posa deux doigts contre sa trachée.

« Elle est vivante », déclara la fillette, et Karina laissa échapper un soupir de soulagement. Elle ne l'avait pas tuée.

Mais elle aurait pu, et avec une facilité qui l'effrayait plus que tout autre chose.

« Qu'est-ce… Qu'est-ce qu'on va faire, maintenant ? » demanda Afua d'une voix craintive. Le cerveau de Karina se remit en branle. Elle examina la liste des options qui s'amenuisaient à toute vitesse. Techniquement, elles pouvaient manœuvrer le bateau grâce à la magie d'Afua, mais ni l'une ni l'autre n'avaient l'expertise de Dedele pour éviter les dangers du désert. Se mettre à la recherche de Doro Lekke toutes seules était suicidaire.

Elles avaient besoin de quelqu'un qui savait trouver son chemin dans le désert, qui pourrait aider Karina à atteindre la cité perdue rapidement et en toute sécurité. Quelqu'un qui avait plus à gagner du succès de leur mission que de son échec, et qui connaissait la vérité sur la magie.

Quelqu'un comme Caracal.

Karina se tourna vers Afua. La fillette avait les yeux écarquillés et le front luisant de sueur à cause de l'effort que lui coûtait la magie. Afua aurait dû être en train de courir dans tous les sens sans se soucier de rien, comme n'importe quel enfant au monde, pas s'embarquer dans une quête périlleuse pour une destination inconnue.

« Je crois connaître quelqu'un qui pourrait nous aider à trouver Doro Lekke. » En toute honnêteté, Caracal était aussi susceptible de lui transpercer le ventre d'une épée que de lui fournir une quelconque assistance, mais le jeu en valait la chandelle, car l'alternative était une mort certaine. « Je sais que ce n'est pas ce qui était prévu quand nous avons fui Ziran. Si tu préférais retourner auprès de ta famille, je comprendrais. »

Laisser Afua partir alors qu'elle en savait autant allait à l'encontre de tout ce que lui avait enseigné sa mère en matière de sécurité, mais Karina s'en fichait. Peu importait que la situation soit désespérée, elle ne ferait jamais de mal à Afua.

Jamais.

La jeune Vie-alignée demeura silencieuse un bon moment, le regard rivé sur la forme inconsciente de Dedele. Quand elle leva les yeux, ils étaient remplis de détermination. « Je vous ai promis de vous conduire en sécurité, et c'est ce que je vais faire, déclara-t-elle. De plus, nous autres zawenjis devons nous serrer les coudes. Les miens peuvent compter les uns sur les autres… Vous, vous pouvez compter sur moi. »

L'émotion noua la gorge de Karina, qui toussa pour donner le change. Elle jeta un dernier regard à Dedele et ne trouva en elle que tristesse en lieu et place de la colère.

« Allons-y », dit-elle à Afua en descendant déjà le long du flanc de l'embarcation.

Quoi qu'il se passe ensuite, elles devaient se trouver loin de Dedele quand celle-ci reprendrait conscience… Ce qu'elle ferait tôt ou tard.

« Vous vous rendez compte que la plupart des gens, quand ils échappent à leurs ravisseurs, ne reviennent pas sur leurs pas. »

Karina ravala une réponse irritée, peu désireuse de se mettre à dos leur dernière chance d'obtenir de l'aide. S'introduire discrètement dans le caravansérail s'était révélé plus facile que l'inverse. Afua et elle se tenaient à présent dans l'encadrement de la porte, sous les yeux incrédules de Caracal, qui semblait plus ou moins prêt à l'attacher de nouveau pour le simple crime de l'avoir agacé.

« J'ai une proposition à vous faire. Meilleure que la précédente », ajouta-t-elle rapidement. Ife apparut derrière l'épaule de l'homme et les salua d'un geste – au moins, quelqu'un l'avait détaché·e.

Caracal leva un sourcil, et quoiqu'il ne s'écarte pas de la porte pour les laisser entrer, il n'alla pas non plus chercher ses armes. « Heureusement pour vous, la bousculade de ce matin m'a pleinement réveillé. Je vous écoute.

— Vous vous souvenez de la cité perdue des zawenjis dont vous avez parlé hier ? Elle existe. Je l'ai vue, et je crois que si nous travaillons ensemble, nous la trouverons. Une fois là-bas, je vais suivre les pas de mon ancêtre, Bahia Alahari, et m'assurer la bénédiction des dieux afin de reprendre Ziran. »

Le regard de Caracal demeura sceptique, aussi ajouta-t-elle : « Songez à ce que trouver Doro Lekke signifierait pour vous. Vous disiez vouloir vous débarrasser de votre magie. Vous n'aurez pas de meilleure chance de le faire. Le pouvoir de Doro Lekke est tel qu'il en débarrasserait même le plus puissant des zawenjis. Quand vous en ressortirez, vous serez une tout autre personne. Une personne affranchie de tout lien avec la vie de Sentinelle que vous avez laissée derrière vous. »

Karina ne croyait pas au destin. Elle détestait le hasard. Mais elle savait reconnaître une opportunité, et elle en avait une devant elle, avec ses lames et ses cicatrices. Après tout, quand Bahia Alahari avait fait ce voyage, elle avait changé le monde. Si la quête de son ancêtre avait été couronnée de succès, pourquoi la sienne ne le serait-elle pas ?

Karina retint sa respiration tandis que Caracal mettait en balance la possibilité d'être soulagé de ses pouvoirs et le risque d'être arrêté en compagnie de la fugitive la plus recherchée de tout Sonande.

« On va avoir besoin de provisions, dit-il lentement, et Karina ravala un indigne couinement de ravissement. Et si nous ne trouvons pas cette cité magique secrète, je me réserve le droit de vous livrer aux soldats et de devenir ridiculement riche à n'importe quel moment.

— Compris. Et quand nous aurons trouvé cette cité magique secrète, la promesse que je vous ai faite hier tiendra toujours. Une fois que j'aurai retrouvé mon trône, je vous accorderai le pardon pour votre désertion, et vous serez libre – de votre magie et de votre passé. »

Une flamme s'alluma dans les yeux de Caracal, et Karina sut que nulle magie, nul dieu ne pourrait se mettre entre cet homme et la chose qu'il désirait le plus au monde – la liberté. Il ne faisait aucun doute qu'il lui trancherait la gorge si cela lui permettait de la gagner.

Karina s'accommoderait de cette cruauté. On ne pouvait être trahi par quelqu'un à qui l'on n'accordait aucune confiance.

Elle lui tendit la main. « Marché conclu ? »

Il fit claquer sa paume contre la sienne. Karina se demanda si elle avait imaginé le vent vibrer autour d'eux, comme impatient de voir ce qui sortirait de cette union entre deux zawenjis du même alignement.

Caracal lui adressa le sourire du chat sauvage à qui il devait son nom. « Marché conclu, Votre Altesse. »

11

Malik

Farid prit la nouvelle de leur mort prochaine à tous bien mieux que Malik ne s'y était attendu.

« Évidemment. Le cœur d'un roi pour la résurrection. L'âme d'une reine pour le renouveau. Deux rituels. Deux sacrifices. »

Malik hochait mécaniquement la tête en réponse aux réflexions de son mentor, l'esprit trop accaparé par la douleur qui irradiait de son bras pour partager son enthousiasme. Après avoir plongé dans les souvenirs d'Idir, il n'avait regagné le contrôle de son corps qu'en se coupant l'intérieur de l'avant-bras droit. De même que durant son épreuve, l'explosion de douleur l'avait aidé, mais à présent ses deux bras saignaient et le faisaient souffrir.

Farid n'avait pas encore remarqué ses bandages, trop occupé à faire les cent pas dans son bureau. « Quand j'ai rendu visite au Roi sans visage il y a des années, il ne m'a pas précisé que le Rite de Résurrection n'était que le premier des deux rituels. »

L'excuse bidon d'une rognure de singe qui n'a pas posé la question.

Malik préféra ne pas partager le commentaire de l'esprit. Et il ne devrait pas non plus être déçu que Farid n'ait pas remarqué ses blessures. Ils avaient des motifs d'inquiétude bien plus importants que sa petite personne.

« Tout cela me paraît si familier, médita Malik. Les nuées, les séismes, la peste, les monstres, dans cet ordre. Je suis sûr d'avoir déjà entendu ça quelque part. »

Farid réfléchit à ses paroles pendant quelques minutes, puis ses yeux s'éclairèrent. Il fouilla parmi les innombrables piles de documents qui jonchaient son bureau jusqu'à ce qu'il déniche une liasse de parchemins reliés par une ficelle effilochée. La première page montrait un griot assis sur une bûche devant un feu rugissant, et un groupe d'enfants en demi-cercle autour de lui – un livre de contes pour enfants.

« "L'histoire des Quatre Amis" », s'exclama Farid d'une voix triomphante, et après l'avoir feuilleté jusqu'à la bonne page, il se mit à lire à voix haute.

Au temps jadis des longs et douloureux voyages, quatre amis – un monarque, un fou, un prophète et une bête – se réunirent pour le plaisir d'être ensemble, comme le font les vieux amis. Au début, ni la nourriture ni les sujets de conversation ne manquèrent, jusqu'à ce que le monarque déclare que lui seul dans tout Sonande avait le pouvoir de rivaliser avec la Grande Mère.

« C'est forcément vrai, car sinon, pourquoi aurais-je tant de terres où poussent tant de fruits sucrés ? » affirma-t-il.

À cette époque, les dieux étaient plus proches de notre monde qu'ils ne le sont aujourd'hui. En entendant les fanfaronnades du monarque, la Grande Mère se suçota la dent et dit : « Si c'est ce que tu crois, alors je vais t'envoyer un essaim qui dévorera tous tes fruits sucrés, jusqu'à ce que tes terres se dessèchent et que tes enfants aient faim. Alors tu sauras que nul ne rivalise avec moi. »

« Est-ce que ça ne ressemble pas à ce qui nous est arrivé hier ? » lui demanda Farid en montrant l'illustration de la page suivante, où l'on voyait une nuée d'insectes planer au-dessus d'un champ de blé et des gens effrayés qui couraient se mettre à couvert.

Mais bien que les sauterelles eussent mangé toutes les récoltes, les quatre amis ne tinrent pas compte de l'avertissement. Le lendemain, ils se réunirent de nouveau, et cette fois ce fut le prophète qui déclara : « Je dois être le seul dont les pouvoirs rivalisent avec ceux de la Grande Mère, sinon pourquoi le ciel deviendrait-il si clair chaque fois que je prononce un sermon ? »

En entendant les fanfaronnades du prophète, la Grande Mère se suçota la dent et dit : « Si c'est ce que tu crois, alors je vais faire trembler la terre du plus profond de ses entrailles jusqu'à ce qu'il n'y ait plus nulle part où quiconque pourra t'entendre parler. Alors tu sauras que nul ne rivalise avec moi. »

L'illustration suivante donnait à voir un petit village anéanti par un séisme. La suite réservait un traitement similaire aux deux derniers amis – quand le fou et la bête se vantèrent eux aussi de leurs pouvoirs, la Grande Mère invoqua d'abord une épidémie, puis une gigantesque créature de cauchemar pour ravager Sonande et leur donner une leçon d'humilité.

Cette dernière partie attira l'attention de Malik. Le conte ne décrivant pas précisément le monstre de la Grande Mère, l'illustrateur avait dessiné un patchwork de toutes les créatures imaginables, avec des cornes, des griffes et des écailles partout sur le corps. Il était mille fois plus effrayant que les broussards que Nana convoquait pour lui faire peur, et il frissonna à l'idée de se retrouver un jour face à une telle abomination.

Une seule créature comprit ce qui se passait – Osansa, la crécerelle grise. Déplorant l'arrogance qui avait détruit le monde, elle utilisa son sceptre pour créer un autel sur l'eau et joua à la flûte une mélodie si ensorcelante qu'elle attira l'attention de la Grande Mère. Puis elle pria et posa son cœur à nu aux pieds de la plus grande des déesses, et parce que ce cœur était si beau, si pur et si vrai, la Grande Mère accepta d'épargner Sonande en échange de la vie de la crécerelle, et les choses revinrent à la normale.

Malik ne pouvait détacher les yeux de l'image d'Osansa se vidant de son sang devant l'autel, tandis qu'autour d'elle le peuple de Sonande glorifiait son sacrifice. C'était une cruelle histoire, mais les meilleurs contes pour enfants l'étaient.

« Est-ce vraiment arrivé ? demanda-t-il à Farid, qui secoua la tête.

— Toutes les légendes contiennent une part de vérité ; c'est ce qui les rend dignes d'être racontées. Je doute que les événements se soient littéralement produits ainsi, mais je crois que ça ne s'en réfère pas moins au Rite du Renouveau. À une époque, quelqu'un n'a accompli que le premier des deux rituels, et les dieux se sont vengés. Puis cette histoire est devenue un mythe afin d'enseigner aux générations futures que les deux rites ne devraient jamais être séparés. »

Farid jeta l'ouvrage négligemment sur son bureau et tourna vers Malik un sourire chaleureux.

« Maintenant que nous avons un plan, je vais en faire part au conseil afin que nous mobilisions nos forces et capturions Karina le plus vite possible.

— Vous allez tuer Karina ? » Malik ignorait pourquoi il était si surpris. Karina était évidemment le sacrifice le plus logique pour le rituel. Ce n'était pas comme si on trouvait une reine à tous les coins de rue.

Mais la nonchalance avec laquelle Farid évoquait le meurtre de la princesse le mit mal à l'aise. Ils avaient grandi ensemble ; leur différence d'âge était la même qu'entre Malik et Nadia, ce qui signifiait qu'il l'avait sans doute élevée en partie. Et pourtant, il parlait de sa mort avec une telle… désinvolture.

Farid lui jeta un regard pénétrant. « Est-ce que l'idée de la sacrifier te pose un problème ?

— C'est juste que… je l'ai croisée récemment. Dans mes rêves, je veux dire. Non, pas ce genre de rêve ! ajouta-t-il hâtivement quand son mentor leva un sourcil. C'est comme si tout ce que je voyais, elle le voyait aussi. J'ai d'abord cru que ce n'était qu'une projection de mon esprit, mais elle se trouvait dans ma vision. Je ne sais pas comment c'est possible, mais si c'est vrai, ça signifie qu'elle est aussi au courant du Rite du Renouveau. »

Le sourire de Farid se réduisit à une ligne étroite. « Et pourquoi ne me l'as-tu pas dit plus tôt ?

— Je… Je ne pensais pas qu'il s'agissait vraiment d'elle. Je ne comprends pas comment une telle chose a pu se produire. »

Son mentor se passa une main sur le visage et expira lentement. « Ce sont vos pouvoirs combinés qui ont détruit la Barrière entourant Ziran. Il est possible que l'immense quantité de nkra que vous avez partagée à ce moment-là ait laissé en chacun de vous un peu du pouvoir de l'autre. Pas suffisamment pour que tu puisses utiliser sa magie, et elle la tienne, mais peut-être assez pour qu'elle accède à ton esprit quand il est le plus vulnérable, comme lorsque tu dors.

— Alors Karina et moi sommes maintenant connectés ? » Son cœur manqua un battement à l'idée qu'elle ait pu tomber sur quelque chose susceptible de l'incriminer. « Elle peut voir dans ma tête à volonté ?

— Si ma théorie est juste, oui, mais probablement pas avec précision. Cela dit, l'inverse doit aussi être vrai. »

Ça devait être une erreur. Combien de personnes habitaient l'esprit de Malik, et que devait-il faire pour s'en débarrasser ?

« Tu dois t'efforcer de te protéger de ses intrusions. Nous ne pouvons pas prendre le risque de lui dévoiler nos plans. Si elle t'apparaît une fois encore, dis-le-moi immédiatement. »

Malik se mordit la lèvre et baissa les yeux. Un tourbillon d'émotions qu'il ne parvint pas à identifier lui gonfla la poitrine.

« Êtes-vous sûr qu'il faille la tuer pour accomplir le rituel ? » Il ne savait pas trop pourquoi il avait posé cette question. Maintenant qu'il n'y avait plus besoin qu'elle meure pour libérer Nadia, son sort ne le concernait pas. Pourtant, la vision de son corps étendu sur un autel, le crâne fendu comme celui de la crécerelle de la légende, lui était insupportable. « Peut-être pourrions-nous aller chercher l'Arkwasi-hema, ou toute autre reine de moindre importance…

— Malik, es-tu amoureux de Karina ? interrogea Farid, et son élève aurait préféré que la terre s'ouvre en deux pour l'engloutir plutôt que de répondre à cette question.

— Non ! » Bien sûr que non. Il ne connaissait même pas Karina, pas vraiment. De plus, elle avait exprimé clairement ce qu'elle pensait de lui en choisissant Tunde plutôt que lui au terme de l'Ultime Défi.

Et pourtant, à certains de ses regards, Malik s'était demandé si… peut-être…

« Oh, Malik, soupira Farid du ton d'un parent annonçant à son enfant une vérité embarrassante qu'il n'est pas prêt à entendre. Tout le monde voit bien que Karina et toi avez forgé une espèce de lien durant Solstasia. Je sais combien ce sentiment peut être exaltant – l'envie d'être désiré en retour par la personne que tu désires. Mais c'était un mensonge. J'ai vu

Karina se comporter de la même manière avec bien d'autres garçons – leur promettre le monde avant de leur arracher le cœur et de le jeter à leurs pieds une fois lassée d'eux.

» Qu'as-tu à lui offrir, en vérité ? Des prétendants venus des quatre coins de Sonande se disputent sa main depuis le jour de sa naissance. Des princes, des sages, des gens plus riches que tu ne pourras jamais l'imaginer. Que trouverait-elle à un jeune fermier d'un obscur village eshran ? Toi, un descendant de ceux que sa famille s'est évertuée à éradiquer pendant des siècles ? Karina te considère au mieux comme une menace. Et au pire ? Elle ne t'accorde même pas une pensée. »

Farid souleva le menton de Malik d'une main, de telle sorte qu'il ne pouvait regarder ailleurs que dans ses yeux.

« Mais quand *je* te regarde, Malik, je vois un garçon qui a le potentiel pour devenir l'un des hommes les plus puissants que ce monde ait jamais connus. Mais cela n'arrivera jamais si nous n'accomplissons pas le Rite du Renouveau, et pour ça, nous allons devoir sacrifier Karina. »

Rien dans les paroles de Farid n'était nouveau pour Malik. Évidemment que Karina et lui se trouvaient chacun à un bout de l'échelle sociale. Évidemment que s'il se comparait à tous ses prétendants, à *Tunde*, il n'était rien. Mais l'entendre dans la bouche d'un autre, comprendre que les défauts dont il avait mis si longtemps à se débarrasser demeuraient aussi visibles que le nez au milieu de la figure, le jeta dans un nouvel abîme d'humiliation. Si l'on s'avisait de lui ouvrir la poitrine à cet instant précis, on ne trouverait rien d'autre que de l'air à la place de son cœur.

« Ne laisse pas Karina gâcher ton temps plus qu'elle ne l'a déjà fait. Laisse-moi me concentrer sur sa traque. Toi, tu t'occuperas du sceptre et de la flûte. Bien sûr, si tu ne te sentais pas à la hauteur de la tâche, je comprendrais parfaitement. Je ne te ferais jamais faire quoi que ce soit qui te mette mal à l'aise. »

Une marée d'émotions contradictoires submergea Malik, mais l'une d'elles surnageait – un besoin primitif, brûlant, de prouver qu'il était davantage que ce stupide fermier sorti d'un coin perdu dont personne ne se souciait. Davantage qu'un jouet sur lequel une princesse pouvait cracher et qu'elle pouvait jeter à loisir.

Il en avait assez de n'être rien. Farid lui offrait une porte de sortie – à condition d'être assez courageux pour la franchir.

« Je vais le faire, dit-il à voix basse. Je vous aiderai à accomplir le rituel. »

Malik avait donné son accord au plan de Farid, mais il n'avait pas son mot à dire sur la façon de l'exécuter.

À la différence de la princesse Hanane.

C'est pourquoi, quelques heures plus tard, il se retrouva dans la salle du trône avec son mentor, tandis que celui-ci expliquait ce que Malik avait découvert à propos du Rite du Renouveau à la princesse, au conseil et aux courtisans les plus proches du pouvoir. Les sauterelles faisaient toujours rage à l'extérieur, mais ici, au cœur du palais, elles demeuraient une menace lointaine, quoique terrifiante.

Une cinquantaine de personnes assistait à la rencontre, en majorité des érudits, des marchands et des nobles de haut rang, et d'autres membres de l'élite ziranie qui avaient pris part au coup d'État. La richesse cumulée de toutes ces personnes rassemblées dans cette seule salle aurait pu acheter plusieurs fois Oboure. Sitôt que Malik se le rappelait, il se sentait comme un enfant dans des vêtements d'adulte – charmant, mais pas du tout à sa place.

La présence de tous ces gens était cependant moins surprenante que l'absence de certains. La famille de Driss, en premier lieu – personne ne l'avait revue depuis la mort prématurée du champion du Soleil juste avant le début de l'Ultime Défi. D'autant plus embarrassant que les Rhozali étaient l'une des plus puissantes familles de Ziran.

Une mort que tu as causée. C'est à cause de toi qu'il n'est pas là, et tu le sais, chuchota le Roi sans visage, et Malik refoula le souvenir du corps disloqué de Driss étendu au bas de l'escalier du Jardin azur.

L'absence de Tunde était tout aussi flagrante. Malik déplorait que leur relation se soit terminée sur une dispute. Il espérait que la rumeur de son départ avec Karina était fausse, mais quant à savoir si c'était parce qu'il ne voulait pas voir l'ancien champion de l'Eau comme son ennemi ou parce qu'il refusait de les imaginer tous les deux ensemble, il l'ignorait.

Sa famille, en revanche, avait fait le déplacement. Ses membres se serraient les uns contre les autres, créant autour d'eux un cocon de nervosité qui décourageait les autres courtisans de les importuner. Cependant, tous les yeux étaient tournés vers la princesse Hanane, avides de connaître sa réaction aux paroles de Farid, qui lui expliquait que seule la capture de sa sœur leur permettrait d'éviter le désastre. De même que Malik, aucun d'eux ne savait que penser de la princesse ressuscitée, et chacun scrutait le moindre tressaillement de sa main ou de sa mâchoire trahissant la magie à l'œuvre.

La princesse demeura impassible et attendit que Farid ait fini de s'exprimer pour demander : « Tu es certain que le rituel est la seule manière d'apaiser la colère de la Grande Mère ? »

Farid hocha la tête. « Toutes choses en ce monde exigent un équilibre : la magie ne fait pas exception. Quand cet équilibre est perturbé, le chaos reprend ses droits. Les sauterelles n'en sont qu'une manifestation. »

Un certain malaise se propagea parmi les courtisans. Bien que Farid leur ait révélé l'existence de la magie durant Solstasia, peu y croyaient.

« Et dans quelle mesure tout cela est-il lié à mon… retour ?

— Le pouvoir dont j'ai usé pour vous ressusciter a contribué à modifier l'équilibre, c'est vrai. » Farid avait prévenu Malik qu'il ne livrerait à la cour qu'une partie de la vérité, car il ne lui faisait pas assez confiance pour tout lui révéler. « Mais vous-même n'avez rien de magique en vous. »

La princesse Hanane s'intéressa à Malik, qui se raidit sous le poids de son regard. « Et lui ? Comment pouvons-nous être sûrs qu'il n'est pas à l'origine de ces catastrophes, ou le Roi sans visage à travers lui ? »

Cinquante paires d'yeux se tournèrent brusquement vers Malik. Il fit claquer l'élastique de Tunde à son poignet pour dissiper la peur qui s'empara de lui.

« J'ai fait des recherches sur lui après qu'il a été désigné champion de la Vie, intervint la grande viziresse Jeneba depuis l'endroit où elle se tenait, derrière le trône, avec les autres membres du conseil. Les archives concernant Adil Asfour ne remontent qu'à quelques années. N'est-il pas étonnant que le début de nos ennuis coïncide précisément avec l'arrivée de ce garçon à Ziran ? »

Malik sentit un vent de suspicion souffler parmi la foule. Entrer illégalement dans la ville était puni de torture, mais quel était le châtiment pour avoir menti à la cour afin de participer à l'une des traditions les plus sacrées de Ziran ? Et si son usurpation d'identité les courrouçait à ce point, que lui feraient-ils quand ils découvriraient qu'il était un ulraji ? Que feraient-ils à Leila et à Nadia ?

La réponse était : rien, car il ne les laisserait pas faire. Il était plus puissant que chacun d'eux. D'une simple illusion, il pourrait les enfermer ici jusqu'à ce qu'ils oublient tout ce qu'ils croyaient savoir à propos de lui et de sa famille. Ils seraient complètement à sa merci…

Non ! Malik planta ses ongles dans sa cuisse, et la douleur qui chassa l'air de ses poumons le ramena à lui. Pourquoi pensait-il des choses pareilles ? Ulraji ou pas, il n'utiliserait jamais ses pouvoirs à cette fin. C'était le Roi sans visage qui s'exprimait, pas lui.

La Grande Mère soit louée, Malik n'eut pas à se défendre de ces accusations, car Farid s'empressa de reprendre la parole. « Vous avez raison de croire que ce garçon n'est pas vraiment Adil Asfour. Il s'appelle Malik, et il nourrissait des doutes au sujet de Karina dès le premier jour. Quand il m'en a fait part, je lui ai demandé de cacher son identité afin d'enquêter sur elle en secret. C'est un héros, et il doit être traité comme tel. »

Farid se tourna vers lui. « Merci pour ce que tu as fait pour Ziran, Malik », dit-il. Entendre son véritable nom enfin prononcé devant la cour lui fit une impression bizarre – mais pas désagréable.

Des deux, c'était Malik, le tisseur d'histoires ; mais Farid pratiquait une tout autre magie avec les mots. Il avait suffi de quelques mensonges pour que la suspicion de la cour se change en admiration. Seule la princesse Hanane posait encore sur lui des yeux froids qui lui donnaient envie de se rouler en boule quelque part à l'abri des regards. Néanmoins, il redressa la tête et la considéra avec morgue. Peut-être qu'il n'avait rien à faire ici, mais elle non plus, et il lui paraissait injuste de la laisser l'intimider ainsi.

« Malik n'est pas une menace, Hanane, dit Farid à voix basse. Contrairement à Karina. »

Il avait modifié le timbre de sa voix, comme s'il s'agissait d'une conversation privée entre eux deux. « En dernier recours, le choix t'appartient. Mais avant que tu ne prennes ta décision, il faut que tu saches que la fillette que tu as connue n'est plus ; celle qui l'a remplacée est une menace tant pour toi que pour ton peuple. Ne laisse pas les souvenirs de ce que vous avez été obscurcir ton jugement. »

Hanane demeura immobile, à l'exception de la légère crispation de ses doigts sur les accoudoirs du trône. Ce que Farid lui demandait – autoriser la traque et, au bout du compte, l'exécution de sa propre sœur… Malik ignorait comment donner un tel ordre sans y perdre définitivement son âme.

Mais la princesse l'avait peut-être déjà perdue avant de revenir en ce monde, car elle hocha imperceptiblement la tête. « Fais ce que tu as à faire pour protéger Ziran. »

Une partie de la tension qui régnait dans la salle se dissipa, et la conversation passa à des questions logistiques comme la mobilisation de l'armée ziranie et la mise en place de stratégies pour empoisonner les sauterelles et protéger la cité. La grande viziresse était sur le point de clore la séance, quand Tunde se leva.

Une seconde… Non, pas Tunde. Mais un garçon qui lui ressemblait comme deux gouttes d'eau. Un de ses frères cadets, probablement.

« Merci de nous avoir informés de la situation après le chaos de Solstasia. » La colère dans les yeux du garçon démentait la politesse de son ton. « Mais j'ai une question à vous poser : où est mon frère ? »

Les membres du conseil échangèrent des regards embarrassés. Celui de Farid se posa sur le garçon. « Comment vous appelez-vous ? demanda-t-il aimablement.

— Adewale. Mon grand frère n'est autre qu'Adetunde, le vainqueur de Solstasia. »

Il se produisit un bruit sourd quand Hanane bondit sur ses pieds, les mains serrées sur sa poitrine. « Le frère d'Adetunde, souffla-t-elle. Tu es le frère de… mon…

— Laissez-moi m'en occuper, Altesse », la coupa sèchement Farid. Hanane sortit de son hébétude en clignant des yeux avant de se laisser retomber mollement sur son siège. Elle continua néanmoins de fixer le jeune homme, comme s'il risquait de disparaître si elle s'avisait de détourner le regard.

Farid se retourna vers lui, sourire professionnel en place. « Quant à votre question, Adewale, je serais ravi d'y répondre en privé…

— Aucun de nous ne l'a vu ni n'a eu de ses nouvelles depuis la cérémonie au temple du Soleil, l'interrompit le garçon, au déplaisir manifeste de Farid. Il n'aurait pas quitté la cité sans nous avoir prévenus. Alors où est-il ? Je veux le voir immédiatement. »

Des murmures tendus parcoururent l'assemblée. Farid plissa les yeux tandis qu'un sourire triste se dessinait lentement sur ses lèvres. « Je voulais attendre la fin de la réunion pour en parler avec votre famille en privé, mais puisque vous voulez savoir ici et maintenant… » Il se tourna vers la Sentinelle la plus proche. « Allez chercher Adetunde, je vous prie. »

Après une éternité, la Sentinelle fit son retour, les bras chargés d'un grand paquet blanc. La peur réduisit les sens de Malik à un grondement sourd. En aucun cas… C'était impossible…

« Il semblerait qu'en quittant le temple du Soleil, Adetunde ait découvert ce que Karina manigançait, et qu'il soit allé lui demander des comptes, dit Farid d'une voix posée. Et qu'elle lui ait fait ceci. »

La Sentinelle retira le linceul qui couvrait le corps de Tunde, et le cri que sa mère poussa en voyant le trou sanguinolent dans la poitrine de son fils, là où aurait dû se trouver son cœur, hanterait Malik pour le reste de ses jours.

Sa vision se réduisit à un trou d'épingle. Il connaissait la mort. Il l'avait vue planer au-dessus de certains pendant des années, jusqu'à ce que leurs corps abîmés deviennent des cadavres sur pied. Il l'avait vue arracher un enfant aux bras de sa mère, et il l'avait vue parader en armure dans les rues d'un village en massacrant des innocents.

Mais Tunde était le contraire de la mort. Tunde était chaud, lumineux, *bon*. Il ne pouvait pas être mort, et certainement pas des mains de celle qu'il avait aimée et qui, entre Malik et lui, l'avait choisi.

Pourtant, la preuve était là. Le hurlement s'était tu – la mère de Tunde avait perdu connaissance, et les autres membres de sa famille essayaient de la ranimer. Adewale était tombé à genoux près de la dépouille de son frère. Une bile chaude et épaisse agitait l'estomac de Malik, et il vit plusieurs membres de la cour vomir à leurs pieds. La princesse Hanane s'était pétrifiée, la bouche ouverte comme pour dire quelque chose, mais aucun mot n'en sortit.

« Je sais que c'est dur à croire. J'ai moi-même eu du mal, déclara Farid d'une voix que le chagrin faisait vaciller. Karina était… Je l'ai élevée. Je l'aimais comme une sœur, et cet amour m'a empêché de voir qui elle était. Ce dont elle était capable. Elle a assassiné son père et sa mère. Et maintenant Tunde. »

Un bourdonnement furieux s'éleva de la foule, réminiscence de l'énergie de Solstasia, mais plus profonde, plus tranchante. Farid haussa le ton pour se faire entendre.

« Tel est le mal qui a mis la Grande Mère dans une telle colère. Telle est la magie noire qui fond sur nos foyers, qui nous ravit nos frères dont le seul tort est de chercher la vérité. Karina ne reculera devant rien pour reprendre ce qu'elle croit avec arrogance être sien, et nous devons faire front commun jusqu'à ce que cette menace pour notre peuple soit éradiquée ! »

Ça ne pouvait pas être vrai. Farid… Ça devait être une erreur, d'une façon ou d'une autre. Mais une véritable frénésie s'était emparée de la cour. Même si Karina leur était apparue baignée dans la lumière de la Grande Mère, la foule l'aurait démembrée sans hésitation.

Et pourtant Malik ne pouvait détacher les yeux du frère de Tunde en pleurs, complètement oublié au milieu des appels à la justice et au sang.

Revenons au garçon, si vous voulez bien.

Le bébé grandit, comme les bébés ont tendance à le faire, et c'est aussi le cas du garçon et de la fille. La scène, cette fois, a lieu dans le jardin de la sultane, par un chaud après-midi qui n'aurait dû différer en rien des centaines d'autres qui l'avaient précédé et des centaines qui le suivraient.

Les enfants adoraient le jardin, ils y passaient tout leur temps libre, quand ils n'étaient pas accaparés par leurs leçons ou quelque événement mondain. Ils n'étaient pas censés s'y trouver ce jour-là. Du fait de son rang dans la ligne de succession, Hanane était occupée du matin au soir. Son agenda lui laissait à peine le temps de manger, et encore moins de jouer.

Mais ce matin-là, elle avait demandé à Karina et à Farid de l'aider à échapper à son professeur d'histoire tout ratatiné. Au moyen d'un plan ingénieux impliquant une bougie, deux bacs d'huile et un singe particulièrement contrarié, les enfants avaient soustrait la plus âgée des deux princesses à l'ennui de ses études pour l'emmener dans la sécurité du jardin. Là, ils se gavèrent de dattes et de prunes, avant de se laisser tomber dans l'herbe grasse en s'étirant comme trois chats gâtés.

Quelqu'un finirait bien par les trouver, et il faudrait présenter des excuses tant au tuteur lésé qu'au propriétaire désemparé du singe. Mais pour l'instant, c'était un après-midi parfait.

En tout cas jusqu'à ce que Hanane s'asseye, pousse un soupir lourd comme le monde et déclare d'une voix forte : « Je m'ennuie. »

Sans réponse des deux autres, la princesse aînée répéta avec plus de férocité : « J'ai *dit* : je m'ennuie. »

Farid avait remarqué. Rien ne lui échappait quand il s'agissait de Hanane. Chaque fois qu'il se rendait compte qu'il lui portait une attention exagérée, il se rappelait à l'ordre : un tel comportement était déplacé de la part d'un membre de la famille royale. Mais il n'en changeait pas pour autant. Elle avait mauvais caractère, ces derniers temps. Il regrettait l'époque où sa seule présence apaisait la princesse.

Elle était le soleil autour duquel les deux autres enfants gravitaient. Ils mangeaient quand elle mangeait. Dormaient quand elle dormait. Si elle leur avait demandé de changer la mer en étoiles ou l'inverse, ils auraient trouvé un moyen de le faire. Leur amour pour elle était sans limites.

Étrangement, Karina et Farid n'avaient pas vraiment d'avis l'un sur l'autre – ni positif ni négatif. L'affection qui aurait pu exister entre eux était entièrement tournée vers Hanane.

La princesse cadette se releva aussi vite que son petit corps de 4 ans le lui permettait. « On n'a qu'à jouer aux voleurs et aux ogres !

— On y joue tout le temps. J'en ai marre. » Hanane porta le regard au-delà des murs du jardin. « Je veux aller quelque part loin d'ici. En Arkwasi, ou dans les Terres gelées. Ou même à Eshra ! »

Au début, la fascination de la princesse aînée pour l'extérieur avait été assez innocente. Une question timide par-ci, un commentaire anodin par-là. La promptitude avec laquelle ses parents changeaient de sujet n'avait fait qu'attiser sa curiosité, jusqu'à cette nuit fatidique où elle s'était glissée dans la chambre de Farid, l'avait réveillé sans ménagement et l'avait appâté avec la promesse d'aventures dignes des grands explorateurs du passé.

Promesse bien inutile. Même à cette époque, il l'aurait suivie au bout du monde si elle le lui avait demandé.

Ils étaient allés jusqu'au Rempart avant que la vérité ne fasse voler leurs rêves d'enfants en éclats – Ziran était entourée par une Barrière magique ancestrale, dont même un millier de puissants guerriers ne seraient venus à bout. Farid pouvait la traverser à loisir, mais le pouvoir ancien qui coulait dans les veines de Hanane en barrait l'accès à cette dernière.

Les raisons de l'échec de leur plan éclipsèrent même l'embarras de s'être fait prendre. La sultane leur avait expliqué avec douceur mais fermeté pourquoi la Barrière existait et pourquoi aucun membre de la lignée royale ne l'avait jamais franchie ni ne le pourrait jamais. Le roi avait posé un regard plein de pitié sur sa fille qui sanglotait sur l'épaule de Farid.

Mais leur tentative d'évasion infructueuse n'avait fait que renforcer l'obsession de Hanane pour le monde extérieur. Elle n'en laissait rien paraître, évidemment – aux yeux du monde, elle était toujours la petite princesse adorée de tous, et qui aimait chacun en retour.

Mais Farid n'était pas dupe. Rien ne lui échappait. Elle avait beau posséder presque tout ce qu'on pouvait désirer, la moindre de ses pensées était consumée par la seule chose – la *seule* – qui lui était refusée.

« Je ne quitterai jamais Ziran, déclara Karina. Je suis coincée ici pour toujours, et encore un autre toujours après ça.

— De toute façon, pas question que je t'emmène. Tu as encore des couches, et il est hors de question que je les change », objecta Hanane, et sa sœur se mit à pleurer, car le fait qu'elle ait encore besoin de couches à son âge était pour elle un motif de honte. La princesse aînée posa les coudes sur ses genoux et se prit le menton entre les mains, les yeux toujours attirés par le mur. « Tu ne peux pas venir. »

Un profond gouffre se rouvrit dans la poitrine de Farid. Celui-là même dans lequel il avait sombré après la mort de ses parents, jusqu'au jour où la lumière radieuse de la princesse aînée l'avait arraché à son étreinte.

Elle ne pouvait pas l'abandonner. Être avec elle était l'unique chose qui avait du sens à ses yeux, la seule qui maintenait le gouffre scellé.

« Est-ce que tu m'emmènerais ? »

Elle détacha les yeux du mur pour les poser sur Farid. Et il avait été forcé de la regarder – ce qu'il évitait de faire à cette époque, car une fois qu'il commençait, il ne pouvait plus s'arrêter. Elle avait toujours été une belle enfant, mais à présent, à l'âge de 12 ans, les premiers indices de la femme qu'elle deviendrait se dessinaient.

Les mêmes changements survenaient chez lui. À 14 ans, il ne reconnaissait plus ni son corps ni sa voix. Désormais, chacun des sourires de Hanane le remplissait d'une excitation qui l'empêchait de dormir et de pensées qui le laissaient moite et honteux.

Il savait qu'il n'aurait pas dû nourrir de tels fantasmes, et qu'elle n'éprouvait pas la même chose pour lui…

… mais…

Ses sentiments étaient-ils si répréhensibles ?

Après tout, ils n'avaient aucun lien de sang, et il n'avait jamais demandé au roi et à la reine de l'adopter. Il ne voulait certainement pas qu'on le voie comme le frère de Hanane, surtout si cela signifiait que leur relation ne pourrait jamais évoluer en quelque chose d'autre.

Le visage de la princesse se remplit de malice. « Je te permettrai de m'accompagner, déclara-t-elle, mais seulement si tu me bats à la bagarre. »

Farid sentit venir la suite. « Hanane, non… »

Trop tard. La princesse aînée lui sauta dessus avec la férocité d'un chat des marais, et ils roulèrent dans la poussière. Autrefois, quand ils se livraient à de telles joutes, ils étaient de force égale. Mais tout avait changé. Quoique plus grand, Farid était trop distrait par l'odeur de ses cheveux ou les courbes de son corps pressé contre le sien pour combattre efficacement. Elle le cloua au sol avec un sourire espiègle, ses locks formant un rideau argent autour du visage du garçon.

« Tu as perdu, donc tu ne peux pas m'accompagner. » La princesse se tut, une rare expression de confusion au visage. Elle baissa les yeux sur le corps de Farid, dont la chaleur se manifestait au plus mauvais endroit, et à cet instant seulement elle se rendit compte qu'ils avaient atteint un point de non-retour.

« Est-ce que ça va ? demanda-t-elle, et il la repoussa avec plus de force qu'il ne croyait en posséder.

— Je t'ai dit que je ne voulais pas jouer ! »

La tête de Hanane avait heurté la terre sèche. Comme elle restait immobile, Farid et la princesse cadette se précipitèrent vers elle, et c'est alors qu'il le vit : un point rouge – minuscule mais en expansion rapide – tachant le devant de sa robe, au niveau de son bas-ventre. Farid connaissait l'existence des menstrues. Il vit cela comme un signe que la princesse avait avancé d'un pas supplémentaire dans l'incessante marche vers l'âge adulte.

Mais Karina ne savait rien de tout cela. Ses yeux se gonflèrent de larmes. « Tu l'as tuée ! »

Chacun de ses sanglots déclencha une bourrasque qui leur cinglait les joues et les bras. Hanane se redressa vivement et prit sa sœur dans ses bras, mais en vain. Les arbres craquèrent et grognèrent, et des grêlons aux arêtes tranchantes se mirent à tomber autour d'eux. Quelque chose en dedans du garçon s'éveilla en crépitant, mais alors la reine entra dans le jardin en courant. Il émanait d'elle des vagues d'un pouvoir dont ils n'avaient jamais été témoins.

« Karina, arrête », ordonna-t-elle, mais cela n'eut pour effet que d'intensifier la tempête. Elle ne s'apaisa que lorsque le roi arriva et prit sa fille dans ses bras, et quoique tous se rappelleraient ce jour comme celui où les pouvoirs de la princesse cadette s'étaient manifestés pour la première fois, Farid s'en souviendrait comme du jour où le gouffre en lui s'élargit au point de ne plus jamais pouvoir se refermer.

12

Karina

Karina rêvait de nouveau.

Elle était cette fois au bord d'une rivière dont la surface étincelait de couleurs iridescentes, comme si l'on avait nourri d'étoiles les créatures qui habitaient ces eaux. Les deux fillettes de la fois précédente – Khenu, la petite ulrajie, et son amie plus grande – s'éclaboussaient copieusement en cherchant des grenouilles et riaient quand leur peau sombre se couvrait d'algues multicolores. Là encore, elles ne firent aucun cas de la présence de Karina, qui se trouvait pourtant à quelques mètres d'elles, renforçant chez elle l'idée qu'il s'agissait de quelque lointain souvenir.

Mais le souvenir de qui ?

Elle sentit plus qu'elle ne vit Malik apparaître à côté d'elle – de tous les mauvais tours que l'univers lui avait joués, la façon dont sa peau réagissait à sa présence, même à plusieurs pas de distance, était sans doute le plus cruel.

Il la considéra d'un regard brûlant qui attisa sa colère.

« Est-ce que tu m'as traînée ici pour finir ce que tu as commencé sur le toit du temple du Soleil ? » lança-t-elle d'une voix rageuse. Elle n'avait d'autre choix que de s'accrocher à cette fureur, car sans elle, le désespoir l'aurait engloutie au souvenir de ce qui aurait pu être, de l'harmonie qu'elle avait ressentie quand elle l'avait embrassé, et qui lui avait laissé croire, l'espace d'une seconde, qu'elle n'était peut-être pas aussi seule dans l'univers qu'elle l'avait toujours craint.

Puis il avait plongé une dague dans son cœur, et, eh bien, ils en étaient là.

Malik continua de l'observer en silence, le visage fermé. « Pas cette fois », dit-il enfin.

Comme toujours, sa voix fit vibrer Karina jusqu'au plus profond de son être. Ç'avait été le cas lors du Deuxième Défi, lorsqu'il était parvenu à raconter une histoire au beau milieu d'une immense arène tout en donnant à chacun l'illusion de la lui murmurer à l'oreille.

Non. Plus jamais elle ne le laisserait l'attirer vers sa propre mort.

Cette fois, Malik se baissa à temps pour éviter son crochet. Mais elle pivota rapidement, l'attrapa par les épaules et lui porta un coup de genou au ventre. Il s'écroula avec un grognement de douleur.

« Je le mérite », croassa-t-il, et Karina vit rouge. Comment osait-il se comporter de façon si humble, si inoffensive, alors qu'il était tout l'inverse ?

Elle le tint par le revers de sa chemise. « Donne-moi une seule raison de ne pas te tuer », lança-t-elle d'une voix enragée. Ils étaient si proches qu'elle pouvait compter chacun des épais cils qui encadraient ses yeux noirs.

Elle aurait voulu l'étrangler et ne plus jamais voir son visage stupidement beau. Elle aurait voulu l'embrasser. Elle ignorait s'il était possible de faire les deux en même temps, mais avec l'aide de la Grande Mère, elle allait le découvrir.

Malik se contenta de la dévisager. Ses yeux de nuit exprimaient du remords, mais ne flanchaient pas. Puis il sortit une dague de nulle part, la fit pivoter et présenta sa poignée dorée à Karina.

« Si me tuer peut t'aider à te sentir mieux, alors vas-y », dit-il avec douceur, l'expression indéchiffrable. Les fillettes dans la rivière n'étaient pas très loin, mais le monde semblait s'être réduit à cette tumultueuse rencontre où colère et désir se disputaient le contrôle de la poitrine de Karina.

Elle prit la dague. Mourir dans un rêve était sans effet sur la réalité, mais ces rêves-là n'avaient rien de normal – elle avait les phalanges toujours endolories après leur altercation précédente. Que se passerait-il si elle lui ouvrait la gorge maintenant ? Se réveillerait-elle avec son sang sur les mains ?

Mais la vérité la frappa avec la force et la vivacité d'un coup au visage : elle pourrait le tabasser autant qu'elle le voudrait, écraser ses os dans le sable, déchaîner sa magie jusqu'à ce qu'il ne reste de lui qu'un tas de cendres, cela n'atténuerait en rien le profond et douloureux sentiment de trahison qui l'étreignait.

« Tu es un menteur. Te tuer ne vaut même pas le temps qu'il me faudrait pour me laver les mains de ton sang, cracha-t-elle. Mais si tu t'avises de poser de nouveau ne serait-ce qu'un doigt sur moi, j'invoquerai la foudre pour te brûler vif. Tu m'as bien comprise, ulraji ? »

Ce simple mot sembla porter davantage que les coups. Ce n'était pas seulement un titre – c'était une ligne dans le sable infranchissable pour l'un comme pour l'autre. Il ne pouvait pas plus s'empêcher d'être un ulraji qu'elle, une zawenjie. Trop de cadavres et de forfaits creusaient entre leurs deux peuples un fossé insurmontable.

« Je comprends. Et je suis désolé pour ce que j'ai fait. Je sais que ça ne signifie pas grand-chose, et que tu ne me crois pas, mais je suis désolé quand même. »

Ses excuses étaient sans valeur. Karina regrettait presque qu'il ne se montre pas plus combatif. En se livrant volontairement à elle, il lui déniait la possibilité de se venger.

« Je veux des réponses, exigea-t-elle. Qui es-tu vraiment ? Pourquoi as-tu essayé de me tuer durant Solstasia ? »

Il arqua un sourcil. « Si tu penses que je mens, qu'est-ce qui te fait croire que je dirai la vérité ?

— Je pourrais te l'arracher par la force.

— Même un faon armé d'un couteau aurait le dessus sur moi en combat singulier. Ça ne voudrait rien dire. »

Karina réprima un sourire. Il n'avait peut-être pas perdu toute combativité, après tout.

Elle lui releva le menton avec la pointe de sa propre lame, le força à regarder dans les yeux la fille qu'il avait presque assassinée. « Tu n'es pas vraiment en position de rester silencieux. »

Le sang perla à l'endroit où le métal rencontrait sa peau – elle avait décidé de ne pas le tuer, mais il existait bien des façons créatives de le faire parler sans lui ôter la vie.

« Je répondrai à ta question si tu réponds à l'une des miennes. » Le regard de Malik ne flanchait pas malgré l'arme pointée sur sa gorge. « Qu'est-il vraiment arrivé à Tunde ? »

Sa prise sur la poignée de la dague vacilla. N'importe quelle question, mais pas celle-là.

Comme elle restait muette, il insista. « Quand tu l'as choisi à la fin de Solstasia, tu savais qu'il allait mourir ? »

Le goût métallique du sang emplit la bouche de Karina. Elle étouffa un haut-le-cœur. « Oui. »

La tension entre eux monta d'un cran. « Alors tu l'as tué.

— Non », s'écria-t-elle. Ce que ce garçon pensait d'elle n'aurait pas dû compter, mais pour une raison qu'elle ne s'expliquait pas, elle voulait qu'il sache qu'au dernier moment, elle avait tourné le dos au Rite de Résurrection, qu'elle n'était pas la tueuse impitoyable que tout le monde voyait en elle.

« Alors qui l'a fait ? »

Son instinct lui hurla de dénoncer Farid, mais elle demeura silencieuse. Elle ne savait toujours pas qui était Malik. Il y avait peu de chances que l'un et l'autre se connaissent, mais ils n'en étaient pas moins ulrajis tous les deux. Comment savoir s'il n'était pas du côté de Farid ? Pire, si l'ancien intendant découvrait que Malik était au courant de ses crimes, il le punirait, ou il ferait courir davantage de rumeurs pour s'assurer que Tunde n'obtienne jamais la justice qu'il méritait.

Non, elle ne pouvait pas dire la vérité, pas tant que toutes ces questions demeuraient sans réponse. Elle jouerait cette carte en temps utile, pas avant.

« Je ne peux pas te le dire. Mais ce n'était pas moi », affirma-t-elle. L'expression de Malik demeura indéchiffrable – il ne la croyait probablement pas, mais il se garda d'insister. « J'ai répondu à ta question, reprit-elle. À ton tour, maintenant. Qui es-tu, et pourquoi as-tu essayé de me tuer ?

— Ça fait deux questions. Je m'appelle Malik, et j'ai reçu l'ordre de te tuer de quelqu'un qui retenait ma famille en otage.

— Qui était ce quelqu'un ?

— Je ne peux pas te le dire. Mais ce n'était pas ma décision. »

Il n'avait pas l'air de mentir, mais il n'avait pas non plus semblé le faire quand il l'avait tenue contre lui dans la nécropole, ni quand il l'avait embrassée sur le toit du temple du Soleil. Karina réprima l'envie de jeter la dague de frustration. Ça ne fonctionnait pas. Tant que l'un et l'autre retiendraient des informations, ils se trouveraient dans une impasse où chaque affirmation était à la fois vraie et fausse.

Elle tourna le regard vers les fillettes. La plus grande venait de glisser une grenouille dans le dos de la tunique de Khenu et se pliait en deux de rire en la regardant essayer de s'en débarrasser.

« Qui sont ces enfants ? demanda-t-elle pour revenir sur un terrain bien moins hasardeux. Pourquoi persistes-tu à nous ramener à elles ?

— Je ne sais pas trop. Je ne les connais pas, et je ne fais pas exprès de revenir ici. » Karina médita les paroles de Malik, s'efforçant d'y trouver un sens caché. Elle finit par le relâcher, et il s'assit à même le sol, les bras autour des genoux.

« Je n'étais pas censée assister à cette vision du Rite du Renouveau, je suppose.

— Non. Je pense que ça arrive parce que quand je… quand notre magie a détruit la Barrière, nos pouvoirs se sont liés. On dirait que tu as accès à mon esprit quand il est vulnérable, et la réciproque est certainement vraie. »

Karina n'oublierait jamais le moment où la Barrière avait volé en éclats. Elle s'était sentie… infinie. Pure puissance. Qu'un phénomène d'une telle ampleur les ait altérés tous les deux était logique.

Mais si Malik voyait la même chose qu'elle dans ces rêves partagés, il n'ignorait pas que le seul moyen de sauver Sonande était de trouver le sceptre et la flûte, et de les utiliser pour la tuer.

« Qui d'autre sait, pour le Rite du Renouveau ? » interrogea-t-elle d'une voix sèche.

Silence. Elle plissa les yeux.

« Le conseil est au courant ? » *Est-ce que ce monstre qui se fait passer pour Hanane est au courant ? Est-ce que Farid est au courant ?* étaient les questions qu'elle voulait réellement poser, mais c'était inutile, car si le conseil savait, alors son traître de gardien et sa créature savaient aussi.

De nouveau du silence, mais cette fois Malik n'en était pas le seul responsable. Le pépiement des oiseaux dans la canopée et le coassement étouffé des grenouilles s'étaient tus. Les fillettes l'avaient également remarqué, et elles se figèrent dans les eaux peu profondes tandis que le sol se mettait à trembler sous leurs pieds. Malik et Karina échangèrent un regard alarmé.

« Des esclavagistes, murmura la plus grande des deux. Cours, Khenu ! »

Les fillettes se précipitèrent hors de l'eau vers la rive opposée et sa sécurité relative, mais comme dans le premier rêve, Khenu allait beaucoup plus lentement que son amie. La petite ulrajie trébucha sur une racine et tomba dans la boue. Les tambours de guerre se rapprochèrent, des cris s'élevèrent parmi les arbres.

« Au secours ! cria l'enfant. Aide-moi, Bahia, s'il te plaît ! »

Karina crut être traversée par un éclair. Les visages des deux fillettes lui apparurent nettement pour la première fois, et elle reconnut dans celui de la plus grande les hautes pommettes de sa mère, et ses yeux brun pourpre écarquillés par la peur.

« Pitié, viens m'aider ! » cria de nouveau la plus jeune des deux, dont le visage rond et les yeux plus noirs qu'un corbeau dans la nuit ne laissaient aucune place au doute.

Les yeux de Malik.

Bahia regarda tour à tour Khenu et la lisière des arbres, mesurant ses chances de survie et celles de son amie. Karina voulut crier à la fillette de revenir sur ses pas, mais ce choix avait été fait mille ans avant sa naissance.

Bahia Alahari, la plus grande reine que Ziran ait jamais connue, protectrice notoire des opprimés et des déshérités, fonça sous le couvert des arbres, ignorant les cris paniqués de l'aïeule de Malik alors que le groupe d'esclavagistes fondait sur elle.

Karina s'éveilla en sursaut, l'esprit embrouillé de garçons indignes de confiance et d'ancêtres qui l'étaient peut-être tout autant.

« Qu'est-ce qui se passe ? » marmonna Afua en frottant ses yeux ensommeillés. Une journée entière et la moitié d'une nuit s'étaient écoulées depuis qu'elles s'étaient embarquées pour Doro Lekke. Dans quelques heures, l'aube se lèverait sur un nouveau Jour-Vie, une semaine exactement après la fin de Solstasia, et sur le petit affleurement rocheux au nord de Tiru où l'équipage avait dressé le camp.

Karina s'efforça de comprendre les émotions qui la traversaient. Son ancêtre avait connu celle de Malik. Non, pas seulement connu… Elles avaient grandi ensemble, aussi proches que pouvait l'être Karina d'Aminata ou d'Afua. Et que l'avait été Dedele.

Jusqu'à ce que Bahia abandonne Khenu à son sort.

Ça devait être une autre des illusions de Malik ; ce qu'elle venait de voir allait à l'encontre de tout ce qu'elle savait sur son aïeule. Et pourtant, ce souvenir avait paru si authentique. S'il l'était, que disait-il de son lien avec Malik ? Avait-il essayé de la tuer pour cette raison ? Pour se venger ?

En temps normal, elle aurait confié ses inquiétudes à Aminata, mais sa suivante se trouvait à des lieues d'ici. L'espace d'un battement de cœur, elle regretta même Farid et les jours passés à le harceler de toutes sortes de questions auxquelles il ne répondait que de mauvaise grâce. Mais ces moments n'avaient jamais été réels, même si une partie endommagée de son cœur refusait de s'en séparer.

« C'était juste un cauchemar. Tout va bien maintenant », mentit Karina. Une douleur sourde palpitait sous son crâne. Ses migraines étaient moins fréquentes depuis qu'elle avait libéré sa magie, mais elles revenaient dans les moments de nervosité extrême, tout aussi violentes qu'auparavant. Si elle continuait de penser à tout ça, elle deviendrait folle ; en fait, c'était probablement le but poursuivi par Malik. Elle avait été idiote de ne pas l'avoir tué quand elle en avait eu l'occasion.

Se frottant la tempe d'une main, elle embrassa du regard leur petit camp : le feu étouffé devant elle, le filet qu'ils avaient étendu au-dessus d'eux pour se protéger des sauterelles. Les insectes restaient pour la plupart en sommeil la nuit, aussi avaient-ils décidé de dormir le jour et de voyager du coucher au lever du soleil, ce qui leur épargnerait aussi le plus fort de la chaleur. Ils progressaient bien plus lentement qu'elles ne l'avaient fait sur la barge, mais ils n'avaient guère le choix.

Parfois, Karina croyait voir Dedele à l'horizon, mais il s'agissait chaque fois d'un mirage. Le souvenir de son ancienne amie ajoutait une pierre à l'édifice croissant de son désarroi. Combien en supporterait-elle encore avant qu'il ne s'écroule, et elle avec ?

« Est-ce que j'ai manqué quelque chose pendant que je dormais ? » demanda-t-elle.

Sur la paillasse à côté de la sienne, Ife remua et s'assit. « Rien d'autre que du sable, dit-iel. Mais rassurez-vous, il n'est allé nulle part. Au fait, je ne me suis jamais excusé·e de vous avoir attachée à Tiru. Pardon de vous avoir attachée à Tiru. Soyons ami·e·s. »

Karina ne savait toujours pas trop quoi penser de l'adolescent·e – la coopération réticente de Caracal à sa quête était entièrement motivée par l'intérêt personnel, mais elle n'avait aucune idée de ce qui incitait Ife à les suivre. Iel était lae premier·ère dulyo que Karina rencontrait. Elle ne connaissait les genres divins des peuples de la Savane des Eaux du Levant qu'à travers les livres, ne s'étant jamais rendue dans cette région du monde. Les dulyos étaient exalté·e·s parmi les leurs, on les croyait plus proches de la divinité que toute autre personne. Que s'était-il passé dans l'histoire d'Ife pour qu'iel quitte une existence comme celle-ci et embrasse une vie de dangers aux côtés d'une Sentinelle en cavale ?

Sans attendre de réponse, Ife se rapprocha d'elle et lui prit le poignet. Une chaleur se répandit dans tout son bras. Ife hocha la tête.

« Ah, c'est bien ce que je pensais. Qui est-ce ? »

Karina retira hâtivement sa main. « Comment ça ?

— Qui est le garçon, la fille, la personne ou l'entité surnaturelle qui vous met dans tous vos états ?

— Je ne suis pas dans tous mes états ! »

Ife se mit à compter sur ses doigts. « Votre rythme cardiaque est élevé, vous avez les pupilles dilatées et votre température est au-dessus de la moyenne. Tous ces symptômes suggèrent soit un état d'excitation récent, soit une défaillance d'organe imminente. »

Le rouge monta aux joues de Karina quand elle se rappela le moment où elle tenait la dague sous le menton de Malik sans savoir si elle souhaitait l'embrasser ou le tuer. Avant qu'elle ne puisse répondre, Caracal fit irruption dans leur petit campement.

« Regardez qui a enfin décidé de se réveiller. Pendant que vous autres dormiez comme des bienheureux, j'ai trouvé une solution à notre problème d'approvisionnement. » Le mercenaire désigna du pouce un endroit derrière son épaule. « Il y a un village derrière la crête qui vient de célébrer un baptême. Je parie que leurs réserves sont pleines de cadeaux pour le bébé. On pourrait même choper un âne ou deux si on fait vite. De là, on ira à la Cité des Voleurs. S'il y a bien un endroit à Sonande où on trouvera des informations sur un immortel, c'est là-bas. »

Afua ouvrit des yeux grands comme des soucoupes. « La Cité des Voleurs existe vraiment ?

— Tous les mythes existent, si tu sais où les chercher. »

Karina fit écho à la surprise d'Afua, car elle avait toujours cru que la Cité des Voleurs n'était qu'un conte pour faire peur aux enfants désobéissants. Une ville entière uniquement peuplée de criminels, de voyous et des pires gens que compte Sonande… Quoique la part rationnelle de Karina regimbe à leur faire courir ce risque, l'autre, celle qui avait rêvé du monde au-delà de

Ziran pendant si longtemps, salivait. Du reste, si Doro Lekke existait, pourquoi la Cité des Voleurs ne le pourrait-elle pas ?

Mais la première partie du plan de Caracal l'attirait beaucoup moins. Le baptême était une cérémonie sacrée à travers tout Sonande. Tant de bébés mouraient juste après leur naissance que ceux qui survivaient assez longtemps pour avoir un nom méritaient d'être célébrés. Il était probable que la famille de l'enfant ait reçu assez de présents de leurs amis et de leurs proches pour qu'ils ne remarquent pas la disparition de quelques-uns, néanmoins... Étaient-ils tombés si bas ?

« On ne peut pas dépouiller un bébé !

— Avec une attitude pareille, c'est sûr ! rétorqua Caracal. Si vous avez une meilleure idée, je serais heureux de l'entendre. Mais vu que *quelqu'un* – il tourna un regard noir vers Afua, qui haussa des épaules penaudes – a laissé partir nos montures à Tiru, il nous en faut de nouvelles si nous voulons avoir une chance de survivre à ce voyage. Et nos rations, à Ife et à moi, étaient censées être pour deux, pas pour quatre. Si nous ne refaisons pas le plein rapidement, nous mourrons de déshydratation avant d'avoir vu la première brique de Doro Lekke. Donc si vous avez un problème avec ce plan, vous êtes libre de partir pieds nus dans le désert jusqu'à ce que vous trouviez le Sanctuaire ou que vous vous fassiez becqueter par les vautours, peu importe ce qui arrive en premier. »

Karina allait le tuer. Tant pis pour Doro Lekke, tant pis pour le Rite du Renouveau, elle allait lui tordre le cou et le tuer.

Mais avant qu'elle ne puisse étrangler son compagnon zawenji Vent-aligné, Ife s'invita joyeusement dans la conversation. « Ne vous en faites pas pour lui, il dissimule une âme généreuse sous ses dehors caustiques. Archétype classique du sauvage-au-cœur-d'or-qui-cache-un-secret. »

Caracal secoua la tête avec affection. « Voilà que tu recommences avec tes archétypes. Je suis sûr que si on était dans une histoire, on le saurait.

— Évidemment qu'on n'est pas dans une histoire. Aucun personnage dans une histoire digne de ce nom ne saurait qu'il s'y trouve. »

Craignant que la discussion ne se poursuive encore un moment si elle n'intervenait pas, Karina les interrompit : « Revenons à nos moutons. Puisque, apparemment, nous sommes tombés si bas qu'il nous faille voler des cadeaux de baptême, comment allons-nous nous y prendre ?

— J'envisageais d'utiliser la manœuvre numéro six, dit Caracal. Tu t'en souviens, Ife – celle qui nous a tirés des griffes de ce chasseur de léopards à Falanda ? »

Ife fronça les sourcils. « On fait toujours la six. Je vote pour la cinq.

— Alors va pour la cinq. Venez, il va bientôt faire jour. »

Ils démontèrent rapidement leur petit camp et suivirent Caracal jusqu'en haut de la crête. Le mot *village* était bien généreux pour qualifier la demi-douzaine de masures en contrebas, serrées les unes contre les autres comme des poules pour se tenir chaud. Même d'ici, il était impossible de ne pas remarquer les dégâts causés par les sauterelles. Dans quelques jours, le peu qu'il restait des maigres cultures qu'elles avaient laissées pourrirait sur pied.

L'ancienne Sentinelle se tourna vers Karina et Afua. « Ife et moi allons faire diversion. Sitôt que la voie sera libre, vous deux irez chercher autant de nourriture que vous pouvez en porter. Quand vous entendrez le loup hurler, vous saurez qu'il faudra revenir ici. »

Caracal ferma les yeux et leva les mains tel un marionnettiste. Le rythme du vent se transforma en de lentes pulsations, des battements de tambour qui résonnaient gravement dans le ciel. Une nappe de brume descendit sur le petit amas de huttes, épaisse comme une couverture. Karina sentit sa propre magie s'éveiller dans sa poitrine, mourant d'envie de s'accorder à celle de Caracal – elle n'avait jamais accompli quelque chose d'aussi précis avec ses pouvoirs. Si sa magie à elle tenait de la symphonie chaotique, celle du mercenaire était une mélodie maîtrisée de bout en bout, qu'elle avait désespérément envie d'apprendre.

« Comment avez-vous fait ça ? s'émerveilla-t-elle.

— Je ne dirige pas une école, princesse. Ife, à toi. »

Lae dulyo poussa un grondement sourd, assez semblable au rugissement du léopard. Des villageois confus sortirent de leurs huttes en courant, certains avec des armes, d'autres avec des outils de ferme, et disparurent dans la brume à la recherche de la source du raffut. Une fois que les dernières torches se furent suffisamment éloignées des habitations, Karina et Afua dévalèrent la pente.

Un vénérable acacia marquait le centre du hameau. À ses branches pendaient des perles, des éclats de verre et des breloques en bois censés porter chance au baptisé. Toutes sortes d'offrandes aux dieux s'accumulaient au pied de l'arbre, dont des prières écrites les suppliant d'épargner le village des sauterelles. Le cœur de Karina se serra. Elle était plus susceptible que les dieux d'aider ces gens, mais pas avant de les avoir volés.

La magie d'Afua vint rapidement à bout des serrures qu'elles rencontrèrent. Leurs sacs débordèrent bientôt de denrées alimentaires et d'outres d'eau. Sachant que les animaux la détestaient, Karina poursuivit ses recherches de nourriture pendant qu'Afua allait récupérer des montures. Ife poussa un nouveau rugissement, et Karina ravala sa culpabilité. Un jour, quand tout ceci serait fini, elle retrouverait ce village et rendrait dix fois ce qu'elle avait pris.

« Essaie de trouver du garri. Ça te durera plus longtemps que les produits frais. »

Depuis le temps, Karina aurait dû s'être habituée aux apparitions inopinées de la Hyène, mais le choc faillit lui faire renverser l'intégralité du sac de farine de manioc. L'arnaqueuse observait Karina depuis l'un des arbres grêles à l'extérieur de la hutte où les villageois entreposaient leurs réserves. Le poids de son corps canin menaçait de casser la branche sur laquelle elle était perchée.

« Qu'est-ce que vous voulez ? » siffla Karina. Dans le brouillard, seuls les yeux de la Hyène lui étaient visibles, deux points bleus surnaturels qui semblaient creuser un trou dans la poitrine de Karina.

« Comme je te l'ai déjà dit, une fois que j'ai commencé une histoire, j'aime la suivre jusqu'à son dénouement.

— Vous ne m'avez jamais dit ça.

— Ah, pardon… C'est au garçon que je l'ai dit ? Je dois admettre que je m'emmêle parfois dans tous mes discours cryptiques. »

Karina n'avait pas la stupidité de croire que la Hyène n'était là que pour prendre de ses nouvelles. L'arnaqueuse savait exactement ce qu'elle faisait quand elle lui avait remis *Le Livre des défunts* et l'avait lancée sur la piste du Rite de Résurrection. La Hyène était l'une des créatures les plus puissantes qui soient ; elle ne faisait rien sans raison, même quand elle prétendait agir innocemment.

Karina tourna le dos à l'arnaqueuse et fourra rageusement d'autres mangues dans son sac. La Hyène aboya un rire que nul autre qu'elle n'entendit, ou du moins Karina le supposa-t-elle. « Vraiment, tu ne vas me poser aucune question sur le Rite du Renouveau ? Ou à ce qui est arrivé à ton ancêtre et à celle de Malik ? »

La main de Karina se crispa sur une des mangues. Non seulement la Hyène connaissait-elle la solution à tous leurs problèmes, mais elle *savait* que Karina le savait, et elle se délectait de ne pas leur en faire part. Si la princesse n'avait pas craint d'essuyer en retour une attaque magique extrêmement douloureuse, elle lui aurait fait ravaler son sourire suffisant à coups de poing.

Néanmoins, sa curiosité était trop grande pour ne pas mordre à l'hameçon. « Que savez-vous de l'histoire entre mon aïeule et celle de Malik ?

— Même quand l'Ulraji Tel-Ra était au faîte de sa puissance aux jours les plus glorieux de l'antique Kennoua, certains de ses membres, qui désapprouvaient les visées impérialistes du pouvoir, refusèrent de s'en prendre à leurs alliés zawenjis. Bahia Alahari et Khenukahor sont nées dans une telle enclave, où les zawenjis et les ulrajis vivaient ensemble, jusqu'à ce que… Eh bien, tu as vu ce qui est arrivé. »

Des communautés entières de zawenjis et d'ulrajis vivant côte à côte… L'idée semblait impossible, comme si l'eau et l'huile pouvaient se mélanger, mais à cette époque, le fossé entre leurs deux peuples était visiblement moins profond. « Durant toute mon enfance, on m'a dit que Grand-mère Bahia était une esclave.

— Elle n'est pas *née* esclave. Tu ne connais pas ta propre histoire, petite ? »

Non, et c'était justement là le problème. Tout ce qui lui restait de son histoire, c'était un récit concocté par des gens qui avaient des idées bien arrêtées sur ce qu'elle devait connaître de son héritage et de son passé. Elle se demanda si ses ancêtres, où qu'ils puissent se trouver, cherchaient eux aussi à la contacter par-delà cette rupture qu'on leur avait imposée.

« Grand-mère Bahia haïssait les ulrajis. Elle les a tous fait massacrer. Et pourtant elle a grandi auprès d'eux…

— La souffrance a parfois un drôle d'effet sur l'esprit des mortels. »

Elle savait que son aïeule n'était pas parfaite, mais elle n'arrivait pas à concevoir une telle contradiction entre ses croyances et ses actes. L'histoire paraissait inachevée, pourtant Karina n'était pas certaine d'être prête à se confronter aux autres vérités terribles qu'elle découvrirait si elle continuait de creuser son passé et celui de Malik.

Ife poussa son hurlement de loup. Elles devaient filer.

Karina prit néanmoins le temps de se demander pourquoi elle s'acharnait à trouver le pouvoir des dieux, alors qu'elle en avait un au moins aussi grand devant elle.

« Et si nous passions un marché ? » demanda-t-elle.

La Hyène leva un sourcil. « Tu es bien consciente que les marchés passés avec moi se concluent toujours de la plus horrible façon pour les humains impliqués, n'est-ce pas ?

— Oui, oui, vous m'accorderez ce que je souhaite, mais à un prix beaucoup plus élevé qu'escompté, ou alors mon vœu se réalisera, mais de la façon la plus dévastatrice et la plus ironique possible. Je connais le risque, et je m'en fiche. Je veux devenir assez forte pour stopper le cycle de destruction que Farid a déclenché avec le Rite de Résurrection. Vous pouvez faire ça ou non ?

— Je le pourrais. »

La Hyène la regarda droit dans les yeux. L'espace d'un instant, Karina entrevit les milliers et les milliers de siècles d'existence tapis derrière ces prunelles. C'étaient les yeux d'un être pour qui des choses comme le temps et l'espace étaient aussi fragiles qu'une toile d'araignée sous le pied d'un éléphant.

Une vie incommensurablement solitaire.

La Hyène cligna des paupières, et une expression semblable à de la surprise lui traversa le visage.

« Je le pourrais, répéta-t-elle, avant de hausser les épaules. Mais je ne le ferai pas.

— Je croyais que vous adoriez escroquer des proies innocentes, se moqua Karina.

— *Innocentes* est le maître mot. Ce n'est pas drôle si tu sais que tu vas te faire avoir. Non, jolie princesse, il va falloir te débrouiller seule, sur ce coup-là. Je resterai en marge et me contenterai de te dispenser des conseils déroutants et pourtant étonnamment profonds.

— Vous m'avez dit une fois que vous étiez la débitrice de mon ancêtre, fit observer Karina en fourrant un maximum de choses dans son sac. Est-ce que vous m'aidez pour vous acquitter de votre dette ?

— T'aider ? Oh, je ne suis pas là pour t'aider. » La Hyène renversa la tête en arrière et adopta la voix d'un enfant apeuré pour hurler : « Au voleur ! Il y a des voleurs dans le garde-manger ! »

L'arnaqueuse disparut, mais son cri avait ameuté tous les villageois qui n'étaient pas partis à la poursuite de la bête inexistante d'Ife. Karina chargea ses sacs rebondis sur ses épaules et courut vers la sortie du village, une foule furieuse sur les talons.

« J'espère que ce bébé aura une vie longue et prospère ! » cria-t-elle par-dessus son épaule. Pour toute réponse, une flèche siffla à son oreille.

Une autre se planta dans un de ses sacs, mais elle épargna heureusement l'outre d'eau. L'impact la fit trébucher en avant, mais ses mains ne touchèrent jamais le sol, car une forte bourrasque l'emporta dans les airs, lui fit franchir la crête et la déposa en boule aux pieds de ses compagnons et de quatre magnifiques chevaux tachetés.

« Je t'avais bien dit qu'on aurait dû faire la six ! » vociféra Caracal en utilisant une fois de plus sa magie pour hisser Karina sur un cheval. Sitôt qu'elle agrippa les rênes, ils détalèrent ; le désert devint flou autour d'eux, avalant les villageois furieux à leurs trousses et le rire hystérique de la Hyène.

13

Malik

Tu ne vas pas pouvoir l'éviter éternellement, Malik.

Au contraire, Malik pouvait et ne se priverait pas d'éviter de penser aux révélations de son rêve aussi longtemps qu'il serait humainement possible de le faire. Fuir ses problèmes était une de ses spécialités ; une fois, quand il avait 9 ans, il avait passé six heures caché dans un silo à céréales pour ne pas aller à la chasse avec son père. S'il avait survécu à ça, il était capable d'échapper à tout.

Du reste, rien de ce qu'il avait vu dans le rêve ne changeait les choses entre Karina et lui. C'était elle qui avait été élevée dans la vénération de son ancêtre ; pour lui, la trahison de Bahia n'était qu'une ligne de plus dans la longue liste des crimes que les Alahari avaient commis contre sa famille au fil des siècles.

En fait, c'était une bénédiction déguisée. Il savait à présent que l'attirance qu'ils éprouvaient l'un pour l'autre n'était rien de plus qu'un résidu de l'amitié de leurs aïeules. Le baiser n'avait rien signifié. Il ne lui devait rien, et il n'éprouverait aucun remords quand Farid la sacrifierait pour le Rite du Renouveau.

Je n'arrive pas à savoir si tu es extrêmement naïf ou extraordinairement têtu, médita Idir. Malik préféra ignorer la remarque et se concentrer sur le livre d'histoire kennouane ouvert devant lui.

Ksar Alahari possédait la deuxième plus grande bibliothèque de tout Sonande, et pourtant il n'y avait encore trouvé nulle information sur la flûte ou le sceptre requis pour le rituel. Malik avait passé la semaine suivant l'arrivée des sauterelles à fouiller les entrepôts du palais à la recherche d'artefacts antiques et à traduire les quelques documents kennouans sur lesquels il avait pu mettre la main, mais en vain.

Chaque jour qui passait voyait s'aggraver les dégâts causés par les insectes. Le lendemain de celui où l'on avait découvert le cadavre de Tunde, un nid entier de ces créatures s'était formé au fond d'un puits du donjon d'Imane, où il avait empoisonné une source dont dépendaient des centaines de personnes. Des émeutes avaient éclaté autour des quelques points d'eau potable restants dans le voisinage, et Malik et ses sœurs avaient regardé, médusés, des feux se déclarer parmi les affrontements dans la ville en contrebas.

Le calme qui régnait dans la Vieille Ville était encore plus effrayant que l'agitation de la Ville basse. Ceux qui avaient les moyens de se protéger des sauterelles continuaient de se rendre à des fêtes somptuaires où ils se lamentaient de ce que leurs profits allaient souffrir de la présence des insectes. Malik se sentait à cheval sur les deux mondes – trop privilégié pour être directement affecté par ce qui se passait, trop étranger pour se mêler à ceux qui avaient le pouvoir d'arranger les choses, mais ne le faisaient pas.

De toute façon, ce n'était pas ce qu'on attendait de lui. Sa tâche consistait à localiser le sceptre et la flûte. Et il n'y arrivait pas. Pas du tout. Cela le mettait sur les nerfs, et son irritation croissait chaque fois qu'il aboutissait à une impasse. Il se sentait dans le même état que le dernier jour de Solstasia, quand l'impression de ne pas avoir été digne de Karina avait menacé de l'engloutir.

Tu sais, la frustration sexuelle chez l'humain conduit souvent à l'agressivité. Si Karina te met dans un tel état, tu devrais vraiment faire quelque chose.

Les joues de Malik s'empourprèrent. « Avec toi qui regardes ? Pas question. »

Je suis déjà témoin de toutes tes autres fonctions corporelles. En quoi ça serait différent ? demanda Idir, sincèrement perplexe, et Malik ne se sentit pas le courage d'expliquer le voyeurisme à un esprit ancestral.

« Plutôt que de faire des commentaires sur mon intimité, rends-toi utile et dis-moi où je peux trouver ces artefacts », grommela Malik en repoussant le livre qu'il tenait et en en prenant un autre. Idir et lui avaient conclu une trêve fragile depuis que Malik était revenu des souvenirs de l'obosom. Il ne se sentirait jamais à l'aise en sa présence, mais le fait de devoir partager le même corps les avait menés à une certaine compréhension mutuelle.

Je t'ai déjà dit que je n'en avais pas la moindre idée, mais si tu ne me crois pas, pourquoi n'irais-tu pas jeter un coup d'œil à mes souvenirs ?

Trêve ou pas, Malik préférerait affronter une nouvelle fois le serpopard de la nécropole plutôt que de faire une chose pareille. Il ne voulait pas perdre davantage de son humanité.

La petite bougie de Malik finit par se réduire à presque rien, brouillant les lignes du texte sous ses yeux. La peur des fléaux à venir le poussait à tourner les pages, même si son esprit n'absorbait plus rien. D'abord les sauterelles, puis les tremblements de terre, la peste et enfin la bête. Toute chose et tout être détruits, s'il ne parvenait pas à empêcher…

Va te coucher, Malik, dit le Roi sans visage, et ce fut le ton étonnamment compatissant qu'il employa qui convainquit Malik de refermer le livre et de se traîner à contrecœur hors de la bibliothèque. Ksar Alahari était une tout autre créature la nuit, une marionnette inanimée que le flot des courtisans ne réveillerait qu'au matin. Des guerres avaient été remportées, des pays avaient été conquis, des couronnes avaient été forgées entre ces murs, et trois pauvres enfants d'Eshra s'étaient retrouvés, il ne savait trop comment, au centre de tout cela.

« Leila ? Nadia ? » dit-il à voix basse en entrant dans leur logement. Il n'était pas minuit, aussi ses sœurs auraient-elles dû être encore debout, mais il n'obtint aucune réponse. Il les appela de nouveau.

Silence.

Je sens une présence dans la chambre de tes sœurs, indiqua Idir, et Malik sentit à travers le lien qu'il ne mentait pas. *On vient par ici. Cache-toi, vite.*

D'un coup, le tourbillon de pensées qui s'agitaient dans la tête de Malik s'interrompit. Il s'aplatit contre un mur et invoqua la lame-esprit.

« Il n'y a aucune frontière entre mon corps et l'air qui l'entoure. Ils ne font qu'un, sans début ni fin. » Une vague de chaleur traversa les veines de Malik quand l'illusion d'invisibilité se tissa autour de lui. La silhouette entra dans la pièce apparemment vide, et Malik, rapide comme une vipère, lui ceintura le cou.

« Où sont mes sœurs ? » demanda Malik en plaquant la dague contre la gorge de l'indésirable. Son identité lui importait peu ; s'il était arrivé quoi que ce soit à Leila ou à Nadia, il lui décollerait la tête du corps sans un remords. Il découperait chacun de ses membres et les donnerait aux chiens. Il…

« Aux cuisines ! Votre petite sœur a oublié son doudou et m'a demandé d'aller lui chercher ! » La jeune femme qui étouffait dans l'étau du coude de Malik n'était pas un assassin assoiffé de sang, mais une des servantes du palais. Il la relâcha aussitôt, et elle se plia en deux, une main pressée contre la ligne rouge à la base de son cou, assez semblable à celle que Karina avait infligée à Malik dans son rêve. De son autre main, elle tenait Djédjé, la petite chèvre en peluche adorée de Nadia.

Ses envies de meurtre désertèrent Malik dans l'instant, le laissant rempli de honte. D'où lui venaient donc ces pulsions violentes ? « Je suis vraiment, vraiment désolé », dit-il, quand bien même ses privilèges le dispensaient de s'excuser devant une domestique.

Peut-être que ma présence a plus de conséquences sur toi que nous ne l'imaginions.

Malik eut un haut-le-cœur à cette pensée. La servante se redressa, et il reconnut en elle la jeune femme qui accompagnait Karina lorsqu'il lui était rentré dedans la veille de Solstasia. Amira… ? Non, Aminata.

« Conduisez-moi à elles. À mes sœurs, je veux dire… S'il vous plaît », ajouta-t-il, car bien qu'elle ne puisse refuser de lui obéir, il se sentait mal de demander une faveur à quelqu'un qu'il avait presque décapité. La bouche d'Aminata se contracta lorsque ses yeux tombèrent sur la lame-esprit qu'il tenait toujours d'une main molle. Elle hocha la tête.

De façon assez compréhensible, la servante demeura glaciale tandis qu'elle le menait à travers les entrailles de Ksar Alahari, loin des ornements raffinés de l'aile résidentielle. La simplicité des quartiers réservés aux domestiques, avec leurs murs grossièrement taillés, apaisa la tension de Malik. Il s'y sentait plus chez lui que dans n'importe quelle autre partie du palais. Il jeta un coup d'œil à l'ancienne suivante de Karina, et sa curiosité prit le pas sur la timidité qu'il manifestait chaque fois qu'il s'adressait à un inconnu.

« Le soir de la Veille de Solstasia, je vous ai vues, Karina et vous, dans la Ville basse, dit-il. Vous étiez proches ? »

Aminata le considéra un moment avant de répondre : « Ma mère était sa nounou. Nous avons grandi ensemble. »

Toutes sortes de questions sur l'enfance de Karina lui vinrent à l'esprit. Avait-elle été une enfant volontaire ? Quels étaient son plat, sa couleur préférés ? Tunde avait-il été son seul amoureux – non, il ne pouvait pas demander ça. Après tout, Karina était soupçonnée de l'avoir tué.

Elle se prétendait innocente, mais comment pouvait-il la croire, alors qu'elle refusait de lui livrer le nom du coupable ? D'un autre côté, si c'était elle qui l'avait assassiné, elle n'aurait pas été si bouleversée à la simple mention de son nom. Qu'était-il arrivé entre eux ?

Malik fit claquer l'élastique à son poignet et demanda plutôt : « Comment les gens s'en sortent-ils avec les sauterelles ? Farid m'a donné tant de travail que je n'ai pas eu l'occasion de descendre dans la Ville basse depuis Solstasia.

— La plupart des courtisans ne se soucient pas de ce qui se passe au-delà des murs du palais. » La servante s'exprimait avec la prudence de ceux qui avaient appris dès le plus jeune âge à se protéger des puissants, et quoique Malik sache qu'il avait anéanti toute chance de s'en faire une amie, il ne pouvait s'empêcher de se sentir proche d'elle.

« Je ne suis pas comme la plupart des courtisans. »

Elle s'arrêta brusquement devant une petite porte d'où s'échappait l'odeur d'oranges pelées. « Vos sœurs sont ici. Avez-vous besoin d'autre chose, champion Malik ?

— Non, vous pouvez y aller. Et merci. »

Aminata se retourna pour partir, avant de lui lancer un regard par-dessus son épaule. Si Karina avait des yeux léonins, ceux de sa suivante rappelaient davantage le faucon, habiles à trouver une faiblesse cachée derrière le plus petit mouvement. « Elle vous appréciait, vous savez. Karina. »

Malik se força à garder un visage inexpressif, alors même que son traître de cœur s'emballait au souvenir de Karina lui soulevant le menton de la pointe de sa dague. « Qu'est-ce qui vous fait dire ça ?

— Vous seriez mort à l'heure qu'il est si ça n'avait pas été le cas. »

Sur ces mots, Aminata s'éloigna.

Frissonnant pour une raison qui n'avait rien à voir avec le froid de la nuit, Malik entra dans la cuisine. Ce n'était guère plus qu'un appentis pourvu d'un petit four en argile sur une table, à laquelle étaient assises Leila et Nadia. Sa sœur aînée poussa un cri étouffé quand Malik jeta ses bras autour d'elle.

« Waouh, du calme ! » Leila lui tapota gauchement le dos. « Tout va bien. Nadia n'arrivait pas à dormir, alors je me suis dit que lui faire manger quelque chose l'aiderait à trouver le sommeil. »

Depuis qu'Idir avait pris Nadia en otage, Malik ne supportait pas d'être séparé ni de l'une ni de l'autre trop longtemps. Il faisait toujours des cauchemars dans lesquels elles avaient disparu, le laissant seul face aux horreurs de la cour. « Vous auriez dû attendre mon retour. Je serais venu avec vous.

— On ne savait pas pour combien de temps tu en avais. Tu n'étais pas là. » Ces mots, pourtant prononcés sans malice, remplirent Malik de honte. Peut-être avait-il tenu pour acquise leur sécurité nouvelle entre les murs du palais, car des nombreuses responsabilités avec lesquelles il essayait de jongler, être présent dans le quotidien de ses sœurs avait été la première à pâtir. Il ignorait même si Leila avait avancé sur la recherche de leur mère et de leur grand-mère.

Mais c'était terminé. Sans elles, rien de ce qu'il faisait n'avait de sens. Il ne les négligerait plus. Malik s'assit à côté de Nadia, qui laissait négligemment traîner ses doigts dans le bol de quartiers d'orange au jus de citron et à la cannelle que Leila lui avait préparé, un en-cas que leur servait souvent Nana quand ils étaient petits. « Comment te sens-tu ? lui demanda-t-il d'une voix douce. As-tu appris quelque chose de nouveau à la garderie ? »

Les yeux de Nadia restèrent obstinément baissés sur son bol. Leila répondit pour elle : « Notre chère petite sœur s'est fait virer de la garderie du palais.

— Virer ? » Comment pouvait-on se faire exclure d'une garderie ? Les enfants de son âge étaient à peine capables d'aller aux toilettes tout seuls, encore moins de créer des problèmes.

« Elle a frappé un autre enfant.

— Nadia ! » s'exclama Malik. Les yeux de sa cadette se remplirent de larmes.

« Il m'a traitée de kekki, expliqua-t-elle. Je les hais. Je les hais tous. »

La colère remua les entrailles de Malik. Personne n'osait plus l'insulter en face maintenant qu'il était le protégé de Farid, mais il ne doutait pas que certains le fassent silencieusement sur son passage. Malik détestait que ces vexations puissent encore les atteindre, même après s'être élevés aussi haut dans la société ziranie que quiconque puisse l'espérer. Et plus que tout, il regrettait l'époque où les problèmes de ses sœurs étaient assez insignifiants pour tenir dans le creux de sa main.

« Je suis désolé », murmura-t-il. Et que pouvait-il dire d'autre ? Sa sœur aînée jeta un coup d'œil à sa mine défaite et lui offrit sans un mot un bol de nourriture.

« Ça a été un gros changement pour nous tous, dit Leila. Nos tourments ne sont pas terminés, mais cette phase passera. On s'en sortira. »

Malik sourit faiblement. « Comme toujours. »

Leila insista pour qu'il mange, et une chaleur bienvenue se répandit dans son corps. Circonstances catastrophiques mises à part, ce moment avec Leila et Nadia le ramena à son enfance et au confort domestique qu'ils avaient partagé entre les épreuves et les turbulences. Il ne se souvenait pas de la dernière fois où il avait ressenti ça.

« Tu as changé », fit-il remarquer à Leila. Sa grande sœur avait toujours été dure, même quand elle était animée des meilleures intentions. Un tel réconfort de sa part était rare. Elle posa la tête sur l'épaule de Malik.

« Peut-être, mais je suis toujours l'aînée.

— De dix mois !

— Et quels dix mois formidables ça a été », fit Leila en riant. Puis elle soupira. « Toi aussi, tu as changé. Nadia également. Mais ce qui n'a pas changé, c'est que nous sommes toujours ensemble, quoi qu'il arrive. Je ne peux pas dire que je comprends vraiment en quoi consiste la mission magique que Farid t'a confiée, mais sache que je suis là si tu as besoin de moi. »

Malik sentit ses yeux se remplir de larmes à leur tour. Il pressa les paumes de ses mains contre ses paupières, décidé à ne pas gâcher ce moment. « J'ai fouillé le palais de fond en comble à la recherche du moindre indice sur l'endroit où pourraient se trouver le sceptre et la flûte, en vain. Si la colère des dieux s'amplifie, ça sera ma faute. »

À sa grande surprise, ce fut Nadia qui répondit : « Si tu ne trouves pas ce que tu cherches dans le palais, alors peut-être que tu devrais chercher hors du palais. »

Malik était sur le point de répliquer qu'il n'y avait nulle part à Ziran de source d'information plus complète sur Kennoua, avant de se souvenir que ce n'était pas vrai. Lors de la cérémonie de Purification, il avait rencontré cette fille, Yaema, qui étudiait les cultures antiques de Sonande. Farid n'avait jamais spécifié qu'il ne pourrait pas s'adjoindre l'aide d'une tierce personne dans ses recherches. Il n'avait rien à perdre à demander à Yaema ce qu'elle savait à ce sujet.

« Ça vous dirait de m'accompagner à l'université demain ? leur proposa-t-il.

— Je ne suis pas sûre que nous aventurer dans un paysage de cauchemar infesté de sauterelles soit la chose la plus intéressante à faire ces jours-ci, répondit Leila avec un sourire qui affirmait l'inverse. Mais je suppose que Farid ne te nourrit pas gratuitement. »

N'importe qui d'autre aurait manqué la note de mépris derrière les paroles policées de Leila, cependant Malik connaissait bien sa sœur. « Les méthodes de Farid peuvent être brutales, mais il n'agit jamais sans raison, le défendit-il. Et il nous a procuré un abri et sa protection sans la moindre contrepartie.

— Faire son sale boulot, tu appelles ça comment ?

— Ce n'est pas son sale boulot ! Quelqu'un sans... »

Malik s'arrêta net. Il avait été sur le point de dire que quelqu'un sans magie ulrajie ne pouvait pas comprendre, mais il eut l'intuition qu'une fois qu'il aurait admis l'existence de ce nouveau fossé entre Leila et lui, rien ne pourrait le combler.

Les yeux de sa sœur s'adoucirent. « Fais juste... attention. Farid nous a donné beaucoup, mais il t'en demande énormément en retour. » Ses yeux s'arrêtèrent sur les hématomes que lui avait laissés son épreuve avec les Sentinelles. « C'est le même homme qui a renversé une dynastie millénaire. Il est capable de tout. »

Malik comprenait les appréhensions de Leila, vraiment, mais il existait entre Farid et lui une forme de fraternité – pas aussi forte qu'avec ses sœurs, bien sûr, mais de celle que pouvaient forger deux personnes liées par le flot dévorant et obsédant de la magie. Il avait besoin de Farid, et il aimait à croire que Farid avait besoin de lui.

« Venez, dit-il simplement. Allons nous coucher. »

Ils étaient à mi-chemin de leurs quartiers quand ils entendirent un bruit – des pleurs. Des sanglots, même. Malik et

Leila échangèrent un regard inquiet tandis que Nadia pivotait vers l'origine du son.

« Vous entendez ça ? » chuchota-t-elle, et elle se mit à courir dans cette direction avant que les deux autres ne puissent l'arrêter. Malik et Leila la suivirent dans la partie la plus profonde du palais, où même les ombres étaient immobiles. À peine se rendit-il compte qu'ils se trouvaient tout près des quartiers vides de la défunte sultane que Nadia se faufilait par la porte qui menait au jardin privé de la reine.

La dernière fois que Malik avait arpenté ses allées, Karina et lui étaient accidentellement tombés dans la nécropole tapie sous Ziran. La dégradation de la végétation laissait penser que des années s'étaient écoulées depuis sa visite, et pas seulement quelques semaines. Certains des dégâts étaient l'œuvre des sauterelles, mais l'essentiel de la détérioration était dû à la disparition de la main magique qui s'occupait autrefois des lieux. Selon Farid, la défunte sultane avait été une zawenjie Terre-alignée. Malik sentait presque la flore se lamenter de la perte de sa maîtresse adorée. Fureter par ici le mettait mal à l'aise ; il avait l'impression de profaner la tombe de la mère de Karina.

« Nadia. » Malik progressait difficilement parmi les arbres affaissés et entre les lianes épineuses, Leila sur les talons. « Nadia, viens, il faut sortir d'ici. »

Ils atteignirent le bout du chemin… et se figèrent. Nadia se tenait là, des brindilles et des morceaux de feuille collés aux cheveux après avoir coupé tout droit sans faire cas du sentier.

Et assise devant elle sur le rebord de la fontaine qui cachait l'entrée de la nécropole et de l'histoire sanglante de sa propre famille, la princesse Hanane sanglotait si fort dans ses mains que tout son corps tremblait.

Leila et lui demeurèrent pétrifiés en voyant Nadia poser la tête sur les genoux de la princesse. À la grande surprise de

Malik, la fillette ne frémit pas à son contact, comme lui l'avait fait. « Tout va bien, ne pleurez pas, tout va bien », dit-elle en tapotant la cuisse de Hanane. Nadia avait dit ces mots comme son frère l'avait fait un nombre incalculable de fois et, en toute autre circonstance, cela lui aurait fait chaud au cœur de l'entendre essayer de l'imiter. La princesse renifla avant de lever les yeux, d'abord sur Nadia, puis sur Malik. Ses sourcils se froncèrent de confusion.

« Je te connais, murmura-t-elle d'une voix si proche de celle de Karina que Malik tressaillait chaque fois qu'il l'entendait. Tu es le favori de Farid. »

La façon dont elle prononça le mot *favori* le hérissa. C'était tellement… possessif.

« Je travaille avec Farid. » Malik aurait voulu attraper Nadia, faire demi-tour et prétendre que cette rencontre n'avait jamais eu lieu. Et surtout ne pas penser à ce que Farid dirait s'il découvrait qu'il s'était introduit dans l'intimité de la princesse.

Le Roi sans visage s'agita. *Éloigne-toi de la liche.*

Partir. C'est tout ce qu'il avait à faire.

Et pourtant…

Avant qu'il n'ait pu s'en empêcher, il lâcha : « Je ne voudrais pas me mêler de ce qui ne me regarde pas, Votre Altesse, mais est-ce que tout va bien ? »

Les mots eurent à peine quitté sa bouche que la princesse Hanane se remit à pleurer.

« Rien ne va, dit-elle entre deux sanglots. Ma mère est morte. Mon père est mort. Ma sœur a disparu, et on l'accuse de les avoir tués tous les deux ! J'ai fermé les yeux un moment, et depuis que je les ai rouverts, je n'ai pas la moindre idée de ce qui se passe ! »

D'un regard sans équivoque, Leila incita Malik à intervenir. Il s'approcha de la princesse avec la prudence d'un chasseur acculant un animal blessé et s'agenouilla près d'elle, du côté opposé à Nadia.

« De quoi vous souvenez-vous ? » l'interrogea-t-il avec douceur. Rien de ce qu'il dirait ne ramènerait ce qu'elle avait perdu, mais il pouvait au moins l'écouter.

La princesse Hanane renifla de nouveau et désigna d'un geste de la main un marula en fleur à quelques mètres de la fontaine. « Cet arbre n'était pas là il y a un mois. »

À en juger par sa taille, il devait avoir au moins 10 ans…

En comprenant qu'il avait dû être planté à l'époque où elle était morte, Malik eut le tournis. Comment consoler une personne qui prenait tout juste conscience de sa mort et du fait que le monde avait continué sans elle ?

« Qu'y avait-il avant ? intervint Leila.

— Eh… Eh bien, la semaine dernière, j'ai aidé ma mère à planter cet arbrisseau. À genoux, dans ce qui n'était qu'une petite clairière. » Elle montra un carré de denses buissons mangés par les sauterelles. « Il ne devrait pas être si grand. » Elle embrassa d'un geste la flore autour d'eux. « Rien de tout ceci ne devrait exister, et tous ceux qui devraient être ici ne le sont plus. Tout a changé, mais je suis toujours la même. »

Elle eut un rire sans joie. Idir s'agita de nouveau, et Malik se demanda comment il percevait cette étrange rencontre avec sa descendante à travers toutes ces strates de temps et de mort. Un nouveau pressentiment étreignit Malik, mais il choisit de l'ignorer. Même en connaissant la nature de la princesse, l'idée de la laisser seule avec son désespoir lui était insupportable.

Il pouvait cependant faire pour elle une chose dont lui seul était capable.

« Pouvez-vous me décrire avec exactitude le jardin tel que vous vous en souvenez ? » dit-il, et il sentit la magie s'échauffer dans ses veines.

Hanane le considéra longtemps en silence avant de prendre la parole : « Cet espace était entièrement vide, à l'exception de la fontaine.

— Cet espace était entièrement vide, à l'exception de la fontaine », répéta Malik, et en un instant, il le fut. Hanane écarquilla les yeux en voyant la magie prendre possession de la clairière et la remodeler telle qu'elle la connaissait. « Je ne peux pas vous rendre ce que vous avez perdu, mais je peux le recréer, au moins pour un moment. Que vous rappelez-vous d'autre ?

— Les lys sur ce treillis étaient des iris. Et le mur sud était jaune, pas vert. »

Petit à petit, la magie de Malik ramena les souvenirs de Hanane à la vie. Son monde ressemblait au décor d'un conte de fées : une jeune reine au pouvoir immense, un roi attentif aux moindres désirs de sa femme et de ses enfants, une princesse qui avait tout ce qu'elle pouvait désirer à portée de main. Malik n'ignorait pas que l'histoire se terminait en tragédie, mais il était impossible de ne pas se laisser emporter par la vision décadente de Hanane.

« Le jour de mon seizième anniversaire, ma mère a fait venir des danseurs, dit-elle, et elle poussa un cri de ravissement quand ces derniers apparurent autour de la fontaine et qu'ils se mirent à tourbillonner dans leurs soies colorées. Et comme Baba adorait la musique, Mère s'assurait qu'il y en avait en permanence. Jour et nuit, des notes résonnaient partout dans le palais. »

Hanane fredonna une mélodie que Malik amplifia de telle manière qu'on eut l'impression d'entendre une douzaine de musiciens la reprendre. La princesse se mit à danser, évoluant sans effort parmi les festivités imaginaires. Malik et ses sœurs la regardèrent tournoyer et bondir de-ci de-là, chacun de ses mouvements en parfaite harmonie avec l'illusion qui l'environnait.

La mélodie finit par ralentir, et Hanane aussi. Ses épaules auraient dû ployer d'épuisement, mais son corps n'obéissait qu'à la volonté de sa maîtresse. Sa poitrine ne se soulevait pas, ses yeux ne clignaient pas. On aurait dit une poupée, immobile et parfaite, figée pour l'éternité telle qu'elle était au moment de sa mort.

« J'ai toujours aimé danser, souffla-t-elle. Baba disait pour plaisanter que je savais danser avant de savoir marcher. Mais j'étais incapable de chanter ou de jouer d'un instrument comme lui ou Karina. Ma sœur prétendait qu'un phacochère agonisant chantait mieux que moi. Même toute petite, c'était une vraie teigne ! » Le rire de Hanane s'interrompit net. Elle se tourna vers Malik. « Crée-la pour moi.

— K… Karina ? fit Malik en perdant de son assurance.

— Oui. Quand je pense à elle, je la vois toujours enfant. Mais c'est maintenant une adulte. Je l'ai aperçue durant Solstasia, mais… c'était trop court. » Ses yeux brillèrent d'une lueur nostalgique. « J'ai besoin de la voir telle qu'elle est aujourd'hui. S'il te plaît. »

Pour tout autre, Malik aurait refusé, mais il songea à ce que cela devait être de manquer dix années de la vie de sa sœur, et il se lança dans l'illusion.

« Les cheveux de Karina sont quelques teintes plus sombres que les vôtres, mais quand même assez lumineux pour qu'on les dise argent, commença-t-il. Et ses yeux… ils vous aspirent. Quand elle vous regarde… Quoi que vous pensiez de vous-même, vous savez qu'elle vous voit comme vous aimeriez être vu. Est-ce que ça vous aide ? »

Malik tourna les yeux vers Hanane, mais l'attention de la princesse était ailleurs, sur la silhouette de Karina qui se tenait devant elle.

C'était une illusion. Malik le savait puisqu'il l'avait *créée*. Mais cela n'empêcha pas son cœur de s'emballer quand la fausse

Karina inclina la tête sur le côté et le dévisagea avec une telle expression de désir que sa bouche s'assécha. Hanane regarda l'illusion, puis lui, puis de nouveau l'illusion. La compréhension lui écarquilla les yeux.

« Malik, es-tu amoureux de ma sœur ? »

Sans un mot, Malik coupa le filament de nkra qui le connectait à l'illusion. Celle-ci disparut instantanément. Les joues écarlates, il pivota sur ses talons et s'éloigna furieusement.

« Attends ! s'écria Hanane en courant après lui. Je ne voulais pas t'embarrasser...

— Je ne veux pas parler de ça. » Stupide, stupide... Comment pouvait-il être si stupide ? C'était une chose de nourrir des fantasmes en secret, mais quelle idée avait-il eue de les laisser voir à la sœur de Karina, elle entre tous ?

« Je t'en prie, ne pars pas ! » s'exclama Hanane en lui saisissant le poignet.

Un froid fulgurant lui remonta le long du bras. Il se dégagea avec un cri de douleur. Hanane recula immédiatement.

« P... Pardon, sanglota-t-elle. Je ne... Il m'arrive parfois d'oublier ce que je suis. »

La princesse se mit à trembler. Malgré la douleur dans son bras, Malik s'efforça de chasser le dégoût de son visage.

« Ça va, dit-il en ramenant ses doigts gelés contre sa poitrine. Je n'aurais pas dû m'énerver contre vous. C'est juste que ma relation avec Karina est... compliquée. »

Hanane hocha la tête, et plutôt que de se moquer de sa toquade idiote, elle sembla simplement soulagée qu'il ne l'ait pas abandonnée.

« Vous pensez qu'elle a vraiment... fait toutes ces choses dont Farid l'accuse ? demanda-t-il.

— Je voudrais croire que non, mais... elle a causé notre mort, à mon père et à moi, quand elle n'était encore qu'une enfant.

Qui peut affirmer qu'elle ne serait pas capable de tuer notre mère, même par accident ? » Hanane déglutit péniblement. « Elle a disparu. Tout le monde a disparu, et je suis encore là. » Sa voix se serra sur les larmes qu'elle ne versait pas. « Pourquoi ?

— Vous êtes là grâce à Farid », dit-il. Ses doigts étaient encore raides du contact de la princesse. « Il tient beaucoup à vous. »

Hanane baissa les yeux et laissa ses épaules s'affaisser. « J'aurai toujours Farid », murmura-t-elle.

Un silence inconfortable s'installa dans le jardin à l'agonie, jusqu'à ce que Leila le rompe : « Demain, nous partons pour la Ville basse. Vous devriez venir avec nous. Ainsi vous verrez ce qu'est devenue votre cité. »

La princesse se mordit la lèvre. « Farid ne veut pas que je quitte le palais avant que les fléaux ne se soient calmés.

— Farid est votre gardien ? Il vous promène vraiment avec un collier et une laisse, comme le dit la rumeur ? »

Malik grimaça, craignant que Hanane ne punisse sa sœur pour son effronterie, mais la princesse se contenta de la dévisager, les yeux ronds comme des soucoupes. « On vous a donné quelque chose d'unique au monde – une deuxième vie. Ne la gâchez pas en laissant quiconque vous dire ce que vous devez en faire. »

La princesse Hanane baissa la tête et, pendant un long moment, on n'entendit que le bruissement des arbres de sa mère. Mais quand elle releva le menton, Malik vit pour la première fois la reine qu'on l'avait destinée à devenir.

« Certains courtisans ont été décapités pour moins que ça, dit-elle. Mais plutôt que de vous punir, je vous ordonne de m'emmener. Je veux voir ma ville de mes propres yeux. »

14

Karina

Karina ne voulait pas penser au fait que son ancêtre avait vécu parmi ceux qu'elle massacrerait un jour.

Elle ne voulait pas penser à l'étincelle de magie de Malik qui subsistait en elle, ni à la sienne qui subsistait en lui, ni à sa peau qui s'enflammait chaque fois qu'il la touchait, alors même qu'elle ne lui faisait toujours pas confiance.

Et elle ne voulait surtout pas penser au fait que le moindre faux pas la précipiterait au bas de cette falaise.

« Allez, Karina ! Vous êtes presque à la moitié ! » l'encouragea Afua. Facile à dire pour elle qui se trouvait déjà avec Ife et Caracal au fond de la gorge. Karina n'avait jamais eu peur du vide, mais un seul regard au gouffre qui s'ouvrait sous ses pieds lui ôtait tout courage. Peut-être était-ce sa punition pour avoir volé un bébé.

Mais selon Caracal, on entrait dans la Cité des Voleurs par ce canyon. Elle n'avait d'autre choix que de descendre.

Les pierres vacillèrent dangereusement sous son pied gauche quand elle souleva le droit, aussi le reposa-t-elle immédiatement et se plaqua-t-elle contre la paroi.

« Dépêchez-vous, je n'ai pas envie de mourir de vieillesse en vous attendant ! aboya Caracal.

— Essayez de ne pas regarder tous ces rochers escarpés en contrebas », cria Ife.

Karina ravala un grognement. « Merci, Ife !

— Je vous en prie ! »

Karina prit une profonde inspiration et tendit la jambe gauche vers la saillie suivante. Encore un petit peu, elle était si proche…

La terre et le ciel basculèrent sens dessus dessous. La prise à laquelle elle s'accrochait s'était détachée de la paroi, et Karina tombait à pic dans la gorge. Et voilà… Après avoir survécu à l'enfer, à un serpopard et à un coup d'État, elle allait mourir stupidement sur ces rochers.

Mais les stupides rochers n'arrivèrent jamais, car un coussin d'air géant arrêta violemment sa chute à quelques mètres du sol. Les pouvoirs de Caracal déposèrent délicatement une Karina abasourdie aux pieds de ses compagnons. Le mercenaire lui jeta le regard apitoyé qu'il devait réserver à ceux qui s'étaient battus contre un chaton et avaient perdu.

« Félicitations, vous avez failli devenir la première zawenjie Vent-alignée de l'histoire de Sonande à mourir d'une *chute*. Avez-vous oublié que nous avons le contrôle de l'air et du vent ? »

L'embarras submergea Karina, mais comme elle ne pouvait décemment pas envoyer se faire voir l'homme qui venait de lui sauver la vie, elle se concentra sur leur environnement.

Autour d'eux se dressaient les murs abrupts du canyon de la Dent du Requin, une faille de plusieurs centaines de kilomètres qui balafrait le désert du nord au sud. À l'endroit où ils se tenaient, environ trois kilomètres séparaient les deux parois, mais à certains autres, la largeur se réduisait à quelques mètres. Karina aurait largement préféré ce type de configuration, mais

Caracal avait été clair : s'ils voulaient trouver Balotho, la Cité des Voleurs – et, plus important, le seul lieu où ils pourraient obtenir des informations sur le gardien de Doro Lekke –, c'était par là qu'il fallait passer.

« Restez prudents, avertit Caracal. Nous sommes sur le point d'entrer dans le bouge le plus infâme et le plus misérable à porter le nom de ville dans tout Sonande. Gardez votre argent en lieu sûr et vos armes à portée de main. »

Ils longèrent des falaises découpées et des sentiers rocailleux durant des heures, puis Caracal les fit s'arrêter devant un petit ruisseau cascadant à la surface des pierres. L'ancienne Sentinelle siffla avant de frapper trois coups contre la paroi brute. « Je sais que vous êtes là, vieux roublards. Montrez-vous. »

Un couteau vola vers le visage de Caracal, dont la joue s'orna d'une estafilade. Karina mit Afua à l'abri derrière elle tandis qu'une douzaine de silhouettes apparaissaient autour d'eux, arcs bandés et pointés sur leur petit groupe. Leur chef semblait être un vieil homme vêtu d'un patchwork de couvertures aux couleurs vives et montant la chamelle la plus âgée que Karina ait jamais vue. Le visage de l'homme et la gueule de l'animal étaient si ridés qu'il était difficile de les distinguer l'un de l'autre.

Caracal adressa au premier un sourire dans lequel se lisait son charme habituel malgré le sang qui coulait de sa joue. « Ça fait un bail, Nzima. Tu ne me reconnais pas ? »

Nzima haussa exagérément ses sourcils fournis, révélant deux yeux perçants. « Non, impossible… Caracal ? C'est toi ?

— En chair et en os. Je sais qu'on s'est quittés en mauvais termes, mais… »

Avec une rapidité telle que Karina eut du mal à le suivre du regard, le vieil homme plongea vers Caracal, le contourna et plaqua ses lames jumelles contre son cou. L'ancienne Sentinelle laissa échapper un grognement quand l'autre lui envoya un coup de genou dans les reins et lui tira la tête en arrière par ses locks.

« Je croyais t'avoir dit que si tu te repointais un jour dans ma ville, je t'arracherais les membres un par un et les filerais à bouffer à Lolo », cracha Nzima. La chamelle, que Karina supposa être Lolo, continua placidement de ruminer son herbe, comme si ce spectacle n'avait rien d'inhabituel.

« Si c'est à cause de ce qui est arrivé à ton fils, je ne l'ai pas *obligé* à quitter son mari…

— Tu as détruit ma famille, espèce d'ingrat ! »

Si le vieil homme arquait davantage la colonne vertébrale de Caracal, il allait la briser, et après cela, qui escorterait Karina à Doro Lekke ? Davantage par intérêt personnel que par compassion pour le mercenaire, elle s'avança d'un pas et s'exclama : « Nous invoquons le code des voleurs ! »

Les autres se tendirent autour d'elle, et le froncement de sourcils de l'ancêtre s'accentua. Certains prétendaient que le code des voleurs était un mythe, mais elle ne voyait pas d'autre option qui n'implique pas l'utilisation de ses pouvoirs.

« Vous avez sûrement entendu parler du coup d'État à Ziran et du fait que la famille royale pratiquait la magie dans le plus grand secret ? C'était le chaos. Des voisins en sont venus aux mains, des sœurs se sont retournées les unes contre les autres, des accusations de sorcellerie ont fleuri dans tous les sens. On a dû partir parce que je ne suis peut-être pas une sorcière, mais j'ai des choses à cacher, comme tout le monde à Balotho. N'est-ce pas la raison même de l'existence de cette ville ? N'est-ce pas un refuge pour tous ceux qui vivent en marge et que le monde ignore ? »

Une goutte de sueur dévala l'épine dorsale de Karina sous le regard scrutateur de Nzima, dont les yeux s'arrêtèrent sur sa chevelure couverte et sur le symbole Vent-aligné qu'elle dissimulait au creux de sa paume.

Le vieil homme relâcha enfin Caracal, qui reprit péniblement sa respiration en chancelant. Son assaillant remonta sur le dos de sa chamelle.

« Nous, peuple de Balotho, adhérons au code des voleurs, comme nos ancêtres avant nous et les leurs avant eux. Tant que vous vous trouvez entre nos murs, vous devez aussi vous y conformer, commanda Nzima. Ici, nous protégeons les innocents et les coupables de la même façon, et nous rejetons tous ceux qui leur voudraient du mal. Donnez-nous vos armes ou personne n'entre. »

Karina, Afua et Ife lui remirent les quelques couteaux qu'iels avaient sur elleux. Caracal lui tendit les épées jumelles attachées dans son dos, et tous le dévisagèrent. Avec un soupir frustré, il lui abandonna les multiples lames sanglées à ses poignets et à ses chevilles.

« C'est tout, je vous jure que... », commença-t-il, mais Nzima le fouilla et sortit encore plusieurs dagues, un garrot enroulé, quatre fioles de poison, une lame de rasoir que l'ancienne Sentinelle faisait passer pour une amulette de protection, un ensemble complet de crochets et une arbalète miniature qui tenait parfaitement dans sa paume.

« Maintenant, j'ai l'impression d'être à poil », maugréa Caracal.

Nzima leur fit signe de le suivre en ne s'écartant sous aucun prétexte du chemin tracé par Lolo.

Quoique Karina déteste l'idée qu'il n'y ait entre elle et une chute de plusieurs centaines de mètres qu'une chamelle à moitié morte répondant au nom de Lolo, elle se rangea sagement derrière les autres, et leur groupe entra en une réticente file indienne dans la Cité des Voleurs.

Karina comprit rapidement comment Balotho avait réussi à échapper à toute détection pendant si longtemps – la ville n'était pas cachée dans le canyon de la Dent du Requin, elle *était* la Dent du Requin. Les voleurs avaient bâti leurs maisons à l'intérieur des parois rocheuses, et les voies qui les reliaient entre elles étaient pratiquement invisibles à l'œil nu. Lolo leur fit emprunter des chemins accidentés à peine assez larges pour y poser le pied et des passages entre de gros rochers en position si précaire que l'envol d'un papillon aurait suffi à les faire s'ébouler au fond de la gorge. Et dans ce décor se tissait la Cité des Voleurs.

Elle semblait tout droit sortie de l'imagination d'un criminel. Des marchands vendaient à la criée des armes d'aussi bonne qualité que celles des armureries de Ksar Alahari, tandis que d'autres proposaient des poisons, des remèdes et toutes sortes de substances illégales altérant le corps ou l'esprit. Quelqu'un avait emprisonné une douzaine de sauterelles dans un petit sac et prétendait qu'il suffisait de les tremper dans une infusion de feuilles étoiles et d'huile de margousier pour voir l'avenir.

Des yeux avides suivaient Karina et ses compagnons partout où ils allaient. De fines cicatrices ourlaient le front des mercenaires, une pour chaque personne qu'ils avaient tuée. Un seul faux pas, et eux-mêmes viendraient grossir le nombre de ces balafres.

Malgré l'atmosphère de danger qui planait sur la ville, un certain ordre y régnait. Le code des voleurs avait force de loi, et tant qu'ils le respecteraient, ils ne risqueraient rien.

« Quelle est votre histoire avec ce lieu ? » demanda Karina à voix basse alors qu'ils passaient devant un ring improvisé où deux gbahalis écailleux se battaient à mort devant une foule enthousiaste.

Une curieuse expression traversa le visage de Caracal. « Il y a peu d'endroits à Sonande prêts à accueillir une Sentinelle en cavale. Balotho est l'un d'eux, répondit-il.

— J'ai trouvé ce garçon qui délirait au bord du précipice il y a dix ans, grommela Nzima sous ses couvertures. Je l'ai ramené ici par pure bonté d'âme, et qu'est-ce qu'il a fait ? Il a saboté le mariage de mon fils !

— Est-ce que tu me croirais si je te disais que je suis profondément désolé pour ce que j'ai fait ?

— Absolument pas.

— Tant mieux, parce que je ne le suis pas. »

Pendant que Caracal et Nzima continuaient de se chamailler, Karina médita cette nouvelle information. Caracal semblait avoir à peine moins de 30 ans ; il devait donc avoir à peu près le même âge que Karina quand il avait déserté. La commandante Hamidou, la plus puissante Sentinelle que Karina ait jamais connue, avait eu besoin de l'aide d'Afua pour se défaire de son conditionnement magique, et pourtant Caracal avait réussi une telle prouesse tout seul, s'était enfui dans le désert et était parvenu à atteindre la sécurité. Devoir compter sur ses seuls talents pour survivre durant tout ce temps avait dû être terriblement effrayant.

« Bon, laissons ça de côté pour l'instant. Qu'est-ce qui a changé depuis ma dernière visite ? demanda Caracal.

— Pas grand-chose. La demande de toniques contre les sauterelles a explosé, alors préparez-vous à payer une coquette somme, si c'est ce que vous voulez. Oh, et une rebouteuse itinérante s'est installée au nord de la ville. Elle se fait appeler Maame Petites Griffes. »

Maame Petites Griffes ? Voilà qui n'augurait rien de bon. « Quel genre de rebouteuse est-elle ?

— Je n'y suis pas encore allé, alors je ne suis sûr de rien. Mais d'après ce que j'ai entendu dire, elle voit votre avenir juste en vous touchant la main, et elle a des élixirs qui guérissent tous les maux, physiques ou spirituels. »

Quand ils atteignirent enfin le centre de la ville, Nzima reprit : « C'est ici que je vous quitte. N'oubliez pas le code. Et toi… » Il pointa un doigt sur la poitrine de Caracal, qui affichait un air angélique. « Reste éloigné de mon fils. »

Une fois son guide parti, le groupe se sépara en deux et se donna rendez-vous au même endroit une heure plus tard. Karina et Afua partirent vers le nord, serrées l'une contre l'autre pour assurer leur sécurité.

« Que penses-tu de cet endroit ? souffla Karina.

— Je crois que nous pouvons tout trouver ici, si nous sommes prêtes à y mettre le prix. » La fillette frissonna. « Mais cette rebouteuse ne me dit rien qui vaille. Comme par hasard elle est arrivée à peu près en même temps que nous.

— C'est peut-être une zawenjie ?

— La divination est clairement un truc d'ulraji. Enfin, si ce n'est pas une arnaqueuse. »

À Sonande, ceux qui se prétendaient capables de communier avec les esprits ou de vous dire la bonne aventure étaient légion. Mais maintenant que tout le monde savait que la magie existait, même les affirmations les plus absurdes devaient être prises en considération. S'il y avait ne serait-ce qu'une petite chance que cette Maame Petites Griffes sache quelque chose qui les mettrait sur la piste de Doro Lekke, cela valait la peine d'aller la voir. Karina était prête à tout essayer si cela lui permettait de sauver Sonande sans y laisser la vie.

Elles finirent par trouver la demeure de la rebouteuse au bout d'une longue file de gens qui attendaient de la voir. La partie centrale du bâtiment reposait sur plusieurs pilotis en équilibre précaire au-dessus du sol du canyon. Des panaches de fumée colorée s'échappaient des fenêtres, tour à tour jaune moutarde, bleu marine, fuchsia… Des notes de musique et des éclats de rire en sortaient également, et Karina regretta douloureusement

Le Phoque dansant et les autres établissements musicaux qu'elle avait fréquentés à Ziran.

Cependant, leur espoir d'entrer avec désinvolture et de demander audience à Maame Petites Griffes mourut lorsqu'elles virent les gardes aux cous épais qui encadraient l'entrée et refoulaient tous ceux qui n'avaient pas déjà une invitation. Quand, au bout de plusieurs minutes d'observation, il leur apparut clairement qu'il n'y avait aucun moyen de s'y introduire sans un sésame ou une confrontation avec les gardes, Karina et Afua firent demi-tour – et se retrouvèrent au milieu d'une bagarre.

« Monstre ! Sorcière ! »

Celle qui portait ces accusations serrait les poings, prenant à partie une femme plus jeune au nez ensanglanté, à genoux par terre.

« Si mes enfants meurent de faim à cause de toi, je te tuerai de mes mains ! vociféra la première, et s'il n'y avait eu plusieurs personnes pour la retenir, elle aurait mis sa menace à exécution sur-le-champ.

— Qu'est-ce qui se passe ? demanda Karina au badaud le plus proche.

— Elles sont voisines. Morowa, la plus âgée, prétend que depuis qu'Elinam, la plus jeune, travaille pour Maame Petites Griffes, sa famille est tombée malade, et qu'aujourd'hui elle l'a vue jeter un sort sur son champ pour y attirer plus de sauterelles.

— Tu racontes n'importe quoi ! » s'écria Elinam.

Morowa échappa aux bras qui la contraignaient et la griffa au visage. « Sorcière ! Je te tuerai moi-même ! »

Une vieillarde s'avança et utilisa sa canne pour les séparer. « Allons, Morowa, une femme de ton âge ne devrait pas s'abaisser à ce genre de comportement. Si Elinam est vraiment ce que tu prétends qu'elle est, alors les dieux nous le diront. Qu'on m'apporte une poule. »

Un petit enfant s'avança en courant et tendit à la juge une poule d'un vert vif. Quand elle l'eut en main, elle déclara : « Si Elinam coupe la tête de cette poule et que celle-ci meurt, alors nous saurons qu'elle est innocente. Mais si elle lui coupe la tête et que l'animal continue de marcher, alors c'est qu'elle est une sorcière, et nous serons par conséquent débarrassés d'elle. »

La méfiance des Sonandiens pour le surnaturel était profonde, mais on était là à un niveau de superstition que Karina avait du mal à concevoir. Le destin de cette femme allait vraiment se jouer sur un cadavre de poule ?

La juge remit l'oiseau et un couteau à Elinam. « Si tu es aussi innocente que tu le dis, alors tu n'as rien à craindre. »

Elinam trancha promptement le cou de l'animal et laissa tomber le corps par terre où il tressaillit une fois, deux fois sous les yeux de la foule interdite. L'horreur envahit les traits d'Elinam, mais avant que le volatile puisse se relever, Karina entra dans le cercle et jeta ses bras autour de la malheureuse.

« Elinam, te voilà ! Je t'ai cherchée partout, ma cousine adorée ! » À l'oreille de la fille, elle souffla : « Jouez le jeu si vous ne voulez pas mourir.

— Je... je suis là ! Bonjour, cousine ! » couina Elinam avec un manque de conviction rarement égalé. Cette diversion permit cependant à Afua d'utiliser sa magie pour sectionner la moelle épinière de la poule en toute discrétion. Karina ne lâcha Elinam qu'une fois le corps de l'oiseau complètement immobile.

« Je suis venue de loin pour te voir, alors imagine ma surprise quand j'ai entendu dire qu'on t'accusait de sorcellerie ! Cet animal est mort, ça ne fait aucun doute, alors je pense que nous pouvons tous reprendre le cours de nos activités. »

Des envies de meurtre brillaient toujours dans les yeux de Morowa, mais selon leurs propres règles, Elinam avait réussi l'épreuve. La foule se dispersa rapidement, et la fille s'effondra de soulagement contre Karina.

« Merci mille fois… Si vous n'aviez pas été là, je ne sais pas… » La fin de sa phrase se transforma en sanglots. Karina lui donna de petites tapes dans le dos.

« N'y pensez plus. De plus, cette tradition est ridicule. Si vous étiez vraiment assez puissante pour détruire un champ, rien ne vous aurait empêchée de truquer le procès en tuant proprement cette poule, n'est-ce pas ? » Karina ne mentionna pas la véritable raison de son intervention, motivée par la culpabilité d'être elle-même exactement le genre de sorcière dont ces villageois devraient avoir peur. « Les gens sont parfois tellement paniqués qu'ils ne se rendent pas compte que leur réaction est pire que ce qu'ils craignaient en premier lieu.

— Tout ça, c'est la faute de la princesse Karina, dit Elinam en reniflant, et Karina dut prendre sur elle pour ne rien laisser paraître de ses émotions. Depuis qu'on sait que la famille royale abritait une sorcière, tout le monde voit des sorcières partout. Il paraît que c'est elle qui nous a envoyé les sauterelles, pour punir Sonande.

— Ne vous inquiétez, nous haïssons la princesse Karina autant que vous. C'est la pire de toutes », affirma Caracal. Ife et lui étaient apparus derrière leurs deux compagnes de voyage durant l'altercation.

« Je suis bien d'accord, la pire de toutes, répéta Karina entre ses dents serrées.

— Et vous, voyageurs ? demanda la fille. Qu'est-ce qui vous amène chez nous ? »

Il ne semblait pas très avisé de lui avouer qu'ils étaient en quête d'informations sur la magie après ce que venait de traverser Elinam, aussi Karina dit-elle : « Nous voudrions en savoir plus sur Maame Petites Griffes. Sauriez-vous comment faire pour obtenir une audience avec elle ? »

Les yeux d'Elinam s'éclairèrent. « Je ne peux pas vous promettre une audience, mais je peux vous faire entrer. Venez. »

Ils suivirent Elinam jusqu'au début de la file d'attente. La jeune femme se dirigea droit vers les gardes en armes et dit : « Pas d'inquiétude, ils sont avec moi. »

Les deux hommes leur jetèrent un rapide coup d'œil et hochèrent la tête, puis l'un d'eux tira le rideau d'un grand geste. Un fracas de percussions et un nuage de fumée rose s'échappèrent de la porte.

« Bienvenue au dispensaire de Maame Petites Griffes. Soyez prudents et n'oubliez pas que seuls ceux qui sont prêts à ouvrir leur cœur peuvent recevoir ce qu'elle a à offrir. »

Avant que Karina ne puisse lui demander ce qu'il voulait dire, la porte claqua derrière eux.

15

Malik

C'était une très mauvaise idée. Et Malik le savait. À peu près chacune de celles qu'il avait eues depuis son arrivée à Ziran avait été pire que la précédente, et celle-ci ne faisait pas exception.

« On va se faire prendre, murmura-t-il à Leila.

— Seulement si tu fais ta tête de coupable ! souffla-t-elle en retour. Il y a une garde droit devant. Reste calme et suis le plan. »

Rien n'énervait davantage Malik que de s'entendre dire de rester calme. Il s'approcha néanmoins de la femme qui veillait sur l'entrée principale de Ksar Alahari.

« Ouvrez la porte. J'ai à faire dans la Ville basse », dit-il d'une voix étonnamment ferme. La factionnaire fronça les sourcils.

« Désolée, champion Adil – je veux dire, champion Malik –, j'ai des ordres stricts : nul n'est autorisé à entrer ou sortir du palais sans autorisation », dit-elle.

Malik se demanda comment Karina gérerait cette situation et toisa son interlocutrice d'un regard hautain. « Alors vous serez heureuse de savoir que j'ai une autorisation signée de la main de Mwale Farid lui-même. »

Et il lui tendit la note de Farid leur donnant la permission à lui, ses sœurs et l'assistant de leur choix de quitter l'enceinte du palais. La femme la parcourut rapidement des yeux, puis elle passa leur petit groupe en revue en s'attardant sur la servante qui les accompagnait. Hanane prit une inspiration étouffée, mais garda les yeux baissés sous la capuche de son uniforme de domestique.

L'autre hocha finalement la tête et ordonna l'ouverture de la porte. « Soyez prudent, champion Malik. »

Ce n'est qu'une fois qu'ils eurent franchi les Doigts de la veuve, le pont qui reliait la Vieille Ville de Ziran à la Ville basse, que Malik se sentit libre de respirer de nouveau. « Je n'en reviens pas qu'on ait fait une chose pareille ! grogna-t-il. Farid va être furieux.

— Farid survivra, dit Leila. Et puis, regarde-la. Quitter le palais lui a fait le plus grand bien. »

En effet, Hanane s'animait à mesure qu'ils s'éloignaient de Ksar Alahari. Nadia et elle couraient devant eux en riant. Malik ignorait ce qui attirait tant sa petite sœur chez Hanane, mais à les voir galoper main dans la main à travers les rues de la cité et s'émerveiller de tout ce qui les entourait, il lui sembla que Nadia avait enfin retrouvé sa joie de vivre perdue dans le monde des esprits. Et, comme dans le jardin, le contact de la princesse ne lui causait aucun désagrément.

« Ravi de voir qu'elles s'entendent si bien, grinça Malik, et Leila lui donna un petit coup de poing dans l'épaule.

— Est-ce que quelqu'un serait jaloux de ne plus être le préféré de Nadia ? se moqua-t-elle, et Malik se demanda s'il ne serait pas plus simple d'être un enfant unique. Ne le prends pas pour toi ; les enfants passent leur temps à changer de jouets.

Et puis, Nadia est à peu près de l'âge que Karina avait quand Hanane est morte. Si ça leur fait du bien à toutes les deux, laisse-les s'amuser. »

Malik n'avait pas pensé à ça, et il s'en voulut de jalouser quelqu'un qui avait souffert autant que Hanane. Ils avaient bien fait de lui permettre de s'échapper quelques heures du palais où elle revivait sa mort à chaque instant.

Pour autant, ça ne voulait pas dire que cette aventure était sans danger. Partout où leur regard se posait, la dévastation des sauterelles était manifeste. Les maisons abandonnées par leurs occupants terrifiés avaient été mises à sac. Des animaux d'élevage couverts de plaies dues aux morsures des insectes tournaient vers eux des yeux bruns maladifs. Il régnait une atmosphère de désespoir née de la prise de conscience collective qu'il se passait quelque chose d'affreux contre lequel personne ne pouvait rien.

C'était à cela qu'avait ressemblé son pays quand Malik et sa famille l'avaient quitté, au plus fort des guerres claniques. Lui-même n'était peut-être pas zirani, mais ces gens ne méritaient pas de souffrir de la sorte. Il devait trouver le sceptre et la flûte, son seul moyen de contribuer à mettre fin à ces horreurs. Il adressa une prière à Adanko pour que l'information dont il avait besoin se trouve quelque part dans l'université.

Si loin de l'enceinte protectrice de Ksar Alahari, les enténébrés avaient repris leurs droits et suivaient silencieusement leur petit groupe à travers le dédale des rues. Paradoxalement, Malik était presque content de les voir ; sa vie avait tant changé en si peu de temps que la présence des spectres avait quelque chose de rassurant, pour terrifiants qu'ils soient.

Après avoir accepté que les trois filles restent à l'extérieur de l'université – où l'on reconnaîtrait la princesse à coup sûr –, Malik pénétra sur le campus. Il fit de son mieux pour ne pas fixer du regard les deux tours qui flanquaient le portail, sur lesquelles des étudiants avaient inscrit des milliers de proverbes au fil des années.

On disait qu'une seule pièce de l'université de Ziran contenait plus de connaissances que l'ensemble des bibliothèques de Sonande réunies. Malik comprit immédiatement pourquoi. L'air était imprégné d'un profond sentiment de respect, de l'idée que le savoir accumulé dans ces salles était plus important que toutes les personnes qui en avaient un jour foulé le sol. Des conversations dans plus de langues que Malik n'était capable d'en reconnaître rebondissaient sur les surfaces en marbre. Des érudits vêtus de longues robes arpentaient les coursives supérieures, les bras chargés de livres et de rouleaux.

Il ressentit une pointe de jalousie en dépassant un groupe de jeunes hommes débattant l'hypothèse que les sauterelles étaient la preuve irréfutable de l'existence d'un dieu malveillant. Il aimait à croire qu'il aurait fait des études brillantes, s'il en avait eu l'occasion.

Mais il n'était pas là pour ruminer sur la rareté des opportunités qui se présentaient aux gens comme lui. Il était venu chercher Yaema, qu'il trouva dans la bibliothèque.

En réalité, c'est elle qui le trouva. Alors qu'il s'engageait entre deux rangées d'étagères, elle le percuta de plein fouet, envoyant valser des dizaines de livres au passage.

« Aïe ! Regarde où tu vas, espèce de… Oh, champion Malik ! » La rougeur qui monta aux joues de la jeune fille existait-elle ailleurs que dans l'imagination de Malik ? « Je suis vraiment désolée, je ne vous avais pas vu…

— Revenez ici, Yaema ! rugit une voix dans la direction d'où elle venait. Vous avez trois semaines de retard. Où est votre dissertation ? »

Malik posa son index sur ses lèvres et entraîna Yaema à l'abri de la plus proche étagère. « Il serait dommage que votre professeur ait à vous courir après à travers tout le campus », dit-il tandis qu'une version illusoire de la jeune fille se matérialisait à l'endroit où ils se tenaient juste avant. L'illusion se précipita hors de la bibliothèque, son professeur hurlant quelque chose à propos du respect des dates académiques sur les talons. Une fois qu'ils furent seuls, la vraie Yaema tourna vers lui des yeux émerveillés.

« C'était de la magie, pas vrai ? »

Malik lui sourit en retour. « Oui.

— Qu'est-ce que ça vous fait, quand vous l'utilisez ? » demanda-t-elle hors d'haleine. Personne ne lui avait jamais posé cette question ; Malik n'était même pas certain qu'il existe des mots pour décrire cette sensation.

« C'est comme... Imaginez un ressort qu'on serre au maximum et qu'on relâche d'un coup. Une libération totale. »

La fille poussa un soupir pensif. « Oh, je n'arrive même pas à le concevoir. Si je savais faire ce que vous faites... »

Elle leva les yeux sur lui, et Malik prit brutalement conscience de son souffle sur sa joue, et de la moiteur de ses propres paumes. Il s'écarta d'elle et essuya ses mains sur son pantalon.

N'ai-je pas dit que tu transpirais excessivement, pour un humain ?

Sans daigner répondre à ce commentaire, Malik s'éclaircit la voix et dit : « J'espère que je n'ai rien interrompu d'important. En fait, je vous cherchais. »

Cette fois, Malik fut certain de ne pas avoir imaginé la coloration des joues de la jeune fille. « Moi ? Pourquoi voudriez-vous... Je veux dire, bien sûr ! Je n'ai pas beaucoup de compétences, mais je serais heureuse de pouvoir vous aider.

— Ne vous sous-estimez pas. Tout le monde n'entre pas dans la plus célèbre académie de Sonande », dit Malik, et il le pensait. Il ne savait que trop bien comment il était facile de dénigrer ses propres talents, au point d'oublier tout ce qu'on avait accompli. « Au temple de l'Eau, vous m'avez dit étudier les cultures antiques de Sonande. Je suis à la recherche de deux artefacts kennouans, et j'espérais que vous pourriez m'aider à les localiser. »

La déception se lut sur le visage de Yaema. « J'aimerais bien, mais l'université est censée afficher une neutralité totale en matière de politique. Il est interdit à tout autre qu'un maître d'utiliser nos ressources pour aider un membre de la cour. Si je le faisais, ça me coûterait ma place. »

Malik ne voulait pas que Yaema se fasse virer à cause de lui, mais sa seule autre option serait alors de se replonger dans les souvenirs d'Idir, et il n'était pas certain d'y survivre une seconde fois.

Je ne prétends pas être un spécialiste de vos rituels d'accouplement, mais je sens que cette fille est attirée par toi, dit Idir d'une voix traînante. *Tu as besoin de son aide. Utilise son attirance pour l'obtenir.*

Malik était sur le point de répliquer vertement, mais… il fallait reconnaître que l'idée n'était pas mauvaise. De plus, Farid ne lui avait-il pas fait remarquer que c'était à cause de son manque d'expérience amoureuse qu'il s'était convaincu qu'il y avait quelque chose entre Karina et lui ? Tout le monde flirtait de temps à autre sans conséquence, alors pourquoi ne le pourrait-il pas ?

Ce plan comportait cependant un défaut majeur : Malik aurait été incapable de séduire une femme même si elle avait littéralement grimpé dans son lit.

Il aurait aimé que Tunde soit là. Le champion de l'Eau aurait charmé un léopard en lui offrant sa propre fourrure. Il aurait su exactement quoi faire pour persuader Yaema de l'aider.

Malik refoula sa tristesse, qu'il transforma en un sourire compatissant. Il se baissa pour ramasser un des livres que la jeune femme avait fait tomber.

« Quel dommage », dit-il d'une voix grave.

Comme Tunde. Fais comme lui.

« Je ne crois pas que j'arriverais à dormir en sachant que je vous ai causé le moindre tort. »

En lui rendant le livre, il lui frôla le dos de la main du bout des doigts. Yaema prit une inspiration haletante, et comme elle se laissait faire, il poussa son exploration jusqu'à l'intérieur de son poignet, se rengorgeant des frissons qu'il provoquait chez elle.

« Je ne vous demanderai rien qui vous mette dans une position délicate. Mais l'information dont j'ai besoin est d'une importance primordiale. Je suis sûr que quelqu'un d'aussi intelligent que vous sait où je peux la trouver. »

Il se rapprocha d'elle et sentit de nouveau l'odeur de cuir et d'encre qu'il avait perçue lors de leur première rencontre. De l'index, il releva le menton de Yaema, et elle frissonna de plus belle contre lui. « Bien sûr, je serais heureux de satisfaire vos désirs, si vous me rendez ce service.

— Si je vous aide à trouver ces artefacts, quelqu'un en souffrira ? » dit Yaema dans un souffle. L'image du corps brisé de Karina sur un autel vint à l'esprit de Malik, mais il la chassa.

« Des milliers de personnes seront sauvées. »

Il s'avisa brusquement que s'il posait ses lèvres sur les siennes, elle le laisserait faire. Et à sa grande surprise, il en avait envie. Karina était la seule personne qu'il avait embrassée, et une partie de lui mourait d'envie de savoir si tous les baisers se ressemblaient, ou si c'était son manque d'expérience qui avait rendu celui-ci unique. Il avait eu l'impression que la moindre fibre de son être s'était éveillée à son contact…

Cependant, il s'écarta d'elle. « Évidemment, si vous ne pouvez pas, je comprendrai. »

La déception se lut sur le visage de Yaema, et elle se tordit plusieurs fois les mains avant de serrer les lèvres avec détermination. « Suivez-moi. Il faudra faire vite. »

Comparée à la splendeur de la bibliothèque principale de l'université, la salle d'archives dans laquelle Yaema emmena Malik n'était guère plus qu'un cagibi. Mais l'excitation de la jeune femme était palpable lorsqu'elle se mit à feuilleter certains des documents poussiéreux qui s'y trouvaient.

« Vous cherchez un sceptre et une flûte qui auraient été utilisés lors d'un rituel sacré ? résuma Yaema du haut d'une échelle coulissante appuyée en équilibre instable contre une rangée d'étagères. La flûte, ça ne me dit rien, mais le sceptre était le symbole d'un grand pouvoir à Kennoua. N'importe lequel de ceux qui sont mentionnés dans les archives pharaoniques pourrait être le vôtre.

— Celui-ci est surmonté d'une tête de chacal, précisa Malik. Et fait d'une sorte de cristal vert.

— Probablement de la malachite. Les Kennouans croyaient que les pierres précieuses et fines avaient des propriétés sacrées. Oh, et le chacal était le symbole personnel du pharaon Namra-kha, autrement dit, le sceptre remonterait à la Ve dynastie, environ huit siècles avant la guerre du Pharaon… »

L'après-midi s'étira en longueur pendant que Malik et Yaema examinaient document après document. Elle n'avait pas exagéré sur son expertise – Malik n'avait jamais rencontré personne en sachant autant sur cette société des temps passés, y compris Farid.

« … et ici, un scribe anonyme détaille un sceptre utilisé lors d'un rituel de naissance pour l'une des sœurs du pharaon

Menshaset, mais comme vous pouvez le voir, le motif et le sertissage sont bien trop récents pour appartenir à celui que vous cherchez – je vous ennuie, n'est-ce pas ? » dit-elle, et Malik se redressa d'un bond, mortifié d'avoir été surpris en train de somnoler. Les épaules de Yaema s'affaissèrent. « Pardon, je sais que je parle trop. C'est juste que, avec l'anathème dont la famille royale a frappé Kennoua, il est si rare que je rencontre quelqu'un que ça intéresse.

— Ne vous excusez pas, c'est moi qui vous ai demandé de m'aider ! » dit-il rapidement.

Yaema laissa échapper un rire sans joie. « Vous êtes bien le premier. Ma famille pense que je perds mon temps à étudier tout ça. Mon grand cousin est le seul à m'avoir jamais soutenue, mais il... n'est plus des nôtres. »

Comprenant que cette blessure était encore à vif, Malik posa la main sur la sienne. « Votre travail honore sa mémoire. »

Une expression étrange traversa fugacement le visage de Yaema, mais elle serra la main offerte. Une fois le Rite du Renouveau accompli et tout revenu à la normale, peut-être lui rendrait-il visite dans des circonstances moins dramatiques. Ce n'est pas comme s'il avait des amis en trop, ces jours-ci.

L'image de Khenu et Bahia jouant dans la forêt, des décennies avant la guerre qui changerait le cours de l'histoire, s'imposa à l'esprit de Malik. Il y avait certainement une raison pour que, de tous les souvenirs du Roi sans visage, son inconscient persiste à revenir à celui-ci.

« Encore une question, dit-il lentement. Y a-t-il eu, dans l'histoire kennouane, quelqu'un d'important se prénommant Khenu ?

— C'était un diminutif plutôt courant. Connaissez-vous le nom complet ? »

Khenukahor, lui souffla Idir, et Malik réprima l'envie de lever un sourcil. Alors comme ça l'obosom était maintenant disposé à lui donner un coup de main.

Tu seras peut-être surpris, mais comme toute créature douée de raison, je préférerais éviter la colère de la Grande Mère. Si pour cela je dois t'aider, alors qu'il en soit ainsi.

« Khenukahor. Elle aurait vécu à peu près au même moment que Bahia Alahari, et aurait été membre de l'Ulraji Tel-Ra.

— L'Ulraji Tel-Ra ? Je ne connais pas ce terme. S'agissait-il d'une organisation ? » Malik résuma rapidement le rôle des sorciers auprès de la cour kennouane, et Yaema se mordit de nouveau la lèvre – une expression que Malik reconnaissait maintenant comme le signe qu'elle réfléchissait.

« Toute mention de la sorcellerie kennouane a été détruite par les Alahari. Mais si ce groupe était aussi important aux yeux des pharaons que vous le prétendez, on devrait retrouver sa trace quelque part dans l'une de leurs chroniques nécrologiques. » Après un nouveau passage par l'échelle branlante, Yaema revint avec un rouleau qui semblait prêt à se désintégrer à la moindre erreur de manipulation. « Voici le registre du dernier pharaon, Akhmen-ki. »

On y trouvait un compte rendu de la construction de la nécropole, qui précisait où l'or avait été miné, comment le tombeau grand comme une ville devait être organisé et lesquels des esclaves du pharaon il fallait y mettre. Un meurtre de masse détaillé avec une clarté et une simplicité répugnantes.

Malik arriva à la section décrivant le temple au cœur de la nécropole, qui avait été scellé lors de sa visite. Il abritait le tombeau du pharaon, ainsi que d'autres salles pour son or, son argent, ses armes, ses concubines et ses femmes.

Une petite pièce ne portait aucune inscription et, sous elle, il y en avait une autre affichant une série de glyphes que Malik commençait à bien connaître. Il invoqua la Marque dans sa main afin de comparer les écritures avec celles de la carte.

Elles étaient identiques.

« C'est là que je dois aller », dit-il à voix haute. Sa peau se hérissait de chair de poule à la simple pensée de la ville souterraine, mais une chose était claire : s'il voulait trouver Khenu, et donc le sceptre, il allait devoir retourner à la nécropole.

Malik se confondit en remerciements, rangea le rouleau dans son sac et suivit Yaema jusqu'à la bibliothèque principale. Ils étaient en train de se dire au revoir quand un garçon à l'air renfrogné émergea de derrière une étagère.

« Te voilà, Yaema. Je t'ai apporté l'objet que ta tante demandait... » Il s'interrompit brusquement. Ses yeux s'écarquillèrent de peur quand ils se posèrent sur Malik.

« Vous... », souffla Adewale, et Malik dut se retenir de prendre le frère de Tunde dans ses bras. Quelle que soit la proximité qu'il avait partagée avec Tunde durant la brève période où ils s'étaient connus, il restait un étranger pour sa famille. Il n'avait aucun droit d'imposer son chagrin à ces gens.

Yaema se plaça rapidement entre les deux garçons. « Ta mère a un message pour ma tante, n'est-ce pas ? » Elle prit Adewale par le bras et l'entraîna dans les entrailles de l'université. « Je vous prie d'excuser mon impolitesse, champion Malik, mais ma tante ne tolérera aucun retard. J'espère vous revoir bientôt.

— Oui, bien sûr... », commença-t-il, mais la fille était déjà partie. Malik n'avait pas pensé que la famille de Yaema puisse être d'un rang suffisamment élevé à la cour pour connaître celle de Tunde. Il lui restait beaucoup à apprendre sur la société ziranie.

Il avait hâte de retrouver le soleil de fin d'après-midi après tant d'heures passées dans l'obscurité musquée, mais de gros nuages noirs obscurcissaient le ciel. Il leva les yeux, une boule de terreur au ventre.

Je vais faire trembler la terre du plus profond de ses entrailles jusqu'à ce qu'il n'y ait plus nulle part où quiconque pourra t'entendre parler. Alors tu sauras que nul ne rivalise avec moi.

La fable des Quatre Amis enseignait que la colère de la Grande Mère se traduirait en deuxième lieu par des secousses et des tempêtes, mais elle ne précisait pas quand arriverait le deuxième fléau. De combien de temps disposaient-ils avant que les séismes ne commencent ? Des minutes ? Des heures ? Si loin des murs protecteurs de Ksal Alahari, Malik et ses sœurs feraient à coup sûr partie des premières victimes.

Se maudissant pour avoir oublié un détail d'une telle importance, Malik remonta la rue à toute allure à la recherche de sa famille. Les visages défilèrent devant lui sans qu'il y trouve celui de Leila ou Nadia, alors qu'un roulement de tonnerre menaçant faisait trembler le ciel. Où pouvaient-elles…

« Éloigne-toi de moi, démon ! »

Le cri provenait d'un coin de rue bordé d'un côté par une tannerie, de l'autre par l'échoppe d'un tisserand. Hanane se tenait au centre d'une petite foule, le genou appuyé contre le cou d'un jeune garçon qui se tortillait par terre. Elle avait les lèvres retroussées sur un grognement féroce, et une substance rouge et collante coulait sur son visage et ses locks maintenant exposées. Adanko lui vienne en aide. Était-ce du sang ?

Non, pas du sang… de la teinture. Ce garçon avait jeté de la teinture au visage d'un membre de la famille royale. Des gens s'étaient fait démembrer pour moins que ça, mais la colère de la foule était clairement dirigée vers Hanane plutôt que vers le garçon. Un faux pas, et ce serait l'émeute.

Malik s'avança, préparant déjà l'illusion qui distrairait la foule assez longtemps pour permettre à Hanane de sortir de là sans dommage, quand Leila apparut à son côté et l'attrapa par le bras.

« Laisse-la gérer ça. » Un peu de la teinture avait atterri sur elle ainsi que sur Nadia. Il avait beau savoir que ce n'était pas du sang, Malik se sentit fébrile. « Si elle ne le fait pas, elle ne regagnera jamais sa réputation. »

Hanane planta son genou plus profondément dans le cou du garçon, dont les mains s'agitaient inutilement sur le sol. Elle le toisait comme un lion toise une gazelle à sa merci. Le goût aigre que lui avait laissé leur première rencontre emplit de nouveau la bouche de Malik, et l'espace d'un instant, les traits de la princesse se brouillèrent au point de devenir méconnaissables ; il crut voir des serres, des griffes et des dents avant qu'ils ne reprennent leur place.

Leila fit un pas en avant et lança d'une voix forte : « N'oubliez pas où vous vous trouvez, Votre Altesse. N'oubliez pas qui vous êtes. »

Hanane cligna des yeux, l'air de revenir à elle. L'expression meurtrière quitta son visage, et elle s'écarta de l'enfant. Un homme plus âgé jaillit de la foule pour prendre ce dernier dans ses bras – son père, probablement le tanneur.

« Comment t'appelles-tu, petit ? demanda-t-elle.

— Yao, Votre Altesse, répondit le père.

— Et pourquoi m'as-tu aspergée de teinture, Yao ?

— Parce que mon baba dit que vous êtes un démon, répondit sèchement le garçon. Vous êtes une créature de magie noire, et c'est à cause de vous que les sauterelles ont mangé toute notre nourriture ! »

Les yeux du tanneur se remplirent de terreur, et il se jeta aux pieds de Hanane. « Pardonnez-le, Votre Altesse. Il est jeune, il ne sait pas ce qu'il dit. Je vous en prie, punissez-moi plutôt que lui. »

Hanane considéra l'homme un moment avant de lui tendre la main. « Relevez-vous, je vous en prie. N'allez pas vous salir pour moi. » Elle se tourna ensuite vers le garçon. « Dis-moi, Yao, est-ce que j'ai l'air d'une créature de magie noire ?

— N… Non. Je veux dire… Non, Votre Altesse, se reprit-il.

— Est-ce que je parle comme une créature de magie noire ?

— Non, Votre Altesse.

— Je n'ai en tout cas pas l'impression d'en être une. Tu dis que les sauterelles ont détruit vos réserves de nourriture ? Combien valaient-elles ? »

L'enfant fronça les sourcils, visiblement incapable de chiffrer une telle somme. Son père vint à sa rescousse. « Trois fois rien, Votre Altesse. Des restes sans importance. »

Hanane releva sa manche, ôta l'un de ses bracelets en argent et le tendit à l'homme. « Alors je suppose que ceci suffira à vous dédommager de ces restes sans importance. »

Même de là où il se trouvait, Malik pouvait estimer que cette seule pièce de joaillerie royale valait plus que tous les produits du souk réunis, ainsi que quelques autres. De gratitude, l'homme se mit à bégayer des propos incohérents, mais Hanane leva la main pour l'arrêter. « Mais cela ne règle pas la question de la punition. Ça ne se fait pas de jeter de la teinture sur quelqu'un, princesse ou non, et votre fils va devoir affronter les conséquences de ses actes. »

L'enfant tressaillit, mais Hanane se contenta de tremper le doigt dans la teinture qui maculait le devant de sa tunique et de l'étaler sur le visage apeuré. « Voilà, maintenant nous sommes quittes. »

Yao releva des yeux perplexes sur la princesse avant d'éclater de rire. La colère ambiante retomba, et la foule observait maintenant Hanane avec curiosité, à défaut de confiance. La fille aînée de la sultane se redressa et fit face à son peuple.

« Il s'est dit beaucoup de choses depuis mon retour, mais rien qui sorte de *ma* bouche. Moi aussi, j'ai dû m'adapter à cette nouvelle réalité, où la magie existe à nos côtés. Malheureusement, accaparée par ma transition dans cette seconde vie dont j'ai été bénie, j'ai négligé mes devoirs de future souveraine. Mais c'est terminé. Je vous promets, ici et maintenant, que je me consacrerai dorénavant au bien de Ziran et à rien d'autre. »

Hanane désigna d'un geste Yao et son père, qui contemplaient toujours le bracelet avec émerveillement. « Si vous avez des doléances, je les écouterai. Si vous avez des besoins insurmontables, j'y pourvoirai. Tout ce que je vous demande, c'est de venir à moi avec la générosité et l'ouverture d'esprit qui ont fait de Ziran la plus grande cité de Sonande. »

Le tonnerre gronda au loin, mais Hanane l'ignora et tendit la main vers la foule. « Je dois à présent rentrer au palais. Qui parmi vous souhaite marcher à mes côtés ? »

Yao s'empressa de saisir sa main. « Moi, princesse !

— Moi !

— Moi !

— Moi aussi ! »

Un par un, les Ziranis emboîtèrent le pas à Hanane, qui fit signe à Malik et à ses sœurs de la rejoindre tandis qu'elle s'engageait dans le chemin sinueux qui les ramènerait à Ksar Alahari.

« Qu'est-ce que je t'avais dit ? fit Leila tandis qu'elle, Malik et Nadia observaient la princesse marcher main dans la main avec ces gens qui, quelques minutes plus tôt, étaient résolus à la mettre en pièces. Elle a été élevée pour devenir reine. Ce n'est pas parce que tout le monde la sous-estime que nous devons le faire aussi. »

16

Karina

Elinam s'efforça de leur expliquer à quoi ils devaient s'attendre de la part de Maame Petites Griffes.

« L'établissement de Maame a acquis une réputation imméritée d'antre du péché, alors qu'il s'agit vraiment d'un lieu de guérison, tant spirituel que physique. Ce dont vous faites ici l'expérience vous confronte aux aspects les plus intimes de vous-mêmes afin d'accomplir vos desseins dans l'Au-delà. »

Karina hocha la tête, mais elle était en réalité bien trop distraite pour absorber les paroles d'Elinam. Le rez-de-chaussée de la maison de Maame abritait un salon où des gens des quatre coins de Sonande se prélassaient sur d'épais coussins disposés à même le sol et fumaient de longues pipes reliées à un brasero central. Les ronds de fumée qui dérivaient dans la pièce sentaient vaguement le bois de santal, l'encens et… la lumière des étoiles. Karina ne s'était jamais demandé quelle odeur pouvait avoir une étoile, mais elle était certaine que c'était ça.

« Celle-ci sent le cèdre, le cuir et les rêves d'enfant, lança Afua, qui fourrageait déjà dans la petite boîte de fioles à côté du brasero principal, dans l'indifférence béate des fumeurs qui y étaient reliés. Et celui-là la fleur d'oranger, les orchidées et l'amour perdu !

— Auriez-vous par hasard un bar miteux rempli de scélérats de la pire espèce ? demanda Ife.

— Non, mais nous avons une cantine communautaire ouverte à tous. »

La déception se lut sur le visage d'Ife. « Pas vraiment la même chose. »

Malgré les couleurs vives autour d'eux, il régnait une atmosphère de révérence assez semblable à celle qu'on rencontrerait dans un temple. C'était un lieu de culte, pas seulement dédié aux plaisirs du corps, mais aussi à ceux de l'esprit. Karina, à qui l'on avait appris que les soins médicaux se limitaient aux bandages, aux décoctions et aux toniques, était fascinée par ce qu'elle voyait.

Dans la cantine, on dégustait des mets fins qui auraient fait pâlir d'envie même les chefs cuisiniers de Ksar Alahari. Poissons entiers rôtis à la perfection et fourrés d'un mélange d'herbes aromatiques et de champignons. Marmites de soupe bouillonnant avec entrain, dans lesquelles surnageaient d'appétissants morceaux de viande et de délicates boulettes de manioc bouilli. Innombrables casseroles de riz gras accompagné de crevettes et de brochettes. Karina eut du mal à garder sa salive dans sa bouche lorsqu'ils passèrent devant ce festin pour aller saluer la vieille femme qui s'occupait du service.

« Maame Petites Griffes ! Je viens vous présenter de nouveaux visiteurs. Ils m'ont tiré d'un mauvais pas, dehors », dit Elinam. Maame Petites Griffes était étonnamment grande, d'une tête de plus qu'un homme adulte, malgré sa crinière blanche et son visage désabusé. Elle portait un ensemble gris et blanc d'une simplicité confondante, à l'exception d'une tiare constituée de dizaines de minuscules chaînes entrelacées autour de sa tête, maintenues ensemble par un étincelant bijou blanc fixé sur son front. Son ample jupe formait autour d'elle un grand cercle et une traîne cousue de perles qui s'entrechoquaient à chacun de ses mouvements.

« J'espère que ce n'était pas encore cette Morowa. Elle ne cause que des ennuis. » La rebouteuse servit une généreuse louche de soupe d'égousi dans le bol d'un petit garçon et lui ébouriffa les cheveux avant de se tourner vers Karina et ses compagnons. Ses yeux noirs et bienveillants profondément enfoncés dans son visage ridé s'attardèrent une seconde de plus sur Karina. « Et qui avons-nous là ? »

Karina la salua respectueusement à la façon des Ziranis. « Nous venons de très loin vous demander votre aide pour une affaire de la plus haute importance. Si vous voulez bien nous accorder un moment… »

Maame Petites Griffes l'interrompit d'un rire léger. « Mon cœur, dans la maison de Maame, personne ne discute de sujets importants avant de s'être lavé et restauré. Elinam, veille à ce que nos nouveaux amis soient bien installés. »

Karina tenta de protester, mais elle ne put rien faire pour empêcher la rebouteuse de leur fourrer de la nourriture entre les mains avant de partir aider un serveur à porter un énorme panier de banku. Elinam les laissa à une table basse à l'arrière de la salle et leur promit de revenir les voir.

Une fois qu'elle fut partie, Caracal se laissa aller contre son coussin et goba une crevette, queue comprise. « On est tous d'accord pour dire que cet endroit est incroyable, pas vrai ?

— Ne parlez pas la bouche pleine », le gourmanda Karina qui fourrageait déjà dans sa propre assiette. Après des semaines de garri nature et de viande séchée, la cuisine de Maame rivalisait avec la gastronomie royale. Elle jeta un coup d'œil à Ife, dont le visage demeurait fermé. « Qu'est-ce qui ne va pas ? Tu n'as pas faim ?

— Trop de bruit. Trop de gens. » Iel serra les paupières. « J'aime pas ça. J'aime pas ça. J'aime pas ça. »

Caracal regarda son ami·e et se leva. Il aida Ife à faire de même sans lae toucher. « Sortons. Ça devrait aller mieux. » Il ajouta pour Karina et Afua : « Je sais exactement combien de grains de riz il y a dans mon assiette. Ne vous avisez pas d'y laisser traîner vos doigts crasseux si vous voulez les garder. »

Sitôt qu'ils furent partis, Karina subtilisa le plus gros morceau de bœuf du plat de Caracal. « C'est toi notre experte en magie, dit-elle à Afua. Que penses-tu de tout cela ?

— Je sens la magie à l'œuvre, mais elle ne m'a l'air ni zawenjie ni ulrajie, répliqua la fillette entre deux bouchées de brochette. Elle semble... plus ancienne. Et il y a tant de stimuli autour de nous que je n'arrive pas à en localiser la source.

— Doro Lekke a été créée par une magie ancienne. Ça pourrait être la même ?

— Je... Peut-être ? Je n'en sais rien. » Les épaules d'Afua s'affaissèrent. « Je suis désolée. La magie est ma spécialité, mais jusqu'ici je ne vous ai pas été très utile.

— Quoi ? Mais je ne te garde pas avec moi par utilité. » Karina passa le bras autour des épaules de son amie. « Tu es l'une des personnes les plus loyales et les plus généreuses que je connaisse. Je ne voudrais personne d'autre à mes côtés pour partir en quête d'une cité enchantée. »

Afua rayonna, avant de pousser un cri quand Karina en profita pour lui chaparder une de ses brochettes. Lorsque Caracal réapparut, Afua essayait vainement d'empêcher Karina de la mettre tout entière dans sa bouche.

« Ife va un peu mieux, mais iel préfère nous attendre dehors. Les espaces bondés et bruyants comme celui-ci ne lui réussissent pas », déclara l'ancienne Sentinelle. Karina hocha la tête et avala rapidement le reste de son assiette avant de se lever d'un bond.

« On couvrira plus de terrain en se séparant, dit-elle aux deux autres. Retrouvons-nous ici dans une heure pour partager nos découvertes. »

En espérant que la magie sentie par Afua se révèle bénéfique plutôt que l'inverse.

Karina passa de pièce en pièce dans l'espoir de comprendre ce qui fascinait tant de gens chez Maame Petites Griffes. Mais elle ne vit rien d'autre que des gens qui recevaient ou dispensaient des soins, par le toucher, le chant ou parfois simplement la parole. Peut-être ne s'agissait-il en réalité que d'un dispensaire aux méthodes peu orthodoxes, presque hiératiques.

Elle prit distraitement les boissons que les assistants de Maame lui tendaient. Ses pensées s'échauffèrent, dérivèrent dans son esprit comme des nuages cotonneux. Le son ténu d'un cuivre accompagné d'une percussion grave attira son attention. Elle était ici pour une raison d'une extrême importance, mais comment aurait-elle pu s'en soucier alors qu'il y avait tant de beauté autour d'elle ?

Cette musique joyeuse provenait d'un hammam, au centre duquel un bassin produisait des panaches de vapeur rose.

« Oh, vous voici ! J'ai presque terminé, si vous voulez bien m'attendre un instant », dit Elinam qui était en train de masser le ventre d'une femme enceinte avec de l'huile, tout en chantant une prière pour que l'enfant à naître soit vigoureux. La peau de la future mère rayonnait presque littéralement quand la jeune femme lui drapa les épaules d'un peignoir jaune à motifs avant de la diriger vers la pièce suivante pour la suite de son traitement. Enfin, elle se tourna vers Karina. « Merci pour votre patience. Comment vous sentez-vous ?

— Vaporeuse », répondit Karina, car il n'y avait aucun autre mot pour décrire la sensation de légèreté dans sa poitrine, qui lui donnait l'impression qu'elle pourrait flotter indéfiniment dans le ciel.

Elinam rit. « Je n'ai plus d'autre patient pour la soirée. Que diriez-vous d'un bain ? Vous devriez essayer tout ce que Maame Petites Griffes a à offrir avant de passer à l'étape suivante de votre voyage. »

Karina était familière de ce genre de soins, aussi laissa-t-elle l'autre fille la déshabiller et la plonger dans l'eau. La chaleur de celle-ci contre sa peau mise à rude épreuve par leur périple lui fit encore plus de bien que le repas. Elle laissa échapper un gémissement quand Elinam versa un seau entier d'eau de rose sur sa tête, éparpillant ses boucles argent autour d'elle.

« C'est ça, laissez-vous aller, dit la guérisseuse d'une voix en parfaite harmonie avec la mélodie qui pulsait de plus en plus fort dans les veines de Karina. Laissez l'eau emporter tout ce qui vous accable. Lâchez prise sur tout ce qui vous entoure. »

Lâcher prise. Karina avait toujours considéré qu'il s'agissait d'une attitude de couard, mais quel bonheur ce serait de s'abandonner à quelque chose de bien plus grand qu'elle-même, de ne plus avoir à se battre à chaque inspiration et de simplement… être.

Karina renversa la tête en arrière pour apercevoir Elinam entre les volutes de fumée et ses boucles étalées autour d'elle. La jeune femme versait dans l'eau une mixture de différentes huiles. Elle était si belle. Savait-elle à quel point elle était belle ? Quelqu'un devait le lui dire. Karina l'aurait bien fait, mais elle n'arrivait pas à se rappeler comment former les mots.

Elle avait cependant dû parler à voix haute, car Elinam gloussa timidement. « Vous êtes très belle aussi, princesse », répliqua-t-elle, et Karina aurait pu l'embrasser tant l'intimité, la proximité d'une autre personne, lui avait manqué. Cela faisait si longtemps qu'elle n'avait embrassé personne, non, ce n'était pas vrai, elle avait embrassé Malik, et juste avant ça elle avait embrassé Tunde, et pourquoi pensait-elle à Tunde, penser à lui était à l'opposé de ce qu'elle voulait ressentir, elle ne voulait pas penser au fait qu'elle l'avait épousé, qu'elle avait embrassé son ami puis qu'elle l'avait fait tuer, tout ça la même journée, et waouh, cette eau était merveilleuse.

Elle s'avisa qu'Elinam l'avait appelée princesse, et oh, elle n'était pas censée voir ses cheveux, n'est-ce pas, mais c'était trop tard pour ça, car la guérisseuse démêlait délicatement ses boucles argent. Karina poussa un soupir et renvoya la petite sonnette d'alarme au fond de sa tête pour s'abandonner au plaisir d'être chouchoutée. Voilà une des choses de son ancienne vie qui lui manquait.

Puis elle entendit du bruit derrière elle, et une conversation étouffée, avant que les mains ne reviennent s'occuper de ses cheveux. Mais la sensation n'était pas tout à fait la même. S'ajoutait à la douceur une fermeté qui fit frissonner Karina.

« Tout va bien, ma belle, ce n'est que moi, roucoula Maame Petites Griffes. Eh bien, que de tensions dans ton corps. Je n'imagine pas le fardeau qui pèse sur tes si jeunes épaules. »

La bonté dans la voix de la femme lui fit venir les larmes aux yeux. Enfin quelqu'un qui comprenait à quel point sa vie était difficile, malgré les barreaux dorés de sa cage.

« Dis-moi, petite zawenjie, qui t'a parlé de Maame Petites Griffes ? Parmi les millions d'endroits où tu aurais pu aller dans le désert, pourquoi celui-ci ? »

Karina n'aurait pas pu empêcher la vérité de sortir de sa bouche, même si elle l'avait voulu, et malgré la toute petite voix dans sa tête qui lui hurlait de se taire. « Je suis à la recherche de Doro Lekke, le Sanctuaire oublié des zawenjis. C'est un hasard si je suis venue ici. »

Un éclair bleu traversa les yeux de la rebouteuse. Karina gloussa en elle-même. Les yeux de la Hyène faisaient ça, eux aussi.

« Qui d'autre est au courant de mon existence ? » insista la femme, dont les mains n'étaient plus si douces. Mais Karina ne pouvait pas s'en dégager. Il lui était impossible de bouger le moindre muscle. « Qui t'envoie ? Le palais ? Ces fouineuses de prêtresses ?

— P... Personne ne m'envoie ! » Oh non, elle avait mis Maame en colère. Elle devait s'excuser. Mais pourquoi la rebouteuse était-elle si inquiète qu'on la trouve ? Cet endroit devrait être célèbre dans tout Sonande, pas uniquement destiné aux rares chanceux qui tombaient dessus par hasard. Pourquoi Maame Petites Griffes ne voulait-elle pas que tout le monde sache qu'elle était là ?

Et d'ailleurs... pourquoi se faisait-elle appeler Maame Petites Griffes ?

Les muscles de Karina ne répondaient toujours pas, mais elle parvint à incliner la tête de quelques millimètres vers la rebouteuse. Quelque chose ondula sous sa volumineuse jupe.

Des pattes – pas une ni deux, mais des dizaines de membres au bout effilé comme ceux d'un mille-pattes, dont les cliquetements se confondaient avec ceux des perles de la tenue de Maame et le chaos qui régnait autour d'elle.

Les pensées de Karina luttèrent pour se mettre en ordre. Ce n'était pas bon... Ce n'était pas bon parce que... « Vous n'êtes pas humaine », dit-elle dans un souffle, et tout à coup, elle comprit.

Ce n'était pas du tout un dispensaire.

C'était un piège.

Karina essaya de nouveau de se redresser, mais Maame lui attrapa l'épaule d'une poigne si puissante qu'elle lui perfora la peau au niveau de la clavicule. Le visage de la rebouteuse s'ouvrit sur un rictus qui lui révéla plusieurs rangées de dents dégoulinantes de venin.

« Et toi, fille de Bahia Alahari, tu n'aurais pas dû venir ici. »

Avant que Karina puisse seulement crier, Maame Petites Griffes lui mordit le cou, et le monde s'éteignit.

17

Malik

Lorsque Hanane eut atteint les Doigts de la veuve, le vent avait forci au point de faire vaciller sur leurs fondations les immeubles les plus précaires et de souffler des démons hurlants dans les rues déjà vides. Malgré les bourrasques, la procession improvisée accompagna la princesse jusqu'au pont où Farid l'attendait avec un carrosse et une unité complète de Sentinelles.

« Hanane ! » Une lueur frénétique brillait dans les yeux de l'ancien intendant lorsqu'il se précipita à sa rencontre. « J'étais fou d'inquiétude ! Viens vite, tu seras plus en sécurité à l'intérieur. » Aux Sentinelles, il ordonna : « Dispersez la foule et frappez quiconque s'avise de nous suivre.

— Attendez, ne... », commença Hanane, mais Farid la poussa rapidement dans le véhicule. Malik et ses sœurs eurent à peine le temps d'y entrer avant que les Sentinelles n'en ferment la porte à clé. Hanane tenta d'ouvrir la fenêtre grillagée, mais Farid en ferma les volets dans un claquement.

« C'est trop risqué, déclara-t-il, et il tourna un regard plein de mépris vers Malik, qui se fit tout petit. Voudrais-tu m'expliquer pourquoi tu as failli faire tuer la princesse ? »

Malik ouvrit et referma la bouche plusieurs fois, mais aucun mot n'en sortit. Hanane poussa un grognement de frustration.

« C'est moi qui ai obligé Malik à m'emmener. Si tu dois être en colère contre quelqu'un, c'est contre moi.

— Il a désobéi à un ordre direct…

— Seulement parce que je lui ai demandé de le faire ! Ta parole n'a certainement pas plus de poids que celui de la future reine.

— Tu aurais pu te faire tuer…

— Ça ne serait pas la première fois.

— Es-tu si pressée de repasser par là, Hanane ? » cingla Farid d'une voix rauque.

Un silence tendu s'empara du carrosse. La colère de Hanane retomba et, au bout d'un moment, elle posa la main sur la joue de Farid.

« Non, dit-elle d'une voix radoucie. Pas du tout. »

Le corps de Farid sembla se dénouer au contact de la princesse. Pendant plusieurs secondes, il s'y abandonna ; il ressembla davantage à un garçon inquiet qu'à l'homme qui dirigeait Ziran *de facto*.

« Nos espions rapportent qu'il y a dans la ville une faction qui remet en question la légitimité de tes prétentions au trône. Nous ignorons encore qui sont ses chefs, mais on soupçonne qu'ils sont téléguidés par des membres de la cour. Je sais mieux que personne à quel point tu es capable, mais si quoi que ce soit t'était arrivé…

— Il ne m'est rien arrivé, Farid. Et même si c'était le cas, je sais me défendre. » La douceur céda à l'angoisse sur le visage de Hanane. « Mais les gens souffrent. Les sauterelles ravagent leurs stocks de nourriture, et ils croient que le palais les a abandonnés à leur sort. Ils croient que *je* les ai abandonnés à leur sort. Il faut faire quelque chose.

— Le conseil et moi nous en occupons. Tu n'as pas à t'inquiéter de ces questions.

— Le travail d'une reine *est* de s'inquiéter de ces questions.

— Et en vertu des Anciennes Lois, tu ne seras pas reine tant que Karina en portera le titre. Après toutes les années que nous avons passées ensemble, après que j'ai remué ciel et terre pour te ressusciter, me fais-tu confiance ? »

Un soupçon de doute traversa les yeux de Hanane, mais il disparut si vite que Malik crut l'avoir imaginé. « Plus qu'à n'importe qui.

— Alors crois-moi quand je te dis que tout ce que j'ai fait et ferai jamais est dans ton intérêt. Je t'en prie, ne nous disputons pas. Pas là-dessus. »

Les épaules de Hanane se contractèrent comme si elle se retenait d'en dire plus, mais alors elle hocha la tête et se laissa aller contre son dossier. Le reste du trajet se passa dans un silence gêné, et Malik ne fut jamais plus heureux de marcher sous la pluie que lorsqu'ils arrivèrent à Ksar Alahari. Mais quand il fit mine de suivre Hanane et ses sœurs vers les quartiers résidentiels, Farid lui posa la main sur l'épaule.

« Ta journée n'est pas terminée, dit son mentor d'une voix aussi sombre que les nuages qui s'amoncelaient dans le ciel. Suis-moi. »

Hanane avait dit à Farid de ne pas se mettre en colère contre lui, mais Malik avait survécu suffisamment d'années à son père pour reconnaître la fureur silencieuse. Il réfléchissait à toute allure aux choses qu'il pourrait dire pour regagner les bonnes grâces de son mentor, tandis que celui-ci le conduisait dans les entrailles du palais.

« Je crois que j'ai une piste, pour le sceptre ! lança-t-il, et Farid leva un sourcil.

— Les sauterelles sont là depuis plus d'une semaine et tu n'as rien de plus qu'une piste sur *l'un* des deux artefacts que je t'ai chargé de trouver ?

— Je… euh… Oui. » Malik se sentit soudain d'une bêtise incommensurable d'avoir imaginé que Farid serait impressionné par moins que des résultats concrets. Il sursauta lorsqu'un nouveau coup de tonnerre éclata. La tempête en approche n'aurait sans doute rien à envier à la force de celle de Karina, et quoiqu'il soit soulagé d'être revenu à Ksar Alahari, il se sentait malade à l'idée de tous ceux qu'ils avaient laissés derrière eux dans la Ville basse.

Ils franchirent une lourde porte de fer, et une puanteur saisit Malik à la gorge – un puissant mélange de métal rouillé depuis longtemps, d'excréments humains et d'un fumet profondément aigre qui lui retourna l'estomac.

Ils devaient se trouver dans les geôles du palais. Malik déglutit péniblement, la trachée obstruée. Avait-il contrarié son mentor à ce point ? S'il lui arrivait quelque chose ici, personne ne le saurait jamais.

« Je suis vraiment désolé. Je ne parlerai plus jamais à la princesse, je ne la regarderai même pas, bégaya Malik, mais Farid leva la main pour l'interrompre.

— Je ne t'ai pas amené ici pour te punir. Nos soldats ont retrouvé une des personnes qui ont aidé Karina à s'enfuir durant la cérémonie de Clôture. »

Ils s'arrêtèrent devant la toute dernière cellule du couloir où ils avaient abouti, à la porte de laquelle se tenaient deux Sentinelles.

« A-t-elle dit quelque chose d'utile ? » demanda Farid au commandant des Sentinelles, le même qui avait jeté du feu à Malik durant son épreuve. L'homme secoua la tête.

« Pas encore, mais l'interrogatoire vient de commencer. »

Il les précéda dans la cellule. À la grande surprise de Malik, il reconnut la prisonnière recroquevillée dans un coin – Dedele Botye, la championne du Feu. Quoiqu'ils n'aient pas beaucoup discuté durant Solstasia, il n'oublierait jamais le combat de wakama qui l'avait opposée à Karina. Dedele lui avait fait l'effet d'une héroïne guerrière tout droit sortie d'une fresque épique, qui se battait avec la grâce d'un aigle en plein vol.

Cependant, la Dedele à genoux dans la boue n'avait plus grand-chose à voir avec l'adversaire que Karina avait affrontée. De grosses chaînes la maintenaient au sol, et la présence de blessures anciennes et nouvelles sur sa peau laissait penser qu'elle s'était battue avant que les Sentinelles ne la capturent. Malik espéra que son ennemi s'était sorti de l'altercation en meilleur état qu'elle.

« Dedele Botye. Pas vraiment celle que j'avais pensé trouver au cœur de ce chaos. » Farid joignit les mains dans le dos et se mit à tourner autour de la fille. Malik demeura près des gardes, sans trop savoir ce qu'il faisait là. « On me dit que vous refusez de parler. Très honorable de votre part. Mais sachez que vous courez un danger moins grand avec moi qu'avec Karina. Après tout, un seul de nous deux est capable de faire tomber la foudre, et ce n'est pas moi. »

Silence. Farid s'accroupit devant la fille, les coudes posés sur les genoux. « Bien que vous veniez d'une famille de marchands de haut rang, Karina et vous ne vous étiez jamais rencontrées avant Solstasia. Dites-moi, pourquoi avoir pris un tel risque pour une fille que vous connaissiez à peine ?

— Approchez-vous et je vous le dirai », marmonna-t-elle.

Farid s'exécuta, et Dedele lui cracha au visage. Malik eut un mouvement de recul ; c'était une sacrée glaire.

Mais Farid ne se départit pas de son sourire. Il se redressa et essuya son visage d'un revers de manche. « Vous avez oublié que j'ai élevé Karina ; une fois, elle a trempé mon oreiller dans de l'urine de vache et m'a laissé dormir dessus, le jour où je lui ai dit qu'elle n'avait pas le droit de rester éveillée après l'heure du coucher. Quelques gouttes de salive ne sont rien.

— Vous êtes complètement fou, aboya Dedele, et le sourire de Farid vacilla pour la première fois. Je ne vous dirai rien. »

L'ancien intendant inclina la tête sur le côté puis leva les mains et agita les doigts dans les airs comme s'il tissait sur un métier invisible. La toile de nkra se mit à scintiller devant lui, mais en dehors de Farid, seul Malik était capable de la voir. Le souffle coupé, il observa son mentor isoler un épais filament d'une couleur pêche qui palpitait.

« Un fil d'affection, médita-t-il. Pour un amant ? Non, pas un amant. Un ami, peut-être ? Non… un proche. Un membre de votre famille que vous aimez plus que tout autre. On m'a laissé entendre qu'après que votre mère est tombée malade, c'est sa sœur qui a élevé toute votre fratrie. Je me demande ce qu'elle nous dirait si nous la soumettions à la question. »

Dedele bondit en avant, tirant furieusement sur ses chaînes. « Ma tante n'a rien à voir avec ça !

— Alors elle n'a aucune raison de nous craindre. » Farid retrouva sa sérénité coutumière. « Votre loyauté est admirable, mais mal placée. Les Alahari se sont assuré la fidélité de familles comme la vôtre pendant des générations en se faisant passer pour les garants de la justice et de la paix, alors qu'en réalité ils accumulaient un immense pouvoir pour eux-mêmes. Je souhaite y mettre un terme, mais cela m'est impossible tant que les vestiges du vieux monde sont toujours debout. Cela m'est impossible tant que Karina n'est pas sous notre contrôle.

— Et vous prévoyez d'accomplir le Rite du Renouveau pour parvenir à vos fins, n'est-ce pas ? dit-elle d'un ton sec.

— Alors comme ça vous êtes au courant du rituel ? C'est pour ça que Karina vous a abandonnée dans le désert ? Parce que, au fond de vous-même, vous comprenez que si les dieux ne sont pas satisfaits, nous mourrons tous ? Votre chère famille, votre tante adorée... Tous périront parce que Karina place ses prétentions au trône avant l'intérêt de tous. Qu'avez-vous à gagner à aider quelqu'un comme elle ? »

Dedele demeura silencieuse, mais à son expression abasourdie, les mots de Farid avaient fait mouche. Il se releva et frotta la poussière sur son caftan.

« Je vais demander à mes gardes de vous apporter votre repas. Peut-être qu'une fois que vous aurez mangé, vous serez plus disposée à partager vos informations avec nous. » Farid se dirigea vers la porte, s'arrêta et se tourna de nouveau vers Dedele, son sourire envolé.

« Je ne souhaite pas vous faire de mal, championne du Feu. Mais crachez-moi dessus une fois de plus, et je ne m'en priverais pas. »

Son sourire solaire réapparut alors. « Bonne nuit à vous. »

Il attendit d'être hors de vue de Dedele pour laisser sa colère s'exprimer sur son visage.

« On oublie le sceptre et la flûte pour le moment, du moins jusqu'à ce que cette fille ait parlé, dit-il à Malik avec un calme que démentaient ses yeux. Les Sentinelles m'ont rapporté qu'elle a résisté à toutes nos méthodes d'interrogatoire. Nous devons apprendre où se cache Karina. »

Malik écarquilla les yeux quand il comprit où son mentor voulait en venir. « Vous souhaitez que je l'interroge ? »

Farid hocha la tête. « D'après ce que je sais, les tisseurs d'histoires de Kennoua étaient de tels experts en la matière que leurs illusions auraient pu persuader un bébé de trahir sa mère. Utilise tes pouvoirs comme tu l'entends pour l'obliger à nous dire ce qu'elle sait. »

L'ancien intendant posa la main sur l'épaule de Malik et se pencha vers lui, sa voix désagréablement chaude contre son oreille. « Inutile de revenir sans réponses. »

À deux doigts de défaillir, Malik se contenta de hocher la tête. Il se retrouva bientôt seul avec les Sentinelles, qui l'observèrent silencieusement glisser le long du mur et enrouler les bras autour de ses genoux en tremblant.

Torture. Farid lui demandait de torturer cette fille.

« C'est vrai, ce qu'il a dit à propos des tisseurs d'histoires de Kennoua ? » murmura-t-il, sans se soucier du regard des Sentinelles.

Le Roi sans visage s'agita. *Oui.*

La boule de panique enfla dans le ventre de Malik. Tromper, détourner l'attention, c'était une chose, mais torturer… ? Il ne pouvait pas faire une chose pareille… si ? Mais il n'avait pas le choix. Farid avait été très clair : si Malik n'arrivait pas à faire parler Dedele, il n'aurait plus sa place au palais.

La championne du Feu le regarda à peine quand il rentra dans la cellule. Il s'assit par terre face à elle, et le silence s'étira, uniquement interrompu par le rugissement croissant de l'orage. Des infiltrations d'eau à travers la pierre commençaient à former de sombres flaques. Malik se demanda ce qui se passerait en cas d'inondation de Ksar Alahari.

« J'ai entendu Farid dire que vous aviez des frères et sœurs, déclara-t-il quand le silence devint insoutenable. Combien ? »

Comme il s'y était attendu, Dedele ne répondit pas. Les paumes de Malik devinrent moites, mais il insista : « J'ai moi-même deux sœurs. La plus âgée me précède d'un peu moins d'un an, et la plus jeune a 6 ans – presque 7. »

Dedele fit cliqueter ses chaînes en changeant de position. « Si votre plan est de vous attirer ma sympathie en utilisant votre petite sœur, économisez votre salive. Ça ne marchera pas. »

Bien, au moins, elle parlait. S'il y avait un moyen de lui faire dire ce qu'elle savait sans utiliser ses pouvoirs, c'était la première étape.

« À cause de notre différence d'âge, j'ai toujours été davantage un parent qu'un frère pour Nadia. Vous avez une petite sœur ? »

Dedele scruta son visage, et Malik s'efforça d'afficher la même sérénité que Farid, quand bien même une tempête lui agitait les intestins. Ce qu'elle y vit apaisa légèrement la tension dans ses épaules.

« Deux. La plus âgée a 11 ans, la plus jeune 9. Et j'ai trois grands frères.

— Cinq frères et sœurs ! Et moi qui trouvais que deux, c'était déjà beaucoup… Vous devez être terriblement inquiète pour eux. Je peux essayer de savoir comment ils vont, si vous le souhaitez. »

Dedele plissa les yeux. « Pourquoi feriez-vous une chose pareille ?

— Parce que si j'étais à votre place, enfermé ici sans connaître le sort de ma famille, je serais fou d'inquiétude. » En vérité, il était saisi de panique chaque fois qu'il s'aventurait à penser à sa mère et à sa grand-mère. « Je peux faire jouer mes relations au palais pour les localiser, si vous me dites ce qui s'est passé entre Karina et vous, et où elle est allée. »

La championne du Feu ricana. « Bien essayé, mais non. Karina ne m'a rien caché de ce qui s'est passé entre vous, donc je sais que vos promesses ne valent pas plus lourd que l'air qu'elles vous coûtent. »

Le fait que Karina se soit confiée à cette fille n'aurait pas dû ébranler Malik à ce point. Elle n'avait aucune obligation de garder le secret sur ce qui était arrivé sur le toit du temple du Soleil, mais jusqu'à maintenant, il avait cru que ce moment n'avait appartenu qu'à eux seuls.

Il secoua la tête. Il ne pouvait pas la laisser orienter la conversation sur lui. « Dedele, je vous en prie. Karina a dû vous parler du Rite du Renouveau, mais vous n'avez pas vu ce que nous avons vu. Vous n'avez pas vu ce qui va arriver si nous ne retrouvons pas Karina et n'accomplissons pas le rituel au plus vite. Farid n'exagérait pas quand il disait que ce serait la fin de tout ce que nous connaissons. »

La magie de Malik jaillit, et il laissa ses pouvoirs créer une réplique de la vision dont il avait été témoin dans les souvenirs du Roi sans visage. Dedele tressaillit, contrainte de regarder les sauterelles ravager la campagne, les séismes et les orages déchirer la terre, les gens se faire écraser sous des immeubles, se noyer dans les inondations causées par le déluge. Des corps couverts de la tête aux pieds de bubons gorgés de pus pourrir dans les rues, une pluie de sang dans le sillage d'un monstre plus horrible que ceux qui peuplaient les pires cauchemars de Malik…

« Il est encore temps de nous aider à éviter ce destin », dit Malik en instillant dans son illusion toute la magie dont il disposait. Il ne pouvait pas décevoir Farid une fois de plus. « Dites-nous seulement où Karina est allée. C'est la seule chose dont nous ayons besoin pour sauver tout le monde. »

Dedele fixa des yeux la destruction que Malik avait invoquée, la peur le disputant à la défiance sur son visage. Enfin, elle prit la parole :

« Je comprends qu'il est dans l'intérêt de tous d'utiliser Karina pour le Rite du Renouveau, dit-elle, et une étincelle d'espoir s'alluma dans la poitrine de Malik. Mais j'ai beau ne pas être d'accord avec elle, Farid n'est rien d'autre qu'un tyran gâté qui se berce de croire que sa vision du futur est la seule qui prévale. Je ne vais donc pas aider Karina à se soustraire à son destin, mais je ne vais certainement pas l'aider, lui, ni vous non plus. »

L'espoir de Malik partit en fumée. L'illusion se désagrégea et les renvoya à l'air moite de la cellule.

« Je vous en prie, Dedele, implora-t-il d'une voix que la peur et la panique rendaient vacillante. Il doit bien y avoir quelque chose, n'importe quoi, que vous désirez en échange de cette information. »

L'expression de la championne du Feu se mua en mépris, et Malik se rendit compte une seconde trop tard qu'il avait oublié de masquer son accent. « Cet accent… Vous êtes d'Eshra, n'est-ce pas ? » Elle laissa entendre un rire cruel. « Encore une bonne raison de ne pas vous aider. Je ne vais certainement pas vendre Karina à un maudit kekki. »

Malik cligna des yeux, craignant d'avoir mal entendu. « Quoi ?

— Je suppose que vous travaillez pour Farid uniquement parce qu'il vous a promis des richesses ou du pouvoir. Quoi d'autre aurait pu attirer quelqu'un comme vous en ces lieux ?

— Arrêtez.

— Vous pouvez griffer et miauler autant que vous voulez, mais quand tout ça sera terminé, Farid vous renverra dans le caniveau d'où vous n'auriez jamais dû sortir, kekki. »

C'était loin d'être la première fois que Malik se faisait traiter de ce nom, mais l'entendre ici, après tout ce qu'il avait traversé, fit voler en éclats le peu de mesure qui lui restait.

Peu importait ce qu'il ferait, peu importait le pouvoir qu'il acquerrait, aux yeux de certains, il serait toujours un kekki.

« Vous prononcez ce mot avec une telle désinvolture. Kekki. » Idir dit quelque chose, mais Malik l'ignora ; il était trop concentré sur la fille qui le toisait comme s'il valait moins que la boue collée à ses semelles. « Pour vous, ce n'est qu'une insulte. Vous n'y réfléchissez pas à deux fois avant de l'employer. Pour moi, c'est le dernier mot que beaucoup de mes compatriotes ont entendu avant de mourir des mains de gens comme vous. »

Soudain, il n'était plus seulement question de Dedele, de Farid et de Karina, mais de générations perdues dans l'indignité, la peur et l'espoir d'un monde nouveau qui n'était jamais advenu.

Malik avait eu sa dose de peur, assez pour plusieurs vies. À son tour, maintenant, de l'inspirer aux autres.

Et là, brûlant et hurlant dans sa poitrine, il y avait une source sans fin de pouvoir – celui du Roi sans visage. Idir lui-même était toujours lié, mais sa magie se tendait vers Malik, et Malik se tendait vers elle avec avidité.

Malik, non ! cria Idir, mais il ne fut pas assez prompt à empêcher la plus petite étincelle de sa magie de franchir les murs de sa prison – juste une goutte, mais qui contenait plus de pouvoir que Malik n'en avait jamais eu.

« Vous savez ce que c'est de vivre à Eshra ? » interrogea Malik, et soudain ils furent à Oboure – pas le village de son enfance, mais l'Oboure d'aujourd'hui, ravagé par des années de crise. Le sol était jonché de cadavres que des charognards, tant humains qu'animaux, dépouillaient de tout ce qui leur restait. La mort imprégnait l'air, emplissant leurs poumons d'une puanteur écœurante.

« Vous connaissez la faim ? La vraie, celle qui vous retourne de l'intérieur, qui contraint chacun de vos organes à s'en prendre à son voisin dans l'espoir de vous maintenir en vie ? Moi, oui. »

Depuis qu'il pratiquait la magie, Malik n'avait jamais réussi à créer d'illusion tangible. Il pouvait imposer aux autres des visions, des sons et des odeurs, mais pas des sensations.

Jusqu'à ce jour.

Avec le soutien du pouvoir du Roi sans visage, Malik rassembla ses souvenirs de toutes ces nuits de privation, des crampes, des faiblesses d'un corps incapable d'accomplir ses fonctions les plus rudimentaires, et en bombarda Dedele. Les cris de douleur de la championne du Feu ne suffirent même pas à apaiser sa colère.

« Vous est-il arrivé de vous briser un os sans espoir de le remettre en place parce que votre famille n'a pas les moyens de payer les services d'un guérisseur ? cracha-t-il. Avez-vous déjà senti l'infection s'étendre à tout votre corps, en sachant qu'un simple médicament pourrait y mettre un terme, mais que les gens comme vous n'y ont pas accès ? Moi, oui. »

Dedele poussa un cri quand la douleur fantôme de milliers de ses os se brisant net lui parcourut le corps. La sueur perlait à son front, et ses yeux cherchaient désespérément un soulagement qui ne venait pas. Lui-même n'avait connu aucune mansuétude, personne n'était jamais venu à son secours... Pourquoi y aurait-elle droit ?

« Savez-vous ce que ça fait d'être battu à mort ou presque ? asséna-t-il, et les cris de Dedele redoublèrent sous l'effet de coups imaginaires. Savez-vous ce que ça fait d'avoir si mal que la mort vous paraît plus clémente que la prochaine inspiration que vous allez devoir prendre ? »

Tu as dit ce que tu avais à dire. Arrête, ordonna le Roi sans visage, mais Malik balaya ses mots. Il avait beau essayer, il ne ressentait aucune compassion pour Dedele. Après tout, ce n'était rien d'autre que l'illusion de la douleur – en réalité, il ne l'avait même pas touchée. On ne pouvait pas en dire autant des enfants d'Eshra qui vivaient ces injustices tous les jours.

« Voilà ce que c'est que d'être un kekki. Voilà ce que le monde nous inflige pour le simple tort d'exister. J'espère que vous vous en souviendrez la prochaine fois que vous aurez envie de jeter cette insulte. »

Malik fit brusquement disparaître l'illusion, et ils se retrouvèrent une fois de plus dans les geôles du palais. Il observa froidement Dedele retrouver son souffle avec difficulté. Cette fois, il ne prit pas la peine de se mettre à son niveau pour lui parler.

« Revenons à des préoccupations plus immédiates. Où est Karina – ou plutôt où va-t-elle ? Dites-moi tout ce que vous savez. »

La championne du Feu déglutit péniblement et serra les lèvres avec détermination. « N… Non », cracha-t-elle.

Malik soupira. Sa magie se remit à rugir en lui.

« Très bien. Si vous voulez rendre les choses difficiles, allons-y. »

Sur quoi, Malik entreprit de la briser.

« Karina a été vue pour la dernière fois se dirigeant vers le nord, en direction de Talafri. Elle est à la recherche de quelqu'un qui pourra la conduire à l'ancienne cité des zawenjis, où elle espère trouver le pouvoir jadis octroyé à Bahia Alahari. Une fois qu'elle en sera investie, elle prévoit de vous arrêter et d'apaiser la colère des dieux sans avoir à accomplir le Rite du Renouveau. »

De surprise, Farid arqua les sourcils. Ses yeux passèrent alternativement de Malik à Dedele, affalée dans son coin de cellule. Seul le léger tremblement de ses épaules indiquait qu'elle était encore en vie. « Elle t'a dit tout ça ? »

Malik hocha la tête.

Les yeux de Farid tombèrent sur la manche de Malik, sur laquelle s'épanouissait une sombre tache de sang. « Et c'est elle qui t'a fait ça ? »

Malik plaqua le bras contre sa poitrine et détourna les yeux. « Aucun rapport. »

Comme les fois précédentes, la douleur avait été la seule façon pour Malik d'endiguer le flot du pouvoir du Roi sans visage avant qu'il ne le consume. Mais tout allait bien. Il allait bien. Farid avait ce qu'il voulait, et c'était tout ce qui comptait.

« Encore une chose, ajouta Malik en grimaçant de douleur. À Tiru, Karina aurait rencontré quelqu'un qui l'assiste désormais dans sa quête du Sanctuaire. Un certain Caracal. »

Il y eut un grand fracas métallique. Malik adopta instantanément une posture défensive, lame-esprit à la main. Mais ce n'était que le commandant des Sentinelles qui avait laissé tomber sa lance.

« Caracal ? demanda l'homme d'une voix sans timbre parfaitement incongrue dans son corps de guerrier. Vous êtes certain qu'elle est avec Caracal ?

— Est-ce que nous avons un passif avec cet individu, commandant ? » s'enquit Farid. Un instant plus tard, la lance avait regagné sa place dans la main de la Sentinelle, qui avait retrouvé son insensibilité coutumière.

« Nous nous sommes entraînés au sein de la même escouade avant sa désertion. Tel est mon passif avec lui. Rien de plus. »

Farid hocha la tête. « Si vous avez été formés ensemble, alors vous connaissez sa façon de penser. Rassemblez une équipe de vos plus valeureux guerriers. Soyez prêts au coucher du soleil, vous partez à la recherche de Karina et de ce Caracal. »

Malik crut déceler une très légère hésitation dans le salut de la Sentinelle. « À vos ordres, Mwale Farid. »

Malik suivit le regard de son mentor, qui observait Dedele. La championne du Feu sanglotait silencieusement. Pour la première fois, il ressentit une pointe de regret.

Cependant, tout regret le déserta au moment où Farid posa les mains sur ses épaules et lui adressa un sourire rayonnant.

« Merveilleux, Malik. Tout simplement merveilleux. Ce que tu as fait change tout. Je ne pourrais pas être plus fier de toi. »

Malik s'attendit à ce que ces compliments le gonflent d'orgueil. Et ce fut en partie le cas, mais pas suffisamment pour lui faire oublier la nausée qui lui mettait le cœur au bord des lèvres et la douleur de son bras. Soudain, il aurait voulu fermer les yeux et ne pas les rouvrir avant très, très longtemps.

Dedele s'en remettrait. Il ne l'avait pas tuée. Il ne l'avait même pas blessée physiquement.

Mais Malik savait mieux que quiconque que les pires blessures ne touchaient jamais la chair.

Il eut à peine conscience de la main que Farid posa dans son dos pour le mener hors des cachots. Puis son mentor disparut, et Malik se retrouva seul dans les vastes salles du palais.

C'est à ce moment que ses jambes cédèrent sous lui et qu'il se mit à vomir tant et plus, jusqu'à ce qu'il n'ait plus rien en lui.

18

Karina

« La grande sultane de Ziran vaincue par un mille-pattes géant, gloussa Tunde. Imagine les chansons que les griots vont pouvoir composer ! »

Karina grogna. Une myriade de couleurs explosa sur la toile de ses paupières fermées. « Tais-toi. Tu es mort. Je n'ai pas à t'écouter. »

Son défunt mari tourna vers elle un visage faussement outré et posa la main sur sa poitrine. « Je suis peut-être mort, mais ce n'est pas moi qui suis coincé là à halluciner sans pouvoir bouger, alors qui est le perdant de l'histoire ? »

Tunde marquait un point que Karina aurait disputé si elle n'avait pas été, de fait, coincée là à halluciner.

La dernière chose dont elle se souvenait était d'avoir été mordue par Maame Petites Griffes. Son univers était à présent constitué de sons, de sensations et de douleur. Et de Tunde.

« Tu devrais ouvrir les yeux, histoire de voir dans quel pétrin tu vous as mis, toi et tes amis », la pressa le jeune homme. Malgré la sensation qu'on lui enfonçait des vis géantes dans le crâne, elle suivit ses conseils.

Elle se trouvait dans un genre d'échoppe d'apothicaire. Sur des étagères s'alignaient des pots d'argile et des bouteilles en verre contenant les myriades d'ingrédients que Maame utilisait dans ses décoctions. Des bouquets d'herbes pendaient au-dessus d'eux, ajoutant à l'atmosphère entêtante leur parfum écœurant. Afua était étendue à sa gauche, immobile comme une poupée, et Caracal à sa droite. Ife n'était nulle part en vue.

Karina tenta d'appeler ses compagnons, mais seul un geignement sortit de sa bouche. Respirer lui donnait l'impression d'essayer de gravir une colline avec une montagne sur la poitrine. Caracal remua, ses yeux s'agitant au gré d'une scène intérieure qu'elle ne pouvait pas voir.

« Issam, s'il te plaît... viens avec moi..., murmura-t-il, avant que les mots ne se transforment en un marmonnement inintelligible.

— Oh, la ferme ! » lâcha Maame Petites Griffes. Karina entendit l'horrifiant *clic-clic-clic* de ses pattes insectoïdes cavalant sur le sol tandis qu'elle s'affairait à jeter toutes sortes d'ingrédients dans une marmite suspendue au-dessus d'un feu au centre de la pièce.

« Cent ans », grommela la démone. Elle renifla le contenu d'un bocal d'yeux, eut un haut-le-cœur et reposa le récipient sur son étagère. « Cent ans que je n'ai pas croisé un zawenji, et maintenant quatre ? Maudits soient les zawenjis. Maudits soient les ulrajis. Maudits soient-ils, tous. »

Quatre ? Karina était certaine que ce chiffre était faux, mais elle souffrait trop pour se rappeler pourquoi. Elle poussa un nouveau gémissement, et la démone se tourna vers elle.

« Tiens donc, déjà réveillée ? Tu es plus forte que je ne l'imaginais. Mais ne te fatigue pas à te débattre, tu ne ferais que mettre le bazar dans mon atelier.

— Laissez-nous partir », essaya de dire Karina, mais les mots sortirent embrouillés. Néanmoins, Maame Petites Griffes en comprit le sens, car elle secoua la tête.

« Pour que tu dises à tout le monde où je me trouve et que tu mettes en péril le sanctuaire que je me suis bâti ? Bien sûr que non », grogna la démone, et Tunde fronça le nez.

Karina avait beau savoir qu'il n'était qu'une illusion créée par le venin et sa propre peur, elle était saisie de honte chaque fois qu'elle le regardait. Si elle avait pu remuer les lèvres, elle lui aurait dit à quel point elle était désolée. Elle lui aurait dit que c'était elle qui aurait dû mourir ce soir-là, et qu'elle regretterait jusqu'à la fin de ses jours qu'il ait payé au prix fort un conflit qui ne le concernait pas.

« … vous en prie… je veux juste savoir… la clé de Doro Lekke », haleta-t-elle.

Maame éclata d'un rire où ne brillait nulle joie. « Toi et tous les autres maudits zawenjis qui êtes venus me voir avec vos stupides fantasmes de pouvoir, et qui tous se croyaient des élus dignes d'une telle bénédiction. Morts les uns après les autres entre mes mains, et leurs os et leur sang ont fini en bocal.

— Allez, Karina, réfléchis », la pressa Tunde. Tout bougeait trop lentement. Les pensées de Karina flottaient dans son esprit comme des moutons de poussière. « Quelle raison aurait Maame Petites Griffes d'assassiner tout zawenji qui croise son chemin ? Qu'a-t-elle à gagner à cacher la véritable nature de ses activités derrière le paravent de ce dispensaire ? »

Elinam avait prétendu que Maame Petites Griffes dirigeait son établissement par pure bonté d'âme, mais ce n'était clairement pas le cas. Quoi qu'elles aient donné à Karina, cela avait émoussé ses sens et délié sa langue. Pire, elle s'était sentie merveilleusement bien en leur disant toute la vérité, incapable de s'insurger contre une horreur qu'elle avait été incapable de percevoir.

La démone ne prenait pas soin de ces gens dans leur intérêt, mais dans le sien. Elle les siphonnait, pompait le nkra de leurs corps et les rendait faibles et impuissants contre elle. Mais pourquoi ? Quelle information pouvait être si importante qu'il lui faille tuer tout zawenji que s'en rapprocherait un peu trop ?

À moins que sa tâche ne consiste à tuer quiconque venu la chercher, *elle*. Quelle meilleure façon de s'assurer que quelqu'un protège votre secret qu'en conditionnant sa vie à cela ?

Comprenant brusquement, Karina lutta pour prendre une nouvelle inspiration. Dehors, le tonnerre se déchaînait, ébranlant la bâtisse jusque dans ses fondations. « Vous n'avez pas l'information permettant de trouver la clé. Vous *êtes* la clé. Elle est en vous. Ces autres zawenjis, ils ont essayé de vous tuer pour l'obtenir, alors vous les avez tués la première. »

Maame se rapprocha en cliquetant de Karina et lui prit le visage entre les mains. Des brins de pouvoir bleus tourbillonnaient dans ses yeux, chargés d'une tristesse et d'une colère millénaires.

« Quand tes chers ancêtres ont construit ce sanctuaire, il leur fallait trouver un moyen de le protéger des voleurs et des étrangers. Alors ils m'ont attirée par la ruse – moi, une enfant innocente du monde des esprits qui croyait à leurs mensonges –, ils ont placé leur clé en moi et m'ont abandonnée là. Personne n'entre dans Doro Lekke sans m'avoir vaincue, et personne n'a jamais réussi. Un par un, je les ai tous anéantis, j'ai accompli mon devoir maudit, tout en me nourrissant de nkra aussi discrètement que possible avec cette mascarade. »

Maame la lâcha. Ses ongles avaient laissé des marques rouges à vif sur les joues de Karina.

« Une seule personne m'a un jour surpassée : Bahia Alahari. Elle parlait de révolution, de redresser les torts du passé. Elle aurait pu me tuer, mais elle a choisi de m'épargner. J'ai été si bouleversée que je lui ai ouvert les portes du Sanctuaire, et la magie réprouvée qui me lie à ce lieu infernal m'a fait *ça* ! »

Maame Petites Griffes se redressa de toute son effroyable hauteur, et Karina vit exactement où son corps se terminait et où commençait la grotesque carapace de ses appendices insectoïdes.

« C'était un avertissement pur et simple de ce qui m'arriverait si je m'avisais de négliger de nouveau mes devoirs. J'ai tué tous les zawenjis venus chercher le Sanctuaire depuis, et maintenant que tu sais, je vais devoir te tuer aussi. »

Karina n'avait pas de mots pour exprimer l'horreur de ce qu'elle voyait, même si son esprit avait été pleinement opérationnel. Arracher quelqu'un à son foyer, esprit ou non, et le lier à un tel lieu… C'était une abomination qu'elle avait du mal à concevoir.

Pourtant, toute la compassion du monde ne servirait à rien si Maame la tuait.

« Ma grand-mère Bahia vous a traitée avec miséricorde. Je vous en prie, faites-lui honneur. Pour mes amis au moins, si ce n'est pour moi, supplia Karina. Trouver le Sanctuaire était mon projet, pas le leur. Épargnez-les.

— Crois-tu que ce monde récompense la miséricorde ? La bonté ? ricana Maame. Soit tu as du pouvoir, soit tu n'en as pas. Tout le reste n'est que mensonge. »

La démone s'agita autour de la marmite, dans laquelle elle jetait toujours plus d'ingrédients. « Je me demande quelles aptitudes je vais gagner en vous mangeant, toi et tes amis. Ça fait longtemps que je n'ai pas eu de Vent-aligné. Bientôt, je serai plus puissante que quiconque à Sonande. Le Sanctuaire restera caché, comme le voulaient tes ancêtres, et personne ne pourra plus jamais faire de mal à Maame Petites Griffes. »

La voix de l'esprit se brisa sur ce dernier mot, et elle retourna s'occuper de son repas. Karina essaya de continuer à parler, mais sa bouche refusait de se mouvoir. Il devait y avoir quelque chose, n'importe quoi…

« Voilà une façon bien pathétique de mourir, ma fille », déclara une nouvelle voix, et Tunde céda la place à Baba. Des larmes se mirent à couler sur les joues de Karina sous le regard ouvertement dégoûté de son père. « À quoi a-t-il servi que tes pouvoirs se libèrent ? À quoi ma mort a-t-elle servi, si tu ne peux pas te sauver toi-même au moment le plus important ? »

Karina l'ignorait. Elle était tellement fatiguée que, même dans ces moments désespérés, son esprit était incapable de convoquer autre chose que des images de mépris.

Mais de qui se moquait-elle ? Personne ne viendrait la sauver, car elle n'était pas le genre de fille qu'on sauvait. Les douces, les gentilles – comme Aminata, comme Hanane –, elles, oui. Mais personne n'irait risquer sa vie pour une détraquée à la langue de vipère comme elle. Personne ne pleurait les lionnes qui piétinaient le monde, qui montraient les crocs pour cacher des cœurs plus brisés qu'entiers.

Non, personne ne sauvait les filles comme elle.

« Une véritable reine n'aurait pas besoin qu'on la sauve. » La voix de son père était devenue celle de sa mère. Karina devina son regard glacial sans la voir. « Grand-mère Bahia aurait été capable de se sauver elle-même. J'aurais été capable de me sauver moi-même. Mais tu n'es pas comme nous, n'est-ce pas ? »

Sa mère avait raison. Elle ne méritait pas le titre de zawenjie. Elle ne méritait pas le nom de reine. Karina avait essayé d'être à la hauteur, plus que quiconque, et tout ce qu'elle y avait gagné, c'était une mort lente que personne ne regretterait.

Le monde se brouilla en traînées colorées, et Karina comprit avec une certitude glaçante qu'elle ne quitterait pas cette pièce en vie. Avec les dernières forces qui lui restaient, elle repoussa les éclats de verre qui martyrisaient l'intérieur de son crâne et envoya une prière dans l'éther, aux dieux, aux hommes, à *quiconque* l'entendrait.

À l'aide !

19

Malik

M*enteur. Assassin. Tortionnaire.*

Les mots tournaient en boucle dans la tête de Malik, et leur écho lui faisait l'effet de milliers d'aiguilles plantées dans sa peau et ses os.

Il n'avait pas eu le choix. Dedele l'avait dit elle-même – sacrifier Karina pour le Rite du Renouveau était le seul moyen de les sauver tous. Faire ce qu'il avait fait dans les geôles était le seul moyen de localiser Karina.

Menteur. Assassin. Tortionnaire.

Avant cela, il n'avait jamais utilisé une illusion pour pénétrer si profondément l'esprit de quelqu'un. Et si Dedele en gardait des séquelles jusqu'à la fin de sa vie ? Et si elles la conduisaient à se faire du mal ? À faire du mal aux autres ?

La pression enflait sous le crâne de Malik. Il devait sortir d'ici, s'éloigner de ce qu'il avait fait, mais il n'y avait nulle part où fuir. Où qu'il aille, il ne sortirait jamais de son esprit…

« Je ne supporte pas la façon dont il lui parle ! » fulmina Leila, tirant Malik de ses réflexions avec ses allées et venues dans le petit salon. Il était encore tôt, mais le ciel d'encre plongeait la pièce dans la pénombre. « Comme si Hanane était un chien qui devait lui obéir au doigt et à l'œil ! »

Malik ravala ses idées noires et se força à sourire. « Il veut ce qu'il y a de mieux pour elle », dit-il. Leila ne devait pas savoir ce qu'il avait fait. Elle ne le regarderait plus jamais de la même manière si elle l'apprenait.

« Tu crois vraiment que rester coincée à l'endroit même où elle est morte est ce qu'il y a de mieux pour elle ? Tu as vu comme elle était heureuse hors des murs du palais, et la rapidité avec laquelle elle a rallié ces gens à sa cause. Elle mérite d'aller dehors, tant pour son bien que pour celui de Ziran, mais elle ne le pourra pas tant que Farid planera au-dessus de son épaule à toute heure du jour ! »

Leila serra les poings. Sa sœur n'avait jamais été particulièrement violente, mais elle pourrait bien le devenir si son mentor entrait à l'instant dans la pièce. Les idées noires continuaient de tourbillonner dans sa tête, mais Malik s'efforça de se concentrer sur la chaleur de la présence de ses sœurs, dans un monde qui se refroidissait de seconde en seconde. Le palais trembla sous l'assaut d'un nouveau coup de tonnerre, et il dut se rappeler qu'ils se trouvaient en sécurité, quelle que soit la virulence de la tempête.

« Je ne pensais pas que tu te souciais tant de Hanane, dit-il, et un coussin vola vers son visage.

— Tu n'es pas la seule personne de cette famille à pouvoir te lier d'amitié avec une princesse », rétorqua-t-elle, mais l'embarras dans sa voix était manifeste. Hmm. En d'autres circonstances, Malik l'aurait davantage titillée, comme il l'avait fait chaque fois que Leila s'était amourachée d'une fille, mais c'était en l'occurrence une pente très glissante.

« Tu n'as pas entendu ce qu'elle m'a raconté quand tu étais à l'université. Des choses à propos de son enfance. Du jour où il est arrivé au palais, Farid et elle ont passé presque tout leur temps ensemble, et il est évident qu'elle ignore qui elle est quand elle n'est pas sous son influence. Elle prétend qu'ils ont été élevés comme frère et sœur, mais la façon dont il parle d'elle, dont il la regarde, n'a rien de fraternel. Il y a quelque chose de pas clair là-dessous.

— S'est-elle plainte de son comportement ?

— Pas explicitement, mais…

— Alors il ne nous appartient pas d'en juger, lui rappela-t-il. Il l'aime. Il l'a toujours aimée. »

Leila se laissa tomber sur le canapé en face de Malik, toute combativité envolée. « L'amour ne devrait pas ressembler à du contrôle. »

Pour la première fois depuis leur retour de la Ville basse, Nadia parla : « J'aime bien Hanane. Est-ce qu'on va la revoir ? »

La réponse évidente était non. Honnêtement, ils pourraient s'estimer heureux si Farid les laissait assister à quelque événement mondain que ce soit. À l'instant où Malik s'apprêtait à répondre, la coupure à son bras se rappela à son souvenir, lui tirant une grimace de douleur. Leila fronça les sourcils. « Est-ce que ça va ? Où Farid t'a-t-il emmené ? »

Brusquement, Malik se retrouva dans l'atmosphère putride des cachots, à laisser ses pouvoirs détruire Dedele de l'intérieur sans le moindre remords.

« Farid voulait juste m'informer de la position de Karina. Il croit qu'elle se dirige vers Talafri à la recherche du pouvoir des dieux. » Malik n'avait jamais menti à ses sœurs, du moins pas sur quelque chose d'aussi important. Mais c'était pour le mieux. Il n'avait d'autre choix que de le croire.

Menteur. Assassin. Tortionnaire.

Avant que Leila ne puisse creuser, il se leva et rejoignit le rebord de la fenêtre où Nadia était pelotonnée. « Est-ce que tu as besoin de quelque chose avant que j'aille me coucher ? »

Les yeux fixés sur le paysage apocalyptique derrière la vitre, elle sembla ne même pas avoir remarqué sa présence. Seule la solidité des murs du palais les avait jusqu'ici préservés de la tempête, plus intense maintenant. La lumière se réfléchissait à la surface des rivières qui s'étaient formées dans les rues, prélude à l'inondation qui ébranlerait Ziran si le déluge ne s'arrêtait pas bientôt.

« Nous sommes en sécurité », promit-il avec une confiance qu'il ne ressentait pas.

Nadia ne décolla pas son visage du cadre en métal. « Pas *eux*. »

Une fois encore, Malik regretta l'époque où il savait exactement quoi dire pour apaiser les inquiétudes de sa sœur. Mais à présent, seule Hanane semblait capable d'arracher un sourire à Nadia, et la princesse demeurait cachée au plus profond du palais, où Farid pouvait la garder à l'œil.

Malik se retira dans sa chambre et se jeta à plat ventre sur son lit sans même mettre ses vêtements de nuit. Il n'arrivait pas à croire qu'encore le matin même, il se trouvait à l'université, à flirter avec Yaema et à consulter d'anciens rouleaux. Demain, il reprendrait la quête du sceptre, ce qui signifiait qu'il allait de nouveau être obligé d'affronter les horreurs de la nécropole. Mais ce soir, il dormirait.

À peine eut-il fermé les yeux, cependant, qu'une énergie sombre le traversa, comme si un millier d'aiguilles lui transperçaient la peau. Malik enfouit la tête dans son oreiller pour étouffer son cri – quoi qu'il lui arrive, il ne pouvait pas laisser ses sœurs le voir dans cet état.

« Laisse-moi tranquille », gronda-t-il, alors que ses propres pouvoirs s'animaient pour repousser la force qui l'assaillait, quelle qu'elle soit.

T'est-il jamais venu à l'esprit que je n'ai pas besoin de t'attaquer délibérément pour que ton corps se révolte contre ma présence ? demanda sèchement le Roi sans visage. *Les mortels n'ont jamais été faits pour manipuler des pouvoirs comme les miens, et maintenant tu en paies le prix.*

« Elle m'a traité de kekki ! »

Elle aurait pu te traiter d'entrejambe de chimpanzé galeux que ça n'aurait rien changé. Si tu persistes à jouer avec des forces que tu ne peux pas contrôler, tu mourras, ou pire, je *mourrai !*

Son front se couvrit de sueur tandis qu'il étouffait un nouveau cri. Ce n'était qu'un mauvais moment à passer. Exactement comme lorsqu'il était enfant et qu'il récupérait d'un des passages à tabac de son père – la souffrance finissait invariablement par s'éloigner, alors s'il pouvait juste tenir encore un peu…

La douleur se calma brusquement et fut remplacée par un appel qui résonna en Malik aussi clairement qu'une clochette.

À l'aide !

Il se redressa subitement.

C'était Karina qui appelait à l'aide. Qui l'appelait, *lui*, à l'aide.

De la même manière qu'il l'avait invoquée dans la vision du Rite du Renouveau, c'était à présent elle qui tirait sur le lien qui les unissait. Glacé jusqu'aux os, il ressentit sa terreur comme si c'était la sienne.

Il faillit répondre, mais les mots qu'avait prononcés Farid quelques jours plus tôt lui revinrent en mémoire : *Karina te considère au mieux comme une menace. Et au pire ? Elle ne t'accorde même pas une pensée.*

Karina avait choisi Tunde plutôt que lui. Elle était une zawenjie. Son ancêtre avait abandonné la sienne à une mort certaine, et sa famille avait asservi son peuple pendant des siècles. La logique la plus élémentaire dictait à Malik d'ignorer son appel. Leur lien ne signifiait rien s'il en décidait ainsi.

Mais une nouvelle vague d'énergie le submergea, et avec elle la peur de Karina. Où que la princesse se trouve, elle était en train de mourir, et il allait ressentir chaque seconde de son agonie.

À l'aide ! L'appel résonna encore, et à cet instant, il n'y eut plus ni Roi sans visage, ni ulrajis, ni zawenjis, ni rituels, ni sacrifices, ni promesses qui importaient davantage que ce simple fait : Karina avait besoin de lui. Malik se concentra sur leur lien réduit à un unique filament doré et tira de toute la force de sa magie.

Le palais et la tempête disparurent. En un instant, il se retrouva dans un endroit chaud, sombre et étouffant. Karina était étendue sur le sol, aussi immobile qu'un cadavre. Malgré tout, Malik hésita. S'agissait-il d'un piège ?

Mais elle leva les yeux sur lui, et la pure terreur que Malik y lut anéantit ses dernières inhibitions. Il tomba à genoux près d'elle, son cœur martelant dans sa gorge.

« Karina, c'est moi. Je suis là. Tu m'entends ? Karina. Karina ! »

Malik essaya de la relever, mais évidemment, il ne le put, car il n'était pas vraiment là. Karina se trouvait à des centaines de kilomètres de Ziran, et lui n'était guère plus qu'un témoin fantôme assistant à la scène à travers leur lien.

Il prit rapidement connaissance de leur environnement : une sorte d'échoppe d'apothicaire, au milieu de laquelle évoluait une silhouette massive dotée d'un corps pour moitié humain et pour moitié mille-pattes, qui remuait le contenu d'une gigantesque marmite en fonte. Le monstre tourna la tête dans leur direction en plissant ses yeux perçants. Malik se figea, et après ce qui parut une éternité, la créature revint à son infâme brouet. Bénie soit la Grande Mère, elle ne le voyait pas.

Malik baissa de nouveau les yeux sur Karina et chercha désespérément un moyen de la tirer de là. Il ne le devrait pas, mais si elle mourait, Farid n'aurait plus personne à sacrifier lors du Rite du Renouveau. C'était la seule raison pour laquelle il l'aidait, rien d'autre.

« Karina, je t'en prie, tu dois te lever », la supplia Malik. Il essaya de tisser une illusion autour d'elle, mais ses pouvoirs crachotèrent inutilement, incapables de créer quoi que ce soit dans un endroit où il n'était pas physiquement présent. Dans le rêve, elle était parvenue à le toucher, mais ceci n'était pas un rêve.

Il ne voulait pas que Karina meure. Il ne l'avait jamais vraiment voulu. Ni quand sa mort avait été le seul moyen de secourir Nadia ni à présent, alors qu'elle permettrait de sauver le monde. S'il devait la voir périr ici et maintenant, il se briserait en mille morceaux, et avec lui le lien qui l'unissait au Roi sans visage. Alors, tout ne serait plus qu'un cauchemar dont Malik se ficherait, car cela voudrait dire que Karina serait morte.

« Karina, lève-toi. » Malik essaya une fois encore de la déplacer, mais en vain. « S'il te plaît, je suis là, je suis avec toi, tu dois te lever. »

20

Karina

Lève-toi.

Ces deux mots étaient à peine plus qu'un murmure, mais ils parvinrent à traverser la couche de souffrance qui muselait les sens de Karina.

Lève-toi. Lève-toi. Lève-toi.

Le venin de Maame maintenait son corps dans un étau mortel. Elle se força néanmoins à ouvrir les yeux et ne vit ni Tunde, ni Baba, ni sa mère, mais… Malik.

« Karina, dit-il en s'agenouillant près d'elle. C'est moi. Je suis là. Tu m'entends ? »

Une seconde, que faisait Malik ici ? La présence des autres répondait à une certaine logique – ils étaient morts par sa faute, ce n'était que justice qu'ils viennent hanter ses derniers moments sur terre. Mais elle n'avait pas tué Malik… si ? À une époque, elle avait voulu le faire, mais c'était longtemps auparavant, et elle était si fatiguée. Elle fut soudain prise de l'envie irrésistible de poser la tête contre le carrelage et de ne plus penser ni à ces histoires de meurtre, ni à ses parents, ni à quoi que ce soit.

« Non, non, Karina, regarde-moi. Reste avec moi. » Malik essaya de la toucher, mais sa main passa au travers de son visage. L'étrangeté de la sensation, semblable à un nuage passant devant le soleil de ce qui aurait dû être une belle journée, incita Karina à rouvrir les yeux.

« Tu dois… partir, articula-t-elle en haletant. Avant qu'elle ne t'attrape. » Il était trop tard pour elle, Caracal et Afua, mais la démone n'avait pas encore mordu Malik. Il était encore temps pour lui d'éviter de rejoindre la liste des morts causées par la main de Karina.

« À qui parles-tu, princesse ? » Maame Petites Griffes jeta un coup d'œil par-dessus son épaule, mais ne vit que Karina, seule, face contre terre. « Patience, ma chère. Ma préparation est presque terminée. »

Si Karina avait pu contrôler ses bras, elle aurait éjecté Malik hors de la pièce. Mais il refusait obstinément de fuir, et elle n'arriva pas à décider s'il s'agissait de la chose la plus idiote ou la plus honorable qu'elle ait jamais vue. Le jeune homme fouilla fébrilement des yeux les étagères autour d'eux, et s'arrêta sur un bouquet d'herbes suspendu directement au-dessus de la tête de Karina. « Le romarin repousse le mal », dit-il, et, waouh, lui avait-on déjà dit qu'il avait une voix magnifique ? Quelqu'un devrait le faire, une fois que le monde arrêterait de tourner. « Si tu arrives à te lever et à l'attraper, tu pourras la combattre. »

Un souvenir fugace lui titilla l'arrière du crâne. Elle, à genoux dans le jardin de sa mère, les coudes profondément plantés dans la terre glaise. *Le romarin tient le mal à distance,* avait dit la Crécerelle. Oui, le Malik imaginaire avait raison. S'accrochant à son souvenir comme à une ancre, Karina essaya de se soulever du sol.

Elle y parvint de quelques centimètres avant de s'effondrer de nouveau, les muscles hurlant de douleur.

« Je… ne… peux pas, souffla-t-elle.

— Bien sûr que si, l'encouragea Malik d'une voix cassée par le désespoir. Tu vas y arriver. Il te suffit de te lever. »

Pourquoi Malik se souciait-il tant qu'elle vive ou qu'elle meure ? Les ulrajis haïssaient les zawenjis depuis des siècles, et l'aïeule de Karina avait causé du tort à la sienne. Il avait essayé de la tuer. Il devrait se réjouir de son trépas imminent.

Karina avait dû penser à voix haute, car son expression désespérée se mua en quelque chose d'indéfinissable.

« C'est vrai, j'ai essayé de te tuer. Tu te rappelles comment je t'ai attirée sur le toit du temple du Soleil ? Je t'ai dit exactement ce que tu voulais entendre pour pouvoir arriver à mes fins. »

L'humiliation fit à Karina l'effet d'une décharge d'énergie. Animée d'une colère irrépressible, elle se redressa sur ses coudes. « Va pourrir en enfer ! » cracha-t-elle. Quelque chose passa dans les yeux de Malik, mais il demeura impassible lorsqu'il approcha son visage à quelques centimètres du sien.

« Si tu meurs ici, tu ne pourras jamais te venger de moi. Alors lève-toi, Karina. Tu n'as pas besoin de fuir, ni même de te battre. Seulement de te lever. »

Les provocations de Malik ravivèrent les dernières étincelles d'une opiniâtreté qu'elle ignorait posséder. Non, elle n'avait jamais été le genre de filles qu'on sauvait – c'était bien pour ça qu'elle avait appris à le faire elle-même. Chaque fois qu'elle avait cherché le salut chez les autres, c'était en elle qu'elle l'avait trouvé.

Karina posa les mains à plat sur le sol, se souleva de quelques centimètres et retomba immédiatement. L'impact lui remplit la bouche de sang, qu'elle recracha.

Debout. Karina assura sa prise sur le sol.

Debout. Elle fit passer son poids sur son pied droit. Ça tenait. Elle n'avait plus qu'à se lever.

Plus tard, Karina serait incapable de se rappeler comment elle avait réussi cette prouesse. Elle ne saurait dire pourquoi ses genoux flageolants n'avaient pas ployé sous elle, ou comment son cerveau avait pu continuer de fonctionner dans la poix du venin. Tout ce qu'elle savait, c'est que lorsqu'elle avait supplié chacune des divinités qu'elle connaissait, pas une n'était venue à son secours.

Seul Malik l'avait fait.

L'horrifiant *clic-clic-clic* résonna de nouveau quand Maame se retourna vers Karina. « Très bien, princesse, c'est enfin... Non ! »

Avec un cri inhumain, Maame Petites Griffes se jeta sur Karina qui, criant elle aussi, arracha le bouquet de romarin à son crochet au moment où la démone la percutait. Des centaines de minuscules griffes lui lacérèrent le visage, mais Karina ne lâcha pas les herbes pour autant, qu'elle frotta sur toutes les parties du corps de la démone qu'elle pouvait atteindre. Des plaies suintantes s'ouvrirent partout où le romarin entrait en contact avec la peau de Maame, dont les cris se muèrent en hurlements à glacer le sang. Elle rua comme un étalon sauvage, mais Karina, les mains maintenant poisseuses de son sang, continua d'enfoncer le romarin dans sa chair.

Elle se battit sans stratégie ni grâce. Elle n'était plus qu'ongles, dents, os et fureur. Les coups qu'elle portait ne répondaient qu'à un instinct de survie primitif. Elle mobilisa ses dernières forces pour introduire ce qui restait des herbes dans les yeux de la démone. Maame chancela violemment, et Karina en profita pour lui assener un coup de genou à l'abdomen qui l'envoya droit dans sa marmite de soupe.

S'ensuivirent des hurlements... des hurlements... puis le silence. Les jambes de Karina cédèrent une fois de plus, et elle s'effondra, la bouche pleine de sang – le sien et celui de

Maame. Elle sentit un doux effleurement sur son front avant que toute trace de Malik ne disparaisse.

Karina devait à tout prix trouver l'antidote au venin de Maame, mais le surcroît de force instillé par les encouragements de Malik l'avait abandonnée. Le sol se mit à trembler violemment sous ses pieds, et les bocaux qui s'y écrasèrent projetèrent des éclats de verre partout autour d'elle et remplirent l'air d'un mélange de vapeurs toxiques. Que se passait-il dehors ? Un séisme ?

Une silhouette jaillit par le rideau de perles qui masquait l'entrée de l'atelier. « Karina ! » cria Ife. Lorsqu'iel s'agenouilla près d'elle, l'eau qui imprégnait ses vêtements dégoulina sur elle. Les yeux de lae dulyo s'écarquillèrent à la vue du corps cloqué de Maame et des formes inconscientes de Caracal et d'Afua. « Je suis revenu·e dans la maison, mais je ne vous ai pas trouvés, alors je suis retourné·e dehors, et puis la pluie est arrivée, et je vous ai entendue crier, alors je suis venu·e ici, et je ne comprends pas ce qui se passe ! »

La pluie ? Il ne pleuvait jamais si loin dans le désert, et certainement pas à cette époque de l'année. À moins que… Oh non.

Le deuxième fléau, des tempêtes et des séismes assez puissants pour ravager Sonande, avait commencé.

Une nouvelle déflagration secoua le monde. Karina vit des étoiles quand sa tête percuta le mur. Elle cracha encore du sang et dit : « Ife, Maame nous a empoisonnés. Cherche dans ses réserves, il doit y avoir un antidote. »

Un éclair illumina la pièce, suivi d'un coup de tonnerre qui fit à son tour trembler la terre. Bien que son corps soit en train de s'effondrer sur lui-même, Karina sentit sa magie frissonner de ravissement à cette impressionnante démonstration des éléments.

Ife jeta un rapide coup d'œil autour d'iel et secoua la tête. « Il n'y a pas le temps pour votre idée. Essayons plutôt la mienne. »

Avant que Karina puisse protester, Ife l'attrapa par le poignet. Une lumière bleue se manifesta là où leurs peaux se rencontrèrent, et une chaleur se répandit à travers le corps de Karina. De petites perles d'un liquide violet se mirent à suinter des pores de sa peau et à s'évaporer. Un par un, ses muscles se dénouèrent, et le sang dans sa bouche disparut pour ne lui laisser qu'un arrière-goût métallique.

Karina ouvrit de grands yeux. Ife était un•e zawenji•e.

« Tu ne m'as pas dit que tu pouvais utiliser la magie !

— Vous ne m'avez jamais demandé ! »

Quelques secondes plus tard, le venin avait déserté le système sanguin de Karina. Ife s'écarta d'elle, visiblement éprouvé•e. Afua avait déjà mentionné que les zawenjis Lune-alignés étaient d'excellents guérisseurs, mais c'était la première fois que Karina en faisait l'expérience directe.

« Ça devrait suffire, dit Ife en toussant alors que davantage de bocaux et de fioles se brisaient autour d'eux. Mais ça va me prendre un peu plus de temps d'aider les autres. »

Karina fit rapidement la liste de leurs options. La tempête faisait rage dans le ciel, et la terre tremblait sous leurs pieds. Ife n'arriverait pas à guérir les autres assez vite pour leur permettre de fuir à temps, et à eux deux, ils n'étaient pas suffisamment forts pour porter Afua et Caracal jusqu'à un abri.

Si elle voulait qu'ils s'en sortent tous les quatre vivants, Karina allait devoir trouver un moyen d'arrêter ça.

« Veille sur eux ! » lança-t-elle à Ife, et avec un dernier regard pour ses amis inconscients, elle se rua à l'extérieur, où le monde s'écroulait sous ses yeux.

La Cité des Voleurs était en plein chaos. Près d'un tiers des bâtiments s'étaient effondrés, et d'autres connaîtraient bientôt le même sort. Des gens couraient dans tous les sens à la recherche d'une position surélevée, les bras ou les épaules chargés de tout ce qu'ils pouvaient raisonnablement porter, mais leurs gesticulations semblaient vaines face aux éléments déchaînés.

Karina se figea. Les images de la dévastation qu'elle avait causée à Tiru en libérant ses pouvoirs lui revinrent en mémoire. Si elle lâchait sa magie ici, ne risquait-elle pas de causer plus de morts ?

Une nouvelle trépidation ébranla la pierre, et un énorme morceau de roche se détacha de la paroi du canyon, juste au-dessus de la ville. Sans prendre le temps de réfléchir, Karina fendit l'air de sa main, et un vent violent plaqua le rocher contre la falaise. Mais d'autres tombèrent à leur tour, entraînant dans leurs chutes des tonnes de terre et de pierre. Karina se résolut à intervenir ; s'il y avait ne serait-ce qu'une petite chance que ses efforts paient, elle se devait d'essayer.

La tête toujours lourde du venin de Maame, Karina imagina un filet et jeta ses mains vers le ciel. Plusieurs bourrasques se joignirent les unes aux autres pour interrompre la pluie de roches. Karina laissa échapper un cri d'angoisse : chaque impact sur son filet se ressentait dans son corps. Sa vision commença à s'obscurcir et, avec un cri primitif, elle repoussa les projectiles le plus loin possible. Les rochers s'envolèrent au-dessus du bord de la falaise où ils allèrent s'écraser en un tas informe.

Le temps perdit toute signification. Karina, du haut du surplomb rocheux sur lequel elle s'était juchée, détournait chaque morceau de canyon qui menaçait de s'écraser sur Balotho. Sa vie ne se mesurait plus en heures ou en minutes, mais en vagues ondoyantes de pouvoir, pur nkra transformé en vents et tempêtes qui tentaient de stabiliser l'avalanche. Chaque fois qu'elle envisageait d'abandonner, elle trouvait dans l'inébranlable confiance que Malik lui avait témoignée la force de continuer.

Karina chanta au vent, et le vent chanta en retour. Ses bras dirigeaient une symphonie audible d'elle seule. Et quoique son corps menace de céder sous la pression, son cœur battait plus fort qu'il ne l'avait jamais fait ; ses muscles hurlaient, mais son esprit bouillonnait de vie. Telle était la magie qu'elle avait retenue tout au long de son existence. Telle était la raison de sa présence sur terre. À chaque bourrasque, elle se sentait plus réelle, plus vivante.

Plus que jamais la descendante de Bahia Alahari. Plus que jamais digne de ses pouvoirs.

Plus que jamais la personne que sa mère avait voulu la voir devenir.

Plus, exigeait sa magie, et Karina lui donnait toujours plus, jusqu'à son âme, brillante, étincelante, vibrante, en échange du pouvoir de dompter la terre et le ciel.

21

Malik

Malik se réveilla quelques secondes avant que la première secousse n'ébranle Ksar Alahari. Il venait tout juste de se rendre compte qu'il était de retour dans sa chambre et non plus avec Karina quand le sol se mit à tanguer.

Le deuxième fléau. Il avait perdu trop de temps.

Une réplique faillit le faire tomber, mais il parvint à garder l'équilibre et s'avança d'un pas chancelant vers la porte en prenant appui contre le mur.

« Leila ! Nadia ! » appela-t-il. Elles se précipitèrent vers lui, luttant pour rester debout malgré les tremblements constants. Malik attrapa ses sœurs et les entraîna hors de leurs appartements. Une seule pensée occupait son esprit : les mettre à l'abri. Rien – ni ce qui venait d'arriver à Karina, ni ce qui s'était passé avec Dedele – n'avait plus d'importance que ça.

Ksar Alahari avait bien résisté aux sauterelles, mais les séismes étaient tout autre chose. Aucune pièce du palais n'offrait de refuge contre les secousses. D'énormes débris de plafond pleuvaient autour d'eux alors qu'ils cherchaient un endroit sûr où s'en protéger. Malik avait eu la vision d'un tremblement de terre lors de l'Ultime Défi, mais ça n'était rien comparé à ce cauchemar. Le Roi sans visage s'agitait en lui ; sa peur de mourir jaillit à la conscience de Malik.

Ils venaient d'atteindre l'escalier en colimaçon qui les mènerait aux niveaux inférieurs quand ils entendirent un craquement tonitruant. L'escalier s'ouvrit en deux sous les pieds de Malik, et sa chute l'aurait sans doute tué si quelqu'un ne l'avait pas attrapé par le poignet.

« Je te tiens ! » cria Hanane, et il fut si soulagé qu'il ne se formalisa pas des cloques que le toucher glacial de la princesse ne manqua pas de provoquer. Avec une force surprenante, elle le hissa sur le palier. « Je vous ai cherchés partout ! Venez, suivez-moi ! »

Hanane, qui connaissait le palais depuis toujours, se déplaçait avec célérité. Elle leur fit emprunter des escaliers dissimulés et des pièces secrètes qui les conduisirent au plus profond du palais, à un niveau où l'on ne croisait habituellement que des domestiques. Une grande porte en bois marquait l'entrée d'une des chambres fortes du palais, dans laquelle Hanane les poussa presque. Malik se rendit compte seulement une fois à l'intérieur que Farid et le conseil s'y trouvaient déjà, serrés contre le mur du fond.

Hanane voulut se rapprocher du coin où Malik et ses sœurs s'étaient réfugiés, mais Farid la ramena brusquement contre lui alors qu'une nouvelle déflagration secouait le monde. Les murs tremblèrent et se craquelèrent, mais la cave tint bon.

« J'étais tellement inquiet ! s'écria l'ancien intendant.

— Farid… tu me fais mal…, dit Hanane d'une voix étranglée, et Farid recula d'un pas sans pour autant la lâcher.

— Est-ce que tu vas bien ? Tu es blessée quelque part ? Pourquoi n'es-tu pas venue directement ici ? » interrogea-t-il. Hanane sembla se recroqueviller sur elle-même.

« Je suis allée chercher Malik et ses sœurs. Ils ne savaient pas où se trouvait la chambre forte. »

Farid posa enfin les yeux sur Malik, comme s'il prenait seulement conscience de sa présence. L'ulraji plissa les yeux et écarta Hanane du reste du groupe.

« Viens, c'est plus sûr par ici.

— Mais je... »

Il ne servait à rien de protester. Farid et Hanane s'installèrent dans leur coin ; Malik, Leila et Nadia se pelotonnèrent dans le leur, comme ils le faisaient jadis dans la maison cauchemardesque où ils avaient grandi, et comme ils l'avaient fait durant les longues nuits de leur périple à travers le désert de l'Odjubai. Malik était là, tapi avec ses sœurs, mais une part de lui-même était restée avec Karina. Le souffle court, il se demanda ce qui lui était arrivé après qu'elle avait combattu la démone. Se trouvait-elle à l'abri des séismes ?

Quand il essaya de la contacter, il se brûla. Le fil qui les reliait était incandescent, chauffé à blanc par un pouvoir sur lequel il n'avait nulle prise. Karina était en vie, mais elle dépensait une telle quantité d'énergie qu'il ne pouvait pas l'atteindre.

Il abandonna donc et laissa ses sœurs enfouir leurs visages dans ses épaules tandis que le monde s'écroulait autour d'eux.

Plusieurs heures après que la dernière des répliques eut traversé Ziran, Malik et les autres occupants de la chambre forte émergèrent dans un monde de silence. Il observa avec un détachement engourdi Hanane arpenter les décombres du foyer où elle avait grandi, mille ans d'histoire balayés en moins d'une journée. Quand leur groupe arriva dans la chambre que Karina et elle avaient jadis partagée, elle tomba à genoux dans un mutisme angoissé.

Farid s'accroupit à côté d'elle et posa sur son épaule une main plus possessive que compatissante. « Nous rebâtirons le palais ensemble, promit-il. Et il sera encore plus solide, plus…

— Nous devons envoyer de l'aide à la Ville basse, dit Hanane dans un souffle de voix. Si nous avons essuyé de tels dégâts, les choses doivent être bien pires là-bas. Nous devons donner asile à ceux qui ont tout perdu. »

Malik ne pensait pas pouvoir haïr le conseil davantage, mais c'était avant de les voir s'opposer à la suggestion de la princesse.

« Des désastres tels que celui-ci font ressortir ce qu'il y a de pire chez les gens du peuple. Le plus urgent est de fermer les Doigts de la veuve et d'y affecter des renforts afin de décourager les pillards de s'y faufiler, fit valoir un des vizirs.

— Nous n'avons pas de renforts, car Mwale Farid les a tous envoyés à la recherche de la princesse Karina, qu'ils n'ont toujours pas trouvée, ajouta la grande viziresse avec un fiel qui n'échappa à personne. Non seulement avez-vous échoué à tenir chacune des fabuleuses promesses que vous avez faites depuis que vous avez pris le pouvoir, mais vous nous avez mis dans une position telle que nous sommes désormais incapables de nous défendre contre notre propre peuple, alors même que les dieux font pleuvoir leur colère sur nous. »

L'atmosphère était aussi tendue qu'une vipère prête à mordre. Malik aurait parié que s'il avait pu voir le réseau de nkra à cet instant précis, les filaments reliant le conseil à son mentor auraient été d'un rouge palpitant. Le visage de Farid se contracta.

« Je vous ferais remarquer que mon plan impliquait également de s'occuper de Karina le dernier soir de Solstasia, ce qui n'est pas arrivé, car elle s'est jouée des gardes que *vous* aviez postés le long du Rempart avec une facilité confondante. Mais n'ayez crainte, nous avons de nouvelles informations nous permettant de la localiser. » Farid jeta un coup d'œil à Malik, qui eut du mal à ne pas vomir au souvenir de Dedele. Par Adanko, les geôles avaient-elles tenu le coup ? « Elle sera bientôt sous notre contrôle, poursuivit l'ancien intendant. Alors, nous aurons fait un grand pas vers la résolution définitive de cette crise.

— Votre pouvoir est-il assez grand pour renvoyer les éclairs dans le ciel ? questionna la grande viziresse. Pourra-t-il assécher les maisons des milliers de personnes qui viendront nous demander des comptes ? Qu'est-ce que vous ne nous dites pas, Mwale Farid ? »

L'heure était venue pour son mentor de révéler l'existence du Rite du Renouveau, mais celui-ci demeura silencieux. S'il en exposait les détails, rien n'empêcherait le conseil d'aller chercher les artefacts et Karina lui-même et de se débarrasser de Farid sans le moindre remords. Tant qu'il était le seul à détenir ces informations, ils avaient besoin de lui… pour l'instant.

Farid ouvrit la bouche pour répondre, mais Hanane lui coupa la parole : « Si vous ne la fermez pas tous sur-le-champ, je vous balance des Doigts de la veuve à la première occasion. »

Voilà qui coupa le sifflet au conseil, dont les membres observèrent, médusés, Hanane se lever, avec dans les yeux une flamme qui ne s'y trouvait pas avant les séismes. « Est-ce que je ne viens pas de vous donner un ordre direct ? Je veux qu'on dépêche des éclaireurs dans tous les quartiers de la Ville basse pour évaluer les dégâts, et je veux qu'on envoie des messagers aux courtisans pour leur dire de préparer leurs maisonnées à recevoir autant de réfugiés que possible. »

La fille que Malik et ses sœurs avaient trouvée en larmes dans le jardin au milieu de la nuit n'était plus. Maintenant que la crise avait frappé bien plus près du cœur de Ziran qu'ils ne l'avaient anticipé, Hanane avait repris les rênes du pouvoir comme si elle était née pour ça – ce qui était évidemment le cas.

Seul Farid osa répondre : « Comment choisirez-vous ceux que nous laisserons entrer ? Nous n'avons pas les ressources nécessaires pour héberger tous ceux que le malheur a frappés. » Son regard s'adoucit, et sa voix retrouva le ton chaleureux qu'il réservait à la princesse. « Je sais que ça te brise le cœur de voir ton peuple souffrir, mais nous ne pouvons pas tous les sauver.

— Et parce que nous ne pouvons pas tous les sauver, nous ne devons en sauver aucun ? Hors de question.

— Hanane, tu ne connais pas ces gens. Tu n'as aucun moyen de savoir s'ils ne te veulent pas du mal.

— Alors les gardes mériteront leur salaire.

— Tu ne penses pas vraiment...

— Farid, qui dirige Ziran, toi ou moi ? » demanda Hanane. Le monde sembla retenir son souffle tandis que la princesse jadis défunte toisait l'homme qui l'avait ressuscitée.

Quelque chose se modifia sur le visage de Farid. Il hocha la tête. « Ça a toujours été toi. »

Hanane acquiesça elle aussi et se tourna vers Leila. « Tu m'as dit que tu avais une formation de soignante. Pourrais-tu gérer l'infirmerie jusqu'à ce que nous fassions venir d'autres guérisseurs ?

— Bien sûr, Votre Altesse », répondit Leila, les yeux brillants de fierté pour son amie qui prenait la situation en main.

Les quelques heures suivantes passèrent en un éclair. Ceux qui avaient été épargnés par les séismes aidèrent comme ils le purent ceux qui avaient eu moins de chance qu'eux. Hanane coordonnait les opérations, îlot de calme au milieu de ce chaos tourbillonnant. Ses éclaireurs rapportèrent que la rue du Temple était complètement inondée et que la moitié des bâtiments de la Ville basse s'étaient effondrés ou étaient sur le point de le faire. Des dizaines de milliers de personnes avaient vu leurs maisons et leurs gagne-pain balayés en seulement quelques heures. Malik savait ce que ça faisait de tout perdre par la faute de forces qui nous dépassaient – il n'aurait souhaité ce sentiment à personne, pas même à son pire ennemi.

Plus inquiétant encore, une inspection du palais révéla que les niveaux les plus bas avaient subi le plus gros des dégâts et que l'inondation était imminente. Quand la nouvelle leur était parvenue, Farid et Malik avaient échangé un regard horrifié en comprenant les implications d'un tel désastre.

La nécropole. S'ils voulaient trouver le sceptre, il n'y avait pas une minute à perdre.

« Je dois admettre que je ne pensais pas vous revoir si vite ! » s'exclama Yaema que Malik guidait à travers ce qui restait du jardin de la reine. Il était près de midi, mais avec les nuages d'orage qui cachaient le soleil, il aurait tout aussi bien pu faire nuit. Hanane se démenait pour aider les réfugiés, qui arrivaient au compte-gouttes à Ksar Alahari, bouche bée d'admiration devant les merveilles qui les entouraient, tout comme l'avait été Malik lors de sa première visite.

À la vérité, il aurait préféré être aux côtés de la princesse et l'aider à mener à bien cette tâche colossale. C'est ce que faisaient Leila et Nadia, la première à l'infirmerie, la seconde en cherchant, avec les autres enfants du palais, des nattes, des couvertures et tout ce dont les réfugiés pourraient avoir besoin. Hanane, dans l'œil du cyclone, coordonnait ces efforts herculéens avec un sens de l'organisation qui aurait fait pâlir un officier aguerri.

Mais tout le monde avait son rôle à jouer, et celui de Malik l'attendait au fond de la nécropole. Cependant, vu qu'il avait manqué de se faire avaler tout cru par un serpopard lors de sa précédente visite, il n'avait aucunement l'intention d'y retourner sans un plan. Raison pour laquelle il avait demandé à la princesse de convoquer Yaema, la seule personne à Ziran qui en savait plus que Farid sur l'antique Kennoua.

« Je ne m'attendais pas non plus à avoir besoin de votre expertise si tôt, mais les choses ont changé depuis notre dernière rencontre, répondit-il. Comment allez-vous, d'ailleurs ? Votre famille était-elle en sécurité pendant les tremblements de terre ? »

Une expression étrange traversa le visage de Yaema. « La majeure partie de ma famille vit dans la Vieille Ville. Le plus gros des dégâts nous a été épargné. En toute franchise, ils sont encore tellement choqués par la mort de mon cousin qu'ils n'ont même pas dû remarquer que la moitié de Ziran était en ruine. » Yaema cligna des yeux et secoua la tête. « Ah, pardon. Merci d'avoir posé la question. Que puis-je faire pour vous aider ? »

Malik n'était pas très à l'aise avec l'idée d'emmener Yaema dans l'espace privé de la famille royale, mais il ne connaissait aucun autre moyen d'accès à la nécropole. Entre les sauterelles et maintenant les tremblements de terre, le jardin était anéanti. Son cœur se serra à la vue des arbres déracinés et des pierres brisées.

« Je crois que le sceptre que je recherche pourrait être caché dans la nécropole du dernier pharaon. Je voudrais que vous m'aidiez à le retrouver. »

Les yeux de Yaema s'illuminèrent. « Une vraie nécropole... Oui, oui, bien sûr ! Où est-elle ?

— Juste ici. »

Malik enfonça la chevalière qu'il avait empruntée à Hanane dans l'indentation à la base de la fontaine et récita la devise des Alahari : *Malgré tout, nous sommes toujours debout.* La pierre lisse qui dissimulait l'entrée coulissa dans son emplacement, révélant une série de marches et le bruit d'un torrent. D'ici, il était impossible de voir quels dégâts avait subis la nécropole – la cité dorée avait peut-être été inondée, ce qui rendrait sa mission caduque.

La rivière n'est pas encore sortie de son lit à cet endroit, mais ce n'est qu'une question de temps, indiqua Idir. *Dépêche-toi.*

« Ce n'est pas une mince faveur que je vous demande, dit Malik à Yaema, et je comprendrais parfaitement que vous ne vouliez pas risquer votre vie pour… »

Mais la fille descendait déjà l'escalier d'un pas bondissant dans l'obscurité. « Qu'est-ce que vous attendez ? Dépêchez-vous ! » lança-t-elle, et Malik secoua la tête avec étonnement avant de lui emboîter le pas, tandis que le marbre se refermait au-dessus d'eux.

La fois précédente, Karina et lui étaient littéralement tombés de l'escalier dans la rivière et avaient repris pied sur la terre ferme non loin de l'entrée de la nécropole par un coup de chance et avec l'aide d'une créature démoniaque – *Retire ça tout de suite, Ipsi est une crème* –, d'accord, avec l'aide d'un des *familiers* d'Idir qui vivait au fond de la rivière.

Il était impossible de ne pas penser à Karina tandis qu'ils descendaient prudemment les marches branlantes. Maintenant que les secousses s'étaient calmées – pour l'instant –, Malik ne pouvait plus fermer les yeux sur ce qui s'était passé entre eux juste avant.

Il aurait dû ignorer ses appels à l'aide. Il aurait dû se cacher sous sa couverture, plaquer ses mains sur ses oreilles et faire abstraction de ses supplications, comme il l'avait toujours fait dans son enfance pour ne pas entendre les enténébrés fureter autour de lui.

Mais au lieu de ça, il était parti la rejoindre. En essayant de se convaincre qu'il le faisait uniquement parce qu'ils avaient besoin d'elle pour le Rite du Renouveau – une piètre excuse. La vérité, c'était qu'un monde sans Karina lui était intolérable.

Et sans qu'il sache comment, Karina était parvenue à se relever. Elle avait *gagné*.

Non, il savait très bien comment. C'était une des choses que Malik admirait le plus chez elle – sa façon d'avancer coûte que coûte là où les autres prétendaient qu'il n'existait aucun chemin. Même sans son aide, elle aurait trouvé un moyen de survivre à Maame Petites Griffes. La vraie question était pourquoi. Pourquoi avait-il agi ainsi ?

Tu sais pourquoi, murmura le Roi sans visage, et Malik ne put se résoudre à répondre.

Il tendit à Yaema une torche et une longueur de corde.

Karina était une zawenjie. Lui, un ulraji. Elle était issue de la famille royale ; Malik, d'un peuple qui avait moins de droits que certains animaux. Quand l'occasion s'était présentée, elle avait choisi Tunde sans le moindre remords.

Et pourtant, au moment le plus critique, ce n'était pas Tunde qu'elle avait appelé ni aucun autre des nobles qui avait probablement réchauffé son lit. Aux portes de la mort, Karina l'avait voulu, *lui*, à ses côtés. Cela devait bien signifier qu'il n'avait pas tout imaginé, que cette attraction qu'ils ressentaient l'un pour l'autre n'était pas seulement due à ce qu'avaient partagé leurs ancêtres.

Et si c'était le cas ? demanda Idir. *Et si la fille était réellement tombée amoureuse de toi ? Quand viendra l'heure de sacrifier l'âme d'une reine pour apaiser les dieux, seras-tu prêt à faire ce qui doit l'être pour sauver ce monde ?*

Pour une fois, l'obosom ne semblait ni sarcastique ni méprisant. Juste… triste, ce qui perturba davantage Malik. Il enfouit Karina tout au fond de lui et s'obligea à se concentrer sur

Yaema, qui contemplait bouche bée la fresque monumentale devant eux.

« Ça doit avoir au moins mille ans ! » s'exclama-t-elle. La lumière de leurs torches faisait luire les pierres précieuses incrustées dans la roche et révélait l'histoire sanglante de Ziran. « Quel chef-d'œuvre ! »

Malik posa la main sur la représentation de l'Ulraji Tel-Ra, l'estomac tordu par les horreurs décrites sur la fresque. Laquelle de ces silhouettes masquées était Khenu, et qu'avait-elle fait au nom de cet empire du passé ?

Tu n'as pas le temps pour ça. Bouge ! aboya le Roi sans visage. Alors seulement Malik remarqua que les flots agités de la Gonyama se couronnaient d'écume. Le lien qu'entretenait encore Idir avec le fleuve rugissait en lui, lui laissant voir à quel point celui-ci était proche de submerger ses berges.

Yaema et lui nouèrent rapidement un bout de la corde à l'une des massives stalagmites au fond de la caverne, et l'autre à leurs tailles. Puis ils grimpèrent le long de la paroi, à l'aplomb des eaux furieuses. Le monde se réduisit aux prises qui se succédaient les unes aux autres. Malik ne tenait plus que grâce à l'adrénaline. S'il s'immobilisait, il se mettrait à réfléchir, et alors il paniquerait, tomberait, se noierait…

Respire. Reste présent. Reste ici. Un geste après l'autre. Il pouvait y arriver.

En moins de temps qu'il l'aurait cru, mais encore trop à son goût, l'éclat doré de la nécropole leur apparut. Yaema irradiait d'incrédulité en crapahutant au bas de la paroi.

« C'est tellement… C'est… Waouh », souffla-t-elle.

La nécropole restait en grande partie intacte, mais l'eau montait vite dans certaines rues. Ils n'avaient pas le temps d'admirer comment le tombeau tout entier brillait en dépit de toute source de lumière extérieure, ni de pleurer les centaines de malheureux piégés là dans une servitude éternelle par l'homme qui les avait réduits en esclavage tant dans la vie que dans la mort. Une odeur putride empuantissait l'atmosphère, et Malik se rendit compte qu'elle provenait du corps du serpopard en décomposition.

« Faites attention à ne toucher à rien, avertit-il Yaema. La dernière fois que je suis venu ici avec Ka... avec une autre personne, il a suffi qu'elle pose la main contre le mur pour libérer le serpopard. »

Yaema hocha la tête, et ils s'engagèrent dans les rues inondées en direction du temple et de son obélisque géant. Il était toujours fermé ; Malik s'attaqua aux épais verrous avec la lame-esprit, mais en vain.

La jeune femme examina les centaines de glyphes qui ornaient les portes de l'édifice. Habituellement, le cerveau de Malik traduisait les glyphes kennouans en propos intelligibles, mais ceux du temple formaient un méli-mélo de mots et de phrases qui n'avaient aucun sens. « Vous comprenez ce que ça dit ? s'enquit-il.

— Pas vraiment. Normalement, les glyphes se lisent de haut en bas et de gauche à droite, mais ici, ça ne semble pas fonctionner. Cependant, pourquoi irait-on écrire n'importe quoi sur quelque chose d'aussi important que le tombeau d'un pharaon ? Ça n'aurait aucun sens, à moins que... » Les yeux de Yaema s'illuminèrent. « C'est un code ! »

Malik fut soudain très heureux d'avoir emmené l'universitaire, car s'il avait toujours été doué pour les énigmes, les codes étaient une tout autre affaire. « Vous pouvez le... euh... décoder ?

— Déchiffrer, et oui, mais ça va prendre un peu de temps. »

Le temps était justement ce dont ils manquaient, mais il n'y avait pas d'autre option. Pendant que Yaema se mettait au travail, Malik, qui avait du mal à tenir en place, s'efforça de calmer les battements de son cœur affolé. Il ignorait pourquoi il se sentait si nerveux alors que tout s'était bien passé jusqu'ici.

C'était peut-être ça le problème. Comparées à son premier séjour dans la nécropole, les choses se passaient *trop* bien. Chaque fois que Malik s'était retrouvé dans ce genre de situation, cela s'était révélé être un piège. La panique galopait sur sa peau comme autant de fourmis. Idir demeurait silencieux, ne confirmant ni n'infirmant ses craintes.

Le comportement des spectres ne l'aidait pas beaucoup – ou plutôt *du* spectre. Malik était parti du principe qu'une fois hors de l'enceinte protectrice de Ksar Alahari, la meute habituelle des enténébrés reviendrait le suivre. Mais un seul d'entre eux flottait pour l'heure dans les parages, ses yeux aussi blancs que ceux de Malik étaient noirs. Quoique aucun des spectres ne possède de traits distinctifs, celui-ci avait un air de familiarité qu'il n'aurait su expliquer.

Pour essayer de garder son calme, Malik se surprit à compter : les pulsations rouges de la lumière qui faisait office de cœur à l'enténébré, ses propres respirations… Pourquoi était-ce si calme, où étaient les pièges, que se passait-il ici… ?

« Je l'ai ! s'écria Yaema. C'est une énigme : *Deux nous sommes, chaque jour nous voyageons ensemble, jamais nous ne nous séparons, et pourtant pas une fois nous ne nous sommes rencontrés. Qui sommes-nous ?* »

Respire. Reste présent. Reste ici. Deux choses qu'on trouvait toujours ensemble… L'obscurité et la lumière ? Non, ils voyageaient. Deux éléments qui parcourent le monde côte à côte sans jamais se rencontrer…

« Les yeux, répondit Malik, et ce furent ceux de Karina qui lui vinrent à l'esprit, resserrant un peu plus le nœud d'inquiétude dans son estomac. Ils sont toujours ensemble, mais ils ne peuvent jamais se croiser. »

Sitôt qu'il eut fait glisser les glyphes correspondants à leurs places, un puissant grondement fit vibrer la terre. Yaema et Malik s'accrochèrent instinctivement l'un à l'autre, craignant un nouveau séisme, mais il ne s'agissait que de la porte du temple qui s'ouvrait. Ils se séparèrent rapidement, les joues écarlates, et, avec un raclement de gorge embarrassé, Malik passa devant et pénétra dans le tombeau du pharaon, talonné par le spectre solitaire.

À l'intérieur, une débauche de richesses s'étendait aussi loin que portait le regard, et probablement au-delà. Ils virent des pyramides de lingots d'or plusieurs fois plus hautes qu'eux, des statues aux bras chargés de coffres débordant de rubis, d'émeraudes, de saphirs et de quartz. Au moins une centaine de soldats pétrifiés montaient la garde, leurs armes cérémonielles rutilantes dressées entre leurs mains figées pour l'éternité.

Au milieu de tout cela, sur une estrade, trônait le sarcophage du pharaon. Quelque chose de profondément ancré en Malik l'attira vers le cercueil doré, dont il s'approcha, la main tendue pour… Non. Il n'était pas là pour le pharaon, mais pour Khenu. Ils pénétrèrent ensuite dans une nouvelle série de pièces qui abritaient, selon la carte qu'ils avaient trouvée à l'université, la dernière demeure des épouses d'Akhmen-ki.

Si la chambre funéraire du pharaon avait été dédiée à la guerre, celle-ci l'était à la beauté, avec ses colonnes cylindriques ceintes d'épaisses guirlandes de fleurs et ses cascades d'où jaillissait une eau parfumée qui alimentait les bassins alignés au pied des tombes. En comparaison, la chambre des concubines paraissait sombre et austère. Malik et Yaema s'y attardèrent cependant pour lire les quarante-cinq noms inscrits sur les tombes.

Mennerakan de Luxum Basse, âgée de 19 étés,
fille du scribe des Champs fleuris.
Bera de Kairum, âgée de 26 étés,
fille du Haut Prêtre de Kairum.
Sessharek de Remet Haute, âgée de 13 étés,
ascendance inconnue.

Quarante-cinq femmes, de tribus et d'âges différents. Quarante-cinq concubines qui n'avaient en commun que leur lien au pharaon, et que l'histoire ne définirait jamais autrement. Malik se força à lire chacun des noms avec attention, pour rendre hommage à ces femmes reléguées au rang de notes de bas de page dans l'histoire des empires et des rois.

Mais Khenu ne figurait pas parmi elles.

Malik et Yaema consultèrent de nouveau la carte pour localiser la petite pièce anonyme où Malik espérait trouver les tombes de l'Ulraji Tel-Ra. Une vibration dans ses veines lui disait qu'ils étaient au bon endroit, et il sentit son cœur battre à tout rompre lorsqu'il posa la paume à plat contre la pierre. La Marque passa de sa peau au mur et s'étendit pour adopter la taille et la forme d'une porte, qui s'ouvrit.

Le nkra était si dense ici que Malik manqua de s'étouffer. La magie l'entourait, extatique de côtoyer des vivants après tant de siècles en compagnie des morts. Les tombes de l'Ulraji Tel-Ra avaient été regroupées par type de magie pratiquée – sept catégories en tout, sept pouvoirs zawenjis. Yaema lut les titres à haute voix.

« Volecœurs, marcherêves, filomanciens – comme Farid, non ? –, danseurs d'âmes, siphonesprits, perdraisons. » Yaema se tourna vers Malik, les yeux écarquillés. « Et ici, les tisseurs d'histoires. »

Malik osa à peine respirer en parcourant des yeux la rangée de tombes des tisseurs d'histoires. Son peuple. Son sang.

Et pourtant…

Il leva la tête. « Khenu n'est pas là.

— Alors où est-elle ? »

Malik l'ignorait, mais cela ne signifiait qu'une chose – c'en était terminé. La nécropole avait été sa seule piste. Si le sceptre n'était pas là, alors il n'avait aucune idée de l'endroit où il pouvait se trouver. Des points noirs lui obscurcirent la vision à la pensée de ce que Farid lui ferait s'il revenait les mains vides.

Il avait échoué. *Menteur. Assassin. Tortionnaire. Raté.*

Yaema posa la main sur son épaule. « Nous pouvons continuer nos recherches. Quand nous rentrerons, je retournerai l'université s'il le faut. Nous trouverons cet artefact, ne vous inquiétez pas. »

Malik apprécia le réconfort, mais Yaema ne comprenait pas ce qui était en jeu. Ses mains se mirent à trembler à mesure que son esprit se fermait, jusqu'à ce qu'une ombre se matérialise devant lui. Il leva les yeux sur le spectre et, plus par désespoir qu'autre chose, lui demanda : « Sais-tu où est Khenu ? »

Pour toute réponse, l'apparition dériva hors de la pièce, et Malik et Yaema s'empressèrent de la suivre. Elle les ramena à la chambre funéraire du pharaon, leur fit contourner le sarcophage et s'arrêta devant un épais rideau pourpre qui délimitait un espace secret absent de la carte.

Malik se sentit gagné par l'effroi. Les mains tremblantes, il tira le rideau, pour découvrir une chambre qui dépassait toutes les autres en splendeur. Les murs étaient tapissés de quartz rose, éclairés par des torches qu'un enchantement faisait brûler depuis des siècles sans que jamais elles se consument. Leur lumière mouvante se réfléchissait sur un long escalier menant à un corps étendu sur un lit de pierre.

L'ancêtre de Malik paraissait si paisible dans son dernier repos qu'on aurait pu la croire endormie. Le tissu de sa robe blanche cascadait de sa dalle mortuaire comme des rivières de dentelle aérienne. Le cœur de Malik manqua un battement – les traits de Nadia étaient en tous points semblables à ceux de Khenu, dont le visage rond et les boucles denses avaient traversé les siècles. Malik ne pouvait concevoir de plus bel endroit où demeurer pour l'éternité. Pourtant, imaginer Khenu si loin du soleil et de la famille qui ne l'avait même pas connue lui brisa le cœur.

Mais il y avait plus urgent : ses mains jointes étaient refermées sur le sceptre, dont la malachite irradiait de pouvoir.

Malik prit l'objet des mains de son aïeule aussi délicatement que possible. Il devait forcément y avoir un mécanisme de protection attaché au plus important artefact magique de l'histoire kennouane, et pourtant… rien. Ni serpopard, ni malédiction, ni piège. Ça n'avait aucun sens. Malik était entré et s'était emparé du sceptre aussi facilement que s'il était allé cueillir une fleur des champs. Comment était-ce possible ?

Et d'ailleurs, pour quelle raison le pharaon avait-il fait don d'un objet d'une telle valeur à Khenu ?

Les yeux de Malik passèrent du corps de son ancêtre au spectre, et de là aux glyphes inscrits sur le bord de la dalle, qui ne formaient qu'un seul mot :

Bien-aimée

La réponse le frappa comme un coup de poing à l'estomac. Ce fut le moment que choisit le Roi sans visage pour se manifester.

La magie qui protège la nécropole ne t'identifie pas comme un voleur pour la même raison qu'aucun grand-parent ne punirait son petit-enfant d'avoir chapardé un fruit dans le verger, dit l'esprit, et les murs semblèrent se refermer sur Malik. Il regarda le spectre – non, pas n'importe quel spectre.

Khenukahor, l'esprit de son ancêtre qui l'avait mené en ces lieux.

Elle posa une main fantomatique sur son front, et Malik *vit.*

Il vit Khenu arrachée à son foyer, criant à l'aide en vain. Il vit les esclavagistes comprendre ce qu'ils avaient trouvé et la remettre à l'Ulraji Tel-Ra pour enclencher le processus consistant à faire d'un enfant une arme. Il vit le moment où le pharaon, cet homme assez vieux pour être son père, la remarqua et ordonna qu'on la lui amène, alors qu'elle était encore plus enfant que femme.

Et Malik *ressentit.*

Il ressentit le désespoir et la peur de Khenu. Il ressentit la douleur, le dégoût, le viol, et plus que tout autre chose, le désir primitif de survivre au nid de vipères dans lequel on l'avait jetée. Il ressentit dans ses os la haine dévorante pour Bahia Alahari, et comment celle-ci lui avait permis de s'élever dans la hiérarchie et de s'emparer du pouvoir chaque fois qu'elle le pouvait, quand bien même cela signifiait se donner en offrande à celui qui lui avait arraché tout ce qu'elle possédait.

Bien-aimée.

Bien-aimée.

Bien-aimée.

Malik comprenait à présent pourquoi la nécropole ne s'en prendrait jamais à un descendant de Khenu, car l'enfant de Khenu était l'enfant du pharaon. Le temple *voulait* qu'il prenne le sceptre. Et en vertu des Anciennes Lois, écrites des millénaires avant même que Ziran ait été un embryon d'idée, tout ce qui se trouvait ici, des tombes et des corps jusqu'à la moindre poussière d'or, lui appartenait.

Malik n'arrivait plus à respirer. Pas même à penser. C'était… Il devait sortir d'ici.

Mais ses jambes refusaient de bouger. Partout où il portait le regard, il voyait l'or se refermer sur lui. Le souvenir du carnage et celui de la richesse se mêlaient jusqu'à ce qu'il ne puisse plus distinguer l'un de l'autre.

Yaema s'efforçait de le maintenir à la verticale, mais il n'y eut rien que Malik puisse faire contre l'assaut de cet héritage qui l'avalait tout entier, qui l'avait condamné des milliers d'années avant même qu'il ne soit né, et il n'arrivait plus à respirer. Il n'arrivait plus à respirer. Le sceptre se fondait dans la Marque de la même façon que la lame-esprit, il faisait maintenant partie de lui, et il n'arrivait plus à respirer. Et alors que le monde se brouillait et s'obscurcissait autour de lui, un murmure effroyablement familier flottant à la lisière de sa conscience lui susurra ces quatre petits mots :

Bienvenue à la maison.

22

Karina

Il fallait rendre justice au peuple de Balotho : tous voleurs et assassins assoiffés de sang qu'ils soient, ils savaient recevoir.

« Avez-vous besoin d'autre chose ? N'importe quoi ? » lui demanda Elinam en se penchant avec empressement au-dessus de la méridienne sur laquelle Karina était étendue. Les spacieuses chambres avaient jusqu'alors constitué les appartements de Maame, mais maintenant que la démone était morte, la ville avait été plus qu'heureuse de les attribuer à Karina et à ses compagnons le temps qu'ils se remettent de leur épreuve. Elinam s'était montrée particulièrement généreuse, tenaillée sans doute par la culpabilité d'avoir indirectement mis Karina en danger de mort. De toute évidence, aucun des disciples de Maame n'était au courant de la véritable nature de son dispensaire, et tous avaient été horrifiés d'apprendre qu'ils avaient involontairement contribué à faire assassiner des gens.

Trois jours s'étaient écoulés depuis que Karina avait sauvé la Cité des Voleurs des tremblements de terre, ce qui lui avait valu l'adoration de ses habitants. *Sauveuse*, avaient-ils scandé quand la poussière s'était éclaircie et avait révélé Karina au milieu du chaos, seul rempart entre eux et une mort certaine. *Sauveuse*, avaient-ils martelé en hissant son corps semi-comateux sur leurs épaules, en prenant soin de ne pas piétiner les torsades argent qui cascadaient autour de son visage et jusqu'au bas de ses jambes, aussi épaisses et volumineuses que les nuages qu'elle invoquait. On avait vu la pousse subite de ses cheveux comme une bénédiction des dieux. Encore maintenant, quatre assistantes s'affairaient derrière elle pour les tresser à la mode locale.

Selon Afua, c'était un effet secondaire de l'utilisation d'une telle quantité de magie en une seule fois. « Voyez ça comme un rejet, expliqua-t-elle quand elle se réveilla enfin de son empoisonnement, saine et sauve mais contrariée d'avoir raté toute l'action. Nos corps réagissent d'une étrange façon quand ils sont soumis à un stress extrême, et toute cette énergie additionnelle doit bien aller quelque part. »

Karina préférait de loin la théorie d'Afua à l'idée que les dieux jouaient avec son corps, mais ça ne l'empêchait pas d'apprécier de se faire bichonner par les seules personnes de tout Sonande à voir autre chose en elle que la prime faramineuse attachée à sa capture. Aux yeux du peuple de Balotho, Karina était une héroïne. Ils composaient des chansons en son honneur, la paraient de bijoux et de perles, lui servaient les mets les plus délicats et la vêtaient de leurs plus beaux habits.

Elle ne leur dit pas que leur véritable sauveur était un garçon qui se trouvait à des centaines de kilomètres de là, à Ziran. Elle doutait qu'ils la croient.

Ses assistantes enfilèrent les dernières fleurs sauvages dans ses cheveux puis firent un pas en arrière pour admirer leur travail.

« Vous êtes magnifique, princesse. Absolument rayonnante », s'extasia Elinam en lui tendant un miroir en argent.

De fait, elle l'était. Entre leurs mains expertes, les boucles de Karina étaient devenues des dizaines de tresses argentées qui s'imbriquaient les unes aux autres pour former une natte géante qui lui tombait aux chevilles. Des perles de verre, des porcelaines, des fleurs sauvages et des fils d'or y étaient entrelacés ; en cet instant, sa beauté rivalisait avec les descriptions de la Grande Mère qu'ils avaient tous appris à adorer.

Karina contempla son reflet.

Avec les cheveux si longs, elle ressemblait à sa mère.

Son silence jeta le trouble parmi les assistantes. « Ça ne vous plaît pas ? »

Karina refoula le sentiment de porter la peau de quelqu'un d'autre par-dessus la sienne et adressa à ces femmes le sourire qu'elles attendaient. « Votre travail contenterait les dieux eux-mêmes. »

Les assistantes semblèrent sur le point de s'évanouir de plaisir. Après avoir noué un dernier sautoir de perles rouges et or autour de sa taille, elles partirent. Seule pour la première fois depuis des jours, Karina cessa de sourire et récupéra deux objets enveloppés de toile cirée cachés au fond de son sac.

Le premier n'était rien de plus qu'un morceau d'os, de forme triangulaire et de la taille approximative d'un poing fermé. Les symboles des sept divinités patronnesses y étaient gravés, ainsi que le papillon de la Grande Mère. Cependant, quand Karina appuya en son centre, il se réchauffa et pivota sur lui-même à la manière d'une boussole. Sa pointe s'arrêta sur le nord-ouest, en direction des monts d'Eshra.

Mais surtout, en direction du Sanctuaire.

C'était la clé de Doro Lekke, le dernier obstacle entre elle et le pouvoir dont elle avait besoin pour arrêter Farid et empêcher un nouveau désastre comme celui qui avait presque détruit Balotho. Elle aurait dû jubiler. Elle aurait dû se sentir extatique.

Au lieu de quoi, elle n'était qu'engourdie, comme lorsqu'elle était retournée dans l'atelier de Maame Petites Griffes et avait trouvé la clé qui flottait à la surface du liquide sombre dans sa marmite.

Quand tes chers ancêtres ont construit ce sanctuaire, il leur fallait trouver un moyen de le protéger des voleurs et des étrangers. Alors ils m'ont attirée par la ruse – moi, une enfant innocente du monde des esprits qui croyait à leurs mensonges –, ont placé leur clé en moi et m'ont abandonnée là.

Karina déballa le second objet, et les chaînes de la tiare de Maame Petites Griffes tintinnabulèrent entre ses mains. Plus elle pensait à la façon dont la démone avait été contrainte à assumer le rôle de gardienne de Doro Lekke par les zawenjis du passé, plus la douleur à l'arrière de son crâne augmentait. Elle n'arrivait pas à superposer le monstre qu'elle avait combattu avec l'enfant que les zawenjis avaient bernée, mais ça ne voulait pas dire pour autant que ce n'était pas arrivé.

Des pas approchèrent. Karina était sur le point de renvoyer tout visiteur quand Caracal, Afua et Ife apparurent dans l'encadrement de la porte.

« Content de voir que la Grande Sauveuse de Balotho a enfin un moment à consacrer aux pauvres quidams que nous sommes », la taquina Caracal en se laissant tomber sur un coussin en face d'elle. Ses mots manquaient pourtant de leur mordant habituel. Bien qu'Ife ait affirmé qu'aucun d'eux ne souffrait de séquelles du venin, l'ancienne Sentinelle mettait beaucoup plus de temps à s'en remettre que Karina et Afua. La princesse tourna la tête d'un côté puis de l'autre pour soulager la tension détestable que tous ces cheveux infligeaient à son cou.

« Que suis-je censée faire ? Les empêcher de me parer de bijoux ? » Quand il fut clair que Caracal ne saisirait pas la perche tendue, elle le considéra avec inquiétude. « Comment vous sentez-vous ?

— Mieux. D'après Ife, je devrais être en assez bon état demain matin pour reprendre le voyage.

— Il faudrait cependant qu'il évite les démons venimeux à l'avenir, intervint lae dulyo. Ça ne réussit pas du tout à son système nerveux, sans parler des spasmes musculaires, des défaillances d'organes…

— J'ai compris, Ife. Merci. »

Ife était lae seul·e membre de leur équipée à avoir échappé à la morsure de Maame Petites Griffes. Karina avait peine à imaginer la quantité de pouvoir qui se cachait dans cette silhouette fluette. Iel méritait autant qu'elle l'admiration des habitants de Balotho, car sans iel, elle ne serait plus qu'une enveloppe desséchée au fond d'une marmite. « Quand exactement comptais-tu me dire que tu étais un·e zawenji·e ?

— Techniquement, je ne vous l'ai jamais dit. Vous m'avez vu·e utiliser mes pouvoirs. Ce n'est pas la même chose. »

Un souvenir du deuxième rêve qu'elle avait partagé avec Malik refit surface. Juste après, Ife avait senti les bouleversements de son corps en lui saisissant simplement le poignet. « Tu as utilisé tes pouvoirs sur moi le lendemain de notre départ de Tiru.

— En effet. C'est comme ça que j'ai appris que vous vous êtes brisé la clavicule quand vous aviez 5 ans, que votre pied gauche est plus petit que le droit de près d'un centimètre, et que vos prochaines règles vont avoir plusieurs semaines de retard. Mais ne vous inquiétez pas, vous n'êtes pas enceinte, ajouta-t-iel en voyant l'expression affolée de Karina. Ce n'est que le stress. Si vous alliez avoir un bébé, je vous le dirais. »

Ife révéla ces informations – dont certaines étaient inconnues de Karina elle-même – comme si c'était la chose la plus ordinaire qui soit. « Pourquoi n'en as-tu jamais parlé ? Je conçois que tu le dissimules au reste du monde, mais pourquoi l'avoir caché à d'autres zawenjis ?

— Je le savais, se manifesta Caracal.

— Je l'avais senti, ajouta Afua.

— D'accord, grommela Karina. Pourquoi me l'avoir caché à moi ? »

Ife se mit à tripoter un fil qui sortait de l'ourlet de sa manche. Sans regarder Karina, iel répondit : « Je ne comprends pas les gens. Je ne les ai jamais compris. Et ils ne me comprennent pas. Et ce n'est pas grave, parce que je comprends les histoires. Elles suivent un schéma. Il y a un début, un milieu et une fin. Chaque élément y a sa place, et l'ensemble a du sens. Je me suis habitué·e aux choses qui n'en ont pas, mais ce n'est pas le cas des autres. Ils n'aiment pas vous voir faire ce qu'ils ne conçoivent pas, ou quand votre genre, votre visage ou vos capacités n'ont aucun sens à leurs yeux. Avec Caracal, je ne me suis jamais senti·e mal à l'aise ou diminué·e, mais avec les autres, si. Avant, j'en parlais. Je ne le fais plus. »

Lae zawenji·e Lune-aligné·e toucha distraitement la marque des dulyos à sa joue droite. Dans la région des Eaux du Levant, les dulyos étaient chéri·e·s au sein de leurs communautés ; la méfiance envers la magie devait être profonde pour qu'Ife ait été chassé·e de chez ellui, comme si sa nature de zawenji·e supplantait tout le reste.

Soupçonnant qu'Ife n'aimerait pas être touché·e sans autorisation, Karina exécuta le signe de respect zirani. « Merci pour tout ce que tu as fait.

— Vous avez tous été blessés par ma faute. J'aurais pu arriver plus tôt si j'étais parvenu·e à m'y retrouver dans le labyrinthe de cette maison.

— Tu n'as rien fait de mal. Aucun de nous ne serait vivant sans toi. »

Ife ne répondit pas, mais iel sembla se détendre. Afua se pencha en avant et prit la clé de Doro Lekke sur les genoux de Karina. Un halo de lumière violette se forma autour de ses mains alors que sa magie mettait en évidence l'histoire de l'objet comme seule une zawenjie Vie-alignée savait le faire. « Je n'en reviens pas que nous soyons sur le point de pénétrer dans un endroit qu'aucun zawenji n'a vu depuis des millénaires. »

Et pour ça, il nous a suffi d'assassiner une créature qui n'essayait que de se défendre, songea sombrement Karina. Mais elle ne souhaitait pas gâcher le premier moment de tranquillité de leur voyage, aussi demanda-t-elle : « La clé te montre l'emplacement exact du Sanctuaire ?

— Plus ou moins… Je vois une forêt, mais pas aussi dense que la jungle, et des collines moutonnantes qui bordent un marécage. Ça pourrait être l'endroit où se rencontrent les contreforts des monts d'Eshra et la jungle arkwasienne ? Environ à une semaine au nord-ouest d'ici. Mais je perçois surtout un fort sentiment d'appartenance. Le Sanctuaire est le foyer de cette clé, et elle souhaite désespérément y retourner.

— Alors nous partirons à l'aube, déclara Karina.

— Vos légions de fans seront anéanties, fit remarquer Caracal.

— Telle est la nature éphémère de l'amour. »

Afua reposa la clé et ramassa la tiare de Maame. Les reflets du joyau qui brillait en son centre parsemaient son visage de milliers de petites étoiles. « Croyez-vous qu'un autre gardien viendra prendre la place de Maame ?

— Ça me semble peu probable, répondit Karina. D'après ce qu'elle décrivait, seul un volontaire – ou la victime d'un stratagème – peut endosser ce rôle. Jusqu'à ce qu'un nouveau se présente, la ville restera sans défense. »

Karina aurait aimé avoir l'oud de Baba afin de noyer son trouble dans les harmonies familières de sa musique. Mais elle l'avait détruit, comme elle avait détruit Maame Petites Griffes, comme elle détruisait tout ce qu'elle touchait.

Caracal remarqua le tremblement de ses mains. Il se tourna vers Ife et Afua. « J'ai entendu quelqu'un prétendre avoir vu un esprit moitié singe, moitié cochon. Pourquoi n'iriez-vous pas jeter un coup d'œil ?

— Un singe à tête de cochon ou l'inverse ?

— À vous de le découvrir.

— Ça m'intrigue. Viens, Afua, on va voir. »

Sitôt les plus jeunes membres de leur expédition partis, Caracal leva un mince sourcil. « Très bien, princesse, causons. On a trouvé ce qu'on est venus chercher ici, alors pourquoi pleurnichez-vous comme si on vous avait volé toutes vos noix de kola ?

— Je ne pleurniche pas !

— Si ce n'était pas le cas, vous n'auriez pas besoin de l'affirmer. »

Karina fit de nouveau pivoter la clé dans ses mains. Comme toujours, elle pointait vers le foyer pour lequel sa gardienne avait donné sa vie.

« Maame Petites Griffes n'était qu'une enfant quand notre peuple l'a contrainte à devenir la gardienne de Doro Lekke. Une enfant du royaume spirituel, mais une enfant quand même. On m'a enseigné toute ma vie que nos ancêtres étaient sages et bons, mais ça paraît tellement cruel. Qu'est-ce que ça dirait de moi si des gens capables de faire une chose pareille me considéraient comme digne de leur héritage ? »

Caracal demeura silencieux si longtemps que Karina se sentit embarrassée d'avoir abaissé ses défenses devant lui. Cependant, quand il prit enfin la parole, ce fut d'une voix douce : « La première chose qu'on apprend aux Sentinelles, c'est l'obéissance. Ne jamais remettre un ordre en question, même si celui-ci vous semble horrible. Mais la deuxième chose qu'on vous enseigne ? L'héritage.

» Pendant des années, ils nous obligent à mémoriser les noms et les faits d'armes des Sentinelles du passé, jusqu'à ce que nous en sachions plus au sujet de ces gens morts des siècles avant notre naissance que sur les membres de la famille à laquelle ils nous ont arrachées. C'est cette foi aveugle qu'ils nous inculquent, doublée de l'enchantement nous liant toutes les unes aux autres, qui fait des Sentinelles une force si efficace et meurtrière. »

Caracal leva sur elle des yeux où brillait encore l'éclat des horreurs dont il avait dû être témoin. « Mais aucune cause ne vaut qu'on l'épouse si elle ne supporte pas qu'on la remette légitimement en question. Si notre présent peine à distinguer les bons des méchants, c'est tout aussi vrai de notre passé. C'est une bonne chose que vous doutiez de vos ancêtres, et c'est une bonne chose que vous questionniez ce qu'on vous a appris. Quel que soit le chemin que vous choisirez, ce sera votre choix, pas celui que d'autres ont fait pour vous. »

Une boule se forma dans la gorge de Karina, et avant qu'elle puisse se retenir, des mots qu'elle n'avait jamais dits à personne jaillirent : « Parfois, je doute même de l'existence des dieux. Tout le monde parle d'eux si facilement – Afua elle-même arrive à communiquer avec eux –, mais j'ai beau prier tant et plus, je ne ressens… rien. Peut-être que c'est à cause de ça que toutes ces choses terribles nous arrivent, à moi et à ceux que j'aime.

Peut-être que les dieux savent qu'au fond de mon cœur, je ne crois pas.

— Alors soit vous êtes d'une puissance insoupçonnable, soit les dieux sont beaucoup plus faibles que nous ne le pensions, pour que la crise de foi d'une jeune fille suffise à nous jeter dans un chaos pareil. »

Les arguments de Caracal ne différaient guère de ceux des prêtresses qui lui avaient enseigné la théologie, mais ses paroles agirent comme un baume sur cette partie d'elle-même fissurée et douloureuse depuis bien plus longtemps qu'elle n'était prête à l'admettre. Se rappeler qu'elle n'était qu'une parmi des milliards était libérateur. Réparer le monde compliqué, beau et violent dans lequel ils vivaient ne devait pas reposer sur ses seules épaules.

Sauf, bien sûr, si Farid décidait de la sacrifier lors du Rite du Renouveau.

Karina prit une inspiration tremblante. Il y avait encore une question qu'elle voulait poser au mercenaire tant qu'ils étaient au calme.

« Quand vous avez déserté, comment avez-vous brisé votre conditionnement magique ? La seule autre Sentinelle que je connaisse à l'avoir fait a eu besoin de l'aide d'Afua. » La commandante Hamidou n'avait profité de cette relative liberté qu'un seul jour avant de mourir en aidant Karina à fuir Ziran. Encore une raison pour laquelle la princesse devait aller au bout de ce voyage – il lui était insupportable d'imaginer que cette femme se soit sacrifiée en vain.

Caracal se tendit, et Karina eut l'impression que sa carapace se reformait. Mais alors il soupira et se passa la main sur le front. « Il y a dix ans, mon escouade a été affectée à la surveillance de Ksar Alahari – pas la partie privée où vous résidiez, mais les sections extérieures. On patrouillait depuis environ une heure quand cette… cette force a fendu l'air.

» J'ai eu l'impression qu'on me brûlait les os et qu'on les remplaçait par de nouveaux, le tout en une fraction de seconde. Personne d'autre n'a ressenti la même chose, et j'aurais pu l'oublier… Mais après, je n'étais plus le même. »

Émue par les notes écorchées dans la voix de Caracal, Karina posa délicatement la main sur la sienne. Les coins de la bouche du mercenaire se relevèrent.

« Il faut que vous compreniez comment fonctionne l'enchantement. Nous ne sommes pas seulement conditionnées à suivre les ordres, nous sommes conditionnées à *vouloir* les suivre. Vous ne pouvez pas vous rebeller contre une chose que vous voulez faire. Mais après ce jour-là… je ne le pouvais plus. L'atrocité de ce qu'on nous demandait m'apparaissait avec une clarté nouvelle. »

Caracal pressa ses paumes contre ses paupières, mais il poursuivit : « Pendant des mois, j'ai essayé de l'ignorer. Ils m'avaient pris à ma mère alors que je savais à peine marcher, aussi les Sentinelles étaient-elles la seule famille que j'avais connue. Je ne pouvais pas concevoir de la quitter. Mais un jour, on nous a ordonné de nous emparer d'un homme soupçonné d'espionner pour les ennemis de Ziran. On nous a dit de le ramener vivant, mais de tuer tous ceux qui nous verraient faire. Un vieil homme nous a aperçues par hasard, et… »

Caracal prit une inspiration tremblante. « Je suis en cavale depuis cette nuit-là. »

Il semblait avoir fait un effort insurmontable pour partager cette histoire, pourtant Karina avait encore une question à lui poser : « Vous rappelez-vous quel jour exactement vous avez senti ce pouvoir tout changer en vous ?

— Comme si je pouvais l'oublier. C'était le jour où le roi... votre père... est mort. »

Karina observa les pièces s'emboîter dans l'esprit de Caracal. D'une voix basse et rauque, elle lui raconta l'histoire de ce qui s'était vraiment passé la nuit où Ziran avait perdu son roi et sa princesse héritière. Quand elle eut terminé, l'ancienne Sentinelle la regardait comme s'il la voyait pour la première fois.

« C'était vous. Vous avez invoqué cette tempête... Vous avez brisé mon conditionnement, dit-il dans un souffle.

— Apparemment. Mais c'était un accident, comme tout ce que je fais. » C'était une chose de recevoir l'adoration du peuple de Balotho, mais Karina, contre toute attente, s'était attachée au mercenaire bourru au fil de leur périple. Elle n'aurait pas voulu le voir minauder comme le dernier des courtisans. « Mais pourquoi êtes-vous le seul membre de votre escouade à en avoir été affecté ?

— Il n'y avait pas d'autre Vent-aligné dans l'équipe. Le fait que vous et moi partagions le même alignement m'y a sans doute rendu plus sensible que les autres. »

Karina avait toujours détesté l'idée de destin, que chacun arpente un chemin prédéterminé sans pouvoir jamais en dévier. Pourtant, quelque chose la tiraillait tandis qu'elle et Caracal demeuraient plongés dans leurs réflexions silencieuses. La même action qui avait coûté la vie à son père et à sa sœur avait sauvé celle de l'ancienne Sentinelle. Cela ne compensait pas ce qu'elle avait fait, et ça ne réparerait pas tout le mal qui en avait découlé, mais cela donna à Karina une petite étincelle d'espoir. Peut-être qu'elle pouvait instiller un peu de bien dans le monde, non pas à cause de sa famille ou de son héritage, mais de son propre fait.

« Une dernière question. Issam était un membre de votre équipe, lui aussi ? »

Caracal se referma sur lui-même en un instant. « Comment connaissez-vous ce nom ?

— Vous n'arrêtiez pas de le dire quand vous étiez paralysé par le venin de Maame. Vous étiez proches ? »

Caracal fixa un point dans le vide, et quand il reprit la parole, Karina sentit que ce n'était pas à elle qu'il s'adressait.

« Nous étions dans la même escouade. Dès le départ, nous n'avons pu compter que l'un sur l'autre. Il était… Issam était… le meilleur des hommes. »

C'était la partie la plus difficile du deuil – peu importait le nombre de choses merveilleuses qui vous arrivaient après la perte que vous aviez subie, le moindre détail pouvait rouvrir la blessure et la faire saigner comme au premier jour. « Puisse la Grande Mère guider son esprit vers le Séjour des Étoiles », murmura Karina. Peut-être était-il déplacé d'adresser une prière aux dieux juste après avoir exprimé ses doutes, mais elle ne voyait pas quoi dire d'autre.

Caracal éclata de rire. « Oh, ce salaud n'est pas mort. Le connaissant, il a probablement gravi les échelons et ne se souvient même pas de moi. Et pendant ce temps, pas un jour ne passe sans que je pense à lui. »

Toute joie le déserta. « Je ne regrette pas d'avoir quitté les Sentinelles, mais je regrette de l'avoir quitté, lui. Si vous rencontrez un jour quelqu'un dont la présence vous paraît aussi naturelle que de respirer, ne le quittez pas. Ou en tout cas, ne vous étonnez pas de manquer d'air après ça. »

Ils demeurèrent un long moment silencieux avant que le mercenaire ne s'excuse et parte à la recherche de leurs amis. Pas assez fatiguée pour dormir, mais pas non plus d'humeur à parler davantage, Karina ordonna aux gardes de renvoyer tout nouveau visiteur, puis se pelotonna sur son lit. Les mots de

Caracal tournaient en boucle dans sa tête comme un étalon dans un manège.

Il était le meilleur des hommes.

Il avait dit ça avec une telle... simplicité. Karina se demanda ce que ça faisait d'aimer quelqu'un de tout son être, sans le moindre doute, sans la plus petite hésitation. Elle n'avait jamais ressenti ça pour personne. Elle ignorait même si elle en était capable.

Parce que le choix de celui à qui elle donnerait son cœur avait toujours appartenu à d'autres, Karina n'avait jamais réfléchi au genre de personne avec qui elle voudrait passer sa vie. Il était plus simple de se concentrer sur ceux qui étaient à sa portée et de les quitter avant de s'engager dans une relation trop sérieuse. C'était précisément la raison pour laquelle elle avait rompu avec Tunde quand il avait essayé de faire évoluer leurs rapports vers autre chose qu'une amitié charnelle.

Et pourtant, étendue là sous les rayons orange du soleil couchant, Karina sentait qu'une partie d'elle-même, infime et négligée, avait désespérément besoin du genre d'intimité qu'elle s'était évertuée à fuir.

Elle ignorait ce qui se passerait quand ils quitteraient Balotho au matin. Elle ignorait ce qui se passerait quand ils atteindraient le Sanctuaire, ou ce qu'elle ferait quand elle aurait obtenu le pouvoir dont elle avait désespérément besoin.

Tout ce qu'elle savait, c'est qu'elle était à des centaines de kilomètres de chez elle, entourée d'admirateurs qui scandaient son nom de tous côtés. C'était pourtant le garçon qui avait vu le pire d'elle-même qui apparaissait dans ses rêves depuis trois jours – des rêves qui l'avaient laissée trempée et tendue sans qu'elle parvienne à satisfaire elle-même son désir et qui, la Grande Mère en soit louée, étaient restés inconnus de lui.

Les sentiments qu'elle pensait avoir éprouvés pour Malik durant Solstasia n'avaient été rien de plus que le fruit de son chagrin et de l'histoire irrésolue entre leurs deux ancêtres, qui les avait jetés dans les bras l'un de l'autre au moment où ils étaient le plus vulnérables. La pensée que le destin les avait mis sur le même chemin lui donnait envie de s'en détourner, juste pour contrarier les puissances à l'œuvre.

Mais en évitant Malik simplement parce que le destin avait voulu qu'ils se rencontrent, ne laissait-elle pas celui-ci se mêler une fois de plus de ses décisions ? Caracal l'avait très justement dit – les choses devaient se produire parce qu'elle le voulait, pas parce qu'elle agissait en vertu des intentions des autres.

Et pour l'heure, Karina voulait Malik.

Ainsi, quand le soleil se coucha, Karina se glissa sous ses couvertures, ferma les yeux et rêva de lui.

23

Malik

Malik ne révéla pas à Farid ce qu'il avait découvert dans la nécropole.

Pas parce que son mentor n'aurait pas compris. Et d'ailleurs, Farid serait arrivé à la même conclusion s'il avait eu le temps de descendre dans la cité des morts et d'assembler les pièces effritées du puzzle de l'histoire.

Malik ne lui dit rien parce que ce que son ancêtre avait été obligée de faire pour se protéger lui avait fendu le cœur. Une moitié de lui aurait voulu prendre d'assaut les rues de Ziran et réduire en miettes tout ce qu'avaient construit ceux qui avaient permis cette injustice. Pas seulement pour Khenu, mais pour tous les autres spectres. Malik avait compris qu'il devait s'agir de chacun de ses ancêtres ulrajis, qui espéraient le voir venger la spoliation dont ils avaient été victimes dans leur vie.

L'autre moitié ressentait une honte insondable. Le poids des péchés des pharaons – pas seulement celui qu'avaient connu Bahia et Khenu, mais tous, chacune des dynasties qui s'étaient succédé durant les siècles du joug kennouan – l'étouffait. Il ignorait même par quelle branche de sa famille cette lignée se transmettait. Celle de son père ? Était-ce là la source de son éternelle colère ? La violence avait-elle été sa seule manière de l'exprimer ?

Malik n'en savait rien, et, honnêtement, cela n'avait pas grande importance, car ça ne changeait rien au fait que ce fardeau était maintenant le sien.

Menteur. Assassin. Tortionnaire. Monstre.

C'est pourquoi Malik fit jurer à Yaema de garder le secret sur ce qu'ils avaient découvert dans la nécropole, et c'est aussi pourquoi, quand ils avaient finalement émergé de la cité souterraine, il avait menti à Farid et à ses sœurs en leur disant qu'il n'avait pas trouvé le sceptre. Farid avait été déçu, mais il n'y avait rien d'autre à faire qu'ordonner à Malik de poursuivre ses recherches.

Ce qu'il fit en compagnie de Yaema, et tous deux veillèrent tard pour tenter de localiser la flûte. Il était content de ne pas être seul, car Leila et Nadia étaient toujours occupées à aider Hanane à installer les réfugiés. Il ignorait ce qu'il aurait dit à ses sœurs s'ils s'étaient retrouvés ensemble ; mieux valait qu'il porte seul la tache de cet héritage.

Menteur. Assassin. Tortionnaire. Monstre.

Yaema était la seule personne à qui il parlait régulièrement à cette période, et elle se révéla être de bonne compagnie. Les regards énamourés qu'elle lui coulait ou la rougeur de sa peau chaque fois que sa main s'attardait plus longtemps que nécessaire sur celle de Malik ne lui échappaient plus. Mais jamais il ne répondit à ses sollicitations, car il ne méritait pas son attention, pas avec le mal qui coulait dans ses veines.

Les jours passèrent. Malik se levait, mangeait, faisait ses recherches, dormait, et le cycle recommençait. En surface, il souriait et parlait normalement. Personne autour de lui ne put discerner le moindre changement.

Mais à l'intérieur, il n'y avait rien. Ni panique. Ni peur.

Rien.

Et puis, trois jours après les tremblements de terre, un Jour-Vent, il y eut quelque chose. Un tiraillement désormais familier tout au fond de sa poitrine, qui l'appelait quelque part loin d'ici. Qui l'emmenait vers Karina.

Malik était au lit avec un livre quand ça se produisit. La fois précédente, ç'avait été un appel à l'aide désespéré, mais c'était maintenant quelque chose de doux, de presque curieux. C'était une requête, que Malik pouvait accepter ou rejeter à loisir.

Si ç'avait été un ordre, il l'aurait ignoré. Mais qu'elle lui laisse le choix, qu'elle lui permette d'exercer un contrôle sur leur relation perça la carapace qui l'entourait.

Alors, malgré l'impression que son esprit s'effondrait sur lui-même, il répondit à cet appel.

« Que t'est-il arrivé ? » Karina tendit la main vers Malik comme pour lui toucher le visage, avant de se raviser.

Ils se dévisagèrent dans le silence relatif de la jungle. Ils étaient de retour au village de Khenu et Bahia, mais aucune des deux fillettes n'était là. Des mouches à feu volaient paresseusement dans l'herbe ondulante qui leur arrivait à la taille, et plusieurs singes piaillaient dans la canopée.

Malik se vit par les yeux de Karina – blême, maigre, perclus d'hématomes à différents stades de guérison.

« Rien, mentit-il.

— Ça n'a pas l'air d'être rien. » Les poings de Karina se serrèrent le long de ses flancs. « C'est le conseil, pas vrai ? Ses membres ont finalement compris que tu étais un ulraji ? »

Il avait oublié que Karina ne savait rien de son arrangement avec Farid, ni qu'il vivait dans son ancien foyer. Dans l'espoir de la détourner de ce sujet, il répliqua : « Et toi, que t'est-il arrivé ? »

Depuis son altercation avec Maame Petites Griffes, quelques jours plus tôt, les cheveux de Karina avaient abondamment poussé. Une énorme natte formée de tresses plus petites lui descendait maintenant dans le dos presque jusqu'aux chevilles. Mais ce n'était pas la seule chose qui avait changé chez elle ; son visage affichait une sérénité nouvelle, et les poches noires qui soulignaient ses yeux ne différaient pas de celles de Malik.

« Je réponds à ta question si tu réponds à la mienne, dit-elle en s'approchant d'un pas. Je t'en prie, Malik, parle-moi. Dis-moi ce qui ne va pas. »

Le monde court à sa perte, et la seule chose que je comprenne encore, c'est ma magie, qui découle d'une source ignoble que j'ai appris à détester depuis ma plus tendre enfance. J'ai le sceptre, et si je ne le donne pas à Farid, nous allons peut-être tous mourir, mais si je le lui donne, c'est toi qui vas mourir.

« Tout va bien.

— Tu comprends que cette connexion magique entre nous fonctionne dans les deux sens, n'est-ce pas ? Je ne peux pas lire dans tes pensées, mais je sens ta détresse. Tu n'as pas besoin de prétendre que tout va bien si ce n'est pas le cas. Pas quand tu es avec moi. »

La douceur dans sa voix eut raison de sa retenue. « Pourquoi es-tu si gentille avec moi ? s'étrangla-t-il. Tu as vu ce qui s'est passé entre nos ancêtres. Tu sais ce que je suis et ce que tu es. Ce lien, ce qui est arrivé avec Maame Petites Griffes, ça n'y change rien. J'ai essayé de te tuer ! Tu me détestes ! »

Malik aurait voulu qu'elle lui crie au visage. Qu'elle enrage. Il ne méritait pas sa bonté, et il n'avait pas la force de prétendre le contraire, pas après ce qu'il avait fait à Dedele. Pas après avoir appris la vérité sur son ascendance.

« Je ne te déteste pas, dit Karina.

— Tu devrais !

— Pourquoi ? À cause de quelque chose qui s'est passé il y a mille ans ? À cause d'une guerre à laquelle ni toi ni moi n'avons pris part ? » Les yeux d'ambre de Karina étincelèrent. « Je devrais te haïr parce que tu as essayé de me tuer. Tu devrais me haïr à cause de ce que Ziran a fait à Eshra. Je devrais te haïr à cause de ce que l'Ulraji Tel-Ra a fait à mes ancêtres. Tu devrais me haïr parce que Bahia a abandonné Khenu à son sort – ne vois-tu pas que c'est sans fin ? Œil pour œil, dent pour dent... Je n'en peux plus. Je n'en peux plus de tout ça ! »

Karina enroula les bras autour de sa poitrine. « Dans la maison de Maame Petites Griffes, si tu ne m'avais pas encouragée à me battre, je serais morte. Après ça, je... je refuse de poursuivre ce cycle de vengeance et de châtiment simplement parce que c'est ce que nous sommes censés faire. Donc non, je ne t'ai pas pardonné. Mais je ne te déteste pas. »

Elle leva les yeux sur lui, et Malik eut l'impression de n'avoir jamais su comment respirer. « Tu étais là pour moi quand il n'y avait personne d'autre. Laisse-moi être là pour toi. Dis-moi ce qui ne va pas. »

Malik prit une inspiration tremblante, puis il s'accroupit, la tête entre les genoux.

« J'ai l'impression d'exploser. » La voix de Farid dans sa tête lui intimait de ne pas trop lui en révéler, mais il ne pouvait plus ignorer la pression qui enflait dans sa poitrine, le cernant de toutes parts. « Tout ce que je croyais savoir sur moi lutte contre ce que le monde veut que je sois. Je ne reconnais pas la personne que je vois dans le miroir, et pourtant je ne peux pas m'en séparer. »

Karina se baissa à son niveau. « Je vais te toucher, dit-elle lentement, comme si elle essayait d'attirer un oisillon entre ses mains. Tu es d'accord ? »

Il hocha imperceptiblement la tête. Karina l'entoura de ses bras et s'avança de telle manière qu'il pose la tête sur son épaule. Toute autre sensation que celle de sa main lui caressant délicatement le dos disparut.

« Ça va aller, fit-elle en berçant le corps de Malik maintenant secoué de sanglots. Tout va bien se passer. Je suis là. »

Malik n'aurait su dire combien de temps ils restèrent ainsi – quelques minutes ou quelques heures. La compression chaotique de son esprit n'avait pas disparu, mais la présence de Karina le ramenait en lui-même, loin de l'effrayant rebord qui semblait se rapprocher chaque jour.

« Qu'est-ce qui t'aiderait le plus, maintenant ? demanda-t-elle quand ses tremblements se furent enfin apaisés. Du réconfort ou des conseils ?

— Des... des conseils, répondit-il, car Karina lui avait déjà procuré plus de réconfort qu'elle ne l'imaginait.

— Tu sais ce que je faisais quand la vie à la cour me donnait l'impression de ne plus savoir qui j'étais ? La vraie réponse, pas la platitude polie qu'une princesse devrait débiter.

— Qu'est-ce que tu faisais ? »

Elle se recula, la mine excessivement sérieuse. « J'allais baiser quelqu'un. »

Rien n'aurait pu préparer Malik à cette réponse. Il bégaya quelques borborygmes qui ne parvinrent pas à former des mots, et Karina éclata de rire.

« Pas à chaque fois – dieux, qui aurait assez d'endurance pour tenir un tel rythme ? Du jour où je suis née, on m'a dit que je n'étais rien de plus qu'un nouveau fil dans la tapisserie de l'histoire de ma famille. Chaque élément de moi faisait partie de cette fresque à laquelle je n'ai jamais demandé à appartenir. »

Karina bascula en arrière, s'appuya sur les coudes et fixa les nuages épars. « Durant ces rapports intimes, rien d'autre que toi et l'autre n'importe. C'était devenu pour moi une façon d'exercer un contrôle sur des petits bouts de mon existence. Nous n'avons pas notre mot à dire sur bien des choses dans notre vie. Voici mon conseil : quand tu as l'impression que le monde essaie de te tirer dans un million de directions différentes, tu dois trouver la chose qui t'appartient et t'y accrocher de tout ton être. »

Un petit bout d'existence sur lequel lui seul exerçait un contrôle… Malik n'était même pas certain d'avoir une chose pareille. Et peut-être était-il trop tard pour le trouver.

« Merci », dit-il, car la tempête qui faisait rage en lui s'était un peu calmée. Elle ne le quittait jamais tout à fait, mais il avait l'impression de pouvoir respirer pour la première fois depuis longtemps. Karina adopta la même posture que lui, la tête posée sur les genoux, et lui rendit son regard.

« Merci de ne pas me prendre pour une fille facile.

— Les gens te traitent de ça ?

— Et même pire, en général.

— C'est horrible. »

Elle haussa les épaules. « J'ai l'habitude. »

Malik avait honte de lui en repensant aux nombreuses rumeurs sur Karina qu'il avait tenues pour vraies avant de la rencontrer. La fille que les gens raillaient depuis des années n'était même pas l'ombre de la personne assise à côté de lui, une personne si complexe et empathique. « Ça n'en est pas moins grave. »

Maintenant que Malik n'était plus embourbé dans ses pensées, il lui était impossible d'ignorer la proximité du corps de Karina. Il remarqua qu'elle aussi avait des taches de rousseur, comme Hanane, mais sur les épaules plutôt que sur le visage. Il éprouva le besoin subit de passer les doigts dessus et dut s'asseoir sur les mains pour s'en empêcher.

Il ne se rendit pas compte qu'il la dévisageait jusqu'à ce qu'elle sourie. « Si tu comptes me regarder comme ça encore longtemps, tu devrais au moins me proposer de payer ma dot. »

Malik avait passé tant de temps à essayer d'échapper à son corps qu'il n'avait pas la moindre idée de ce qu'il devait faire de la chaleur qui le traversait, alors il lança : « Désolé, c'est juste que tes cheveux ont beaucoup changé. »

Le visage de Karina se referma, et Malik se frappa intérieurement. « En… En bien, je veux dire ! bredouilla-t-il. C'est joli ! Tu es très jolie ! »

La Grande Mère lui vienne en aide… Était-il trop tard pour que les sauterelles le dévorent vivant ? Malik ne bafouillait jamais quand il racontait une histoire ou tissait une illusion, mais quand il était avec Karina, le lien entre son cerveau et sa bouche refusait de fonctionner, et seul en sortait un embrouillamini d'absurdités.

Karina arqua un sourcil. « Juste jolie ? Ne cherchais-tu pas plutôt le mot *splendide* ? *Ravissante* ? *Divinement et incroyablement belle* ? »

Certains n'auraient pas manqué de voir de la vanité dans ces taquineries, mais Malik les prit pour ce qu'elles étaient – une tentative de le soulager de son embarras. Cela le toucha plus qu'il n'aurait su le dire, aussi se contenta-t-il d'adopter une attitude faussement sérieuse pour déclarer : « Karina, tu es si lumineuse que j'ignore pourquoi les tortues de mer sorties de leur œuf affluent vers la lune et non vers toi. »

Elle éclata de rire, et Malik eut l'impression que la lumière du soleil lui réchauffait les os. « Dieux merci, quelqu'un le remarque enfin. Et merci à toi. Je sais que je suis jolie, mais ça ne fait jamais de mal de se l'entendre dire. » Elle entortilla quelques tresses autour de ses doigts. « Je déteste.

— Pourquoi ?

— Je n'ai jamais eu les cheveux si longs, contrairement à ma mère et à ma sœur. En me regardant, tous verront celle qu'ils auraient souhaité me voir devenir, et ils seront encore plus déçus quand ils se rendront compte que je ne suis que… moi.

— Il n'en a pas fallu plus pour vaincre Maame Petites Griffes. Tu es plus forte que tu ne le crois, et je détesterais être trop stupide pour le comprendre. »

Il ne savait pas trop quelle expression il renvoyait, mais les yeux de Karina s'assombrirent d'une façon qui fit accélérer son cœur. « Je ne te comprends pas, dit-elle à voix basse. Quand tu n'essaies pas de me tuer, tu me complimentes. Que veux-tu, Malik ? »

Le jeune homme était trop fasciné pour s'éloigner, trop effrayé pour s'approcher. Les mains de Karina s'élevèrent entre eux, s'arrêtant à quelques centimètres de son visage à lui, et le désir qu'il perçut dans ses yeux d'ambre lui assécha la bouche.

« Pas ce que tu crois vouloir, ni ce qu'on t'a conditionné à vouloir. Qu'est-ce que *tu* veux ? »

Avant d'y réfléchir à deux fois, Malik prit une de ses mains dans la sienne et lui embrassa la paume.

« Je veux être ton ami, murmura-t-il, et il se sentit incroyablement plus terrifié à l'idée de lui montrer cet aspect douloureux et vulnérable de lui-même qu'il ne l'avait été quand il avait tenu un couteau sous sa gorge. Je veux oublier. Juste pour une nuit, je veux tout oublier, je veux oublier tout le monde, et… je veux que tu m'aides. »

Un battement de cœur passa.

Puis un autre.

Puis il sentit une main légère se poser sur la ligne de sa mâchoire, un pouce lui frôler la joue.

Il ne put s'empêcher de tressaillir. Karina s'arrêta.

« Je t'ai fait mal ? »

Il secoua la tête. « Non. C'est juste que… » Comment lui expliquer que très peu de personnes l'avaient jamais touché, et encore moins avec une telle tendresse ?

Mais il ne voulait plus être ce garçon-là, celui qui tressaillait et courait se cacher alors qu'en réalité, il en voulait plus.

Et comme Karina l'avait dit plus tôt, quoiqu'il ne contrôle pas grand-chose dans sa vie, il pouvait au moins contrôler cela.

« ... que je n'ai pas l'habitude qu'on me touche ainsi.

— Tu veux que j'arrête ? »

Il posa le front contre celui de Karina. « Non. »

Respire. Il respirait.

Reste présent. Il était plus présent dans son corps qu'il se rappelait l'avoir jamais été. Chaque fibre de son être s'animait à son contact. Les mains de Karina semblaient laisser sous sa peau une traînée incandescente en suivant la ligne de sa mâchoire jusqu'à ses tempes, ses pouces contre sa lèvre inférieure.

Reste ici. Il était ici, elle était ici, et rien d'autre n'avait d'importance.

Mais il était toujours lui-même, et il ne put empêcher ses muscles de se contracter quand ses mains se posèrent à plat sur ses joues. Elles y demeurèrent si longtemps qu'il ouvrit les yeux et vit sur le visage de Karina une expression absurde. Un rire jaillit des lèvres de Malik malgré la tension qui habitait son corps, et elle-même perdit son sérieux.

« Le fameux sourire. »

Avant que Malik ne puisse faire ou dire quoi que ce soit de plus, elle l'embrassa.

La chaleur qui palpitait en lui sembla exploser lorsque Karina se mit à lui explorer la bouche. Malik referma les doigts sur les perles à sa ceinture et l'attira sur ses genoux. Leurs hanches se soudèrent. Elle laissa échapper le plus léger des « Oh » contre sa bouche tandis qu'il les faisait basculer parmi les fleurs. Il se retrouva à plat dos contre terre, les mains de Karina agrippées à ses cheveux. Leur magie crépitait dans l'air, et il était facile de l'imaginer tout réduire en cendres autour d'eux.

Karina poussa un gémissement quand Malik l'embrassa à la base du cou. Ses mains enserraient de nouveau la ceinture de perles, et il se rappela vaguement la vieille superstition selon laquelle seul le mari avait le droit de toucher les perles de sa femme. Les lèvres de Karina retrouvèrent les siennes, et Malik comprit que s'ils ne s'arrêtaient pas immédiatement, ils ne le feraient jamais, mais aussi qu'il était à la fois terrifié et impatient de savoir ce qui se produirait s'ils ne le faisaient pas.

Mais son esprit avait fini par se reconnecter avec son corps. Soudain, il fut extrêmement conscient des angles bizarres de celui-ci, de ses genoux noueux et des voix qui lui murmuraient à l'oreille qu'il était laid, dégoûtant, indigne de la toucher, elle ou quiconque. « A... Attends, bégaya-t-il, et Karina retira immédiatement ses mains.

— Tu n'as pas à faire quoi que ce soit si tu n'en as pas envie », dit-elle d'une voix douce, et Malik aurait bien aimé être capable de lui expliquer que ça n'avait rien à voir avec l'envie – il la désirait si désespérément qu'il en avait mal –, mais qu'il ne le pouvait pas, du moins pas tant que son esprit s'embrouillait de la sorte. La barrière qui le retenait n'existait que dans sa tête, mais ça ne la rendait pas moins réelle.

« C'est juste que je ne suis pas... Est-ce qu'on peut rester au-dessus de la ceinture ? » demanda-t-il avec embarras. Sitôt qu'il avait été assez vieux, on lui avait appris qu'un homme devait être prêt à passer à l'acte n'importe quand. Les garçons de son village se vantaient tout le temps de leurs conquêtes, alors que la simple pensée de tenir la main de quelqu'un lui donnait encore une suée.

Mais Karina hocha la tête, et elle ne le regarda pas comme un moins que rien parce qu'il n'était pas prêt à franchir cette ligne, même dans un rêve. « Tu veux que je m'en aille ? »

Il s'assit sans qu'elle quitte ses genoux. « Non. Tout est parfait. »

Elle passa les mains autour de son cou et appuya le front contre celui de Malik. Elle était si serrée contre lui qu'il sentait les battements de son cœur contre sa poitrine. « Tu sais, il y a tant de choses que je ne sais pas sur toi.

— Que veux-tu savoir ? s'enquit-il.

— Tout. Dis-moi tout. »

Malik observa la cicatrice que la lame avait laissée juste au-dessus du col de son haut, si semblable à celle qu'il s'était infligée à lui-même. « Embrasse-moi encore, et je le ferai. »

Karina s'exécuta. Le baiser fut cette fois plus langoureux, comme s'ils avaient tout le temps du monde. Comme promis, ses mains demeurèrent au-dessus de la taille de Malik.

« J'ai 17 ans, dit-il quand ils s'écartèrent. Mon anniversaire tombe deux mois après le début de la saison immobile.

— J'ai cinq mois de plus que toi. Ça fait de moi ton aînée.

— La plupart des aînées ne grimpent pas sur les genoux des gens.

— Celle-ci le fait. » Elle l'embrassa sur le front. « Continue.

— Je suis allergique aux arachides, et les chiens m'adorent, quoiqu'ils me terrifient. »

Ses baisers descendirent le long de son cou jusqu'à la peau délicate de sa clavicule. Là, elle le mordit assez fort pour que Malik se demande s'il garderait une trace au matin. Il prit une vive inspiration. « J'ai… oublié ce que je voulais dire. »

Karina rit de nouveau. « C'est une mauvaise idée. »

Des étoiles dansèrent dans les yeux de Malik. « Très mauvaise.

— Je ne te hais pas, mais je ne te fais pas confiance.

— Je ne me fais pas vraiment confiance non plus. »

Mais Malik ne voulait pas penser à ça, ni aux horreurs qui les attendaient dans le monde éveillé. Aussi passa-t-il un doigt dans son collier et l'attira-t-il contre lui pour l'embrasser et encore l'embrasser jusqu'à chasser toute autre pensée de son esprit.

Malik se réveilla le lendemain matin avec la sensation que la moindre fibre de son être avait été trempée dans de l'or. Grâce à la magie de leur lien, son corps portait les stigmates du toucher de Karina, comme si elle avait été réellement présente.

L'embrasser avait été bon, lui parler encore meilleur. Et plus Malik en apprenait sur les fascinantes et souvent surprenantes idiosyncrasies qui faisaient d'elle qui elle était, plus il voulait en savoir.

Il avait espéré que personne ne remarquerait de changement dans son comportement, mais il avait sous-estimé le regard inquisiteur de sa grande sœur.

« J'en connais un qui s'est bien amusé cette nuit », observa-t-elle en apercevant sur le cou de Malik la marque qui prenait rapidement une teinte violette. Il la cacha aussitôt du plat de la main, le rouge aux joues, et se concentra sur le pain, les tomates séchées et les olives de leur frugal petit-déjeuner.

« Euh… ouais. »

Leila plissa les yeux. « C'est l'étudiante avec qui tu passes tout ton temps en ce moment ?

— Quoi ? Non ! » répondit-il un peu trop vite. Si les gens voulaient croire qu'il y avait quelque chose entre lui et Yaema, ça ne lui posait pas de problème. Elle était ce qu'il avait de plus proche d'une amie depuis la mort de Tunde. Avant d'arriver à Ziran, jamais il n'aurait imaginé qu'une personne comme elle puisse lui accorder son attention, encore moins son affection.

Malgré tout, ce n'était pas Karina.

« Où est Nadia ? demanda-t-il.

— Elle déjeune avec Hanane. J'étais invitée aussi, mais je ne voulais pas que tu sois seul en te réveillant. Et puis, je crois que Nadia parle plus facilement quand nous ne sommes pas là. »

Malik sentit son cœur se serrer à son corps défendant. Il aurait dû se réjouir que Nadia s'ouvre enfin à quelqu'un. Se formaliser que ce quelqu'un ne soit pas lui était mesquin et infantile.

Une partie de lui voulait garder le souvenir de la nuit précédente enfoui en lui, de telle manière qu'il puisse y revenir chaque fois que le monde se montrerait trop cruel, mais c'est une autre partie de lui, celle qui se sentait d'humeur chantante, qui dit : « J'ai revu Karina cette nuit. »

Sa sœur arqua les sourcils. « Farid ne t'avait-il pas dit de rester loin d'elle ?

— Si. »

Farid lui avait dit beaucoup de choses, mais après que Karina avait déclaré vouloir briser le cycle initié par leurs ancêtres, Malik jetait un regard nouveau sur les ordres de son mentor. Farid parlait avec une telle conviction que son point de vue semblait être le seul valable, mais si ce n'était pas le cas ? Et s'il existait vraiment un moyen d'apaiser les dieux qui n'implique aucun sacrifice, et que son mentor soit trop aveuglé par son histoire avec la famille royale pour le voir ?

« Je n'en ai pas parlé jusqu'à maintenant, mais j'ai trouvé le sceptre dans la nécropole. » Il n'était pas prêt à partager ce qu'il y avait appris d'autre. Pas encore. « Je ne l'ai d'abord dit à personne parce que j'avais peur, mais à présent… je ne compte pas le lui donner. »

Malik s'était attendu à ce que Leila lui tombe dessus. La sœur avec qui il avait grandi lui aurait jeté au visage une liste d'objections longue comme le bras en moins de temps qu'il n'en aurait fallu pour le dire.

Mais Leila se contenta de le dévisager. « Sans le sceptre, il ne pourra pas accomplir le Rite du Renouveau. Les fléaux vont empirer jusqu'à la destruction complète de Sonande. »

Tous deux tournèrent les yeux vers la fenêtre, dans laquelle s'encadraient les nuages d'orage qui pesaient sur la ville. Dans les trouées, ils distinguaient un ciel rouge et colérique, telle une blessure qui refusait de se refermer. Malik porta inconsciemment la main à la Marque, peinant à croire qu'une partie de la solution à toute cette souffrance était cachée sous sa peau.

« Karina a trouvé la clé de la cité des zawenjis, dit Malik. Dans quelques jours, elle obtiendra le pouvoir des dieux, comme Bahia Alahari l'a fait il y a mille ans. Avec ça, elle devrait être capable de mettre un terme à ces fléaux sans accomplir le Rite du Renouveau. Il y a une chance que nous puissions arranger les choses sans que personne ait à mourir.

— Admettons que le plan de Karina fonctionne. *Quid* du coup d'État et de la crise de succession ? Je ne vois aucun scénario qui se termine avec Farid et Karina du même côté.

— Mais il reste un lien entre eux : Hanane. Farid et Karina ne seront peut-être plus jamais proches l'un de l'autre, mais s'il y a bien une personne qui peut les persuader de déposer les armes, c'est elle. »

Leila n'avait toujours pas l'air convaincue, et Malik ignorait comment mettre des mots sur sa conviction. Son devoir envers Farid et son lien à Karina le tiraient dans deux directions opposées. S'il existait ne serait-ce qu'une chance de pouvoir réconcilier ces aspirations contradictoires, il devait la saisir.

« Est-ce que tu me fais confiance ? » Les yeux de Malik se posèrent sur l'arête tordue du nez de Leila, cassé alors qu'elle essayait de le protéger des coups de leur père. L'expression de sa sœur s'adoucit.

« Bien sûr, dit-elle, et ces deux mots lui firent l'effet d'un baume apaisant. Je sais que tu feras ce que tu as à faire, et je te soutiendrai quoi que tu choisisses. Mais pour l'amour de Patuo, trouve une chemise qui monte plus haut. »

Un gloussement étouffé interrompit leur conversation. « Ta sœur et toi êtes si énergiques de bon matin. C'est adorable. »

Malik bondit sur ses pieds en entendant la voix de Farid. Le sceptre brûlait sous sa peau comme une flamme tout juste allumée. « Bonjour ! Est-ce que j'ai manqué une convocation ? »

L'ancien intendant du palais se tenait dans l'encadrement de la porte de leur suite, resplendissant dans son caftan noir et or, le visage exempt de toute fatigue malgré les fléaux et les longues sessions du conseil qu'il avait dû endurer. « Avec toute cette agitation, tes leçons n'ont que trop tardé. Nous allons y remédier. »

Malik devait se calmer. Farid n'avait aucun moyen de savoir pour le sceptre ou sa nuit avec Karina. Un sentiment de malaise grandit dans sa poitrine, mais avec un dernier regard pour Leila, il suivit son mentor hors de la pièce.

Les échos du travail de Hanane résonnaient tout autour d'eux. Des serviteurs sortaient des caisses de nourriture des cuisines, tandis que des gardes guidaient avec bienveillance les réfugiés vers leurs nouveaux logements. Malik se demanda si Farid était contrarié que Hanane ne l'ait pas invité à partager son petit-déjeuner, mais il n'était pas assez stupide pour lui poser la question. Ils marchèrent en silence jusqu'au terrain d'entraînement où le conseil avait mis Malik à l'épreuve le jour de la cérémonie de Purification. Son cœur manqua un battement – six Sentinelles se tenaient au milieu de l'arène.

« Qu'est-ce qu'elles font là ? demanda-t-il d'une voix nerveuse.

— Savais-tu que Hanane s'était présentée hier au conseil pour lui annoncer que l'heure de son couronnement était venue ? »

Malik déglutit péniblement. Il l'ignorait.

« Elle pense que lorsqu'on la verra monter formellement sur le trône, cela améliorera le moral du peuple et aidera à aplanir les divisions de Ziran. Elle veut que tout soit prêt dans une semaine. »

D'un point de vue strictement politique, cela ne manquait pas de bon sens. Un couronnement, même précipité, était une démonstration de force, et un message envoyé à ses ennemis : quoi qu'ils pensent de sa résurrection, c'était elle qui dirigeait maintenant Ziran.

Mais au moment où Hanane serait officiellement couronnée, Karina serait déchue du titre de reine à son profit. Et comme personne n'irait suggérer qu'on sacrifie Hanane, leur chance d'accomplir le Rite du Renouveau s'envolerait. Tous leurs espoirs reposeraient alors sur la capacité de Karina à trouver la cité des zawenjis, un plan pour le moins hasardeux.

« C'est une sacrée complication, commenta faiblement Malik.

— Tu peux le dire. J'avais planifié chacune des étapes de notre avenir, et quelqu'un a tout gâché en lui mettant dans la tête des idées dont elle ne devrait même pas se soucier. À présent, des mendiants arpentent les couloirs de Ksar Alahari, et nous risquons tous de périr à cause des bonnes intentions de Hanane.

— Elle agit ainsi parce qu'elle ne comprend pas ce qu'implique le Rite du Renouveau. Peut-être que si nous lui disions la vérité, elle changerait d'avis ?

— Vu l'état dans lequel elle s'est mise quand il a été question d'envoyer des soldats chercher sa sœur, comment crois-tu qu'elle réagira en apprenant qu'en devenant reine, elle épargnerait Karina ? »

Hanane exigerait immédiatement qu'on la sacrifie, elle, ce que Farid ne permettrait jamais. Malik ne savait pas trop d'où lui venait la force de contredire son mentor, mais quelque chose en lui le poussa à dire : « Elle essaie juste de faire ce pour quoi elle a été élevée. Et je crois qu'elle était seule avant...

— Elle n'est pas seule. Elle m'a, moi. »

Mais vous n'êtes pas sa sœur, n'osa pas dire Malik, effrayé par la voix glaciale de Farid. Il reporta nerveusement les yeux sur les Sentinelles, et son mentor suivit son regard.

« C'est une question de jours avant que les hommes d'Issam ne rattrapent la princesse et son entourage, mais sa capture reste inutile tant que nous n'avons ni le sceptre ni la flûte, dit Farid. Où en es-tu de leur recherche ? »

La Marque se mit à tourbillonner sur elle-même dans le bas du dos de Malik, comme si le secret qu'elle renfermait était trop lourd à porter. Tout ce qu'il avait toujours voulu – la sécurité pour lui et sa famille – était là, à portée de main ; il lui suffisait de donner à Farid ce qu'il voulait.

Il lui suffisait de trahir Karina une fois encore.

Il songea à la façon dont elle l'avait tenu contre elle la nuit précédente quand il s'était senti au bord de la rupture. Au sentiment de sécurité qui l'avait étreint quand le monde s'était réduit à eux deux.

Malik plaqua une expression placide sur son visage.

Il secoua la tête.

« Rien de nouveau de ce côté-là. Je regrette. »

Farid le considéra pendant plusieurs secondes, puis soupira. Sur un mouvement de sa main, la toile de nkra s'anima autour d'eux. Farid tira un des fils qui saillait de la poitrine de Malik, celui qui brillait plus fort que les autres.

Celui qui le connectait à Karina.

« Tu croyais vraiment que je n'allais pas remarquer que quelque chose s'était modifié dans ton lien à Karina la nuit dernière ? lui demanda son mentor à voix basse. Tu lui as parlé, n'est-ce pas ? Alors même que je te l'avais défendu ? »

Farid referma le poing autour du filament, et des vagues d'engourdissement traversèrent le corps de Malik. Il se figea sur place, tel un lapin pris au collet, tandis que son mentor se penchait vers lui, assez proche maintenant pour qu'il sente son haleine contre sa joue.

« Je n'aime pas qu'on me mente, petit frère. »

Farid relâcha le filament, et Malik retrouva ses sensations.

« Je sens en toi un pouvoir capable de rivaliser avec celui des ulrajis du passé. Tu ne manques pas de puissance, mais de discipline, si j'en juge par ce que j'ai vu ces dernières semaines. C'est pourquoi je t'ai préparé une leçon un peu spéciale, aujourd'hui. »

Farid désigna d'un geste les Sentinelles qui les entouraient. « Les zawenjis croient naïvement qu'on peut séparer le corps de l'esprit. Mais quand l'un souffre, l'autre aussi. Tu es en guerre contre toi-même, Malik. Si ce n'était pas le cas, peut-être n'aurais-tu pas mis ces idées idiotes dans la tête de Hanane. Peut-être aurais-tu eu l'intelligence de ne pas me mentir en face. »

Farid sortit de l'arène. Les Sentinelles formèrent un mur impénétrable autour de Malik.

« Ta leçon du jour sera consacrée au combat. Avec un peu de chance, en entraînant ton corps, ton esprit s'endurcira. Ça commence maintenant. »

Malik n'eut même pas le temps d'invoquer sa lame-esprit que déjà la première Sentinelle lui enfonçait son poing dans le ventre et lui faisait mordre la poussière. Du sang gicla sur les dalles du sol, et un éclair de douleur lui traversa la colonne vertébrale. Il essaya de se relever, mais la deuxième Sentinelle le frappa du plat de sa lance dans le dos. La lame-esprit lui échappa des mains, et lorsqu'il essaya de la ramasser, un coup de botte réduisit ses doigts à une pulpe sanguinolente.

Utilise tes pouvoirs ! Fais quelque chose ! s'écria le Roi sans visage, mais Malik n'arrivait pas à réfléchir. Il ne ressentait rien d'autre que la douleur. Sa bouche s'ouvrit pour tisser une illusion, n'importe laquelle, mais avant qu'il ne puisse dire quoi que ce soit, une des Sentinelles lui brisa net la jambe.

Malik laissa échapper un hurlement à glacer le sang. Une souffrance telle qu'il n'en avait jamais connu l'étreignit. Il perdit connaissance un instant, mais ce salut fut de courte durée, car aussitôt l'homme le laissa retomber, sa jambe tordue sous lui. Des larmes lui inondèrent le visage, sa bouche remua, mais aucun son n'en sortit.

Puis, au milieu de son agonie brumeuse, lui parvint la voix calme de Farid.

« Guérissez-le. »

Malik cria encore quand l'une des Sentinelles lui attrapa la jambe de part et d'autre de la fracture, mais au lieu de la douleur vint une douce lumière bleue. En quelques secondes, l'os avait retrouvé son intégrité, et la Sentinelle le hissa sur ses pieds. Malik faisait peine à voir, avec son visage plein de larmes et de morve. Mais au moins était-ce terminé.

Jusqu'à ce que Farid lance : « On recommence. »

Cette fois, il parvint à dévier les premiers coups, mais bientôt l'une des Sentinelles lui planta sa lance dans le ventre. Quand elle la retira, des gouttes du sang de Malik tachèrent le blanc éclatant de son armure.

« Guérissez-le », ordonna Farid, et ils s'exécutèrent.

Cela se poursuivit ainsi. Les Sentinelles l'attaquaient avec une fureur qu'aucun être humain n'aurait pu égaler, et contre laquelle Malik ne pouvait rien. Elles le couvrirent de bleus, lui pulvérisèrent les os, lui tranchèrent les membres. Chaque fois que Malik approchait de la limite de ce qu'un être humain pouvait endurer sans mourir, Farid ordonnait qu'on le remette d'aplomb, et le cycle recommençait.

Et encore.

Et encore.

Malik essaya plus d'une fois d'invoquer sa magie, mais il y avait toujours une épée, une lance ou un poing pour l'en empêcher.

Cela dura des heures. Des jours. Malik perdit rapidement toute notion du temps. Il était étendu face contre terre quand Farid ordonna enfin aux guerriers d'arrêter. Son mentor descendit dans l'arène et s'accroupit près de lui. L'ourlet de sa robe traînait dans la flaque du sang de son élève.

« Je sais que ça ressemble à de la torture, mais je t'assure que ce n'en est pas, dit-il, et Malik aurait pleuré en entendant le remords dans sa voix s'il n'avait pas eu le visage trop enflé pour le faire. Quand j'en aurai fini avec toi, ton pouvoir sera inégalable. Je peux faire de toi un dieu. »

Malik laissa échapper un gémissement quand Farid lui redressa le menton, l'obligeant à croiser son regard.

« Pour ça, je dois d'abord te briser. »

C'était ainsi que le peuple de Kennoua devait voir le pharaon – un dieu parmi les hommes, intouchable, inébranlable.

« Mais si tu ne me dis pas la vérité, nous ne pourrons rien faire. La leçon ne s'arrêtera que si tu capitules. Qu'as-tu trouvé dans la nécropole ? »

Les légendes étaient remplies de héros qui défiaient l'adversité pour protéger ceux qu'ils aimaient. Des héros qui se dressaient contre toutes sortes de monstres sans jamais trahir leur cause, en dépit de ce qu'on leur faisait subir. Des héros assez forts pour garder le secret dont dépendait la vie de Karina.

Mais Malik n'était pas un héros, juste un garçon qui souffrait, qui souffrait tellement, à qui Farid proposait le salut contre quelque chose d'aussi trivial que la vérité. Il sentait le Roi sans visage s'agiter furieusement en lui, animé d'une colère qui menaçait de sortir de son lit, mais Malik était arrivé au bout de sa résistance.

Il tendit les mains, dans lesquelles le sceptre apparut dans un éclair de lumière verte. Un sourire plus brillant que le soleil se dessina sur les lèvres de Farid.

« Tu vois, ce n'était pas si difficile. »

Retour au garçon, une dernière fois.

Farid ignorait qu'il était possible de haïr une personne autant qu'il haïssait le prince Hakim. Ce n'était pourtant pas le premier à débarquer à Ksar Alahari dans l'espoir de conquérir Hanane. Âgée de 15 ans, elle attirait des prétendants venus des quatre coins de Sonande. Ils étaient l'élite de l'élite, arborant leur richesse et leur pouvoir dans leur façon de s'habiller, de parler, de marcher.

Farid les haïssait tous autant qu'ils étaient.

Il lui fallait cependant reconnaître que Hanane traitait chacun d'entre eux avec la même politesse impersonnelle qu'on attendait de quelqu'un de son rang. Et chaque fois qu'on lui demandait ce qu'elle pensait de tel prince ou de telle héritière, elle se contentait de hausser les épaules.

« Pas désagréable, mais j'ignore si j'ai envie de l'épouser », répondait-elle invariablement. Son indifférence apaisait l'âme de Farid. Il n'était peut-être ni prince ni riche, mais il jouissait de la compagnie de Hanane, ce qui avait bien plus de valeur à ses yeux.

Jusqu'à l'arrivée du prince Hakim.

Si encore il avait été particulièrement beau, intelligent ou fort, Farid aurait compris les attentions dont il faisait l'objet. Mais Hakim était moyen en tout. Un visage moyen, des cheveux moyens, un nez à peine plus long que la moyenne. Son domaine, guère plus qu'un tas de cailloux sur la côte Dakendi, n'avait même pas d'intérêt stratégique pour Ziran.

Et pourtant, pour une raison mystérieuse, Hanane s'était entichée de lui. Avant son arrivée, elle passait ses rares moments de liberté avec Farid et Karina, mais il semblait à présent qu'ils appartenaient tous au prince. Ils partageaient leur temps entre balades à cheval, visites du palais et spectacles, quand ils ne se contentaient pas de rester assis sur un muret à discuter – toujours avec un chaperon, bien sûr, mais ça ne changeait rien au fait que lorsque Farid les voyait ensemble, quelque chose mourait en lui.

« Mais qu'est-ce qu'elle lui trouve ! » s'exclama-t-il pour la cinquième fois en autant de minutes qu'il avait passées à faire les cent pas dans sa chambre. Karina, étendue sur son lit, l'écoutait râler d'une oreille distraite.

« Peut-être qu'il sent bon. » D'un simple mouvement de poignet dans les airs, elle déroula un parchemin détaillant la généalogie de la noblesse ziranie dans toute la pièce. Karina n'avait que 7 ans, mais ses pouvoirs avaient crû de façon exponentielle depuis le jour où ils s'étaient manifestés pour la première fois dans le jardin. La reine avait même parlé de lui trouver un professeur, en toute discrétion, bien sûr. C'était avant… Bon, vous savez quoi.

« Il y a plein de gens qui sentent bon. Ce n'est certainement pas une raison pour faire une telle fixation sur quelqu'un, fulmina Farid.

— En tout cas, j'espère qu'il sent bon, sinon ça ne doit pas être agréable de l'embrasser. »

Farid s'interrompit net. « Quoi ?

— J'ai vu Hanane l'embrasser l'autre jour, et elle m'a promis de me donner tous ses desserts pendant un mois si je ne le disais à personne, même pas à toi », déclara-t-elle innocemment, sans se rendre compte que chacun de ses mots tranchait les veines de Farid.

Il ne voulait pas le croire, mais Karina n'avait rien à gagner à mentir. Comment Hanane avait-elle pu lui faire ça ?

Car quoique Farid n'ait que 17 ans, il avait la certitude inébranlable que Hanane était son âme sœur. Son visage était la dernière image qu'il voyait le soir avant de s'endormir et celle avec laquelle il se réveillait chaque matin. Quand il lui avait révélé, larmoyant, son ascendance ulrajie, elle l'avait accepté sans réserve, parce qu'elle était comme ça, lumineuse et bienveillante.

Combien de nuits n'avait-il pas rêvé de l'embrasser ou simplement de la tenir dans ses bras ? Tout ça pour que ce prince fade, insipide, lui ravisse sous ses yeux ce qui lui revenait de droit.

« Il n'est pas assez bien pour elle, s'indigna-t-il.

— Si ça te contrarie à ce point, pourquoi ne fais-tu rien ? » demanda Karina.

Farid se rappela que le prince portait une dague cérémonielle partout où il allait, un objet de toute beauté dont la garde était incrustée de coquillages de la côte Dakendi. Elle ferait encore meilleur effet enfoncée dans le cœur de son propriétaire.

Cela apprendrait à ce prince à ne pas toucher à ce qui ne lui appartenait pas.

Mais cette idée était trop évidente, trop brouillonne. Un meilleur plan germa dans l'esprit de Farid, et il laissa la jeune princesse à sa magie pour se rendre chez un herboriste.

Les jours passèrent. Il se murmurait que, vu tout le temps que Hanane et le prince passaient ensemble, une demande en mariage ne devrait plus tarder. Tout du long, Farid joua à la perfection son rôle de pupille chaleureux et souriant.

L'opportunité se présenta enfin. La reine eut une rare soirée de libre, qu'elle consacra à dîner avec ses enfants, son mari et le prince. Quoique Farid refuse de considérer la reine et le roi comme ses parents, il les connaissait assez bien pour savoir que tous deux approuvaient ce rapprochement – si Hakim devait officiellement leur demander la main de leur fille, ils ne refuseraient pas.

À un moment de la soirée, le prince raconta une blague stupide, et Hanane éclata de ce rire solaire et cristallin qu'il connaissait si bien. Hakim adressa un sourire rusé à Farid, qui sourit poliment en retour.

Avant de se plier en deux et de vomir le contenu de son estomac sur la table.

Les guérisseurs trouvèrent du poison dans son sang. S'ensuivit une traque effrénée de celui ou celle qui avait osé s'en prendre au pupille de la reine sous les yeux de celle-ci.

L'enquête mena directement à une fiole de toxine de taro que Farid avait pris soin de dissimuler dans les affaires du prince Hakim.

La fureur de la reine ne se fit pas attendre. Elle fit fouetter le coupable présumé et l'exila de Ziran, en dépit de ses négations. Puis elle interrompit tout commerce avec sa petite île. Farid ressentit une pointe de culpabilité quand il apprit que sans ces échanges, le peuple de Hakim mourrait de faim.

Mais tous ses remords s'envolèrent quand Hanane vint lui rendre visite à l'infirmerie et jeta les bras autour de son cou en sanglotant.

« Je suis désolée, Farid ! Je n'en reviens pas que Hakim ait fait une chose pareille ! » dit-elle en versant des larmes qu'il s'empressa d'essuyer, le cœur affolé tant par l'émotion que par les effets de la toxine. Cependant, Farid se serait volontiers empoisonné une douzaine de fois si ç'avait été le seul moyen de récupérer Hanane.

« Tu ne pouvais pas savoir, rétorqua-t-il. Tu ne vois que le meilleur des gens. C'est pour ça que… »

Farid ne termina pas sa phrase. Le prince Hakim n'était plus un problème, mais il ne pouvait pas lui avouer ses sentiments tant qu'il n'aurait pas la certitude que plus personne n'essaierait de la lui ravir.

« C'est pour ça que je serai toujours là pour te protéger », acheva-t-il. Hanane posa la tête sur sa poitrine, et Farid se demanda s'il était possible de mourir d'extase.

« Qu'est-ce que je ferais sans toi ? » murmura-t-elle. Il fit courir un doigt le long de sa joue. La pensée du prince Hakim s'en retournant chez lui avec pour seules récompenses la disgrâce et la famine, et non la fiancée espérée, lui tira un sourire suffisant.

« Espérons que tu n'aies jamais à le découvrir. »

24

Karina

Malik ne lui rendit pas visite la nuit suivante.

Karina n'en prit pas ombrage. Après tout, combien de nuits n'avait-elle pas passées avec quelqu'un avant de disparaître au matin et de ne plus jamais lui adresser la parole ? Et si, l'espace d'un instant, elle s'était sentie importante non pas à cause de sa magie ou de sa généalogie, mais en étant juste elle-même, qu'est-ce que ça changeait ?

Sauf qu'il ne vint pas la voir le surlendemain non plus, ni la nuit d'après. En dépit de ses injonctions, Karina commença à s'inquiéter. Elle essaya même de le joindre *via* leur connexion, mais il ne répondit pas. Elle savait qu'il n'était pas mort, car elle l'aurait senti, donc il devait l'ignorer.

Très bien. Qu'il fasse comme si cette nuit n'était jamais arrivée. Elle n'en avait rien à faire.

Depuis plus d'une semaine, son groupe traçait sa route à travers l'Odjubai, chargé de lourds sacs de nourriture et de toutes sortes de choses offertes par les citoyens reconnaissants de la Cité des Voleurs. Karina portait la clé du Sanctuaire autour du cou, au bout d'un collier de perles. Elle pointait toujours vers le nord-ouest, aussi suivaient-ils cette direction qui les fit peu à peu quitter les dunes du désert pour la garrigue vallonnée qui bordait tant les monts d'Eshra que l'Arkwasi.

Mais il n'y avait pas que le paysage qui ondulait – Karina *sentait* qu'ils se rapprochaient de Doro Lekke. Ses trois compagnons semblaient eux aussi attirés par cette ancre à laquelle leur magie était rattachée. Cela, ainsi que l'épreuve à laquelle ils avaient survécu à Balotho, avait changé la dynamique du groupe. Le sixième soir de leur course folle, Caracal trouva Karina en train d'essayer de soulever une fleur avec ses pouvoirs.

« Le problème, c'est que vous y mettez trop d'ardeur, expliqua-t-il en observant Karina projeter involontairement la fleur à mi-chemin de la clairière où elle s'entraînait. Vous aimez la musique, pas vrai ? Une tempête, c'est comme une symphonie, une douzaine d'éléments qui se combinent pour créer un tableau d'ensemble. Un coup de vent n'est rien de plus qu'une note. Simple, mais il faut la jouer juste. » Il claqua des doigts, et un unique pétale se détacha de la fleur pour atterrir dans sa main. « Vous n'avez besoin de rien de plus qu'une note. Franchement, je suis étonné que vous puissiez invoquer la foudre, mais que vous n'arriviez pas à faire ça. C'est comme si vous saviez résoudre des équations complexes sans maîtriser les bases de l'arithmétique. »

Karina leva les yeux de la plante mutilée et fixa l'ancienne Sentinelle. « Je croyais vous avoir entendu dire que vous n'enseigniez pas. »

Il se gratta le cou d'un air gêné. « Habituellement, non. Mais pour la bonne personne, je veux bien essayer. »

À partir de ce jour, Caracal mit à profit chacun des moments de repos qu'ils s'accordaient pour instruire Karina de tout ce qu'il savait sur la magie du vent zawenjie. Elle apprit comment modifier la pression atmosphérique dans un champ où des flamants exécutaient un ballet de plumes roses. Elle apprit comment changer la bruine en givre, en grésil, en glace, dans les ruines de ce qui fut jadis la forteresse d'un chef de guerre. Elle se sentait dans le même état d'esprit que lorsqu'elle avait appris à jouer de l'oud, s'émerveillant de chaque nouvelle technique et de chaque progrès durement gagné.

Le dixième jour, ils arrivèrent à un delta détrempé où ils échangèrent leurs chevaux contre un long canoë et quatre rames à une femme édentée. C'était la première fois que Karina naviguait. Elle découvrit rapidement qu'elle souffrait du mal de mer, mais le clapotis des vagues contre la coque de leur embarcation et la vue de ninki-nankas aux écailles étincelantes glissant sous la surface la ravissaient.

À cette distance de la frontière eshrane, il y avait des soldats ziranis partout. Seules les années d'expérience de Caracal en matière d'évitement leur permirent de ne pas tomber dans leurs griffes.

« Il ne devrait pas y en avoir autant, avait-il déclaré après une journée éprouvante passée à se cacher dans la boue et à prier pour que la marée haute ne les noie pas avant que les soldats ne soient hors de vue. Toute l'armée doit être à vos trousses. »

Si Farid avait affecté autant d'unités à sa recherche, alors qui restait-il à Ziran pour reconstruire la ville ? Chaque soldat qu'elle voyait ne faisait qu'accroître la colère de Karina, car c'étaient autant de bras en moins pour dégager les décombres de la cité et aider la population. Même si Farid parvenait à pratiquer le Rite du Renouveau dans un avenir proche, il faudrait des années pour réparer les dégâts. Le même besoin irrépressible de faire quelque chose d'utile, n'importe quoi, qui l'avait étreinte tout au long de son enfermement à Ksar Alahari la tenaillait.

Pourtant, et quoique la clé devienne chaque jour plus chaude contre sa poitrine, il n'y avait toujours aucun signe de Doro

Lekke. L'emplacement de la cité ne pouvait pas avoir changé, car l'artefact pointait toujours dans la même direction. Alors où était-elle ? Karina s'en ouvrit à Afua lors du deuxième jour passé dans le marécage. « Elle est là. Je la sens », se contenta de répondre la jeune Vie-alignée, et Karina hocha la tête en affermissant sa prise sur la rame.

J'arrive, songea-t-elle avec une pensée pour sa mère, pour Bahia et pour toute la lignée de ses ancêtres entre elles deux. Le pouvoir tapi dans le Sanctuaire était son droit de naissance. Une fois qu'elle s'en serait rendue maîtresse, elle pourrait sauver tout le monde sans avoir à donner sa vie. *Attendez-moi.*

Et puis, le cinquième jour, dans une zone du marécage peuplée de roseaux aussi hauts qu'un homme adulte et de carangues qui s'approchaient avec curiosité de leur bateau, Karina la sentit.

« Attendez ! s'écria-t-elle en se redressant, manquant de faire chavirer le canoë. On y est !

— Loin de moi l'idée de douter de l'esquille d'os magique que vous avez volée sur le corps d'une démone mille-pattes, mais il n'y a rien ici », dit Caracal. Karina ferma néanmoins les yeux et projeta ses pouvoirs hors d'elle-même, exactement comme le mercenaire le lui avait appris – pas pour attaquer, mais pour écouter.

Le vent lui répondit, décuplant chacun des sons qui l'entouraient, le bruissement des roseaux, le coassement discret des grenouilles-taureaux. Elle était la brise qui sifflait entre les arbres, l'humidité qui frisait les cheveux et collait à la peau.

Chaque inspiration plongeait davantage Karina dans sa magie, jusqu'à ce que… voilà. Une poche d'espace que les sons ne pénétraient pas. Elle rouvrit les yeux et tendit le bras droit devant elle, vers un arbre noueux qui poussait sur une petite île constituée de végétation broussailleuse et de boue.

« C'est là. »

À première vue, l'îlot ne paraissait guère différent des centaines d'autres qu'ils avaient croisés dans le delta, révélés par la marée basse. Mais ils découvrirent parmi les racines une pierre plate circulaire de plus de trois mètres de diamètre. Le disque était gravé de huit symboles – un pour chacune des sept divinités, un pour la Grande Mère. Après avoir débarqué et attaché le canoë, ils se postèrent en demi-cercle autour de lui.

« Bon, et maintenant ? » demanda Karina. Caracal haussa les épaules, mais Ife s'approcha du symbole Lune-aligné. Iel inspecta l'emblème falciforme dans sa paume avant de grimper sur celui gravé dans la pierre. Une pâle lumière bleue monta du sol pour former une spirale autour d'ellui, si vive qu'ils durent tous se protéger les yeux.

« Je pense qu'on est censés faire ça », dit Ife.

Chacun monta sur le symbole correspondant à son alignement, dont les couleurs variaient – violet pour Afua, jaune pour Karina et Caracal. Le marécage fut baigné d'une clarté multicolore tandis que la magie de Doro Lekke se connectait avec celle qui coulait dans leurs veines.

Malgré la beauté du processus, il restait quatre symboles vides. Karina réprima un grognement de frustration. « Ça n'a aucun sens. Qui bâtirait une cité dans laquelle on ne pourrait entrer qu'à sept ? »

Elle examina une fois de plus les symboles vides, et une idée germa en elle. Quittant sa position, elle alla chercher de l'eau dans ses mains en coupe au bout de l'île et revint en asperger le symbole de l'Eau. Une lumière bleu marine s'éleva du sol et grava le symbole associé sur le tronc de l'arbre.

« Pas mal, princesse », la complimenta Caracal, et Karina eut du mal à réprimer un sourire de satisfaction.

Pour l'alignement de la Terre, ils n'eurent besoin que d'un peu de boue. Afua fit naître une petite flamme de leur dernier silex pour le Feu. Le Soleil leur posa davantage de problèmes, mais ils eurent l'idée d'accrocher un petit miroir à une branche de telle manière qu'il reflète les rayons de l'astre exactement au bon endroit.

Sitôt le dernier symbole en place, un grondement secoua la terre, et une porte ornementée se matérialisa dans l'écorce de l'arbre. Il n'y avait nulle poignée, mais une marque triangulaire creuse, dans laquelle Karina, les doigts tremblants, inséra la clé.

Ils entendirent le bois ancien grincer et craquer lorsque le battant s'ouvrit vers l'intérieur, révélant un escalier formé de branches entrelacées.

Une seule créature émergea de l'obscurité du seuil – un papillon ivoire. Le symbole de la Grande Mère.

Tous les quatre le fixèrent des yeux, interdits. La magie qui émanait de l'ouverture résonnait profondément avec tout ce qui faisait d'eux ce qu'ils étaient.

Poussée par le vent, Karina guida leur petit groupe à l'intérieur de la cité perdue de leurs ancêtres. Une fois qu'ils eurent tous franchi le seuil, l'écorce se reforma derrière eux et retrouva son aspect initial.

Karina adorait Ziran. Personne n'était insensible à la beauté et au pouvoir que la ville dégageait. Mais elle avait toujours su au fond d'elle qu'elle n'appartenait pas à cet endroit – même quand sa famille était encore en vie et qu'un avenir plein de promesses l'attendait. Quels que soient les efforts qu'elle faisait pour incarner la princesse parfaite qu'on attendait d'elle, jamais elle n'avait réussi à faire taire cette fibre sauvage en elle, qui effrayait même ceux qui l'aimaient le plus.

Cet aspect d'elle avait enfin trouvé sa place. Ici, le monde était rempli d'une énergie primitive qui n'avait pas besoin d'exister ou de se justifier, qui se contentait d'*être*. Doro Lekke n'était une ville que parce qu'une forêt l'avait rêvée ainsi. Elle n'était pas constituée de bois, mais des arbres eux-mêmes, dont les racines poussaient à l'intérieur des bâtiments et des murs qui les entouraient.

Des grains de poussière flottaient en suspension dans les étroits puits de lumière qui perçaient la canopée des racines. La seule autre source de lumière provenait des algues luminescentes à la surface des ruisseaux qui formaient les rues du Sanctuaire, semblables à celles que Karina avait vues près du village de Bahia et Khenu. Des statues s'alignaient le long des murs, leurs mains chargées d'objets et d'offrandes que personne n'avait touchés depuis un millénaire.

Et la magie… Elle était partout, douce comme de la mousse ici, dure et inflexible comme de la pierre là. Elle invitait Karina à avancer, murmurait des « bienvenue, bienvenue, bienvenue » à son oreille.

« C'est… », commença Caracal, mais il ne put finir sa phrase. Ils étaient tous à court de mots.

Une très légère brise attira l'attention de Karina vers un tunnel où la lumière était plus vive. Elle oublia tout le reste et en prit la direction.

Les voix se faisaient plus fortes à mesure qu'elle progressait. Elles ne s'exprimaient dans aucune langue connue, mais dans celle de la foudre, des cascades, des volcans et des tornades. La voix de la magie lui intimait de continuer à avancer, de ne ralentir sous aucun prétexte.

« Karina, attendez ! Quelque chose ne va pas », s'écria Afua, mais elle ne l'écouta pas. La pression était écrasante, comme si le Sanctuaire essayait de lui donner tout ce qu'il avait à offrir d'un seul coup. Des formes et des couleurs dansaient devant ses yeux, et le monde se brouilla à la périphérie de sa vision. Pisse de rat moisi, pas une migraine ici, pas maintenant, alors qu'elle était si proche...

« Karina ! »

Caracal l'attrapa et la tira en arrière. Elle commença à se débattre, mais Afua lui prit le visage entre les mains et la força à regarder le sentier qu'elle était en train de suivre. Il s'arrêtait abruptement quelques pas devant elle pour plonger dans un gouffre de plus de trente mètres de large. Si le mercenaire ne l'avait pas retenue à temps, Karina y serait tombée tête la première sans même s'en rendre compte.

De sa main libre, Caracal ramassa un caillou et le jeta dans la cavité. Ils ne l'entendirent jamais atterrir. « D'accord, il y a quelque chose ici qui se joue de nos perceptions. Il faut mettre au point un plan... Aïe ! »

Karina lui avait mordu la main et lui avait échappé. Elle avait fait cela sans réfléchir ; son esprit était tout entier accaparé par le désir irrépressible de suivre les voix qui l'appelaient.

Avant que quiconque puisse l'arrêter, Karina invoqua toute la magie qu'elle possédait, prit son élan et sauta.

Ce fut la plus proche expérience de vol qu'elle ait jamais connue. Un cri de pure extase lui échappa quand son corps s'éleva dans les airs, soutenu par la force du vent. Mais elle avait sous-estimé la largeur du gouffre, si bien qu'arrivée au trois quarts de la distance, elle commença à tomber. L'air sifflant à ses oreilles, Karina fit naître une bourrasque désespérée qui la projeta violemment et la plaqua contre la paroi opposée, plusieurs mètres en contrebas du bord du précipice. Elle glissa encore un peu avant que ses doigts ne parviennent à agripper une saillie rocheuse.

« Ou alors, on peut faire comme ça ! » s'exclama Caracal, dont la voix lui parvenait faiblement. Dix longues traînées de sang maculaient la paroi là où les doigts de Karina avaient râpé avant de trouver une prise. La douleur qui palpitait dans ses mains l'obligea à s'immobiliser le temps de reprendre sa respiration.

Mais les voix étaient si irrésistibles que même une seconde passée à ne pas répondre à leur appel était une seconde de trop. Les bras tétanisés par l'effort, Karina trouva une prise au-dessus d'elle. Quand elle l'eut bien en main, elle se hissa jusqu'à la prochaine, et ainsi de suite. Ayant épuisé sa réserve de magie pour franchir le gouffre, elle ne pouvait compter que sur sa force physique mise à rude épreuve pour regagner la terre ferme. Ses compagnons lui crièrent qu'ils allaient chercher un autre chemin, mais elle fit abstraction de leurs paroles, sous peine de perdre prise et de plonger vers une mort certaine.

Une éternité plus tard, Karina parvint enfin à franchir le rebord. Malgré le sang, la sueur et les tremblements, elle ne s'arrêta pas. S'appuyant lourdement contre le mur de racines, elle suivit la lumière jusque dans la grotte qui lui était apparue dans la vision de Malik.

La caverne, haute de plusieurs étages, laissait entrer la clarté d'une lune à demi pleine qui souriait à Karina. Les statues des sept divinités patronnesses formaient un cercle le long des parois, représentant chacune un des grands mythes de la genèse du monde. Gyata tirant le soleil dans le ciel pour le préserver du chaos grouillant qui menaçait d'éteindre sa lumière. Santrofie, son propre patron, battant des ailes pour créer l'air et le souffle. Chacune des œuvres avait été sculptée avec une telle précision que les dieux donnaient l'impression de pouvoir prendre vie à tout instant.

Au centre de tout cela se dressait la statue de la Grande Mère. Le temps et les éléments avaient érodé son visage, mais ses deux bras écartés – les paumes ouvertes pour dispenser colère ou miséricorde en égale mesure – étaient parfaitement reconnaissables. Des centaines de papillons blancs formaient autour d'elle un voile mouvant.

Karina commença à comprendre précisément ce qui attirait les gens vers la foi. Il lui sembla que chaque seconde de sa vie l'avait menée à cet instant, et que toutes celles qui suivraient s'en trouveraient affectées. Elle ne ramènerait jamais sa mère, elle ne sauverait pas les victimes de Tiru ou de Balotho, mais avec cela, elle parviendrait à mettre un terme au règne de terreur de Farid. Elle pourrait devenir autre chose que la reine qui avait fui quand son peuple avait le plus besoin d'elle.

Pourtant, quoiqu'elle se trouve dans le lieu le plus sacré de tout Sonande, Karina ruminait la même pensée : c'était Hanane qui aurait dû se trouver là. Pas le simulacre que Farid se plaisait à exhiber, mais sa vraie sœur. Quitter Ziran pour découvrir les merveilles de Sonande avait en premier lieu été le rêve de Hanane ; c'était elle qui aurait dû se tenir là, comme leur ancêtre avant elle.

« Dieux de mes mères. Sources de toutes choses, commença Karina en s'agenouillant dans cet espace sanctifié qui lui renvoyait l'écho de ses paroles. Je viens à vous en quête d'un pouvoir que vous seuls pouvez m'accorder. Révélez-moi ce qui a été caché ici il y a des milliers d'années, afin que je puisse redresser un tort immense et épargner à vos enfants un sort terrible qu'ils n'ont pas mérité. »

Karina embrassa les pieds de la statue. Ce n'est qu'à ce moment qu'elle remarqua le panier niché à la base de celle-ci, fermé par une simple ficelle. En dépit de son apparence modeste, il irradiait un pouvoir incommensurable.

Entourée des voix maintenant fiévreuses et des papillons, Karina prit une profonde inspiration et souleva le couvercle.

25

Malik

La douleur n'était pas si terrible quand Malik n'y pensait pas.

Farid l'avait laissé partir sitôt qu'il lui avait remis le sceptre. La « leçon », comme sa première épreuve, ne lui avait laissé aucune marque permanente.

Farid lui avait demandé s'il comprenait que c'était sa faute. Il le comprenait.

Farid lui avait promis que s'il restait dans le droit chemin, cela ne se reproduirait plus. Il y resterait.

Farid avait ajouté qu'il devrait être heureux de ne pas avoir été plus sévèrement puni. Il l'était.

De tout son cœur, même, car il y avait quelque chose de perversement réconfortant à laisser son esprit se glisser dans le costume de l'enfant terrorisé qu'il avait jadis été. L'enfant qui n'avait connu qu'os brisés et organes endommagés, et qui savait quand et comment baisser la tête pour rester en vie à n'importe quel prix. Il s'accommodait bien mieux de cette version de lui-même que de celle qui avait torturé Dedele et avait livré Karina à la mort, non pas une fois, mais deux. Il avait eu besoin que quelqu'un lui rappelle ce qu'il avait toujours été et ce qu'il serait toujours : un lâche.

Il était reconnaissant envers Farid.

Il était reconnaissant.

Il était.

Les préparatifs du couronnement de Hanane insufflèrent une vie nouvelle à Ziran, comme la princesse l'avait espéré. En l'espace de quelques jours, le squelette vide et apeuré qu'avait été la ville se transforma en un lieu de joie et de festivité. Ksar Alahari devint le cœur battant de l'organisation, alors même que de plus en plus de réfugiés affluaient au palais chaque jour. Comme tous les événements d'importance aux yeux des Ziranis, un couronnement s'étalait sur une semaine entière, qui débutait et s'achevait le jour de l'alignement de la future reine, celui du Soleil. Ce jour-là, deux semaines environ après qu'il avait remis le sceptre à Farid, Malik observait depuis un balcon des centaines de personnes investir les salles brillamment éclairées du palais.

Il restait cependant imperméable à l'ambiance festive. En réalité, il ne ressentait plus rien depuis la fameuse leçon. Un trou noir s'était ouvert en lui et avait englouti ses émotions. Depuis, il avait l'impression de voir le monde à travers une couche de verre brisé. Leila avait remarqué son changement, mais il avait fait taire ses inquiétudes en prétextant que la recherche de la flûte l'épuisait.

Et de fait, il passait toutes ses journées avec Yaema à écumer la ville à la recherche d'un quelconque indice sur la flûte. À la demande de l'universitaire, il lui avait fait aménager une chambre au palais et lui avait même obtenu une invitation au couronnement. C'était le moins qu'il puisse faire en retour du temps qu'elle lui consacrait, à défaut de l'affection qu'il ne pouvait lui donner.

Malik souhaitait presque voir la fin du monde advenir, car il serait enfin débarrassé du vide qui grandissait en lui un peu plus chaque jour passé sans trouver la flûte. Mais il ne pouvait s'en prendre qu'à lui-même ; après tout, c'était lui qui avait déçu Farid en toute connaissance de cause, et s'il ne trouvait pas la flûte, c'est qu'il ne cherchait pas assez bien, mais il ne voyait pas quoi faire d'autre, il devait bien y avoir un moyen de sortir de cet enfer dans lequel il s'était mis tout seul...

Un léger bruissement interrompit le fil de ses pensées. Il fit volte-face, la dague à la main et la magie au bout de la langue, mais ce n'était que Nadia.

« Ils ont dit que j'étais dans leurs pattes et que je devais aller attendre dehors », expliqua-t-elle. Comme le voulait la tradition, Hanane avait passé toute la journée précédant sa semaine de couronnement en isolement, avant que ses quartiers ne deviennent un champ de bataille où une armée d'assistants, y compris Leila, l'aidaient à se préparer pour la première des nombreuses cérémonies de son accession au trône. Malik était venu ici précisément pour éviter toute cette frénésie. Sa morosité s'accommodait mal de l'excitation ambiante.

Au moins Nadia était-elle resplendissante dans sa robe de cérémonie, large bande de tissu orange nouée à la taille conçue pour s'accorder tant à la tenue de Malik qu'à celle de Leila. « Hanane a dit qu'elle nous laisserait marcher à côté d'elle, ajouta-t-elle en sautant sur place. Et on sera au premier rang, où on verra tout, et...

— Est-ce qu'on pourrait parler d'autre chose que de Hanane pendant cinq minutes ? » cingla Malik.

Il regretta ses paroles à la seconde où elles quittèrent sa bouche. La lèvre inférieure de Nadia se mit à trembler. « Tu es fâché après moi.

— Mais non, promit-il, se haïssant de laisser libre cours à cette jalousie mesquine alors qu'il se passait des choses bien plus graves. Tu n'as rien fait de mal, je suis juste... Qu'est-ce qui t'attire tant chez la princesse ? »

C'était une question bien sérieuse pour une enfant de 6 ans, mais Malik ne supportait pas de ne pas savoir. Nadia baissa les yeux.

« Depuis que je suis revenue du monde spirituel, tout est bizarre, dit-elle d'une voix faible. Parfois, les choses ont l'air réelles, mais elles ne le sont pas. Ou le contraire. Je ne t'en ai pas parlé parce que tu... tu es tout le temps triste, et je ne veux pas que tu le sois encore plus. »

Malik se serait volontiers fait rosser un millier de fois par les Sentinelles si ça avait pu effacer la douleur dans les yeux de Nadia. Il oubliait parfois qu'elle n'était plus le bébé qu'il emmenait partout avec lui, et qu'elle avait passé autant de temps à l'observer que l'inverse.

« Je ne sais pas pourquoi, poursuivit-elle, mais je n'ai jamais cette impression bizarre quand je suis avec la princesse Hanane. Je sais toujours qu'elle est réelle. Je suis désolée, ne sois pas en colère contre moi. »

Malik avait entendu parler de personnes développant d'étranges aptitudes après avoir été en contact avec le monde spirituel. Était-ce pour cette raison que Nadia ressentait une telle proximité avec la princesse morte-vivante ? Parce qu'elles étaient conscientes de partager une expérience qu'aucun être humain n'avait jamais vécue ?

Malik se baissa au niveau de sa sœur. « Je ne suis pas en colère contre toi, et tu ne m'embêtes jamais, d'accord ? Peu importe que j'aie l'air triste, j'aurai *toujours* du temps pour toi. Je te le promets. »

Les larmes qu'elle avait retenues coulèrent enfin, et elle se jeta dans les bras de son frère en gémissant.

« J'avais te... te... tellement peur », sanglota-t-elle, et Malik eut de nouveau 10 ans, quand Nadia était encore si petite qu'elle tenait au creux de son bras. Un jour, elle grandirait et elle vivrait ses propres aventures sans lui, mais pour l'heure, elle avait besoin d'un réconfort que seul son grand frère pouvait lui procurer.

« Je sais », murmura-t-il. Lui aussi se mit à pleurer en serrant Nadia contre sa poitrine. « Je sais, je sais. »

Idir s'agita en lui, mais il demeura silencieux, les laissant à ce moment d'intimité qui n'avait que trop tardé.

« J'ai entendu pleurer. Qu'est-ce qui se passe ? »

Leila écarta le rideau, avisa son frère et sa sœur en larmes et se joignit à leur étreinte. Tous trois restèrent ainsi un long moment, et même quand ils s'écartèrent, Malik eut l'impression de les retenir en lui pendant longtemps.

« Tu devrais manger quelque chose, lui dit Leila. Une fois la cérémonie commencée, tu n'en auras plus le temps, et ton dernier repas remonte à loin. »

Tout avait le goût de cendre depuis sa leçon, mais ses sœurs n'avaient pas besoin de le savoir. « Ne t'inquiète pas pour moi. »

Leila hocha la tête avant de jeter un coup d'œil à la foule des invités qui affluaient dans la cour en contrebas. « Hanane m'a demandé quels étaient nos plans une fois que tout serait terminé – elle parlait du couronnement et du Rite du Renouveau. Nous sommes les bienvenus à Ksar Alahari aussi longtemps que nous le souhaitons, et elle est même prête à nous attribuer des titres et des terres. Ça ferait de nous les premiers membres de la noblesse ziranie d'origine eshrane. »

C'était une offre généreuse, et pour la première fois, Malik se laissa aller à imaginer à quoi ressemblerait la vie quand tout cela serait derrière eux. Plus jamais il n'aurait à lutter, ni à se cacher.

Plus jamais il ne verrait Karina.

Sa poitrine se contracta, et il se força à détourner le cours de ses pensées de ce douloureux bourbier sous peine de ne plus respirer. « Je ne crois pas que Farid voudra toujours de nous à la cour, dit-il plutôt.

— Je me fiche de ce que Farid pense comme de ma dernière chaussette, affirma-t-elle, et Malik se tendit.

— Tu ne devrais pas parler comme ça ! » souffla-t-il. Il avait l'impression que l'ancien intendant les surveillait en permanence, mais il se trouvait pour le moment dans la salle de réception, où il s'entretenait avec les invités avant la cérémonie. Pour une fois, ils étaient vraiment seuls.

« Au contraire, on devrait être plus nombreux à dire ce qu'il n'a pas envie d'entendre. Tu as vu comment il parle à Hanane ? Il se comporte comme si elle lui appartenait. Elle n'aime pas trop ça, mais elle ne veut pas le contredire après tout ce qu'il a fait pour elle. La ressusciter pour s'attirer sa reconnaissance éternelle, tu parles d'un cadeau ! »

Leila s'enflammait à mesure qu'elle parlait, agitant les mains comme le faisait leur mère quand elle se disputait avec quelqu'un. Malik se contentait de la regarder, toujours inquiet mais également amusé. « Je ne m'étais pas rendu compte que Hanane et toi étiez devenues si proches. »

Leila toussa pour cacher son embarras. « Écoute, tout ce qui importe, c'est que les choses vont changer pour nous. Mais nous avons déjà connu ça, et nous en sommes toujours sortis plus forts. Donc quoi qu'il arrive, je suis de ton côté. »

Les larmes gonflèrent les yeux de Malik. Il était à deux doigts de lui révéler la vérité sur son entraînement avec Farid, mais il ne pouvait s'y résoudre. Maintenant que son esprit et son lien à Karina n'étaient plus des endroits sûrs, il ne voulait pas prendre le risque de ternir sa relation avec ses sœurs.

Avant qu'il ne puisse répondre, une assistante de Hanane passa la tête par la porte du balcon.

« Elle est prête. »

Assise aussi immobile qu'une poupée au centre de la pièce, Hanane laissait les serviteurs ajuster une dernière fois la première des sept tenues qu'elle porterait lors de son couronnement. La robe du jour arborait l'orange de sa divinité patronnesse, agrémenté de rayons de soleil rouge et argent – les couleurs des Alahari – brodés sur sa poitrine. Plusieurs rangées de perles lui enserraient le cou et les bras, et la moitié de ses locks s'amoncelaient au-dessus de sa tête, entrelacées de fils d'or pur assortis rappelant les peintures cérémonielles rouge, orange et or sur son visage. Sous le regard interdit de Malik et Leila, Hanane prit une expression inquiète.

« Qu'est-ce qui ne va pas ? J'ai l'air bizarre, non ? » gémit-elle.

Nadia se jeta sur ses genoux. « Vous avez l'air d'une princesse !

— Mais je *suis* une princesse.

— Oh. Alors tout va bien. »

Un rire chassa toute tension du visage de la future reine. Leila afficha une mine faussement sérieuse.

« Je crois que quelque chose ne va pas, dit-elle, et elle se baissa pour retirer à Hanane ses pantoufles chargées de pierres précieuses, qu'elle jeta dans un coin. Là, c'est mieux. »

Hanane regarda ses pieds nus et éclata en sanglots. Leila sursauta.

« Oh non, ne pleurez pas ! » s'exclama-t-elle en prenant le visage de la princesse entre ses mains. Réprimant un frisson à son contact glacé, elle essuya délicatement les larmes du mieux qu'elle put sans étaler le maquillage. « Il est encore trop tôt. Ça n'a même pas encore commencé.

— Je suis tellement heureuse de vous avoir à mes côtés, dit Hanane entre deux hoquets qui n'avaient rien de princier. Sans mes parents ni ma sœur… Je ne sais pas comment j'aurais survécu à ces dernières semaines si vous n'aviez pas été là. »

Une nouvelle couche d'angoisse vint s'ajouter à la boule qui grossissait dans le ventre de Malik. Quel genre de misérable était-il pour accepter la gratitude de Hanane alors qu'il avait livré sa sœur à la mort en toute connaissance de cause ?

« Vous n'auriez pas été seule. Vous avez Farid », dit-il. Mais à la mention de son mentor, le visage de Hanane se ferma.

« Avec Farid, c'est différent. Ça l'a toujours été.

— Il vous aime. » Il lui sembla soudain très important de le lui rappeler, ainsi qu'à tous ceux qui se trouvaient dans cette pièce. Le goût du sang lui monta une fois de plus à la bouche, mais il déglutit. « Je crois… Non, je sais qu'il vous aime plus que tout au monde. »

Leila le regarda comme s'il venait de la frapper au visage. Hanane congédia les serviteurs, et sitôt les derniers partis, elle s'affala sur son siège comme une marionnette dont on aurait coupé les fils. « Je sais que Farid m'aime. Je crois que je le savais même avant lui. Il a défié les Anciennes Lois pour me donner une seconde chance. Comment cela pourrait-il être autre chose que de l'amour ? »

Quelque chose d'étrange traversa les yeux de Leila, qui demanda d'une voix si basse que Malik douta de l'avoir entendue : « Mais est-ce que *vous* l'aimez ? »

Hanane perdit le sourire et fit distraitement tourner la chevalière de la reine autour de son doigt.

« Farid pense que je partage ses sentiments car je le lui laisse croire depuis des années. » La solennité de cette confession sembla épaissir l'air autour d'eux. « Quand il est arrivé au palais, il était traumatisé. Si ses sentiments pour moi lui donnaient quelque chose à quoi se raccrocher, pourquoi lui enlever ça ? Je ne lui ai jamais rien promis, mais je ne l'ai pas non plus dissuadé. »

Hanane laissa échapper un petit rire sans joie. « En fait, non, je ne mérite pas de jouer les innocentes. La vérité, c'est que j'aimais ce pouvoir que j'exerçais sur lui. À la différence de Karina, je ne l'ai jamais vu comme un frère, car je savais qu'il ne voulait pas que je le considère comme tel. Une fois, un prince en visite fou de jalousie a tenté de l'empoisonner. Après ça, je me suis sentie redevable de toutes ces années où il se languissait de moi, alors j'ai commis l'erreur de laisser notre relation prendre une tournure plus physique. J'étais curieuse, il en avait envie, et je ne voyais pas quel mal cela pourrait faire. Les amis font tout le temps ce genre d'expériences. »

La princesse ferma les yeux et renversa la tête en arrière. « Si j'avais su... Je n'aurais jamais dû laisser les choses aller si loin. C'est à cause de moi qu'il est comme il est, et je paie aujourd'hui le prix de mes erreurs. »

Leila fit un pas en avant. « Avec tout le respect que je vous dois, Votre Altesse, ce sont les paroles les plus stupides que j'aie jamais entendues. » Les yeux de Hanane s'ouvrirent sur un regard incrédule que la sœur de Malik lui rendit. « C'est vrai ! D'accord, vous avez peut-être eu tort de jouer avec ses sentiments. D'accord, vous n'êtes peut-être pas si innocente que ça. Mais quel adulte qui se respecte laisserait un chagrin d'amour d'adolescent dicter dix années de sa vie ? Je me fiche de savoir qu'il a eu une enfance malheureuse. Mon propre père m'a cassé le nez quand j'avais 7 ans. Les aînés de notre village ont torturé Malik pendant des semaines entières quand il en avait 6. Personne ne quitte ce monde sans avoir subi un traumatisme ou deux, mais ça ne nous autorise pas à faire tout ce qu'on veut. »

Leila prit les mains de Hanane dans les siennes.

« Vous êtes une reine. Vous ne devez de comptes qu'à vous-même. Si vous choisissez de garder Farid à vos côtés, faites-le parce que vous le voulez, pas parce que vous vous y sentez obligée. Ne laissez pas les erreurs du passé écrire votre avenir. »

Il était probable que personne n'ait jamais parlé ainsi à la princesse, et que personne ne le ferait jamais plus. Hanane aurait parfaitement pu les exiler tous les trois pour prix d'une telle insolence, mais elle se contenta de dévisager Leila. Le silence s'étira jusqu'à ce qu'une prêtresse entre dans la pièce et exécute le salut zirani.

« Votre Altesse, c'est l'heure. »

Hanane s'écarta de Leila et se leva d'un bond, comme pour mettre autant de distance que possible entre elle et cette conversation.

« Allons-y, mes amis. Ma couronne m'attend. »

Farid s'entretenait avec quelques gardes quand Hanane et son entourage pénétrèrent dans la petite antichambre qui jouxtait le grand hall. Il s'arrêta au milieu d'une phrase pour contempler la princesse, et à la lumière de ce que Malik venait d'apprendre, il ne douta pas un seul instant que les regards qu'ils échangeaient n'étaient destinés à personne d'autre.

« Tu es… un pur enchantement », commenta Farid d'une voix sans timbre. Il tendit la main comme pour effleurer les rubis à la naissance de son cou, mais Hanane évita ses doigts d'un mouvement subtil.

« Tu es trop bon, comme toujours, dit-elle avant de se tourner vers les hautes prêtresses qui présideraient à la cérémonie. Que voulez-vous que je fasse ?

— Nous formerons la procession dans la salle de prière », déclara la prêtresse du Soleil. Elle et sa consœur de l'Eau prendraient la direction des opérations, en tant que représentantes respectives de l'alignement de Hanane et de celui de l'ère actuelle. « Puis nous vous conduirons à la chambre intérieure, où vous méditerez en compagnie des dieux sur votre rôle de souveraine. Après cela, la procession vous fera faire un tour de la ville, afin que tous les fidèles puissent voir leur nouvelle sultane et se réjouir. »

Personne ne fit remarquer qu'il ne restait rien des deux temples dont ces femmes avaient la charge. Ainsi les choses se passaient-elles à Ziran : on avançait, en s'attardant le moins possible sur le négatif.

« Parfait, qu'ils se réjouissent. » Hanane jeta un coup d'œil par-dessus son épaule à Malik et ses sœurs. « Vous trois m'accompagnerez tout au long de la procession, bien sûr. »

Farid secoua la tête. « Seule la famille peut s'afficher aux côtés de la future reine.

— Depuis mon retour, ces trois-là sont devenus ma famille, et même plus. Ils viennent. » Farid ouvrit la bouche pour protester, mais Hanane l'arrêta d'une main levée. « Les reines demandent des conseils à leurs conseillers, pas leur permission. Ils resteront avec moi aussi longtemps que j'en déciderai ainsi, point final. »

Hanane semblait avoir entendu les paroles de Leila, car elle toisa l'ancien intendant avec une défiance que Malik n'avait jamais encore perçue. Les yeux de son mentor s'assombrirent, et Malik banda chacun de ses muscles, prêt à courir, car il savait ce qu'annonçait cette expression.

Mais Farid se contenta de sourire.

« Les désirs de ma reine sont des ordres. Cependant, Malik doit rester ici. J'ai besoin qu'il aide à assurer la sécurité. »

La princesse fit la moue, mais acquiesça. « Très bien, Malik restera en arrière. »

Tandis que les prêtresses expliquaient à Hanane, Leila et Nadia ce qu'on attendait d'elles, Farid prit Malik à part.

« J'ai du nouveau concernant la recherche de Karina. Grâce à l'information que tu as obtenue de Dedele Botye, nos soldats postés dans les contreforts des monts d'Eshra ont retrouvé sa trace. Ils ne sont qu'à quelques jours derrière elle. »

L'estomac de Malik s'alourdit à un point qu'il n'aurait pas cru possible. En plus d'avoir condamné Karina à mort, sa trahison avait accru la présence ziranie dans son pays natal.

Farid posa sur lui un regard scrutateur. « Tu n'as pas l'air content de l'apprendre.

— Je… je le suis ! C'est juste que… » Malik fit claquer l'élastique à son poignet, dont la morsure lui faisait autant de mal que de bien. « Je m'interroge sur mon utilité au palais. J'ai l'impression de ne pas en faire assez pour… »

Assez pour qui ? demanda le Roi sans visage, et Malik n'en eut pas la moindre idée. Durant toute son existence, il s'était battu pour la survie de sa famille, mais maintenant que celle-ci se trouvait en sécurité, pour *quoi* se battait-il ?

« Ta place est ici, avec moi. Tu es un merveilleux étudiant, et je te présente de sincères excuses si j'ai dit ou fait quoi que ce soit qui t'aurait laissé penser le contraire. »

Mais si c'était vrai, pourquoi avait-il laissé les Sentinelles le frapper à mort ou presque ? Malik n'arrivait plus à discerner quelle version de Farid était la bonne, du professeur bienveillant ou de l'ulraji sans pitié.

« Mais que se passera-t-il quand tout sera terminé ? demanda-t-il d'une petite voix qu'il détesta. Après que… Après que vous aurez accompli le Rite du Renouveau ?

— N'est-ce pas évident ? Hanane régnera comme elle est destinée à le faire depuis toujours, et je serai à ses côtés. Et toi, tu seras aux miens. Tes sœurs sont libres de rester, elles aussi. Tu auras tout ce que tu as toujours voulu, Malik. La sécurité. »

La sécurité… C'était bel et bien ce que Malik avait toujours voulu. Plus il y pensait, plus l'idée le séduisait. Il avait souffert d'avoir mis Farid en colère, mais ça n'arriverait plus jamais. Tout devrait bien se passer s'il se contentait de rester à sa place.

Malik hocha la tête, et Farid lui serra l'épaule avant d'aller rejoindre Hanane pour la procession. Les premières trompettes claironnèrent un son joyeux dans leurs cornes d'ivoire, qui résonna dans toute la salle, aussitôt suivi par un concert de percussions triomphantes.

Le couronnement avait commencé.

Hanane leur avait expliqué un peu plus tôt que la cérémonie de ce soir-là prendrait la forme d'un rituel de purification avec chacun des sept éléments constitutifs des alignements. « La future reine forge ainsi une connexion avec toutes les divinités patronnesses au nom de notre peuple. »

Il ne s'agissait pas des courtes prières qu'on récitait plusieurs fois par jour, mais de longues et complexes incantations en appelant aux dieux et aux ancêtres, à l'espace et au temps. La première heure, Malik avait écouté avec la plus grande attention, mais arrivé à la troisième, un ennui mortel s'était emparé de lui, et ses pieds s'engourdissaient.

Comme il ne se trouvait pas à l'avant avec ses sœurs, il n'eut aucune difficulté à se glisser dans un coin sombre et à tisser une illusion d'invisibilité autour de lui. Désormais à l'abri des regards, il put espionner les membres de la cour en toute discrétion, comme Farid le lui avait ordonné. Cependant, aucun d'eux n'éveilla ses soupçons. Malik ne vit rien d'autre que des centaines de personnes excitées malgré leur épuisement, nourrissant l'espoir que la nouvelle reine soit celle dont Ziran avait besoin pour affronter les défis qui l'attendaient.

Farid ne lui avait toujours pas dit de quelle manière l'accession de Hanane au trône affecterait ses plans pour le Rite du Renouveau. À ce stade, Malik était trop terrifié pour lui poser la question.

Alors qu'il passait une nouvelle fois la salle au crible, un mouvement à l'étage supérieur attira son attention. Il reconnut Yaema, en pleine conversation avec le frère cadet de Tunde, Adewale. La présence de ce dernier l'étonna ; aux dernières nouvelles, la famille de Tunde déclinait toujours les invitations mondaines, et celle-ci n'avait pas fait exception. Celle de Driss n'avait pas davantage répondu présente. Il ignorait quand les familles des deux champions tués seraient prêtes à réintégrer la cour, mais il doutait que ce soit pour tout de suite.

Quoique Yaema et lui se soient rapprochés, Malik hésitait à les rejoindre. Après la conversation que ses sœurs et lui avaient eue avec Hanane, il se sentait encore plus mal de tant s'appuyer sur la jeune femme alors qu'il ne partageait pas ses sentiments. Il hésita si longtemps qu'elle finit par mettre un terme à sa discussion avec Adewale, avant de s'enfoncer dans les couloirs du palais, dans la direction opposée à la salle du couronnement. Étrange qu'elle quitte ainsi le théâtre des festivités après avoir autant insisté pour que Malik lui fournisse une invitation.

Une fois qu'il eut atteint le palier, il abandonna son illusion et lança à Adewale resté là : « La vue est meilleure en bas. »

Le jeune homme écarquilla les yeux, comme pris la main dans le sac. « Vous êtes l'homme de main de Farid », dit-il, et Malik se hérissa instantanément. Était-ce ainsi que le reste du monde le voyait ?

… Le reste du monde se trompait-il ?

« Et tu es le petit frère d'Adetunde. » Malik se rendait compte seulement maintenant à quel point il était jeune. Sa voix n'avait même pas commencé à muer. « Tu es ici tout seul ? Où est ta famille ?

— Ils… ils m'ont interdit de venir. Mais… je devais voir par moi-même. Je devais voir au nom de quoi Tunde est mort. »

Le cœur de Malik se serra. « Tu n'as pas à te cacher ici comme un criminel. Viens te joindre aux festivités. »

Adewale le dévisagea avec circonspection, avant que ses yeux ne se posent sur le bracelet en caoutchouc noué autour du poignet gauche de Malik.

« Il était à mon frère. Pourquoi est-ce que vous le portez ? demanda-t-il d'une voix que le chagrin rendait rauque et épaisse.

— Tunde me l'a donné durant Solstasia, répondit Malik. J'ai toujours souffert de… tendances autodestructrices. Il me l'a offert pour m'aider à les canaliser. »

Malik prit conscience qu'il ignorait si la famille de Tunde avait déjà organisé ses funérailles ou non. Qu'il n'ait pas été invité n'avait rien de surprenant, dans la mesure où Tunde et lui ne se connaissaient pas depuis longtemps, mais l'idée qu'il avait peut-être manqué l'occasion de dire au revoir à son ami lui fit l'effet d'une brûlure.

« Je n'ai connu ton frère que peu de temps, mais il a été pour moi un meilleur ami que certaines personnes que je connais depuis des années. Il était une lumière, dont la perte assombrit le monde. »

Il défit le bracelet et le tendit à Adewale. L'objet avait laissé une marque violacée à l'intérieur de son poignet. « Tiens. Tu le mérites plus que moi. »

Les mains tremblantes, Adewale accepta les fibres de caoutchouc et baissa les yeux sur elles. Des sanglots lui secouèrent les épaules. « Il me manque tellement que ça me fait mal de respirer. Sans lui, je ne sais pas qui je suis. »

Malik prit le garçon dans ses bras et le laissa pleurer contre sa poitrine. La musique enjouée qui montait du couronnement ne parvenait pas à pénétrer leur bulle de chagrin.

« Tu ne seras jamais plus la personne que tu étais avec lui. » La mort de Tunde frappa Malik avec une force nouvelle, à mesure qu'il prenait conscience de la vie que son ami ne vivrait jamais, de l'amour dont il ne verrait jamais les fruits, de tous les chemins qu'il n'arpenterait jamais. « Mais chaque jour est une chance de devenir quelqu'un d'aussi bon que lui. Quelqu'un qu'il aurait été fier d'appeler son frère. »

Ils restèrent ainsi pendant plusieurs minutes, puis Adewale s'essuya le nez sur un coin de la chemise de Malik et s'écarta. Il observa silencieusement l'ancien champion de la Vie lui nouer le bracelet de Tunde au poignet. Une ombre lui traversa le regard quand il releva les yeux.

« Restez à l'écart du mur est », siffla-t-il en s'éloignant d'un pas rapide dans la direction où Yaema était partie. Malik le regarda s'en aller, tous ses sens en alerte. *Restez à l'écart du mur est ?* Pourquoi ? Qu'allait-il arriver au mur est ?

Il avait pour instruction de prévenir Farid au moindre soupçon, ce qu'il avait l'intention de faire sans attendre. Il courut plus vite qu'il se rappelait l'avoir jamais fait, passa en trombe les arches décorées, dévala l'escalier et débaroula parmi les acclamations et le bruit des tambours. Hanane, qui avait fini de recevoir ses bénédictions, sortait sur le parvis pour s'adresser à ses sujets. Après ce qu'elle avait fait pour eux au lendemain des tremblements, les Ziranis l'adoraient. Elle dut lever la main pour tempérer l'enthousiasme de la foule.

« Peuple de Ziran », commença Hanane, mais elle ne put aller plus loin, car à cet instant le mur est explosa.

26

Karina

Rien.

Dans le panier, il n'y avait ni arme, ni parchemin, ni pouvoir divin. Le regard de Karina ne rencontra que le vide.

Un bruit étranglé à mi-chemin entre un sanglot et un rire lui échappa. Elle explora le moindre recoin du récipient, le souleva pour voir s'il n'y avait pas quelque chose en dessous.

Rien.

Un voile rouge lui tomba sur les yeux. Elle jeta le panier.

« Bon sang, mais qu'est-ce qui se passe ici ? » s'écria-t-elle. Comment se pouvait-il que sa magie ait réagi si vivement ? Elle avait risqué le destin de tous les habitants de Sonande, et tout ça pour… rien ?

Elle sentit un feu s'allumer dans sa poitrine, nourri par la rage. Les poils de sa nuque se hérissèrent.

On l'observait.

« Afua ? Ife, Caracal, c'est vous ? » appela-t-elle. Les pas dans son dos étaient trop légers pour appartenir à aucun de ses compagnons. Elle était partagée entre le désir de se retourner et la peur de ce qu'elle découvrirait.

Karina concentra sa magie dans ses paumes, prête à la déchaîner sur l'intrus avant qu'il ait une chance de s'approcher, quand une voix aussi familière que la sienne figea son sang dans ses veines.

« Regarde-moi, ma fille », dit cette voix féminine, et Karina s'exécuta, la gorge nouée par un espoir sauvage et impossible.

« Mère ? »

L'espoir retomba aussitôt, car la femme devant elle était bien trop petite pour être l'esprit de la défunte sultane – quoique encore assez grande pour que Karina ait besoin de lever le menton pour croiser son regard. Elle n'avait pas non plus le long visage angulaire aux pommettes royales de sa mère, mais des traits carrés, une mâchoire proéminente et des cheveux noirs rassemblés en une tresse qui lui descendait bas dans le dos.

Mais ses yeux étaient reconnaissables entre tous – violets cerclés de brun, la couleur du crépuscule tombant sur le désert, identiques à ceux de la fillette qui apparaissait dans les rêves de Karina depuis des semaines.

Non, ce n'était pas sa mère.

C'était Bahia Alahari. Le fléau des pharaons, le salut d'une nation, et l'une des plus puissantes zawenjies à avoir jamais foulé la terre de Sonande.

L'ancêtre de Karina.

« Tu as fait un long voyage, ma fille. Bienvenue », dit la reine du passé, et les jambes de Karina faillirent céder sous elle.

Toute sa vie, elle avait rêvé de savoir ce que cela faisait de grandir entourée d'une famille aimante et nombreuse. Elle ne l'apprendrait jamais… Mais elle n'aurait jamais pu espérer avoir un jour l'occasion de s'entretenir avec la fondatrice de sa lignée.

Elle ne devait cependant pas oublier qu'elle n'était pas seulement une enfant s'adressant à une lointaine ancêtre, mais une reine venue demander son aide à une égale. Karina exécuta le salut zirani et baissa la tête en signe de respect.

« Je suis venue vous voir en quête de sagesse, atti. Les ulrajis sont revenus, et votre peuple se trouve de nouveau sous la menace que vous avez consacré votre vie à éradiquer. Leurs actions ont perturbé l'équilibre du monde, que des fléaux sont sur le point d'anéantir. Je vous en prie, conférez-moi la puissance des dieux afin que je puisse protéger ce que vous avez bâti il y a tant de siècles. »

Karina sentait le pouvoir de contrôler non pas un, mais tous les alignements à portée de sa main. Elle se voyait déjà arrêter un tremblement de terre d'un geste du poignet. Elle se voyait marcher sur Ziran, renverser Farid et la fausse Hanane, et passer par les armes quiconque osait se dresser à leurs côtés.

Pourtant, l'esprit de Bahia Alahari ne bougea pas, même quand les papillons voletèrent de la statue de la Grande Mère jusqu'à ses épaules.

« La puissance que tu cherches existe, dit son ancêtre, mais tu ne peux l'acquérir. Ainsi en a-t-il été décidé. »

Malgré la douceur de la voix de Bahia, ces mots firent à Karina l'effet d'une gifle. « Mais j'ai traversé tout Sonande. J'ai vaincu la gardienne du Sanctuaire. N'est-ce pas ce que vous avez fait vous-même ? N'est-ce pas le lieu où les dieux vous ont bénie ?

— C'est en effet ici que j'ai appris à parler à la foudre et à respirer sous l'eau, à créer une âme à partir du feu et à voir l'obscurité et la lumière comme les deux faces d'une même pièce. Mais ainsi que deux branches ne poussent jamais exactement de la même façon, ton chemin diffère du mien. Un tel pouvoir ne t'attend pas ici. »

Grand-mère Bahia avait beau ne pas ressembler à la Crécerelle, Karina vit dans son visage la même déception que dans celui de sa mère. Toute sa famille était morte, Sonande était sur le point de s'effondrer, et pourtant Karina n'était pas encore assez bien aux yeux de ceux qui représentaient tout pour elle.

Une pensée folle la traversa : et si c'était un test, comme ceux auxquels les enténébrés soumettaient les héros des contes populaires ? Peut-être que si elle prouvait sa valeur en triomphant de la plus puissante zawenjie de tous les temps, le Sanctuaire lui donnerait ce qu'elle était venue chercher.

« Ce n'est pas un test », dit Bahia, mais cela n'empêcha pas Karina de projeter vers son ancêtre une formidable bourrasque.

Celle-ci passa cependant sans dommage à travers la forme éthérée et s'écrasa contre la paroi opposée dans une gerbe d'esquilles de bois qui retombèrent tout autour d'elle. Karina fit souffler un vent furieux, mais en vain ; Bahia Alahari ne se trouvait pas sur le même plan de réalité, aussi les attaques de sa descendante ne pouvaient-elles pas l'atteindre. Karina s'effondra sur ses genoux.

« Si vous ne m'accordez pas ce pouvoir, nous périrons tous. » Son ancêtre était-elle morte depuis si longtemps qu'elle avait perdu toute compassion ? « Tout ce pour quoi notre famille s'est battue, tout ce que *vous* avez créé, sera détruit par l'avidité d'un seul homme.

— Si ma création est si fragile qu'un seul homme puisse l'anéantir, alors peut-être mérite-t-elle de l'être. »

Karina leva des yeux incrédules sur la reine du passé. La Crécerelle était peut-être distante avec sa fille, mais elle n'aurait jamais parlé de la souffrance de son peuple avec une telle désinvolture.

« J'ai été élevée dans l'idée qu'une vie vertueuse était forcément à l'image de la vôtre. » La voix de Karina se brisa sous le poids de toutes ces semaines d'épreuves. « On m'a enseigné que vous aviez pris la défense de chacun, quel que soit son statut.

Et vous me demandez à présent de rester à l'écart et de laisser ces millions de gens mourir ?

— Je n'ai pas dit qu'il n'y avait pas de chemin pour toi, seulement que ce n'était pas celui-ci. L'idiot regarde le doigt quand le sage montre la lune. Qu'y a-t-il devant toi, ma fille ? Le doigt ou la lune ?

— Je ne sais pas ! explosa Karina. Je ne peux pas combattre Farid seule, et je n'ai aucun allié ! Et vous me dites maintenant qu'il existe une magie assez puissante pour le vaincre, mais que je n'en suis pas digne ! Alors il n'y a plus rien pour moi, pas de voie à suivre… »

Non, c'était inexact. Il y avait encore une chose qu'elle seule pouvait faire.

Le Rite du Renouveau.

Le pouvoir insondable contenu dans la voix de Bahia lui confirma ce qu'elle commençait à soupçonner. « Tu penses en termes de droit de naissance et de vengeance, mais que sont ces motivations aux yeux de la Créatrice-de-Toutes-Choses ? Le mécontentement de la Grande Mère à l'égard de l'humanité n'a pas attendu que Farid pratique le Rite de Résurrection. Il n'est rien de plus qu'un homme – il mourra quand son heure sera venue, comme tout autre. Ton combat est un combat contre la divinité elle-même. Quel but plus noble pourrais-tu poursuivre que celui de sauver l'âme même de Sonande ? »

Les mots s'insinuèrent sous la peau de Karina. N'avait-elle pas juré de faire n'importe quoi pour protéger Ziran ? Se sacrifier n'entrait-il pas dans cette catégorie ?

Karina savait qu'elle parlait à un être béni par les dieux et qu'elle aurait dû se sentir honorée que son ancêtre ait daigné apparaître devant elle. Pourtant sa colère et sa peur explosèrent, et elle ne put s'empêcher de dire : « De quel droit me parlez-vous de sacrifice alors que vous avez choisi de donner la vie de votre fils au lieu de la vôtre pour remporter la guerre du Pharaon ? Alors que vous avez laissé votre meilleure amie aux mains d'esclavagistes dans la jungle ? Tous les sacrifices qui vous ont permis de vaincre ont été consentis par d'autres ! »

Le visage de son ancêtre se tordit de rage pure. Karina se cuirassa contre le pouvoir qui irradiait de la reine en vagues violentes et hurlantes.

« Qu'est-ce que *tu* connais aux sacrifices, toi, enfant de la paix ? »

Sa voix était celle de la terre qui se déchirait, de l'éclair qui fendait le ciel, de l'avalanche qui dévalait la montagne pour effacer un empire de la face du monde. L'esprit de Bahia Alahari posa la main contre le front de Karina, et Karina sortit de son corps, de l'espace et du temps.

Elle vit une fois de plus la rivière luminescente du rêve qu'elle avait partagé avec Malik, mais cette fois à travers les yeux de son ancêtre. Elle éprouva le froid de l'eau contre sa peau et la certitude que l'enfance durerait toujours. Elle entendit les premiers roulements des tambours de guerre et sentit la puanteur de la fumée.

« Les esclavagistes. Cours, Khenu ! »

Mais Khenu était trop petite, trop lente. Karina la vit tomber. Elle savait que si elle revenait sur ses pas, aucune d'elles ne s'en sortirait. Un instinct de survie primitif prit le dessus et l'emporta loin des appels à l'aide de son amie.

L'abandon de l'aïeule de Malik remplit Karina de honte, comme la première fois. Mais le souvenir se prolongeait au-delà du moment où Bahia s'était précipitée vers l'orée de la forêt. Là, Karina, dans le corps de son ancêtre, ressentit chacun des hurlements de son amie dans son âme jusqu'à ce que les esclavagistes l'eurent emmenée. Elle perçut le moment exact où Bahia comprit qu'elle avait fait le mauvais choix, et la vit regagner la rivière en courant, prête à en découdre avec eux à mains nues. Mais il n'y avait plus aucune trace ni des pillards ni de Khenu.

« J'étais une enfant, et j'étais terrifiée. » La voix de Bahia venait de partout à la fois, y compris de l'intérieur de Karina. « Et j'ai payé cette fraction de seconde de peur tout le reste de ma vie. »

Les années défilèrent. Karina observa son ancêtre s'enfuir de son village, déterminée à ne pas y revenir sans son amie. Elle observa Bahia arpenter Sonande pendant des années, à la recherche de ce petit visage rond aux yeux de nuit.

Et elle la trouva.

Bahia trouva Khenu dans une salle caverneuse aux murs couverts d'or assez identique à la nécropole. Son amie était maintenant un peu plus âgée, toujours plus enfant qu'adulte, mais avec les yeux de celle qui n'avait survécu à un nid de vipères qu'en devenant plus venimeuse que les vipères elles-mêmes. Elle était perchée sur les genoux du pharaon, à l'écart des concubines et même des épouses. Au-dessus d'elles.

Bien-aimée.

Karina sentit Bahia partagée entre le soulagement de constater que son amie n'était pas morte et la terreur écrasante de ce qu'elle avait dû devenir pour survivre.

Elle sentit le grondement de la voix du pharaon lorsqu'il demanda à Khenu quelle devrait être la punition de cette esclave – la donneraient-ils à manger aux chiens ? L'ébouillanteraient-ils vivante ? Et la bien-aimée du pharaon, exaltée plus que toute autre, jeta sur son ancienne amie et pire ennemie un regard où se lisait l'ennui.

« Le fouet fera bien l'affaire », dit Khenu, de ce ronronnement hypnotique que Karina connaissait si bien chez Malik, et le souvenir s'obscurcit avec la douleur, chaque coup de fouet contre la peau de son ancêtre brûlant celle de Karina, les promesses et les malédictions des dieux, la haine incandescente qui la consumait de l'intérieur.

« Chacun des choix que j'ai faits, chaque vie que j'ai sacrifiée au nom de la révolution, je les ai payés de plus de façons que tu n'en connaîtras jamais. » Karina, en larmes, supplia que ça s'arrête, mais la torture de son aïeule avait pris possession de son corps.

« J'ai passé mon enfance à trimer dans les charniers de Kennoua, puis mon adolescence comme animal de compagnie du pharaon, le corps et l'esprit à la merci de ses caprices. Et puis, j'ai été choisie par les dieux pour devenir le vaisseau par lequel ils livreraient leur guerre sainte. Ensuite, j'ai eu ma famille, et j'ai cru qu'enfin, pour la première fois de ma vie, j'avais quelque chose qui n'appartenait qu'à moi.

» Mais même après que je leur avais tout donné, les dieux en exigèrent davantage. Ils réclamèrent la vie de mon unique enfant en échange de la puissance de la comète, pour que je puisse mettre un terme à la guerre. Je l'ai tenu dans mes bras quand il a pris son premier souffle et rendu son dernier. Puis quand l'amour de ma vie, l'être que vous appelez le Roi sans visage, est devenu fou de douleur, je l'ai banni afin que sa souffrance ne détruise pas tout ce que j'avais eu tant de peine à construire. »

Elles étaient revenues dans le Sanctuaire, mais Karina s'en rendit à peine compte à travers la tempête magique qui faisait rage en elle. Elle avait cru connaître l'histoire de Bahia Alahari, mais la réalité était moins manichéenne que ce qu'on lui avait appris.

C'était en réalité une tragédie, celle de deux enfants arrachées l'une à l'autre par une traîtrise et une violence si inhumaines qu'un millénaire plus tard, leurs fantômes hantaient encore les pas de leurs descendants. Karina comprenait à présent ce qui l'avait attirée chez Malik en premier lieu : non pas une bénédiction, mais une malédiction qui trouvait son origine à l'instant même où Bahia avait décidé que sa vie valait plus que celle de Khenu.

« J'ai tué mon fils. Cela m'a dévastée, mais je l'ai tué. Et si tu te tiens aujourd'hui devant moi, c'est parce que j'ai fait ce choix impossible. Donc je sais ce qu'est un sacrifice. »

C'était un sentiment au-delà du chagrin, au-delà de la colère. C'était une lucidité aussi affûtée que la lame d'un rasoir, et Karina ne disposait d'aucune arme pour la contrer.

« Toutes les petites filles rêvent de devenir reines, mais peu comprennent que cela implique de faire ce que nul autre n'est prêt à faire. Il ne servirait à rien que tu tues Malik, car la colère de la Grande Mère ravagerait le monde et rendrait tes efforts inutiles. Si tu aimais vraiment ce monde et ses habitants, tu détournerais les yeux de cette querelle mesquine et tu t'attellerais à résoudre le vrai problème. »

Bahia posa les mains sur la gorge de Karina, exactement là où Malik l'avait poignardée. « Sang de mon sang, os de mes os, écoute-moi : quand tu es venue dans ce Sanctuaire, tu n'as rien trouvé sur l'autel, car le pouvoir qu'il te faut est en toi. N'oublie pas ceux qui ont le plus besoin de toi, telle est la véritable voie. »

Karina s'était remise à pleurer, sans savoir pourquoi. Les papillons descendirent sur Bahia telle une nuée de pure blancheur, et quand ils se désunirent, il n'y avait plus rien sinon un très léger soupir témoignant de la présence de son ancêtre.

Durant plusieurs minutes, Karina contempla le vide.

Puis elle tomba sur les mains et les genoux et martela le sol de ses poings en hurlant au seul bénéfice des dieux.

27

Malik

Le souffle jeta Malik à terre. La douleur explosa sous son crâne, le clouant au sol durant plusieurs minutes, et il entendit, hébété, des cris s'élever tout autour de lui. Une deuxième déflagration ébranla le mur nord, et le monde se mit à tanguer sous leurs pieds comme lors des séismes.

Lève-toi, Malik ! cria Idir. Il parvint péniblement à se remettre debout malgré sa désorientation et le sang qui obstruait sa vision, et estima les dégâts.

Le chaos régnait dans la salle du couronnement. La moitié des survivants tentaient de secourir ceux qui avaient été victimes de la détonation, tandis que l'autre moitié se ruait vers les sorties. Mais les portes avaient dû être fermées de l'extérieur, car ils eurent beau tambouriner, elles ne s'ouvrirent pas.

Malik scruta la pièce à la recherche de ses sœurs, mais il était impossible de distinguer qui que ce soit dans ce maelstrom de sang et de poussière. Avaient-elles péri dans l'explosion ? Avaient-elles été piétinées par la foule ? Ou…

Ce n'est pas le moment de paniquer. Agis vite et bien, et tu survivras peut-être.

Les oreilles sonnées, Malik hocha la tête, tissa son illusion d'invisibilité autour de lui et se précipita dans l'escalier, sa lame-esprit à la main.

Chaque nouveau virage lui dévoilait un terrible spectacle. Il dépassa des gens aux jambes écrasées par les débris de roche, des enfants dont la poitrine s'ouvrait sur un trou béant. Des courtisans qui, quelques minutes plus tôt, se pavanaient dans le palais en tenue d'apparat essayaient désespérément de secourir leurs proches ensevelis sous les gravats. La culpabilité que ressentait Malik en ne les aidant pas ne pesait pas lourd face à la pensée qui tournait en boucle dans sa tête.

Trouver Leila. Trouver Nadia.

Il repéra enfin ses sœurs parmi un groupe de nobles de haut rang non loin de l'estrade où Hanane s'était adressée à la foule. Des assaillants masqués armés d'épées et de lances leur ordonnèrent de s'agenouiller, et ils s'empressèrent d'obtempérer – tous sauf un homme qui poussa un rugissement de lion et chargea le guerrier le plus proche. L'acier jaillit, et le bras du noble tomba dans une direction différente de celle de son corps. Un de ses compagnons essaya de ramper vers le corps mutilé, pour être fauché tout aussi promptement.

« Plus personne ne bouge ! » vociféra un des attaquants masqués. Dans l'odeur putride du sang qui saturait ses sens, Malik parvenait à peine à maintenir son illusion. Leila tenait Nadia dans ses bras, un regard meurtrier au visage. Adanko soit louée, elles étaient couvertes de poussière mais indemnes.

Où donc était Hanane ?

Malik s'avança centimètre par centimètre, osant à peine respirer de peur d'attirer l'attention sur lui. Farid était là, les mains levées devant deux rebelles bâtis comme des taureaux qui prenaient leurs ordres d'une femme environ du même âge que la mère de Malik. Sous les yeux exorbités de son mentor,

Hanane se débattait dans les bras d'une seconde femme qui la tenait par la taille en la menaçant d'une lame contre sa gorge.

La surprise fit sursauter Malik. Il connaissait ces deux femmes – il n'avait jamais vu leurs visages, mais les traits de leurs défunts fils respectifs y étaient reconnaissables entre mille.

Mwani Zohra et Mwani Adama. La mère de Driss et celle de Tunde.

Mwani Zohra lança : « La sortie nord est dégagée, Yaema ? »

Non, il n'avait pas bien entendu… Elle n'avait pas pu dire…

Les rebelles s'écartèrent pour laisser passer la fille qui avait arpenté la nécropole avec Malik, celle qui avait été sa seule compagne durant des semaines, et qui maintenant rejoignait la mère de Driss, sans une égratignure. Armée d'un arc et de flèches, elle affichait un regard dur.

« Oui, ma tante, et nous sommes en train de sécuriser la sortie sud, dit Yaema, toute trace de la maladresse que Malik avait trouvée si attachante envolée. Mes observations des rondes des gardes se sont toutes révélées exactes. »

Mon grand cousin est le seul à m'avoir jamais soutenue, mais il… n'est plus des nôtres.

La majeure partie de ma famille vit dans la Vieille Ville. Le plus gros des dégâts nous a été épargné. En toute franchise, ils sont encore tellement choqués par la mort de mon cousin qu'ils n'ont même pas dû remarquer que la moitié de Ziran était en ruine.

Tout ce temps, le défunt cousin dont Yaema parlait n'était autre que Driss. Le garçon que Malik avait tué.

Voilà pourquoi Adewale était venu voir Yaema à l'université. Voilà pourquoi aucune des deux familles n'avait été aperçue à la cour depuis des semaines – pas parce qu'elles pleuraient leurs fils, mais parce qu'elles conspiraient la mort de tous ceux qui avaient contribué à celle de leurs progénitures. Malik avait lui-même laissé entrer Yaema au cœur du palais, car il s'était senti coupable de l'utiliser, alors que tout ce temps, c'était *elle* qui l'utilisait pour glaner des informations sur la sécurité du Ksar Alahari.

Et, idiot qu'il était, il avait cru que l'émotion intense qui traversait le visage de la jeune femme chaque fois qu'elle posait les yeux sur lui avait été du désir, quand ça n'avait jamais été autre chose qu'une haine farouche et sanglante.

Est-ce que tous les humains mâles sont incapables de différencier la luxure de la soif de vengeance, ou c'est juste toi ?

Tout était la faute de Malik. Le sang qui maculait le hall était sur ses mains autant que sur celles des agresseurs. Au dernier moment, Adewale avait essayé de l'avertir, mais s'il avait reconnu les signaux plus tôt...

Non, il n'avait pas le temps pour les « si ». Rien d'autre n'importait plus que mettre sa famille à l'abri.

Malik se glissa entre les gardes et effleura l'épaule de Farid. « Je suis là », chuchota-t-il, et quoique son mentor ne laissât rien transparaître, Malik sentit une vague de soulagement le traverser.

« Attends mon signal », murmura-t-il entre ses dents serrées. Puis il s'avança d'un pas, les bras écartés comme un hôte accueillant. « Mwani Zohra. Mwani Adama. Je suis ravi que vous ayez finalement décidé de vous joindre au couronnement.

— Économisez votre salive, Farid », lui répondit la mère de Driss d'une voix sèche. Elle dit quelque chose au soldat le plus proche, et Malik remarqua que la lance de celui-ci était embossée de l'emblème du Soleil, bien qu'il porte les couleurs de la garde personnelle des Alahari. La rébellion avait dû infiltrer ses sbires parmi les réfugiés que Hanane avait laissés entrer dans le palais. Si les serviteurs avaient été au courant, personne n'avait rien dit, et de toute façon, aucun d'entre eux n'avait été invité au couronnement, les épargnant du massacre.

Mwani Adama raffermit sa prise autour du cou de Hanane, qui laissa échapper un petit gémissement. Le sourire de Farid se fit sinistre. « Je ne prétends pas comprendre tout ce qui se passe ici, mais je suis certain que nous pouvons trouver un arrangement…

— Fermez-la, ou je tranche la gorge de la princesse », aboya la mère de Tunde. Cependant, quoique sa lame morde la peau de Hanane, pas une goutte de sang ne ternissait l'arme. Malik ignorait si Hanane pouvait mourir une seconde fois, mais il n'avait aucune envie de le découvrir.

Abandonnant définitivement les atours de la civilité, Farid lança hargneusement : « Que voulez-vous ?

— La justice, répliqua la mère de Tunde d'une voix vacillante, mais sans baisser son arme pour autant. Quand nos fils ont été désignés pour participer à Solstasia, on nous a dit que le palais veillerait à leur sécurité. Mais ils sont morts sous votre responsabilité, pour des raisons si fallacieuses que j'insulterais leur mémoire si je m'avisais de les répéter. Nous voulons la vérité, Mwale Farid. Et nous voulons que les assassins de nos fils se fassent connaître *maintenant*.

— Dites-moi en quoi massacrer la moitié de la cour honore leur mémoire ? C'est ce que Driss et Tunde auraient voulu ?

— Vous n'avez aucun droit de prononcer leurs noms ! » rugit Mwani Adama, et Hanane poussa de nouveau un cri quand l'étau se resserra encore. Malik se creusa la cervelle à la recherche de la moindre idée pour désamorcer la situation. Une illusion aurait pu leur fournir une diversion, mais même s'ils réussissaient à s'échapper du palais, qui savait ce qui les attendait dehors ?

La solution la plus simple consisterait à leur donner ce qu'ils voulaient – lui-même. Tant Tunde que Driss seraient toujours en vie s'il avait tué Karina la première fois qu'il en avait eu l'occasion. Peut-être que s'il se rendait à ces femmes, elles laisseraient les autres partir.

C'est un risque trop grand à courir, fit valoir Idir, mais Malik n'était pas d'accord avec lui. Du reste, personne à Ziran n'était plus en droit de demander des comptes à propos de ce qui s'était passé durant cette semaine que ces familles inexplicablement entachées par le deuil.

Farid s'avança encore d'un pas prudent. « Je ne peux même pas imaginer l'épreuve que vous traversez. Je voulais attendre que les choses se calment un peu avant de porter à votre connaissance ces bonnes nouvelles, mais... vos fils ne sont pas morts. »

L'expression de Mwani Adama passa de l'incrédulité à une rage débridée. « Vous mentez !

— Non, insista Farid. La preuve que la résurrection est possible se tient devant vous, dans la personne de notre princesse bien-aimée. J'utilise ce pouvoir avec parcimonie, car je souhaite le réserver à ceux qui le méritent le plus. Et vous avez toutes les deux raison : vos fils ne méritaient pas de mourir. Raison pour laquelle je les ai ramenés à la vie, comme je l'ai fait pour Hanane. »

La gifle que la mère de Driss asséna à Farid résonna dans toute la salle. Le regard de celui-ci ne faiblit pas malgré sa joue qui enflait à vue d'œil. « En fait, vos fils sont tous les deux ici. »

Malik partagea l'étonnement des deux mères. Tunde et Driss, vivants ? Comment une telle chose était-elle possible ? Il avait vu les corps de ses yeux, et le Rite de Résurrection n'était possible que durant Solstasia...

Oh. *Oh.*

Farid jeta un coup d'œil furtif à l'endroit où se tenait toujours Malik, qui comprit avec une terreur écœurée ce que son mentor attendait de lui. La tête encore douloureuse de la déflagration, il invoqua le souvenir de Tunde, en essayant d'instiller tout ce qu'il se rappelait de son ami dans une image parfaite.

« Tunde est ici », chuchota Malik, qui peinait à rester debout. Sa magie s'anima néanmoins. « Exactement tel qu'il était la dernière fois que je l'ai vu vivant – heureux et entier. Tel qu'il devrait être.

— Maman ? »

Malik avait beau savoir que c'était une illusion, son cœur se serra quand Tunde sortit de derrière un des quelques piliers d'albâtre qui ne s'était pas écroulé. Des larmes dévalèrent les joues de Mwani Adama, et la dague qu'elle tenait se mit à trembler contre le cou de Hanane.

« Omo mi, souffla-t-elle, et quoique Malik ne connaisse pas vraiment les dialectes des Eaux du Levant, il reconnut ce terme affectueux – mon bébé. C'est vraiment toi ?

— Oui », fit dire Malik à l'illusion. La cruauté de ce qu'il était en train de leur infliger lui donnait envie de vomir, mais Mwani Adama baissa son arme d'un centimètre, puis d'un autre.

Encore un peu. Il lui fallait tenir quelques instants de plus pour convaincre cette mère que son fils était encore en vie.

« Pose cette dague, maman, dit Tunde en s'avançant d'un pas. Parlons de tout cela calmement. Personne d'autre n'a besoin d'être blessé. »

Mwani Adama relâcha sa prise sur son arme et l'écarta peu à peu de la gorge de Hanane.

Mais alors la blessure que Malik avait reçue au crâne le lança subitement, et sa magie le lâcha sous la pression. Au même instant, le faux Tunde et l'illusion d'invisibilité qui entourait Malik se volatilisèrent.

Le pur désespoir qu'il vit alors dans les yeux de la mère de Tunde le hanterait jusqu'à la fin de ses jours.

Avec un cri guttural, Mwani Adama enfonça sa lame dans la gorge de Hanane.

Le corps de la princesse s'effondra avec un bruit sourd et humide. Mwani Adama le considéra, interdite, comme si elle-même ne comprenait pas ce qu'elle venait de faire. Puis elle s'écroula à son tour, l'épée de Farid plantée dans le dos.

« Adama ! » s'écria Mwani Zohra, mais Farid avait déjà retiré son épée du corps de la mère de Tunde. Il la tourna vers celle de Driss, les yeux brillant d'une lueur meurtrière.

« Rappelez vos soldats, commanda-t-il.

— Vous êtes un monstre.

— Rappelez-les !

— Jamais !

— Je vais vous tuer. » L'expression de Farid n'avait plus rien d'humain. Elle reflétait la douleur d'un homme qui avait perdu deux fois l'amour de sa vie, et dont le poids allait tous les emporter dans la mort. « Je vais vous trancher les membres un par un et vous étouffer avec votre propre sang.

— F… Farid. Arrête. Je t'en supplie », dit une voix rauque.

Le monde sembla ralentir tandis que Hanane se hissait sur une main, puis sur l'autre. Elle ramena ses jambes sous elle, puis retira prudemment la dague de son cou. Les muscles et les viscères visibles à travers l'entaille brillaient d'un rouge vif, mais aucune goutte de sang ne s'écoula de la blessure, qui aurait été fatale à tout être vivant.

Mais Hanane n'était plus un être vivant.

Mwani Zohra poussa un cri à glacer le sang. « Démons ! Tuez-les ! Tous autant qu'ils sont ! »

La lame de Farid dans sa poitrine mit un terme rapide à ses vociférations, mais l'ordre avait été donné. Les rebelles se remirent en branle, se frayant à coups d'épée un chemin jusqu'à Farid et Hanane. L'ancien intendant la défendit comme il put, mais le combat rapproché n'était pas sa spécialité, et il fut rapidement maîtrisé. Avec un cri, il laissa échapper son arme, que Malik ramassa.

« Hanane ! » s'exclama-t-il en la lui jetant.

La princesse attrapa l'épée en plein vol, et ses yeux s'assombrirent au moment où elle referma la main sur la poignée. La bouche de Malik se remplit de nouveau d'amertume quand elle adopta une posture offensive face à ses agresseurs et chargea.

Malik mesurait à quel point Hanane avait retenu ses coups lorsque ce garçon dans la Ville basse l'avait prise à partie. Elle n'était pas simplement entraînée au combat, elle y excellait. Sa lame se déplaçait si vite que Malik peinait à la suivre des yeux. En quelques secondes, elle se débarrassa des assaillants qui les entouraient, Farid et elle. Le beau tissu de sa robe de couronnement était rouge de leur sang. Elle évoluait avec une grâce inhumaine et sans peur de la mort. Dos à elle, Malik se battait lui aussi à un rythme insoutenable, ses réflexes affûtés par l'adrénaline et des souvenirs de batailles qui n'étaient pas les siens. L'expérience d'Idir en tant que général de l'armée de Bahia lui permettait de rivaliser avec des combattants beaucoup plus aguerris que lui.

Ils parvinrent rapidement à ménager un espace autour d'eux, mais d'autres rebelles affluaient. Hanane aida Farid à se relever, qui cria à Malik : « On se retrouve à la fontaine ! » avant de faire franchir à la princesse une porte donnant sur les quartiers des serviteurs. Malik courut rejoindre ses sœurs tapies contre un mur alors que le monde autour d'elles se réduisait à un ballet de lames et de sang.

« Il faut qu'on sorte d'ici ! Suivez Farid ! cria-t-il.

— Tu ne l'as donc pas vu assassiner une femme de sang-froid ? On ne va pas avec lui ! » fit Leila d'une voix perçante. Malik aurait voulu hurler. Ils n'avaient pas le temps de se disputer sur ce point, pas alors que les rebelles prenaient rapidement le dessus sur les courtisans non armés. Et maintenant que les mères de Tunde et de Driss étaient mortes, il n'y avait plus personne pour les empêcher de verser dans l'anarchie.

Malik n'avait été témoin de ce niveau de violence qu'une seule fois dans sa vie, le jour où sa famille et lui avaient fui Oboure.

Ils n'avaient pas survécu à cette horreur pour mourir ici.

Sa magie enfla en lui, et Leila avait dû sentir ce qu'il s'apprêtait à faire, car elle recula en secouant frénétiquement la tête.

« Non, Malik, ne…

— Tu n'as rien à craindre. Farid va nous emmener dans un endroit sûr, loin de ce carnage. » Malik instilla tout ce qu'il put de réconfort dans son illusion, obligeant ses sœurs à voir un havre là où il n'y avait que du sang. « Tout ira bien si vous venez avec moi. Vous n'avez pas besoin de vous opposer à moi. Vous ne *voulez* pas vous opposer à moi. Tout ce que vous devez faire, c'est me suivre. »

Les yeux de Leila et Nadia se voilèrent. Ni l'une ni l'autre ne protestèrent quand Malik les entraîna vers la même sortie que Farid et Hanane avaient empruntée.

C'est la seule façon, se convainquit Malik en guidant ses sœurs à travers les couloirs maculés de sang de Ksar Alahari. *C'est la seule façon de les garder en sécurité.*

Mais les combats qui faisaient rage dans les sections intérieures du palais entre les loyalistes à la couronne et les rebelles n'avaient rien à envier à ceux de la salle qu'ils venaient de quitter. Des corps des deux camps jonchaient le sol, et ceux qui ne pouvaient pas se battre se cachaient comme ils pouvaient sous des piles de cadavres.

Les sandales de Malik étaient glissantes de sang quand lui et ses sœurs atteignirent le cœur du palais, où la plupart des invités avaient été admis. S'ils pouvaient seulement parvenir aux tunnels cachés sous le jardin de la reine, ils avaient une chance de survivre à cette soirée.

En tournant à un coin, Malik s'écrasa contre le dos de quelqu'un, qu'il faillit taillader avant de se rendre compte qu'il appartenait à Aminata.

« Vous êtes de quel côté ? brailla Malik, désormais incapable de distinguer ses alliés de ses ennemis.

— Du vôtre, idiot ! Je n'ai rien à voir avec ça ! » cria-t-elle en retour. La suivante souffrait d'hématomes au visage et d'une vilaine coupure à la tempe. Mais à en juger par la quantité de sang sur ses mains, son opposant s'en était beaucoup plus mal sorti qu'elle.

Il n'avait pas le temps de se demander si elle mentait ou non. Malik fit signe à Aminata de le suivre ; si elle se posait des questions sur Leila et Nadia qui le suivaient comme hébétées, elle ne les verbalisa pas, et ils continuèrent leur course folle vers la liberté.

Mais alors qu'ils pénétraient dans le couloir qui donnait accès au jardin de la reine, un groupe entier de combattants armés y entra du côté opposé, Yaema à sa tête. La fille que Malik avait presque embrassée le toisa, une flèche encochée sur son arc.

« Je suis désolée, Malik, dit-elle, et ce dernier crut discerner de la sincérité dans sa voix. Dans un autre monde, nous aurions pu être bons amis. »

D'un geste fluide, elle leva son arc et le pointa vers son cœur. « Mais pas dans celui-ci, ajouta-t-elle avec une lueur de pure haine dans les yeux. Ça, c'est pour Driss. »

Malik se jeta devant ses sœurs. Il évita la première flèche, mais pas la deuxième, qui se planta profondément dans son épaule gauche. Sa bonne main pressée contre la blessure pour se retenir de hurler, il essaya de faire faire demi-tour à son petit groupe, mais d'autres personnes arrivées derrière eux leur coupèrent toute retraite. Et comme les rebelles et les loyalistes portaient tous le rouge et l'argent des Alahari, Malik n'avait aucun moyen de savoir dans quel camp ils se battaient.

Et alors qu'il se tenait là avec ses sœurs et Aminata, acculé par ses ennemis, Malik sentit quelque chose se produire tout au fond de lui. Un voile rouge tomba sur ses yeux tandis qu'il passait à travers le mur qui le séparait du Roi sans visage et s'accrochait à la magie de l'obosom. Une vague de pouvoir irradia de son corps et renversa plusieurs de leurs adversaires.

« HORS DE MON CHEMIN ! » hurla Malik.

Sa magie tissa des créatures cauchemardesques de deux mètres cinquante de haut, pourvues de serres vicieuses et de dents acérées qui luisaient dans la faible lumière. Mais ce n'étaient pas simplement des illusions : les pouvoirs du Roi sans visage, amplifiant ceux de Malik, donnaient aux apparitions une tangibilité. Un homme cria lorsqu'une des créatures l'attrapa par les cheveux et lui arracha la tête, tandis qu'une autre saisissait une femme entre ses mâchoires et la projetait violemment contre un mur.

La puissance qui déferlait en lui réduisit à un agaçant bourdonnement les cris frénétiques d'Idir qui lui enjoignait d'arrêter. Il vit à un moment Yaema tomber, mais il ne sut – pour autant qu'il s'en soucie – si c'était à cause de lui ou d'un des autres combattants qui essayait de fuir le massacre.

L'air s'épaissit de l'odeur du sang et du métal à mesure que la magie de Malik leur dégageait un chemin.

Il ne s'arrêta pas. Ne réfléchit pas.

Il se contenta d'avancer, tornade de puissance brute dévastant le monde autour de lui, ne laissant dans son sillage que les râles des mourants.

« Vous voilà ! » s'écria Farid quand Malik et son groupe arrivèrent enfin dans le jardin. Un silence sinistre y régnait, comme si même les créatures de la nuit avaient su ce qui les y attendait et n'avaient pas souhaité en être témoins. De la fumée montait de l'avant du palais, jetant un voile devant la lune presque pleine.

À l'aide de la chevalière, Farid ouvrit rapidement l'accès au Sanctuaire de la reine. Hanane et lui s'y engouffrèrent, talonnés par une Aminata tremblante. Leila leur emboîta le pas, mais s'arrêta sur le seuil. Elle serra Nadia contre sa poitrine, les yeux brillant d'une résistance nouvelle, et Malik sentit qu'elle était à deux doigts de se libérer de son enchantement.

« Tout va bien. Tu veux avancer », dit-il, secondé par la magie du Roi sans visage qui brûlait au fond de son être. Les yeux de Leila redevinrent passifs, et elle s'engagea dans le tunnel sans protester. Malik la suivit en priant Adanko et la Grande Mère d'avoir fait le bon choix, tandis que la puanteur écœurante de la mort envahissait ses narines.

Mais c'était pour le bien de ses sœurs. Tout ce que Malik avait fait, tout ce qu'il ferait jamais avait pour but de les protéger.

Comme Adewale l'avait dit, il ne saurait pas qui il était sans elles.

28

Karina

Karina n'avait jamais été très portée sur la religion. Même maintenant, si quelqu'un se présentait à elle avec la preuve irréfutable de l'existence des dieux, elle serait bien en peine d'exprimer autre chose qu'une désinvolture cinglante.

Mais d'apprendre que sa propre ancêtre ne la croyait bonne qu'à mourir brisa quelque chose en elle. Elle n'avait jamais eu besoin des dieux quand elle avait eu Bahia Alahari comme modèle. Sans cette boussole pour la guider, Karina était à la dérive, telle une minuscule embarcation ballottée dans une mer en furie.

Le poids écrasant de son échec l'accabla tandis qu'elle rejoignait ses amis. Elle contourna le gouffre et comprit à quel point elle avait été idiote de vouloir le franchir d'un bond comme elle l'avait fait. Idiote et inutile. Pas étonnant que ses ancêtres ne veuillent pas l'aider.

« Afua ! Caracal ! Ife ! » appela-t-elle, mais seul l'écho de ses paroles lui répondit. Au bout d'une heure de marche, trois points lumineux apparurent tout au fond du gouffre. Karina héla de nouveau ses amis, et cette fois Afua lui répondit : « En bas ! »

Ses amis se trouvaient dans une sorte de kiosque à plusieurs niveaux sur un pont suspendu au-dessus du vide. Cela ressemblait au dispensaire de Maame à Balotho, et Karina se rendit compte avec un coup au cœur que la démone avait dû le bâtir à l'image de cette structure. Maame avait été l'otage des zawenjis pendant des millénaires, et avait trouvé la mort aux mains de Karina pour… quoi ?

Rien. Absolument rien. Cela lui sembla soudain si ironique qu'elle manqua d'éclater de rire, ne serait-ce que pour chasser les larmes qui lui brûlaient les yeux.

« Vous voilà de retour ! s'exclama Afua en lâchant le talisman de fertilité qu'elle était en train d'examiner pour courir vers elle. Comment ça s'est passé ? »

La fillette se fendit d'un grand sourire, et Karina essaya de se voir par ses yeux – capable, confiante, responsable.

Tout ce que j'ai appris, c'est que la seule chose que je puisse faire pour aider Sonande, c'est mourir.

Karina secoua la tête. « Ce n'était pas le bon endroit, mentit-elle, et la déception se lut sur le visage d'Afua.

— Oh, ne vous inquiétez pas pour ça ! Il y a tant de coins qu'on n'a pas encore explorés… Je suis sûre que vous trouverez bientôt le bon. »

Elle fit signe à Karina de s'asseoir dans le camp de fortune que ses amis avaient dressé au milieu d'un cercle de têtes géantes en pierre, dont chacune mesurait deux fois la taille d'un homme, et se lança dans le récit de ce qu'ils avaient fait durant les heures où ils avaient été séparés. Karina avait eu l'impression de n'avoir parlé à Bahia que quelques minutes, mais le temps semblait s'écouler différemment dans le Sanctuaire.

« On a trouvé une zone consacrée à la fabrication de talismans, et une autre qui ne servait qu'à la pratique de la magie ! »

Être entourée de tant de nkra semblait galvaniser Afua, qui lui relata, des étoiles dans les yeux, les merveilles qu'ils avaient rencontrées. « Qui aurait pu croire qu'une communauté entière de zawenjis puisse accomplir quelque chose comme ça ?

— Et le Conclave ? N'est-ce pas une communauté de zawenjis ? » demanda Ife.

Le sourire d'Afua se ternit. « Le Conclave, c'est... rigide. Après l'avoir quitté, je me suis rendu compte à quel point ceux qui y vivent sont paranoïaques et conservateurs. J'ai cru que leur façon de garder la magie zawenjie à l'abri était la seule voie, mais maintenant que je constate comment les nôtres vivaient, leur vision des choses me paraît étroite. Je suis contente que vous ayez décidé de ne pas y aller, Karina. »

Afua posa les mains contre une des statues, qui se mit à vibrer tandis qu'elle lisait son histoire. « Cet endroit est plus vivant que tous ceux que j'ai pu visiter. Et il est triste. Il pleure Maame Petites Griffes. Il a besoin qu'un nouveau gardien se dresse pour le protéger, dans l'espoir de vivre assez longtemps pour qu'une nouvelle génération de zawenjis le découvre.

— Mais qui va devenir le nouveau gardien ? demanda Ife.

— Je ne sais pas. Mais jusqu'à ce que quelqu'un endosse cette responsabilité, Doro Lekke restera sans défense. »

Tout au long de la conversation, Caracal n'avait pas quitté Karina des yeux. Elle avait cru avoir conservé une expression neutre, mais il l'observait de ses yeux plissés. Elle serra les poings. « Quoi ? aboya-t-elle.

— Ils ne vous l'ont pas donné, c'est ça ? » Il n'avait pas besoin de préciser sa pensée – il parlait du pouvoir des dieux, la seule chose qui comptait.

« Non », répondit-elle entre ses dents serrées. Caracal poussa un rire désespéré et haut perché.

« Je le savais. Putain, je le savais ! » Le mercenaire leva les bras au ciel. « On a marché des centaines de kilomètres, affronté d'horribles monstres, *j'ai failli mourir*, et tout ça pour quoi ? Un pouvoir qui n'a même jamais existé ! Vous nous avez tous condamnés sur la foi d'un conte de fées !

— Je ne vous ai pas menti ! » explosa Karina. Au fond de son cœur, elle savait que sa colère n'était pas dirigée contre Caracal, mais elle avait besoin de la laisser sortir. « Le pouvoir des dieux est réel !

— Alors il est où, hein ? Où se trouve cette incroyable puissance dont apparemment, de toute l'histoire de Sonande, seule votre ancêtre s'est montrée assez digne ? »

La sincère déception dans sa voix bouleversa Karina. Il s'était lancé dans cette aventure pour des raisons égoïstes, mais au bout d'un moment, il s'était vraiment mis à croire que Karina pourrait tous les sauver.

Et voilà qu'elle le laissait tomber, comme elle avait toujours laissé tomber ceux qui l'entouraient.

« Je n'ai pas obtenu cette puissance parce que les dieux sont des salauds sans cœur ! se récria Karina. Que nous vivions ou que nous mourrions n'a aucune importance à leurs yeux. Ça n'en a jamais eu ! »

Caracal serra lui aussi les poings, et Karina en vint à souhaiter qu'il la frappe, ne serait-ce que pour avoir une raison de lâcher sur lui toute la force de sa colère.

Mais avant qu'il n'en ait l'occasion, Ife s'interposa entre eux deux. « Vous ne devriez pas vous battre. Dans toute quête, les héros connaissent un moment de doute, mais cela ne doit pas nous arriver.

— Le monde n'est pas une légende, Ife », rétorqua sèchement Karina, et Caracal grommela de nouveau. Mais Afua se joignit à la voix de lae dulyo.

« Ife a raison. Nous sommes tous fatigués et affamés. Personne ne pense comme il faut. Retournons à la surface, posons-nous et réfléchissons à ce que nous allons faire ensuite. »

Karina et Caracal hochèrent la tête à contrecœur et suivirent les deux autres sur le sentier qui menait hors du Sanctuaire. Tout du long, Karina peina à leur expliquer ce que Bahia lui avait dit. À Afua, surtout – la fillette n'accepterait jamais que la mort de Karina soit leur seul espoir après tous les risques qu'ils avaient pris pour qu'elle reste en vie.

Ils avaient presque atteint la surface quand un concert de voix les arrêta.

« Sécurisez le périmètre. Bloquez toutes les issues possibles.

— Bien, commandant. »

Depuis qu'elle connaissait Caracal, Karina n'avait jamais vu le regard de pure dévastation qui traversa son visage lorsqu'il entendit cette voix.

« Issam », murmura-t-il, à la fois comme une prière et une malédiction. Issam… L'ancien amour de Caracal ? Celui qu'il avait abandonné en quittant les Sentinelles ?

Mais s'il était ici, ça signifiait que… Oh, non. Non, non, *non*.

L'armée de Farid avait fini par la retrouver.

Afua serra le bras de Karina. Elle tremblait de tous ses membres. « C'est à cause du bateau. On l'a laissé juste devant. » Tout à leur excitation d'avoir découvert le Sanctuaire, ils avaient oublié de cacher le canoë, qui avait mené les Sentinelles droit à eux.

À en juger par le bruit des coups de hache, Issam et ses troupes n'avaient pas encore trouvé le moyen d'ouvrir le passage. Mais ce n'était qu'une question de temps avant qu'ils ne comprennent le truc, car la clé se trouvait toujours dans son emplacement et les Sentinelles étaient elles-mêmes des zawenjies.

Pire, leur tentative d'effraction risquait de faire s'effondrer l'entrée, emprisonnant Karina et ses compagnons à l'intérieur. Elle n'avait pas vu d'autre sortie, et il était peu probable qu'ils en trouvent une avant de mourir de faim.

« Qu'est-ce qu'on fait ? » chuchota Ife, et Karina eut le cœur brisé de constater que, même après son emportement, les autres voyaient toujours un guide en elle.

Son instinct lui dictait de tenter une sortie spectaculaire et de se frayer un chemin à grands coups de magie.

Et après ? Quand bien même ils parviendraient à triompher de l'escouade d'Issam, elle ne serait nulle part chez elle à Sonande, et personne ne pourrait la cacher avant que Farid ne lance une nouvelle traque.

Et Karina était lasse. Tellement, tellement lasse. À cet instant, tout serait préférable à la fatigue qu'elle ressentait jusque dans ses os, tel un sanglot que son corps refusait de laisser sortir.

Les prémices d'une migraine commençaient à lui vriller le crâne. Elle aurait voulu se laisser tomber sur le sol, la tête entre les genoux, et attendre que ça passe. Un des papillons blancs lui effleura la joue, lui remettant en mémoire les paroles de son ancêtre.

N'oublie pas ceux qui ont le plus besoin de toi.

Si elle sortait se battre, sa rébellion serait vaine, comme elle l'avait été chaque fois qu'elle s'était opposée à sa mère, simplement pour prouver qu'elle le pouvait. Mais une autre voie s'ouvrait à elle, pour peu qu'elle ait le courage de la suivre.

« C'est ce que tu veux ? demanda-t-elle au papillon. Est-ce que ça sera enfin assez pour toi ? »

La créature lui embrassa le nez avant d'aller se poser sur une des statues du tunnel menant à la surface. Karina ne leur avait pas prêté grande attention à l'aller, l'esprit alors trop absorbé par le pouvoir qu'elle espérait obtenir. Cette fois, elle observa chacun des objets contenus dans les mains des avatars de pierre. Le premier tenait une balance, dont les deux côtés étaient parfaitement équilibrés. Le deuxième, une lance. Le troisième, une calebasse.

Le quatrième présentait une algaïta, une longue flûte au bois usé recouverte par la poussière des siècles. Mais c'était le seul objet qui vibrait de pouvoir.

Elle avait devant elle le second artefact nécessaire au Rite du Renouveau, comme si ses ancêtres le lui tendaient délibérément. Karina, hébétée, prit la flûte sur son présentoir et souffla dessus pour en chasser la poussière.

Elle tombait si parfaitement sous ses doigts qu'on l'aurait crue fabriquée pour elle.

Le monde autour d'eux trembla de nouveau, et l'arbre lui-même sembla pousser un râle d'agonie. Une déconcertante sérénité s'empara de Karina, qui se tourna vers ses compagnons. « Suivez-moi. »

Les autres hochèrent la tête, les yeux remplis de détermination et de magie. Puisant dans sa colère et sa tristesse une résolution nouvelle, Karina fit un pas en avant et posa la main contre le bois. La porte coulissa aussitôt, et des cris alarmés résonnèrent en surface.

Karina et son groupe émergèrent de l'obscurité du domaine de leurs ancêtres dans une clarté aveuglante. Une douzaine de Sentinelles formaient un cercle autour de l'îlot, leurs armes pointées vers eux. Tous ces zawenjis rassemblés au pied de l'arbre remplissaient la nuit de lumière et de couleurs.

Issam se tenait au milieu de ses camarades, la poitrine ceinte de l'écharpe brun et argent qui avait jadis appartenu à la commandante Hamidou. Il était jeune pour occuper ce poste, mais sa haute taille, ses cheveux ras et ses larges épaules – celles d'un homme entraîné à combattre depuis sa naissance – compensaient. Ses yeux s'attardèrent sur Caracal une fraction de seconde de plus que sur les autres avant de glisser sur Karina.

« À terre ! aboya-t-il, et Caracal leva les yeux au ciel.

— Le type a eu une promotion, et il croit qu'il peut me donner des ordres », marmonna-t-il, mais le trait d'esprit n'arrivait pas à masquer l'amertume de sa voix.

Issam tira son épée d'une main et, de l'autre, invoqua des flammèches sur toute la longueur de la lame. Une peur ancienne pétrifia Karina. Un mot d'elle, et ses amis déchaîneraient leurs pouvoirs jusqu'à ce que cette impasse dégénère en une bataille totale qu'ils avaient de bonnes chances de remporter.

Mais même s'ils gagnaient, que feraient-ils ensuite ? Courir en rond telles des souris acculées pendant que la Grande Mère détruirait le monde ?

Non. Karina allait mettre un terme à tout ça, ici et maintenant.

Elle s'avança d'un pas, la magie qui imprégnait l'air autour d'elle s'écoulant dans ses veines.

Elle leva les bras vers le ciel.

« Baissez vos armes, dit-elle. Je me rends. »

Afua laissa échapper un cri étranglé, mais Karina l'ignora. Elle tendit ses mains ouvertes vers Issam pour lui montrer qu'elles ne contenaient rien d'autre que l'algaïta. « Je me rends », répéta-t-elle.

Issam la considéra pendant plusieurs secondes tendues, avant de crier à l'un de ses subordonnés d'apporter les chaînes. Au moment où les menottes d'ivoire se refermèrent sur les poignets de Karina, le chant du vent mourut à ses oreilles, et elle paniqua un instant avant de se rappeler que l'ivoire étouffait la magie. Au moins, elle savait qu'ils n'allaient pas la tuer, puisque Farid avait besoin d'elle vivante pour le Rite du Renouveau.

Telle était la voie qu'elle seule pouvait arpenter. Sauver Sonande non par le triomphe, mais par la mort.

Karina adressa un sourire qu'elle espérait rassurant à ses compagnons. « Tout va bien », dit-elle en présumant qu'ils entendraient dans ces mots une injonction à ne pas résister. Farid les épargnerait peut-être s'ils se montraient coopératifs. « Faites-moi confiance, je vous en prie. »

Caracal lui jeta un regard de pur dégoût, quand Ife se contenta de la dévisager. Mais ce fut la réaction d'Afua qui lui fendit le cœur. Tandis que le cercle des Sentinelles se refermait sur eux, la fillette recula en secouant la tête.

« Non ! Je ne retourne pas au cachot ! Plus jamais ! sanglota-t-elle en tremblant de tous ses membres. Non ! Non !

— Est-ce que vous vous rendez également ? demanda Issam aux trois autres.

— Certainement pas ! » Caracal trancha l'air de sa main, et le vent se leva en guise d'avertissement. « Est-ce qu'au moins tu te rends compte de ce que tu es en train de faire, Issam ? Est-ce que tu sais pour qui tu travailles ? Tu n'es rien de plus que le pion d'un meurtrier ! Toi qui parlais toujours d'ordre et de justice, tu es devenu un chien de chasse ! »

Caracal s'avança d'un pas prudent, et le corps d'Issam se contracta. « Reviens-moi, murmura Caracal d'une voix rauque. Si nous devons nous battre, que ce soit parce que tu me hais de t'avoir quitté, pas parce que ton maître te l'a ordonné. »

Issam s'était lui aussi rapproché, si bien que moins d'un mètre séparait maintenant les deux hommes. Le temps d'un battement de cœur, Karina vit le garçon dont Caracal était tombé amoureux dans le visage du commandant. « C'est toi qui as quitté les Sentinelles. C'est à *toi* de *me* revenir. »

Caracal secoua la tête. « Je préfère mourir en fugitif que vivre en esclave. »

La vulnérabilité entrevue dans les yeux d'Issam disparut sous la colère et les regrets. « Alors, meurs », cracha-t-il, et sur ces mots, le monde s'embrasa.

Des flammes blanches et bleues fusèrent vers les amis de Karina, mais elles furent repoussées par le bouclier aérien que Caracal invoqua autour d'eux. Les deux hommes se battirent avec l'intimité propre aux amants. Leur familiarité transparaissait dans chacune de leurs attaques et parades rapides. Leurs magies respectives s'accordaient à tous leurs mouvements.

« Tu t'es ramolli, Issam », haleta Caracal en faisant volte-face entre des colonnes de feu jumelles, dont il fit une tornade ardente qu'il renvoya à son adversaire.

« Ferme-la, Tabansi », rugit l'autre. Karina s'était demandé quel nom cachait le pseudonyme du mercenaire, mais elle n'avait jamais imaginé le découvrir de cette manière.

« Arrêtez ! On se rend ! » cria-t-elle, mais personne ne l'entendit dans la rage du combat, et les Sentinelles autour d'elle lui empêchaient tout mouvement. Comment se faisait-il que, même quand elle déposait les armes, tout dégénérait ?

Si Issam et Caracal avaient fait jeu égal au début du combat, seul l'un d'eux avait reçu un entraînement de pointe au cours des dernières années, et bientôt la différence devint évidente. Le zawenji Feu-aligné inclina la tête en arrière et cracha un long jet de flammes blanches et bleues qui atteignit Caracal en plein visage et l'envoya s'écraser contre les racines de l'arbre, la peau calcinée. Ife accourut auprès de lui, sa magie s'agitant frénétiquement pour soigner ses brûlures. Seule Afua resta debout.

Quelque chose brillait entre ses mains – la tiare ayant appartenu à Maame Petites Griffes, qui l'avait connectée à la magie de Doro Lekke. Afua baissa les yeux sur les chaînes entrelacées avant de les relever sur Karina, et la lueur de pure terreur qui y brillait informa cette dernière de ce qu'elle s'apprêtait à faire.

« Afua, non ! » hurla Karina, mais la fillette était déjà en train de glisser la tiare sur ses tempes. Les chaînes se resserrèrent pour s'ajuster à la forme de son crâne, bien plus petit que celui de Maame. À cet instant, les huit marques dans l'arbre s'illuminèrent, et les yeux d'Afua virèrent au blanc, irradiant de pouvoir.

Karina cria de nouveau son nom, mais sa voix ne pesait pas lourd face aux forces de Doro Lekke qui revendiquaient la fillette. Afua s'éleva dans les airs tandis que la cité de leurs ancêtres accueillait sa nouvelle gardienne, pure lumière brillant dans les cieux. D'un seul coup, les armes des soldats s'envolèrent des mains qui les tenaient et se retournèrent contre leurs propriétaires.

Quelques-uns parvinrent à se baisser à temps, mais les autres s'effondrèrent en hurlant, une épée ou une lance profondément plantée dans la poitrine. Issam dressa un bouclier de feu devant Karina et lui ; seuls ses réflexes empêchèrent les lames de les tailler en pièces. Derrière Afua, Ife, dos à l'arbre, protégeait Caracal de ses bras.

« Tabansi ! » rugit Issam, et Afua leva la main. Une nouvelle vague de pouvoir balaya l'île.

Et Karina sentit dans ses entrailles l'enchantement qui maintenait la cité en mouvement revenir à la vie. On entendit le grincement du bois ancien qui se déchirait, puis le monde trembla quand l'arbre protégeant le Sanctuaire, déjà affaibli par les efforts des soldats, s'effondra.

L'arbre percuta le sol dans un bruit de tonnerre. Quelques minutes plus tard, quand la poussière retomba, il n'y avait plus aucun signe d'Afua, ni de Caracal, ni d'Ife.

Karina fixa des yeux l'endroit où s'était trouvée l'entrée de Doro Lekke, pendant que les Sentinelles commençaient à s'extraire des décombres. Quoiqu'elle l'ait vu de ses propres yeux, son cœur refusait de croire l'évidence.

Afua – sa gentille, sa courageuse Afua – s'était offerte à Doro Lekke plutôt que de retourner en prison. Elle était maintenant la gardienne du Sanctuaire, condamnée à le protéger jusqu'à ce qu'un nouveau venu la tue pour entrer dans la ville de ses ancêtres. Elle ne reverrait jamais sa famille. Elle ne deviendra jamais la femme sensationnelle que Karina avait sentie en elle.

Une boule de désespoir enfla dans sa gorge, mais elle était trop choquée pour pleurer. Sa faute. Tout était sa faute.

En bon commandant, Issam fut le premier debout. Il rejoignit Karina, la prit par le bras et l'aida à se relever avec une délicatesse surprenante.

« C'est l'heure de partir, princesse », grommela-t-il, et, le cœur lourd, Karina accomplit son premier pas vers l'avenir qu'elle avait choisi, loin de ses amis.

29

Malik

Quelque part au cœur d'un désert aux reflets dorés, où le soleil embrasait un ciel saphir le jour et où la lune dansait dans l'infini des étoiles la nuit, il y avait un garçon. Et à l'intérieur de ce garçon, il y avait un arbre.

L'arbre était jadis magnifique, avec son tronc épais et ses branches solides. Mais à présent son écorce grise pourrissait, ses fruits se desséchaient. Le reste du verger ne se portait guère mieux, peuplé de coquilles vides flétries et noueuses.

Quoique cela se produise en lui, le garçon ne voyait pas le verger mourir à petit feu.

Mais le Roi sans visage, lui, en était parfaitement conscient. L'esprit avait vécu une longue vie, et il avait vu les mortels s'abandonner à toutes sortes de choses – la guerre, la violence, le chagrin. Il n'en avait cependant jamais fait l'expérience si intimement.

Mais comme il n'avait nulle part où aller et comme il ne pouvait rien y faire, le Roi sans visage baissa la tête et attendit.

Les territoires ziranis comptaient un certain nombre de refuges gérés par le réseau d'espions de la sultane, destinés à accueillir un membre de la famille royale au cas où celui-ci devrait fuir la cité. En l'occurrence, jamais ces refuges n'avaient été utilisés, puisque aucun Alahari n'avait quitté Ziran au cours du millénaire écoulé. Néanmoins ils existaient. C'était vers le plus proche d'entre eux que Farid guidait à présent Malik, Hanane et le reste de leur petite troupe dépenaillée.

Malik était frappé par l'écœurante ironie de leur situation : après tout ce qui s'était passé, ses sœurs et lui quittaient Ziran comme ils y étaient entrés – avec rien d'autre sur le dos que leurs habits en piteux état. Hanane allait toujours pieds nus, quoique, entre tous, c'était elle qui souffrait le moins de ses blessures.

Malik n'y voyait cependant rien de drôle. Il ne ressentait rien. L'esprit engourdi, il se contentait de mettre un pied devant l'autre, mû par l'instinct. Il ne se souciait même pas des spectres qui sifflaient et hurlaient à ses oreilles qu'on leur rende justice.

L'aube grise avait tout juste commencé à poindre à l'horizon quand ils atteignirent leur destination : une petite ferme en bordure d'un champ d'irrigation jonché de débris, qui témoignaient de la violence des séismes. Ça ne ressemblait pas vraiment au genre d'endroit où s'arrêterait un membre de la famille royale, ce qui faisait tout son intérêt.

Néanmoins, Malik garda la lame-esprit à la main lorsque la fermière répondit à leurs sollicitations. Si les rebelles s'étaient rendus maîtres du réseau d'espions, les exilés devraient se battre à nouveau, comme ils l'avaient fait au palais…

L'esprit de Malik s'arrêta tout net. Il refusait de penser au massacre ou au sang qui lui maculait toujours les mains. Il refusait de penser à Leila et à Nadia qui le suivaient docilement, bouche bée, totalement soumises à sa magie.

La fermière était plus jeune que Malik ne s'y était attendu. Elle les lorgna d'un œil suspect par la porte entrouverte et lança : « Qui va là ?

— Les vents soufflent vers l'est, aujourd'hui », dit Farid, la voix dépourvue de fatigue malgré la longue marche qu'ils venaient d'accomplir.

Les doigts de Malik se resserrèrent en un étau mortel autour de la poignée de son arme, car si la femme ne prononçait pas la seconde moitié du code, ils seraient obligés de la tuer pour ne pas laisser de témoin. Il y aura encore du sang, encore des cris… comme… comme…

Mais la fermière ouvrit la porte et exécuta le salut zirani. « Pourtant ils n'atteignent jamais le soleil. »

La femme les fit entrer dans le corps de ferme et verrouilla la porte derrière eux. Sa maison se résumait à trois pièces en enfilade, que jouxtait à l'arrière une petite grange abritant des poules et quelques chèvres. Malik et ses sœurs restèrent en retrait pendant que Farid expliquait ce qui s'était passé. Hanane se tenait à moins d'un mètre de lui, mais elle demeura silencieuse. Ses doigts trituraient un fil lâche de la bande de tissu nouée autour de la blessure béante à son cou.

La fermière laissa sa propre chambre à Farid et Hanane, et installa Malik et ses sœurs dans la deuxième, qu'il supposa être celle de ses enfants. Aussitôt après, elle et sa famille se pressèrent de préparer un repas à partir des maigres réserves dont ils disposaient. Quand ils furent seuls, Farid prit appui sur une table branlante et se passa la main dans les cheveux.

« Les choses ne se sont pas vraiment passées comme prévu, hier soir », fit-il à voix basse. C'était un tel euphémisme que Malik aurait éclaté de rire s'il s'était rappelé comment faire.

Une partie de lui était encore dans la salle du couronnement, avec tous ces gens qui se faisaient tailler en pièces comme du bétail à l'abattoir. Chaque fois qu'il fermait les yeux, il revoyait les muscles et les os qu'il avait lui-même tranchés, pas plus solides que du parchemin…

Respire. Reste présent. Reste ici. Il avait agi en état de légitime défense. C'était tout ce qui importait, au bout du compte, non ? Les familles de Tunde et de Driss avaient fait ce qu'elles croyaient devoir faire, et lui aussi.

Il n'avait eu aucun autre choix.

Malik devait le croire.

Farid reporta son attention sur Hanane, et son regard s'adoucit. Il prit délicatement une de ses mains dans les siennes et lui massa les phalanges.

« Tout va bien. Tu es en sécurité maintenant », murmura-t-il.

Les yeux de Hanane s'animèrent imperceptiblement, mais ils ignorèrent Farid pour se poser sur Leila et Nadia. « Vas-tu les libérer ? » demanda-t-elle à Malik d'une voix rauque. C'étaient les premières paroles qu'elle prononçait de la journée.

Malik aurait préféré affronter une nouvelle horde de guerriers sanguinaires plutôt que la colère de ses sœurs, mais il ne pouvait pas les laisser ainsi éternellement. Il les fit sortir de la maison et les conduisit dans la grange. Là, il chercha à tâtons parmi les filaments de magie jusqu'à ce qu'il trouve celui qui le connectait à leur illusion, puis il tira jusqu'à son point de rupture.

Mais il s'interrompit. Peut-être valait-il mieux qu'il laisse ses sœurs profiter du fantasme dans lequel elles étaient plongées jusqu'à ce qu'ils aient un plan concret. Ça ne pourrait pas leur faire de mal de prolonger leur état encore quelque temps…

Arrête de te mentir, mon garçon. Assume les conséquences de tes actes, dit Idir, et Malik eut honte. Il annula l'illusion et recula d'un pas tandis que ses sœurs battaient des paupières, comme si elles s'éveillaient d'un rêve.

Leila fut la première à reprendre connaissance. Elle observa un instant les poules et les poteries en argile autour d'eux en se frottant la tempe. « Qu'est-ce que… Où… »

Malik vit sa sœur se remémorer les dernières minutes du carnage avant que sa magie n'ait réduit ses perceptions au désir de le suivre. Il se prépara à essuyer sa colère, sachant qu'il la méritait amplement.

Mais Leila ne lui hurla pas dessus. Au lieu de ça, elle attira Nadia contre elle et recula d'un pas chancelant.

« Je… Au palais… Toi ! » bredouilla-t-elle. Nadia se mit à pleurer, et Malik se souvint avec horreur de ce qu'elle lui avait dit la veille, qu'elle était incapable de discerner la réalité du fantasme.

Ses sœurs, les personnes qui comptaient plus que tout au monde à ses yeux, n'étaient pas en colère contre lui.

Elles étaient terrifiées par lui.

« Nadia, ne pleure pas. C'est moi. » Il tendit la main vers elle, mais Leila ramassa un seau de sa main libre et l'agita devant elle pour l'en empêcher.

« Ne t'approche pas ! » cria-t-elle. De toutes les fois où ils s'étaient disputés au fil des années, jamais elle ne l'avait regardé ainsi, avec la crainte qu'il puisse s'en prendre physiquement à elle.

Comme l'avait fait leur père.

« Je n'avais pas le choix ! » Elles devaient comprendre que s'il ne les avait pas forcées à le suivre, elles n'auraient pas survécu à l'attentat. Un choix entre leur mort et leur haine n'en était pas un.

Malik comprenait cependant leur terreur, car il savait mieux que personne ce que cela faisait de ne pas être seul dans son esprit. Leila regarda tout autour d'elle, sans poser nulle part ses yeux brillants. Elle se pinça si fort le bras qu'elle y laissa une marque.

« Comment savoir si ce que je vois est réel ? Si ce n'est pas encore une illusion ? Combien de fois nous as-tu fait ça ?

— Je n'ai jamais utilisé mes pouvoirs sur vous avant hier, je te le jure ! » Malik s'avança encore d'un pas, et ses sœurs se blottirent l'une contre l'autre comme Leila et lui le faisaient quand l'humeur de leur père était au plus sombre. Cette réminiscence décupla son désespoir, son besoin viscéral qu'elles *sachent* qu'il n'avait rien à voir avec cet homme.

La frustration enfla en lui. Si elles ne se montraient pas plus raisonnables que ça, peut-être devrait-il tisser une nouvelle illusion pour qu'elles se calment le temps qu'il leur explique...

Non. Malik chercha le bracelet de Tunde, avant de se rappeler qu'il l'avait donné à Adewale. Ses doigts trouvèrent la chair de son avant-bras et s'y plantèrent profondément, jusqu'à ce que la pression baisse sous son crâne et que du sang coule sous ses ongles. Tout le monde était visiblement trop bouleversé pour dire quoi que ce soit. Une fois qu'ils se seraient calmés, ils pourraient en reparler.

« Je vais vous laisser, déclara-t-il, soulagé que sa voix ne le trahisse pas malgré son émotion. Une chambre vous attend dans la maison. Vous pouvez aller vous y reposer. Je dormirai dehors ce soir. »

Il s'arrêta à l'entrée de la grange et jeta un dernier regard au menton défiant de Leila et aux douces courbes des joues de Nadia.

« J'ai fait ça pour vous protéger, dit-il, en espérant que le poids de ses mots les atteindrait quand même. Je n'ai jamais agi que pour vous protéger. »

Il vit dans les yeux de Leila quelque chose se modifier imperceptiblement. Elle hocha à peine la tête, et là-dessus, il les laissa ramasser les morceaux de la confiance qu'il avait fait voler en éclats.

Malik n'avait pas quitté Eshra depuis assez longtemps pour avoir oublié les aléas de la vie à la campagne. Il retomba dans une routine familière – ramasser du bois de chauffage ; aller chercher de l'eau au puits ; la faire chauffer, se laver et laver ses vêtements. Se concentrer sur ces tâches manuelles ne laissait aucune place à la réflexion. Il ne pensa ni à la trahison de Yaema, ni aux fléaux, ni à la bête qui pourrait frapper à tout moment. Il était seul avec les spectres.

Il s'arrêta cependant au milieu de ses corvées, l'esprit en pause. Il ne réagit même pas quand la fermière le rejoignit, les bras chargés d'une tenue propre.

« Je dois admettre, petit d'homme, que je n'aurais pas cru que tu avais cette soif de carnage en toi », dit la Hyène, et Malik ne put que regarder l'eau se teinter progressivement de rouge, sans même s'étonner du fait qu'il n'avait pas remarqué l'éclat bleu dans les yeux de la fermière quand ils étaient arrivés à la ferme.

Il s'attendit à ce que l'arnaqueuse se moque de lui, ou pire, le console. Mais elle ne fit ni l'un ni l'autre. Elle posa simplement le tas de vêtements devant lui et dit : « Tu ne serais pas le premier de ta lignée à craquer sous le poids d'un tel pouvoir.

— Laisse-nous », ordonna Malik, mais c'était la voix du Roi sans visage qui s'exprimait par sa bouche, car lui-même n'aurait pu prononcer aucun mot. Il s'étonna en passant que l'esprit cherche ainsi à le protéger, avant de reléguer cette information là où le reste de ses émotions avaient bien pu aller.

La Hyène le considéra en silence. S'il avait été quelque héros de conte de fées, c'était le moment où elle aurait dû lui prodiguer les encouragements de circonstance. Mais elle secoua la tête et s'éloigna, le laissant seul avec l'eau qui refroidissait.

Des heures plus tard, Malik enfila finalement les habits que la Hyène lui avait apportés. Il envisagea de réessayer de parler à ses sœurs, mais se ravisa. Aminata n'était nulle part en vue, et Farid ne lui avait pas encore assigné de tâche particulière, aussi décida-t-il de grappiller quelques heures de sommeil tant qu'il le pouvait, quand bien même le soleil était au zénith. Il resterait dans la grange afin de laisser à Leila et Nadia l'espace dont elles avaient besoin. Leur père l'avait si souvent obligé à dormir dehors que cette perspective ne le dérangeait pas le moins du monde.

Mais lorsqu'il retourna dans la maison chercher une couverture, il passa devant la porte entrouverte de la chambre de la fermière. Glissant un œil par l'entrebâillement, il aperçut Farid penché sur le corps étendu de la princesse. Un frisson lui parcourut la colonne vertébrale, jusqu'à ce qu'il remarque l'aiguille dans la main de son mentor et la ligne de points à la base du cou de Hanane. Farid tira le dernier fil et s'écarta pour admirer son travail.

« Et voilà. » Hanane ne réagissant pas, il fronça les sourcils. « Ça fait mal ? »

La princesse secoua la tête. « Non. Pas plus qu'hier. » Elle prit une longue inspiration frissonnante. « Quel genre de monstre faut-il être pour se faire arracher la moitié de la tête sans rien ressentir ? »

Farid posa un genou à terre et prit les mains de Hanane entre les siennes. « Tu n'es pas un monstre.

— Si ! Les sauterelles, les tremblements de terre, la rébellion… Tout cela n'est arrivé que parce que tu m'as ressuscitée. C'est moi que tu devrais sacrifier sur l'autel du Rite du Renouveau, pas Karina. »

Quelques jours plus tôt, Malik aurait été d'accord avec Farid. Mais c'était avant qu'il n'ait vu Hanane faucher un contingent entier de soldats aussi facilement qu'un champ de blé. Avant qu'il ne l'ait vue trancher des membres et éclater des crânes sans même une goutte de sueur.

Hanane n'était peut-être pas un monstre, mais elle n'était clairement pas humaine non plus. Ils avaient tous été idiots de croire que son épreuve ne l'avait pas changée.

« Non, dit Farid d'une voix glaciale. Hanane, quand tu es morte, mon âme est morte avec toi. Même si j'avais su ce qu'impliquait le Rite de Résurrection, je l'aurais quand même pratiqué sans la moindre hésitation pour que nous soyons réunis. »

La chambre de la fermière était la pièce la plus vaste de la maison, mais il n'y eut soudain plus le moindre espace qui ne soit rempli de Farid et du poids de ces mots qu'il retenait depuis si longtemps.

« J'ai échoué hier. J'étais tellement concentré sur les menaces extérieures que j'ai négligé le danger venant de l'intérieur. Ça n'arrivera plus. Tant que je respirerai, rien ni personne ne te fera de mal. Tous les dieux de tous les cieux peuvent bien se mettre en rogne, je m'en fiche. Tu ne me quitteras jamais plus. »

Si Hanane avait ressemblé à une déesse guerrière en chair et en os la nuit précédente, elle tremblait maintenant comme une enfant. Elle regarda désespérément autour d'elle jusqu'à ce que ses yeux se posent sur Malik, qui se cachait toujours derrière la porte entrouverte. « Malik ! Entre ! »

Il n'avait d'autre choix qu'obéir, conscient des regards courroucés de Farid, qui n'aimait guère être interrompu.

« Comment vont Leila et Nadia ? » interrogea la princesse d'une voix tendue et haut perchée. Malik les considéra à tour de rôle en se demandant quelle réponse causerait le moins de frictions.

« Elles se remettent », dit-il faiblement. Il décida de ne pas faire mention de la présence de la Hyène dans la maison ; s'il leur en parlait, l'arnaqueuse disparaîtrait purement et simplement, et il passerait pour un fou.

Hanane dégagea les locks de son cou pour révéler les points de suture. « Qu'est-ce que tu en penses ? »

En vérité, les points de Farid étaient irréguliers et bâclés. La couture n'avait visiblement pas fait partie des matières qu'on lui avait enseignées au palais.

« Ça… pourrait être plus propre.

— Leila m'a dit que tu étais doué pour ça. Tu peux faire quelque chose ? Quitte à passer le reste de ma seconde vie avec cette balafre, autant qu'elle soit présentable. »

Hanane s'exprimait d'un ton léger, mais le sens de ses paroles était clair – *Ne me laisse pas seule avec Farid.* Un muscle de la mâchoire de son mentor tressaillit, mais ce dernier plaqua un sourire sur son visage. « C'est vrai, je dois admettre que j'ai peu d'expérience pour les choses si… provinciales. Je t'en prie. »

Le mot *provinciales* fit l'effet d'une gifle à Malik, qui se sentit honteux de ses origines humbles. Mais il prit consciencieusement l'aiguille et le fil des mains de Farid et se mit à l'ouvrage.

Comme Hanane ne saignait plus, refermer la blessure lui donna l'impression de coudre deux morceaux de tissu inhabituellement froids et épais. Il se concentra sur la pensée que ses talents de couturier étaient pour la deuxième fois utiles à une princesse, car s'il réfléchissait trop à ce qu'il était en train de faire, il se mettrait à vomir.

Quand il eut terminé, Hanane palpa la ligne régulière qui formerait la cicatrice. « C'est parfait. Merci beaucoup. » Elle passa le bras au creux du sien et l'entraîna vers la porte. « Viens, tu dois être affamé. »

Hanane resta à côté de lui pendant que la Hyène leur servait un tagine de boulettes de viande, un poulet rôti et du pain fraîchement sorti du four. Ni Leila ni Nadia ne se joignirent à eux. Farid et Malik déjeunèrent dans un silence tendu. Hanane prit quelques bouchées par politesse pour leurs hôtes, mais elle versa discrètement le contenu de son assiette dans celle de Malik quand personne ne regardait, car elle n'avait plus besoin de manger. Personne d'autre que Malik ne semblait conscient de l'identité de la fermière.

Aminata arriva en cours de repas. Dès qu'ils la virent, les fermiers comprirent qu'il valait mieux quitter la pièce. Farid s'assit au bout de la table, tel un roi parmi sa cour.

« Qu'as-tu appris ?

— À la suite de la tentative d'assassinat avortée, le conseil a rétabli l'ordre dans l'essentiel de la Vieille Ville, mais la Ville basse est toujours en plein chaos. La grande viziresse a rappelé tous les réservistes pour réprimer les troubles.

— Devons-nous lui dire que nous avons survécu ? interrogea Hanane, mais Farid secoua la tête.

— Si Mwani Jeneba apprend que nous sommes ici, nul doute qu'elle nous enverra ses assassins personnels pour s'approprier le trône. Personne au conseil ne doit savoir où nous nous trouvons avant que nous n'ayons nos propres troupes. As-tu réussi à envoyer mon message à Issam ? demanda-t-il à Aminata.

— Oui.

— Alors il n'y a rien d'autre à faire qu'attendre sa réponse. Tant que nous avons les Sentinelles de notre côté, tout n'est pas perdu.

— Et la flûte ? » s'enquit Malik. Il tenait à peine debout, mais il ne supportait pas l'idée de rester inactif, à la merci de toute menace qui se présenterait, humaine et surnaturelle. Le prochain fléau serait la peste ; que feraient-ils si l'un d'eux la rapportait ici, où ils n'avaient aucun guérisseur ?

« Nous serons incapables de la chercher si on nous assassine dans nos lits, répondit Farid. Ma décision est prise. Nous aviserons quand nous aurons des nouvelles d'Issam. »

Hanane, la seule qui aurait pu le faire changer d'avis, garda la tête basse. Devant son air de défaite, Malik ravala ses objections et baissa les yeux sur ses mains.

Il n'avait aucun droit à la parole. Tout ce qui lui restait à faire, c'était obéir aux ordres, comme le bon petit chien qu'il était.

Les nouvelles qu'ils attendaient arrivèrent au bout de plusieurs jours d'oisiveté, durant lesquels Leila et Nadia n'adressèrent pas une fois la parole à Malik. Farid lut avec avidité le message qu'Aminata avait obtenu des espions, et quand il releva les yeux, ceux-ci brillaient de triomphe.

« Ils ont attrapé Karina. Ils l'ont trouvée dans les marais au nord et la ramènent à Ksar Nirri, au Talafri. Encore mieux, elle a la flûte en sa possession. »

Avec la flûte et le sceptre, il ne leur manquait plus rien pour pratiquer le Rite du Renouveau. Ils avaient gagné.

Malik sentit les yeux de son mentor sur lui, aussi plaqua-t-il un sourire sur ses lèvres. « C'est merveilleux », dit-il, en se haïssant davantage à mesure que l'image du corps meurtri de Karina sur l'autel s'imposait à sa conscience. Il l'avait trahie deux fois. *Révoltant, lâche, inutile…*

Farid se leva, le visage traversé par une excitation sincère pour la première fois depuis leur fuite de Ziran. « Préparez-vous, tes sœurs et toi. Nous partons au lever du jour », ordonna-t-il à Malik, qui ne put qu'acquiescer.

Apparemment, les dieux n'en avaient pas encore fini ni avec Karina ni avec lui.

30

Karina

Les jours passaient, ou du moins Karina le supposait-elle. Il n'était pas facile d'en tenir le compte dans cette minuscule cellule sans fenêtres. Ksar Nirri était la plus importante des forteresses de sa famille en dehors de Ziran, et son emplacement à la frontière entre les monts d'Eshra et le désert en faisait une position stratégique majeure.

D'innombrables strates de métal et de pierre s'élevaient autour d'elle, grouillant de soldats dont la mission première était d'assurer l'occupation continue de ces montagnes au nom de sa famille. Même si Karina trouvait le moyen de se défaire de ses menottes en ivoire, il lui serait impossible de s'échapper sans aide extérieure.

Toutes ces précautions étaient cependant inutiles, car elle ne nourrissait nul désir d'évasion. Quel intérêt de se battre, puisqu'elle savait qu'elle mourrait quoi qu'il arrive ?

Issam lui avait confisqué la flûte, et elle savait au fond d'elle que Farid avait trouvé le sceptre. Rien ne l'empêcherait d'accomplir le Rite du Renouveau sitôt qu'il serait là.

C'était fini. Et si elle devait en croire son ancêtre, c'était ainsi que les choses devaient se passer.

Alors Karina dormait, se réveillait, dormait, se réveillait, encore et encore, jusqu'à ce qu'elle ne parvienne plus à distinguer le sommeil de l'éveil, l'esprit réduit à un amas informe tout entier consacré aux besoins terre à terre de son corps.

Elle ne pleura qu'une seule fois, quand elle repensa à Afua enchaînée pour toujours au Sanctuaire, et à Caracal et Ife, errant seuls dans quelque coin reculé de Sonande. Elle n'avait pas mesuré à quel point elle s'était attachée à ses compagnons, mais à présent les leçons de Caracal lui manquaient ; tresser les cheveux d'Afua lui manquait ; la façon dont les yeux d'Ife s'éclairaient quand ils décortiquaient les légendes lui manquait. Ils lui manquaient à lui faire mal. Elle était soulagée de ne plus partager ses rêves avec Malik, car elle n'aurait pas supporté qu'il la voie ainsi, vaincue, brisée.

Enfin, plusieurs jours après le début de son confinement, au lieu du garde malaimable qui lui apportait d'ordinaire ses repas, ce fut Issam qui ouvrit la porte de sa cellule.

« Mwale Farid vous fait demander, Votre Altesse », dit le commandant des Sentinelles. Karina leva les yeux sur lui, en se demandant si son conditionnement magique laissait assez de place dans son cœur pour pleurer le destin de Caracal.

Karina se laissa guider sans protester. Elle devait paraître aussi misérable à l'extérieur qu'elle l'était à l'intérieur, à en juger par les réactions outrées de ceux qu'ils croisèrent en chemin. Les cheveux que les habitants de Balotho avaient si amoureusement révérés étaient maintenant sales et emmêlés, et elle puait la crasse et les excréments. La part d'elle-même qui se préoccupait de son apparence s'était tue, comme celle qui aurait dû scruter les environs à la recherche d'issues potentielles.

La forteresse ne servait pas uniquement de prison, elle abritait les quartiers de nombreux officiels du gouvernement zirani à Eshra, et c'est dans l'un de ces appartements qu'Issam la conduisit. Il était décoré à la mode ziranie traditionnelle, avec ses lampes sur pied et ses mosaïques à motifs géométriques au sol. Elle ne s'y sentit pas chez elle pour autant.

Des traces d'une résistance qu'elle ne pensait plus avoir en elle la poussèrent à lever le menton et à affronter sa fin avec dignité.

Dignité qui s'effondra au moment où elle vit, assis à côté de Farid, le monstre qui portait le visage de sa sœur.

Pendant des semaines, Karina s'était répété que cette créature n'était pas Hanane. Qu'elle ne lui devait rien et qu'elle n'avait pas à éprouver le moindre remords pour l'avoir laissée derrière elle à Ziran. Mais alors qu'elles se fixaient mutuellement du regard, des sentiments qu'elle avait profondément enfouis en elle ressurgirent, et elle fut submergée par le besoin de se jeter dans les bras du monstre en sanglotant, ce qui la perturba davantage même que le rituel imminent.

« Qu'est-ce qui t'est arrivé ? » dit la liche dans un souffle. Dieux du ciel, même sa voix était en tout point semblable au souvenir de Karina – douce et lumineuse, tel le soleil par une belle journée d'été. Elle recula d'un pas, quoiqu'il n'y ait nulle part où aller, avec Issam qui lui bloquait toute retraite.

« Ne me parle pas, monstre ! » cracha-t-elle. Cette chose n'était pas sa sœur. Ce n'était pas Hanane.

Les yeux de la liche se gonflèrent de larmes, et Farid secoua la tête avec un sourire entendu. « Ne t'avais-je pas prévenue ? » dit-il à voix basse à la chose. Comment ne pouvait-il pas sentir la fausseté de cette créature ? Tout ce qui l'entourait semblait anormal, factice. Ne voyait-il pas les ombres qui dansaient sous ses yeux bruns ?

Farid lui prit le menton dans la main et la considéra d'un air triste. « Jusqu'au bout, la petite Karina nous causera des ennuis », fit-il, plus pour lui-même que pour quiconque. Il ressemblait trait pour trait à l'image que Karina avait gardée de lui – toujours maître de lui, sans un fil ni un cheveu qui dépassait. Il jeta un coup d'œil par-dessus son épaule et dit à un interlocuteur invisible : « Malik, les artefacts, je te prie. »

Sous les yeux de Karina, Malik apparut derrière le tabouret où se tenait Farid, l'algaïta en main. Il paraissait en aussi mauvais état qu'elle, les joues caves et le regard hanté. Il tendit la flûte à Farid, puis tira le sceptre d'un tatouage noir au creux de sa paume et le lui remit également. Karina écarquilla les yeux… Était-ce de là qu'il sortait sa dague ?

En prenant soin de ne jamais croiser son regard, Malik s'apprêta à partir, mais Farid le retint. « Ne pars pas. Il faut que tu voies ça. » L'ancien intendant, remarquant la confusion de Karina, leva un sourcil. « Durant tout ce temps que vous avez passé ensemble, tu ne lui as pas dit que tu travaillais pour moi ? Ce n'est pas très bien, ça, Malik – un mensonge par omission reste un mensonge. Je suppose que tu ne lui as pas raconté non plus ce que tu as fait à cette fille, Dedele ? Il va lui falloir des années pour se remettre de ce que tu as trafiqué dans son cerveau – si elle s'en remet jamais. »

La vision de Karina se réduisit à une tête d'épingle tandis que les pièces s'emboîtaient dans son esprit. Malik était aux côtés de Farid depuis le début. Elle l'avait laissé l'embrasser, la tenir dans ses bras et lui faire croire qu'il voyait en elle quelque chose à sauver, alors qu'en coulisses il torturait son amie et conspirait avec l'homme qui voulait sa mort.

Soudain, ce fut trop. Karina éclata d'un rire sauvage.

Farid fronça les sourcils. « Je ne vois pas ce qu'il y a de drôle », aboya-t-il, mais Karina, hilare, aurait été bien en peine de répondre. Bien *sûr* que Malik et Farid œuvraient ensemble. Bien *sûr* qu'elle était assez idiote pour se faire trahir par ce garçon non pas une fois, mais deux !

La ride du lion de Farid se creusa davantage quand le rire de Karina se réduisit à des hoquets. « C'est la première fois que nous nous voyons depuis des semaines, et tout ce que tu trouves à faire, c'est glousser ? »

Le silence s'étira. Les narines de Farid se dilatèrent. « Tu n'as donc rien à dire pour ta défense ?

— Tu n'as donc rien à dire pour ta défense ?

— Karina, arrête ça.

— Karina, arrête ça.

— C'est puéril, et tu le sais.

— C'est puéril, et tu le sais. »

De fait, c'était puéril, et probablement malavisé de sa part, mais Karina prenait trop de plaisir à frustrer Farid pour s'en priver. Puisqu'elle allait mourir, autant passer ses derniers moments sur terre à cracher sur l'homme qui lui avait tout pris.

Elle jura avoir vu du coin de l'œil la fausse Hanane rire discrètement derrière sa main. Farid prit une profonde inspiration et durcit son expression. « Ça a toujours été ton problème. Tu préfères t'accrocher à ta mesquinerie immature plutôt qu'aider quiconque en dehors de toi-même. »

La colère couva sous l'hilarité de Karina. « Moi, immature ? Vraiment ? Et que dire de ton obsession pour le passé ? N'est-elle pas immature, voire complètement tordue ?

— Ça n'a rien de tordu de vouloir réparer quelque chose qui n'aurait jamais dû être brisé. C'est toi qui as arraché nos vies au chemin qu'elles auraient dû suivre. Si quelqu'un est responsable de cette situation, c'est toi. »

Enfant, Karina avait été convaincue que Farid était la personne la plus intelligente au monde. Mais l'homme assis devant elle avait tellement pris la grosse tête que c'était à se demander comment il passait encore les portes.

Karina inclina le menton vers la liche, trouvant la créature plus supportable quand elle ne la regardait pas directement. « Et toi, qu'est-ce que tu dis de tout ça ? Ou bien t'a-t-il pris la langue quand il t'a ramenée ? »

La liche ouvrit la bouche, mais la referma aussitôt. Farid semblait sur le point de sauter à la gorge de Karina, tandis que Malik semblait plus mal à l'aise qu'il l'avait jamais été. Quelle sacrée bande ils formaient. Quand les griots raconteraient ce moment de leur histoire, s'agirait-il d'un triomphe ou d'une tragédie ?

Pour tout dire, Karina s'en fichait. Elle poussa un soupir. « Tu sais quoi, Farid… dis-moi ce que tu as prévu et finissons-en.

— Comme tu le sais déjà, commença-t-il, Sonande est sur le point de s'effondrer, et la seule façon de le sauver est d'accomplir le Rite du Renouveau, qui nécessite l'âme d'une reine. Puisque Hanane n'a pas encore été officiellement couronnée, c'est toi qui en portes le titre. Raison pour laquelle, c'est le cœur lourd que j'ai décidé…

— C'est bon. Je serai ton sacrifice. »

Quoiqu'elle ait passé des jours entiers à se préparer à ce moment, Karina eut la bouche sèche en prononçant ces mots. Elle se remémora les paroles de Bahia : *N'oublie pas ceux qui ont le plus besoin de toi.* Elle le devait au peuple de Ziran – à tous les peuples de Sonande. Pour eux, elle renoncerait à son désir de vaincre Farid.

Pour eux, elle mourrait.

Farid plissa les yeux. « La Karina que je connais ne capitulerait pas si facilement », dit-il d'une voix suspicieuse.

La Karina que Farid avait connue était morte à l'instant où l'assassin avait plongé son épée dans le corps de sa mère, puis une deuxième fois quand elle avait perdu son foyer, et une troisième fois quand sa propre ancêtre lui avait expliqué que sa mort était plus utile à ce monde que sa vie.

La solitude de sa cellule manqua subitement à Karina. Les choses avaient été tellement plus simples dans la crasse. « Puisque tu accordes autant de foi à mes paroles que moi aux tiennes, faisons un pacte de sang. Cela te prouvera que je dis vrai.

— Non ! » s'écrièrent de concert la liche et Malik, et l'angoisse qu'exprimait la voix de ce dernier lui fit un coup au cœur. Mais il jouait probablement la comédie une fois de plus, comme il l'avait fait sur le toit du temple du Soleil. Ou peut-être que, quelque part au fond de lui, Malik avait des sentiments pour elle à sa manière, mais que ces sentiments étaient biaisés par le rôle qu'exigeait de lui l'Ulraji Tel-Ra.

Karina ignorait laquelle de ces deux hypothèses lui faisait le plus mal.

Farid la considéra froidement, puis hocha la tête. « Issam, votre dague. »

Une fois la lame entre ses mains, Karina prit la pleine mesure de ce qu'elle s'apprêtait à faire. Sitôt qu'elle aurait prononcé ces mots, elle mourrait d'une façon ou d'une autre : soit sur l'autel du Rite du Renouveau, soit d'un arrêt du cœur provoqué par la magie du serment.

Sa main vacilla.

N'oublie pas ceux qui ont le plus besoin de toi.

« Répète mot pour mot ce que je vais dire, ordonna Farid, et Karina hocha la tête, craignant que sa langue ne la trahisse. Je promets d'abandonner mon âme de reine au Rite du Renouveau et de faire mon devoir sans me plaindre ni causer d'ennuis. Je ne tenterai en aucun cas d'arrêter ou de perturber le rituel de quelque manière que ce soit. »

Elle répéta, au mot près.

L'acier mordit dans la chair de sa paume, et la magie du pacte pénétra dans son sang. Un pouvoir plus ancien que celui des zawenjis ou des ulrajis lia sa force de vie à la promesse.

Farid sourit. « Eh bien, ce n'était pas si difficile. »

Il avait raison. Curieusement, c'était même libérateur. Son destin n'avait jamais été d'arrêter Farid, mais par sa mort, elle pavait la voie à celui ou celle qui, un jour, le pourrait.

« Quand aura lieu le rituel ? demanda-t-elle.

— Maintenant que nous avons tous les artefacts, plus rien ne nous en empêche. Mais puisque tu as choisi de coopérer, je serai miséricordieux. Nous accomplirons le rituel demain au coucher du soleil, et jusque-là, tu seras traitée avec les égards dus à ton rang. » Il s'interrompit, et Karina détesta la petite étincelle de tristesse qui s'alluma en elle – celle qui le considérait toujours comme un frère – quand elle vit un remords sincère dans ses yeux. « C'est le moins que je puisse faire pour ton dernier jour. »

La liche était restée silencieuse tout au long du serment, mais ces derniers mots lui tirèrent un sanglot désespéré. Malik posa la main sur son épaule et dit : « Laissez-moi vous raccompagner dans votre chambre, Votre Altesse. »

Le regard de Karina passa du visage éploré de la liche à la main prévenante de Malik, puis aux mâchoires serrées de Farid. Elle n'avait aucune raison de dire quoi que ce soit, maintenant que le serment avait été prononcé, mais elle ne put laisser passer cette dernière opportunité de tourmenter Farid.

« En fait, je me trompais, dit-elle. Tu as clairement mûri, car l'ancien Farid n'aurait jamais supporté que Hanane lui préfère la compagnie d'un autre homme. »

La confusion jumelle qui s'afficha sur les visages de la liche et de Malik était au-delà du comique, mais sa vraie récompense fut la fureur qui s'empara de Farid. Karina réprima un sourire – elle le tenait. Elle n'allait pas se priver de retourner le couteau dans la plaie.

« Je comprends son attirance pour lui. Malik a presque le même âge qu'elle, alors que tu pourrais quasiment être son grand-père. Si tu me poses la question, ton apprenti représente une bien plus grande menace que moi pour ton avenir. Mais tu sais ce que je trouve le plus drôle dans tout ça ? »

Farid était plus grand qu'elle, mais c'était pourtant Karina qui le toisait lorsqu'elle ajouta : « Tu as violé les Anciennes Lois, défié la volonté des dieux, littéralement ramené Hanane d'entre les morts… *et elle ne veut toujours pas de toi.* »

Toute sa vie, Karina avait aiguillonné Farid, flirtant avec les limites de sa patience comme seule la famille proche sait le faire.

Mais jamais, pas une seule fois, il ne l'avait frappée.

Jusqu'à aujourd'hui.

Karina chancela, la paume pressée contre sa joue contusionnée. Des larmes roulèrent sur son visage, plus à cause du choc que de la douleur. Tant la liche que Malik semblèrent retenir un haut-le-cœur quand Farid se redressa et jeta à Karina un regard de pur dégoût.

« Tu vois ce que tu m'obliges à faire ? »

Malgré la douleur qui irradiait son visage, Karina se força à croiser le regard de Farid.

« Je ne suis rien d'autre que ce que tu as fait de moi, grand frère. »

C'était la pire insulte qui lui était venue à l'esprit – une allusion au fait qu'ils étaient liés en tout, sauf par le sang. Il pouvait bien le nier de toutes ses forces, cet amour qu'il prétendait si pur et si vrai se heurtait à un tabou indépassable.

C'était une petite victoire, mais une victoire quand même. Karina s'autorisa à l'apprécier à sa juste valeur quand son regard tomba sur l'expression horrifiée de la liche.

« Je sais maintenant que tu n'es pas réellement Hanane », murmura Karina, et quoiqu'elle ait voulu instiller du venin dans ses paroles, ce fut d'une voix faible et triste qu'elle dit : « Car si ma véritable sœur avait vu un homme lever la main sur moi, elle se serait assurée qu'il ne puisse plus jamais s'en servir. »

La liche ouvrit la bouche, mais aucun son n'en sortit. L'expression de Farid se fit féroce. « J'ai changé d'avis. Malik, où se trouve le plan d'eau le plus proche ? Nous allons pratiquer le Rite du Renouveau sans tarder. »

La liche poussa une exclamation étranglée : « Non ! Farid, pas encore…

— Nous avons déjà perdu trop de temps.

— Je t'en prie, pas tout de suite ! » La liche lui prit le bras. « Tu le feras demain. Je ne te demande pas une semaine ni même une journée, mais s'il te plaît… laisse-moi une nuit avec ma sœur. »

Une telle insolence aurait valu à n'importe qui d'être rossé, mais Hanane n'avait jamais été n'importe qui pour Farid. Il se détendit et hocha sèchement la tête. « Tu as toute la nuit pour dire au revoir à ta sœur. Le rituel aura lieu aux premières lueurs de l'aube. »

La liche se tourna vers Karina, et un frisson de pure terreur lui parcourut la colonne vertébrale. Elle avait lancé sa dernière insulte à Farid.

Et en échange, elle avait gagné une nuit avec un monstre.

31

Malik

Il était pétrifié. Farid avait frappé Karina. Pas pour se défendre ou pour la contraindre de participer au rituel, mais simplement parce qu'elle l'avait contrarié.

Et Malik l'avait laissé faire.

Menteur. Meurtrier. Tortionnaire. Lâche.

Quand Hanane l'avait fait sortir de la pièce, Karina avait fixé Malik de ses yeux vides. Il aurait préféré y voir de la colère, de la déception ou même du dégoût, mais il n'y avait… rien, rien qu'un regard terne où ne brillait plus nulle vie. Si Malik avait été un héros, il aurait laissé éclater sa rage contre celui qui l'avait si profondément brisée.

Mais il n'était pas un héros.

Il avait été idiot de croire que Karina parviendrait à éviter son destin par un tour de passe-passe, qu'elle gérerait la situation avec l'arrogance et la confiance qu'il en était venu à admirer chez elle.

Mais qui n'étaient plus. Elle avait conclu un pacte de sang, et le monde serait sauvé. Une fois la dernière des Alahari morte, Khenu et le reste des spectres auraient finalement leur revanche, car il était peu probable que le corps ressuscité de Hanane soit capable de poursuivre la lignée.

C'était terminé. Ils avaient gagné.

Malik aurait dû être heureux. Mais il ne ressentait rien, et ce rien ne fit que croître à mesure qu'il s'approchait de la chambre que ses sœurs partageaient dans la forteresse.

Ekri Tairou – la Pourriture noire. C'était ainsi que les Eshrans appelaient Ksar Nirri en darajat, à cause de ses pierres noires parfaitement incongrues parmi les couleurs pastel des maisons eshranes traditionnelles. Ses sœurs et lui étaient probablement les premiers de leur peuple à pénétrer dans ce bâtiment autrement que les mains enchaînées.

Sur le chemin du retour, il s'arrêta dans les cuisines pour y prendre un plateau de fruits et de pain pour Leila et Nadia, qui refusaient toujours de lui parler. Il ne voulait pas les bousculer, mais il avait besoin… Il ignorait de quoi il avait besoin, mais il savait qu'il ne devrait pas être seul, pas alors que la tache sombre qui l'habitait avant l'arrivée du Roi sans visage menaçait de l'engloutir.

« Leila ? Nadia ? appela-t-il. C'est moi. Je peux entrer ? »

Pas de réponse. La porte n'était pas verrouillée, ce qui était curieux – Leila ne demeurait jamais dans une pièce sans en barrer la porte, une habitude remontant à leur enfance violente.

Une alarme résonna aux oreilles de Malik, qui entra. Il vit les deux lits, les petits tabourets et la table, mais aucune trace ni de Leila ni de Nadia.

Des points noirs dansèrent à la périphérie de sa vision. Quelqu'un était-il entré dans le fort et les avait-il emmenées de force ? Non, c'était ridicule ; Ksar Nirri était l'un des endroits les mieux défendus au monde, et il n'y avait aucun signe de lutte. S'étaient-elles rendues aux bains ?

Mais une inspection plus minutieuse révéla l'absence de leurs paquetages. La compréhension lui fit l'effet d'un coup de poing au visage.

Ses sœurs n'avaient pas été enlevées.

Elles étaient parties. Elles étaient parties *sans lui.*

Le monde se mit à vaciller sous les pieds de Malik. *Oh non. Oh non, non, non, non, non, non, non,* NON. Elles ne feraient... Pas sans lui, elles ne...

Malik, calme-toi.

Elles ne pouvaient pas être dehors, seules, sans magie ni statut officiel pour les protéger. Elles avaient besoin de lui. Il avait besoin d'elles.

Malik !

Il n'y arriverait pas sans elles. Qu'allait-il faire ? Où étaient-elles allées ? Comment avaient-elles pu...

Farid. Farid saurait quoi faire. Toute fatigue oubliée, Malik dévala les couloirs et fit une entrée fracassante dans les quartiers de son mentor.

« Leila, Nadia, elles sont parties ! » s'écria-t-il, sans aucun égard pour la réunion qu'il interrompait entre Farid et les officiers qui administraient le fort. Il essaya d'expliquer la situation, mais dans son état de panique, les mots s'embrouillèrent. Farid poussa un soupir irrité.

« Malik, ralentis. Je ne comprends rien à ce que tu racontes.

— Elles sont parties, elles ont pris toutes leurs affaires, il faut qu'on aille les chercher...

— Écoute, ça vaut peut-être mieux comme ça. » Farid reporta son attention sur la carte étalée devant lui, tandis que ses interlocuteurs s'agitaient nerveusement. « Voyager avec une enfant si jeune n'a jamais été une bonne idée. Quant à ta grande sœur, elle s'est toujours montrée désagréable malgré tout ce que j'ai fait pour elle. Et puis, nous avons tout ce dont nous avons besoin, maintenant. Rien ne peut plus mettre nos plans en péril, alors si elles veulent partir, laisse-les faire.

— S'il vous plaît, Farid, implora Malik d'une voix brisée. Il faut que vous m'aidiez... Je ne peux pas être seul maintenant...

— Je n'ai pas le temps de te couver, le coupa sèchement Farid, et Malik tressaillit. De plus, t'est-il venu à l'esprit que si tes sœurs sont parties sans t'en avertir ni te laisser de mot, c'est peut-être justement parce qu'elles ne veulent pas que tu les trouves ? *Tu* es précisément ce qu'elles souhaitent fuir. Tu es devenu prétentieux, arrogant, tu as oublié que ton rôle se limite aux ordres que je te donne. Pars, maintenant. Je suis occupé. Je te ferai demander si j'ai besoin de toi. »

Malik sortit de la pièce à reculons, trop choqué pour faire autre chose, sans détacher les yeux de l'homme qui l'appelait autrefois petit frère et qui lui claquait maintenant la porte au nez.

Bien sûr, il les chercha. Il retourna même au camp de réfugiés où ils avaient jadis vécu avec leur mère et leur grand-mère. Mais chacun de ses pas parmi les allées du camp le plongeait plus profondément dans le gouffre qui s'était ouvert en lui. Il utilisa la moindre étincelle de magie qu'il possédait pour passer au crible chaque rue et chaque recoin de Talafri en quête de l'écharpe bleue de Leila ou du visage rond de Nadia.

Mais en vain. Elles étaient parties.

Malik se souvint à peine de son retour à Ksar Nirri. Il n'accorda aucune attention aux spectres agglutinés autour de lui. Leila et Nadia étaient parties, et il ne pouvait accuser personne d'autre que lui-même.

Il connaissait mieux que personne la notion de viol d'esprit, et pourtant il n'avait pas hésité à leur faire subir un pareil sort. Le pire étant que, malgré cela, il chérissait toujours autant la sensation de puissance que lui procurait sa magie.

Il était un monstre, et il aimait être un monstre. Et désormais, il était seul.

Malik fit les cent pas dans sa chambre pendant des heures. Comment ses sœurs avaient-elles pu lui faire une chose pareille ? Ne voyaient-elles pas qu'il n'avait pas eu le choix ?

Elles ne comprenaient pas ce qu'il traversait. *Personne* ne le comprenait. Si chacune des composantes de leur esprit était constamment déchirée entre deux injonctions opposées, elles auraient fait les mêmes choix que lui.

Mais elles se fichaient de sa souffrance, très bien. Qu'elles partent.

Il n'avait pas besoin d'elles. Il n'avait jamais eu besoin d'elles.

Il ne le pensait pas. Malik avait besoin de ses sœurs, comme la marée de la lune, comme la boussole du nord magnétique. Il adressa une prière à tous les dieux, à tous les êtres ayant jamais existé, pour qu'elles reviennent. Il prendrait soin d'elles, comme un frère était censé le faire. Il n'utiliserait plus sa magie, il n'effraierait ni ne blesserait plus jamais personne, si elles voulaient bien revenir.

Elles ne revenaient pas.

La Grande Mère lui vienne en aide, elles ne revenaient pas.

Les spectres s'étaient regroupés autour de lui pour lui roucouler des platitudes qu'il ne méritait pas. La pression augmentait sous son crâne, mais quand Malik chercha le bracelet de Tunde à son poignet pour la soulager, il s'aperçut qu'il n'était plus là, comme Tunde n'était plus là, Tunde son ami qui avait eu le cœur arraché et il y avait eu tant de sang tout rouge et maintenant le bras de

Malik en était couvert ses doigts fourrageaient dans la chair de son bras parce qu'il était méchant son père avait raison et maintenant il n'était plus là Tunde n'était plus là ses sœurs n'étaient plus là bientôt Karina ne serait plus là et il serait tout seul parce qu'il était méchant il méritait tout ce qui lui était arrivé de mal la brûlure des coupures sur son bras était la preuve que la noirceur au fond de lui qui salissait tout ce qu'il touchait venait maintenant le chercher il avait essayé de la combattre chaque fois qu'il avait grimpé aux citronniers elle lui avait murmuré d'abandonner pourquoi n'abandonnait-il pas ce serait si facile la douleur et puis plus rien plus rien de tout cela plus d'enténébrés plus de père abandonne et il ne l'avait pas fait parce qu'il avait eu peur mais il n'avait plus peur il était vide engourdi ses sœurs lui manquaient il voulait juste que la voix s'arrête il essayait de respirer de rester présent de rester ici mais respirer lui faisait mal le présent lui faisait mal ici était un cauchemar il n'y arrivait plus il n'était pas assez fort pour le combattre il n'y avait pas de citronnier ici mais l'idée était la même chute douleur puis plus rien et il pourrait le faire maintenant mettre fin à cette souffrance maintenant

Maintenant

MAINTENANT

Malik se trouvait sur le toit. Il ignorait comment il était arrivé là.

Talafri s'étirait en contrebas et, au-delà, les silhouettes sombres des monts d'Eshra. Leila et Nadia, où qu'elles puissent se trouver, contemplaient peut-être le même ciel et la lune presque pleine paisiblement suspendue au-dessus de leurs têtes. Il l'espérait.

Quel triste spectacle il aurait offert à un œil extérieur, avec ses vêtements en lambeaux et son bras gauche en charpie. Mais en lui régnait une sérénité qu'il n'avait plus ressentie depuis longtemps.

Comme Farid l'avait dit, c'était terminé. Il n'y avait plus rien à faire, plus personne à combattre.

Il referma les doigts autour du garde-fou, mais… Une seconde. Il lui restait quelque chose à faire. Malik trouva le mur qui le séparait du Roi sans visage, rassembla toutes les forces qui lui restaient et poussa.

Il ne bougea pas d'un pouce.

Malik poussa tant et plus, mais la barrière restait inamovible. Un battement de cœur plus tard, il était de retour dans la citronneraie et s'acharnait sur un arbre mort dressé au milieu d'un monde à l'agonie.

« Vas-y ! cria Malik, mais Idir tenait bon. Pars ! Reprends ta liberté ! Détruis le monde, inonde les villes, fais ce que tu veux ! Je m'en fous, va-t'en !

— Je ne t'abandonne pas.

— ALORS POURQUOI N'ESSAIES-TU PAS DE M'ARRÊTER ? »

Malik s'interrompit, les mains tremblantes. Le Roi sans visage affichait une expression que Malik n'avait jamais vue sur son visage – de l'inquiétude.

« Tu veux que je t'arrête ? »

N… non. Ou si ? Malik n'en savait rien. La folie refluait, lui laissant le souvenir de ce qu'il avait fait au cours de ces dernières heures. Il se tenait au bord du vide, pourtant il se sentait incapable tant de s'y jeter que de s'en éloigner.

Le choix se présentait à lui avec une limpide simplicité : vivre ou mourir.

À cet instant précis, les deux options se valaient.

« Je ne peux pas vivre comme ça. J'ai essayé, essayé et essayé, et je… je n'en peux plus. Je ne mérite pas de vivre, mais j'ai trop peur de mourir. »

Le Roi sans visage posa délicatement sa tête serpentine sur celle de Malik. « Vous autres mortels me laissez perplexe. On ne vous a pas donné la vie pour que vous la méritiez, mais pour que vous la viviez. Si tu trouves une chose qui vaille que tu voies une nouvelle fois le soleil se lever, alors tu auras fait tout ce que tu es censé faire. »

L'air se réchauffa autour d'eux, et Malik fut une nouvelle fois emporté par la sensation maintenant familière des souvenirs d'Idir se superposant aux siens. Il était de retour à Kennoua, dans ce palais que ses ancêtres avaient bâti sur les ossements d'innombrables innocents.

« Pourquoi me montres-tu cela ?

— Contente-toi de regarder. »

Une Khenu encapuchonnée passa devant eux en courant et en murmurant des informations codées à des silhouettes dissimulées dans des coins sombres.

Bahia ne doit pas le savoir, siffla-t-elle. *Elle ne doit jamais le savoir.*

Il observa son aïeule saper l'autorité du pharaon de l'intérieur. Si, en public, elle jouait son rôle d'amante follement éprise de lui, elle fournissait en secret des plans et des armes aux esclaves insurgés. La nuit du grand siège, quand la rébellion investit les rues de la capitale, le pharaon assista, impuissant, à la destruction d'un empire dix fois millénaire de la fenêtre de sa chambre.

Je ne comprends pas…, commença-t-il, et ce furent ses derniers mots avant qu'une Khenu enceinte jusqu'aux yeux ne l'assomme avec un chandelier, dans le seul endroit au monde où il ait jamais baissé sa garde – son lit. C'est là que Bahia les trouva, plusieurs heures plus tard. Le dieu parmi les rois, affalé dans une mare de son propre sang, et Khenu dans les affres de l'enfantement, les mains poisseuses d'humeurs.

Le très célèbre combat épique, maintes et maintes fois raconté, entre la fondatrice de Ziran et le dernier pharaon n'avait jamais eu lieu. Quand elle entra dans la pièce, l'ancêtre de Karina regarda le carnage et comprit ce qui s'était passé. Malik vit la reine guerrière jeter son épée et s'agenouiller près de son ennemie.

Il vit Khenu rendre son dernier soupir au moment où son fils poussait son premier cri. Il vit Bahia baisser les yeux sur ce petit ulraji, si semblable à ceux qu'elle avait massacrés pendant des décennies, et prendre une décision.

Il la vit courir à travers toute la ville, il vit le respect dans les yeux de ses généraux, qui pensaient que le sang dont elle était couverte était celui du pharaon, qu'elle l'avait vaincu, que les dieux leur accordaient enfin le salut. Il la vit se frayer un chemin au milieu du massacre des ulrajis qu'elle avait ordonné, les bras serrés sur le dernier de leur engeance. Il la vit cacher l'enfant de Khenu à l'arrière d'un chariot, entre une balle de foin et un tas de cordes enroulées, où, quelques heures plus tard, ses cris réveilleraient les propriétaires du véhicule, un couple d'Eshrans, qui l'élèveraient comme s'il était le leur, sans jamais se questionner sur l'origine de ce qui ne pouvait être qu'un cadeau des dieux.

Je te souhaite une belle vie, petit être, avait murmuré Bahia. Puis Malik se retrouva de nouveau seul avec le Roi sans visage dans la citronneraie. Il prit une inspiration tremblante et tenta de réorganiser sa compréhension du monde à la lumière de ce qu'Idir venait de lui montrer.

« Celle qui a ordonné l'exécution de tous les ulrajis est aussi celle qui a assuré la descendance de ta famille, dit le Roi sans visage. Et celle qui a été élevée dans l'adoration du pharaon est aussi celle qui l'a tué. Pourtant, il était plus facile d'accepter que le dieu parmi les rois avait péri au terme d'une bataille épique entre le bien et le mal. Ainsi s'est répandue la légende de Bahia Alahari, en oubliant que le cours de l'histoire avait été modifié par deux jeunes femmes qui avaient chacune choisi le péché le moins insupportable. »

Idir inclina la tête en arrière. « Les mille ans que j'ai passés enfermé dans ce domaine ont été une agonie – comment ma femme avait-elle pu épargner l'enfant de Khenu et sacrifier le nôtre de sang-froid ? Après tous ces siècles, je n'ai toujours pas la réponse. Et comme je ne suis pas certain de ce qui m'arrivera le jour où je quitterai cette terre, j'ignore même si j'aurai l'occasion de lui poser la question dans le Séjour des Étoiles.

» Dans la vie, nous faisons des choix que nous ne pouvons ni annuler ni enterrer, avec lesquels il nous faut vivre. Certains s'écroulent sous leur poids, quand d'autres trouvent la force de continuer. Tout ce qu'il te faut pour acquérir cette force, c'est une chose qui rend la vie digne d'être vécue. »

Pour la première fois depuis qu'il avait accueilli l'obosom dans son esprit, Malik et lui étaient en parfaite harmonie, sans qu'aucun d'eux cherche à soumettre l'autre à sa volonté.

Une chose.

Malik n'avait pas besoin de quelque but grandiose, d'une magie ancestrale ou d'une destinée hors du commun. Il lui fallait seulement une chose qui lui permette de tenir jusqu'à demain. Demain serait une nouvelle bataille, mais aujourd'hui ?

Juste une chose.

Un instant plus tard, il était de nouveau sur le toit, le bras martyrisé par une douleur cinglante. Le vide à ses pieds était étourdissant. À cette hauteur, Malik n'en voyait pas la fin. La voix était revenue et le poussait doucement en avant. Il suffirait d'un pas, deux tout au plus…

Il recula, s'éloigna du bord et tomba à genoux. Tenant son bras blessé contre sa poitrine, il tourna son visage vers le ciel, où un léger mouvement attira son attention.

Un papillon blanc se posa un instant sur son nez avant de s'envoler de nouveau vers la cour et de disparaître dans la nuit.

32

Karina

Merde de rat suintante, pourrissante et pestiférée, qu'est-ce que ça faisait *mal* !

Karina fit ce qu'elle put pour soulager la douleur à son visage, c'est-à-dire pas grand-chose dans la mesure où elle avait toujours les pieds et les mains liés. Et pour ne rien arranger, son mal de crâne avait empiré. Il était cependant différent de ses migraines ; c'était une douleur dense et indolente, qui jetait un voile sur toutes ses perceptions. Peut-être s'agissait-il d'un effet secondaire du pacte de sang ?

Karina n'en savait rien, mais elle faisait de son mieux pour s'abandonner à cette douleur, car il était ainsi plus facile d'ignorer la présence de la liche.

La créature qui arborait le visage de sa sœur l'avait emmenée dans une salle de bains, où elle avait nettoyé son corps et son visage de la crasse de la cellule. Karina s'était évertuée à rester impassible à son contact glacé. Puis elle l'avait conduite dans sa propre chambre, l'avait vêtue d'une longue chemise de nuit à motifs traditionnels eshrans et était maintenant assise derrière

Karina, dont elle démêlait délicatement la masse enchevêtrée de ses cheveux argent.

« Tu te rappelles la fois où tu t'es battue avec le fils du boucher parce qu'il avait dit que notre famille se teignait les cheveux et qu'il était impossible qu'ils poussent naturellement de cette couleur ? » La liche manipulait d'une main experte les boucles de Karina, qu'elle brossait de la pointe à la racine, avant d'entortiller chaque mèche. « Tu étais si furieuse que tu les avais coupés avec des cisailles volées dans les cuisines, simplement pour lui prouver qu'il avait tort quand ils repousseraient. »

Karina s'en souvenait – sa mère avait été folle de rage, et son père avait ri jusqu'aux larmes en la voyant.

Mais c'était un souvenir qui n'appartenait qu'à elle et à sa sœur. Elle refusait de le partager avec cette chose.

« Et la fois où tu as compris que les chèvres que tu aimais nourrir étaient élevées pour l'abattoir, et que tu as essayé de les cacher dans notre chambre en imaginant que personne ne les trouverait ? » La liche secoua la tête en riant. « Même quand tu étais petite, tu ne laissais personne t'empêcher de faire ce qui te semblait juste… À dire vrai, j'étais un peu jalouse de te voir n'en faire qu'à ta tête sans y réfléchir à deux fois. »

La colère de Karina redoubla. Dans quel monde aurait-elle eu la moindre raison d'être jalouse d'elle ? Hanane avait été l'héritière, Karina l'exemplaire de rechange. Hanane avait jeté une ombre parfaite de laquelle Karina n'avait jamais pu sortir. Comment cette créature osait-elle lui parler de jalousie, à elle, dont la vie en avait été remplie ?

Mais elle garda le silence, se contentant d'enfoncer les ongles dans sa paume, où ils laissèrent des petites marques en forme de croissant. Karina était résolue à marcher vers sa mort avec grâce et dignité ; elle ne laisserait pas la liche la pousser à s'abandonner à ses plus vils instincts.

La créature en termina avec la dernière mèche et approcha son visage de celui de Karina sans quitter le miroir des yeux. « Regarde-nous », dit-elle.

Hanane avait hérité des traits de leur mère et Karina de ceux de leur père, mais en les voyant ainsi côte à côte, Karina se rendit compte de leur ressemblance, surtout maintenant qu'elle avait les cheveux si longs. Tout à coup, elle avait de nouveau 5 ans, riait aux blagues idiotes de sa grande sœur, faisait la course avec elle jusqu'aux écuries, lui criait dessus sans savoir qu'elle ne la reverrait jamais vivante.

La fausseté que Karina avait ressentie la première fois qu'elle avait posé les yeux sur la liche revint, et elle se détourna, mal à l'aise.

« Pourquoi fais-tu ça ? » demanda Karina. La liche la regarda quelques instants en silence avant de sortir une petite clé cachée dans sa robe. Quelques instants plus tard, les chaînes n'étaient plus qu'un mauvais souvenir. Karina regarda, perplexe, la liche jeter les menottes en ivoire avec un air dégoûté.

« Il n'y a rien que je puisse dire pour te convaincre que je suis ta sœur, mais ça ne change rien au fait que tu es la mienne. Même si tu me hais, même si tu ne veux plus jamais me revoir, te voir enchaînée m'est insupportable. Surtout quand je pense à ce que tu vas faire demain… À ce que tu vas abandonner pour nous tous.

» Farid peut être… passionné », ajouta-t-elle en jetant un coup d'œil par-dessus son épaule, comme s'il pouvait se matérialiser derrière elle. Mais il leur avait promis une nuit rien qu'à elles, et jusqu'ici il s'y était tenu. « Je suis certaine qu'une fois qu'il se sera calmé, il comprendra à quel point il a été déraisonnable. »

Un hurlement de frustration bouillonna au fond de la gorge de Karina. Comment se faisait-il que tout le monde excuse continuellement Farid malgré tout le mal qu'il causait, alors qu'on lui faisait encore payer des erreurs commises quand elle n'était même pas assez grande pour savoir ce qu'elle faisait ?

« Et s'il ne se calmait pas ? cracha Karina. Combien de temps vas-tu le laisser faire tout ce qu'il veut sous prétexte qu'il a de l'affection pour toi ? »

La lèvre inférieure de la liche se mit à trembler. « Ce n'est pas si simple.

— Ah bon ? De mon point de vue, ça l'est. S'il y a une personne en ce monde que Farid écoute, c'est toi. Mais tu as toujours fait ses quatre volontés. Quand tout sera fini, quand je serai morte et enterrée, est-ce que ça vaudra vraiment la peine que tu t'asseyes sur ton trône, si c'est lui qui tire toutes les ficelles de ton règne ? »

La créature qui n'était pas sa sœur se tortilla sur son siège et se mit à triturer le tissu de sa robe entre ses doigts. « Nous sommes proches, mais… ce n'est pas ce que tu crois. Comment expliquer ça ? Farid est… Je…

— Tu n'as pas besoin de me dire que tu as plus confiance en lui qu'en moi. Je l'ai toujours su. »

La liche eut un mouvement de recul, comme si elle avait été frappée. « Et comment suis-je censée avoir confiance en toi quand tu rends les choses si difficiles ? s'écria-t-elle. Rien de tout ceci ne serait arrivé si tu étais restée à Ziran après Solstasia !

— Donc tu es en train de dire que parce que je me suis enfuie après avoir été abusée par une illusion, capturée et attaquée, je suis moins digne de confiance que l'homme qui a *assassiné notre mère* ? »

Karina n'avait pas eu l'intention de crier, mais elle ne put s'en empêcher, même en sachant que l'homme en question était peut-être à portée de voix.

« Quoi ? fit la liche dans un souffle.

— Farid a tué notre mère ! C'est lui qui a fomenté le coup d'État ! Il m'a manipulée de telle manière qu'il puisse tuer Tunde et utiliser son cœur pour te ramener à la vie ! Je sais que ça paraît abracadabrant, et j'ai eu du mal à le croire moi aussi, parce qu'il était ma famille… Mais c'est ainsi qu'il agit ! Il manipule, il conspire et il ment tout en prétendant œuvrer pour le bien commun, tout ça pour obtenir ce qu'il veut, quel qu'en soit le coût ! »

Karina haletait violemment, comme si son corps se révoltait contre ce soudain afflux d'énergie. « J'ai passé chaque seconde de ma vie depuis l'incendie à me haïr pour ce que je vous avais fait, à toi et à Baba, quand bien même je ne me souviens pas avoir joué le moindre rôle dans votre mort. Mais je jure sur la tombe de toutes les reines Alahari – non, je jure sur la tombe de nos deux parents – que je n'ai pas tué notre mère, quoi que t'ait dit Farid. »

Karina s'affala contre le dossier de sa chaise, la rage qui l'avait habitée subitement remplacée par un sentiment moins violent mais tout aussi dévorant.

« Tu as maintenant deux vérités – la mienne et celle de Farid. Le choix n'appartient qu'à toi. »

Un silence choqué s'étira entre elles. Les yeux écarquillés, la liche ouvrit la bouche pour dire quelque chose que Karina n'entendrait jamais, car c'est à ce moment qu'elle s'effondra et que l'obscurité la saisit.

33

Malik

Chaque minute passait avec une infinie lenteur, comme si le monde était tout aussi réticent que Malik à voir le jour se lever. Sa frénésie était retombée, mais la douleur dans sa poitrine causée par l'absence de ses sœurs rendait douloureuse chaque inspiration. Les mots du Roi sans visage tournaient en boucle dans sa tête, bienveillants mais insistants.

Une chose. Juste une chose.

Il était étendu là depuis des heures quand on fit irruption dans la chambre. L'espace d'un terrible instant, il eut l'espoir que ce soient ses sœurs, mais seul le visage apeuré de Hanane se précisa peu à peu dans son champ de vision.

« J'ai besoin de ton aide ! dit-elle, les yeux pleins de larmes. Karina est en train de mourir ! »

Malik ne bougea pas, trop engourdi par la tragédie qu'il vivait pour se laisser atteindre par une autre. Hanane poussa un soupir frustré, puis le leva sans ménagement et le traîna à travers tout le fort jusqu'à sa chambre. Les deux gardes à la porte avaient été assommés, par Hanane, supposa Malik.

La vue de Karina affalée sur le lit, le corps saisi de convulsions, dissipa un peu son brouillard intérieur. Il s'agenouilla et posa la main contre son front – elle était brûlante.

Son instinct lui disait de sortir de cette chambre et d'oublier ce qu'il avait vu avant que Farid ne le trouve et le punisse.

Mais il ne le put. Non, impossible de laisser Karina dans une telle souffrance. Il ne voulait plus jamais abandonner quelqu'un qui avait besoin de lui.

« C'est à cause du pacte de sang ? » l'interrogea Hanane.

Il secoua la tête, en se demandant si sa voix fonctionnait encore après avoir tant hurlé. « Un pacte de sang n'a aucun effet sur l'organisme tant que les termes sont respectés. »

Mais comment l'état de Karina avait-il pu se dégrader à ce point et si vite ? Elle lui avait paru en bonne santé lors de son entrevue avec Farid.

Et quand la Grande Mère en eut assez de la défiance du monarque, elle envoya la peste à tous les peuples de Sonande, jusqu'à ce que leur sang se mette à bouillir et que leurs poumons se noient dans leurs poitrines.

« C'est le troisième des châtiments de la Grande Mère – la peste, dit-il, et Hanane porta les mains à sa bouche.

— Nous devons l'amener chez un guérisseur.

— Mais… Et le Rite du Renouveau ? » La magie du rituel ne s'embarrasserait pas de savoir si la reine était malade ou pas.

Plusieurs expressions contradictoires se succédèrent sur le visage de Hanane, avant de se fixer sur le masque de fer qu'elle avait arboré le jour où il l'avait vue pour la première fois. « Que le rituel aille se faire foutre. Je vais sauver ma sœur. »

Karina ouvrit les yeux une fraction de seconde, les traits tordus par la douleur. « Malik ? » Ses yeux se posèrent sur le bandage de fortune qu'il avait noué autour de son avant-bras. Des taches de sang commençaient déjà à l'imprégner. « Qu'est-il arrivé à ton bras ? »

Malik essuya la sueur qui perlait au front de Karina avec sa bonne manche. Il songea à la haine que se vouaient les zawenjis et les ulrajis, et à la loyauté qui avait lié leurs ancêtres malgré tout. « Ne t'inquiète pas pour moi. Comment te sens-tu ? »

Ses yeux peinaient à se poser sur lui ou Hanane, les pupilles dilatées et floues. « ... Mal.

— Nous allons t'aider », promit Hanane. Elle se tourna vers Malik. « Tu connais des guérisseurs qui ont l'expérience de ce genre de maladie ?

— Pas à Talafri... Mais dans les montagnes d'Oboure, il y a des devineresses adeptes des méthodes de guérison traditionnelles eshranes. Je ne vois qu'elles qui puissent l'aider. »

Il ne précisa pas que les devineresses en question avaient formé Leila. Il parvenait à peine à maintenir l'intégrité de son esprit ; s'il parlait de ses sœurs, il s'éparpillerait de nouveau.

« Ne vous... inquiétez pas... pour moi... », marmonna Karina en tentant de se lever, mais ses jambes la trahirent. Malik la rattrapa avant qu'elle ne s'écroule, malgré les véhémentes protestations de son bras, et la serra contre lui. Hanane et lui échangèrent un regard dont le sens était sans équivoque – Karina n'était même pas en état de traverser la pièce, et encore moins de se lancer dans l'ascension d'une montagne.

« Tu vas devoir la porter, déclara Hanane. C'est sa seule chance. Si elle reste ici, elle mourra. Entre-temps, je convaincrai Farid de sacrifier quelqu'un d'autre. Mais pas elle. N'importe qui sauf elle. »

Malik sentit son cœur battre dans sa gorge tandis que plusieurs émotions s'opposaient en lui. La peur de ce que Farid lui ferait s'il l'attrapait à voler l'élément le plus important du rituel. L'effroi à l'idée de retourner à Oboure après que sa famille et lui avaient risqué leur vie pour s'en échapper. Et le désespoir en pensant à ce qui arriverait si Hanane ne parvenait pas à convaincre Farid de sacrifier quelqu'un d'autre, ou s'ils ne trouvaient pas une autre reine à temps.

Était-il juste de placer le bien-être de Karina au-dessus de celui de tous les habitants de Sonande ?

Mais alors elle le regarda, plus faible qu'elle l'avait jamais été, même dans la maison de Maame Petites Griffes. Et soudain cela n'avait plus rien à voir avec leurs ancêtres. Ni même avec Farid. Son choix se résumait à déterminer quel péché serait le moins lourd à porter.

Si Karina mourait sans qu'il ait fait tout son possible pour la sauver, il se le reprocherait jusqu'à la fin de ses jours.

« D'accord », dit Malik avec plus de conviction qu'il n'en éprouvait. Le soulagement se lut sur le visage de Hanane, qui passa une main pleine de douceur sur le front de Karina. « Mais comment la faire sortir sans que Farid s'en aperçoive ? Il sait quand j'utilise ma magie ; je ne peux pas tisser une illusion pour faire diversion. »

Un sourire malicieux se dessina sur les lèvres de la princesse, qui la fit ressembler plus que jamais à Karina.

« Ça, je m'en occupe. »

Malik n'avait jamais vu une telle maladie. Leila aurait dû être là – elle aurait su comment traiter la fièvre qui tourmentait Karina et les veines verdâtres et blêmes qui palpitaient à son cou et sur ses bras. Elle aurait été capable de faire plus que rester accroupie, la princesse serrée dans ses bras, l'œil à l'affût du moindre mouvement suspect des gardes.

Mais Hanane avait demandé à Malik d'attendre qu'elle ait mis son plan en branle, aussi attendait-il. Sa magie était aussi fébrile que lui, tendue comme un ressort. Le voyage imminent à Oboure l'inquiétait moins que la certitude de ne pouvoir revenir en arrière une fois qu'il aurait trahi Farid. Quand l'aube poindrait et que celui-ci découvrirait l'absence de Karina, il lancerait toute l'armée ziranie à leur poursuite.

De la bile lui remonta dans la gorge au souvenir de ses os se brisant un par un, de son sang giclant dans la poussière et de ses organes internes explosant sous le regard de Farid plus serein que jamais.

Je peux faire de toi un dieu. Mais je dois d'abord te briser.

Les pas de deux personnes tirèrent Malik de ses pensées morbides. Hanane apparut dans la lumière tamisée, talonnée par un visage familier.

« Rangez ça avant d'énucléer quelqu'un », lança Aminata d'une voix sèche à la vue de la lame-esprit que Malik serrait dans son poing. Elle avait les bras chargés d'un épais linceul funéraire, d'un blanc trop éclatant dans l'air froid et humide de Ksar Nirri.

Karina prit une inspiration laborieuse, ses voies respiratoires manifestement obstruées. « Aminata ? » murmura-t-elle. La suivante s'agenouilla près d'elle et lui essuya le front.

« Vous êtes sûre qu'on peut lui faire confiance ? demanda Malik à Hanane, qui déposa sans ménagement les deux sacs qu'elle avait apportés afin d'aider Aminata à déplier le suaire.

— J'ai plus d'expérience que vous en matière d'exfiltration de princesse », répliqua Aminata.

Malik et Hanane étendirent Karina sur le drap pendant qu'Aminata leur exposait son plan.

« La peste est arrivée en ville quelques jours avant nous. Les autorités font passer une charrette dans toute la ville pour récupérer les cadavres de ses victimes et les brûler. Elle sera ici dans une heure, votre humble servante s'étant assurée qu'un pot-de-vin atterrisse entre les bonnes mains. Nous y installerons Karina, et vous suivrez le convoi afin de l'en sortir avant qu'on ne la mette sur le bûcher. Il y a de l'argent dans le sac pour que vous achetiez de la nourriture et des montures une fois que vous aurez quitté la ville. Si tout se déroule sans anicroche, vous devriez être à des kilomètres d'ici quand Farid découvrira le pot aux roses. »

Malik la considéra avec perplexité. « Vous avez mis ce plan au point en quelques heures seulement ? »

Aminata haussa les épaules. « J'ai déjà fait plus difficile en moins de temps.

— Merci.

— Inutile de me remercier, ce n'est pas pour vous que je le fais. Karina est une plaie, mais c'est ma plaie, et j'ai investi trop de temps dans son éducation de sultane pour la voir mourir comme ça. Donnez-moi la corde. » Elle s'adoucit en lui attachant les bras et les jambes. « Karina, il va falloir que tu restes complètement immobile. Tu veux bien faire ça pour moi ? »

La princesse laissa échapper un faible grognement, mais elle ne protesta pas quand la suivante l'enveloppa dans le linceul d'un geste expert. Quand Aminata eut terminé, Karina ressemblait tant à un cadavre qu'un frisson parcourut la colonne vertébrale de Malik. Qu'elle parvienne à respirer là-dessous tenait du miracle.

« Pour que ça marche, quand vous sortirez d'ici, vous devrez vous comporter le plus naturellement possible. Pas d'hésitation, pas de nervosité. Vous y arriverez ? » lui demanda sèchement Aminata, et Malik, par réflexe, faillit lui répondre par la négative. Mais alors il se rappela comment son ancêtre avait infiltré la cour kenouanne, sans jamais se trahir, même sous la pression de ses nombreux ennemis.

Il déglutit péniblement et hocha la tête.

Après avoir jeté un dernier regard à Karina, Aminata quitta la pièce et alla guetter l'arrivée de la charrette. Karina remua sous son linceul, et Hanane posa délicatement la main sur sa tête.

« Tu sais que je n'obéis pas à Farid de gaieté de cœur, n'est-ce pas ? » murmura-t-elle, sans que Malik puisse déterminer à qui s'adressaient ces mots. Hanane laissa échapper un rire sans joie. « Je croyais qu'en lui accordant ce qu'il voulait, il se calmerait, mais je lui ai déjà donné tout ce que je suis, et ça ne suffit toujours pas. Même ma mort, il me l'a prise. Avec lui, je n'ai jamais eu le choix. »

Malik lui toucha le bras avec sollicitude, pour lui faire savoir qu'il comprenait tant ce qu'elle disait que ce qu'elle taisait. « On a toujours le choix. Même quand on n'a plus rien, on a toujours ça. Farid a essayé de nous briser tous les trois, mais nous sommes toujours là. »

Hanane baissa la tête, mais ne s'écarta pas. Elle regarda Karina une fois encore, et sa peine se mua en un féroce instinct protecteur.

« Il m'a déjà tant pris. Elle, il ne l'aura pas.

— Venez avec nous, fit soudain Malik. Nous emmènerons ensemble Karina voir les devineresses, et une fois qu'elle sera guérie, nous trouverons un moyen d'arrêter toute cette folie. »

C'était une idée irréaliste, mais Malik ne supportait pas l'idée de laisser Hanane derrière eux. « Vous avez le droit de choisir pour vous-même. Vous avez le droit de partir. »

Personne n'avait jamais dû parler ainsi à Hanane, dont le regard s'éclaira instantanément. Elle hocha la tête et ouvrit l'un des sacs, révélant la flûte qu'il contenait.

« Emportez-la. Je n'ai pas assez confiance en Farid pour la lui laisser », dit-elle, et Malik mesura à quel point ils avaient tous sous-estimé la princesse.

Le signal leur parvint bien trop tôt – un long sifflement aigu que tout autre qu'eux aurait pris pour le chant d'un oiseau. Malik se redressa et souleva Karina en ahanant discrètement – elle avait beaucoup de qualités, mais la légèreté n'en faisait pas partie.

Hanane se posta à la porte pour guetter l'éventuelle arrivée de Farid. Une fois Malik et Karina sortis, elle les rejoindrait.

Il n'y avait pas âme qui vive dans la cour – Aminata devait s'en être assurée. La charrette était stationnée devant l'entrée, déjà chargée d'une douzaine de cadavres drapés identiques au fardeau de Malik. En dehors de la marque qui tourbillonnait furieusement dans le bas de son dos, il renvoyait une image de calme absolu. Il avait appris qu'avoir de l'autorité comptait moins que s'en donner les airs ; le regard dur qu'il arborait découragerait quiconque de l'approcher.

Le temps sembla ralentir sa course à mesure que la charrette se rapprochait. Malik les imagina, Karina, Hanane et lui, enfin libérés de l'homme qui s'était évertué à contrôler leurs faits et gestes. Pour la première fois depuis longtemps, un semblant d'espoir s'alluma dans sa poitrine.

Respire. Reste présent. Reste…

« Où vas-tu, petit frère ? »

Farid descendait l'escalier en colimaçon qui menait à l'entrée du fort tel un fantôme de cauchemar et s'arrêta à quelques mètres de lui. Malik se demanda s'il était possible de mourir de peur.

« Qu'est-ce que tu portes là ? »

Farid allait le tuer. Il allait le tuer, comme son père avait si souvent essayé de le faire. Il allait le tuer, sans jamais se départir de ce sourire faussement serein.

« Une des servantes eshranes est morte. » Il supplia sa magie de se tenir tranquille, sans quoi son mentor devinerait la supercherie. « Je l'ai connue à l'époque où nous vivions au camp de réfugiés, alors je voulais… je voulais dire les prières traditionnelles pour elle avant qu'ils ne l'emportent. »

Était-il encore utile de mentir à Farid ? Sa duplicité ne se voyait-elle pas comme le nez au milieu de la figure ?

Il l'ignorait, mais dans le doute, il persista.

Farid inclina la tête sur le côté et mit les mains dans son dos. Il ouvrit la bouche pour dire quelque chose, mais alors Hanane sortit des ombres avec fracas et se jeta dans ses bras.

« Farid ! s'écria-t-elle, le visage baigné de larmes. Je suis allée faire mes adieux à Karina, mais je… Elle… elle m'a dit des choses horribles… »

Comme toujours quand Hanane était près de lui, l'attention de Farid se focalisa entièrement sur elle. « Qu'est-ce qui s'est passé ? Que t'a-t-elle dit ? »

Hanane posa les mains sur le torse de Farid et leva sur lui des yeux humides. « Elle m'a traitée de monstre. Elle a dit que sans ses chaînes, elle me tuerait de nouveau. »

Le regard de Farid se voila de nuages noirs. « On aurait dû pratiquer le rituel ce soir. Je vais y remédier immédiatement…

— Non ! » Hanane jeta ses bras autour de Farid et enfouit son visage au creux de son cou. Malik se révolta en imaginant ce que ce geste devait lui coûter. Il se remémora la honte et le dégoût dans sa voix quand elle leur avait décrit la perversion de leur relation. « Je… Reste avec moi. S'il te plaît, reste avec moi cette nuit. Comme avant. J'ai… J'ai besoin de toi. »

Malik avait vu Hanane se battre seule contre toute une milice. Il l'avait vue retirer une épée de son propre cou. Mais il ne l'avait jamais vue si effrayée que maintenant, alors qu'elle essayait de détourner l'attention de Farid de Karina et lui.

Farid se figea un instant avant de poser une main sur la nuque de Hanane et une autre en bas de son dos. « Bien sûr », murmura-t-il. La princesse leva les yeux par-dessus l'épaule de l'ancien intendant et lança à Malik un regard qui ne voulait dire qu'une chose.

Vas-y.

Ce que fit Malik.

Il atteignit la charrette et installa Karina parmi les vrais cadavres tandis que Hanane raccompagnait Farid vers le fort. Elle s'en sortirait. Elle savait ce qu'elle faisait. Mais ça n'empêcha pas sa voix intérieure de crier à Malik de faire demi-tour, qu'importent les conséquences. Après ce qu'elle lui avait dit quant à la véritable nature de sa relation avec Farid... Non, il ne pouvait pas la laisser. Malik retourna vers le fort... et se retrouva face au commandant Issam.

La Sentinelle plissa les yeux. Malik sentit sa magie lui brûler la langue, prête à désintégrer l'esprit du soldat comme il l'avait fait avec Dedele. Mais l'homme déclara : « Ta princesse, elle a essayé de protéger Tabansi. »

Malik ignorait qui était Tabansi, ou quoi faire de l'expression *ta princesse*, mais plus étonnant encore, l'homme s'était adressé à lui en darajat. Le nouveau commandant des Sentinelles était eshran, et il considérait à présent Malik avec un mélange d'émotions qu'il ne put définir.

Un muscle de la mâchoire d'Issam tressaillit, comme s'il essayait de résister à un ennemi invisible. Il recula, la tête serrée entre les mains. « Pars d'ici. Va-t'en, maintenant ! » grogna-t-il en darajat. Malik s'exécuta, ignorant la voix qui lui criait d'aller chercher Hanane tandis qu'il escortait Karina hors de la forteresse et vers la liberté.

34

Karina

Karina se trouvait sur un bateau, qui gîtait d'un côté puis de l'autre.

Non, pas un bateau. Elle était calée entre deux bras, qui la tenaient comme si elle était la chose la plus précieuse au monde. Baba ? Mais Baba était mort, et sa mère ne l'avait jamais tenue comme ça. Qui que ça puisse être, Karina ne demandait rien de mieux que de s'abandonner à cette agréable sensation.

« Ouvre les yeux », dit Tunde, mais pourquoi Tunde lui parlait-il alors qu'il était mort ? Était-elle morte, elle aussi ? « Reste avec moi, Karina. »

En dépit des protestations de chacune des fibres de son corps, Karina souleva les paupières. Elle était coincée entre deux bras puissants, sur le dos d'une bête velue, et à en juger par la vitesse à laquelle la campagne environnante défilait, ils se déplaçaient rapidement.

« Oh, tu es réveillée », grogna une voix qui résonna dans tout son corps. Malik. Oui, elle était avec Malik. Karina soupira et se pelotonna contre sa poitrine.

Une seconde… Elle était avec Malik ?

L'instinct de Karina prit le dessus. Elle lui asséna un coup de tête au menton avant de se jeter à bas de leur monture. Le monde bascula lorsqu'elle percuta le sol avec un bruit sourd, et de nouveau quand elle se releva. Tout ce qui l'entourait paraissait dense et brumeux, comme à travers un verre déformant.

Malik mit rapidement pied à terre et lui tendit la main pour l'aider à se relever, mais il eut un mouvement de recul quand le tonnerre retentit juste au-dessus d'eux – sa façon à elle de lui rappeler que, même dans son état de faiblesse, elle était capable de se défendre. « Où sommes-nous ? Où est-ce que tu m'emmènes ? questionna-t-elle.

— Nous sommes sur le versant oriental du mont Mirazzat, à quelques jours d'Oboure. Il y a là-bas des devineresses qui seront peut-être en mesure de te guérir. »

La guérir ? Pourquoi voudrait-on la guérir… Une quinte de toux lui décolla les poumons, et quand elle fut enfin passée, le monde tournait autour d'elle.

« Le troisième fléau… La peste… », croassa-t-elle, et Malik hocha la tête. Karina essaya de se rappeler quand étaient apparus les premiers symptômes, mais c'était aussi vain que de chercher une pièce dans un torrent de boue. Elle se souvenait de ces longues journées dans les geôles de Ksar Nirri passées à attendre Farid, du pacte de sang, du coup qu'il lui avait donné, de sa dispute avec la liche, puis… plus rien.

Et la voilà qui traversait les monts d'Eshra dans les bras du garçon qui était ou n'était pas son pire ennemi.

« Pourquoi fais-tu ça ?

— Seule et dans ton état, tu n'arriveras jamais à Oboure.

— Comment puis-je savoir que tu ne m'emmènes pas dans un coin tranquille pour me tuer ? » Elle n'était pas assez idiote pour croire qu'il agissait par empathie pour elle. S'il la voulait vivante, c'était uniquement pour le Rite du Renouveau.

« Karina, si j'avais voulu te tuer, pourquoi ne l'aurais-je pas fait pendant que tu étais inconsciente et incapable de résister ?

— Je ne sais pas ! Je ne comprends rien à ton comportement ! » Peut-être était-il malavisé de lui crier dessus alors qu'il n'y avait personne à des kilomètres à la ronde, mais Karina n'avait plus la force de retenir ses paroles. « Un coup, tu me sauves de Maame Petites Griffes, le suivant, tu donnes ma position à Farid. Tu as torturé Dedele ! Tu n'as rien fait pour me sortir de ma cellule à Ksar Nirri, et maintenant tu risques ta vie pour me trouver une guérisseuse ? Pourquoi ? De quel côté es-tu ? »

Pourquoi me donnes-tu ton affection pour me la retirer aussitôt après ?

Karina tomba à genoux ; son coup d'éclat avait consommé les rares forces qui lui restaient. Malik la regarda. Il avait dans les yeux une gravité qui y était absente avant leur séjour dans la forteresse.

« J'ai cherché la sécurité durant toute ma vie. Quelqu'un qui me protégerait et serait fier de moi. Farid m'a offert ça, et je l'ai pris, sans me soucier de l'envers de la médaille. » Il ramena son bras gauche contre sa poitrine, et Karina aperçut l'épais bandage sous sa manche. « Les choses que j'ai faites pour obtenir son approbation... Les choses que j'ai choisi de faire – il est trop tard pour les changer. Je m'en voudrai toute ma vie pour ce que j'ai infligé à Dedele, et à tous ceux à qui j'ai causé du tort. Mais plus jamais. Je me fiche que nous soyons les deux derniers ulrajis au monde, je ne retournerai jamais auprès de lui. »

Malik leva les yeux sur elle, les mâchoires serrées par la détermination. « Et tu n'auras pas à le faire non plus. Hanane s'en est assurée. »

Karina avait complètement oublié la liche. « Que s'est-il passé ?

— Elle est restée avec lui pour le distraire le temps que nous sortions. »

Toute sa vie, Karina avait cru que Hanane et Farid se considéraient comme des égaux. Mais sa sœur et Malik avaient été manipulés par l'ancien intendant. Si ce que Hanane lui avait dit au fort était vrai, si elle était tout autant victime de sa duplicité qu'eux, Karina était terrifiée à l'idée de ce qu'elle avait dû faire pour détourner l'attention de Farid et permettre à Malik d'exfiltrer sa captive la plus précieuse.

« Elle ne souhaitait rien d'autre que te mettre en sécurité. C'est aussi ce que je désire. » Malik tendit la main vers elle. « Quant à savoir dans quel camp je suis, eh bien, je veux être dans le tien. Je sais que ça n'a pas toujours été le cas, mais… si tu l'acceptes, ma loyauté t'est acquise. »

Conditionnée par toutes ces années passées à éjecter de sa vie ceux qui s'approchaient un peu trop d'elle, Karina faillit céder à son instinct en écartant violemment sa main. Mais pour la première fois de sa vie, elle était libérée de Farid. Le spectre qui lui cachait la lumière du soleil était parti, et elle sentait enfin la chaleur de l'astre.

Malheureusement, seule la mort l'attendait au bout du chemin, car elle pourrait échapper à Farid, mais pas au pacte de sang. Cependant, c'était maintenant elle qui déciderait de sa mort, pas lui.

Ce cadeau, pour éphémère qu'il soit, elle le devait à Malik.

Le cœur serré, elle accepta sa main et se demanda s'il ressentit lui aussi une décharge d'énergie au contact de sa peau. Elle le laissa la réinstaller sur le dos du denzik – une créature eshrane à mi-chemin entre le bélier et le cerf, particulièrement appréciée pour son aptitude à négocier les sentiers de montagne escarpés. Son petit doigt lui disait qu'il n'avait pas été obtenu tout à fait légalement, et que son propriétaire maudissait leurs noms.

Les battements de cœur de Malik résonnèrent dans tout son corps, et elle prit conscience, non sans un certain malaise, de ce torse serré contre son dos. Pour penser à autre chose, elle dit : « Et donc, tu m'as enlevée.

— Je t'ai secourue !

— Non, c'est bel et bien un enlèvement. Tu m'as ravie comme un voleur de légende, et je suis maintenant complètement à ta merci. »

Le rire de Malik déclencha une vague de chaleur dans les tréfonds de son être.

« Tu sais, une nuit, j'ai rêvé que tu m'attachais, mais crois-le ou pas, il y avait en fait plus de corde dans… » La suite se perdit dans une quinte de toux. Malik recula légèrement afin qu'elle puisse se reposer davantage sur lui.

« Dors. Ne t'inquiète pas, je connais ces montagnes comme mon sang. Nous arriverons à Oboure, je te le promets. »

De cela, Karina ne doutait pas. Mais si elle s'endormait maintenant, elle n'était pas certaine de se réveiller un jour.

« Raconte-moi une histoire », lui réclama-t-elle, et dans le silence qui suivit, Karina n'entendit que les battements de son propre cœur, qui se synchronisait avec celui de Malik. Ce rythme lancinant faillit la plonger dans le sommeil, mais alors il ouvrit la bouche et se lança dans un conte.

« Voici l'histoire de Kembi et comment il est tombé amoureux de la lune. »

Quoique Malik n'utilise pas ses pouvoirs, Karina visualisa chaque rebondissement de l'histoire aussi précisément que s'il les avait projetés devant elle. Quand il eut prononcé les derniers mots, une note de mélancolie resta suspendue dans les airs. Elle aurait désespérément voulu voir son visage, savoir quelle expression il avait arborée en racontant cet amour interdit entre un garçon et la lune, mais déjà le sommeil réclamait son dû.

« Malik ?

— Hmm ? »

Garder les yeux ouverts était une bataille acharnée qu'elle était en train de perdre. « C'est moi, Kembi, ou c'est toi ? »

Elle le sentit répondre plus qu'elle ne l'entendit, mais l'obscurité l'avait déjà emportée.

35

Malik

Malik sentit le moment où ils franchirent la frontière d'Eshra. Le changement était subtil mais immanquable. Les montagnes devinrent plus grandes, les arbres plus hauts, le sol plus riche, et quelque chose en lui se réveilla, s'étira comme un chat et murmura à son oreille : *Bienvenue à la maison*.

Mais bien que les lieux lui soient familiers, les différences lui sautèrent aux yeux. Les fléaux avaient dévasté la région, laissant derrière eux des canyons là où se dressaient autrefois des montagnes, et des maisons abandonnées au bord de champs entièrement détruits. À plusieurs reprises, Malik dut faire un détour pour contourner un éboulement ou une inondation qui leur barrait la route.

Et la peste… Des tombes peu profondes jalonnant le paysage témoignaient de ses ravages, mais moins que le silence. L'air aurait dû résonner du brouhaha des fermiers aux champs, des commerçants vantant les mérites de leurs marchandises et des jeunes en train de préparer leurs cérémonies de passage à l'âge adulte.

Il n'y avait pas un bruit.

Ce qui inquiétait moins Malik que l'état de Karina, qui empirait à vue d'œil.

Elle était restée le plus souvent lucide, quoique fatiguée, quand ils avaient quitté Talafri, mais à présent, après trois jours de voyage, sa tête dodelinait d'un côté puis de l'autre. Malik avait été obligé de l'attacher pour qu'elle ne tombe pas. Il posait fréquemment la main sur son ventre pour vérifier qu'elle respirait, et chaque fois une terreur le saisissait jusqu'à ce qu'il perçoive le plus léger mouvement.

Le temps s'était continuellement dégradé, phénomène que Malik supposait magiquement lié à la détérioration de l'état de Karina. Au soir du troisième jour, la bruine qui avait perturbé leur progression depuis le matin s'était changée en un déluge qui l'avait obligé à trouver refuge dans une petite grotte. Là, il avait attaché et nourri le denzik épuisé, enveloppé Karina dans un nid de couvertures dans le coin le plus sec qu'il avait pu trouver et allumé un feu. Ses vêtements étant détrempés, il avait ôté sa tunique pour la faire sécher avant de se rappeler avec qui il se trouvait.

Il n'eut pas besoin de se retourner pour sentir le regard de Karina sur son dos, et cette bonne vieille panique le poussa presque à se rhabiller aussitôt. Mais après tout ce qu'ils avaient traversé, qu'avait-il encore à lui cacher ?

« Tu as besoin de quelque chose ? demanda-t-il, et elle lui sourit faiblement.

— Non. Je profite juste de la vue. »

Malik marmonna des paroles plus embarrassées qu'intelligibles. Cependant, si elle se sentait assez bien pour plaisanter, peut-être était-elle en meilleur état que son apparence ne le laissait supposer.

Le regard de Karina se tourna vers le rideau de pluie à l'extérieur de la grotte. Elle plissa les yeux, et le déluge se calma un peu. Mais un instant plus tard, il repartait de plus belle, et Karina retomba en arrière, haletante. Malik se précipita près d'elle pour l'aider à se rasseoir.

« Je devrais pouvoir calmer la pluie, grogna-t-elle, mais Malik secoua la tête.

— Garde tes forces. »

La sueur faisait briller le front de Karina, qui tremblait dans ses vêtements mouillés. « Je crois qu'il faut que tu enlèves ça », ajouta Malik, et elle acquiesça. Il commença à s'éloigner pour lui laisser un peu d'intimité alors qu'elle lui tournait le dos et baissait la tête.

« Tu peux m'aider ? »

Malik opina puis, s'avisant qu'elle ne pouvait pas le voir, dit : « Bien sûr », mais sa voix se brisa – que pouvait-elle faire d'autre ? – et son cerveau se mit à turbiner au lieu de faire ce qu'on lui demandait. Il s'exécuta néanmoins, en gardant à l'esprit que Karina et lui étaient amis. Dégager ses cheveux et essuyer la transpiration dans son dos étaient des gestes purement amicaux. Idir était resté silencieux depuis qu'ils avaient quitté le fort, et pour une fois, Malik aurait souhaité qu'il dise quelque chose, ne serait-ce que pour le distraire de ses dangereuses pensées qui ne pouvaient connaître une issue favorable.

Une fois Karina en sous-vêtements, Malik alla disposer ses habits mouillés près du feu. Il s'apprêtait à regagner son coin pour la nuit quand elle l'attrapa par le bras.

« Reste », murmura-t-elle, ses yeux brillant dans le vague. Même débarrassée de ses vêtements, malgré la fièvre et le feu qui brûlait non loin d'elle, elle frissonnait. « S'il te plaît. »

Le cœur serré, Malik s'allongea à côté d'elle, la poitrine contre son dos, un bras passé autour de sa taille. Il ne sut pas trop quoi faire de ses mains, jusqu'à ce qu'elle résolve le problème en entrelaçant ses doigts aux siens et en se servant de son bras valide comme oreiller.

Il somnolait par intermittence depuis une heure, peut-être deux, quand il prit conscience qu'il ne pourrait plus se rendormir. Il compta jusqu'à cent, puis recommença en sens inverse, puis de nouveau dans le bon ordre, dans l'espoir vain de se distraire de la situation précaire dans laquelle il se trouvait. Le martèlement de la pluie avait quelque chose de réconfortant, maintenant qu'ils en étaient protégés.

« Malik ? » fit une petite voix qui le réveilla. Sans s'en rendre compte, il s'était rendormi. Il ne restait du feu que des braises, mais dehors le noir était complet.

« Oui ?

— Tu n'as pas peur d'attraper la peste ?

— Vu le nombre de fois où j'ai échappé à la mort, je ne suis plus à ça près. »

Karina riait à présent. Puis elle poussa un petit soupir lorsque Malik enfouit son visage au creux de son cou. Il passa les minutes ou peut-être les heures suivantes à faire tourner son pouce sur le sien, et puis…

« Malik ?

— Hmm ?

— Tu vois des fantômes, n'est-ce pas ? »

Son pouce s'immobilisa. Tout ce qu'ils avaient laissé derrière eux revint en force envahir ce petit havre de sécurité qu'ils s'étaient créé.

« Si on veut. Mais pas tous les morts. Juste les spectres. »

Karina remua très légèrement, et Malik réprima l'envie de la serrer plus fort. « Tu as vu celui de Tunde ? »

Le barrage que Malik avait érigé autour des souvenirs de son défunt ami se rompit. Toute la peine, la confusion et la jalousie qu'il éprouvait pour Tunde s'écoulèrent par la fissure, et il n'eut d'autre choix que de se laisser consumer.

« Si c'était le cas, je ne le saurais pas. Je suis incapable de les distinguer les uns des autres, la plupart du temps. Mais je crois que seuls les gens amers, insatisfaits, reviennent sous cette forme. Tunde a vécu une bonne vie, il n'aurait pas de raison de s'attarder. »

Mais qui pouvait dire si Tunde n'était pas l'un des spectres qui le suivaient partout où il allait ? S'il n'était pas justement en train d'observer la fille qu'il avait aimée pendant si longtemps se prélasser dans les bras de Malik ? Peut-être étaient-ils en train de le trahir une fois encore, même après sa mort.

Malik sentait que les pensées de Karina faisaient écho aux siennes.

Pourtant, ils n'en éprouvèrent pas assez de culpabilité pour s'éloigner l'un de l'autre.

Prenant son courage à deux mains, Malik posa la question qui le hantait depuis qu'il avait vu le trou béant dans le torse de son ami.

« Karina, comment Tunde est-il mort ? »

La pluie tombait maintenant à torrents, noyant tout autour d'eux et inondant probablement les chemins qu'ils devraient prendre au matin. C'est au son de cette cataracte que Karina entama son récit. Son débit n'avait pas la cadence d'un griot accompli, et plus d'une fois la fièvre l'obligea à s'interrompre et à reprendre sa phrase, mais Malik ne l'en écouta pas moins religieusement.

Elle raconta l'histoire d'une fillette qui avait tout ce qu'elle désirait jusqu'au jour où elle détruisit accidentellement ce qui lui était le plus cher, et comment elle s'était coupé les doigts à de nombreuses reprises en essayant de recoller les morceaux brisés. Comment elle avait à parts égales pleuré et envié un fantôme, et comment elle avait si souvent échoué à répondre aux attentes, au point de devenir le monstre pour qui tous la prenaient.

Puis Solstasia. La mort de la reine. La magie révélée. Et un sort qui pourrait tout réparer, à condition qu'elle sacrifie le cœur d'un roi.

« Ce sont les circonstances qui m'ont obligée à choisir entre Tunde et toi. En fait, j'ai fait tout mon possible pour ne pas avoir à le faire. Mais vous étiez les deux derniers, et je ne pouvais en sauver qu'un du Rite de Résurrection... Et je t'ai choisi, toi. »

Les souvenirs de cette tumultueuse semaine défilèrent dans l'esprit de Malik, qui sentit son interprétation des événements se modifier à la lumière de cette révélation. Elle ne l'avait pas rejeté.

Karina poussa un rire sans joie. « Tu comprends maintenant pourquoi je dois accomplir le Rite du Renouveau ? Tant de gens sont morts à cause de moi. C'est la seule façon de m'assurer que leur sacrifice n'aura pas été vain. Je ne suis bonne qu'à ça... »

Elle laissa échapper un petit cri aigu alors que Malik la faisait pivoter de telle façon qu'ils se retrouvent face à face. Du pouce, il essuya ses joues pleines de larmes et fit courir un doigt le long de l'arête de son nez. « Qu'est-ce que tu fais ? demanda-t-elle, confuse.

— C'est une technique de relaxation que ma mère m'a apprise. On l'utilise en général sur les bébés, mais je me suis dit que ça pourrait marcher.

— Pourquoi est-ce que tu fais tout ça alors que tu devrais me haïr ? » s'enquit-elle entre deux hoquets.

Les raisons de la détester ne manquaient certes pas. La liste des torts qu'ils s'étaient réciproquement causés était écrite en lettres de sang et les hanterait jusqu'à la fin de leur vie.

Mais tout aussi longue était celle des fois où ils s'étaient mutuellement porté secours. Karina et lui s'étaient battus l'un pour l'autre avant même d'avoir eu conscience de le faire. Elle avait fait acte de foi en le sauvant du Rite de Résurrection, et lui-même avait suivi son exemple en défiant tant les dieux que les probabilités pour l'emmener en haut de cette montagne.

Malik la serra contre lui et déposa un baiser sur son front.

« Parce que, à mes yeux, tu le vaux, quoi qu'on ait pu te faire croire. »

Les vieilles légendes avaient enseigné à Malik que l'amour s'exprimait par de grandes déclarations et des gestes enflammés. Pourtant, dans cette grotte au cœur de la nuit, alors qu'il serrait contre lui une Karina pleine de larmes et de morve, Malik comprit que l'amour était un caillou qui coulait au fond d'une mare aussi délicatement qu'une page qu'on tourne, mais dont les remous modifiaient son regard sur le monde et sur lui-même.

C'était loin d'être la chose la plus explicite qui se soit produite entre eux – et Malik n'aurait jamais imaginé que sa première nuit avec une fille implique une telle quantité de morve –, mais il y avait dans ce moment une intensité dont même leur nuit passée à s'embrasser dans leur rêve partagé avait été dépourvue, parce qu'il était réel – coudes pointus et mucus compris. Cette fille lui avait volé son cœur et s'était enfuie avec, et il ne lui en voulait même pas, car personne ne pouvait vous voler quelque chose qui lui appartenait déjà.

Mais rien ne pleure éternellement, pas même le ciel, et tant la pluie que les larmes de Karina finirent par se tarir. Malik avait perdu toute sensation dans son bras valide, mais il ne l'aurait bougé pour rien au monde.

« Malik ?

— C'est toujours mon nom. Oui ? »

Elle tourna la tête afin de croiser son regard. « Peux-tu me promettre une chose ?

— Encore cette histoire de lune ? »

Karina sourit faiblement, et Malik ne sut pas ce qui le réjouit le plus – ce sourire ou savoir qu'il en était la cause ?

« Je ne veux pas la lune. Pas cette fois. » Elle toussa de nouveau. « Promets-moi que si nous ne trouvons pas les devineresses ou si nous les trouvons mais qu'elles ne peuvent pas m'aider, tu accompliras le Rite du Renouveau. »

L'euphorie du moment céda sous le poids écrasant de ce que Karina lui demandait.

Elle voulait qu'il la tue, alors que son propre cœur battait dans sa poitrine. Un refus catégorique lui brûlait la langue, mais la fixité de son regard lui confirma que la bataille était perdue avant même d'avoir commencé. Alors, plutôt que de se battre, il enfouit son visage au creux de son cou et murmura sa promesse dans la chaleur de sa peau.

Au matin, la pluie avait cessé, laissant derrière elle un monde détrempé sous un ciel saphir aussi magnifique que trompeur. Ni Malik ni Karina ne parlèrent de cette nuit – Karina parce qu'elle gardait ses forces pour le trajet, Malik car il ne se faisait pas confiance pour évoquer la promesse qu'elle lui avait arrachée sans pleurer toutes les larmes de son corps. Il préféra la distraire avec des histoires d'Oboure, avant tout pour l'empêcher de tomber dans un sommeil dont elle ne s'éveillerait pas.

« On l'appelle la Perle jaune d'Eshra, dit-il, et Karina hocha la tête comme elle put sous les couches de vêtements que Malik avait empilés sur elle pour la protéger du froid des montagnes. Les bâtiments du centre-ville dessinent un camaïeu de jaune, si bien qu'on dirait un petit morceau de soleil niché à flanc de montagne. Et les odeurs ! À n'importe quelle heure du jour, il y a un pain qui cuit quelque part, et on t'en donnera volontiers contre un secret ou quelques vers. Les Eshrans adorent la poésie. On dit que lorsqu'un Eshran meurt, il a dix fois plus de poèmes dans la tête qu'il n'a de pièces dans la poche.

— Ça a l'air formidable », murmura Karina d'une voix si rauque que Malik accéléra le pas. Ils avaient atteint une portion de chemin trop périlleuse même pour le denzik, aussi portait-il maintenant Karina sur son dos, perclus de fatigue mais poussé en avant par l'adrénaline. Il ne pleuvait plus, mais la température semblait prise de folie à mesure que Karina s'affaiblissait, alternant entre chaleur intense et froid glacial, ce qui compliquait un peu plus leur voyage.

« Quand tout cela sera derrière nous, je te montrerai toutes les merveilles d'Eshra », promit-il. Peut-être qu'à force de promesses, il parviendrait à enterrer celle qui menaçait de les engloutir tous les deux. « Nous n'avons pas grand-chose au village, mais le peu que nous avons est magnifique. »

Chaque pas lui coûtait davantage que le précédent. La montagne le forçait à prendre conscience des limites de son endurance. Il avait fait l'ascension du mont Mirazzat de nombreuses fois, mais jamais avec quelqu'un sur le dos, et jamais après une crise comme celle qu'il avait connue à Ksar Nirri.

Qui es-tu ? lui demandait son pays natal après chaque kilomètre franchi. *Jusqu'où es-tu prêt à aller ?*

Et chaque fois, les yeux levés vers l'horizon, Malik entendait cette voix qui le poussait vers le précipice – la chute, la douleur, et puis plus rien. Elle était là depuis toujours et sans doute le serait-elle pour toujours.

Si Malik avait été seul, il aurait sûrement répondu à son appel dix kilomètres plus tôt. Mais pour elle, il n'abandonnerait jamais.

Il avait déjà vaincu sa part sombre. Il l'avait fait sitôt qu'il avait dû protéger ceux qu'il aimait.

Il lui devint bientôt impossible de parler, empêché par la douleur lancinante dans ses poumons et le vent qui lui mordait le visage, mais jamais il ne posa Karina. Il trébucha plus d'une fois. Il tomba plus d'une fois. Mais il continua, un pied après l'autre, et finit par apercevoir la crête familière en haut du chemin, avec, à l'intersection, son petit gardien de pierre au bras tendu vers Oboure. Le cœur gonflé d'excitation, Malik parcourut les derniers mètres presque en courant. Il avait réussi. Ils avaient réussi. Karina serait sauvée...

Il s'arrêta en haut de la crête, à quelques mètres seulement de l'endroit où le sol se transformait en un dangereux bourbier hérissé de branches brisées. La vallée entière se déployait sous leurs yeux, y compris le pan de montagne effondré sur la ville qui s'était jadis appelée Oboure.

Un hurlement résonna aux oreilles de Malik, et il lui fallut un moment de silence abasourdi pour comprendre qu'il s'agissait du vent. Son corps semblait se mouvoir indépendamment de sa volonté tandis qu'il négociait prudemment le chemin inégal sans quitter des yeux les ruines de son foyer.

Oboure... n'existait plus. Peu de bâtiments avaient survécu au glissement de terrain, et ceux qui se dressaient encore étaient en si piteux état qu'il paraissait improbable de pouvoir y mettre un pied sans risquer un effondrement total. Malik reconnut ici et là les vestiges du village qu'il avait connu – ici le mur de la petite école où les tantes s'étaient relayées pour apprendre aux enfants à compter, là le marché où, chaque Jour-Terre, les fermiers exposaient leurs plus belles bêtes –, mais ce qu'il en restait n'intéressait même pas les vautours. Encore quelques mois de mauvais temps, et personne ne soupçonnerait qu'un village avait existé à cet endroit.

Inconsciemment, Malik s'était toujours nourri de l'idée que sa famille et lui pourraient un jour revenir ici, s'ils le souhaitaient. Maintenant qu'Oboure n'était plus et que Ziran s'acheminait vers une guerre civile, il n'était plus nulle part chez lui.

Il s'obligea à arpenter les ruines jusqu'à ce que ses pas le conduisent au bâtiment où les devineresses avaient dispensé leur sagesse, et dont il ne demeurait qu'un tas de gravats. C'est là que Malik perdit pied. Il hurla de toute la force de ses poumons. Karina le serra contre elle comme lui-même l'avait fait la nuit précédente.

Il s'écoula des heures avant qu'il ne retrouve une pensée cohérente. « Et maintenant ? » demanda-t-il, la gorge douloureuse d'avoir tant crié. Il ignorait si sa question s'adressait à Karina ou aux dieux. « Qu'est-ce qu'on fait ? »

Karina tourna délicatement son visage vers elle, de sorte qu'il ne puisse voir autre chose que ses yeux. « Le Rite du Renouveau. »

Dans son désespoir, le rituel lui était sorti de l'esprit. Il secoua la tête. « Non. Non, non, non. Je… je… je ne peux pas…

— Nous ne pouvons plus rien faire pour Oboure, mais on peut encore empêcher que d'autres villes subissent le même sort. Et ce n'est qu'une question de jours avant que Farid ne nous rattrape. Tu dois accomplir le rituel, puis t'enfuir là où il ne te trouvera pas.

— Je ne peux pas. Karina, je ne peux pas.

— Alors la peste m'emportera, et ma mort n'aura servi à rien. Si tu me laisses mourir, j'emporterai des millions de personnes dans la tombe. Si tu me sacrifies, tu survivras peut-être assez longtemps pour le vaincre. »

La jeune femme appuya sur la Marque logée au creux de la paume de Malik. De surprise, celle-ci se matérialisa sous sa forme de dague. Karina referma le poing de Malik autour de la garde et lui guida la main de telle manière que la pointe se pose sur son cœur, juste à l'endroit où il l'avait poignardée durant Solstasia. Tous deux savaient que l'arme ne pouvait pas la tuer, mais la signification du geste était claire.

Malik n'y voyait pas grand-chose à travers ses larmes. Quel était l'intérêt de la magie et de tous les miracles qu'il était capable d'accomplir s'il ne pouvait aider ceux qui comptaient le plus pour lui ?

Karina posa une main fiévreuse sur sa joue. Parler lui coûtait visiblement. « Je t'en prie, Malik. Laisse Bahia payer sa dette à Khenu. Mettons fin à ce cycle de vengeance une bonne fois pour toutes. »

Malik passa en revue tous les contes et les légendes qu'il connaissait à la recherche d'une faille ou d'une astuce quelconque, mais il ne trouva rien. Il réprima un nouveau sanglot et hocha la tête à contrecœur. Il ne voulait pas qu'elle garde comme dernier souvenir l'image de son visage larmoyant.

« Il nous faut un plan d'eau, dit-il entre deux hoquets. Il y a un lac pas très loin d'ici, près de mon ancienne maison. Nous pouvons… Nous pouvons faire ça là-bas. »

Karina acquiesça. Malik était en train de l'aider à se relever quand il se sentit observé. Il se jeta devant Karina, la dague à la main.

« Montrez-vous ! » rugit-il. Une silhouette émergea de derrière une poutre brisée – une femme, assez âgée pour être sa grand-mère, le dos chargé d'un sac en toile rempli d'objets qu'elle avait récupérés dans les ruines. Ses yeux s'écarquillèrent à la vue non pas de Malik, mais de Karina.

« Vous ! » s'exclama-t-elle en se précipitant vers eux, avant de s'arrêter à distance prudente de la lame-esprit.

Malik se tourna vers Karina en fronçant les sourcils. « Tu la connais ?

— Je l'ai rencontrée à Tiru, avec quelques autres. Ils étaient… Argh ! » Elle tomba en avant, mais Malik parvint à la rattraper juste avant qu'elle ne percute le sol. Paniquée, la femme commença à s'éloigner rapidement.

« Je vous en prie, elle a attrapé la peste, elle a besoin d'un guérisseur, implora-t-il, et la femme s'arrêta pour le considérer d'un regard scrutateur.

— Êtes-vous son ami ou son ennemi ? » l'interrogea-t-elle. Malik prit alors conscience que le couple pour le moins inhabituel qu'il formait avec Karina pouvait avoir l'air suspect.

« Son ami. »

Son examen sembla la satisfaire, car elle hocha la tête. « Venez avec moi », dit-elle, et Malik la suivit, sans que jamais sa main quitte le dos de Karina.

36

Karina

« Tu ne vas pas y arriver », dit Tunde, et Karina lui aurait volontiers rabattu son caquet si elle n'avait pas eu la langue si lourde. Elle avait déjà été malade, mais jamais chaque fibre de son corps ne lui avait paru si enflammée.

Des étoiles dansaient dans son champ de vision. Seule la sensation de la main protectrice de Malik contre son dos la raccrochait encore à son corps. Elle ignorait où cette femme les emmenait, et pour tout dire elle s'en fichait. Elle arrivait à peine à rassembler assez d'énergie pour continuer.

Encore.

Une.

Inspiration.

37

Malik

« La princesse Karina m'a sauvé la vie, expliqua la femme – Siwa – en les menant le long du chemin rendu hasardeux par les glissements de terrain. Je faisais partie d'un groupe de femmes enlevées au camp de Talafri par des trafiquants en route pour Ziran. La princesse nous a secourues alors que personne ne levait le petit doigt. Je ne préfère pas penser à ce qui me serait arrivé sans elle. »

Siwa jeta à Karina un regard de pure gratitude, mais sa sauveuse était trop faible pour le remarquer. Malik déplora que le récit de ses tristes exploits voyage bien plus loin que celui de ses actes de bonté.

Mais il n'y avait pas de temps à perdre, car l'état de Karina se dégradait à chaque seconde. La peur qu'elle meure entre ses bras grandissait tant en lui qu'elle ne laissait de place à aucune autre pensée, pas même au sort d'Oboure. Malik alla jusqu'à essayer de réveiller leur connexion pour lui envoyer toutes les bonnes ondes possibles, trop désespéré pour concevoir le ridicule de la chose.

« Ça va aller », dit-il, plus pour lui-même que pour Karina.

Siwa s'arrêta enfin dans une zone à peu près plate où le chemin finissait en cul-de-sac au pied de la montagne.

« Vous devez garder le secret sur ce que je vais vous montrer », avertit-elle, et Malik hocha la tête. Elle se mit à fredonner, en dessinant avec les doigts un schéma que Malik ne reconnut pas sur le mur minéral. Au bout de quelques notes, la montagne lui répondit. La pierre se réchauffa sous leurs pieds à mesure que le chant se réverbérait autour d'eux. Dans un crissement puissant, des tonnes de roche coulissèrent, dévoilant un tunnel dont les parois palpitaient d'une clarté violette.

La source de cette lumière apparut bientôt à Malik – de l'améthyste. Les entrailles de la montagne étaient un joyau à l'état brut ; il y avait là assez de pierres précieuses et de cristaux incrustés dans les murs pour subvenir aux besoins de plusieurs nations pendant des générations. Siwa les fit passer devant des peintures rupestres très anciennes qui représentaient des créatures et des merveilles dont il n'avait jamais entendu parler. Quel que soit cet endroit, il existait depuis des temps immémoriaux. À côté, même les ruines de Kennoua paraissaient récentes.

« Une fois que Karina nous a libérées, nous avons débattu de l'endroit où nous voulions aller, expliqua Siwa. Quelques-unes ont décidé de tenter leur chance à Ziran, mais la majorité d'entre nous est revenue à Eshra. Nous campions dans la vallée depuis quelques semaines quand la terre s'est mise à trembler et nous a donné accès à un chemin abandonné dans la montagne. Qui menait ici. C'est devenu un refuge pour tous les survivants des glissements de terrain que nous rencontrons. Il est impératif que les Ziranis n'en connaissent pas l'existence. »

Malik en convenait, car il ne faisait aucun doute que si l'occupant avait vent des richesses faramineuses cachées dans la montagne, il les arracherait à son peuple, comme il lui avait déjà tout pris. Il se sentit soudain soulagé que Karina soit trop délirante pour remarquer ce qui l'entourait, puis en conçut aussitôt de la culpabilité. Alors que sa vie était en jeu, le fait qu'elle soit ziranie et lui eshran devrait n'avoir aucune importance.

Le camp de Siwa était beaucoup plus vaste que Malik ne l'aurait cru. Des centaines de personnes sous des tentes en toile ou sur des couvertures élimées s'efforçaient de survivre avec le peu qu'ils arrivaient à récupérer dans les décombres. Siwa les conduisit au cœur du bivouac, où un groupe de vieilles femmes assises écrasaient des herbes médicinales dans des mortiers. Elle leur parla trop rapidement pour que Malik comprenne, et elles marmonnèrent quelque chose en retour.

« Que disent-elles ? Elles peuvent l'aider ? demanda-t-il.

— Elles en doutent, mais elles ont quelqu'un qui, d'après elles, le pourra. Donnez-la-moi. »

Malik s'exécuta à contrecœur. Il crut voir Karina lever faiblement la main dans sa direction, mais on la fit bientôt entrer dans une tente, et Malik fut de nouveau seul.

38

Karina

P*our jouer cette note, maintenant, tu enroules trois doigts autour des cordes et tu mets ton auriculaire comme ceci…*

« … sa fièvre est trop élevée… »

… et avec ton autre main, tu pinces la première et la sixième corde, comme ça…

« Karina ? Vous m'entendez ? Karina ! »

… et tu as joué ta première note ! Essaie encore, n'est-ce pas merveilleux ?

Karina essaya encore, mais sa note ne sortait pas avec la clarté mélodieuse de celle de son père. Elle leva néanmoins sur lui un grand sourire édenté – plusieurs de ses dents de lait étaient tombées, et les dents définitives n'avaient pas encore comblé les trous. « J'ai réussi ! »

Le roi applaudit. « Bravo ! »

Karina se trémoussa sur son coussin, si heureuse qu'elle aurait pu se mettre à chanter. *Prends ça, Hanane.* Sa grande sœur était peut-être plus forte et plus grande qu'elle, et elle se rendait peut-être à toutes les réceptions qui débutaient longtemps après que Karina était couchée, mais elle ne savait pas jouer de l'oud comme elle !

« Essaie la suivante », suggéra Baba en modifiant la position de ses doigts, et Karina fut incapable de se rappeler un moment où elle s'était sentie plus en sécurité que ce jour-là.

Accrochez-vous, Karina, je vous tiens.

Le visage de Karina se froissa de confusion. « Quelqu'un m'appelle.

— Je n'entends personne. » Baba tendit la main vers elle. « Viens, allons faire une promenade. C'est une belle journée. »

Karina savait que si elle prenait la main de son père, ils marcheraient aussi loin que leurs jambes pourraient les porter, devisant de tout et de rien. Il ne lui arriverait plus rien de mal si elle restait avec lui.

Karina se ravisa cependant.

« Mais il ne fait pas jour du tout », dit-elle, et de fait, le ciel était ponctué d'étoiles plus nombreuses que Karina en avait jamais vues, qui brillaient comme autant de petits soleils. Baba et elle avaient les pieds baignés de leur chaude lumière.

Et cette voix. Elle venait de partout et de nulle part à la fois, l'implorait de revenir.

Mais de revenir où ?

« Allons faire un tour », insista Baba.

Karina savait qu'elle devait refuser, mais elle n'arrivait pas à se rappeler pourquoi. La voix qui l'appelait avait maintenant disparu. Sans elle, elle se sentait petite et effrayée, et son père lui promettait que tout irait bien. Alors cette fois, elle saisit la main tendue.

Et ils partirent se promener.

39

Malik

Malik connaissait ces gens.

Pas tous, bien sûr, car le camp était rempli de réfugiés venant des quatre coins d'Eshra. Leur région était le creuset de différentes cultures, et Malik ne pouvait pas plus connaître tous ses compatriotes qu'un grain de sable l'intégralité d'une plage.

Mais ceux d'Oboure lui étaient familiers. Ils constituaient près de la moitié de la population rassemblée ici, ce qui voulait dire qu'au moins un tiers des villageois avaient survécu aux séismes. Il reconnut Eleikum, qui l'avait une fois poussé dans un puits pour gagner un pari, pour l'heure en train de ferrer une mule somnolente. Et les sœurs Acken, qui avaient passé leur temps à chuchoter entre elles en lui volant des regards quand elles le croyaient inattentif.

Tous ces gens demeuraient fidèles aux souvenirs de Malik, pourtant lui-même n'aurait pas pu être plus différent. Ils échangèrent des coups d'œil appuyés, chacun essayant de réconcilier ces différentes versions d'eux-mêmes.

Mais les visages qui n'étaient pas là le hantèrent davantage que ceux qu'il croisa. On avait isolé les victimes de la peste dans une autre partie de la montagne, et toutes les heures environ, un nouvel occupant du camp se fendait d'une toux imprégnée de sang. Leurs récoltes détruites, leurs villages décimés et maintenant leurs proches atteints par la maladie… Les compatriotes de Malik avaient tant souffert. Même si Karina et lui accomplissaient le rituel, le traumatisme de ces tragédies se perpétuerait à travers l'histoire pendant encore des générations.

Les minutes s'égrenaient lentement, chacune moulant en poussière le peu de calme qu'il restait à Malik. Il n'avait aucun moyen de savoir quels soins les devineresses administraient à Karina – leurs méthodes étaient un secret bien gardé, même des autres Eshrans, un savoir divin prétendument octroyé à son peuple par les dieux qu'il avait adorés avant que les Ziranis ne lui imposent le système des alignements.

Malik ignorait qui étaient ces dieux ou même s'ils existaient, mais il espérait de tout son être qu'ils étaient bienveillants, car la vie de Karina reposait désormais entre leurs mains.

Il avait eu l'intention de rester assis devant la tente à attendre que Karina en sorte, mais les villageois avaient d'autres projets. Moins d'une heure après le début de son attente, des hommes brandissant des armes de fortune – manifestement les protecteurs autodésignés du camp – vinrent le voir et lui ordonnèrent de les suivre, car il avait été convoqué par les anciens.

Ils le menèrent à une cellule de crise installée dans une tente à l'arrière de la caverne, nichée au cœur d'un cercle de stalagmites incrustées d'améthystes. Chaque village eshran était dirigé par neuf anciens – un pour chacun des neuf clans –, mais il n'en vit que six d'Oboure. Son estomac se révulsa lorsqu'il imagina les trois derniers ensevelis sous les gravats ou dévorés vivants par les sauterelles.

Les dirigeants d'Oboure fixèrent leur regard d'acier sur Malik. À sa grande horreur, il se mit à trembler. La dernière fois qu'il s'était trouvé seul avec eux, ils l'avaient battu presque à mort pour chasser la magie de son corps. Ils avaient d'ailleurs failli réussir. Sa terreur leur brouilla les traits jusqu'à ce qu'il voie Farid dans chacun des visages, prêt à lui briser les os pour avoir osé le décevoir.

Le plus vieux d'entre eux, l'Ancien Addo, parla le premier : « Tu nous as causé beaucoup d'ennuis, jeune homme. Non seulement as-tu amené la princesse ziranie dans notre sanctuaire, mais nos éclaireurs nous indiquent que la vallée grouille de soldats depuis ce matin. Qui es-tu exactement, et quel mal as-tu conduit à nos portes ? »

Malik eut du mal à démêler ces paroles à travers son brouillard de terreur, mais la signification finit par lui apparaître.

Les anciens ne le reconnaissaient pas. Ils l'avaient retenu en otage pendant des semaines, lui avaient laissé des séquelles tant physiques que mentales, et pourtant pas un ne savait qui il était.

« Vous ne me reconnaissez pas ? Vous ne vous souvenez pas de Rahila Hilali ? De ce que vous avez fait à son fils ? »

S'ensuivirent plusieurs secondes de silence abasourdi, puis les yeux de l'Ancien Addo s'écarquillèrent. « Par Kotoko, je… je me souviens de toi. Mansa ?

— Malik », corrigea-t-il platement. Il en aurait pleuré de rire. Pas un jour ne s'était écoulé sans qu'il repense à ce que ces hommes lui avaient fait, pourtant il n'était même pas assez important à leurs yeux pour qu'ils se rappellent son nom. « J'ai été accusé de sorcellerie, et vous avez passé des semaines à tenter de me purger de ce mal. »

L'Ancien Addo eut une toux gênée. « Nous ne sommes pas là pour discuter du passé. Franchement, le fait que tu sois l'un des nôtres rend tes actes encore plus graves. Te rends-tu compte du danger que tu nous fais courir en amenant la princesse Karina en ces lieux ? »

Malik faillit céder à l'impulsion de se mettre à genoux et de supplier qu'on le pardonne, et il se haït d'en être encore là après toutes ces années. Il n'avait jamais douté que Farid se lancerait à leur poursuite, mais il ne regrettait pas pour autant d'avoir mis Karina en sécurité.

« Que fais-tu avec la princesse, pour commencer ? l'interrogea l'ancien, si petit que ses jambes pendaient du tabouret sur lequel il était assis. Qu'es-tu pour elle, et qu'est-elle pour toi ? »

Le pire péché dont pouvait être accusé un Eshran était de pactiser avec l'occupant. Malik voyait à leur expression que les anciens passaient en revue toutes les situations sordides qui auraient pu le conduire à rester seul avec la princesse si longtemps, et il se sentit sale et honteux à l'idée qu'à leurs yeux, il avait choisi de servir Karina avant son peuple.

« J'ai une immense dette envers elle, dit-il. Les esprits de mes ancêtres ne me laisseront aucun répit tant que je ne m'en serai pas acquitté. »

Malik sentit son visage s'empourprer en constatant que sa réponse n'adoucissait en rien les regards inquisiteurs qui pesaient sur lui. L'Ancien Addo fit claquer sa langue. « Quoi qu'il en soit, il n'est pas trop tard pour tourner la situation à notre avantage. La princesse de Ziran fera une bonne monnaie d'échange. »

Malik se retint de hurler. Il n'était pas venu de si loin pour jeter Karina dans une nouvelle prison. « Il n'y a aucun marché possible avec Farid. Il sourira tout au long des négociations, puis il vous poignardera sitôt que vous lui tournerez le dos.

— Ne t'avise pas de nous dire comment gérer nos affaires. Maintenant qu'elle est là, le sort de la princesse repose entre nos mains, et le tien aussi. Nous vous utiliserons comme bon nous semble pour protéger cet endroit. »

Malik savait qu'il aurait dû endosser le rôle du fils prodigue, leur montrer son infinie reconnaissance de ne pas l'avoir tué à vue. Les anciens lui demandaient de se mettre en retrait et de les laisser décider de son destin, et de ne rien dire qui puisse remettre en cause l'ordre établi, quand bien même il aurait raison.

Mais négocier avec Farid était au mieux idiot, sinon suicidaire. Aucun de ces hommes ne savait ce qu'était la véritable magie, celle qui prenait sans remords et ne connaissait que le pouvoir et les compromissions qu'il impliquait. Il ne resterait que du sang sur la pierre quand Farid en aurait fini avec eux.

« N… Non, dit Malik, et quoiqu'il ait buté sur le mot, celui-ci n'en résonna pas moins clairement dans la grotte. Vous ne pouvez pas faire ça. »

L'Ancien Addo eut un rictus méprisant. « Mes soupçons étaient donc exacts. Dis-moi, que t'a donné la princesse pour que tu tournes le dos aux tiens ? Des richesses ? Est-ce qu'elle te laisse réchauffer sa couche ? »

Malik déglutit péniblement, l'intimité silencieuse de la nuit précédente surgissant à son esprit. « Personne d'autre qu'elle ici n'a le pouvoir de s'opposer à Farid. Si vous la lui livrez, vous nous condamnez tous.

— Et que proposes-tu que nous fassions des milliers de soldats qui marchent sur nous en ce moment même ? As-tu de quoi armer les nôtres ? Es-tu venu avec assez de vivres pour soutenir un siège ? » Devant le silence de Malik, l'Ancien Addo secoua la tête. « Je n'aurais jamais cru voir un jour un fils d'Eshra devenir le petit chien d'une princesse ziranie. Si tu souhaites être un traître, alors tu seras traité comme tel. »

Malik sentit sa poitrine se contracter au souvenir d'espaces trop exigus et de passages à tabac sanglants. Les cauchemars de son enfance ne l'avaient jamais quitté ; ils étaient toujours là pour lui rappeler que, malgré ses efforts pour changer, il ne pourrait jamais échapper à la façon dont le monde le voyait.

Mais sous le regard des anciens, confits dans la certitude qu'ils le contrôlaient, Malik sentit un déclic en lui. Il n'était plus un enfant, quoi qu'ils puissent en penser. Et il n'était pas seul. La présence du Roi sans visage qui s'agitait en lui lui rappelait qu'il avait affronté bien pire que les anciens et y avait survécu.

Malik avait commis plus d'erreurs qu'il ne pouvait en compter, mais elles lui avaient appris qu'il était fort. Que chaque fois que le monde l'avait mis à genoux, il avait trouvé un moyen de se relever.

Cette confiance ne lui venait pas de Farid. Elle ne lui venait pas non plus de sa magie. Malik l'avait acquise tout seul, et il n'allait pas laisser ces gens la lui enlever.

« Vous rappelez-vous quel âge j'avais quand ma famille m'a confié à vous ? 6 ans. J'étais un enfant loin de chez lui pour la première fois, j'étais terrorisé, et vous étiez censés m'aider. Au lieu de quoi vous m'avez battu jusqu'à ce que je puisse à peine me tenir debout, jusqu'à ce que même mon ombre me fasse peur.

— Nous avons exorcisé le mal comme le fait notre peuple depuis des générations, dit l'Ancien Addo.

— Vous avez agi avec cruauté, et l'excuse de la tradition n'y change rien. Vous m'avez fait du mal et n'en avez jamais assumé la responsabilité. » Malik se rendit compte qu'il était plus grand que la plupart de ces hommes. Il était difficile d'avoir peur de quelqu'un qu'on regardait d'en haut.

« Et malgré tout ce que vous m'avez infligé, vous n'avez jamais entrevu la vérité – toutes les accusations portées contre moi étaient exactes. Je communiais avec les esprits. Je pouvais créer des choses à partir de rien par ma seule volonté. J'aurais pu conjurer des richesses que vous n'imagineriez même pas.

Plus de richesses que quiconque au village ait jamais vues dans sa vie. »

Des sacs d'or rebondis tombèrent à leurs pieds dans un fracas retentissant de pièces entrechoquées. Les anciens frissonnèrent, aveuglés par leur cupidité.

« Et si je vous disais que je peux invoquer vos pires cauchemars ? Tout ce que vous avez toujours redouté, là, devant vous ? »

Au moment où ils voulurent s'emparer des pièces, les sacs se transformèrent en panthères dorées qui se mirent à tourner autour d'eux en feulant.

« Sorcier ! crièrent-ils.

— Le terme exact est *ulraji* », corrigea Malik.

Il ressentit cette fois encore l'influx de pouvoir auquel il s'était abandonné avec Dedele. Il serait si facile de briser ces hommes comme eux l'avaient brisé. L'espace d'un battement de cœur, c'est précisément ce qu'il envisagea de faire. Après tout, il descendait d'un roi ; il était d'un statut bien plus élevé qu'eux. Leur infliger une douleur égale à celle qu'il lui avait causée serait un jeu d'enfant.

Mais en considérant leurs visages effrayés, Malik découvrit que sa colère avait laissé place à un calme détaché. Ce que ces hommes avaient fait était bien peu de choses en comparaison des horreurs qu'il avait déjà affrontées.

D'un mouvement de poignet, Malik dissipa l'illusion.

« Je ne vais pas vous faire de mal, parce que je ne le souhaite pas, dit-il, un peu triste que sa mère et sa grand-mère ne puissent pas le voir. Je ne souhaite infliger à personne ce que vous m'avez fait. Mais je ne suis plus sous votre contrôle, ni aujourd'hui ni jamais. »

Les anciens battirent en retraite. Satisfait d'avoir éclairci ce point, Malik prit la direction de la sortie, avant de se retourner.

« Une dernière chose. J'apprécierais beaucoup que vous nous trouviez un endroit où dormir, à la princesse et à moi », dit-il, et les anciens hochèrent la tête de concert comme une nuée de moineaux. S'ils les croyaient amants, grand bien leur fasse.

Ils n'avaient pas besoin de savoir à quel point Malik aurait voulu que ce soit le cas.

La Grande Mère lui vienne en aide, qu'avait-il fait ?

Il ne faudrait pas longtemps avant que le reste du camp apprenne ce qui s'était passé dans la tente des anciens. Malik passa l'heure suivante recroquevillé dans un coin, la tête entre les genoux, à essayer de maîtriser suffisamment sa panique pour ne pas tomber dans le coma.

Il avait tenu tête aux anciens. Pire, il les avait menacés. En temps normal, ça leur aurait valu, à lui et à toute sa famille, de se faire exclure du village. Il serait puni d'une façon ou d'une autre… Il devait y retourner et implorer leur pardon…

Tu n'as rien fait dont tu doives t'excuser, dit Idir. *Redresse la tête. Tu t'en es bien sorti.*

Malik pressa le talon de ses mains contre ses paupières pour chasser la nausée. « Je rêve ou tu viens de me féliciter ? »

Je suppose que oui. La fin du monde doit nous embrouiller tous les deux.

Malik laissa échapper un rire bref. Maintenant que l'obosom avait vu le pire en lui, et réciproquement, il lui était devenu difficile de ne pas se réjouir de sa présence. Quelle drôle d'idée d'aller chercher du réconfort chez une créature surnaturelle étrangère à la morale humaine.

Et Malik ne regrettait pas ce qu'il avait fait, même si ses nerfs essayaient de le convaincre du contraire. L'enfant qu'il avait été avait mérité que quelqu'un prenne sa défense, et il le referait sans regret si cela pouvait épargner à d'autres d'avoir à subir le même sort que lui.

Quand il fut certain que les anciens n'allaient pas envoyer une escouade de soldats le jeter du haut de la montagne, Malik alla s'enquérir de Karina. Il était presque à la tente des devineresses quand il sentit quelqu'un l'attraper par l'épaule. Il pivota sur lui-même, prêt à tisser une illusion pour se débarrasser de l'importun, puis se figea.

Il se trouvait face à une femme de petite taille, dont le sommet du crâne lui arrivait à peine au menton. Son foulard rouge encadrait un visage fatigué que des rides d'une vie de labeur faisaient paraître plus âgé qu'il ne l'était en réalité. Son port de tête et son regard fier lui conféraient cependant une certaine élégance. Malik s'arrêta de respirer, de peur que le moindre souffle ne fasse voler ce moment en éclats, mais ses craintes cédèrent la place à une incrédulité émerveillée quand la femme, les yeux remplis de larmes, lui prit les joues entre ses mains.

« Mama ! »

40

Karina

L*e Phoque dansant* était plus vieux et plus sale qu'aucun établissement n'était autorisé à l'être, à en juger par la couche de crasse qui recouvrait la moindre surface visible et même le personnel. La nourriture y était cependant excellente et les spectacles plus encore, deux atouts qui avaient attiré Karina dans ce restaurant tout proche du Rempart de Ziran.

Flanquée d'une Aminata d'humeur boudeuse, Karina ne lâchait pas du regard le musicien qui faisait chanter l'assistance, un robuste joueur d'oud à la moustache si parfaitement entortillée qu'elle en paraissait fausse. Apparence mise à part, l'homme était doué, et à voir comment il fanfaronnait sur la scène circulaire au milieu de la salle, il le savait.

Ce soir-là, le public se composait essentiellement de voyageurs et de marchands aux visages burinés par des années de route dans le désert impitoyable. Dans les bavardages autour d'elle, Karina reconnut du kensiya, une des langues des peuples arkwasiens habitant les jungles au nord de l'Odjubai ; du t'hoga, un idiome parlé dans la Savane des Eaux du Levant ; et même un mot ou deux de darajat criés aux serveurs eshrans effarouchés. Les principaux groupes ethniques de Sonande étaient représentés.

Mais le mieux… Mais le mieux…

Karina prit une vive inspiration, qui fit sursauter Aminata près d'elle. « Qu'est-ce qu'il y a ? demanda la suivante.

— Ça ne va pas. Tout ça s'est déjà produit », dit-elle, mais son amie se contenta de la dévisager comme si elle avait perdu l'esprit. Karina tendit le bras vers la scène. « Cet homme est en fait la Hyène, et elle cache *Le Livre des défunts*… »

Mais elle s'interrompit. Le moustachu avait disparu, la scène était maintenant déserte.

« Attends, dis-moi ce qui se passe ! » s'écria Aminata lorsque Karina bondit sur ses pieds et s'enfuit à travers la foule, prise de tournis. Non, ça n'allait pas. Elle était censée être avec quelqu'un, quelqu'un qui avait tout sacrifié pour la mettre en sécurité. Elle devait retourner auprès de lui, si seulement elle se rappelait de qui il s'agissait.

Karina franchit en trombe les portes du *Phoque dansant* et se retrouva dans les couloirs de Ksar Alahari. La nuit était tombée, et il y régnait le plus grand désordre.

Soit, le mot *désordre* n'était peut-être pas le mieux choisi. Même au plus fort du chaos, l'organisation du majestueux palais demeurait sans faille, administrée par un système méthodique auquel Karina n'avait jamais pris la peine de s'intéresser.

Les lieux étaient cependant déserts. Le palais n'aurait pas dû être si calme la veille de Solstasia. Où étaient les serviteurs courant en tous sens, criant qu'il fallait plus d'oreillers dans la chambre de tel ambassadeur, ou que telle cuisine n'avait pas encore reçu ses oignons ? Où étaient les domestiques qui récuraient furieusement les complexes mosaïques zelliges à l'effigie de griffons hurlants et de soleils cramoisis aux murs, ainsi que les puissantes arches en albâtre noir et blanc drapées de guirlandes ?

Au moins, Baba était là. Mais d'où sortait-il ? Elle aurait pu marcher avec lui pendant des heures. Sa foulée n'était ni trop rapide ni trop lente, et il fredonnait une mélodie familière qu'elle n'arrivait pas à resituer.

« C'est quoi cette chanson ? lui demanda-t-elle, et, oh, comme son sourire en coin lui avait manqué.

— Juste une vieille berceuse. Je te la chantais toujours pour t'endormir, mais tu étais le seul bébé au monde à te réveiller sitôt qu'on te gringottait quelque chose. »

Ils se trouvaient maintenant dans son ancienne chambre d'enfant, et son père lui tenait la main, mais il était aussi de l'autre côté de la pièce avec une version bébé d'elle-même dans les bras, et faisait les cent pas en lui fredonnant doucement le même air. Baba avait dû remarquer qu'elle cherchait quelqu'un du regard, car il dit : « Ta mère se joignait rarement à nous pour le coucher. Ce n'était pas vraiment son point fort.

— La maternité n'était pas vraiment son point fort », marmonna-t-elle, avant de rougir de honte. Elle n'avait jamais voulu mettre Baba dans la position inconfortable de devoir choisir entre elle et sa mère.

« Certes », concéda-t-il. Parfois, tout l'amour du monde ne suffisait pas à transformer quelqu'un.

Il l'entraîna dans la cour où la réception de la Veille de Solstasia avait commencé. Des danseurs tourbillonnaient dans les airs, et des éclats de rire ponctuaient la musique enjouée.

« Karina est arrivée ! » cria quelqu'un, à qui répondirent de nombreuses acclamations. Tous ceux qui avaient un jour compté pour elle étaient là : la commandante Hamidou, Aminata, Ife, Caracal, Afua et tant d'autres. Même Dedele lui adressa un hochement de tête désolé. Des dizaines de personnes aux cheveux argent se mêlaient aux invités – les Alahari du passé, des grands-parents, des cousins et toute la famille qu'elle aurait dû avoir. Tous étaient là pour l'accueillir.

Mais elle scrutait la foule à la recherche d'un visage en particulier. Un garçon, oui, aux grands yeux noirs et aux manières nerveuses, comment s'appelait-il déjà…

« L'invitée d'honneur est enfin là. » Tunde s'avança devant elle, avec son sourire en biais. Karina le laissa la prendre par la main et l'attirer dans la cour, galvanisée par la présence de ceux qui lui étaient chers. Si elle se mettait à danser, tous la suivraient, et ils ne s'arrêteraient jamais, car il n'y avait aucune raison de s'arrêter puisqu'ils étaient tous en vie, ensemble et ici.

« Si tu veux danser, danse. » Tunde la prit par les hanches et l'attira contre lui. « Et si tu ne le veux pas, alors ne danse pas. Ici, il y a assez de temps pour faire tout ce que tu ne pouvais pas faire chez toi. »

Karina se détendit à son contact si réconfortant, si familier. « Tu peux rester ici », murmura-t-il, son souffle chaud dans son oreille. Combien de nuits avaient-ils passées ainsi serrés l'un contre l'autre, jusqu'à ce qu'elle complique les choses, ce en quoi elle excellait ? Mais les choses n'avaient pas besoin d'être compliquées. Elle pouvait se fondre en lui comme elle l'avait fait la dernière nuit où il avait été en vie, tout oublier à l'exception des endroits où leurs corps se rencontraient.

Et ils pourraient prendre tout le temps du monde, car ici, on n'en manquait pas – un temps infini, tranquille, glorieux. Elle pourrait rester avec Tunde aussi longtemps qu'il lui plairait, et quand elle se lasserait de lui, elle pourrait cancaner avec Aminata pendant des heures, discuter magie fondamentale avec Afua, se réconcilier avec Dedele.

Mais…

Il manquait quelqu'un. Quelqu'un d'autre que le garçon dont elle n'arrivait pas à se souvenir.

Karina s'écarta de Tunde aussi gentiment que possible. « Je dois trouver ma mère. »

Les lèvres du champion de l'Eau esquissèrent un sourire triste. « Même dans la mort, je n'arrive pas à te retenir, dit-il, et il lui embrassa le front avec bienveillance.

— Tu méritais quelqu'un qui aimait aussi passionnément et aussi profondément que toi. Je suis désolée de ne pas être cette personne. »

Karina le quitta avant de voir son cœur se briser une seconde fois.

La fête battait son plein, mais la Crécerelle n'était nulle part en vue. Ses pas la conduisirent non pas au Marbre, ni même au jardin de la reine, mais dans une petite aile résidentielle qui donnait sur son jardin. Sa mère se tenait contre la balustrade, d'où elle observait trois enfants – Karina, Hanane et Farid – jouer parmi les plantes. L'angle des murs lui permettait de voir sans être vue. Karina se demanda ce qui était arrivé à sa mère pour qu'elle ne se sente pas libre de regarder ouvertement ses enfants jouer.

« Oh, Karina. Tu n'es pas censée être ici », déclara la Crécerelle, et comme toujours, ni sa voix ni son visage ne trahirent la moindre émotion. À un certain niveau, Karina savait que tout cela se passait dans sa tête. Comme il était triste que, même en rêve, elle soit incapable de concevoir une version chaleureuse de sa mère.

La petite Karina en bas cria d'excitation sous les chatouilles sans pitié de Farid et de Hanane. Elle se souvenait de cette journée. Dans seulement quelques minutes, Hanane se lasserait de leur jeu, ce qui mettrait Farid de mauvaise humeur, et Karina, contrariée, se laisserait submerger par ses pouvoirs pour la toute première fois.

« Vous nous surveilliez », dit-elle, et la Crécerelle ne répondit rien. Karina avait été trop jeune à l'époque pour s'en rendre compte, mais elle voyait à présent les braises de l'obsession future de Farid luire sous ce qu'elle avait pris pour une innocente interaction entre deux enfants. Même alors, il couvait Hanane d'un regard possessif, tel un roi visitant ses terres et les trouvant à son goût.

La Crécerelle quitta le balcon, et Karina lui emboîta le pas, comme elle l'avait toujours fait. Elles passèrent devant la pièce où la reine avait fait fouetter le prince Hakim pour avoir supposément empoisonné Farid, puis elles croisèrent un Farid plus âgé penché sur un livre ancien, la tête pleine d'idées maléfiques vieilles de 1 000 ans. Les signes avaient été là dès le début, entre ces murs, et pourtant personne n'était intervenu.

« Pourquoi n'avez-vous pas fait davantage ? » s'écria Karina d'une voix amère. Pour toute réponse, la Crécerelle ouvrit une série de portes. La fresque dépeignant l'histoire de leur famille se déploya devant elles à perte de vue. Mais au lieu de s'arrêter à l'épopée de Bahia, elle continuait pendant encore mille ans, pour se terminer par l'accession précoce de la Crécerelle au trône et sa mort encore plus prématurée. La zone au-delà de l'histoire de sa mère demeurait vide.

La zone où celle de Karina s'écrirait un jour.

Sa mère posa la main contre la portion de fresque qui représentait la naissance de Hanane. « Quand il était question de ma famille, je ne voyais que ce que j'avais envie de voir, dit-elle, et pour la première fois de sa vie, Karina entendit la voix de sa mère vaciller. Je souhaitais si ardemment qu'il ne vous arrive rien que j'ai fini par me convaincre que rien ne pouvait vous atteindre. J'ai même nié la possibilité que l'un de vous puisse faire du mal aux deux autres. »

Sa mère se tourna vers elle. « Le temps qui m'était accordé en ce monde a touché à sa fin. L'heure est venue qu'une nouvelle reine perpétue l'héritage de mes ancêtres, qu'eux-mêmes ont hérité des leurs.

— Quel genre d'héritage exactement ? se rebella Karina. Une guerre remportée mille ans avant notre naissance ? Et qu'en est-il des torts que notre famille a infligés à Malik et à son peuple – qui en porte la responsabilité ? Comment pouvons-nous revendiquer les victoires de nos ancêtres sans assumer les atrocités commises en leur nom ? »

Karina fit un pas en avant. Maintenant qu'elle avait commencé, elle ne pouvait plus s'arrêter de parler. « Toute ma vie, on m'a appris qu'à la différence de toute autre puissance, Ziran a été bâtie sur des fondations de justice. C'était peut-être le cas à l'origine, mais seuls des fruits pourris ont poussé sur ces fondations. La Ziran d'aujourd'hui a corrompu les idéaux que nous prétendons défendre. »

Karina attendit son châtiment, car jamais elle n'avait parlé de la sorte à sa mère. Mais la reine se contenta de sourire.

« Comment comptes-tu régler le problème ?

— Quoi ?

— J'ai dit : comment comptes-tu régler le problème ? »

La Crécerelle désigna d'un grand geste l'histoire millénaire autour d'elles. Mille ans de batailles, de souffrance et d'oppression, certes, mais aussi de révolution. D'espoir. D'actes de foi individuels tendant à améliorer le monde.

« As-tu oublié qui tu es ? As-tu oublié de qui tu descends ? Nos ancêtres sont nos racines, qui nous ancrent dans le sol. Je suis le tronc, la garante du lien. Et toi, ma chérie, tu es les branches. Tu peux fleurir indéfiniment, si tu t'en donnes les moyens. »

Un par un, les fragments de mosaïque se changèrent en boutons et en pétales, comme si la vie elle-même naissait des vestiges de la douleur et de la mort.

La Crécerelle se baissa et déposa un baiser sur le front de Karina. Des fleurs lui emplirent les poumons, se mêlèrent à son sang ; la graine de ses ancêtres prenait racine en elle. « Une nouvelle reine doit s'élever. »

Sa mère recula d'un pas. Karina se trouvait maintenant sur un chemin qui s'étirait à perte de vue dans deux directions, devant et derrière elle.

« Tu peux aller de l'avant ou repartir en arrière, indiqua la Crécerelle.

— Quelle direction me fera regagner le monde des vivants ?

— L'une te ramènera chez toi, l'autre pas. Au fond de toi, tu sais déjà laquelle est laquelle. »

Karina jeta les bras autour du cou de sa mère et se blottit contre elle comme elle n'avait plus jamais été capable de le faire depuis l'incendie. Elle savoura chaque seconde de ce moment, car elle savait qu'il ne se présenterait jamais plus.

« As-tu besoin que je te montre le chemin ? » demanda Baba, qui était revenu. Mais son sourire se teinta de tristesse lorsque Karina secoua la tête. « Ah, j'avais oublié. Tu es une grande fille, maintenant. Les grandes filles n'ont pas besoin que leur père les raccompagne chez elles, pas vrai ? »

Karina voulut protester qu'elle aurait toujours besoin de son père. Aussi longtemps qu'elle vivrait, une part d'elle-même serait toujours cette petite fille attachée à ses pas, certaine que rien de mal ne pourrait lui arriver en sa présence.

Mais elle était tellement plus que cette petite fille. Toutes celles qu'elle avait été et toutes celles qu'elle deviendrait la poussaient vers l'avant.

Vers chez elle.

Karina s'accrocha un instant au cou de son père, surprise de constater qu'il n'était pas beaucoup plus grand qu'elle, à présent. Il lui rendit son étreinte.

« Promets-moi que tu reviendras avant que les lumières se rallument, murmura-t-il alors qu'elle s'écartait de lui en embrassant une dernière fois du regard les visages des premières personnes qui l'avaient aimée.

— Je te le promets. »

En se réveillant, Karina remarqua immédiatement que la fièvre était tombée et que ses pensées ne semblaient plus se mouvoir au ralenti, comme prises dans de la poix. Elle fut frappée ensuite par la faim dévorante qui la tenaillait. Elle aurait pu manger la fine couverture qui la recouvrait, s'il n'y avait eu ces deux visages dans son champ de vision.

« Caracal ! Ife ! »

Le plus âgé des deux zawenjis lui sourit. La partie gauche de son visage arborait des brûlures récemment guéries. Ife était assis•e à côté de lui, les yeux fortement cernés. Karina se mordit l'intérieur de la joue pour s'assurer qu'il ne s'agissait pas d'un nouveau rêve enfiévré. Le sang sur sa langue lui confirma que ce n'était pas le cas.

« Vous vous faites souvent mal. Vous devriez arrêter, dit lae dulyo. Si vous étiez arrivée ici ne serait-ce qu'un jour plus tard, vous auriez été trop malade pour que ma magie puisse agir sur vous. Au passage, attendez-vous à ce que votre côlon ne fonctionne pas normalement pendant six à huit semaines… Pas de câlin ! Je n'aime pas les câlins ! »

Karina lae relâcha immédiatement, les joues baignées de larmes. « Pardon, c'est juste que… j'ai cru que je ne vous reverrais jamais. »

Caracal lui tapota la tête, un geste qui, tout autre jour, lui aurait valu de se faire mordre. « On dirait que vous allez devoir nous supporter encore un peu, princesse.

— Mais comment êtes-vous arrivés ici ? Et Afua… »

L'expression peinée de ses amis la découragea de finir sa phrase. « On n'en sait rien, dit Caracal d'une voix douce. Une fois le processus enclenché, Doro Lekke a disparu, et nous nous sommes réveillés au bord du gouffre, seuls. Nous l'avons cherchée pendant des jours, mais sans succès. Pas de corps, rien. Elle s'était juste... volatilisée. On a fini par partir sans elle. »

Karina savait vain l'espoir qu'Afua ait trouvé un moyen d'échapper à l'enchantement qui la liait dorénavant au Sanctuaire, mais la confirmation de ses soupçons la plongea dans le chagrin. Au moins n'était-elle pas morte, mais quelle existence l'attendait désormais ?

« Initialement, nous avions l'intention de rester au Sanctuaire le temps que les choses se tassent. Mais ça n'a pas du tout plu aux papillons, expliqua Ife. Ils se sont mis à nous mordre – vous saviez que les papillons mordaient ? Moi, non, et c'est très douloureux – jusqu'à ce que nous les suivions dans des tunnels qui aboutissaient dans ces montagnes. C'est là que les Eshrans nous ont récupérés. » Ife plissa le nez. « Les gens d'ici n'aiment vraiment pas la magie, mais ils aiment encore moins mourir, unique raison pour laquelle ils ne m'ont pas tué·e. »

La seule chose en laquelle Karina croyait moins que la providence divine, c'était le hasard. Mais à cet instant, elle se fichait de savoir lequel des deux lui avait ramené ses amis. Elle passa le bras autour du cou de Caracal, et après un moment d'hésitation, le mercenaire lui rendit son étreinte avant de s'écarter d'elle maladroitement.

« Je suis désolée pour tout ce que j'ai dit à Doro Lekke, déclara-t-elle. Surtout à toi, Ife. C'était méchant de ma part. Et merci... pour tout. »

Ife hocha la tête, et Caracal haussa légèrement les épaules, embarrassé. Cependant, et quoique Karina se réjouisse de leur présence, elle avait encore quelqu'un à voir.

« Vous ne devriez pas encore vous lever ! » la réprimanda Ife lorsqu'elle rejeta sa couverture et gagna en titubant la sortie de la tente.

Malik. Il fallait qu'elle voie Malik.

Elle le trouva au milieu du camp, en train de s'adresser à une grande foule en darajat. Restée à distance, Karina remarqua à quel point il paraissait différent ici. Dans sa langue natale, sa voix était plus basse, et quoiqu'elle ne comprenne pas le sens de ses paroles, elle distingua plusieurs fois son nom, ainsi que les mots *Solstasia* et *Farid*. Quelque chose lui était arrivé pendant sa convalescence ; il semblait plus léger, comme si le poids qui l'écrasait n'était plus là. Il croisa son regard, et le sourire qu'il lui lança la fit chanceler.

« Karina ! » Sous les murmures de la foule, Malik se précipita auprès d'elle et l'observa sous toutes les coutures. « Est-ce que tu vas bien ? Tu as mal quelque part ? demanda-t-il en zirani, et pour la première fois, Karina regretta de n'avoir jamais pris la peine d'apprendre le darajat.

— Non, je me sens bien. » Les Eshrans ne manquaient rien de leur conversation, et plus d'un affichait ouvertement son mépris. Karina ne leur reprochait pas leur suspicion ; après ce que ses ancêtres leur avaient fait, c'était un miracle qu'ils n'aient pas mis sa tête en haut d'une pique au moment où elle avait pénétré dans la grotte.

Deux femmes que Karina reconnut s'approchèrent derrière Malik.

« Fatima ! » s'exclama-t-elle, et la vieille femme que Karina avait sauvée du désert lui sourit chaleureusement. Sa fille était avec elle, et maintenant qu'elle et Malik se tenaient côte à côte, Karina comprit enfin pourquoi la plus jeune des deux Eshranes lui avait paru si familière quelques semaines plus tôt. Ils n'avaient pas les mêmes traits, mais la même gestuelle calme et posée, la même façon d'incliner la tête sur le côté quand ils réfléchissaient, et le même éclat dans les yeux quand ils souriaient.

« Vous êtes la mère de Malik », dit-elle. Nul doute que si la Hyène était là, elle serait partie d'un rire hystérique en constatant que le destin l'avait une fois de plus liée à Malik.

« Appelez-moi Rahila. Je suis maintenant deux fois votre débitrice : la première, pour avoir sauvé la vie de ma mère, et la seconde, pour m'avoir ramené mon fils. Je ne vous remercierai jamais assez de ce que vous avez fait pour moi. »

Les femmes et les enfants que Karina avait secourus à Tiru hochèrent tous la tête à ces mots et la couvèrent d'un regard d'adoration. Une vague de chaleur et d'embarras la traversa.

« Inutile de me remercier. C'était le moins que je puisse faire. »

Malik secoua la tête. « Tu aurais pu ne rien faire, comme la plupart des gens. Karina, ma mère et ma grand-mère sont en vie grâce à toi. » Il la regarda comme si elle était une héroïne, alors qu'elle avait simplement essayé de réparer une injustice.

Au premier rang de la foule se tenaient six hommes que Karina identifia comme les chefs du camp. Le plus vieux d'entre eux dit quelque chose en darajat, et Malik se raidit. Il traduisit rapidement : « Leurs éclaireurs rapportent que Farid se trouve à moins d'un jour d'ici, avec un contingent entier de soldats de l'armée régulière et de Sentinelles. Il ne semble pas avoir connaissance de l'existence de ce camp, ou que toi et moi sommes ici, mais il a bloqué tous les cols, si bien qu'on ne peut ni entrer ni sortir de la vallée sans passer par un de ses points de contrôle. »

Dieux, et dire que pendant tout ce temps, Farid les avait talonnés. S'il les avait rattrapés un jour plus tôt, alors qu'ils étaient vulnérables…

« Comment comptent-ils gérer la situation ? demanda-t-elle.

— Ils sont partagés. Certains d'entre eux veulent rester cachés, en espérant qu'il abandonne les recherches et s'en aille sans découvrir cet endroit, mais ils n'ont de la nourriture et de l'eau que pour quelques jours. D'autres suggèrent que nous envoyions un détachement de guerriers s'emparer d'un des cols pour que le reste d'entre eux puisse s'échapper. Et la troisième option… » Ses yeux s'assombrirent. « … consiste à nous livrer toi et moi à Farid pour essayer de négocier la paix. »

Les regards hostiles parmi ceux qui les entouraient ne laissaient aucun doute quant à la préférence de certains. Mais Malik s'était subtilement placé entre Karina et la foule, donnant l'impression qu'il était prêt à en venir aux mains si quiconque s'avisait de toucher à un de ses cheveux. Elle posa la main sur son épaule, instillant dans son geste toute la gratitude que son attitude lui inspirait, et la tension de Malik s'apaisa un peu.

« Qu'est-ce qu'on doit faire, d'après toi ? chuchota-t-elle.

— Je ne sais pas. Si nous partions tous les deux, nous arriverions sans doute à franchir les barrages, mais si Farid trouvait cet endroit, il n'hésiterait pas à torturer tous ces gens pour découvrir où nous sommes allés. »

Rahila s'accrocha au bras de son fils. Son visage exprimait une férocité toute maternelle. « Tu ne vas nulle part sans moi, déclara-t-elle. Où que tu ailles, nous irons. »

C'était un sentiment admirable, mais Karina et Malik savaient tous deux que s'ils emmenaient sa mère et sa grand-mère, elles les ralentiraient. Pour autant, jamais elle ne lui demanderait de les laisser ici. Et Malik avait raison : si Farid pensait ne serait-ce qu'un instant que ces gens avaient contribué à leur fuite, il ferait pleuvoir la destruction sur le peu qui restait à ces villageois. Ils ne pouvaient ni demeurer ici ni laisser le camp sans défense.

Il sembla à Karina que, depuis Solstasia, elle n'avait fait que fuir. Fuir ses devoirs de reine quand sa mère était morte. Fuir de Ziran pour sauver sa peau après le coup d'État. Elle en avait assez ; elle affronterait son destin la tête haute. Elle mourrait en sachant qu'elle avait fait tout son possible, même si ce n'était pas assez.

Restait la question du Rite du Renouveau et du pacte de sang. Avec ou sans Farid, il leur faudrait de toute façon accomplir le rituel pour éviter la fin du monde…

« Malik, rappelle-moi quels étaient les quatre fléaux censés survenir après le Rite de Résurrection ? demanda Karina.

— Les sauterelles, les séismes, la peste et la bête.

— Nous avons eu les trois premiers… Qu'en est-il du quatrième ?

— Pour ce qu'on en sait, la bête est peut-être en train de terroriser de pauvres bougres de l'autre côté de Sonande », suggéra Caracal, qui s'était joint à leur réunion improvisée avec Ife. Karina secoua la tête. Jusqu'ici, les fléaux étaient apparus non loin de Farid ou d'elle, comme si le monde savait qu'ils étaient responsables du premier rituel. Si la bête devait frapper quelque part, ce serait ici.

Comme toujours, Karina sentit le besoin désespéré d'agir la consumer de l'intérieur. Mais Farid avait toujours su profiter de sa témérité pour la manipuler. Elle se contraignit à penser la situation comme un jeu de stratégie. Farid, avec ses Sentinelles, son armée et Hanane, occupait un des côtés du plateau. Malik, elle, ses amis et les Eshrans leur faisaient face. Farid avait pour lui l'avantage du nombre, mais eux connaissaient le terrain comme personne et pouvaient compter sur l'effet de surprise.

Karina réorganisa les pièces dans sa tête, à la recherche d'une stratégie qui ne leur coûterait aucune vie. Ce furent cependant les paroles de ses ancêtres qui lui permirent de les emboîter.

N'oublie pas ceux qui ont le plus besoin de toi.

Le visage de la liche… Non, pas de la liche. Le visage de *Hanane* s'imposa à son esprit. Hanane, à qui cet homme avait volé tant sa vie que sa mort. Hanane, qui avait appelé à l'aide pendant des années, mais que Karina, focalisée sur son propre sentiment d'infériorité, n'avait pas entendue.

Les ancêtres n'avaient jamais voulu qu'elle sauve Sonande. Ils voulaient qu'elle sauve Hanane.

« Ce n'est pas moi qui suis destinée à vaincre Farid, mais Hanane », dit-elle d'une voix blanche.

Ses compagnons échangèrent des regards gênés. « Hanane est-elle assez forte pour affronter la magie de Farid ? interrogea Malik.

— Hanane n'est peut-être pas zawenjie, mais elle n'a jamais été impuissante. De plus, elle a été ramenée à la vie par le Rite de Résurrection. Une étincelle de ce pouvoir demeure possiblement toujours en elle. » Cela expliquerait la chose que Karina avait vue nager dans les yeux de sa sœur durant la nuit qu'elles avaient partagée à Ksar Nirri. Quel que soit le pouvoir que le rituel lui avait conféré, il devait s'agir d'une magie plus ancienne que celle des zawenjis ou des ulrajis, contre laquelle Farid ne pourrait rien. « Si je pouvais lui parler, j'arriverais peut-être à la convaincre.

— Admettons que votre sœur possède quelque pouvoir secret prêt à se déchaîner. Que faites-vous de l'armée ? Est-elle censée la tenir en échec à elle toute seule ? » demanda Caracal.

Les yeux de Karina glissèrent des visages apeurés qui l'entouraient aux améthystes qui scintillaient au-dessus de leurs têtes. « Je sais comment battre l'armée ziranie avec un minimum de pertes. Mais ça implique de révéler l'existence de ce camp. »

Karina expliqua rapidement son idée à Malik, qui la regarda comme si elle avait perdu l'esprit, mais il traduisit consciencieusement pour ceux qui ne parlaient que le darajat. Une vague de malaise agita les villageois, et une jeune fille particulièrement courageuse s'exclama dans un zirani fortement accentué : « Comment être sûrs que ce n'est pas un piège ?

— Quel genre de reine complote contre sa propre armée ? » renchérit une autre voix.

Plusieurs cris d'assentiment se joignirent à la protestation. Malik se tendit, prêt à prendre sa défense, mais elle posa la main sur son bras et secoua la tête.

« C'est bon », dit-elle juste assez fort pour que seul Malik l'entende. Puis elle reprit à voix haute : « Je ne vous demanderai pas de choisir entre votre peuple et moi. »

Les ancêtres de Karina lui auraient conseillé d'affirmer son autorité. Elle était reine – elle avait le pouvoir de contraindre ces gens à lui obéir, qu'ils le veuillent ou non.

Mais ses aïeux ne comptaient pas uniquement des reines et des conquérants. Les générations qui avaient précédé le soulèvement de Bahia avaient connu la violence de l'oppression et de la soumission, comme les Eshrans. Ce furent ces ancêtres-là qui dictèrent sa conduite à Karina.

Une nouvelle reine doit s'élever, lui avait dit sa mère, aussi Karina s'agenouilla-t-elle et posa-t-elle le front contre la pierre – la posture de repentir la plus humble qu'elle connaisse.

« Je sais que mes paroles ont peu de poids, considérant qui je suis et ce que mon peuple vous a fait subir, mais du fond du cœur, je regrette chacun des torts que nous vous avons causés, dit-elle à la foule assemblée. Je mérite votre jugement et votre mépris, car les tourments que ma famille vous a infligés sont impardonnables. Ces mots ne vous rendront pas tout ce que vous avez perdu, mais je vous les offre quand même. »

La pierre mordait dans ses paumes, mais elle garda la tête baissée.

« Et je vous adresse égoïstement une requête. Je ne vous demande pas votre pardon ni même votre respect, mais votre confiance. Croyez-moi, je ferai tout ce qui est en mon pouvoir pour aider votre peuple à survivre à cette menace. Je vous le jure non seulement sur ma tombe, mais sur celle de ma mère et de mon père. Laissez-moi commencer à faire amende honorable. »

Les Alahari ne s'agenouillaient pas. C'était l'une des quelques leçons que Karina avait retenues par cœur – c'était même précisément la raison pour laquelle Bahia avait fondé Ziran en premier lieu. Mais il y avait une différence entre s'agenouiller devant quelqu'un qui vous a contraint de le faire et s'agenouiller pour témoigner son respect. Karina pouvait seulement espérer que les Eshrans entendraient la sincérité de ses paroles et l'aideraient à mener à bien ce dernier acte de bravoure insensé.

Au bout d'une minute qui parut à la fois trop longue et trop courte, un des anciens dit : « Levez-vous, Karina Alahari. »

Elle s'exécuta. Les Eshrans la considéraient maintenant non pas avec chaleur, mais avec une sorte de respect réticent. Le regard de Malik était le plus lourd de tous. Elle ne pouvait cependant se résoudre à le lui rendre, de crainte que son peuple ne croie sa déclaration uniquement motivée par les sentiments qu'elle nourrissait pour lui.

« Dites-nous-en plus sur votre plan, princesse », intervint Fatima, et Karina prit la mesure du vaste espace, de ces gens effrayés et de l'absence d'issues. Elle prit une poignée de gemmes et les disposa devant elle sur le sol, schématisant grossièrement l'entrée de leur retraite et le col qui lui faisait face.

« Voici ce que nous pourrions faire. »

41

Malik

Le plan de Karina était violent, terrifiant et possiblement la chose la plus téméraire dont Malik ait jamais entendu parler.

C'était aussi leur seule chance d'en sortir vivants.

Ils passèrent les heures suivantes à en peaufiner les détails avec les villageois et à s'assurer que chacun sache où il devait se trouver et quand. Malik resta avec Karina tout du long. Il traduisait ses paroles de plus en plus vite à mesure que croissait sa nervosité, l'instruisit de la configuration des lieux, des compétences de chacun et des armes dont ils disposaient. Il l'aida à rédiger une lettre simple à destination de Farid, où elle précisait le lieu où ils se rencontreraient à l'aube. Puis il feignit de ne pas remarquer le tremblement de ses mains alors qu'elle confiait la missive au messager.

Une fois les préparatifs achevés, le camp plongea dans un silence tendu alors que ses occupants tentaient de grappiller quelques heures de repos à ce qui serait sans doute la plus longue nuit de leur vie. Karina était retournée dans la tente des devineresses à l'insistance de son ami·e zawenji·e Lune-aligné·e, et Malik avait rejoint Mama et Nana dans leur petit coin de grotte pour partager avec elles un repas et le récit de tout ce qui s'était passé depuis la dernière fois qu'ils s'étaient vus.

Il leur dit tout. Malgré sa voix tremblante, il leur raconta comment ses pouvoirs s'étaient libérés après que Nadia avait été prise en otage. Comment il avait tué Driss et torturé Dedele. Comment il avait failli mettre un terme définitif à cette histoire à Talafri quand il s'était rendu compte que Leila et Nadia l'avaient abandonné, et il ne put leur promettre qu'il ne nourrirait plus jamais ce genre de pensées. Malik exposa le moindre recoin sombre et brisé de son âme à nu devant la seule famille qui lui restait.

Quand il eut terminé, il releva la tête, prêt à encaisser les reproches qu'il méritait pour être devenu un monstre plus horrible encore que le père qui l'avait engendré.

Mais il n'était pas prêt à recevoir l'étreinte de sa mère, dont les larmes lui mouillèrent le visage. « Mon bébé, sanglota-t-elle. Mon bébé, mon bébé. »

Ces deux mots, encore et encore. Malik réprima ses propres larmes. Comment pouvait-elle lui pardonner ? Comment pouvait-elle toujours l'aimer après tout le mal qu'il avait fait ?

Il avait dû prononcer ces derniers mots à voix haute, car Mama lui prit le visage entre les mains et dit : « Parce que tu es là, et ça signifie que tu peux encore arranger les choses. »

Tu étais à deux doigts de démembrer les anciens, mais une parole bienveillante de ta mère, et tu pleures comme une fillette, se moqua Idir avec ce que Malik imagina être un sourire satisfait.

Sans répondre, Malik se laissa envelopper par la chaleur de sa mère pour ce qui était peut-être la dernière fois.

« Ton père m'a dit une fois que son grand-père prétendait avoir des visions, dit Mama quand ses larmes se furent enfin taries. Il a transmis la crainte qu'elles lui inspiraient à ses enfants, qui à leur tour l'ont transmise à leurs enfants. Jusqu'au dernier jour où je l'ai vu, même la plus petite allusion au surnaturel le plongeait dans une rage folle. »

C'était la première fois que sa mère parlait de son père depuis qu'il les avait quittés, et Malik voyait bien qu'il lui en coûtait. Il ne pardonnerait jamais à cet homme ce qu'il leur avait fait, mais il déplorait que le monde ne leur ait offert, à lui et à ceux qui l'avaient précédé, aucun autre exutoire à leurs traumatismes que la violence et la colère. Il se jura que ce cycle de maltraitance familiale se terminerait avec lui, même s'il devait consacrer le reste de sa vie à découvrir comment.

Malik coula un regard vers la tente des devineresses, qui n'échappa pas à Nana. « Va donc voir ta princesse. Laisse les vieilles commères à leurs bavardages », dit-elle, et bien que Malik n'ignore pas qu'il donnait du grain à moudre aux rumeurs pour encore plusieurs années – s'ils survivaient jusque-là –, il embrassa une dernière fois sa mère et sa grand-mère sur les joues et partit voir Karina.

Il la trouva en train de trier la nourriture qui partirait le lendemain avec les enfants, les personnes âgées, et tous ceux qui étaient trop faibles pour se battre. Quand il lui proposa de la relayer, elle secoua la tête.

« Je n'arriverai pas à dormir, alors autant me rendre utile. »

Malik se joignit à elle, et ils rationnèrent les quantités limitées de fruits, de viande séchée et de tubercules de manioc dans un silence complice. À voir Karina s'affairer avec bonne humeur, il était difficile de croire qu'elle avait frôlé la mort à peine un jour plus tôt.

« Est-ce que tu portes sur ton dos toutes les filles que tu rencontres jusqu'en haut d'une montagne, ou ai-je eu droit à un traitement de faveur ? » finit-elle par demander. Malik ignorait toujours comment il avait survécu à cette ascension, et il doutait qu'il le saurait jamais. Aussi, il n'avait gravi qu'un tiers de la montagne, mais ce n'était pas vraiment le moment de chipoter.

« Seulement toi, dit-il à voix basse. Il n'y a que pour toi que je serais capable de faire une chose pareille. »

Les yeux de Karina s'allumèrent de surprise, et elle les détourna rapidement. Pour une fois, c'était lui qui l'avait troublée, pas l'inverse. Ça faisait donc cet effet… « C'est la première fois que je touche une patate douce – et la dernière, j'espère, dit-elle. Elles sont si velues… Pourquoi ont-elles tous ces poils ? »

Malik en ramassa une et la fit courir le long du bras de Karina, lui tirant un cri perçant. Elle se vengea en lui lançant un melon au visage, qu'il évita habilement en éclatant pour la première fois de rire depuis… Il n'arriva pas à se rappeler la dernière fois qu'il avait ri.

Mais il redevint sérieux au souvenir de ce qui les attendait au matin. Enfant, Malik avait voulu être l'un de ces héros de conte qui vivaient des aventures incroyables et terrassaient des monstres. Mais aujourd'hui, il n'aspirait à rien d'autre que partager un bol de quartiers d'orange baignant dans du jus de citron avec ses sœurs. Il voulait rire encore avec Karina, l'embrasser, passer d'autres nuits assis près d'elle à ne rien faire. Il voulait vivre, et il regretta de ne pas l'avoir compris avant qu'ils n'aient atteint le point de non-retour.

« Tu n'as pas peur ? demanda-t-il, et Karina perdit son sourire.

— Je suis terrorisée, admit-elle. Si je me trompe, si j'ai mis en péril ce qui reste de ton village sans raison… »

Malik entrelaça ses doigts aux siens. « Ça va marcher », promit-il. Elle posa la tête sur son épaule, et Malik envisagea de l'embrasser ici et maintenant, et que les grands-mères trop curieuses et les anciens moralisateurs aillent se faire voir. Il se vit l'embrasser jusqu'à ce qu'elle oublie tous ses soucis, il imagina les mains de Karina descendre le long de son torse et plus bas, et rêva de terminer ce qu'ils avaient commencé cette nuit-là dans le rêve au bord de la rivière.

« Il me manque, dit-elle subitement, et le fantasme de Malik vola en éclats. C'est tordu, n'est-ce pas ? Farid me révulse et me manque, et je ne comprends pas comment je peux ressentir les deux en même temps, mais c'est le cas. »

Malik poussa un soupir. « Farid sait comment donner à chacun exactement ce qu'il veut. Il plonge profondément en toi, et ses mots te retournent le cerveau jusqu'à ce que tu doutes de tout ce que tu croyais savoir sur toi. C'est ce qu'il a fait à Hanane. C'est ce qu'il m'a fait. Tu n'es pas plus coupable d'être tombée dans le panneau que quiconque. »

Il baissa les yeux sur leurs mains entrelacées. « Mais personne ne m'a tenu un couteau sous la gorge pour m'obliger à faire ce que j'ai fait. J'assume la responsabilité de toutes les horreurs que j'ai commises au nom de Farid. Et malgré tout ce que j'ai fait pour lui, quand j'étais au plus bas, il m'a pratiquement jeté dehors. »

Karina posa sa main libre sur la joue de Malik, qui l'accepta avec gratitude. Il se demanda si l'image du visage de Karina baigné de la lumière violette des améthystes quitterait un jour son esprit. « Farid se trompe, dit-elle. Je suis heureuse que tu sois toujours là. Ta présence rend le monde meilleur. »

Ce moment si fragile et si délicat n'était qu'une tête d'épingle dans le grand plan universel, mais le point culminant d'un processus à l'œuvre depuis des siècles.

En fait, non. Leurs histoires avaient beau être entremêlées par des forces qui les dépassaient, cet instant ne concernait qu'eux. Rien ni personne d'autre ne comptait.

« Merci, dit-il dans un murmure.

— Merci de soutenir ce plan complètement fou.

— Tu es la seule personne pour qui j'accepterais de me jeter tête la première dans une mort aussi insensée. »

Pour Malik, une des pires manifestations de son anxiété permanente était qu'il se sentait parfois comme un étranger dans sa propre vie. Il avait trop souvent l'impression que toutes les voix comptaient sauf la sienne, et il s'épuisait tant à trier les désirs et les besoins des autres qu'il ne lui restait plus aucune énergie pour discerner ce qui venait vraiment de lui.

Mais depuis qu'il avait promis à Karina de l'aider, il avait la conviction profonde que, pour une fois, sa tête et son cœur œuvraient de concert. Il ignorait combien de temps lui durerait cette certitude, mais tant qu'elle était là, il entendait bien la suivre.

Il entortilla une de ses tresses entre ses doigts, ne boudant pas son plaisir quand les yeux de Karina s'assombrirent. « Ces cheveux sont décidément trop longs, dit-elle avec un soupir de frustration.

— Je peux faire quelque chose, si tu veux », proposa Malik. Devant son regard incrédule, il ajouta : « Je ne suis pas un expert, mais j'ai déjà coupé les cheveux de mes sœurs. »

Pour toute réponse, Karina lui tourna le dos pour lui présenter la cascade de ses tresses. Malik, le cœur serré, commença par en ôter les filigranes et les gemmes. Une fois sa chevelure libre de toute entrave, il invoqua la lame-esprit.

« Tu les veux à quelle longueur ? s'enquit-il en lui effleurant la nuque tandis qu'il formait une première mèche.

— Je m'en fiche, dit-elle d'une voix si imperceptiblement haletante que Malik se demanda si elle aussi imaginait ses mains contre sa peau dans un tout autre contexte. Ce qui te paraît le mieux. »

Il hocha la tête – inutilement puisqu'elle ne pouvait pas le voir –, leva la lame et pratiqua la première coupe. Des mèches argent tombèrent silencieusement autour d'eux à mesure qu'il travaillait. Il essaya de lui refaire la coiffure qu'elle avait arborée durant Solstasia, mais il avait surestimé la quantité de cheveux à couper, et quand il eut terminé, il ne restait autour du crâne de Karina qu'un halo argenté à peine assez long pour lui couvrir les oreilles.

La panique s'empara de Malik quand elle inspecta le résultat du bout des doigts. « J'ai coupé trop court, n'est-ce pas ? Je suis tellement, tellement désolé... Peut-être que quelqu'un saura rattraper le coup...

— C'est parfait », l'interrompit Karina en se tournant vers lui, et la fille qu'il vit devant lui n'avait plus rien de commun avec Hanane. Elle ne ressemblait qu'à elle. « C'est parfait », répéta-t-elle.

Là-dessus, ils se remirent au travail. Le plaisir d'être ensemble tint encore un moment l'obscurité à distance.

42

Karina

Juste après l'aube, l'armée ziranie se déversa dans la vallée sinistrée que fut jadis Oboure, comme l'avaient prédit les éclaireurs de Siwa. De leur point de vue non loin du sommet de la montagne, Karina vit un petit groupe de cavaliers flanqué de Sentinelles s'écarter de la colonne principale et virer dans leur direction.

Son frère avait répondu à son appel.

Le camp se mit en branle. Les guerriers eshrans dévalèrent le flanc de la montagne et engagèrent le combat au niveau d'un des points de contrôle, tandis que Ife et Siwa emmenaient les personnes âgées, les enfants, et tous ceux qui ne pouvaient pas se battre de l'autre côté de la montagne, où ils devraient être à l'abri des affrontements.

Vêtue d'une tenue traditionnelle de cavalière eshrane composée d'une longue robe plissée et d'un pantalon tissé, les cheveux plus courts qu'elle les avait jamais portés et les doigts serrés autour de l'algaïta, Karina se mit à trembler. La nuit dernière, l'idée d'essayer de déclencher le pouvoir en sommeil chez Hanane et de le retourner contre Farid avait semblé possible. Mais elle aurait dû s'enfuir quand elle en avait eu la possibilité, quelle idiote elle avait été, elle les menait tous à la mort…

Quelqu'un lui toucha l'épaule. Malik, constata-t-elle en levant les yeux, qui resplendissait dans sa robe noir et or. L'expression de son visage donna envie à Karina de l'attirer dans un recoin sombre de la montagne et de le protéger de ce qui allait arriver. Il invoqua le sceptre et le lui tendit.

« Quoi qu'il se passe, je serai avec toi jusqu'au bout », dit-il, et les papillons cessèrent de s'agiter dans la poitrine de Karina. Même si elle n'avait aucune confiance en elle, elle pouvait se reposer sur la foi de Malik.

Ils comprirent tous deux au même moment qu'ils se voyaient peut-être pour la dernière fois. Malik avait amplement mérité d'affronter Farid pour tout le mal que celui-ci lui avait fait, mais elle avait besoin de lui ailleurs pour que son plan fonctionne.

« Karina, je… », commença-t-il, mais ce fut tout ce qu'il parvint à dire avant qu'elle ne l'embrasse, sans se soucier que l'entièreté du camp les observe. Karina instilla dans ce baiser la force de ce qu'ils avaient vécu ensemble et de ce qu'ils ne vivraient jamais, et son cœur se brisa en constatant qu'il faisait de même.

« Ne meurs pas », lui ordonna-t-elle quand ils se séparèrent enfin, et Malik lui embrassa le front une dernière fois avant qu'ils ne partent chacun livrer leur propre bataille.

Le Rite de Résurrection avait nécessité du feu. Le Rite du Renouveau requérait de l'eau.

Raison pour laquelle Karina avait demandé à Farid de la rejoindre à l'aube au sommet du mont Mirazzat, dont la caldera était l'endroit le plus froid de Sonande après les Terres gelées. Une couche de givre solidifiait les bords de l'eau et s'accrochait à la végétation éparse qui ponctuait le paysage rocheux. Malik lui avait dit que, d'après une légende eshrane, le lac s'était formé quand la Grande Mère avait appuyé le pouce contre le sommet de la montagne et y avait versé des larmes de joie devant la beauté de sa création.

Farid apparut sur la crête entourant la caldera juste après le lever du soleil, encadré par plus d'une douzaine de Sentinelles. Hanane chevauchait derrière lui, les traits tirés et le visage fermé.

« Toujours aussi ponctuel, lança Karina quand il s'arrêta à moins de trois mètres d'elle.

— Je m'en serais voulu d'être en retard pour ce moment historique. » Farid balaya la caldera des yeux, sans doute pour s'assurer que Karina était aussi seule qu'elle l'avait promis. « Où est mon traître d'apprenti ? »

Karina invoqua le souvenir des pires trahisons qu'elle avait subies afin que la blessure dans sa voix paraisse authentique. « Quand il a compris qu'il ne pourrait pas me sauver du Rite du Renouveau, il s'est sauvé la queue entre les jambes. »

Tandis qu'elle parlait, Karina observa Hanane à la dérobée. Sa sœur n'était que l'ombre d'elle-même, les épaules affaissées et les yeux dans le vague. Elle ne semblait prête à combattre personne, encore moins celui qui l'avait mise dans cet état.

Karina voyait presque les rouages s'emboîter dans l'esprit de Farid, à l'affût de la moindre supercherie. Mais il n'y en avait aucune, car Karina avait été sincère quand elle lui avait écrit qu'elle était prête à accomplir le rituel.

Car si elle s'était trompée en imaginant que Hanane avait le pouvoir de vaincre Farid, Karina était prête à mourir pour sauver Sonande.

« Si tu pensais vraiment ce que tu as écrit, alors donne-moi le sceptre », ordonna-t-il. Karina le poussa obligeamment vers lui d'un coup de pied.

... le sceptre pour édifier l'autel touché par les dieux...

Farid prit l'objet et s'en servit pour tracer une série de glyphes dans la poussière rocailleuse de la caldera. Le nkra crépita dans l'air alors que le sceptre canalisait la magie de Farid vers la terre. La vision avait montré à Karina comment se déroulait le rituel, mais elle ne l'avait en rien préparée à ce déferlement de puissance, comme s'ils se tenaient au bord de la création elle-même.

... un air à moitié oublié joué sur une flûte perdue dans les brumes du temps...

Sans attendre l'ordre de Farid, Karina porta l'algaïta à ses lèvres et joua l'air que son père lui avait fredonné quand elle se trouvait entre la vie et la mort. Une lumière vive comme un petit soleil brilla au cœur de la caldera, puis forma des piliers et des arches cristallins assez semblables aux structures racinaires de Doro Lekke. Des marches menaient à une plateforme circulaire au centre de l'autel. Karina ne baissa son instrument que lorsque la dernière colonne de l'édifice falciforme fut érigée.

« La berceuse de Baba », murmura sa sœur, les yeux écarquillés.

Karina hocha la tête. « Tu te rappelles ? Il nous la chantait chaque fois que nous faisions un cauchemar. Et parfois, lorsqu'elle nous croyait endormies, maman venait se joindre à lui. Elle n'avait pas son talent, mais quand elle chantait, je me sentais si... aimée. »

Souviens-toi d'eux, lui intima silencieusement Karina. *Rappelle-toi comme ils nous aimaient. Souviens-toi de la guerrière qu'ils ont fait de toi.*

Les ombres tapies dans les yeux de Hanane semblèrent s'épaissir, et son visage afficha une lucidité nouvelle. « Cet air... Je ne l'ai pas entendu depuis si longtemps... »

Farid enserra l'épaule de Hanane de sa main, et les ombres se dissipèrent. « Assez parlé. Finissons-en », dit-il sèchement, et Karina se demanda si elle profanerait la sainteté de ces lieux en lui mettant son poing dans la figure.

Mais elle n'était pas ici pour se battre avec Farid. Seulement pour sauver sa sœur.

… un psaume incanté près de l'eau qui connecte ce monde au suivant…

Une puissance terrible traversa Karina au moment où ses paumes se posèrent sur la terre. L'espace d'un instant, elle fut la montagne elle-même, ancienne et inamovible.

« J'adresse ce psaume aux ancêtres qui foulaient cette terre avant moi et qui ont tracé le chemin qu'un jour je suivrais, dit-elle, et les mots du rituel entremêlèrent si étroitement son être à cet endroit qu'elle ne parvenait plus à les distinguer l'un de l'autre. J'adresse ce psaume à ceux qui la foulent avec moi, apprennent les leçons acquises dans la douleur et corrigent les erreurs du passé. J'adresse ce psaume à ceux qui la fouleront après moi, qui tourneront leur regard vers moi comme je tourne le mien vers ceux qui m'ont précédée, et qui perpétueront le cycle. »

En prononçant ces mots, Karina se rendit compte à quel point il était limité de penser en termes d'ancêtres et de descendants, alors qu'ils ne faisaient qu'un, tous connectés par une ligne ininterrompue sans début ni fin. Des larmes ruisselèrent sur son visage, comme sur celui de Hanane.

« J'adresse ce psaume à ma sœur, afin qu'elle découvre la force indicible qui réside en elle, et qu'elle rejette tous ceux qui entendent atténuer sa lumière. »

Hanane tremblait maintenant, mais elle ne s'écarta pas de Farid pour autant. Karina s'était-elle trompée ? Sa sœur était-elle impuissante face à lui ?

… et l'âme d'une reine, pour les lier tous.

Monter sur la plateforme lui fit l'effet de voir le monde pour la première fois. Karina n'était plus seulement un vecteur de la magie, mais la magie elle-même, le réseau scintillant qui connectait tout être et toute chose, ici et maintenant.

L'eau l'appelait, plus douce que n'importe quelle chanson. Elle l'étreindrait aussi sensuellement qu'un amant, la caresserait aussi délicatement qu'une mère. Pendant des siècles, on garderait le souvenir triomphant de cette reine qui avait consenti l'ultime sacrifice.

Mais Hanane en garderait un tout autre souvenir.

« J'ai une dernière requête, dit Karina, et le monde sembla s'arrêter alors qu'elle fixait les yeux pleins de chagrin de sa sœur.

» Je veux que ce soit Hanane qui porte le coup fatal. Si je dois mourir, que ce soit par la main de ma sœur. »

43

Malik

Après avoir passé tant d'années à essayer d'éviter l'armée ziranie, Malik n'aurait jamais rêvé qu'un jour il chargerait ses rangs.

Mais c'était pourtant ce qu'il était en train de faire, à dos de denzik, flanqué de part et d'autre par les cavaliers les plus rapides d'Eshra.

« Vois-tu déjà Issam ? » lança-t-il à Caracal, qui chevauchait à son côté. L'ancienne Sentinelle terrifiait Malik, mais Karina avait confiance en lui, et ça lui suffisait.

Le zawenji, bardé de la tête aux pieds de plus d'armes que Malik n'aurait pu en nommer, secoua la tête. « Pas encore, mais il est là. Je le sais. »

Malik avait été sceptique quand Karina lui avait dit que le conditionnement des Sentinelles pouvait être brisé. Caracal en était pourtant la preuve vivante. Pendant que Karina affrontait Farid et Hanane à la caldera, Malik devait essayer de libérer Issam de ses entraves magiques afin qu'il rappelle le reste des soldats. Si ça ne fonctionnait pas, ils n'auraient d'autre choix que de se rabattre sur leur plan de secours.

Lorsque Karina lui avait exposé sa stratégie la veille au soir, cela lui avait paru assez simple. Mais ici, dans la lumière tranchante du matin, la tâche lui paraissait insurmontable.

Toutes les guerres sont impossibles jusqu'à ce qu'on les gagne, dit le Roi sans visage, et Malik s'en fit un mantra qu'il se récita tout au long de la descente.

Ils trouvèrent Issam à l'autre bout du col, où il supervisait la construction de la barricade qui interdirait aux Eshrans tout espoir de fuite. Il y avait, quelque part au fond du commandant des Sentinelles, un petit garçon qu'on avait arraché à ces montagnes. Malik se demanda si cet enfant se rebellait contre la profanation de ses terres ancestrales ordonnée par l'homme qu'il était devenu. À Ksar Nirri, Issam lui avait laissé entrapercevoir qui il était vraiment ; Malik espérait de tout son être que sa véritable nature lui serait accessible.

Sitôt qu'ils l'eurent repéré, Caracal sauta à bas de son denzik et laissa le vent le porter jusqu'à son ancien coéquipier. Malik, de son côté, se cacha avec les autres cavaliers derrière un gros rocher.

« Prêt à finir ce que nous avons commencé à Doro Lekke, Issam ? » rugit Caracal. Des flammes passèrent au-dessus de sa tête avant même qu'il n'ait fini sa phrase.

Tandis que le versant s'embrasait, Malik profita de la distraction d'Issam pour chercher à tâtons dans son esprit les contours de l'enchantement. Sa magie se heurta à un mur indestructible. Quelle illusion serait assez puissante pour venir à bout d'un tel rempart, incrusté dans l'âme même de l'homme ?

Mais Malik avait le devoir d'essayer. Pour Karina, pour eux tous. « Plus aucune chaîne ne t'entrave, dit-il. Ta volonté t'appartient. Ton être t'appartient. »

Devant lui, les flammes d'Issam se tarirent. La Sentinelle se pétrifia, frappée de plein fouet par l'illusion de liberté de Malik, qui osait à peine respirer. Est-ce que ça avait marché ?

Le lien qui le connectait à l'illusion se tendit.

Et se rompit.

Issam se tourna vers Malik. Des flammes lui sortaient de la bouche à chaque respiration. Leurs yeux se croisèrent, et Malik lança son denzik au galop juste à temps pour éviter la boule de feu qui explosa à l'endroit où sa tête se trouvait une fraction de seconde plus tôt.

Il était temps de passer au plan de secours.

44

Karina

« Hors de question », tonna Farid, mais Karina avait anticipé son refus.

Elle l'ignora pour se concentrer sur Hanane. « Si je dois mourir, je veux que ce soit de ta main. Ce ne serait que justice, puisque c'est moi qui t'ai tuée. »

Elle avait espéré que la mention de sa mort déclencherait chez Hanane une réaction quelconque, mais sa sœur demeura interdite. Farid se rapprocha d'elle, tout semblant de patience envolé.

« Plus de requêtes. Plus de petits jeux. L'histoire se termine maintenant. »

Hanane demeura inerte lorsque Farid attrapa Karina par l'avant de sa robe et la souleva dans les airs. Mue par un instinct primaire, elle se débattit, quand bien même elle s'était promis de marcher sereinement vers sa mort.

« Hanane ! » À cet instant, Karina ne savait pas vraiment quel était l'objet de ses supplications. L'eau de la caldera remuait sous elle, agitée de couleurs vives. Le pouvoir des dieux était prêt à l'avaler. « Hanane, je t'en prie ! »

Sa sœur tremblait, mais n'esquissait aucun mouvement.

Elle s'était trompée. L'amour de sa sœur pour elle n'était pas assez puissant pour surmonter des années de prédation et de maltraitance. Les yeux de Karina s'embuèrent de larmes, non pour elle-même, mais pour Hanane, qui se croyait faible et vulnérable, tout l'inverse de ce qu'elle était.

Mais quoique Hanane soit incapable de se libérer de l'influence de Farid pour le moment, elle y parviendrait peut-être un jour. Sitôt que Karina aurait touché l'eau, la colère de la Grande Mère retomberait, et Sonande trouverait le moyen de survivre, comme toujours.

Hanane. Caracal, Ife, Afua, Dedele, Aminata. Malik. Invoquer l'image de ses amis, ces gens qu'elle avait aimés et qui l'avaient aimée, l'apaisa. Hanane deviendrait reine, comme elle avait toujours été destinée à l'être. Caracal et Ife vivraient de nouvelles aventures loufoques. Son doux Malik trouverait une place en ce monde qui reconnaîtrait à sa juste valeur son cœur resplendissant.

Tunde lui avait dit une fois qu'il était impatient de voir le jour où elle se battrait pour quelque chose et non contre le reste du monde.

Ce moment était arrivé. Sa mort ne comptait pas. Seule importait la vie de ceux qu'elle aimait.

Karina cessa de lutter. Elle ferma les yeux, leva son visage vers le ciel et se prépara à rejoindre enfin sa mère et son père.

Elle sentit l'étreinte de Farid se desserrer.

Puis il s'immobilisa.

Confuse, Karina rouvrit les yeux et vit Farid regarder pardessus son épaule une Hanane habitée. Elle s'était emparée du sceptre et en pressait le bout contre ses reins.

« Lâ… Lâche-la », haleta-t-elle. Farid reposa Karina et se tourna vers la plus âgée des deux princesses.

« Hanane, mon amour, laisse ça », dit-il, au lieu de quoi elle pointa le sceptre vers sa poitrine. Karina avait déjà vu sa sœur tenir des centaines d'armes, mais jamais avec une telle frayeur.

« Tu vas t'écarter. » À la différence de ses mains, sa voix ne tremblait pas. « Tu vas *me* laisser accomplir le rituel. C'est ce que je veux, Farid. C'est ainsi que ça doit se passer. Je dois retourner d'où je viens.

— Tu es bouleversée. Tu n'as pas les idées claires.

— Si Karina ne quitte pas cette montagne saine et sauve, je te tuerai. Peu m'importe que tu m'aies ressuscitée. Si tu poses à nouveau le doigt sur elle, je n'hésiterai pas. »

Le nkra en suspension autour d'eux semblait avoir pris vie. Des fils d'or tourbillonnaient dans l'air au rythme de la lueur vacillante dans les yeux de Hanane. Une grimace de douleur déforma les traits de Farid.

« Comment peux-tu dire une chose si cruelle après tout ce que j'ai fait pour toi ? Après que j'ai déplacé des montagnes pour te ramener ?

— Qui t'a demandé de le faire ? Certainement pas moi ! s'écria Hanane. En me ressuscitant, tu n'as pas pensé à moi, seulement à toi ! Tu prétends m'aimer, mais si c'était le cas, jamais tu ne menacerais ma sœur ! Jamais tu ne pousserais ton propre apprenti au bord du suicide ! Jamais tu ne me mentirais sur la mort de ma mère ! »

Farid commença à bégayer des excuses, mais Hanane n'en avait pas fini. « Je sais depuis toujours que je n'éprouve pas les mêmes sentiments que toi, et ma culpabilité à ton égard m'a conduite à te ménager au-delà de toute raison. Je me suis détruite pour te rendre heureux ! À cause de toi, je ne vais nulle part sans regarder par-dessus mon épaule. À cause de toi, je me sens comme une intruse dans mon propre corps ! Et tu prétends que tu m'aimes ? Que tu n'as agi que pour moi ? »

Hanane s'approcha tant de Farid que Karina faillit manquer sa phrase suivante. « Je ne serai jamais ton salut, car je ne peux pas te sauver de toi-même. »

Karina vit le cœur de Farid se briser en mille morceaux.

Elle le vit les ramasser et essayer de les recoller.

« Tu es bouleversée, répéta-t-il, la gorge serrée. Il s'est passé tant de choses, tu n'as pas les idées claires. Je comprends. Je peux arranger les choses. Et je vais le faire, pour toi. »

Farid fit un geste vers Hanane, qui tressaillit. « Ne me touche pas. »

Mais il ne l'écoutait pas. « Nous recommencerons de zéro. Ce sera aussi bien que… Non, cette fois, ce sera mieux. Je t'en prie, je mérite une seconde chance. »

Karina poussa un gémissement en voyant le sceptre vaciller entre les mains de Hanane, qui finit par le laisser pendre mollement au bout de son bras. Farid lança à Karina le sourire le plus sauvage et le plus possessif qu'elle ait jamais vu.

« Oh, Hanane. Qu'est-ce que tu ferais sans moi ? »

Farid caressa la joue de Hanane du dos de la main. Un frisson de révulsion si viscéral la secoua que Karina le ressentit dans sa propre poitrine.

« J'AI DIT : NE ME TOUCHE PAS ! »

Avant que Karina ait repris son souffle, Hanane transperça Farid de part en part. Ses mains, toujours serrées autour de la hampe du sceptre, luisaient de son sang écarlate.

45

Malik

D'un bond surnaturel, Caracal fut de nouveau sur Issam, détournant son attention de Malik. Mais le reste des Sentinelles chargea les cavaliers eshrans, obligeant le groupe à se diviser. L'air vibrait de magie à mesure que les Sentinelles utilisaient leurs pouvoirs pour couper la retraite de leurs ennemis. Les guerriers Soleil-alignés produisaient des langues de lumière aveuglante, tandis que les Terre-alignés faisaient trembler le sol.

Mais les Eshrans s'y étaient attendus, et avaient à cet effet dissimulé leurs archers sur les hauteurs du col. Quelqu'un lança un ordre en darajat, et un déluge de flèches s'abattit sur les poursuivants de Malik.

Les Sentinelles tombèrent une par une derrière eux. Malik s'enhardit à croire qu'il quitterait cette montagne vivant. Il n'en voyait pas le sommet de là où il se trouvait, mais il sentait à travers leur lien que Karina n'était pas morte. Savoir qu'elle était encore en vie, qu'elle se battait, lui donna la force de continuer.

Un cri d'avertissement s'éleva d'entre les rangs des archers eshrans quand une des Sentinelles les mit en joue avec une arbalète. Un jeune homme – même pas un homme, un garçon – prit un carreau dans la poitrine et tomba de son promontoire juste devant le denzik de Malik.

La bête se cabra. Aussitôt, un projectile se planta dans son flanc, et un autre dans sa patte arrière. Malik fut jeté à bas de la créature agonisante et resta à terre, sonné, tandis que les soldats ziranis l'encerclaient. Sa magie s'échauffa, mais Malik l'étouffa et s'efforça de paraître aussi inoffensif et impuissant qu'il l'était autrefois.

« Ne me faites pas de mal, je vous en supplie ! » sanglota-t-il. Les yeux des soldats brillaient d'une soif de combat – la victoire avait été trop facile. Ils voulaient du sang, et pour l'heure Malik en était la source la plus évidente.

Il essaya de leur échapper en rampant, mais le capitaine de ce détachement, reconnaissable à son casque à cornes, lui écrasa la main de sa botte. Malik hurla alors que la douleur lui remontait le long du bras.

« Où sont tes compagnons, rat kekki ? aboya l'homme.

— Je vais vous conduire à eux ! Pitié, épargnez-moi ! »

Un rictus méprisant déforma les lèvres du capitaine. « Je vous l'avais dit, les Eshrans retournent leur veste encore plus vite qu'ils ne courent ! » dit-il en éclatant d'un rire tonitruant qui résonna comme un coup de tonnerre aux oreilles de Malik. Le capitaine lui donna un coup de pied dans les côtes. « Debout, lâche. Montre-nous où se cachent tes petits copains, et je verrai si j'épargne ta misérable vie. »

Les soldats lièrent les mains de Malik et l'obligèrent à marcher derrière le cheval du capitaine, comme du bétail. Ils le huèrent, l'aiguillonnèrent de la pointe de leurs lances, l'insultèrent et lui jetèrent toutes sortes de substances nauséabondes. Tout autour de Malik, les spectres hurlaient leur fureur en voyant le traitement infligé à leur descendant, mais ils ne pouvaient rien y faire.

Deux flèches réduisirent au silence les gardes postés devant l'entrée du camp, si bien qu'il n'y eut personne pour avertir les Eshrans quand les Ziranis se déversèrent dans leur sanctuaire comme de l'eau jaillissant d'un barrage. Malik observa le carnage comme à distance de son propre corps, perdu dans les souvenirs de raids semblables à celui-ci. Où qu'il aille, et malgré le pouvoir qu'il avait acquis, il était condamné à voir son peuple impuissant périr sous les coups de l'oppresseur.

Une nouvelle colonne de soldats s'infiltra dans la grotte, et Malik sentit grossir la boule d'angoisse au creux de son estomac. Combien étaient-ils ? Avaient-ils largement sous-estimé les forces ennemies ?

Il essaya une fois de plus de briser le conditionnement des Sentinelles avec une de ses illusions. Quand le capitaine vit les lèvres de Malik remuer, il le gifla d'un revers de main.

« Tu es un idiot, dit l'homme d'une voix traînante. Mwale Farid aurait fait de toi un prince de son nouveau monde. Tu aurais pu tout avoir. Et désormais ta mort ne servira à rien. Comme ta vie, du reste. »

Un de ses lieutenants le prévint que le dernier de leurs soldats avait pénétré dans la caverne, à l'exception d'un petit groupe resté à l'extérieur pour monter la garde.

« Une dernière chose, dit Malik, qui ne jouait plus la comédie. Farid vous a averti que je tissais des illusions, pas vrai ? »

Des cris d'alarme s'élevèrent tandis que, un par un, les Eshrans disparaissaient, laissant derrière eux des soldats ziranis confus. Une fois l'illusion éventée, Malik poussa un sifflement aigu, auquel répondit un autre à l'extérieur de la grotte. On entendit alors chanter – la même mélopée que Siwa avait utilisée quelques jours plus tôt pour ouvrir la caverne. Mais cette fois, ce fut pour la refermer définitivement.

Malik profita de la confusion pour invoquer la lame-esprit entre ses mains serrées et la plonger dans un défaut de l'armure de son gardien. Le capitaine tomba, et Malik trancha ses liens avant de délester l'homme de son bouclier. Il lui jeta un dernier regard.

« Je voulais un nouveau monde. Mais pas le sien », dit Malik, avant de faire ce qu'il faisait de mieux.

Courir.

Une fois que la chanson commence, il te reste une minute avant que la porte ne se referme complètement, lui avait expliqué Siwa. Malik estima que trente secondes s'étaient déjà écoulées lorsqu'il parvint en vue de l'entrée. Il visualisa la montagne comme une formidable bête, l'accès à la caverne comme un boyau dont les parois incrustées de gemmes se refermaient rapidement autour de lui. Il savait les risques qu'il prenait quand il s'était porté volontaire pour attirer l'armée ziranie dans la grotte, mais la terreur de se retrouver coincé ici pour le reste de sa vie donnait des ailes à son corps éreinté par les combats.

Les stalactites d'améthyste qui saillaient des murs et du plafond s'emboîtaient les unes dans les autres comme les gorges d'une serrure à mesure que le tunnel se refermait. Malik, le visage en sang, eut à peine le temps de franchir le premier sas avant que celui-ci ne se scelle derrière lui, puis un autre, et encore un autre.

Une tache de lumière grandit dans son champ de vision – la clarté du jour. Il y était presque, quelques mètres à peine…

Mais alors, une main se referma sur sa cheville.

« Maudit kekki ! » rugit le capitaine, qui tira Malik en arrière, près de l'entraîner dans la mort avec lui… quand le dernier mur d'améthyste s'abattit entre eux. Malik tituba en arrière, la main tranchée de l'homme toujours serrée autour de sa cheville. Les soldats ziranis étaient définitivement piégés dans le ventre de la montagne.

Malik considéra le membre avec effroi. Dehors, les guerriers eshrans avaient rapidement maîtrisé les vigiles postés devant la caverne, et tous ceux qui n'étaient pas aptes au combat empilaient des monceaux de roche, de bois et de tout ce qui leur tombait sous la main pour condamner l'entrée. À moins que les Ziranis n'aient dans leurs rangs quelqu'un capable de parler le darajat, il s'écoulerait un très, très long moment avant que quiconque entre ou sorte de la caverne.

Malik n'arrivait pas à y croire malgré les cris de liesse qui éclataient autour de lui.

Ils avaient gagné.

Mais bien que sa tête sache qu'ils venaient d'écrire l'histoire, son âme, elle, se trouvait au sommet de la montagne. Sa magie s'agita lorsqu'une odeur putride imprégna l'air et que le désespoir de Karina satura ses sens à travers leur connexion. Le cœur serré, Malik se débarrassa de la main tranchée et s'élança en direction de la caldera, l'esprit vide de toute autre pensée que celle de Karina.

46

Karina

Le monde sembla ralentir alors que Hanane retirait le sceptre du corps de Farid.

Quand celui-ci s'écroula, elle leva une main tremblante – maintenant luisante de sang – devant son visage, comme s'il avait suffi de la fixer des yeux assez longtemps pour effacer ce qu'elle avait fait. Karina l'observait, pétrifiée, incapable d'assimiler ce dont elle venait d'être témoin.

Hanane poussa un cri guttural, inhumain. Une vague de pouvoir émana d'elle, qui jeta Karina à terre. Elle roula dans la pente, s'arrêtant à quelques centimètres de l'eau.

Quelques secondes plus tôt, Hanane et Farid étaient là.

À présent, il n'y avait plus qu'un cadavre ensanglanté et une créature infernale là où s'était tenue Hanane. Des membres hirsutes et incontrôlables lui poussaient sur tout le corps, crevant des couches de chair pourrissante. La bête avait un corps de lion couvert d'écailles étincelantes, surmonté par une tête de bélier aux yeux caprins si grosse qu'elle lui cachait la lumière du soleil. Karina vit avec horreur la liche se repaître du corps de Farid en projetant autour d'elle de grandes éclaboussures de sang.

Et quand le déplaisir de la Grande Mère atteignit son point culminant, elle rendit la bête folle de colère, et partout où elle alla, elle sema la destruction.

Karina comprenait maintenant les signes qu'ils n'avaient pas su voir : il ne servait à rien d'attendre le dernier fléau, car Hanane elle-même *était* le dernier fléau – un monstre qui faisait pleuvoir des cieux une destruction qu'aucune force humaine ne pouvait arrêter.

« N… Non, Hanane, murmura Karina en rampant vers la chose qui avait été sa sœur, alors que son instinct lui hurlait de s'en éloigner en courant. Arrête ça. »

Quand il ne resta plus rien du corps de Farid qu'une tache de sang maculant le museau de la liche, cette dernière tourna sa formidable tête cornue vers Karina. Cherchant dans ses yeux jaunes et vitreux la moindre trace de Hanane, Karina s'approcha encore.

« T… tout va bien, Hanane, dit-elle en tendant la main vers le monstre comme elle avait vu des dresseurs le faire avec des animaux enragés. Ce n'est que moi. »

Avec un hurlement évoquant la mort simultanée de milliers d'âmes, la liche la chargea.

Quelqu'un plaqua Karina au sol, et tous deux roulèrent hors de portée des crocs métalliques de la créature. « Karina ! s'écria Malik en l'aidant à se relever, et elle fut si soulagée de le voir qu'elle en aurait pleuré. Qu'est-ce qui s'est passé ? Où est Hanane ? »

L'horreur sur le visage de Karina lui apprit tout ce qu'il avait besoin de savoir. Les Sentinelles que Farid avait amenées s'étaient enfin ressaisies après la mort de leur maître, et elles formèrent un cercle autour de la liche. Leurs armes avaient cependant l'air de jouets face à sa taille gargantuesque.

« Feu ! ordonna leur chef.

— Non ! » cria Karina alors qu'une volée de flèches se plantait dans la chair du monstre.

Le rugissement de douleur de la bête secoua la montagne. Une paire d'ailes brisées semblables à celles d'une chauve-souris se déployèrent dans son dos, et elle les utilisa pour se propulser dans les airs. La terre qu'elle venait de quitter n'était plus que putréfaction ; une écume noirâtre recouvrait les eaux auparavant claires de la caldera. L'existence même de la liche était l'antithèse de la vie. Tout ce qu'elle touchait était voué à la destruction.

« Comment on arrête ça ? cria Karina en voyant la bête se poser sur l'une des tours de cristal en poussant un nouveau hurlement.

— Je ne sais pas, répondit Malik. D'après le Roi sans visage, chaque fois que le Rite de Résurrection a été pratiqué par le passé, le Rite du Renouveau a été accompli avant que la liche soit complètement hors de contrôle. À ce stade, il ignore comment y mettre un terme. »

Les Sentinelles continuaient d'attaquer la créature, mais leurs assauts dérisoires ne servaient qu'à raviver sa colère. Elle attrapa un des soldats par l'épaule et le projeta, hurlant, contre le flanc de la montagne. Le ciel, à présent noir et écarlate, reflétait l'agonie du monde. Une tempête que même Karina ne pourrait contrôler se préparait. La liche fracassa l'une des tours avec sa queue, et Malik se jeta sur Karina pour la protéger, la sauvant *in extremis* d'une pluie de débris.

« Peut-être que si nous finissons le Rite du Renouveau, elle partira ? » dit Karina, mais elle savait au fond de son cœur que le moment était passé. Maintenant que l'ultime fléau était là, le rituel était devenu inutile.

Tous deux prirent conscience au même moment que le seul moyen de sauver Sonande de cette créature était de la tuer.

Mais comment tuer ce qui était déjà mort ?

Les Sentinelles utilisaient désormais leur magie contre la liche, mais leurs efforts ne faisaient qu'ajouter à la destruction générale. Un des soldats Eau-aligné projeta une vague du liquide en putréfaction de la caldera vers le sommet, manquant de noyer Malik et Karina sur place. À ce rythme, si la liche ne les tuait pas, les assauts effrénés des Sentinelles s'en chargeraient.

Karina ressentait chaque agression contre la créature sous sa propre peau. N'importe qui d'autre voyait en elle la mort incarnée, mais ce monstre avait été sa *sœur*. Le laisser vivre était une insulte à tout ce pour quoi Hanane s'était battue.

« Si Hanane est toujours là-dedans, je peux peut-être l'atteindre, dit Karina. Mais j'ai besoin que quelqu'un détourne l'attention des Sentinelles. »

La peur inonda les yeux sombres de Malik, mais il hocha la tête. « Je m'en occupe. »

Elle jeta les bras autour de lui et se laissa aller une dernière fois à son étreinte avant de s'envoler dans le ciel, portée par un vent tourbillonnant.

Karina s'autorisa un bref éclat de rire en chevauchant la bourrasque, se jouant des courants avec la grâce d'un oiseau. De cette hauteur, le sommet de la montagne lui apparaissait nettement. Comme dans sa vision, le rituel avait changé l'eau du lac en une masse de pouvoir tumultueuse. Mais sans l'âme d'une reine pour lier la magie, elle continua à s'intensifier, attirant à elle tout ce qui l'entourait dans un maelstrom d'énergie pure.

En contrebas, ce qui restait des Sentinelles se résumait à une tache blanche, et Malik, à un petit point qui se précipitait à leur rencontre. Elle aurait plus que tout voulu affronter cet ennemi à ses côtés, mais elle devait se concentrer sur la liche.

« Hanane ! » se surprit-elle à crier. Et si elle se trompait ? Et s'il n'y avait vraiment plus rien de sa sœur dans cette chose ? Hanane ne ferait jamais de tels bruits ; Hanane ne propulserait pas de soldats dans les airs comme s'ils ne pesaient pas plus lourd que des poupées. Et s'il n'y avait d'autre choix que de tuer ce monstre ?

Karina éveilla le ciel de la même manière que les Eshrans avaient animé la montagne, et il répondit à son chant avec une fureur vertueuse. Un déluge propre à noyer toute créature vivante s'abattit sur la liche, mais sans effet visible. Le monstre poussa un cri perçant et projeta une onde d'énergie pure en direction de Karina, qui partit en vrille dans le ciel.

« Allez, tu peux y arriver », marmonna Karina pour elle-même en stabilisant sa chute avec un courant ascendant, comme Caracal lui avait appris à le faire. La liche fit claquer ses ailes, bondit dans les airs et piqua sur elle avec la précision d'un oiseau de proie. Karina plongea juste au-dessus de la tête des Sentinelles aux prises avec les guerriers ténébreux que Malik avait invoqués.

« Malik, j'ai besoin d'aide ! » cria-t-elle, et la magie ulrajie fit basculer le monde, transportant le versant de la montagne dans un endroit semblable à nul autre. Les prairies luxuriantes et les falaises à pic avaient été remplacées par les sables dorés et les rochers rouges escarpés du désert de l'Odjubai. Les Sentinelles semblèrent perdues. Karina fut un instant frappée par la précision avec laquelle l'illusion reproduisait sa terre natale.

Elle fit souffler une nouvelle bourrasque sur la liche, qui l'esquiva. La créature atterrit sur un plateau dont la pierre vola immédiatement en éclats, l'illusion ne survivant pas au toucher du monstre.

La magie de Malik luttait pour réparer le monde à mesure que la liche l'anéantissait. Deux forces s'opposaient : l'une créait quand l'autre ne faisait que détruire. Une averse de grêlons aiguisés comme des lames s'abattit contre le flanc de la créature, qui hurla de douleur.

Karina sentit quelqu'un se coller contre son dos.

« Voilà pourquoi je préfère me tenir éloigné de la famille royale ! » lança Caracal. Dos à dos, les deux zawenjis Vent-alignés générèrent autour d'eux une bulle d'air impénétrable. À force d'acharnement, la liche parvint cependant à introduire ses griffes dégoulinantes de sang dans leur bouclier.

« Va aider Malik ! » cria Karina quand leur protection lâcha. Le mercenaire hocha la tête avant de plonger au cœur de la bataille qui faisait rage au sol, laissant Karina de nouveau seule avec le monstre.

L'illusion se modifia une fois de plus. Ils se trouvaient maintenant dans les jungles arkwasiennes. Karina et la liche se donnaient la chasse entre les arbres, tels un chat et une souris. Karina fit souffler une bourrasque derrière elle, qui, au lieu d'aller frapper directement la créature, déracina un arbre et le projeta contre elle. Malik était parvenu à rendre son illusion tangible, et Karina ne put retenir un sourire à la pensée qu'elle disposait désormais d'une nouvelle arme dans son arsenal.

Elle fit de la jungle un piège mortel, arrachant la forêt à ses fondations pour cribler la liche de rafales de bois et de terre. En contrebas, chacun des guerriers chimériques de Malik se battait avec la force de dix hommes. Leurs armes de pierre, de feu et de lumière tenaient les Sentinelles à distance de Karina et de la liche. Au milieu de la mêlée, Malik se protégeait des coups derrière son bouclier sans jamais perdre le contrôle de son champ de bataille illusoire. Karina s'attarda sur lui une fraction de seconde de trop, et sa distraction l'empêcha d'éviter le coup cinglant que la liche lui porta au visage.

En s'écrasant au sol, Karina eut l'impression que son corps se déchirait en deux. Le champ de bataille se modifia de nouveau ; les arbres laissèrent la place à une savane infinie de prairies ondoyantes. Des barrissements sourds s'élevèrent autour d'eux tandis qu'une cavalcade de bêtes sauvages et d'autres créatures de la brousse déferlait sur eux. La liche fut prise dans le chaos, ce qui laissa à Karina la possibilité de regagner les airs. Elle essuya son visage plein de sang, ignorant combien de temps Malik et elle pourraient continuer ainsi.

L'heure était venue d'y mettre un terme.

Tout au long de sa vie, Karina avait trouvé des moyens de plus en plus destructeurs de canaliser l'énergie presque sans limites qui bouillonnait en elle, souvent au détriment de ses proches ou d'elle-même. Mais ici, à la fin des temps, elle avait rencontré la seule créature au monde capable d'encaisser la pleine mesure de son pouvoir. Ici, elle n'avait plus à se retenir.

Cette fois, la foudre lui fit l'effet d'une vieille amie, d'un outil familier qu'elle manipulait avec dextérité. Elle fit pleuvoir un éclair après l'autre, se délectant de cette énergie pure qui n'appartenait qu'à elle, source de son pouvoir et de sa fureur.

Mais malgré sa taille, la liche était rapide. Elle zigzaguait entre les éclairs avec la célérité du léopard. Karina s'éleva au-dessus de la couche nuageuse, à une altitude où seul un zawenji Vent-aligné pouvait supporter la raréfaction de l'air. La liche la suivit au cœur de la tempête et, une fois qu'elles furent suffisamment haut, Karina canalisa toute la magie qu'elle possédait dans un éclair plus immense et plus redoutable que le monstre qui lui faisait face.

Tandis que le ciel s'embrasait d'une lumière aveuglante, la liche battit en retraite, et Karina vit quelque chose qui lui avait échappé dans la frénésie du combat : les yeux terrifiés de sa sœur qui brillaient au milieu de la gueule du monstre.

Un millier de gouttes de pluie interrompirent leur course et demeurèrent en suspension dans l'air. Karina arrêta l'éclair à quelques centimètres de la créature. Les souvenirs de cette nuit-là, la dernière de la première vie de Hanane, jaillirent à sa conscience. Cette nuit où Karina avait invoqué un éclair semblable à celui-ci. Cette nuit où ses pouvoirs avaient mis fin à la vie de sa sœur avant même qu'elle n'ait commencé.

Elle ne tuerait pas Hanane une deuxième fois.

Karina fit dévier l'éclair au dernier moment, qui alla frapper le sol loin sous elles.

Tout à coup, le charme fut rompu, et la pluie se remit à tomber. La liche se rua sur elle, mais maintenant que Karina avait vu le cœur de sa sœur caché sous sa peau, elle ne pouvait plus la combattre.

« Hanane ! » cria-t-elle, et la liche poussa un hurlement pour toute réponse. Elle était si énorme qu'une seule de ses griffes aurait pu la couper en deux, mais Karina savait ce qu'elle avait vu. Sa sœur se trouvait quelque part à l'intérieur de la gargantuesque bête, et il existait forcément un moyen de l'atteindre.

« Hanane ! cria-t-elle de nouveau en virevoltant pour esquiver les attaques de la liche. Hanane, tu m'entends ? »

La liche lui enserra la poitrine. Des étoiles dansèrent dans son champ de vision alors que l'air quittait ses poumons.

« Je suis désolée, haleta-t-elle. Tu as essayé de me dire ce que Farid te faisait subir, et je ne t'ai pas écoutée ! Tu as tous les droits d'être en colère ! »

Karina échappa à son étreinte en se tortillant et enfourcha un courant d'air qui la porta jusqu'à la gueule de la liche. « Je sais ce que c'est de tout lâcher quand on est blessé et terrifié, mais ce n'est pas toi. »

La créature s'immobilisa, laissant la partie souple de son abdomen complètement exposée. Ç'aurait été le moment idéal pour frapper, pour terrasser un ennemi tel qu'aucune reine Alahari n'en avait jamais affronté. Elle ne doutait pas que le peuple de Sonande chanterait ses louanges sur plusieurs générations, et que personne ne remettrait plus jamais en cause sa royauté.

Mais au lieu de frapper, Karina prit le museau sanglant de la liche entre ses mains.

« Tu es la fille aînée de Sarahel Alahari et de Jibrail Belhouari. Tu aimes marcher pieds nus, tu détestes les figues plus que tout autre aliment au monde et tu ne supportes pas de perdre un pari, si idiot soit-il. Et tu as été profondément blessée, par moi et par d'autres, contre tout bon sens. Tu as gagné le droit d'exprimer ta colère pour exorciser le mal qui t'a été fait. » Karina déposa un baiser sur le museau du monstre. « Je suis désolée. Je t'aime. Reviens-moi. »

Un grondement fit trembler le corps de la liche, mais le cri qui en sortit était tout ce qu'il y avait de plus humain. Karina flatta le sommet du museau comme Malik lui avait caressé l'arête du nez quand elle était mourante.

« Pardon, sanglota-t-elle. Pardon, pardon, pardon. »

Karina sentit un nouvel afflux de pouvoir, cette fois tourné vers l'intérieur de la liche plutôt que vers l'extérieur. Elle se protégea les yeux de la lumière intense dégagée par le phénomène. Quelques secondes plus tard, elle tombait.

Et Hanane tombait avec elle.

« Karina ! sanglota sa sœur, dont les larmes coulaient vers le haut alors qu'elles se précipitaient vers le sol. Karina ! »

Karina poussa un cri de joie inarticulé et pivota sur elle-même pour se retrouver face à face avec Hanane. Elle serra les mains de sa sœur entre les siennes, et ses larmes s'envolèrent, elles aussi – ainsi qu'une quantité respectable de morve. Elle ralentit leur chute jusqu'à décrire une spirale descendante qui les conduirait en toute sécurité jusqu'au sol.

« Je suis là, je suis là, dit Karina en réponse à sa sœur, qui répétait son nom comme une prière ou une supplique. Je serai toujours là. »

Quelque part en contrebas, Malik affrontait encore les Sentinelles, et la colère de la Grande Mère devait toujours être apaisée. Il faudrait des décennies, sinon des siècles, pour réparer les dégâts que Sonande avait subis. Pourtant, ici et maintenant, quelque part entre ciel et terre, mais loin de l'un comme de l'autre, Karina tenait sa sœur dans ses bras, et tout était exactement à sa place.

47

Malik

Ruisseau torrent rivière ruisseau torrent rivière ruisseau torrent rivière crue décrue tous les jours poissons algues récif rivage ruisseau torrent rivière ruisseau torrent rivière crue décrue ruisseau torrent rivière encore et encore et encore et encore remous marée montante marée descendante sans variation sans interruption sans fin.

Il était la Gonyama rugissante lancée dans un cycle sans fin de remous, de crues, de rivages, et ses pensées n'étaient pas des pensées car les pensées étaient réservées aux créatures rudimentaires comme les humains, quel besoin avait-il de penser alors qu'il avait l'éternité pour enfler et se briser comme la marée, pur mouvement, pure puissance faite vie, il était sans limites, il était infini, il était le pouvoir lui-même.

Pour la première fois, la magie du Roi sans visage et celle de Malik s'imbriquaient parfaitement, les deux œuvrant en parfaite harmonie face aux assauts des Sentinelles. Avec le pouvoir de l'obosom pour amplifier le sien, Malik créa des guerriers dont les armes tranchaient la chair et l'os aussi bien que des vraies. Il commandait au champ de bataille, qu'il modifiait à loisir afin de désorienter leurs ennemis. Dans le ciel, Karina et Hanane luttaient telles des étoiles jumelles.

Malik eut l'impression de se réveiller d'un long sommeil alors que sa magie pliait le monde à sa volonté. Il comprenait pourquoi ses ancêtres pharaons avaient conquis Sonande. Une fois qu'on avait goûté au pouvoir absolu, comment pouvait-on en abandonner ne serait-ce qu'une miette ? Malik ne s'était jamais senti aussi *vivant* qu'au cœur sanglant de la bataille.

Extatiques, les spectres déchaînaient en lui des siècles de rage accumulée. L'émergence de la liche avait affaibli les frontières entre les royaumes, et il n'y avait plus rien pour les empêcher de faire de Malik l'instrument de leur vengeance.

Mais alors Karina défit la liche.

Malik sentit le moment où cela se produisit. Il eut l'impression que le tissu même de l'univers se déchira en réaction à cet impossible phénomène.

Il observa Karina et sa sœur atterrir au sommet de la montagne, juste au bord de la caldera. Toutes deux étaient si abasourdies par ce qui venait d'arriver qu'elles ne virent pas Issam gravir la pente en boitillant, du feu dans les mains et du désespoir dans les yeux, poussé par son conditionnement alors même que ni Karina ni la liche n'étaient plus une menace.

Malik, non ! s'écria Idir en sentant ce qu'il s'apprêtait à faire, mais le Roi sans visage ne pouvait empêcher Malik d'aller chercher les limites de leurs pouvoirs conjugués. À cet instant, la toile de nkra tout entière était sous le contrôle de Malik. Il empoigna l'enchantement qui liait toutes les Sentinelles entre elles de par le monde. Il avait eu l'intention d'éloigner Issam de Karina, mais maintenant qu'il tenait tous ces guerriers à sa merci, il se rendait compte que rien ni personne ne pouvait l'empêcher de mettre un terme définitif à cette menace contre son peuple.

Après tout, il ne s'en prenait pas à des innocents – les Sentinelles avaient assassiné et torturé des générations d'Eshrans. Il pourrait les obliger à tomber sur leurs propres armes, ou les forcer à se jeter de la falaise la plus proche. Il n'en concevrait aucun remords, car chacune d'elles l'aurait tué si l'occasion se présentait.

Pas par choix, murmura une petite voix dans la tête de Malik, luttant pour être entendue sous le poids de son pouvoir. *Les Sentinelles n'ont jamais eu le choix. Toi, si.*

Mais cela n'avait aucune importance. Malik resserra sa prise, se délectant de la douleur qu'il sentait brûler le corps d'Issam et de toutes les autres Sentinelles.

Mais...

Mais...

Malik ignorait beaucoup de choses. Il ignorait pourquoi le soleil se levait à l'est et se couchait à l'ouest. Il ignorait pourquoi, parmi les millions de personnes qui peuplaient Sonande, il avait fallu qu'il tombe amoureux de celle dont l'histoire avait décidé de faire son ennemie. Il ignorait pourquoi son esprit lui faisait l'effet d'un champ de bataille, alors qu'il aurait dû être un sanctuaire.

Mais au fond de son cœur mille fois rapiécé, il savait que ce ne serait pas juste, quel que soit le plaisir qu'il en retirerait. Malik ignorait qui il voulait devenir, mais certainement pas le genre de personne qui ferait une chose pareille.

Cependant, ses pouvoirs et ceux d'Idir n'avaient jamais été faits pour se mélanger, et leur puissance combinée avait pris des proportions incontrôlables. La lutte pour la maîtrise de son propre esprit n'avait été rien en comparaison ; aucun barrage n'aurait pu retenir le tsunami de magie qui déferlait en lui.

Malik, en tout cas, en était incapable. Mais il pouvait en faire autre chose qu'une force de destruction, quelque chose de nouveau, de meilleur.

Alors, quand il fut certain d'avoir capté l'attention de toutes les Sentinelles de Sonande, il leur raconta une histoire.

Il leur raconta une histoire de liberté, de chaînes physiques et mentales qui se rompent. Il leur raconta l'histoire d'un peuple qui ne craignait pas la magie, ne réduisait pas en esclavage ceux qui la pratiquaient, mais vivait avec elle comme avec l'océan, le ciel et toutes les autres forces insondables qui l'entouraient.

Et l'enchantement qui maintenait les Sentinelles dans une obéissance aveugle se brisa sous le poids de la magie de Malik. La plupart de ces guerriers n'avaient jamais été maîtres de leur propre esprit, et cette sensation nouvelle était si merveilleuse que certains d'entre eux éclatèrent en sanglots irrépressibles. Issam tomba à genoux et contempla ses mains avec horreur, dont le feu s'éteignit en crachotant.

Les spectres, quand ils comprirent la décision de Malik, hurlèrent de frustration. Leur colère le traversa comme un millier de dagues acérées. Mais il ne s'en émut pas et utilisa leur toxicité pour affranchir jusqu'à la dernière des Sentinelles. Il offrit son propre psaume aux dieux, une prière pour un monde meilleur.

Quand tous les guerriers furent libres, la rage des ancêtres de Malik était telle qu'il la sentait presque sur sa langue. Ils le traitèrent de traître à son propre sang, d'indigne. Cependant, il aurait juré avoir aperçu Khenu lui sourire l'espace d'un instant avant que son spectre ne redevienne indiscernable des autres.

Mais la seule personne que Malik vit avec certitude fut Karina, qui courait vers lui, bras écartés. Il lui ouvrit les siens, en regrettant de ne pas avoir eu le courage de lui avouer plus tôt la vérité qui grandissait en lui depuis bien plus longtemps qu'il ne le soupçonnait.

La vérité était qu'il l'aimait, de toutes les façons possibles et imaginables. Ça ne représentait peut-être pas grand-chose, mais c'était tout ce qu'il avait à donner. Il aimait sa colère, il aimait sa férocité, il aimait la façon dont elle prononçait son nom et il aimait la voir courir vers lui comme s'il n'existait personne d'autre au monde.

Malik devait lui dire tout cela, mais il n'en eut pas l'occasion, car lorsque les dernières étincelles de sa magie se tarirent, ses jambes cédèrent sous lui, et il dévala la pente de la caldera avant de s'enfoncer sous la surface de l'eau.

48

Karina et Malik

Trois choses se produisirent rapidement après cela.

Premièrement, le corps de Malik coula à toute vitesse, comme si l'eau l'avait attendu pour l'attirer dans ses profondeurs.

Deuxièmement, sitôt que Malik eut disparu sous la surface, Karina plongea à sa suite. Elle ne ressentit ni peur ni hésitation, ne se demanda pas une seule seconde si le monde se porterait mieux avec la mort du dernier des ulrajis. Seule l'animait la détermination brûlante de sauver le garçon qu'elle aimait. L'eau la dévora avec la même avidité.

Troisièmement, une créature qui n'aurait pas dû se trouver sur la montagne sautilla jusqu'au bord de la caldera et jeta un coup d'œil aux eaux noires. Sa présence avait quelque chose de curieux, car les hyènes s'aventuraient rarement si loin à l'ouest, mais personne ne s'en émut, car personne ne la vit.

Mais quoique personne ne vît la Hyène, tous l'entendirent éclater d'un rire qui résonna dans le ciel alors que Malik et Karina coulaient ensemble dans les profondeurs du monde.

Ils s'enfoncèrent dans un univers que bien peu de gens avaient vu et qu'encore moins verraient jamais. Pour Malik, qui croyait à la Grande Mère et aux dieux, cet endroit exsudait la divinité qu'il priait depuis son premier jour sur terre. Karina, qui ne croyait en rien de tel, eut l'impression de se glisser sous une épaisse couverture à la fin d'une longue journée, exténuée mais heureuse.

Cela ressemblait beaucoup à l'amour, et à tous les mystères et les merveilles qu'on y associait.

Le cœur du monde les accueillit en son sein avec une certaine confusion, car l'heure du Rite du Renouveau était passée, et même si ça n'avait pas été le cas, il y avait déjà bien trop d'âmes en ces lieux.

Le troisième être se libéra de son hôte et ralentit leur descente au point qu'ils se retrouvèrent en suspension dans un monde en création et en destruction constante.

« Pas encore, dit Idir, et le cœur du monde vibra de concert, satisfait que le véritable sacrifice se soit fait connaître. Pas vous, pas encore. »

Et comme ils n'étaient ni morts ni vivants, ni Karina ni Malik ne purent retenir le Roi sans visage de les reconduire jusqu'au royaume des vivants, pas plus qu'ils ne purent empêcher la magie de s'approprier ce qui restait de l'âme de l'obosom pour forger une nouvelle alliance, qui ne reposait ni sur la résurrection ni sur le renouveau, mais sur quelque chose d'entièrement inédit.

49

Karina

Quand Karina revint à elle, le ciel était d'un bleu réjouissant. Tout ce qui s'était passé depuis que Hanane et elle avaient touché le sol était comme l'envers d'une vaste tapisserie dont le motif demeurait incompréhensible tant qu'on n'en voyait pas l'endroit.

Elle se rappelait avoir déchaîné la fureur du ciel contre la liche – inutilement, car seul le lien unique que partageaient deux sœurs lui avait permis d'atteindre Hanane. Elle se souvenait d'Issam qui s'était subrepticement approché d'elles, les mains crachant du feu et les yeux habités par le désespoir, avant de se figer soudainement, comme toutes les autres Sentinelles.

Et elle se souvenait de la gangue de glace qui avait enserré son cœur quand elle avait vu Malik tomber dans la caldera. Plonger à sa suite n'avait pas été un choix – après tout ce qu'ils avaient traversé, elle savait désormais qu'elle n'hésiterait jamais à le sauver, pas plus que lui ne le ferait pour elle.

Tout ce qui avait suivi était… embrouillé. Karina pressentait qu'elle aurait pu consacrer le reste de sa vie à essayer de se remémorer l'expérience qu'elle avait vécue au cœur du monde sans jamais y parvenir. Et peut-être valait-il mieux qu'il en soit ainsi ; certaines vérités ne devaient pas quitter les ténèbres où elles étaient nées.

Mais elle était encore là, et le monde également, et rien d'autre ne comptait pour l'instant. La destruction portée par la liche s'était limitée au sommet de la montagne. Et Malik – son brillant, son charitable, son timide Malik – était là lui aussi, recroquevillé sur le rocher noir près d'elle.

Mais il demeurait immobile. Bien trop immobile.

Karina sentit son cœur battre à ses tympans quand elle le tourna sur le flanc. « Malik ? dit-elle en le secouant. Non, non, tu ne peux pas… Malik ! Non ! »

Elle répéta son nom sans fin, lui fit un massage cardiaque, lui embrassa le visage, mais Malik ne se réveilla pas. La vue brouillée par les larmes, elle ne cessa de le secouer. C'était impossible, ils n'avaient pas survécu à la fin du monde pour qu'il meure ainsi.

Mais alors elle le perçut – l'exact moment où son cœur battit pour la dernière fois, incapable de soutenir le poids de la pleine puissance du Roi sans visage. Le fil qui les connectait se rompit brusquement.

Et Karina le sentit mourir.

Une peine écrasante emplit l'espace occupé jusque-là par Malik, l'engloutit encore plus totalement que la magie de la caldera ne l'avait fait. Elle tombait en morceaux, elle se délitait littéralement… Hanane tenta de l'éloigner du corps, mais Karina la repoussa, car elle n'allait pas le laisser comme ça, elle ne *pouvait* pas le laisser comme ça…

Avec un cri primitif, Karina plaqua les mains sur le torse de Malik.

De ses paumes jaillirent un pouvoir à l'état brut, des éclairs qui traversèrent la moindre fibre du corps de Malik. Elle se recula avec horreur, l'esprit rempli de visions de corps brûlés, quand le jeune homme fut saisi de convulsions. Puis il ouvrit les yeux et prit une grande inspiration.

« Je... Qu'est-ce que... Karina ? » balbutia-t-il en levant sur elle des yeux trop grands, et... marron. Ces yeux de nuit qu'elle avait tant aimés étaient maintenant d'une teinte brune, riche et chaude comme l'écorce d'un arbre tout juste planté.

Karina se jeta à son cou avec un sanglot étranglé. Il grimaça de douleur, mais passa son bras libre autour d'elle et enfouit le visage au creux de son cou. Il murmura quelque chose contre sa peau, et elle s'écarta à contrecœur, les joues ruisselantes de larmes.

« Quoi ? renifla-t-elle.

— Tes cheveux... Ils sont noirs. »

Il saisit une de ses mèches entre ses doigts pour la lui montrer. L'éclat argenté caractéristique des Alahari avait laissé la place à un noir de nuit très brillant et très commun. Karina s'en serait peut-être émue autrefois, mais pour l'instant elle s'en fichait. Elle démêla les doigts de Malik de ses cheveux et les porta à ses lèvres, rougissant de plaisir à son expression confuse. Elle eut du mal à se retenir d'embrasser chaque partie de son corps qu'elle pouvait atteindre, sans se soucier que tout Sonande les voie.

Un cri de surprise détourna Karina de ses fantasmes.

Tous avaient les yeux levés vers le ciel, où flottait une nuée de créatures de formes et dimensions variées. De minuscules bonsams côtoyaient des goules ricanantes, des éfrits, des shetani et d'autres monstres de légendes dont Karina n'avait jamais entendu parler. Les yeux de Malik se remplirent de larmes quand ils se posèrent sur les esprits qui se déversaient paresseusement par les trouées que la liche avait laissées dans le ciel.

« Tu vois les enténébrés ? » demanda-t-il dans un souffle. Trop émerveillée pour parler, Karina répondit d'un hochement de tête. « Mais... ?

— La déchirure du voile tendu entre les mondes causée par le Rite de Résurrection a été réparée », murmura Hanane, les yeux dans le lointain. Le pouvoir qui la liait à la liche courait encore dans ses veines. « Non, c'est plutôt que… le voile a disparu. Il n'y a plus de séparation entre notre monde et le royaume des esprits. »

Enténébrés et humains de nouveau sur le même plan d'existence, comme lorsque la Grande Mère avait créé le monde. Tous trois s'entreregardèrent. Malik posa la question que chacun avait à l'esprit.

« Et maintenant, qu'est-ce qu'on fait ? »

Karina n'en avait pas la moindre idée, mais quelque chose lui disait qu'ils allaient bientôt le découvrir.

Devoir partager le monde avec les esprits n'était pas du goût de tous. Karina passa la semaine suivante – sans doute la plus chaotique de sa vie – à tenter d'empêcher son peuple terrifié de basculer dans l'anarchie totale. La perméabilité des royaumes avait mis à mal la compréhension des choses de tout un chacun, et Karina et Hanane s'étaient fait un devoir d'arrondir les angles autant qu'elles le pouvaient.

Elles établirent leur quartier général à Oboure, depuis lequel elles mirent un semblant d'ordre dans la communauté ziranie à Eshra. Il y avait des territoires à redessiner, de nouvelles alliances à négocier. Des ordres à donner pour mettre un terme immédiat à l'occupation militaire.

De nombreux Ziranis étaient tout aussi paniqués que les Eshrans, sinon plus, ce qui valait son pesant d'or – malgré toute la condescendance injustifiée de son peuple à l'égard de celui de Malik, les Ziranis se révélaient douloureusement et inévitablement humains.

Les deux sœurs se plongèrent dans le travail avec enthousiasme, Hanane incarnant la dirigeante courageuse, Karina sa loyale commandante en second, comme elle avait toujours été destinée à le devenir. Malik les aida à trier les enténébrés globalement bienveillants de ceux qu'on ne pouvait laisser livrés à eux-mêmes. Il fut même appelé à témoigner lors d'une réunion d'urgence entre chefs de clans opposés, qui se solda par un cessez-le-feu provisoire, le temps que chacun puisse faire le point sur la situation. Ce n'était pas la paix, pas encore, et de l'eau coulerait sous les ponts avant que la région ne retrouve une véritable stabilité, mais c'était un début.

Malgré la confusion et le chaos général, ces journées furent parmi les plus heureuses de la vie de Karina.

Elles ne pouvaient cependant pas rester éternellement à Eshra. Bientôt sonna l'heure de rentrer à Ziran. Mais ce soir-là, Karina et Hanane délaissèrent le tas de rouleaux et de papiers qui les attendait pour se détendre. Allongées sur une pile de coussins, les jambes de Karina sur les genoux de Hanane, elles jouaient à se jeter des quartiers d'orange que l'autre devait attraper dans sa bouche ouverte.

« Et le fils du boulanger, Rashid ? s'enquit Hanane.

— Il a rejoint l'armée. Tu ne le reconnaîtrais pas.

— Waouh, le petit Rashid, un soldat ! Qui l'eût cru ? » Hanane lança un nouveau quartier d'orange à sa sœur, qui le capta sans effort. « Et qu'est devenue notre ancienne tutrice de mathématiques ? Comment s'appelait-elle déjà…

— Chaimae ? Elle s'est mariée il y a quelques années, mais sa femme l'a quittée pour une comédienne itinérante, en emmenant les enfants. Ça a fait scandale à la cour pendant des mois. »

Hanane secoua la tête. « Tant de choses ont changé en dix ans…

— Nous serons bientôt à la maison. Tu pourras bientôt faire tes propres changements, toi aussi. »

Pour la première fois, la perspective de retourner à Ziran remplit Karina d'autre chose que d'effroi. Issam, Ife et Caracal avaient accepté de rejoindre leur cour, et la pensée que Ksar Alahari résonnerait bientôt de rires et de joie lui fit monter les larmes aux yeux. Son enthousiasme était tel qu'elle feignit de ne pas remarquer l'hésitation dans les yeux de Hanane lorsque celle-ci répliqua faiblement : « C'est vrai, nous serons bientôt à la maison. »

L'aînée des princesses posa la main sur sa poitrine, le regard distant. « Parle-moi de lui, dit-elle, la voix réduite à un murmure. Parle-moi de Tunde. »

La gorge toujours serrée à ce souvenir, Karina brossa le portrait de la personne merveilleuse dont le cœur battait dans la poitrine de sa sœur, puis elles se lovèrent l'une contre l'autre sur leur paillasse comme elles le faisaient autrefois.

Il était minuit passé quand Hanane réveilla doucement Karina. « Allons faire un tour », dit-elle, et Karina acquiesça dans un demi-sommeil.

Les enténébrés préféraient la nuit à tout autre moment. Tapis dans leurs coins sombres, ils observèrent les deux sœurs sortir de leur tente et arpenter les timides prémices de la reconstruction d'Oboure. Malgré ses jambes plus longues, Hanane avançait d'un pas péniblement lent, obligeant Karina à marcher moitié moins vite qu'à son habitude pour ne pas la distancer.

« Peux-tu faire quelque chose pour moi ? murmura Hanane d'une voix ô combien faible alors qu'elles tournaient à un coin.

— Tout ce que tu veux.

— Je n'ai jamais vu la neige. Tu peux en faire tomber ? »

Karina façonna un nuage de flocons tourbillonnants autour d'elles. Hanane éclata de rire quand ils se posèrent sur ses cils. L'un d'eux resta en équilibre sur son sourcil, et il y avait dans ce flocon solitaire s'accrochant désespérément au seul endroit où il pouvait atterrir quelque chose qui donna à Karina envie de pleurer.

« Il y aura plus de neige quand nous rentrerons à la maison », promit-elle. Elle était prête à promettre la lune à Hanane si cela avait pu chasser son regard mélancolique. « Je me fiche que ce soit le désert, je ferai neiger tous les jours pour toi. Et l'océan ! Nous n'avons jamais vu l'océan ! Il y a tant d'endroits que nous n'avons pas visités, tant de choses que nous n'avons pas vues ! »

Les yeux de Hanane se fermèrent en papillonnant. Elle les rouvrit difficilement. « L'océan… peut-être une autre fois… »

Karina sanglotait à présent. « Ne me laisse pas. Je t'en prie. Ne me laisse pas seule à nouveau.

— Oh, petit oiseau, les morts sont morts et enterrés, dit Hanane. Il n'y a pas de place pour moi en ce monde. Il n'y en a plus.

— Si c'est à cause de la liche, nous trouverons un moyen de la contenir…

— Tu rentres chez toi, Karina. Laisse-moi rentrer chez moi. » Hanane regardait quelque chose au loin que Karina ne voyait pas. « Mais pas tout de suite. Viens, marchons encore. »

Karina s'essuya le visage et entrelaça ses doigts à ceux de Hanane. Main dans la main, les deux sœurs traversèrent un tourbillon de neige, de magie et de larmes, et marchèrent, encore et encore, jusqu'à ce que Karina aperçoive devant elles une grande rivière étincelante où semblait couler la lumière des étoiles elles-mêmes. Leurs parents se tenaient sur la rive, vêtus de robes du blanc le plus éclatant, et firent signe à Hanane de les rejoindre.

Hanane embrassa Karina sur le front. « On se reverra bientôt, promit-elle.

— On se reverra bientôt. »

Et Karina resta en arrière tandis que sa famille s'éloignait dans le firmament.

50

Malik

Malik n'eut pas besoin de demander ce qui était arrivé à Hanane. Il lui suffit d'un regard à Karina, quand elle se rendit à la petite hutte qu'il partageait avec sa mère, pour savoir.

Elle passa plus d'une semaine sans manger. Sans parler. Ils dormaient dans le même lit, sans plus se soucier d'alimenter les rumeurs qui couraient à leur sujet. Ils ne firent rien d'autre que dormir – en tout cas, Malik dormit. Karina restait les yeux dans le vague. Malik lui racontait des histoires tous les soirs, et quand il se retrouvait à court de mots, il se contentait de la serrer contre lui. Ses amis venaient la voir tous les jours, mais rien n'apaisait sa douleur.

Puis, un soir, Malik la trouva penchée à la fenêtre, le corps à moitié dans le vide, aux prises avec quelque chose qui s'était coincé dans l'hibiscus. C'était une crécerelle, dont l'aile grise s'était bloquée entre deux branches. Après quelques minutes de lutte, Karina parvint enfin à libérer le volatile et récolta un coup de bec au visage pour toute récompense. Elle regarda l'oiseau s'envoler avec deux de ses congénères et l'entendit pousser un cri qui tenait autant du rire que du pépiement.

« D'accord, tu as gagné ! » cria-t-elle en retour, avant d'éclater en sanglots pour la première fois depuis que Hanane était retournée dans le Séjour des Étoiles.

À partir de ce moment, son état s'améliora de jour en jour. Elle s'attela de nouveau à apaiser les relations entre les Ziranis et les Eshrans, assistée de Malik. Ces jours dorés semblaient pouvoir se poursuivre éternellement, jusqu'à ce que…

« Demain, une caravane de marchands part pour Ziran, et j'ai l'intention de me joindre à eux, déclara-t-elle par-dessus le bol de riz à la vapeur qu'ils partageaient. Il y a une place pour toi aussi, si tu veux. »

Karina avait prononcé ces mots avec nonchalance, mais Malik la connaissait assez pour entendre la vulnérabilité que cachait sa désinvolture. Lui permettre de devenir un membre de sa maison, de sa famille… c'était un risque énorme, et Malik fut ému qu'elle soit prête à le prendre pour lui. Il les imagina tous les deux dans une autre vie, où il ne serait qu'un vulgaire garçon de ferme et elle, une simple musicienne. Une vie où ils auraient tout le temps du monde pour ne se soucier que d'eux.

Mais pour compliquées et douloureuses qu'aient été leurs histoires, elles les avaient amenés à ce moment précis. Cette Karina et ce Malik imaginaires resteraient des fantasmes, ce qui les rendait infiniment moins intéressants que les versions brisées quoique réelles d'eux-mêmes.

« La maison de mon enfance n'est qu'à une heure de marche d'ici, répliqua-t-il. Voudrais-tu la voir ? »

Elle acquiesça.

La main de Karina était chaude dans celle de Malik tandis qu'ils traversaient les vestiges d'Oboure. Malgré tous ces jours passés à aider les siens à s'habituer à leur nouvelle vie, il ne s'était pas senti assez solide pour revenir ici. La présence de Karina lui en donnait enfin la force.

Elle l'écouta en silence commenter les détails de sa vie à mesure qu'il extirpait tel ou tel objet des décombres. La lune baignait le monde d'un éclat argenté si brillant qu'ils n'eurent nul besoin d'éclairer leur chemin, un sentier bien balisé qui les conduisit plus haut dans la montagne jusqu'à la maison de Malik.

Ou ce qu'il en restait. La plupart des murs tenaient encore debout, mais à l'intérieur, tout était détruit. Pas comme le reste d'Oboure ; on avait volontairement saccagé cet endroit, demeuré aussi silencieux qu'une tombe depuis.

« Franchement, c'est mieux que dans mon souvenir, dit pensivement Malik. Les guerres de clans battaient leur plein, et notre maison était située au cœur d'un territoire contesté, ce qui nous rendait vulnérables. On aurait pu reconstruire, mais… c'était plus logique de partir. »

Karina lui serra la main. « Je suis navrée », murmura-t-elle.

Il serra la sienne en retour. « Il y a autre chose que je veux te montrer. »

Il lui fit contourner la maison jusqu'à la citronneraie. Quelques arbres avaient survécu aux fléaux, et leurs branches, au cœur de la saison de la cueillette, débordaient de fruits lourds et brillants. Malik s'arrêta près d'un citronnier dont le tronc se creusait d'encoches horizontales jusqu'à hauteur d'yeux. « À Eshra, on plante un arbre pour chaque naissance. Ainsi, chacun pourra y revenir après sa mort, si l'envie lui prend de visiter le royaume des vivants. Celui-ci est le mien. »

Le citronnier auquel Malik avait attaché le Roi sans visage dans son esprit était la réplique exacte de celui-ci. La présence d'Idir ne lui manquait pas vraiment, mais il avait perdu l'habitude d'être seul dans sa tête. Ses pensées ne cessaient de titiller l'endroit qu'avait occupé l'obosom, de la même manière qu'un enfant passait sa langue sur sa gencive après avoir perdu une dent.

Karina posa la paume à plat contre le tronc, une expression émerveillée au visage. « Alors, chacun de ces arbres…

— … est un membre de ma famille. » Il y avait là des centaines de citronniers, certains aussi jeunes que celui de Malik, d'autres vieux de plusieurs siècles. « Nous sommes ici depuis très longtemps, avant même l'arrivée de l'enfant de Khenu. Je me fiche de ce qui est arrivé dans le passé ou de ce que Farid voulait que je croie. Ma famille et mes racines sont là, je n'ai rien à voir avec les pharaons. »

Il était étourdissant d'imaginer toutes les facéties de l'histoire qui avaient contribué à les réunir, Karina et lui, ici et maintenant. Un millier de lignées nées des trahisons et des actes de loyauté de Bahia et Khenu avaient fini par produire une fille et un garçon, qui se tenaient aujourd'hui sous ce citronnier.

Malik s'assit au pied du tronc, bientôt rejoint par Karina. « Je te dois des excuses, d'ailleurs. Et une explication pour… tout. »

Il lui raconta alors ce qui s'était passé depuis son arrivée à Ziran. Il ne laissa rien de côté, pas même ce qu'il avait fait à Dedele. L'air sembla s'être densifié quand il eut terminé. Les doigts de Karina trouvèrent la cicatrice sur sa poitrine, là où il l'avait poignardée si longtemps auparavant. Puis elle toucha la blessure correspondante au-dessus du cœur de Malik, qu'il s'était infligée en essayant de tuer Idir dans son corps.

Son angoisse de toujours lui noua les entrailles. La vérité, glorieuse et laide, était enfin sortie. Ce qu'en ferait Karina dépendait d'elle.

Elle mit les mains en coupe autour du visage de Malik, dont les narines s'emplirent une fois encore de l'odeur de la pluie. Quand elle l'embrassa, un petit sanglot lui échappa à la pensée que quelqu'un le voyait enfin tel qu'il était et ne lui tournait pas le dos. Le désir brûlant qu'il avait ressenti dans leur rêve partagé l'enflamma de nouveau, mais il avait une dernière chose à lui dire avant de s'y abandonner.

« Je souhaiterais plus que tout te suivre », dit-il tout bas quand ils se séparèrent finalement. Il regarda les deux arbres les plus proches – celui de Leila, très légèrement plus grand que le sien, et celui de Nadia, plus petit, mais qui ne tarderait pas à les rattraper. « Mais je ne peux pas. Pas encore. »

La déception se lut sur le visage de Karina. « Tes sœurs. »

Il confirma d'un hochement de tête. « Je les ai abandonnées. J'ai trahi leur confiance, et maintenant je n'ai aucune idée de l'endroit où elles se trouvent. Je dois aller les chercher et essayer d'arranger les choses. »

Il avait promis à Mama et à Nana que leur famille serait de nouveau complète. Il ne reviendrait pas à Oboure sans ses sœurs.

Et Malik se connaissait assez pour savoir que s'il partait maintenant avec Karina, il reproduirait le schéma dans lequel il était tombé avec Farid – il lierait son identité si étroitement à quelqu'un qu'il finirait par se perdre lui-même. Il n'était plus le petit garçon paniqué qui grimpait à ces arbres et priait les dieux de le libérer de son propre esprit. Mais il avait encore un long chemin à parcourir avant d'être prêt à se tenir aux côtés de Karina.

Malik n'avait pas besoin de dire ce que tous deux savaient – qu'il existait à Sonande un million d'endroits où pouvaient se cacher deux filles qui ne voulaient pas qu'on les trouve. Il s'écoulerait au mieux des mois, plus probablement des années, avant que la fratrie ne soit réunie.

Mais comme Idir le lui avait conseillé, Malik accomplirait un pas à la fois, et tous ces pas le mèneraient là où il devait aller, si tel était son destin.

« Tu m'as demandé une fois ce que je voulais dans la vie. Je n'avais pas de réponse à te donner, mais j'en ai une maintenant. Les épreuves que j'ai endurées au contact de Farid m'ont ouvert les yeux. » Malik n'avait encore jamais mis de mots sur ces aspirations, pas même en son for intérieur. Pourtant, il ne voyait pas à qui mieux qu'à Karina s'en ouvrir. « Quand j'aurai trouvé mes sœurs, je veux bâtir une école, ici, en Eshra, qui rivaliserait avec l'université de Ziran. Ainsi, les jeunes Eshrans comme Nadia et les générations à venir auront les opportunités que leurs aînés se sont vus refuser. Et je voudrais y enseigner. Je sais que ça paraît ridicule, étant donné là d'où je viens...

— Ça n'a rien de ridicule. C'est formidable, dit Karina, les yeux brillants d'émerveillement. S'il te faut quoi que ce soit pour faire de ce rêve une réalité, compte sur moi. Mais même sans mon aide, je sais que tu y arriveras. »

Quelque chose de plus puissant que toute sa magie s'épanouit en lui : un but, qu'il s'était choisi en dehors de toute influence extérieure, et qui orientait enfin sa vie dans la bonne direction. Il serra la main de Karina, qui répondit à son étreinte.

Mais alors, il vit dans ses yeux la compréhension soudaine qu'il ne viendrait jamais. Elle hocha la tête, sourit faiblement pour ne pas pleurer. Une feuille s'était posée sur ses cheveux désormais noirs ; quand Malik la fit tomber, son pouce effleura la tempe de Karina. Elle frissonna, et quoique leur lien se soit rompu quand il était mort, il sentit ce mouvement au plus profond de lui.

Lentement, ô combien lentement, il fit courir son pouce sur son visage, et finit par lui caresser sa lèvre supérieure. Malgré la merveilleuse fraîcheur de l'air nocturne, le sang de Malik s'échauffa. Il posa son autre main sur la joue de Karina. Ils étaient maintenant si proches qu'il sentait son souffle contre sa peau.

Juste avant que leurs lèvres ne se frôlent, Malik étira les joues de Karina, loucha et tira la langue. La surprise la fit éclater de rire, et ce n'est qu'à ce moment-là qu'il l'embrassa.

Ce n'était pas leur premier baiser, mais le premier qui ne soit pas entaché de mensonges. Juste Malik, Karina et ce baiser qui bientôt n'eut plus rien de chaste. Le dos confortablement calé contre le tronc et les doigts enfouis dans sa tignasse, elle l'attira en avant de telle façon qu'il se retrouva à califourchon sur elle.

Les inhibitions de Malik se dissipèrent à mesure que ses mains gagnaient en assurance, qu'il lui embrassait le cou et qu'il glissait les doigts sous sa ceinture de perles. Lorsqu'elle laissa échapper un gémissement, un frisson brûlant lui parcourut l'épine dorsale.

Puis elle serra son bras gauche un peu trop fort, et Malik tressaillit, le visage déformé par une grimace. Karina s'écarta de lui avec inquiétude.

« Je t'ai fait mal ? » demanda-t-elle à bout de souffle, et il secoua la tête. Plusieurs émotions conflictuelles lui traversèrent l'esprit, avant qu'il ne relève sa manche, dévoilant la multitude de cicatrices qui lui zébraient la chair, anciennes pour la plupart, mais quelques-unes encore enflées.

« Ce n'est pas aussi douloureux que ça en a l'air », tenta-t-il de la rassurer, ce qui n'empêcha pas Karina d'effleurer les stigmates du doigt, en prenant soin d'éviter les plus récents. Elle posa le bras de Malik contre sa poitrine et déposa un baiser à l'intérieur de son poignet.

« Je te l'ai déjà dit, tu n'as pas besoin de minimiser ta douleur quand tu es avec moi », déclara-t-elle. Lorsque leurs lèvres se joignirent à nouveau, elles le firent avec langueur, sans précipitation. Ni le temps ni l'espace n'existaient plus en dehors de ce baiser. La peur qui l'avait étreint la dernière fois qu'ils avaient approché cette limite se manifesta encore, mais là, Malik se sentait prêt à la franchir.

« Je n'ai pas une grande expérience des rapports intimes », confessa Malik quand ils s'écartèrent l'un de l'autre. Karina lui sourit de telle façon qu'il se demanda pourquoi il avait fait autre chose de sa vie que l'embrasser.

« Heureusement pour toi, j'en ai plus qu'assez pour nous deux. Contente-toi de me parler. Dis-moi ce dont tu as envie, et je ferai de même. Et dis-moi si – et quand – tu veux que je m'arrête. »

Malik hocha la tête. Quand les mains de Karina plongèrent plus bas qu'on ne l'avait jamais touché, et qu'elle lui demanda une fois de plus, tout contre son oreille, si elle devait continuer, il répondit oui.

51

Karina

Jamais un garçon n'avait rejeté Karina. Dieux, jamais *personne* ne l'avait rejetée, du moins pas sur un plan romantique. D'un autre côté, elle n'était pas certaine que l'on puisse qualifier de rejet l'attitude de Malik à son égard, surtout après ce qui s'était passé entre eux dans la citronneraie.

« Tu crois que tes ancêtres désapprouveraient que nous l'ayons fait ici ? avait-elle demandé des heures plus tard, tandis que l'air de la montagne refroidissait la sueur sur son corps et que le tissu grossier de la tunique de Malik grattait contre sa peau encore sensible.

— Probablement.

— Ça ne te pose pas de problème ? »

Il y avait réfléchi pendant trois secondes entières avant de retirer une feuille de ses cheveux et de lui chatouiller le nez avec. « Absolument aucun. »

Donc non, pas vraiment un rejet, mais cela ne changeait rien au fait que le jour était levé, qu'elle chargeait le chariot qui les ramènerait elle, Aminata et le reste de leur équipée à Ziran, et que Malik n'était nulle part en vue.

Karina parvenait à faire illusion beaucoup mieux qu'elle ne l'aurait cru, mais les regards entendus d'Aminata ne cessaient de percer des trous dans son masque de sérénité. Un peu plus tôt, quand elle était revenue au camp parfumée de l'odeur des citrons et de Malik, sa suivante l'avait laissé pleurer contre elle et lui avait fait avaler une décoction contraceptive à laquelle Karina, dans sa détresse, n'avait même pas songé.

Mais telle était la beauté d'une amitié qui avait survécu à autant d'épreuves que la leur. Elles savaient toujours de quoi l'autre avait besoin, avant que celle-ci ne le sache.

Quoiqu'elle ne se soit pas attendue à ce que Malik vienne lui faire ses adieux, elle ne put empêcher son cœur de faire un bond quand il se présenta à l'entrée de sa tente, talonné par sa mère et sa grand-mère.

« Pardon, je suis en retard, j'ai dormi plus longtemps que je ne le voulais », haleta-t-il. Elle leva un sourcil et réprima le sourire radieux qui ne demandait qu'à s'épanouir sur son visage.

« Quelque chose t'a empêché de trouver le sommeil hier soir, c'est ça ? »

Malik, rouge comme une pivoine, se frotta la nuque avec un rire nerveux. « Euh, ouais, on peut dire ça comme ça. »

Rahila et Fatima échangèrent un coup d'œil complice, et Karina fut certaine qu'elles savaient précisément où Malik avait passé la nuit, tout comme elle était certaine qu'elles feignaient de l'ignorer pour éviter à leur garçon de se liquéfier sur place dans une mare de mortification. Avant qu'il ne puisse s'enfoncer davantage, Karina tira un rouleau de parchemin de la bourse à sa ceinture.

« Avant de partir, je voulais te montrer ceci. »

Les yeux de Malik s'écarquillèrent au bout de quelques lignes seulement. « Est-ce que c'est...

— Une déclaration. J'ai l'intention de renoncer à faire d'Eshra un territoire zirani et de rendre sa souveraineté à la région. Ce n'est qu'un brouillon, et je dois encore le faire ratifier par vos chefs de clan, mais j'espère voir les négociations aboutir au cours de cette année. »

Karina n'était pas idiote ; elle savait qu'il faudrait plus qu'un morceau de parchemin pour effacer des siècles d'oppression et d'intolérance de l'histoire commune de leurs deux peuples. Mais c'était un premier pas, et il n'y avait pas de mots pour décrire l'émotion qui brillait dans les yeux de Malik et de sa famille.

Une Eshra libre. Pour la première fois depuis des centaines d'années, le peuple de Malik verrait une Eshra libre.

« Merci, dit Malik dans un souffle, mais Karina secoua la tête.

— Je ne mérite pas de remerciements pour vous rendre quelque chose qu'on n'aurait jamais dû vous prendre en premier lieu. Ziran ne sera jamais parfaite, mais on peut toujours l'améliorer – je *vais* l'améliorer. »

Malik lui rendit le document, puis il prit son visage entre ses mains et l'embrassa intensément. Quand leurs lèvres se séparèrent, il se serra contre elle, la tête sous son menton.

« Je ne suis pas sûr de l'avoir déjà mentionné, mais il se pourrait bien que je sois amoureux de toi », dit-il, et elle éclata de rire pour ne pas pleurer. La féroce reine guerrière qui avait sauvé Sonande ne pouvait pas pleurer.

« Je n'en reviens toujours pas de t'avoir soustrait à une mort certaine pour que tu me remercies en t'enfuyant les dieux savent où. Ne sois pas étonné si j'offre un jour ta position à la cour à cette jolie guérisseuse que j'ai rencontrée à Balotho. »

Il sourit et l'embrassa de nouveau jusqu'à ce qu'Aminata s'écrie : « Je le jure devant les dieux, Karina, si tu ne sors pas ta langue de la bouche de ce garçon pour venir m'aider à porter ces caisses, c'est moi qui viendrais te chercher par la peau des fesses ! »

Karina s'écarta de lui avec un soupir. « Cette promotion au rang de grande viziresse lui monte déjà à la tête. » Elle fit signe à Aminata de la rejoindre, et quand son amie fut là, elle prit une de leurs mains à tous les deux. « Je tiens énormément à vous deux, alors faites-moi plaisir et réconciliez-vous avant que nous ne partions. »

Malik et Aminata échangèrent un regard méfiant. « Je suis désolé d'avoir manqué de te trancher la gorge, se lança Malik.

— Et je suis navrée que ton visage ressemble à un dessous de pied », rétorqua Aminata. Karina leur serra les mains, satisfaite, car elle savait que malgré les bravades de son ancienne suivante, Malik lui manquerait à elle aussi.

Elle se tourna vers Rahila et Fatima, qui s'inclinèrent profondément avant d'exécuter le salut zirani. « J'espère que nous nous reverrons sous des cieux plus cléments. »

Les yeux pétillants, Rahila enfonça un doigt dans le ventre de Karina et prononça quelques mots rapides en darajat. Karina grimaça sous le regard mortifié de Malik. « Qu'a-t-elle dit ?

— Elle, euh... t'aime bien, bredouilla Malik, et sa mère fit claquer sa langue.

— J'ai dit que vous aviez une paire de hanches parfaite pour l'accouchement, corrigea-t-elle en ricanant, et avant que Karina ne puisse réagir, les deux femmes la prirent dans leurs bras. Puissiez-vous voyager rapidement, Majesté. Nous avons donné à vos serviteurs un plein sac de tartes et de douceurs. Mangez trois fois par jour et ne faites jamais résonner un tambour après le coucher du soleil, ou vous attirerez les esprits à vous. »

Karina aurait pu leur faire remarquer que les esprits étaient partout désormais, mais elle ne voulut pas gâcher ce moment. Elle s'était toujours demandé ce qu'elle aurait ressenti en grandissant au contact de tantes et de grands-mères, et elle s'avisa avec un pincement au cœur que ça devait être exactement comme cela – être moquée et chérie à parts égales, et se savoir aimée au-delà de tout ce qu'elle pourrait imaginer.

Soudain, Karina ne désira rien d'autre que rester au cœur de ce cocon de chaleur qu'elle avait trouvé dans le plus inattendu des endroits, mais il était l'heure de partir, tant pour elle que pour Malik, sans qu'ils sachent quand ils se reverraient. Elle leva une dernière fois les yeux sur le garçon qu'elle avait été destinée à haïr.

« Tu parles ma langue, mais je ne parle pas la tienne, dit-elle subitement, et peut-être n'était-ce que pour retarder l'inévitable, mais elle s'en fichait. Apprends-moi quelque chose en darajat.

— N'importe quoi ?

— Oui. »

Malik se pencha pour murmurer quelques mots à son oreille, et elle dut se faire violence pour ne pas le retenir contre elle. « Qu'est-ce que ça signifie ? » demanda-t-elle. Pour toute réponse, il lui décocha le sourire solaire qu'elle avait vu pour la première fois le dernier jour de Solstasia.

« Je te le dirai quand nous nous reverrons. »

Alors on boucla les derniers bagages, on fit boire les derniers chameaux, et Karina grimpa à bord du chariot avec Aminata et le reste de son entourage. Puis ils partirent, et Malik et sa famille agitèrent la main jusqu'à ce que la caravane ait disparu derrière la crête de la petite colline gardée par sa sentinelle de pierre. Il s'écoula beaucoup de temps avant que Karina ne rentre la sienne dans le chariot, et plus encore avant qu'elle ne soit capable de parler.

Aminata lui donna un petit coup de coude. « Tu te rappelles ce vieux proverbe : “Laisse partir ceux que tu aimes” ? »

Karina renifla. « "Et s'ils t'aiment vraiment, ils reviendront" ? »

Sa nouvelle viziresse ricana et sortit une bouteille de vin de palme du sac à ses pieds. « En fait, je suis à peu près sûre que la seconde partie du proverbe dit : "Complais-toi dans le malheur et noie ton chagrin jusqu'à ce que la douleur disparaisse." »

Malgré son cœur en mille morceaux, Karina rit au souvenir de toutes ces nuits où Aminata et elle s'étaient faufilées hors du palais pour partager une bouteille comme celle-ci. Bien des choses avaient changé, mais pas cela.

« Merci », dit-elle à voix basse. Elle leva la tête et considéra ses amis, les anciens et les nouveaux. « Merci de m'accompagner dans ce voyage. »

Ife se tortilla avec excitation sur son siège, enfin remis•e des jours qu'iel avait passés à soigner les soldats et les villageois blessés lors de la bataille. « Ce n'est pas tous les jours qu'on a l'occasion de s'embarquer dans un nouvel arc narratif, dit-iel, et Caracal – Tabansi, puisqu'il voulait désormais qu'on l'appelle par son nom de naissance – leva les yeux au ciel et lui sourit avec affection.

— Bien parlé, comme toujours, mon ami•e. »

Seul Issam demeurait silencieux, fixant ses mains du regard hanté qu'arboraient souvent les Sentinelles depuis que la magie de Malik les avait libérées. Certaines d'entre elles avaient choisi de rester à Eshra, d'autres de retourner à Ziran, d'autres encore de partir chercher fortune en divers endroits de Sonande. Mais seul importait le fait que ce choix leur était propre, dicté par aucune autre magie que la leur.

Le zawenji Feu-aligné déglutit péniblement. « Je ne sais pas trop à quoi je vais vous servir, Haissa Karina, marmonna-t-il, et Karina se demanda si elle s'habituerait jamais au titre de sultane accolé à son prénom. Après ce que j'ai failli vous faire sur la montagne… après tout ce que j'ai fait… je ne sais pas si je saurais être autre chose qu'une Sentinelle. »

Karina lui serra affectueusement le genou. « Le passé dévore ceux qui sont assez naïfs pour l'oublier. Vous ne devriez pas oublier la Sentinelle que vous avez été, et je ne vous le demanderai jamais. Mais votre passé ne doit pas déterminer votre avenir. »

Tabansi passa le bras autour des épaules d'Issam et l'embrassa sur la tempe. L'ancien mercenaire ne perdait jamais une occasion de toucher son amour retrouvé, comme s'il n'arrivait pas à croire qu'ils n'étaient plus ennemis. Il lui avait tenu la main quand tous deux avaient accepté de devenir les nouveaux capitaines de la garde royale de Karina, puis encore quand il avait informé cette dernière qu'il fallait de nouveau le nommer Tabansi, mais qu'il se réservait le droit de reprendre le surnom de Caracal si des missions moins officielles se présentaient.

« Heureusement pour toi, j'ai une grande expérience de la vie hors du corps des Sentinelles, que je serai ravi de partager avec toi. » Il adressa à Karina un sourire en coin, qui le fit ressembler une fois de plus au chat sauvage ayant inspiré son surnom. « Figure-toi que je ne suis pas un si mauvais professeur, tout bien considéré. »

Karina lui rendit son sourire, avant de lever la main pour faire danser une étincelle de foudre entre ses doigts. Elle repensa à ses derniers moments avec Malik et demanda à Issam : « Au fait, vous savez ce que ça signifie ? »

Lorsqu'elle répéta la phrase en darajat que Malik lui avait dite, l'ancienne Sentinelle haussa les sourcils. « C'est la formule qu'on prononce lors d'un mariage traditionnel eshran. La traduction la plus proche serait : *Je te sens dans les battements de mon cœur*. J'espère en tout cas que la personne qui vous a dit ça a proposé de payer votre dot. »

Je te sens dans les battements de mon cœur.

Même sans leur connexion, Karina éprouva la présence de Malik, dont l'écho se réverbérait dans tout ce qu'elle était, dans tout ce qu'elle deviendrait un jour. Il serait dans son cœur quand elle endosserait enfin son rôle de reine, guidée par les esprits de celles qui l'avaient précédée.

Malgré cet espoir, elle ne pouvait s'empêcher de pleurer ses deux amies qui auraient dû être là.

Dedele, sans doute en train de se remettre des horreurs auxquelles elle avait survécu dans les geôles de Ksar Alahari.

Afua, liée pour le reste de sa vie désormais éternelle à Doro Lekke. Quelque part au fond de son âme, Karina était certaine que leurs chemins se recroiseraient, mais seuls les dieux savaient quand.

L'éclair mourut entre ses doigts, mais le chant du vent résonna plus fort que jamais à ses oreilles, la poussant en avant.

La poussant vers chez elle.

Karina expira. Une détermination nouvelle avait pris la place qu'occupaient ses larmes quelques minutes plus tôt.

« Bon, je crois qu'on a eu assez de sentimentalisme pour toute la traversée du désert. Mettons-nous au travail. D'après Malik, Ziran est divisée entre trois camps : ceux qui me sont loyaux, ceux qui le sont à Farid, et ceux qui le sont aux familles de Driss et de Tunde, qui ont apparemment fomenté un coup d'État en notre absence. »

Tabansi laissa échapper un sifflement. « Donc, en gros, nous quittons une zone de guerre pour une autre ? »

Karina grimaça. « Plus ou moins. Mais pour quelqu'un qui a tué deux fois sa propre sœur, cette situation est un jeu d'enfant, en comparaison. »

L'air sembla s'épaissir – c'était la première fois que Karina mentionnait Hanane depuis ce qui s'était passé au sommet de la montagne, et la première fois qu'elle plaisantait à ce sujet. Tous ses compagnons savaient qu'elle avait failli perdre la raison après la seconde mort de sa sœur. Cependant, personne à part Malik n'était au courant de l'oiseau qu'elle avait secouru, et du coup de bec qu'elle avait récolté. Ce coup de bec avait pourtant été le catalyseur dont elle avait eu besoin pour sortir de sa stupeur, se laver le visage et revenir prudemment dans ce monde qui ne l'avait pas laissée sur le bord du chemin, tout compte fait. Même après ce qu'elle avait traversé, Karina n'était pas sûre de croire aux fantômes, mais l'idée que ses proches décédés posaient sur elle un regard bienveillant lui donnait une raison de plus de se lever chaque matin.

Le silence s'étira jusqu'à ce que Tabansi se fende d'un grand éclat de rire en se tapant sur la cuisse.

« Ravi de constater que la fille assez folle pour combattre une tornade par une autre tornade est toujours parmi nous ! » Il se pencha en avant, et tous les autres occupants du chariot l'imitèrent. « Quel est votre plan, Majesté ? »

La gorge serrée par l'émotion, Karina espéra que sa famille, où qu'elle puisse se trouver, la vit pleinement devenir la sultane de Ziran.

« Très bien, voici ce que nous allons faire. »

... Pourquoi me regardez-vous comme ça ? C'est tout. Si vous voulez en savoir plus, allez vous trouver un autre griot, car c'est tout ce que vous obtiendrez de moi.

Ah, vous êtes en colère. Quel genre de fin est-ce là ? demandent vos yeux. Vous attendiez une histoire de triomphe, une histoire où l'amour conquiert tout. Comment peut-elle se terminer sur une séparation ?

C'est la fin de mon conte, mais ce n'est pas la fin de l'histoire. Non, cette histoire a commencé bien avant la première ligne et se poursuivra bien après que je me serai tue. Imaginons un instant ce qui est arrivé ensuite.

Peut-être que la jeune reine est retournée chez elle et a passé le reste de son règne à livrer une bataille acharnée pour aider son peuple à désapprendre les préjudices sur lesquels il avait bâti sa société. Peut-être qu'elle s'est heurtée à des obstacles de tous côtés, mais qu'avec du temps et du travail, Ziran a commencé à ressembler à l'idéal qui a présidé à sa fondation. Peut-être a-t-elle renoué avec les amis qui étaient encore là et fait la paix avec ceux qui ne l'étaient plus.

Peut-être le garçon a-t-il cherché ses sœurs par monts et par vaux. Peut-être les a-t-il trouvées sur une plage ensoleillée, ou au cœur de la jungle, où la terre respire et où les arbres connaissent votre nom. Peut-être que le chemin de la réconciliation a été long et semé d'embûches, mais qu'au bout l'attendait le pardon.

Peut-être que le garçon comme la fille ont passé toutes leurs nuits à rêver de quelqu'un qui n'était pas là à leur réveil.

Oui, peut-être que toutes ces choses se sont produites. Ou aucune d'elles. Qui sait ?

Certainement pas moi.

Mais encore un autre peut-être, puisque ce conte vous a tant captivés.

Peut-être que par un chaud après-midi – oh, disons aujourd'hui, pourquoi pas ? – la reine regarde par sa fenêtre et voit passer un oiseau – pas n'importe quel oiseau, une crécerelle. La vue de cet oiseau réveillerait une passion ancienne enfouie en elle. Elle abandonnerait ses tâches du jour, au grand désarroi de ses amis et conseillers, et se glisserait dans la ville comme elle le faisait si souvent autrefois.

Et peut-être que le garçon – un homme, maintenant – laisserait sa famille le convaincre de prendre un congé de l'école qu'il dirigeait pour qu'ils retournent voir le monde au-delà des montagnes. Peut-être que les nouvelles leur parvenant de la petite mais florissante communauté eshrane à Ziran piqueraient suffisamment leur curiosité pour venir voir ce qu'était devenue cette ville qui évitait jadis les leurs comme la peste. Ses sœurs et lui arpenteraient ces rues en s'émerveillant des changements survenus au fil des ans, et de ce qui n'avait pas changé. Le garçon verrait le palais d'albâtre briller sur l'horizon et repenserait à cette époque où il pouvait y entrer et en sortir à sa guise, mais ce n'était sûrement plus le cas, trop de temps s'était écoulé pour que la fille se souvienne de lui.

Le garçon se perdrait, comme il avait coutume de le faire, et vagabonderait dans les rues, la tête pleine de rêves. La fille, elle, ne serait pas perdue, car les rues de la ville étaient comme ses propres artères, mais elle vagabonderait elle aussi parmi la foule, à moitié ivre de l'énergie qui s'en dégageait.

Peut-être verrait-elle son dos se découper devant elle, ou peut-être verrait-il le soudain éclat de ses yeux d'ambre. Ils s'avanceraient l'un vers l'autre, puis se détourneraient, amusés par leur propre bêtise. Impossible que ce soit elle. Impossible que ce soit lui. Cela faisait des années, après tout, et même si aucun d'eux n'avait oublié le temps qu'ils avaient passé ensemble, les lettres qu'ils s'envoyaient si souvent au début avaient fini par se tarir, chacun se consacrant à sa vie et à d'autres amours. Et s'ils avaient changé ? Et si elle l'avait remplacé dans son cœur par un parti plus avantageux ? Et s'il avait oublié ces mots qu'il lui avait murmurés la dernière fois qu'ils s'étaient vus ?

Mais peut-être s'arrêteraient-ils tous deux à un bout de la même rue, frappés par le souvenir de l'histoire que je viens de vous raconter. Peut-être cette histoire briserait-elle la coquille tout au fond de leurs cœurs et y laisserait-elle entrer la lumière. Ils s'avanceraient l'un vers l'autre, hébétés, sans voir la silhouette qui se profilait devant eux avant de la percuter.

Ils se dévisageraient, probablement.

Il sourirait.

Elle sourirait en retour.

Les années auraient tout changé et n'auraient rien changé. Et en un clin d'œil, la page se tournerait sur une nouvelle histoire, qui n'attendrait qu'une paire d'oreilles inquisitrices comme les vôtres pour être racontée.

Telle est la beauté des fins, car même leurs retrouvailles ne mettraient pas un terme à l'histoire. Ce qui semble être la fin n'est qu'un commencement, un autre fil qu'une vieille rosse comme moi peut saisir pour tisser les mots en magie.

Alors ne soyez pas tristes, mes amis. Rapprochez-vous, venez vous réchauffer près du feu.

Abraa ! Abraa ! Venez, regroupez-vous… Une histoire va commencer !

REMERCIEMENTS

On dit qu'on n'apprend jamais vraiment à écrire un livre, seulement à écrire celui sur lequel on travaille. Cet adage ne saurait être plus vrai pour moi et pour *Saison d'orages et de silence*. Ce livre a remis en question tout ce que je croyais savoir sur moi, sur l'écriture et sur ce qu'être autrice signifie.

Cette histoire, écrite au plus fort de l'épidémie de Covid-19 et parallèlement à plusieurs bouleversements dans ma vie personnelle, est ma contribution à faire briller un peu de lumière dans les ténèbres du monde. Elle ne ressemble pas à celle que j'avais imaginée quand je me suis lancée dans le diptyque du *Chant des sans repos,* mais c'est celle que ces personnages et ce monde méritent, je crois. Et elle n'existerait pas sans les efforts d'un certain nombre de personnes formidables que j'ai l'honneur de connaître.

À mon agente, Quressa Robinson : je ne comprends toujours pas comment je me suis retrouvée avec la meilleure des agentes, mais tu sais quoi ? Je ne me plains pas. Merci de toujours me pousser à rêver plus grand et de ne jamais me laisser me contenter de moins que ce que je mérite. Merci à mon agente audiovisuelle, Alice Lawson, et à mon avocat spécialisé en droit de la propriété intellectuelle, Wayne Alexander, de guider cette œuvre à travers le labyrinthe d'Hollywood.

À Kristin Rens, extraordinaire éditrice : merci de ne jamais avoir douté de moi ou de ce livre, quand je doutais moi-même de l'un comme de l'autre, et d'avoir apporté ta clarté, ta chaleur et ta finesse d'analyse. Sans tout cela, ce conte serait resté une poignée de larmes dans un document Word, sans jamais devenir une histoire cohérente. En revanche, je ne m'excuserais pas pour ce que j'ai fait à ton personnage préféré. De rien.

Merci à toute l'équipe de HarperCollins, grâce à qui cette série a touché de nombreux lecteurs de par le monde – merci à Shona McCarthy, Jessie Gang, Jenna Stempel-Lobell, Alison Donalty, Sabrina Abballe, Anna Bernard, Kadeen Griffiths, Vanessa Nuttry, Patty Rosati, Mimi Rankin et Katie Dutton (je l'écrirai un jour, cette histoire de garde du corps sexy, je te le promets, Katie !!!). Merci à toutes les personnes – à la presse, au commercial, au marketing, au studio et partout ailleurs dans la galaxie Harper – qui travaillent ou ont travaillé sur ces livres.

Merci à Tawny Chatmon, l'artiste ayant réalisé ces couvertures qui me coupent encore le souffle chaque fois que je les vois. Merci aux deux modèles, Tania Toussaint et Aidan Wheeler, pour avoir donné vie à Karina et Malik au bénéfice de tous les enfants noirs du monde.

Aux Wildcats – Swati Teerdhala, Tanvi Berwah, Chelsea Beam, Crystal Seitz et Lena Jeong. Merci de m'accueillir chaque fois à bras ouverts, même quand je disparais de la surface de la Terre. Merci aussi pour les mèmes les plus hilarants et les plus étranges qui soient.

Merci à mes amies écrivaines, anciennes et nouvelles, sans ordre particulier : June CL Tan, Deeba Zargarpur, Leah Johnson, Tracy Deonn, Namina Forna, Hannah Whitten. Merci mille et mille fois pour tous les MP, les retours et les crises de rires/larmes. Merci aux auteurs établis qui ont pris une débutante sous leur aile et répondu à toutes mes questions, même les plus bizarres. Nous exerçons le plus curieux des métiers, vraiment. Je l'adore.

Merci à Deborah Falaye d'avoir été là, tout le temps. Du début à la fin, tu es coincée avec moi !

Merci à Brittney Morris, l'une des personnes les plus empathiques que je connaisse. Chaque jour, je suis émerveillée par ta passion et ta volonté. N'empêche que tu te plantes sur les décorations de Noël.

Merci à Kyra Kevin, Hanna Greenblott, Jackie Dubin, Theresa Soonyoung Park, Meredith Guerinot, Lucy Hall et Jenny Park, les amies les plus incroyables dont une fille puisse rêver. Vérifiez vos MP ; il y a sans doute un même animé de moi qui vous y attend alors que vous lisez ces lignes.

Merci à ma famille – à maman et à papa, de m'avoir laissée faire chaque fois que je voulais rester lire à l'intérieur quand j'étais enfant ; à Rachel, Mariah et Emma, de m'avoir montré que certains liens ne peuvent jamais se briser et d'être toujours prêtes à partir à l'aventure ; à tous les autres membres de la famille, des deux côtés. Vous êtes trop nombreux pour que je vous cite un par un. Vous vous reconnaîtrez !

Et à vous, chers lecteurs, pour tous vos mèmes, vos blagues, vos *fan arts* et vos hilarantes théories. Votre amour pour Malik, Karina et leur monde a changé ma vie. Merci d'avoir accompli ce voyage avec moi. J'espère vous retrouver au prochain !

À PROPOS DE L'AUTRICE

Roseanne « Rosie » A. Brown est née à Kumasi, au Ghana, et a immigré dans les jungles sauvages du centre du Maryland lorsqu'elle était enfant. L'écriture a été son premier amour et elle a su dès son plus jeune âge qu'elle voulait utiliser le pouvoir de l'écriture – créative ou autre – pour connecter entre elles ses différentes cultures. Elle est diplômée de l'Université du Maryland avec une licence en journalisme et a également été assistante d'enseignement pour le programme scolaire Jiménez-Porter Writers' House. Son travail journalistique a été présenté dans Voice of America entre autres. Rosie vit actuellement en périphérie de Washington D.C., où pendant son temps libre, on la trouve généralement à errer dans les bois, à faire des mèmes ou à penser à *Star Wars*.

www.roseanneabrown.com
@rosiesrambles
@rosiesrambles

Composition et mise en pages
Nord Compo à Villeneuve-d'Ascq

MIXTE
Papier issu de sources responsables
FSC® C115118

Le papier intérieur de cet ouvrage est composé de fibres naturelles, renouvelables, recyclables et fabriquées à partir de bois issu de forêts plantées expressément pour la fabrication de pâte à papier.

ISBN : 978-2-37876-211-7 (broché)
ISBN : 978-2-37876-212-4 (relié collector)

Dépôt légal : octobre 2022

N° d'édition : 0082-029-03-01 (broché)
N° d'édition : 0083-029-04-01 (relié collector)

Achevé d'imprimer en Italie par Elcograf